Amazonentochter

von

Birgit Fiolka

Printausgabe Copyright 2014 by Birgit Fiolka

digitale Ausgabe Copyright 2011 by Birgit Fiolka

Buchcover Copyright: Birgit Fiolka

Hintergrundkarte: INFINITY/Fotolia.com

Schimmel/Pferd: Mari-art/Fotolia.com

Ornamente: Gregor Buir/Fotolia.com

Illustration der Innenkarte: Daniela Rutica

Impressum:

Bibliografische Information der Deutschen Nationalbibliothek:

Die Deutsche Nationalbibliothek verzeichnet diese Publikation in der Deutschen Nationalbibliografie; detaillierte bibliografische Daten sind im Internet über

http://dnb.d-nb.de abrufbar.

Nr Auflage 01/2013

Autor: Fiolka, Birgit

ISBN-13: 978-1492377856 (CreateSpace-Assigned)

ISBN-10: 1492377856

Herstellung und Verlag: Createspace

Printed in Germany

by Amazon Distribution GmbH, Leipzig

Über die Autorin:

Birgit Fiolka wurde 1974 in Duisburg geboren. Sie hat mehrere historische Romane und Fantasyromane veröffentlicht und ist Mitbegründerin der Künstlergruppe „Art of KaRa", die sich der Darstellung des Alten Ägypten widmet.

Birgit Fiolka arbeitet als freie Autorin, Make-Up-Artist und Mediensprecherin u. a. für ihre eigenen Hörbuchproduktionen.

Kleinasien im 13. Jahrhundert v. Chr. – ein Handelstrupp wird von einer Horde wilder, kriegerischer Frauen überfallen: Amazonen. Die kleine Selina überlebt den Überfall. Sie wächst als Tochter der Königin des Stammes auf und lernt zu jagen, zu kämpfen und ihre Freiheit zu verteidigen. Als sie mit sechzehn ihre erste Reise unternimmt, wird sie vom Prinzen des großen Königreichs Hatti entführt und nach Hattusa verschleppt.

Bisher gab es in ihrer Welt nur zwei Arten von Männern: Sklaven und Knechte. Nun wandelt sich ihr Weltbild, als ihr in Hattusa der ägyptische Gesandte Pairy begegnet ...

SCHWARZES MEER
MARMARA MEER
DARDANELLEN
Troja
Sinop
Zalpa
Themiskyra
Hattusa
Arinna
Hatti
Ephesus
Luka
Rhodos
Aleppo
Amurru
Zypern
Kadesch
Euphrat
MITTELMEER
Byblos
Damaskus
Tyrus
Megiddo
Jerusalem
Piramses
Memphis
Faijum
Theben
ROTES MEER
Ägypten

Wichtige handelnde Personen

Das Volk der großen Mutter

Penthesilea:

Königin des Städterates, Selinas Ziehmutter

Kleite:

Mutter der Penthesilea

Antianeira:

Schwester der Penthesilea

Hippolyta:

Schwester der Penthesilea

Selina:

Ziehtochter der Penthesilea

Lampedo:

Königin der Kriegerinnen

Palla:

Tochter der Lampedo

Hethiter

Hattusili:

Großkönig von Hatti

Puduhepa:

Großkönigin von Hatti

Tudhalija:

Prinz und Thronfolger von Hatti

Sauskanu:

Prinzessin von Hatti

Benti:

bester Freund und Diener von Tudhalija

Trojaner

Priamos:

König von Troja

Hekabe:

Königin von Troja

Paris:

Prinz von Troja

Kassandra:

Seherin, Tochter von Priamos und Hekabe

Helenos:

Zwillingsbruder von Kassandra

Polyxena:

Tochter von Priamos und Hekabe

Andromache:

Gemahlin Hektors

Mykener

Agamemnon:

Großkönig von Mykene

Achilles:

Krieger und Prinz von Thessalien

Ägypter

Ramses II.:

Pharao von Ägypten

Bentanta:

Tochtergemahlin und große Königsgemahlin von Ramses

Meritamun:

Tochtergemahlin und große Königsgemahlin von Ramses

Khamwese:

Kronprinz von Ägypten

Siptah:

Sohn des Pharaos und einer Nebenfrau

Pairy:

Stadtverwalter von Piramses, Selinas Gemahl

Hentmira:

Pairys erste Gemahlin, Geliebte von Siptah

Useramun:

oberster Priester des Amun

Weitere Personen

Themos:

Händler, Freund von Selina und Benti

Pinjahu:

Stammesführer der Kaskäer, Geliebter von Palla

I.
Die Sonnengöttin
von Arinna

Prolog

Die Priesterin fuhr sich über die feuchte Stirn und begutachtete zufrieden die vollendete Form der Keramik in ihren Händen. Die Tonerde war ungewöhnlich schwer und von einer kräftigen roten Farbe, auch nachdem sie bereits getrocknet war.

Eilig wusch sie sich die Hände in der bereitstehenden Wasserschale und stellte dann die noch spröde und zerbrechliche Schale vorsichtig vor sich auf den Boden. Sie musste sich beeilen, denn die Göttin wäre zornig, wenn sie zu spät zum Tempeldienst erschiene.

Eilig ging die junge Frau hinüber zum Brennofen, um die Glut zu prüfen. Helle knisternde Funken stoben auf, als sie mit dem Fuß den großen Blasebalg betätigte. Die Glut färbte sich weiß – das Feuer war heiß genug.

Behutsam schob die Priesterin die Keramik mit einem Bronzehaken tief in den Schlund des Ofens. Noch einmal heizte sie das Feuer an, dann lief sie aus der Töpferstube, um gemeinsam mit den anderen Priesterinnen die abendliche Hymne für die Sonnengöttin zu singen. Es würde eine gute Keramik werden. Sie war eine Lieblingstochter der Göttin, das spürte sie tief in ihrem Herzen, und sie liebte die Göttin, liebte sie mehr als ihr eigenes Leben. Eines Tages würde die Göttin zu ihr sprechen, ihren Namen rufen und sie in ihre Arme schließen ... eines Tages!

Als die junge Frau zurück in die Töpferei kam, war das Feuer fast heruntergebrannt. Enttäuscht griff sie nach dem Bronzehaken und stocherte in der Glut herum. Sie hatte zu lange gewartet. Die Keramik war verdorben. Anstatt eine leuchtend rote Schale zu bilden, war alles zu einem kleinen glühenden Klumpen zusammengeschmolzen. Enttäuscht zog sie ihn heraus und runzelte die Stirn. Wie konnte das sein? Mit einem leisen Aufschrei ließ sie den Bronzehaken fallen. Er war glühend heiß geworden. Leise fluchend holte die Priesterin den Wasserkrug, um den Haken damit abzukühlen. Die Göttin musste ihr zürnen, weshalb sonst hätte das passieren können?

Als das Wasser zischend über den Haken lief, beruhigte sie sich etwas, doch der Klumpen wollte sich nicht vom Haken lösen. Wütend nahm sie den Hammer zur Hilfe. Die anderen Priesterinnen würden sie schelten, wenn sie den guten Bronzehaken verdorben hätte. Als er sich endlich vom Haken löste, zerbrach der nun graue Klumpen in mehrere Teile. *Unrat*, dachte sie bissig, *ich werde ihn in den Hof werfen!* Sie betastete vorsichtig die abgekühlten Teile – dann stockte ihr der Atem. Langsam und ungläubig bückte sie sich und nahm den winzigen schwarzgrauen Splitter auf. Er sah dem schwarzen Himmelsmetall ähnlich, das die

Göttin manchmal vom Himmel sandte. Wieder nahm sie den Hammer und zerschlug die anderen Brocken. Es gab noch weitere Splitter; nur einige wenige, die leicht zu übersehen waren, doch ... War das möglich?

Sie sprang auf und lief zu dem versiegelten Krug mit der roten Erde, aus der die kunstvollen Keramiken gefertigt wurden. Hastig zog sie den mit Wachs getränkten Leinenpfropfen aus der Öffnung und langte in die zähe feuchte Masse. Sie duftete erdig, kein Splitter des Himmelseisens war darin zu finden. Sie musste sich geirrt haben!

Die junge Frau kaute eine Weile unentschlossen auf ihrer Unterlippe, dann ging sie zum Brennofen und fachte das Feuer erneut an. Ungeduldig nahm sie den Hammer und zerschlug mit einem einzigen Schlag den Tonkrug mit der Erde, um einen großen zähen Klumpen zu formen und ihn ins Feuer zu schieben. Ihre Füße betätigten wie besessen den schweren Blasebalg, sie kam außer Atem, wagte jedoch nicht aufzuhören, bis das Feuer heiß genug war und eine fauchende weiße Glut entstand. Sie wollte, nein, sie *musste* alles genauso machen, wie zuvor. Wenn es erneut gelänge, wären sie nicht mehr ausschließlich auf die Segnungen der Göttin angewiesen – oder war es gar ein Zeichen der Göttin? War es möglich, dass sie etwas entdecken sollte, was bisher allen verborgen geblieben war? Ein Kribbeln überzog ihren Nacken. Hatte die Göttin sie gesegnet, hatte sie nach ihrer Lieblingstochter gerufen? Und wenn das Himmelmetall nicht nur aus dem Himmel, sondern auch aus der Erde kam, konnte man es dann auch in der weißen und der braunen Tonerde oder gar in den Steinen und in der Erde selbst finden? Musste sie nur einen Stein ins Feuer legen – vielleicht in ein besonders heißes Feuer –, und er würde ihr das Geschenk der Göttin offenbaren? Sie musste es versuchen! „Allermächtigste große Sonnengöttin", flüsterte sie ehrfurchtsvoll, „wenn es so ist, schwöre ich, auf ewig deine Dienerin zu sein. Ich werde dir wieder zu deiner alten Größe verhelfen, wie es deiner gemäß ist – wie es früher war!"

Die assyrische Handelsstraße nach Zalpa

Der kleine Handelstrupp kam in der sengenden Hitze der Berge nur langsam voran. Thimotheus wischte sich mit der linken Hand über die Stirn, während er mit der rechten die Zügel seines erschöpften Pferdes hielt. Es brachte ihm keine Erleichterung. Überall trat der Schweiß aus den Poren, selbst seine Eskorte, die an das heiße Klima des Binnenlandes gewöhnt sein musste, schwitzte und stöhnte bereits den ganzen Tag. Thimotheus wandte sich um und warf einen Blick auf den mit Tüchern bespannten Wagen, der in einigem Abstand folgte. Kynthia und das Kind litten bestimmt ebenfalls unter der Hitze, doch immerhin blieben sie im Wagen von der sengenden Sonne verschont. Nur ein paar Tage noch, dann könnten sie das Schiff besteigen, das sie nach Troja und von dort endlich zurück nach Mykene bringen würde.

Seine Miene verfinsterte sich. Das alles hatte er seinem Vater zu verdanken! Vor fast zehn Jahren hatte dieser ihn auf das andere Festland geschickt, damit er hier für ihn Handel trieb. Sein Vater war ein sehr erfolgreicher Kaufmann: Feinste Keramik, Gewürze und edle Tuche hatten ihn in Assyrien und sogar bis ins ferne Ägypten bekannt gemacht. Doch Demetrius hatte nie genug bekommen können. Wie alle Händler begehrte er vor allem das schwarze Kupfer, jenes seltene unscheinbare Metall aus dem Land der Hethiter. Es war der größte Schatz, den dieses ansonsten karge Land hervorbrachte, und er fiel einfach vom Himmel. Auch wenn die aus dem Himmelmetall gefertigten Pfeilspitzen spröde und manchmal brüchig waren, waren sie eine begehrte Handelsware, und auch die unbearbeiteten Klumpen waren gefragt. Demetrius' adelige Käufer gierten nach dem seltenen Metall und zahlten viel Gold dafür, wenn Hatti sich dazu herabließ, es den Händlern zu verkaufen.

Auch wenn Timotheus im Auftrag seines Vaters nur wenige Pfeilspitzen, Schmuck oder kleine Statuen in die wohlhabenden Haushalte brachte, wurden sie doch außerordentlich gut entlohnt, und Demetrius wollte aus dieser Handelsquelle schöpfen, so lange es ging. Denn schon lange gab es einen Zwist zwischen Troja und dem mykenischen König Agamemnon, der gerne die Handelswege des Binnenlandes unter seiner Herrschaft gewusst hätte, vor allem, um günstig an das seltene Metall zu kommen. Demetrius hatte auf einen baldigen Krieg zwischen Troja und Mykene gehofft, da Waffenhandel gute Geschäfte bedeutete, doch Agamemnons Schiffe hatten Troja eine Weile belagert und waren dann unverrichteter Dinge wieder abgezogen, ehe die Winterstürme auf See einsetzten. Dies ging bereits einige Jahre so, und mittlerweile schien auch Demetrius des Wartens überdrüssig geworden zu sein. So hatten

Thimotheus' Brüder heiraten dürfen, doch ihm als Jüngsten war die Pflicht anheim gefallen, die Karawanen mit den Handelsgütern seines Vaters sicher in ihr Bestimmungsland zu bringen.

Nun jedoch würde alles anders werden, denn Demetrius hatte unverhofft seiner Bitte stattgegeben und ihm erlaubt, nach Mykene zurückzukehren. Thimotheus hatte sein Glück kaum fassen können, und vielleicht hatte er übereilt gehandelt, als er Kynthia zum Weib genommen hatte. Doch Kynthias Vater war ein ebenso angesehener Kaufmann wie Demetrius, und eine Verbindung zwischen Thimotheus und Kynthia würde sicherlich auch für Demetrius von Vorteil sein, vor allem wenn sein jüngster Sohn erst einmal seinen eigenen Hausstand gegründet hätte. Thimotheus war geblendet gewesen, als er die hübsch gekleidete junge Frau mit dem silbernen Haarnetz, das die goldgelockten Haare im Zaume hielt, im Haus ihres Vaters gesehen hatte. Thimotheus seufzte. Er war auf den Anblick einer jungen Frau nicht vorbereitet gewesen, als er in das Haus des Händlers gekommen war, und hatte eigentlich lediglich gehofft, sich dem Trupp des Mannes anschließen zu können. Die gemeinsame Karawane nach Hattusa wäre ein guter Handel gewesen, bei dem der Kaufmann und er sich die Aufwendungen für Eskorte und Wagen hätten teilen können. Doch dann hatte Thimotheus Kynthia im Garten des Anwesens erblickt und war sofort bezaubert gewesen. Thimotheus hatte wohl zu lange in den Garten gestarrt, und der Kaufmann war begeistert gewesen, als er bemerkt hatte, dass Thimotheus sich für seine Tochter interessierte. Er wusste sehr gut, dass wenig Aussicht darauf bestand, sie auf dem Festland gut zu verheiraten.

Zwar wünschte sich Thimotheus mittlerweile, er hätte sie nicht so voreilig zum Weib genommen, da es in Mykene sicherlich hübschere und gefälligere Frauen gab. Er beruhigte sich jedoch mit dem Gedanken, dass es ihm freistehen würde, so viele Frauen in sein Haus zu nehmen, wie es ihm beliebte. Außerdem hatte sich Kynthia als fruchtbar erwiesen. Zwar war sein erstgeborenes Kind eine Tochter, doch Thimotheus wollte nicht ungerecht sein. Sollte das zweite Kind ebenfalls ein Mädchen werden, wäre noch genügend Zeit, sich Sorgen zu machen. Seinen Vater würde die geschlossene Verbindung jedenfalls erfreuen. Vielleicht würde er sich großzügig zeigen und für das junge Paar ein Haus erwerben, schließlich würde Thimotheus nicht mit leeren Händen nach Mykene zurückkehren, sondern hätte – ganz wie es seinem Vater gefiel – mit seiner Hochzeit auch neue Handelsmöglichkeiten für Demetrius eröffnet.

Thimotheus ließ sein Pferd langsamer laufen, bis Kynthias Wagen aufgeschlossen hatte. Er schob mit einer Hand das Tuch beiseite und blickte in die erschöpften und ängstlichen

Augen seiner Frau. „Es sind nur noch ein paar Tage bis Zalpa", versuchte er, mehr sich selbst als Kythia zu beruhigen.

Sie nickte ergeben, wie es sich für eine gehorsame Ehefrau ziemte. „Deine Tochter ist erschöpft, Thimotheus. Werden wir bald rasten?"

Er nickte und ließ das Tuch des Wagens wieder zurückgleiten. Sodann gab er seinem Hengst die Fersen, und das müde Tier trabte mit einem Schnaufen an. Als er wieder zum Trupp aufgeschlossen hatte, wandte sich Thimotheus an den assyrischen Führer des Handelstrupps. „Meine Gattin und das Kind sind erschöpft. Es wäre gut, wenn wir bald unser Nachtlager aufschlagen könnten."

Der Mann blickte ihn ungläubig an. „Wir können hier nicht rasten, Herr. Dieser Ort ist zu gefährlich."

„Was meinst du damit? Hier gibt es nur Berge und die verfluchte Sonne! Fürchtest du etwa die Hethiter? Die verhalten sich seit Langem ruhig. Sie sind viel zu sehr damit beschäftigt, sich die barbarischen Kaskäer vom Leibe zu halten. Alle wollen nur das schwarze Metall. Ich jedoch habe keinen einzigen Klumpen davon auf meinen Wagen, nur Frau und Kind sowie ein paar Dinge zur Gründung eines Hausstands."

Der assyrische Führer schüttelte den Kopf. „Ich fürchte weder die Hethiter noch die Barbaren. Es ist das Weibsvolk, das mir Sorgen macht. In der letzten Zeit sind einige Handelstrupps auf dieser Straße überfallen worden, und die Weiber berauben wahllos jeden, der das Unglück hat, ihnen zu begegnen. Sie nehmen Tuch, Gold, Bronze, ja sogar Wegzehrung stehlen sie. Nur wenige Männer sind ihnen mit dem nackten Leben entkommen. Sie töten ohne Gnade! Ich weiß nicht, weshalb sie auf einmal so weit ins Binnenland vordringen."

Thimotheus verzog säuerlich den Mund. „Ihr fürchtet euch vor eurem eigenen Schatten. Ich habe diese Geschichten gehört – Weiber, die auf Pferden reiten, Äxte und Bogen mit sich führen und sich über die Männer erheben. Ich glaube nicht an derartige Lügengeschichten!"

Der Mann war beleidigt. „Du bist nun schon so lange in unserem Land, doch du hast dich niemals selber bis an seine rauen Grenzen im Osten gewagt oder die üblichen Handelsstraßen verlassen. Es sind keine Geschichten. Dieses Weibervolk gibt es wirklich; jedes unserer Kinder weiß das. Sie reiten schneller und wendiger als die Männer, ihre Pfeile verfehlen ihr Ziel nie, und sie übertreffen die Barbaren in Schlagkraft und Grausamkeit. Sie leben ohne Männer und kommen nur einmal im Jahr mit ihnen zusammen, um Kinder zu zeugen."

Thimotheus spie aus. „Welcher Mann würde sich mit einem solchen Weib einlassen?"

Der Assyrer legte eine Hand an den Mund und flüsterte auf einmal, als ob die Berge ihn belauschen würden. „Man sagt, es wären jene Barbaren aus dem Westen. Sie treffen sich in den Bergen und schlafen wahllos einander bei. Die Söhne gibt das Weibsvolk dann ihren Vätern, oder sie behalten sie als Knechte; die Töchter ziehen sie zu Kriegerinnen heran. Ich selber habe noch keines dieser Weiber zu Gesicht bekommen, doch sie müssen furchtbar sein, wenn man die Mischung zwischen ihren Vätern und den Müttern bedenkt. Mein Bruder behauptet steif und fest, einige von ihnen in Zalpa gesehen zu haben, wo sie einmal im Jahr Pferde, gefärbtes Tuch, allerlei Kräuter und andere Dinge gegen Saatgut und Getreide eintauschen."

Thimotheus zog spöttisch die Augenbrauen hoch. „Weiber sitzen in den Häusern ihrer Männer und behüten die Kinder. Sie weben und spielen die Laute. Sie haben weder genügend Kraft in Armen und Beinen, noch ist die Klugheit ihrer Gedanken ausreichend, um ein Leben ohne die Hilfe eines Mannes zu führen."

Der Truppführer verschränkte die Arme vor der Brust. Er spürte, dass er den jungen einfältigen Händler nicht überzeugen konnte.

Thimotheus interpretierte sein Schweigen als Einlenken und wies auf einen Felsvorsprung. „Dort können wir unser Lager aufschlagen. Die Pferde sind müde, und ich bin es auch. Wir werden morgen aufbrechen, bevor die Sonne aufgeht."

Ohne eine Antwort abzuwarten, rief er die Männer zusammen und wies sie an, das Lager zu errichten. Sodann sprang er vom Pferd und ließ sich hinter einem Felsen in den Schatten sinken. Die Hitze dieses Nachmittags war zu groß, als dass er hätte weiterreiten können. Während die Männer die Pferde versorgten und das Lager errichteten, dachte er an Mykene und seine gepflegten Häuser und Bäder, in denen er sich bald mit seinen Brüdern die Tage vertreiben würde. Er dachte an den frischen Wind, der stets wehte und die Sommernachmittage leicht und erträglich machte. Vielleicht würde er für Kythia und das Kind im Garten seines Hauses einen Sonnenschatten aus edlem weißen Marmor errichten lassen und von seinem Arbeitstisch aus beobachten können, wie sich die Sonne in ihrem goldenen Haar fing; und vielleicht würde dann auch der alte Zauber zurückkehren.

Die Stimmen um ihn herum rückten immer mehr in den Hintergrund, und der verlockende Geruch von gebratenem Ziegenfleisch, der bald von den Feuerstellen herüberzog, ließ ihn langsam in einen erholsamen Schlaf sinken.

Thimotheus erwachte von einem lauten Schrei. Benommen richtete er sich auf und blickte sich um. Es war bereits dunkel, und nur die Feuerstellen verbreiteten noch ein warmes flackerndes Licht. Er war im Begriff, ins Lager zu laufen, als ihm jemand entgegenstürzte und zu Boden warf. Sein Herz setzte für einen Moment aus. Doch dann blickte er in die angstvoll aufgerissenen Augen des assyrischen Truppführers, der ihm mit einem Finger auf den Lippen bedeutete, sich ruhig zu verhalten. Thimotheus blickte ihn entgeistert an und hätte ihn gerne zurechtgewiesen, doch die Angst im Gesicht des Mannes ließ ihn innehalten. Endlich begann der Mann, leise zu flüstern. „Sie sind hier, beim großen Ninurta, dem Herrn der Erde. Mögen die Götter uns beschützen!"

„Wer ist hier? Was soll dieses Gewinsele? Du benimmst dich wie ein Feigling, Mann!"

Der Assyrer bedeutete ihm, vorsichtig über den Felsen zu schauen. Thimotheus hob langsam seinen Kopf, dann stockte ihm der Atem. Er konnte nicht glauben, was er sah. Entsetzt und angezogen zugleich starrte er auf die Gestalten, die sich leise und flink zwischen den Feuerstellen hin und her bewegten und die leblosen Körper der Männer durchsuchten. Thimotheus schloss kurz die Augen. Angst und Scham überfielen ihn. „Das sind Weiber!", flüsterte er mit hoher Stimme.

„Ich habe dich gewarnt, Herr", raunte der Mann zurück. „Sie haben jeden der Männer mit einem einzigen Pfeil im Schlaf getötet. Hätte ich nicht etwas abseits geschlafen und hätte nicht einer der Männer noch einen Schrei ausstoßen können, bevor ihn der Pfeil mitten in den Hals traf, läge ich jetzt auch dort, und sie würden meinen Leichnam ausrauben."

Thimotheus konnte noch immer nicht den Blick vom Geschehen abwenden. Fasziniert starrte er auf eine große Frau, die einem der Männer ein goldenes Medaillon abgenommen hatte und es im Feuerschein begutachtete. Jetzt ging sie in die Knie, und er konnte sehen, wie sich Sehnen und Muskeln in ihren Beinen durch den dünnen Wollstoff ihrer Beinkleider anspannten. „Das können keine Menschen wie du und ich sein."

Er beobachtete die Frau weiter. Sie hatte ihr langes Haar unter einer spitzen, eng anliegenden Lederkappe gebändigt, die am oberen Ende eine Öffnung für die Haare aufwies. Sie trug halbhohe Lederstiefel und Beinkleider wie ein Mann, ihren Oberkörper bedeckte ein Harnisch aus Leder. Ihre Oberarme, die Handgelenke und Fesseln waren mit schlichten breiten Bronzereifen geschmückt, über der Schulter trug sie einen geschwungenen Bogen, und an einem ledernen Hüftgürtel hing eine bronzene Streitaxt mit doppelter Klinge.

Thimotheus war gleichzeitig abgestoßen und gefangen vom Bild dieser Frau. Er erwachte erst aus seiner Starre, als ein Kind zu schreien begann. Die Kriegerin fuhr hoch, und sofort duckte er sich hinter den Felsen, als ihm klar wurde, dass es sein eigenes Kind war, das schrie. Er wollte aufspringen, doch der Assyrer hielt ihn zurück und zischte ihm leise zu. „Du wirst andere Kinder und Frauen haben können, Herr! Hast du vergessen, was ich dir heute sagte? Sie behalten die Mädchen und nehmen die Knaben als Knechte. Deine Frau und dein Kind sind für dich verloren – so oder so!"

Thimotheus blickte ihn entsetzt an, dann hob er wieder den Kopf und spähte über den Felsen. Er sah, wie die Frauen sich um Kynthias Wagen versammelten und das Tuch beiseiteschoben. Er konnte Kynthia nicht erkennen, doch die Frau mit dem Lederharnisch nahm ein schreiendes Bündel aus dem Wagen: seine Tochter. Er hörte, dass sie sich unterhielten, konnte aber nicht verstehen, worüber sie sprachen oder ob sie überhaupt in einer ihm verständlichen Zunge redeten. Nach einer Weile bestiegen sie ihre Pferde und machten sich mit lauten Rufen davon.

Er trat mit zitternden Knien hinter dem Felsen hervor und lief zum Wagen. Der Truppführer wollte ihn zurückhalten, doch Thimotheus ließ sich nicht abhalten. Er riss das Tuch des Wagens beiseite und blickte ins Innere. Ein hoher Schrei entfuhr ihm, und er hielt sich ängstlich die Hände vor den Mund, weil er fürchtete, die Weiber könnten noch in der Nähe sein. Doch es blieb alles still. Als er sich beruhigt hatte, vernahm er den keuchenden Atem des Assyrers hinter sich. „Sie ist tot!", stellte der Mann trocken fest.

Es stimmte: Kynthia lag tot im Wagen, ihr Gesicht von einem Ausdruck des Erstaunens gezeichnet, der sie überkommen haben musste, als der Pfeil sie ins Herz getroffen hatte. Thimotheus ließ das Tuch langsam zurückgleiten und spürte plötzlich, dass er sich übergeben musste. Er erbrach sich unmittelbar neben dem Wagen und fühlte die Hand des Assyrers auf seiner Schulter. „Sie haben wohl gedacht, sie sei ein Mann, da sie durch die Schatten des Tuches nur Umrisse erkennen konnten. Die Götter waren deinem Weib gnädiger als deinem Kind, Herr. Sie hätten sie mitgenommen." Er machte eine kurze Pause. „Du hattest eine Tochter, Herr?"

Thimotheus nickte stumm. Der Truppführer sah ihn mitleidig an. „Dann verlasse bald dieses Land, und kehre zurück in deine Heimat. Wenn du es nicht tust, wirst du vielleicht in einigen Jahren durch die Hand deiner eigenen Tochter den Tod finden, während du versuchst, Handelswaren nach Zalpa zu schaffen."

Thimotheus zuckte zusammen und schüttelte den Kopf. „Das sind keine Menschen. Sie können nur Töchter einer barbarischen Göttin sein, Ausgeburten der Nacht."

Der Mann blickte sich ängstlich um. Die vielen Toten und die sie umgebende Stille verbreiteten eine unheimliche Stimmung. „Lass uns gehen, Herr! Vielleicht hast du recht, und ihr Blutdurst ist noch nicht gestillt."

Thimotheus spürte erneut Angst in sich aufsteigen. Er sah den Assyrer kurz an, dann liefen sie los. Thimotheus hatte Kythia und seine Tochter bereits vergessen, jetzt ging es nur noch um sein eigenes Leben.

15 Jahre danach

Lykastia am Fluss Thermodon

Selina sprang zur Seite, als Pallas hölzernes Schwert vorstieß, und wich ihrer Gegnerin damit geschickt aus. Palla schmetterte ihr einen Fluch entgegen und schnellte erneut vor. Dieses Mal war Selina jedoch vorbereitet und versetzte Palla einen Hieb gegen die Hüfte. Palla stolperte und schrie enttäuscht auf, als sie in den Staub fiel. Die Frauen um sie herum, die den Kampf beobachtet und die beiden Mädchen angespornt hatten, stießen hohe sirenenhafte Laute aus, womit sie kundtaten, dass es eine Siegerin gab. Antianeira trat in die Mitte des Kreises, den die Frauen um Selina und Palla gebildet hatten und legte Selina ein blaues Band um die Hüften, um sie mit dieser Geste als Siegerin zu ehren. Der Kreis der Frauen zerstreute sich. Das Spektakel war vorüber, es gab nichts Interessantes mehr zu sehen.

Selina streckte Palla die Hand entgegen, um ihr aufzuhelfen. Zwar mochte es Palla nicht, wenn sie einen Kampf verlor, doch bisher hatte ihre Freundschaft keinen Schaden davongetragen, zumal Palla den Kampf am Vortag für sich hatte entscheiden können. Beide Mädchen hatten ihre Stärken: Selina liebte den Bogen und die schnellen Pfeile, mit denen sie fast nie ihr Ziel verfehlte, Palla bevorzugte die Streitaxt. Beide waren sie mit dem Wissen aufgewachsen, dass es zum Erwachsenwerden gehörte, Kämpfe gegeneinander auszutragen. Und nun musste nur noch ein Mond verstreichen, bis sie der großen Mutter in der Tracht der Frauen gegenübertreten sollten.

„Ärgere dich nicht, Palla. Du weißt, dass diese Kämpfe nur symbolisch sind und dass die Göttin euch mit einem besonders wachsamen Auge begutachtet, da ihr einst gemeinsam ihr Volk führen werdet."

Selina und Palla blickten Antianeira aufmerksam an. Antianeira war die Schwester der Königin Penthesilea und würde sie auf die heilige Insel Aretias bringen, wo sie in die Geheimnisse und Mysterien der großen Mutter eingeweiht werden sollten. Obwohl vor allem Palla mehrere Male versucht hatte, Antianeira zu entlocken, was ihnen auf der Insel bevorstand, war hatte die junge Frau nur lächelnd den Kopf geschüttelt. Selina war die Tochter Penthesileas und somit direkte Anwärterin auf den Titel der Königin, sollte ihrer Mutter im Kampf etwas zustoßen. Ebenso war Palla Thronanwärterin, denn ihre Mutter war Lampedo, die zweite Königin des Volkes der großen Mutter.

Antianeira legte den Mädchen besänftigend eine Hand auf die Schulter, bevor sie ebenfalls ging, um sich wieder einer anderen Beschäftigung zu widmen.

Palla schüttelte missmutig den Kopf. „Ich würde zu gerne wissen, was uns auf der heiligen Insel erwartet. Aber Antianeira ist nicht die geringste Kleinigkeit zu entlocken."

Selina zuckte mit den Schultern. „Nur noch eine Mondumrundung, dann werden wir es ohnehin wissen."

Palla zog die Stirn kraus und wischte sich das dunkle Haar aus dem Gesicht. „Bist du überhaupt nicht neugierig?"

„Antianeira würde ohnehin nicht sprechen. Also ist es müßig, sie immerzu zu fragen."

Palla scharrte ungeduldig mit dem Fuß im Sand. Sie hatte sich beim Sturz eine Zehe aufgeschlagen. „Ich gehe meinen Fuß im Fluss kühlen. Kommst du mit?"

Selina schüttelte den Kopf. „Ich habe Kleite versprochen, sie zu besuchen."

Palla hatte schon das Interesse verloren. „Dann sehen wir uns nachher, wenn die Jägerinnen zurückkehren." Sie strich sich über das vom Wind zerzauste Haar, dann begannen ihre Augen zu leuchten. „Ah, am Nachmittag lässt Lampedo einen der Knechte bestrafen. Komm zum Versammlungshaus der Kriegerinnen, um es dir anzusehen!"

Selina ließ sich ihre Lustlosigkeit nicht anmerken. Seit sie auf die heiligen Zeremonien vorbereitet wurden, schien Palla ihre sorglose Kindheit wie einen alten Chiton abgestreift zu haben. „Wofür wird er denn bestraft?"

„Er hat einer Frau ein Kind gemacht, und als es herauskam, wollte er ein Pferd stehlen und fliehen. Bei der großen Mutter, ich möchte wissen, was in ihren dummen Köpfen vorgeht. Sie sind kaum schlauer als Wachhunde! Es ist schon seltsam, dass man sich zu einem Mann legen muss, um das Geschenk der Göttin empfangen zu können." Sie zuckte mit den Schultern. „Also vergiss nicht zu kommen."

Selina winkte ihr kurz und seufzte. Sie glaubte nicht, dass einer der Männer es gewagt hätte, eine Frau zu zwingen, mit ihm das Lager zu teilen. Sie schüttelte den Kopf. Knechten war es verboten, Kinder zu zeugen, doch einige der Frauen wollten nicht auf das jährliche Treffen mit den Männern der Berge warten. Sie schlichen sich heimlich zum Lager der Knechte und ließen sich dort von ihnen ein Kind machen. Es war jedoch nicht schwer festzustellen, wenn ein Kind sich zu einer falschen Zeit ankündigte. Die Frauen mussten sich dann vor dem Rat rechtfertigen und den Mann verraten, der ihnen beigeschlafen hatte. Während sich die werdende Mutter lediglich einer Reinigung unterziehen musste, wurde der Mann bestraft. Wenn es ein Mädchen war, durfte die Mutter das Kind behalten, denn die Göttin liebte Töchter. Sollte das Kind jedoch ein Junge werden, übergab die Mutter es dem Mann, der es aufzog, damit es dem Volk später ebenfalls als Knecht dienen konnte.

Selina konnte sich kaum vorstellen, sich von einem Mann berühren zu lassen. Aber wollte sie später eine Tochter, würde sie sich irgendwann dazu überwinden müssen. Sie trat einen Stein beiseite und machte sich auf den Weg zum Haus ihrer Großmutter Kleite, während Palla in die entgegengesetzte Richtung zum Fluss humpelte.

Es war noch nicht lange her, dass Kleite ihren Titel auf ihre Tochter Penthesilea übertragen hatte, und wie es einer ehemaligen Königin zustand, lag ihr Haus im Mittelteil der Stadt. Lykastia war die kleinste der drei Städte am Fluss Thermodon, in denen das Volk seit Generationen lebte. Chadesia und vor allem Themiskyra waren deutlich größer und lagen jeweils etwa drei Tagesreisen entfernt. Schon als Königin hatte Kleite in Lykastia gelebt, auch wenn die Stadt nur aus einer Ansammlung von Holzhäusern bestand, die in einem Halbrund eine breite sandige Straße flankierten. Genau in der Mitte von Lykastia standen die beiden Versammlungshäuser der Königinnen sowie ihre Wohnstätten. Hinter der Stadt erstreckte sich ein breites Waldstück. Wenn man die andere Richtung einschlug, gelangte man zum fruchtbaren Flussufer des Thermodon, wo die Pferde der Frauen ihre Weideflächen und die Männer ihre Unterkünfte hatten.

Obwohl Penthesilea ihre Mutter war, hatte Selina zu Kleite immer ein innigeres Verhältnis gehabt. Als sie noch klein gewesen war, hatte Kleite ihr Abend für Abend die Geschichten ihres Volkes erzählt und von der großen Mutter gesprochen, die ihr Volk umsorgte und beschützte.

Selina bog um die Ecke des großen Versammlungshauses, in dem Penthesilea ihre Ratssitzungen abhielt, und grüßte hier und da ein paar Frauen, die mit unterschiedlichsten

Arbeiten, wie dem Gerben von Fellen, dem Töpfern von neuen Krügen oder der Herstellung von Pfeilspitzen, beschäftigt waren. Vor Lampedos Versammlungshaus hielt sie inne. Die Frauen hatten bereits den großen Holzpflock mit den Lederriemen aufstellen lassen – ein sicheres Zeichen dafür, dass die Bestrafung bald stattfinden würde.

Kleite saß vor ihrem Haus und bemühte sich, gemahlene Purpurfarbe in ein neues Beinkleid zu reiben, das sie später in den Kessel mit Färbewasser und Küpe aus Öl und Traubensaft werfen würde. Selina ließ sich neben ihrer Großmutter nieder und beobachtete sie eine Weile stumm. Auch wenn Kleite schon über vierzig Sommer erlebt hatte, empfand Selina sie noch nicht als alt: Ihr Haar war noch immer von dieser hellen Goldfarbe, vielleicht etwas dunkler als Selinas Haar; ihre grauen Augen strahlten klug, und die wenigen Falten in der sommerlich gebräunten Haut wirkten eher interessant, als dass sie von Kleites fortgeschrittenem Alter zeugten. Es war schon fast ein Ritual, dass Selina und ihre Großmutter lange wortlos nebeneinander saßen, bevor eine von beiden zu sprechen begann. Dieses Mal war es Selina, die das Schweigen brach. „Warum gibst du dir soviel Mühe und reibst die Farbe zuerst in die Wolle? Niemand tut das. Es reicht vollkommen, wenn du das Färbewasser dafür benutzt. Penthesilea wird sich wieder beschweren."

Kleite sah auf, und ihre hellgrauen Augen umspielten ein paar Lachfalten, während sie die Hose beiseitelegte und von ihrer Arbeit abließ. „Ich gebe mir so viel Mühe, weil die Kleider meiner Enkelin etwas Besonderes sein sollen – wie du etwas Besonderes bist."

Selina griff lachend nach Kleites Hand. „Diese Farbe wird nie wieder von deinen Handflächen verschwinden. Du wirst als die Frau mit den blauen Händen in die Geschichte unseres Volkes eingehen."

Kleite lächelte und deutete auf das blaue Band um Selinas Hüften. „Blau ist die Farbe unserer großen Mutter, das Purpur ist kostbarer, als alle anderen Farben. Wenn meine Hände nun für alle Zeiten blau sind, so ist das ein Geschenk der Göttin, und ich werde mich nicht darüber beschweren. Du hast Palla heute besiegen können."

Sie nickte.

„Das ist gut."

Selina zuckte mit den Schultern. „Eigentlich möchte ich nicht gegen Palla kämpfen. Sie ist meine Freundin."

„Palla denkt darüber nicht so wie du, Selina. Sie will Königin werden."

„Aber Königinnen werden wir doch ohnehin irgendwann beide sein. Warum sollen wir gegeneinander kämpfen?"

Kleite seufzte und lehnte sich gegen einen Holzpflock. „Ich werde dir eine Geschichte erzählen, Selina. Ich wollte es schon lange tun, doch ich habe bisher immer wieder einen Grund gefunden, es aufzuschieben. Doch nun, da du und Palla bald vor der großen Mutter stehen werdet, muss ich sie dir erzählen."

Auch Selina lehnte sich an den Stamm eines schattenspendenden Baumes. Obwohl sie kein Kind mehr war, liebte sie Kleites Geschichten noch immer.

„Vor fünfzehn Sommern verließen wir unser geschütztes Land und überfielen die Handelsstraße nach Zalpa. Die Zeit war schlecht, die Ernten mager, es gab keine andere Möglichkeit, wenn wir nicht Hunger leiden wollten. Die große Mutter war unzufrieden, und das zeigte sie uns durch schlechte Ernten und wenig Glück bei der Jagd." Kleite lächelte. „Damals war ich noch Kleite, die Königin unseres Volkes – die alleinige Königin."

Selina hing an Kleites Lippen. Wie immer vermochte Kleites Geschichte, sie zu fesseln.

„Wir überfielen eines Nachts einen kleinen Handelstrupp und töteten alle Männer, wie wir es immer taten. Doch als wir den Männern ihr Gold und alles, was wir brauchen konnten, abgenommen hatten und schon unsere Pferde antreiben wollten, hörten wir aus einem bespannten Wagen einen Schrei. Als wir hineinblickten, fanden wir eine tote Frau, die ein weinendes Kind an ihre noch warme Brust drückte." Kleite sah Selina eindringlich an. „Ich nahm dieses Kind an mich, denn die Frau war durch einen verirrten Pfeil unserer Kriegerinnen gestorben. Die anderen hielten den Tod einer Frau für ein schlechtes Omen und wollten mit dem Kind nichts zu schaffen haben, doch es war ein Mädchen, und die Augen des Kindes waren von einem so tiefen Blau, wie es nur das heilige blaue Band der Königin sein darf. Für mich war dieses Kind ein Zeichen der großen Mutter, dass sie uns verziehen hatte, und ein Wink, dass diesem Kinde Großes bestimmt sein würde."

Selinas Augen weiteten sich, weil sie mit einem Male verstand. „Willst du damit sagen, dass ich dieses Kind war?"

Kleite nickte. „Ich nahm dich mit und gab dich meiner Tochter Penthesilea, damit sie dich als ihre eigene Tochter aufzieht. Ich gab meinen Töchtern immer Namen, die zu ihnen passten: Hippolyta – die die Pferde befreit –, weil sie als Kind die Zäune öffnete, um die Herden im wilden Galopp am Fluss entlangjagen zu sehen; Antianeira – gegen die See –, weil sie einmal in einen Sturm geriet, als sie von der heiligen Insel kam, und das raue Wasser schwimmend bezwang; Penthesilea – die Männer zur Trauer zwingt –, weil sie sich weigerte, jemals von einem Mann berührt zu werden. Der große Rat der heiligen Insel hatte jedoch beschlossen, dass Penthesilea einst nach mir Königin sein sollte, und da wusste ich, dass sie eine Tochter brauchte. Kurz bevor ich dich in dieser Nacht fand, hatte der Rat der heiligen Insel beschlossen, dass die große Mutter zu besänftigen sei, und zu diesem Zwecke sollte wie in alten Zeiten eine zweite Königin, eine Kriegerkönigin, ausgerufen werden. Die Wahl fiel auf Lampedo, und die wilde Lampedo hat sich nie einem Mann verweigert. Im Gegensatz zu meiner Tochter findet sie Freude an dem jährlichen Treffen mit den Männern."

Selina hatte ihrer Großmutter aufmerksam zugehört und war nachdenklich geworden. Sie hätte Kleite gerne nach den Männern gefragt – immerhin hatte diese selber dreimal das Geschenk der großen Mutter empfangen. Doch es verwirrte sie, dass sie nicht Penthesileas leibliche Tochter war. Sie zwang sich zur Ruhe. „Glaubst du wirklich, Palla würde allein herrschen wollen und mich übergehen?"

Kleite wiegte den Kopf. „Vielleicht nicht im Moment. Doch in Palla fließt das Blut ihrer Mutter, und Lampedo ist eine Kriegerin. Der Rat der Kriegerinnen und der Rat der Städte sind nicht immer gleicher Meinung. Ich will nur sicher sein. Frieden ist besser als Krieg, und es wäre nicht gut, wenn das Volk nur von einer Kriegerkönigin geführt würde."

Selina wurde still. „Wenn in Palla das Blut einer Kriegerin fließt, welches Blut fließt dann in mir? Zu welchem Volk gehöre ich?"

„In dir fließt das Blut der großen Mutter, Selina. Sie hat dich zu uns geschickt. Alles andere ist unwichtig. Du wirst gemeinsam mit Palla die Weihen auf der heiligen Insel empfangen und wirst dereinst wissen, was du tun musst, wenn du das blaue Band der Königin trägst."

Selina erhob sich. „Ich muss nachdenken. Es kommt alles so plötzlich. Und ich muss mit meiner Mutter sprechen."

Kleite nickte und wandte sich wieder ihrer Arbeit zu. Selina erhob sich und richtete ihren knielangen weißen Chiton. Dann schlenderte sie nachdenklich davon. Kleite blickte Selina hinterher. Der kurze Chiton konnte ihre Reife, die in diesem Sommer so unvermutet schnell durchgebrochen war, kaum noch verbergen. Es wurde Zeit, dass ihre Enkelin die Mädchentracht gegen die Frauentracht tauschte, auch wenn Selina selbst nicht zu bemerken schien, dass sie dem Kindesalter entwachsen war. Sie war ganz anders als die kleine dunkelhaarige Palla, die es kaum erwarten konnte, die Frauentracht anzulegen. Palla würde es sicherlich kaum Mühe bereiten, die Kindertracht abzulegen, doch Selina war unbedarft und würde noch etwas Zeit brauchen, sich erwachsen zu fühlen. Es war erstaunlich, dass die beiden Freundinnen geworden waren, doch vielleicht würde es helfen, den Samen der Feindschaft nicht aufkeimen zu lassen, den Lampedo sicherlich versuchen würde zwischen den jungen Frauen zu säen, sobald diese ihre Weihen erhalten hatten. Bald schon würde nichts mehr sein wie bisher. Die Bäume hatten es Kleite geflüstert, die große Mutter hatte es ihr im Schlaf gezeigt. Wenn die Mädchen erst von der heiligen Insel zurückkehrten, würde für das Volk am Fluss eine Zeit der Veränderungen anbrechen.

Schon von Weitem war der Tumult zu hören. Die Frauen hatten sich vor Lampedos Versammlungshaus eingefunden und sich in einem Halbkreis um den Holzpflock gesetzt.

Als Palla Selina entdeckte, winkte sie ihr zu und deutete auf einen Platz an ihrer Seite, den sie allem Anschein nach für Selina freigehalten hatte. Selina ließ sich neben Palla im Sand nieder und kreuzte die Beine. Palla hielt ihr eine Schale mit frischen Wacholderbeeren hin, aus der sie sich bereits reichlich bedient hatte. Selina schüttelte den Kopf, während Palla schulterzuckend weiter zugriff. „Sie halten das Blut rein", gab sie gleichgültig zu verstehen.

Selina hatte keinen Appetit, denn sie mochte es nicht, den Bestrafungen beizuwohnen. Obwohl sie die Männer am Fluss nur sah, wenn die Jägerinnen das Wild brachten, mischte sich doch immer eine Spur Mitleid in ihr Herz, wenn sie bestraft wurden. Palla schienen solche Gefühle fremd zu sein. Schon als sie noch kleine Mädchen waren, hatte sie mit Vorliebe Lederschnüre vor die Häuser am Fluss gespannt, damit die Männer über sie stolperten; sie hatte die Felle gestohlen, die sie in der Sonne gerben, und einmal war sie sogar auf dem Pferd ihrer Mutter hinter einem Jungen hergejagt und hatte ihn mit Pfeilen beschossen.

„Da! Sie bringen ihn", flüsterte Palla aufgeregt und riss Selina aus ihren Gedanken. Zwei von Lampedos Kriegerinnen führten einen jungen Mann in den Halbkreis, der seinen Kopf schicksalsergeben hängen ließ. Palla stopfte immer mehr Beeren in sich hinein. Ihre Augen glänzten, als der Knecht kniend an den Pflock gefesselt und sein Rücken freigelegt wurde. „Ah, sie werden ihn auspeitschen oder brandmarken", stellte sie altklug fest. „Was würdest du tun, wenn du ihn bestrafen müsstest, Selina? Ich glaube, ich würde ihn brandmarken, denn mit einem zerschundenen Rücken kann er tagelang nicht arbeiten."

Selina verzog die Augenbrauen. Pallas pragmatische Gedankengänge waren ihr fremd. „Mit welcher der Frauen war er denn zusammen?"

Palla schmatzte laut, als sie sich die letzte Handvoll Beeren in den Mund schob. „Ich glaube, es war Clonie, eine Frau aus Penthesileas Rat. Auf jeden Fall hat ihr Bauch sich erst vor Kurzem angefangen zu runden, obwohl es schon über zehn Mondumläufe her ist, dass die Frauen in den Bergen waren."

Selina beobachtete, wie zwei Frauen ein Kupferbecken mit brennenden Holzscheiten herbeitrugen, in dem ein glühendes Brandeisen bereitlag. Der junge Mann am Holzpflock begann zu zittern. Selina fand, dass er nicht so hässlich war wie die meisten anderen. Clonie hatte sich wohl bewusst für ihn entschieden. Sie stieß Palla in die Rippen. „Palla, findest du ... Ich meine, findest du, dass ... Könntest du dir vorstellen, mit ihm, also ...?"

Palla grinste. „Du weißt wirklich gar nichts darüber, nicht wahr?"

Selina lief rot an. „Natürlich weiß ich, wie es geht. Ich habe schon oft beim Decken der Stuten zugesehen! Außerdem glaube ich nicht, dass du mehr weißt als ich."

„Tue ich aber", beharrte Palla, während die Frauen einen großen Blasebalg herbeitrugen, um die Glut zu schüren.

„Du warst doch noch nie in den Bergen", flüsterte Selina jetzt etwas leiser, denn es wäre ihr peinlich gewesen, wenn die anderen Frauen ihr Gespräch gehört hätten.

„Das brauch ich auch gar nicht. Ich habe mich an einem Abend zu den Unterkünften am Fluss geschlichen. Einer der Knechte war gerade dabei, Kochgeschirr im Fluss zu waschen. Ich habe ihm einfach in die Beinkleider gefasst."

Selina sog scharf die Luft ein. „Das hast du nicht getan!"

Palla grinste. „Er hat sich nicht bewegt, dafür hatte er viel zu viel Angst, doch als ich sein Ding in meiner Hand hatte, wurde es ganz hart, und er atmete schwer."

„Und was hast du dann getan?"

„Ich habe ihn gezwungen, seine Hand zu benutzen. Ich wollte sehen, was passiert, aber irgendwann bin ich weggelaufen, weil Hippolyta vorbeikam und ich nicht gesehen werden wollte."

Selina schüttelte ungläubig den Kopf. Nie hätte sie so etwas getan, es wäre ihr nicht in den Sinn gekommen, einen Mann *dort* anzufassen. Palla stieß sie an. Die Frauen nahmen das Brandeisen aus dem Feuer und näherten sich quälend langsam dem Rücken des zitternden Mannes. Kurz darauf ertönten ein Zischen und ein markerschütternder Schrei. Selina rümpfte die Nase, als sie die verbrannte Haut roch und auf dem Rücken des Mannes den feuerroten Kreis mit einer Streitaxt in der Mitte sah – Lampedos Zeichen.

Palla streckte sich und stand auf. „Auf jeden Fall wird er nicht mehr versuchen, wegzulaufen. Wohin sollte er auch gehen?"

Selina blieb noch eine Weile sitzen, während der Platz sich langsam leerte. Sie beobachtete, wie Lampedos Frauen den Knecht losbanden und dieser wimmernd in sich zusammensackte. Erst nach einer Weile erhob er sich mühsam. Er wischte sich kurz über die

Augen, dann fing Selina seinen zornigen Blick auf. Irritiert sah sie ihm ins Gesicht, doch seine Augen waren bereits wieder demütig zu Boden gerichtet. Sie musste sich getäuscht haben.

Es war bereits dunkel, als Selina sich auf den Weg zum Fluss machte. In den Gassen zwischen den Häusern der Stadt brannten die Kochfeuer, die darauf warteten, dass die Jägerinnen heimkehrten und das Fleisch des erlegten Wildes mitbrachten. Selina hatte beschlossen, ein gutes Stück für Kleite mitzubringen. Vielleicht würde sie heute gemeinsam mit Penthesilea und ihrer Großmutter um das Kochfeuer sitzen können, und vielleicht würden diese ihre drängenden Fragen beantworten.

Die Luft war angenehm kühl, jedoch nicht so kalt, dass Selina einen wollenen Umhang hätte mitnehmen müssen. Zur Sommerzeit saßen die Frauen jeden Abend vor ihren Häusern, besuchten sich gegenseitig und aßen zusammen. Nur Lampedos Kriegerinnen zogen sich häufig für ein gemeinsames Mahl in das Versammlungshaus ihrer Königin zurück. Selina war mit der Geselligkeit der Frauen aufgewachsen und hatte sich kaum Gedanken darüber gemacht, dass es noch etwas anderes geben könnte als das Leben in der Gemeinschaft des Volkes der großen Mutter. Solange die Mädchen noch Kinder waren, wuchsen sie geschützt und behütet auf, lernten Bogenschießen, übten sich mit der Axt, fertigten Krüge und Pfeilspitzen, bearbeiteten Wolle oder spielten unten am Flussufer. Sie jagten den Herden der Pferde hinterher, die auf den Weiden am Fluss grasten, und es war selbstverständlich, dass jede der Frauen sich um die Kinder kümmerte. Selina hätte sich kaum ein schöneres Leben als in Lykastia vorstellen können. Ihre Kindheit war erfüllt gewesen von einer Freiheit, die für sie selbstverständlich war. Manchmal hatten sie und Palla sich im Gebüsch versteckt und die Knechte mit Steinen beworfen. Palla hatte es jedes Mal Spaß bereitet, wenn einer der Männer vor Schmerz aufheulte, Selina hingegen empfand weder Verachtung noch irgendetwas anderes für die Männer, die ein abgeschiedenes Leben am Flussufer führten und gut für das Volk der großen Mutter arbeiteten. Selina ahnte nur, dass diese Männer nicht wie die sein konnten, mit denen sich die Frauen einmal im Jahr trafen. Bis es erwachsen war, lernte ein Mädchen des Volkes nichts anderes kennen als die Gemeinschaft der Frauen, und nach Lykastia kamen niemals Fremde. Nur Themiskyra besuchten gelegentlich Kaufleute, um mit Pferden, Keramik, Schmuck oder seltener auch mit Pfeilspitzen aus dem neuen schwarzen Metall zu handeln. Letztere zeigten die Kriegerinnen mit Stolz herum, wenn es ihnen gelang, eine dieser seltenen Waffen zu erwerben.

Selina wusste, dass sich ihr Leben nach der Weihe auf der heiligen Insel verändern würde. Doch bis zum Nachmittag hatte sie sich noch nie Gedanken darüber gemacht, dass es fernab dieser innigen Gemeinschaft noch etwas anderes geben musste. Jetzt fragte sie sich, was für Menschen außerhalb der fruchtbaren Flusslandschaft des Thermodon lebten, vielleicht hinter den pontischen Bergen, die sich nach Osten erstreckten, oder auf welche Völker sie träfe, wenn sie den Thermodon überqueren und weiter nach Westen gehen würde.

Als Selina in ihre Gedanken vertieft das Flussufer erreichte, waren die Jägerinnen gerade eingetroffen. Das laute Durcheinander und das Schnauben der erhitzten Pferde erfüllten sie mit einem warmen vertrauten Gefühl. Einige Kinder traten schon unruhig mit den Füßen auf der Stelle. Sie besaßen noch nicht die Ruhe und Ausgeglichenheit der älteren Frauen, sondern schielten sehnsüchtig auf das Wild, das die Jägerinnen zusammengetragen hatten. Selina sah, dass es noch dauern würde, bis das Fleisch geteilt wurde. Wie jeden Abend kamen zuerst die Knechte herbeigehumpelt, um das Wild zu häuten und zu zerlegen. Sie waren zwar nicht sehr flink, da die Frauen ihnen die Sehnen des linken Fußes durchtrennt hatten, doch ihre Aufgaben erledigten sie geschickt. Schon bald waren die Arme und Körper der Männer bedeckt vom Blut der Tiere, die bronzenen Messer verschwanden immer wieder im Fleisch und trennten behände große und kleine Stücke ab.

Selina umrundete sie in einem weiten Bogen, damit das Blut nicht ihren hellen Chiton besprizte. Als Penthesilea ihr zuwinkte, beschleunigte Selina ihre Schritte.

„Die große Mutter war uns heute wohlgesonnen. Wir hätten noch mehr Rehe und vor allem Hasen bringen können, doch niemand hätte so viel Fleisch verzehren können."

Selina sah ihre Mutter bewundernd an. Ohne Kleites Erzählung wäre sie nie auf den Gedanken gekommen, dass Penthesilea nicht ihre leibliche Mutter war, denn ebenso wie Selina selber hatte diese eine ungewöhnlich helle Haut und helles langes Haar. Für Selina war Penthesilea die schönste aller Frauen, und das lag keineswegs an ihrer ungewöhnlichen Liebe zu Silberschmuck. Selina wusste, dass Penthesilea den Schmuck zu Ehren der großen Mutter und des Mondes trug. Silbern wie der Mond wollte Penthesilea sein, und der silberne Brustharnisch unterstrich ihre helle Haut ebenso wie die schlangenförmigen Armreifen, die sich um die Oberarme ringelten. Ihre Verehrung für den Mond ging so weit, dass sie ihre Tochter nach ihm benannt hatte, denn Selina war der Name einer fremden Mondgöttin.

„Wirst du heute Abend mit Kleite und mir zusammensitzen und essen?"

Seit sie denken konnte, hatte Selina in Kleites Haus gelebt, weil Penthesilea keine Zeit hatte, ihr eine Mutter zu sein. Selina hatte es nicht bedauert. Sie liebte Penthesilea zwar und nannte sie Mutter, aber es war Kleite, die diese Rolle in Selinas Leben ausgefüllt hatte. Dies jedoch war nicht ungewöhnlich: Die jungen Frauen mussten jagen und kämpfen, die älteren Frauen kümmerten sich um die Kinder.

Penthesilea schüttelte den Kopf. „Nein, Selina, ich werde mit Lampedo, Antianeira, Hippolyta und meinem engsten Rat zusammen essen. Es muss noch viel besprochen werden, bevor du gemeinsam mit Palla auf die heilige Insel gebracht wirst."

Selina schmollte. „Aber ich muss mit dir reden, Mutter."

Penthesilea wandte ihr fragend den Kopf zu. „Dann tue es jetzt, Selina. Du weißt, dass meine Pflichten mir nicht viel Zeit lassen."

Selina nahm all ihren Mut zusammen. „Kleite erzählte mir heute, wie ich deine Tochter wurde."

Penthesilea stutzte kurz. Sie legte einen Arm um Selina, und sie gingen ein paar Schritte, bis sie etwas abseits der Frauen standen, die nun vorwärtszudrängen begannen, um sich die besten Stücke des Fleisches zu sichern.

„Du solltest es eigentlich erst auf der heiligen Insel erfahren. Kleite ist oft zu voreilig. Doch nun kennst du die Wahrheit." Sie machte eine kurze Pause und blickte Selina tief in die Augen. „Ändert es irgendetwas, Selina?"

Selina schüttelte den Kopf. „Nein, doch ich fühle mich seltsam, nachdem ich die Wahrheit kenne."

„Als Kleite dich damals zu mir brachte, war ich kaum älter, als du es heute bist. Obwohl ich vielleicht zu jung war, um eine gute Mutter zu sein, habe ich dich sofort angenommen und geliebt." Penthesilea lächelte und legte Selina einen Finger unter das Kinn. „Ich wurde zur Königin erzogen. Ich hatte nie viel Zeit, Mutter zu sein. Deine Bestimmung ist der meinen sehr ähnlich. Kleite war dir oft näher, als ich es war. Ihr gehörte deine Kindheit, doch von mir wirst du lernen, eine Königin zu sein."

Selina nickte, ihr brannte jedoch noch eine Frage auf der Zunge. „Von welchem Volk war die Frau, die mich geboren hat?"

Penthesilea zog die Augenbrauen zusammen. „Hast du Kleite das nicht gefragt?"

„Sie gab mir nur eine ausweichende Antwort."

Ihre Mutter nickte. „Sie trug die Kleidung der Mykener. Das ist ein Volk, das mit den Schiffen von den Inseln nahe der Küste kommt, um Handel zu treiben."

Selina hatte noch nie etwas von den Mykenern gehört. „Sind die Mykener unserem Volk ähnlich?"

Penthesilea lächelte verächtlich. „Nein, das sind sie nicht. Sie gehören zu denen, die unser Volk einst von den westlichen Küsten des Landes vertrieben, bis wir uns in das geschützte Tal des Thermodon zurückzogen. Sie leben auch nicht wie wir. Die Männer schließen ihre Frauen in ihre Häuser ein und bestimmen über sie." Sie schüttelte den Kopf. „Aber diese Geschichten wirst du hören, wenn du deine Weihen auf der heiligen Insel empfängst. Danach wirst du mehr verstehen – von unserem Volk und auch von den anderen, die uns umgeben." Sie legte Selina kurz die Hand auf die Schulter und ging dann eilig davon.

Selina blickte ihrer Mutter hinterher und dachte über deren Worte nach. Sie konnte sich nicht vorstellen, dass Männer ihre Frauen in Häuser sperrten und ihnen sagten, was sie zu tun hatten. Sie betrachtete einen Knecht, der gerade zu einer der Frauen humpelte und ihr einen Hasen reichte. Männer waren gute Knechte, jedoch nicht dazu geeignet, ein Volk zu führen oder zu kämpfen. Kurz dachte sie an den zornigen Blick des Mannes auf dem Versammlungsplatz. Sie schüttelte den Kopf. Dann ging auch sie zurück zu den anderen Frauen, um noch ein gutes Stück Fleisch für Kleite und sich selber zu bekommen.

Als sie nach einem Hasen und einem Stück Rehfleisch suchte, sah sie Palla, die Lampedos tänzelnden Hengst am Zügel hielt. Das Tier war aufgeregt und nervös wie immer. Palla liebte Pferde, und die wildesten konnten ihr nicht wild genug sein. Ihre Füße stemmten sich fest in den Boden, damit ihr das tänzelnde Pferd nicht davonlief und sich vom Zügel riss. Selina langte nach einem Hasen für Palla und schlenderte dann zu ihr hinüber.

„Pinto ist heute besonders unruhig", erklärte Palla angestrengt, als sie Selina erkannte. „Ich hoffe, dass meine Mutter mir bald erlaubt, ihn zu reiten, oder dass ich bald ein eigenes Pferd haben darf. Schließlich werde ich jagen und Kriegerin sein, wenn ich erst einmal die Weihen empfangen habe. Vielleicht besorge ich mir Pfeilspitzen oder ein Schwert aus dem schwarzen Metall. Ich will auch so ein Schwert, wie es Bremusa aus Themiskyra mitgebracht hat. Sie hat damit das Bronzeschwert von Alinippe in zwei Teile zerschlagen."

Selina hielt Palla den Hasen hin. „Bald ist das ganze Fleisch verteilt, und du hast nichts Besseres zu tun, als diesen Feuergeist von einem Pferd zu besänftigen und dir über Waffen Gedanken zu machen. Überlasse den Hengst Hippolyta, und komm mit mir zu Kleites Haus, dann können wir zusammen essen."

Palla und der Hengst schüttelten fast gleichzeitig ihre dunklen Mähnen. Selina fand, dass Palla und der Hengst sich ähnlich waren. „Lampedo hat mir erlaubt, ab heute mit den anderen Frauen zu essen, weil ich ohnehin bald zu ihnen gehören werde. Komm mit mir, und lass uns in der Versammlungshalle sitzen."

Selina schüttelte den Kopf. „Ich mag die Friedfertigkeit von Kleites Gesellschaft lieber als die Streitgespräche und wilden Tänze der Kriegerinnen."

Palla runzelte die Stirn. „So? Aber du wirst Königin sein. Jede Königin nimmt das Essen mit ihren Jägerinnen und Kriegerinnen zusammen ein!"

„Noch bin ich es ja nicht, Palla. Sehen wir uns morgen?"

Palla lachte erfreut auf, da es ihr jetzt gelang, Pinto so fest am Zügel zu ziehen, dass er endlich Ruhe gab. „Morgen besiege ich dich im Kampf mit der Axt. Mit ihr bin ich dir gegenüber im Vorteil."

Selina hatte eigentlich gemeint, dass sie etwas Zeit am Fluss verbringen würden, wie früher baden und gemeinsam lachen könnten. Doch je näher der Zeitpunkt der Weihe rückte, desto erpichter und versessener schien Palla darauf, sich in der Welt der Frauen zu beweisen.

Die heilige Insel Aretias

Selina hielt sich an beiden Seiten des schwankenden Bootes fest und richtete ihren Blick starr auf die kleine Insel, der sich das Boot mit mühsamen Ruderzügen näherte. Die rauen Wellen der See beunruhigten sie, auch wenn sie es nicht zeigen wollte. Palla blickte ebenso misstrauisch in das dunkle Wasser. Seit dem Morgen schweigen sie, wodurch sich eine feierliche Stimmung eingestellt hatte.

Anders als die Mädchen wirkte Antianeira gelassen, während sie die Ruder kraftvoll durch die Wellen zog. Drei Tage hatten sie gebraucht, um von Lykastia bis zur heiligen Insel Aretias zu gelangen. Die Priesterin hatte es nicht eilig gehabt und jeden Abend Selinas und Pallas Haut mit einer dunklen Pflanzenfarbe bemalt, die über Nacht trocknen musste. Mittlerweile waren die Körper und Gesichter der Mädchen mit heiligen Zeichnungen bedeckt, deren Bedeutung nur die höchsten Priesterinnen der großen Mutter kannten.

Als das Boot endlich am Strand der Insel anlegte, sandte Selina stumme Dankgebete an die große Mutter und versuchte, nicht daran zu denken, dass sie den gleichen Weg über die bedrohliche See noch einmal würde nehmen müssen, um nach Lykastia zurückzukehren.

Schweigend folgten Palla und Selina Antianeira, die den Weg genau kannte. Noch immer wussten sie nicht, was ihnen bevorstand. Als sie den Strand verlassen hatten und durch belaubte Gebiete ins Innere der Insel kamen, legte sich Selinas Aufregung etwas. Die Insel unterschied sich nicht so sehr von ihrer Heimat. Sie gingen noch eine ganze Weile schweigend hintereinander, immer darauf bedacht, die Stille nicht durch knackende Äste zu stören.

Endlich hob Antianeira zum Zeichen, dass sie ihr Ziel erreicht hatten, die Hand. Selina spähte an ihr vorbei und sah einen kleinen Steintempel. In ihrer Enttäuschung hätte sie beinahe Palla angestoßen. Der rechteckige Tempel bestand aus grauen gehauenen Felsen und wies weder Fensteröffnungen noch Säulen oder andere Verzierungen auf. Stattdessen besaß er als Eingang eine längliche Öffnung, die Selina an die Scham einer Frau erinnerte. Das also sollte das Heiligtum der großen Mutter sein! Selina hatte es sich größer vorgestellt, von allen Seiten durch Priesterinnen bewacht.

Antianeira stieß den hohen sirenenhaften Ruf des Volkes aus, und etwa dreißig Frauen traten aus dem Tempel und antworteten auf die gleiche Weise. Zwei der Frauen traten vor. Sie waren anders gekleidet, als die übrigen und ihre langen blau gefärbten Gewänder kennzeichneten sie als Hohepriesterinnen. Die anderen Frauen trugen kurze Chitone und lederne Gürtel, an denen bronzene Messer und eine Axt hingen. Antianeira sprach kurz ein paar Worte mit den Hohepriesterinnen, dann zogen sich die beiden mit ihrem Gefolge zurück in den Tempel. Zum ersten Mal an diesem Tag wandte sich Antianeira an die beiden Mädchen. „Wir werden drei Tage auf der Insel bleiben. Jeder Tag steht für einen Teil der Zeremonie. Heute empfängt euch die große Mutter mit einem Festmahl."

Palla wirkte enttäuscht. „Das ist alles? Wir werden essen?"

Antianeira lächelte. „Ich werde mit euch speisen. Während der Nacht und während wir essen, werde ich euch die Geschichte unseres Volkes erzählen."

Wieder folgten Selina und Palla der Priesterin. Dieses Mal führte Antianeira sie in den Tempel hinein. Die dicken grauen Steinquader hielten das Tempelinnere kühl, und Selina hatte Mühe, ihre Augen an die Dunkelheit zu gewöhnen, bis Antianeira eine Fackel entzündete und sie in eine Halterung an der Wand steckte. Während sie weitere Fackeln entzündete, die den Raum bis in den letzten Winkel ausleuchteten, sah Selina sich um. Die Halle war schmucklos, nirgendwo gab es Zeichnungen an den Wänden. Trotzdem wirkte sie größer als von außen. In der Mitte des Raumes lag ein Tuch, auf dem einige Köstlichkeiten ausgebreitet worden waren. Die Tonschalen mit Haselnüssen, das gebratene Wild und die Brotfladen ließen Selina gewahr werden, dass sie Hunger hatte.

„Setzt euch, esst und trinkt. Ihr seid Gäste der großen Mutter", forderte Antianeira sie feierlich auf.

Selina und Palla griffen beherzt zu. Antianeira nahm einen Krug und füllte die leeren Tonschalen der Mädchen. Palla trank als Erste. „Das habe ich noch nie getrunken. Was ist das?"

Antianeira lächelte. „Ein Geschenk der großen Mutter."

Palla trank ihren Becher schnell leer und ließ sich nachschenken. „Es schmeckt gut", stellte sie nüchtern fest.

Ohne aufzusehen, begann Antianeira unvermittelt zu erzählen. „Vor vielen Tausend Jahren kam unser Volk aus einem Land, dessen Name vergessen ist, und siedelte sich hier an. Wir bewohnten das Land der Achäer und auch der Hethiter. Es gab kaum einen Flecken Erde, wo nicht das Wort der großen Mutter Beachtung fand."

Selina stellte ihren Tonkrug fort und kämpfte gegen ein leichtes Schwindelgefühl. „Irgendwie dreht sich alles", flüsterte sie.

Antianeira legte einen Finger auf die Lippen, und Selina verstummte sofort.

„Wir jagten das Wild, wir tanzten für die große Mutter, und wir erzogen unsere Töchter in ihrem Sinne. Damals lebten auch Männer mit uns."

Palla sog scharf den Atem ein, wagte jedoch nicht, etwas zu sagen. Antianeira fuhr fort: „Wir lebten gut mit den Männern, denn sie hatten ihre eigenen Gemeinschaften, wie wir die unseren hatten. Die Männer erzogen ihre Söhne, während wir die Töchter großzogen. Sie hatten Ehrfurcht vor dem Geschenk der großen Mutter an ihre Töchter. Wir lebten also nach dem Willen der Göttin und in Einklang mit den Gesetzen der Natur."

Selina lehnte sich zurück und schloss die Augen. Das Schwindelgefühl verstärkte sich. Ein kurzer Blick auf Palla ließ sie erkennen, dass auch diese benommen war. Selina schielte auf den leeren Becher. *Das Gebräu!*, fuhr es ihr durch den Kopf. *Antianeira hat nichts davon getrunken.*

Die Priesterin beachtete sie nicht und sprach weiter. „Dann kamen fremde Völker in unser Land, die nichts von der großen Mutter wussten." Antianeiras Stimme wurde düster. „Sie brachten Frauen mit sich, die hinter den Männern herliefen und die Früchte der Sträucher sammelten, während ihre Männer auf Pferden ritten und jagten. Die Männer sahen unser Volk und wollten sich mit ihm mischen. >Kommt mit uns, und werdet unsere Weiber<, baten sie die Priesterinnen. Als diese sich weigerten, fielen die Fremden bei Nacht in die Unterkünfte unserer Männer ein und töteten diese im Schlaf, da sie wussten, dass sie keine Waffen trugen und wehrlos waren. Sie glaubten, die Frauen unseres Volkes damit zwingen zu können, sich ihnen anzuschließen."

Selina ließ sich stöhnend auf den kalten Steinboden sinken. Sie meinte, Bilder aus längst vergangenen Tagen sehen zu können, die Worte der Fremden mit ihren eigenen Ohren zu vernehmen. Sie glaubte, in der Zeit zurückzureisen und Antianeiras Geschichte selbst zu erleben.

„Doch die Frauen unseres Volkes weigerten sich, den Mördern ihrer Männer zu folgen. Statt sich zu unterwerfen, bestiegen sie ihre Pferde und erlegten mit ihren Äxten und Pfeilen nicht mehr das Wild, sondern die Eindringlinge, die ihre Gefährten so hinterhältig ermordet hatten. Die Töchter der Göttin hinterließen ein Meer aus Blut und erkämpften sich und ihren Töchtern die Freiheit. Die große Mutter war an ihrer Seite und stärkte ihren Arm. Wir wären siegreich gewesen, wenn sich nicht einige Frauen vom Weg der Göttin abgewandt hätten und zu den Männern gelaufen wären. Sie sahen, dass es einfach war, sich an das Kochfeuer eines Mannes zu setzen, und sie wurden faul. Die Männer hatten erreicht, was sie wollten. Sie jagten unsere Priesterinnen und deren Getreue fort und stellten Statuen ihrer eigenen Götter auf. Seitdem leben wir ohne Männer und vertrauen ihnen nicht mehr. Alle, die später kamen, verlangten, dass wir unsere jahrhundertealte Gemeinschaft aufgeben und hinter den Hinterteilen ihrer Pferde herlaufen, um ihnen zu folgen. Als uns immer mehr von ihnen bedrängten, siedelten wir uns fernab am Thermodon an und errichteten drei Städte – Themiskyra, Chadesia und Lykastia. Einige der Fremden kommen mittlerweile auch hierhin. Treibt mit ihnen Handel, kämpft gegen sie, doch folgt ihnen niemals!"

Plötzlich verblassten die Bilder in Selinas Kopf. Antianeira hatte aufgehört zu erzählen. Selina richtete sich mühsam auf und öffnete die Augen. Ehe sie verstand, was geschah, lief eine wild durcheinander schreiende Horde Frauen in den Tempel. Selina vernahm wilde Trommelrhythmen und hohe jammernde Flötentöne. Die Frauen begannen um sie und Palla herum einen ekstatischen Tanz. Ihre kurzen Chitone hoben und senkten sich mit jedem wütenden, rhythmischen Aufstampfen ihrer Füße. Selina fühlte, wie der gleichbleibende zornige Schlag der Trommeln und der schnelle Tanz der Frauen sie mitriss. Sie wurde hochgerissen, die Tänzerinnen nahmen sie und Palla in ihre Mitte, und ehe Selina wusste, wie ihr geschah, verschmolzen ihr Körper und ihr Geist im Gleichtakt der Tänzerinnen.

Das ist wunderbar, dachte Selina, während ihre Füße auf dem Boden aufstampften. Sie fühlte sich stark und mächtig, Antianeiras Worte hallten in ihrem Kopf. *Sie wollten uns niederzwingen, doch wir töteten sie alle!*

Dicht neben sich hörte sie, dass Palla einen hohen Schrei ausstieß. Dann bemerkte Selina, dass ihr ein Gegenstand in die Hand gedrückt wurde. Sie zwang sich, ihn zu betrachten. Es war eine lange Peitsche von der Art, wie die Frauen sie zum Züchtigen der wilden Pferde benutzten. Viele Hände packten sie an den Schultern und wirbelten sie im Kreis herum, bis ihr schwindelig wurde. Schließlich bekam sie einen Stoß und sie stolperte nach vorne. Die Trommeln schlugen weiter. Selina stand vor dem entblößten Rücken eines jungen Mannes, der geduckt vor ihr kauerte und vor Angst zitterte. Glatt und unversehrt war seine Haut. Selina hörte die Stimme einer der Frauen an ihrem Ohr. „Sie wollten uns zwingen, uns ihnen zu unterwerfen."

Von der anderen Seite flüsterte eine weitere Stimme. „Sie kamen in unser Land und brachten Blut und Tod!"

Wie von selbst hob sich Selinas Arm, und der Lederriemen der Peitsche knallte laut auf den Rücken des jungen Mannes. Wieder hob und senkte sich ihr Arm, einmal, zweimal, dreimal. Beim vierten Mal schrie der junge Mann markerschütternd auf, und Selinas Verstand klärte sich sofort. Die Trommeln verstummten. Sie ließ die Peitsche fallen und blickte ungläubig auf den wimmernden jungen Mann mit dem zerschundenen Rücken. War das wirklich sie gewesen, die ihn so zugerichtet hatte?

Wieder knallte ein Peitschenhieb, gefolgt von einem männlichen Schrei. Selinas Kopf flog zur Seite, und sie konnte Palla sehen, die mit wutverzerrtem Gesicht immer und immer wieder auf ihr Opfer einschlug. Der Junge hatte sich unter Pallas Schlägen zu Boden geworfen und die Hände über den Kopf geschlagen. Palla hatte das Aussetzen der Trommeln nicht bemerkt, sie schlug wild und wütend weiter. Endlich hielt Antianeira selbst ihren Arm noch im Schlag fest, und Palla ließ sich mit einiger Gegenwehr die Peitsche entwinden.

Die Frauen zogen sich zurück und schleppten die beiden Männer fort, sodass Selina und Palla allein mit Antianeira zurückblieben.

Die Priesterin stellte sich vor sie und nickte ihnen zu. „Heute habt ihr gesehen, welche Kraft die große Mutter in euch hervorzurufen vermag, und ihr habt etwas über unser Volk gelernt. Ihr habt Stärke und Tatkraft bewiesen, und dass ihr hart gegenüber euren Feinden sein könnt. Doch einen Angreifer zu erschlagen ist leicht. Morgen wird sich zeigen, ob ihr würdig seid, Frauen des Volkes zu werden, denn es kommen vielleicht Zeiten, in denen es nicht ausreicht, hart gegenüber dem Gegner zu sein, sondern man auch hart gegenüber sich selbst sein muss."

Als Selina am nächsten Tag die Augen aufschlug, schmerzte ihr Kopf, und ihre Glieder waren steif von der Nacht auf dem gestampften Boden. Stöhnend richtete sie sich auf und versetzte Palla einen leichten Fußtritt.

„Was ist?", murmelte ihre Freundin noch halb im Schlaf.

„Es ist bereits Mittag. Die Sonne steht hoch."

Palla richtete sich ebenfalls stöhnend auf. „Ich möchte wissen, was das für ein Gebräu war. Mein Kopf zerspringt."

Selina blickte zu ihr hinüber. „Kannst du glauben, was wir heute Nacht getan haben?"

Pallas Augen funkelten. „Ich weiß es nicht, doch ich fühlte mich so befreit … so mächtig."

„Es beunruhigt mich, wenn ich daran denke", entgegnete Selina. „Ich habe das Gefühl, ich war nicht ich selbst. Dieser Mann hatte mir nichts getan. Er war nicht mein Feind."

Palla wiegte den Kopf hin und her. „Ich für meinen Teil meinte das erste Mal in meinem Leben, ich selbst zu sein." Sie klopfte Selina beruhigend auf die Schulter. „Diese Männer sind alle gleich: Ein Mann ist ein Mann, und sie sind unserem Volk niemals gut gesonnen gewesen. Du hast doch gehört, was Antianeira gesagt hat: >Töte einen von ihnen, und es trifft immer den Richtigen.<"

Selina zweifelte. „Antianeiras Geschichte besagt, dass auch unser Volk einmal mit Männern lebte. Es können also nicht alle schlecht sein."

Palla schüttelte den Kopf. „Das ist lange her! Diese Männer gibt es nicht mehr. Es gibt nur noch die Fremden und diejenigen, die wir in Knechtschaft halten!" Gerne hätte Palla ihren Worten einen bekräftigenden Fluch hinterher gesandt, doch in Anbetracht des heiligen Ortes hielt sie sich zurück und zog Selina auf die Beine. „Komm, ich brauche frische Luft."

Als sie gerade den Tempel verlassen wollten, kam ihnen Antianeira entgegen. Auch sie trug nun ein langes blaues Priesterinnengewand, das ihr bis zu den Knöcheln reichte. „Ich sehe, ihr seid wach. Das ist gut. Die nächste Prüfung erwartet euch bereits."

Selina unterdrückte ein Seufzen. Zu gern hätte sie ihr Gesicht in die warme Sonne gehalten, um die Erinnerungen an die letzte Nacht zu vertreiben. Antianeira deutete das Schweigen der beiden Mädchen jedoch als Einverständnis und führte sie zurück in die Halle. „Wartet hier!", wies sie Selina und Palla an. Dann verließ sie eilends den Tempel. Wieder legte sich Anspannung auf Selinas Gemüt. Nach der letzten Nacht erwartete sie nichts Gutes.

Palla stieß sie in die Seite. „Hörst du das?"

„Was?"

Palla bedeutete ihr, still zu sein. „Den Hufschlag eines Pferdes."

Selina konzentrierte sich, dann vernahm auch sie ein wütendes Schnauben.

Der Hufschlag wurde lauter, das Pferd wurde offensichtlich in den Tempel geführt.

Palla schrie erstaunt auf, als die drei Priesterinnen endlich mit dem aufgeregten Tier in der Halle erschienen. „Pinto! Wie kommt der Hengst meiner Mutter hierher?"

Sichtlich erfreut lief sie zu dem Hengst, um dessen Hals zu klopfen. Antianeira kam zu Selina herüber, die sich nicht von der Stelle gerührt hatte. Unter ihrem langen Gewand zog sie einen spitzen Bronzedolch hervor, dessen Schaft mit Pferdeköpfen verziert war. „Die große Mutter verlangt ein Opfer. Töte den Hengst, Selina! Stoße ihm den Dolch in die Halsschlagader, damit sein Blut den heiligen Boden tränkt!"

Palla entfuhr ein entsetzter Schrei. „Nicht Pinto! Er gehört Lampedo, der Königin!"

„Lampedo hat ihn selber als Opfer für die große Göttin ausgewählt", erklärte Antianeira freundlich.

„Nein!" Palla legte ihre Arme um den unwilligen Hengst, der sich ihr sofort zu entwinden versuchte.

Antianeira wandte sich wieder an Selina, dieses Mal sehr bestimmt: „Töte ihn, Selina! Opfere ihn der großen Mutter!"

Selina vermochte nicht, sich zu rühren. Sie blickte in die verzweifelten Augen Pallas, die noch immer den Hals des Hengstes umklammerte, während die Priesterin Selina den Dolch entgegenstreckte. Palla liebte Pinto. Sie konnte den Hengst nicht vor ihren Augen töten.

Eine Weile waren sie wie erstarrt, und die Zeit schien nicht zu verstreichen. Endlich ergriff Antianeira wieder das Wort: „Ihr beide wollt Töchter der großen Mutter sein und seid noch nicht einmal in der Lage, ihr dieses geringe Opfer zu bringen?"

Selina trat von einem Fuß auf den anderen. Es ging ihr weniger um den Hengst als um Palla. Antianeira ließ den Dolch sinken. Sie schüttelte den Kopf und wollte gehen, als plötzlich Palla mit einem wütenden Schrei den Hengst losließ und auf sie zurannte. Selina erschrak. Wollte sich Palla etwa an einer Priesterin der großen Mutter vergreifen? Doch Palla entriss Antianeira nur den Dolch und lief mit ihm zurück zu Pinto. Ohne zu zögern, hieb sie dem Hengst die Klinge bis zum Schaft in den Hals. Wiehernd stieg das erschrockene Tier und riss sich dabei selbst die Klinge aus dem Fleisch. Das Blut schoss aus der Wunde, dann brach der Hengst vor Palla zusammen. Selina starrte in die Augen des Pferdes, die sich verdrehten, bis nur noch das Weiße zu sehen war. Pinto röchelte. Sein Blut tränkte den trockenen Boden des Tempels, der es gierig aufzusaugen schien. Schließlich wurden die Atemzüge flacher, bis

Pinto still und leblos dalag. Palla ließ den Dolch fallen und rannte hinaus. Selina konnte noch immer nicht fassen, dass Palla das Pferd getötet hatte.

Antineira flüsterte ihr leise zu. „Lauf ihr hinterher, Selina."

Selina traf Palla vor dem Tempel. Mit angezogenen Beinen hockte sie auf einem Felsen, die Arme um die Knie gelegt. Sie hatte sich mit der blutigen Hand einige Tränen aus den Augen gewischt, sodass die Bemalung ihres Gesichtes und das Blut des Pferdes ihr das Aussehen eines bösen Waldgeistes verliehen. Selina setzte sich neben sie. „Du hättest das nicht tun müssen, Palla."

Palla fuhr wütend zu ihr herum. „Einer musste es ja tun!"

„Aber Palla, ich habe es nicht getan, weil ich wusste, wie sehr du an Pinto gehangen hast."

Pallas Gesicht verzerrte sich zu einer Fratze. „Aber verstehst du denn überhaupt nichts? Genau darin bestand die Prüfung. Nicht nur die Feinde zu besiegen, sondern auch sich selbst."

Selina versuchte, sie zu berühren, doch Palla entzog sich ihr. „Du bist meine Freundin. Wie hätte ich dir das antun können?"

Palla spie aus: „Wenn du meine Freundin wärest, hättest *du* ihn getötet! Er war ohnehin verloren. Die große Mutter wollte es so."

Selina schüttelte den Kopf. „Wir hätten uns einfach weigern können – gemeinsam!"

Palla sprang auf und sah sie verächtlich an. „Du bist zu weich, Selina! Die Kriegerinnen werden dir nur folgen, wenn du deine eigene Schwäche beherrschst. Ich habe die Prüfung bestanden. Ich habe heute etwas geopfert, was ich liebte, und das macht mich stark. Die große Mutter wird zufrieden mit mir sein!"

Ohne eine Antwort abzuwarten, lief Palla davon. Selina blieb allein zurück. In ihr breitete sich ein Gefühl der Abneigung gegen das Erlebte aus. „Große Mutter", flüsterte sie, „warst wirklich du es, die dieses Opfer begehrte, oder war es vielleicht doch nur Lampedos Wille?"

„Sie wird sich wieder beruhigen, Selina."

Selina zuckte zusammen, denn sie hatte nicht bemerkt, dass Antianeira ihr aus dem Tempel gefolgt war. „Ich verstehe sie nicht mehr."

Antianeira berührte sie sanft am Arm. „Komm mit mir, Selina. Ich habe noch eine besondere Aufgabe für dich."

„Eine neue Prüfung?", fragte Selina zaghaft.

„Ein Blick über die Zeit hinaus." Antianeira zog den Gürtel um ihren Chiton fester. Selina erhob sich langsam und folgte der Priesterin, die sich vom Tempel abwandte und in den Wald ging.

Je tiefer sie ins dichte Unterholz vordrangen, desto stiller und dunkler wurde es. Das Laubdach der Bäume war so üppig, dass nur wenige Sonnenstrahlen es durchdrangen. Antianeira ging zielsicher vor Selina her, die kaum einschätzen konnte, wie lange sie schon liefen. In dieser unheimlich und bedrohlich wirkenden Umgebung schien die Zeit stillzustehen. Selina wäre fast auf Antianeiras Rücken geprallt, weil sie ihren Blick in alle Richtungen schweifen ließ und so nicht bemerkt hatte, dass die Priesterin stehen geblieben war. Antianeira trat langsam zur Seite und gab den Blick auf eine kleine Holzhütte frei, die so schief war, dass sie fast wie ein verkrümmter Baumstumpf aussah. Ihre Wände waren aus unbearbeiteten Ästen gefertigt, das Dach bestand aus dünnen Zweigen, die mit Lehm versiegelt waren. Selina sah Antianeira misstrauisch an. „Wer lebt dort?"

„Eine Priesterin. Sie erwartet dich bereits. Aber du musst allein hineingehen. Was sie dir zu sagen hat, ist nur für dich bestimmt. Du darfst niemandem etwas davon erzählen, selbst mir nicht."

Selina nickte und ging langsam zur Hütte. Der Eingang war niedrig und wirkte wie ein schwarzes Maul, das alles verschlang, das sich ihm näherte. *Ruhig*, dachte Selina bei sich. *Es kann nicht schlimmer sein als das, was du auf dieser Insel bereits gesehen und erlebt hast.*

Dann trat sie ins Innere.

„Ah, Selina! Ich habe schon auf dich gewartet."

Selina starrte die alte Frau an, die in der engen Hütte auf dem gestampften Boden saß. Vor sich hatte sie ein schmutziges Tuch ausgebreitet, auf dem ein paar Steine und Holzstöcke lagen. Selina versuchte, das Alter der Frau zu schätzen, doch es gelang ihr nicht. Die grauen Haare standen ihr in strähnigen Büscheln vom Kopf ab, einige Stellen waren bereits kahl, ihr magerer faltiger Körper war in ein wollenes blaues Gewand gehüllt, das viel zu groß schien. Das Gesicht der Alten war runzelig und der Mund zahnlos, sodass ihre Worte sich dumpf anhörten. Nur die Augen waren klar und lebhaft. Ihr fast durchsichtiges helles Blau gab ihrem Blick etwas Ungreifbares, sodass Selina nicht genau sagen konnte, ob die Alte nun sie ansah oder irgendetwas anderes.

„Setz dich zu mir", forderte sie Selina auf. Selina ließ sich gegenüber der Alten auf der anderen Seite des Tuches nieder.

„Ich habe keinen Namen, also nenne mich Seherin."

„Du bist eine Seherin? Eine Priesterin, die sehen kann, was sein wird?" Selina war aufgeregt. Sie hatte von den Frauen mit dem zweiten Gesicht gehört. Sie waren selten und durften nie von einem Mann berührt werden, wollten sie ihre Gabe nicht verlieren. Die Seherinnen lebten meist zurückgezogen und wurden von den Frauen mit allem versorgt, was sie brauchten. Dennoch bekamen nur wenige sie je zu Gesicht. Wenn das Volk beschlossen hatte, dass Selina ihre Zukunft kennen sollte, war das eine große Ehre.

„Ich werde dir sagen, was sein wird. Doch die Bilder der Göttin sind nicht klar, sodass sie sich dir vielleicht erst zu einem späteren Zeitpunkt erschließen werden."

Selina nickte. Was würde die Seherin ihr sagen? Dass sie das blaue Band der Königin tragen würde? Dass sie Ruhm und Ansehen erringen konnte?

Die Alte griff mit ihren spinnendürren Fingern nach den Stöcken und Steinen und schüttelte sie kurz in ihrenHänden. Dann warf sie sie auf das Tuch und starrte sie eine Weile an. Selina konnte ihre Aufregung kaum verbergen und nestelte unruhig an einer ihrer Locken.

„Das ist es, was die große Mutter dir preiszugeben bereit ist: Dein Weg wird dich weit führen, in viele Länder. Ich sehe Dinge, die ich nicht verstehe, aber du wirst sie verstehen. Dein Weg wird mit einem schwarzen Metall verbunden sein, das die Welt, wie wir sie kennen, untergehen lässt. Du wirst die neue Welt sehen und dein Glück finden, wenn du deinem Herzen folgst."

Selina konnte nicht an sich halten. „Das verstehe ich nicht – was meinst du mit der alten und der neuen Welt?"

Die Seherin funkelte sie ungehalten an. „Die große Mutter ist alt – sehr alt! Einst erstreckte sich ihr Reich weit über das Land Hatti hinweg. Du gehörst nur zum Teil zu dieser alten Welt. Du bist nicht in das Volk hineingeboren worden und musst deinen eigenen Weg finden, wenn die Mutter ihre Töchter zu sich ruft."

Selina sprang wütend auf. „Ich bin eine Tochter der großen Mutter, ich bin die Tochter von Penthesilea!"

Die Alte fegte die Orakelsteine mit einer Handbewegung beiseite. „Ich habe mich noch nie geirrt, Tochter der Penthesilea. Ich sage nur, was ich sehe. Welche Lehren du aus dem Orakel ziehst, obliegt dir selber. Und nun geh! Es ist eine große Ehre, dass du Einblick in deine Bestimmung erhalten hast. Danke der Göttin dafür, und erweise ihr Respekt!"

Selina erhob sich wütend. Wie konnte die Seherin an der Macht der großen Mutter zweifeln, die ihr die Gabe des Sehens geschenkt hatte? Die große Mutter würde ihre Töchter immer beschützen, und Selina gehörte zu ihnen!

Antianeira lächelte sie an. „Nun? Hat sich dir das, was sein wird, erschlossen?"

Selina verbarg ihre Enttäuschung. Das Volk hatte ihr eine große Ehre erwiesen – egal, was die verrückte Alte gesagt hatte. Sie würde sich nicht undankbar zeigen.

Da Palla sich weigerte, mit ihr zu sprechen, verbrachte Selina einen bedrückenden Tag und eine schlaflose Nacht. So war sie fast erleichtert, als Antianeira am dritten Tag in der Tempelhalle erschien und Palla aufforderte, sie zu begleiten.

Selina erschien es wie eine Ewigkeit, bis die beiden wieder auftauchten. Palla hatte den knielangen Chiton der Mädchen abgelegt und trug nun leichte wollene Beinkleider und ein lockeres Hemd. Um ihre Hüften lag der lederne Gürtel der Frauen des Volkes, ihre Füße steckten in halbhohen Lederstiefeln, und eine eng anliegende spitze Lederkappe bändigte ihr Haar. Palla war sichtlich stolz, jetzt zu den Frauen ihres Volkes zu gehören.

Als Antianeira Selina aufforderte, ihr zu folgen, verkrampfte diese. Sie wagte nicht, die Priesterin anzusehen, geschweige denn anzusprechen. Antineira führte sie hinaus und um den kleinen Tempel herum zur Rückseite des Gebäudes. Dort hatten die Tänzerinnen des ersten Abends bereits einen Kreis gebildet, in den Antineira Selina nun führte. Selina senkte betreten den Kopf.

„Warum bist du schweigsam, Selina?"

„Weil ich in euren Augen und in denen der großen Mutter versagt habe."

Antianeira nickte, fragte dann jedoch: „Und wie sieht es mit dir aus? Hast du selber das Gefühl, versagt zu haben?"

Entschlossen schüttelte Selina den Kopf. „Nein, ich sollte beschämt über diese Gefühle sein, doch ich habe das Richtige getan." Selina hatte beschlossen, nicht zu lügen. Es war ohnehin zwecklos. Sie hatte ihre Aufgabe nicht erfüllt.

„Aber du hast getan, was wir von dir erwartet haben."

Selina wagte endlich, den Kopf zu heben. „Wie kann das sein?"

Antianeira lächelte. „Palla ist eine Kriegerin. Ihre Mutter ist die Königin der Jägerinnen und Kriegerinnen, während deine Mutter die der Stadträte und der Gerechtigkeit ist. Unser Volk führen zwei verschiedene Kräften: Palla wird dereinst kämpfen und dabei einen starken Arm beweisen müssen. Deine Aufgabe wird es sein, das Volk in seinem Zusammenhalt zu stärken. Die große Mutter wäre enttäuscht gewesen, wenn du den Hengst deiner Freundin geopfert hättest."

Langsam verstand Selina. „Heißt das, ich hätte die Prüfung nicht bestanden, wenn ich Pinto geopfert hätte?"

Antineira lächelte. „Zumindest wäre der Rat der Priesterinnen zusammengetreten und hätte über eine neue Nachfolgerin für Penthesilea beraten." Sie nahm von einer der Hohepriesterinnen ein Kleiderbündel entgegen und übergab es Selina. „Du hast die große Mutter erfreut. Lege nun deinen Chiton ab, und trage fortan die Tracht unseres Volkes."

Selina nahm das Bündel entgegen und fühlte sich mit einem Mal leicht und befreit. Sie bedankte sich bei Antianeira und den anderen Priesterinnen und verließ den Kreis. Erst als sie außer Sichtweite war, öffnete sie das Bündel und fand die gleichen Dinge, die bereits Palla nun am Leibe trug. Nur eines war anders. Sie zog die leichten wollenen Beinkleider hervor, die in ein tiefes Blau gefärbt waren. Blau war zwar die Farbe der großen Mutter, doch allein Kleite vermochte der Wolle ein derart tiefes Blau zu verleihen, von dem die Hose war. Selina schloss die Augen und rieb den Stoff an ihrer Wange. „Kleite", murmelte sie. „Du hast nie an mir gezweifelt."

Lykastia am Fluss Thermodon

Selina und Palla wurden mit Freudenrufen empfangen, als sie nach Lykastia zurückkehrten. Palla ließ sich feiern, sie war sichtlich berauscht von ihrer neuen Würde. Doch auch wenn sie mittlerweile wieder mit Selina sprach, spürte diese, dass sich in ihrer Freundschaft etwas verändert hatte. Palla schien ein Stück weit weggerückt zu sein, war zur Einzelgängerin geworden, die vielleicht weiterhin die Bestätigung der anderen, jedoch weniger deren Freundschaft benötigte. Auch als sie jetzt vom Pferd sprang und den Frauen in Penthesileas große Versammlungshalle folgte, in der eine feierliche Zusammenkunft stattfinden sollte, wandte sie sich nicht um, um sich zu vergewissern, dass Selina ihr folgte.

Auch Selina ließ sich vom Pferd gleiten und drückte einem der Knechte die Zügel in die Hand. Jetzt, da sie die Kleidung der Erwachsenen trug, wagte der Mann kaum, ihr in die Augen zu schauen. Selina versuchte sich vorzustellen, wie er auf einem Pferd saß, während sie hinter ihm herlief. Es war eine lächerliche Vorstellung. Selina sah, dass Penthesilea mit ihrer Schwester Hippolyta zu ihr herüberkam. Ihre Mutter strahlte nicht allein wegen des glänzenden Silberschmuckes, ihr Gesicht war von ehrlichem Stolz gezeichnet. Sie umarmte Selina herzlich. „Du bist als Mädchen gegangen und als Frau zurückgekehrt. Komm mit mir, ich möchte dir ein Geschenk machen."

Gemeinsam mit Penthesilea und Hippolyta bahnte sich Selina einen Weg durch die jubelnde Menge. Am Fluss wies Penthesilea auf ein Gatter, in dem etwa zwanzig Pferde zusammengetrieben worden waren. „Such dir eines aus. Jede Frau unseres Volkes muss ein Pferd haben, auf das sie sich verlassen kann."

Selinas Blick wanderte durch die friedlich grasenden Tiere, die sich ganz in der Mitte der Einzäunung zusammendrängten. Als ein junger Hengst ein Fohlen in den Nacken biss, verscheuchte das Muttertier den Hengst wütend. Kurz machte sich Unruhe unter der Herde breit, dann graste sie wieder friedlich. Die Tiere waren allesamt gesund und kräftig. Die Muskeln ihrer Flanken und Beine traten bei jedem ihrer Schritte hervor. Selinas Blick schweifte weiter und blieb schließlich an einer grauweißen Stute hängen. Sie war etwas kleiner als die anderen und schien um diese Schwäche zu wissen – um Streitigkeiten mit den stärkeren Tieren zu vermeiden, stand sie etwas abseits der Herde. „Diese dort gefällt mir", sagte Selina und deutete auf die Grauweiße.

Hippolyta schüttelte zweifelnd skeptisch den Kopf. Sie kannte sich gut mit den Pferden aus. Schon als Mädchen hatte sie die meiste Zeit mit ihnen verbracht, und so war ihr die Aufgabe zugefallen, sie zu umsorgen und zu pflegen. „Das ist keine gute Wahl, Selina. Diese Stute ist eine Außenseiterin. Sie wird von den anderen oft gebissen und ist deshalb scheu und schreckhaft. Du solltest ein starkes und zuverlässiges Pferd wählen. Das Pferd ist der treueste Begleiter einer Frau."

Doch Selina hatte sich entschieden. „Wenn sie mir erst einmal vertraut, wird sie eine gute Wahl sein."

Hippolyta blickte Penthesilea fragend an, doch diese nickte. „Selina ist nun eine Frau und darf ihre Entscheidungen allein treffen. Wenn sie diese Stute will, schenke ich sie ihr."

Für sie war die Sache damit erledigt, und Penthesilea wandte sich vom Gatter ab. „In der großen Empfangshalle beginnt bald das Festessen. Danach wird der Rat der Städte gemeinsam mit dem Rat der Kriegerinnen einige Dinge zu besprechen haben. Auch Palla und du werdet daran teilnehmen."

Hippolyta und Selina folgten Penthesilea mit schnellen Schritten zu deren Versammlungshaus, wo die Frauen bereits ihre Plätze eingenommen hatten. Obwohl Lampedo sich normalerweise mit ihren Frauen in ihre eigene Halle zurückzog, hatten die Königinnen beschlossen, sich an diesem Abend gemeinsam hier zu versammeln. Denn die Rückkehr der künftigen Königinnen betraf das gesamte Volk und Penthesileas Halle war größer als Lampedos. An der linken Wand hatten sich auf dem gestampften Lehmboden

Penthesileas Frauen niedergelassen, während an der rechten Seite Lampedos Kriegerinnen saßen. Am Kopfende des Raumes ließen sich nun Penthesilea und Lampedo auf ausgebreiteten Decken nieder. Sie wirkten ebenso verschieden wie Palla und Selina. Lampedo war etwas kleiner als die hochgewachsene Penthesilea, hatte dunkle, mandelförmige Augen und eine unzähmbare Flut von fast schwarzen Haaren.

Als Penthesilea in die Hände klatschte, unterbrachen die Frauen, die sich bisher ungezwungen miteinander unterhalten hatten, sofort ihre Gespräche.

„Heute ist ein guter Tag", begann Penthesilea, „unsere Töchter sind als Frauen nach Lykastia zurückgekehrt, und die große Mutter ist zufrieden." Sie blickte kurz zu Lampedo, doch die nickte ihr nur kurz zu, zum Zeichen, dass sie fortfahren sollte. „Das Jahr neigt sich nun seiner Mitte zu, die heißen Tage erreichen ihren Höhepunkt."

Durch die Reihen der Frauen ging ein erwartungsvolles Flüstern. Selina wusste, weshalb. Die Mitte des Jahres und die heißeste Zeit am Thermodon kennzeichneten den Beginn verschiedener Feste und Riten, die den Alltag für eine Zeit unterbrachen. Der Sommer war bei vielen Frauen schon deshalb beliebt, weil sie ausziehen konnten, um die Männer aus den Bergen zu treffen und eine ganze Mondumrundung mit ihnen zu verbringen. Im nächsten Frühjahr würden dann viele von ihnen Kinder gebären und Töchter haben.

„Der Rat der beiden Königshäuser hat beschlossen, dass wir in ein paar Tagen aufbrechen, um in die Berge zu gehen."

Als Penthesilea erneut Lampedo anblickte, winkte diese ihre Tochter zu sich. Stolz erhob sich Palla und ließ sich neben Lampedo nieder. „Dies ist meine Tochter. Sie ist nun eine Frau und wird uns erstmals in die Berge begleiten."

Selina sah, dass Pallas Gesicht von einer Mischung aus Unmut und Stolz gezeichnet war. Der Trubel gefiel ihr sichtlich. Alles war neu und ein ernstzunehmendes Abenteuer, jedoch wäre sie sicherlich lieber nach Themiskyra gereist, um sich ein Schwert und Pfeilspitzen aus dem harten Metall zu erhandeln. Lampedo sah nun wieder hinüber zu Penthesilea. Offensichtlich erwartete sie, dass die Königin gleichzog. Penthesilea winkte Selina zu sich heran, die mit dem gleichen Schicksal wie Palla rechnete und ebenfalls wenig Vorfreude zeigte, und begann zu sprechen. „Selina ist meine Tochter. Da sie nun eine Frau ist, kann auch sie das Treffen mit den Männern wählen, wenn es ihr gefällt." Sie machte eine kurze bedeutungsvolle Pause. „Doch erst im nächsten Jahr! Selina soll dereinst meine Nachfolge antreten. So hat es die große Mutter bestimmt. Damit sie das Volk führen kann und ihm eine gute Königin ist, habe ich beschlossen, dass sie lernen soll, welche Gefahren uns umgeben, wer ihr Freund und wer ihr Feind ist. Hippolyta und Kleite werden wie jedes Jahr den Weg nach Zalpa nehmen, um neue Pferde für die Zucht zu kaufen und unser Gold gegen Saatgut einzutauschen. Selina wird sich ihnen anschließen."

Gespanntes Schweigen breitete sich unter den Frauen aus, Selina atmete sichtlich auf, und auf Pallas Gesicht zeigte sich unverhohlener Neid. Dann erhob Lampedo die Stimme. „Wir sind *ein* Volk, das unter zwei Königinnen lebt, die der gleichen Göttin dienen. Ich heiße es nicht für gut, wenn sich die Wege unserer Töchter derart unterscheiden."

Penthesilea antwortete freundlich, aber bestimmt: „Du sprichst die Wahrheit, Lampedo. Doch die große Mutter hat ihren zwei Königinnen unterschiedliche Aufgaben erteilt. Der Rat der Städte, der meiner Herrschaft unterliegt, muss immer unterrichtet sein, was außerhalb unserer Städte geschieht, damit der Rat der Kriegerinnen gegebenenfalls schnell zuschlagen kann. Ich frage dich, Lampedo: Wie soll Selina einst den Rat führen, wenn sie nicht weiß, was und wer sie umgibt? Wie soll Selina wissen, was wichtig ist, wenn sie keine Ahnung hat, wer Feind und wer Freund ist? Pallas Arm ist stark, er kann hart zuschlagen und die Gefahr vernichten. Doch woher soll Pallas Arm wissen, wen es zu schlagen gilt, wenn Selina ihr nicht raten kann?"

Selina und Palla sahen sich an, während Penthesilea und Lampedo ihre Kräfte mit Worten maßen. Wieder einmal war ein alter Zwist der beiden Königshäuser zur Sprache gekommen. Die eigentliche Königin war Penthesilea, denn sie war es, deren kluge Augen bis an die Grenzen des Reiches von Hatti und des achäischen Reiches gerichtet waren. Lampedo und ihre Kriegerinnen konnten kämpfen. Doch ohne Penthesileas Hilfe waren sie blind für die Konflikte und Gefahren außerhalb ihres Landes. So hatte es die große Mutter beschlossen, und die eine Königin durfte nicht in die Befugnisse der anderen eingreifen. Obwohl Lampedo von ganzem Herzen Kriegerin war, wusste sie, dass sie ohne Penthesileas wohlwollenden Rat hilflos war. Lampedo hatte diese Unfähigkeit zum diplomatischen Handeln schon immer als unterschwellige Bedrohung ihrer Macht empfunden, doch genau aus diesem Grund war sie zur Königin gewählt worden. Der Rat der Städte war sich sicher gewesen, dass Penthesilea und Lampedo sich niemals in die Angelegenheiten der anderen einmischen würden und es somit auch nicht zu Streitigkeiten innerhalb des Volkes käme.

Lampedo gab schließlich nach und nickte. „Wie du meinst, Penthesilea. Es ist deine Entscheidung."

Die anwesenden Frauen entspannten sich. Selina konnte sich des Eindrucks nicht erwehren, als hätte es schon öfter derartige Gespräche zwischen ihrer Mutter und Lampedo gegeben. Die Frauen schienen empfindlich zu reagieren und um den Frieden untereinander zu fürchten.

Endlich konnten sie sich setzen und einen friedlichen Abend mit Wein, Fleisch und Brot verbringen. Die Anspannungen fielen bald gänzlich von ihnen ab, und als die Frauen beschwingt vom Wein miteinander lachten und sprachen, mischten sich auch die Reihen zwischen Lampedos und Penthesileas Frauen, und sie vergaßen für diesen Abend, dass es zwei Königinnenhäuser gab.

Als Selina später am Abend mit Kleite auf dem Weg zu ihrem Haus war, wurden diese zu einer jungen Frau gerufen, die in den Wehen lag und ihr erstes Kind gebären musste. Kleite befand, dass Selina sie begleiten sollte, da sie nun erwachsen war. Außerdem, so hoffe Kleite, würde Selina durch das Miterleben einer Geburt selber bald den Wunsch nach einer Tochter verspüren. Penthesilea hatte sich immer geweigert, das Geschenk der großen Mutter zu empfangen, doch Kleite hatte fünf Kinder zur Welt gebracht. Es war gut und richtig für eine künftige Königin, dass sie Töchter gebar.

Selina beobachtete die junge Frau in den Wehen mit einer Mischung aus Entsetzen und Scham. Sie schwitzte, schnaufte, presste und wimmerte abwechselnd, während Kleite einen prüfenden Blick zwischen ihre Beine warf.

„Es würde leichter sein, wenn du dein Kind nicht im Liegen zur Welt bringst, Myrina."

Myrina ließ sich nicht lange bitten. Kleite wurde oft gerufen, wenn eine junge Mutter Schwierigkeiten hatte, ein Kind zu gebären. Zwei Frauen halfen ihr vom Lager und stützten sie unter den Armen ab. Selina beobachtete das Ganze aus sicherer Entfernung, doch Kleite wusste, was sie tat. Das Kind glitt nach zwei weiteren Presswehen in ihre Arme, und sie übergab es der erleichterten Myrina, nachdem die Frauen ihr zurück auf das Lager geholfen hatten.

„Die große Mutter hat dich gesegnet und dir ein Mädchen geschenkt. Die Schmerzen waren nicht vergebens."

Myrina legte das Kind glücklich an ihre linke Brust, denn die rechte fehlte ihr. Kleite hob eine Augenbraue beim Anblick der verödeten Brust. „Du hängst dem alten Brauch aus Themiskyra an, nach dem den Mädchen eine Brust verödet wird?"

Myrina nickte. „Es ist leichter, den Bogen zu spannen. Ich weiß, dass die Verödung nicht mehr sehr beliebt ist, doch halte ich sie für richtig. Sobald meine Tochter kräftig genug ist, lasse ich eine Priesterin rufen, die das Ritual noch durchführt."

Kleite nickte, doch Selina konnte sehen, dass ihr dieser Brauch missfiel. „Ich wünsche dir den Segen der großen Mutter, Myrina." Sie nickte Selina zu, und sie verließen gemeinsam das Haus.

„Es ist nicht nötig, die rechte Brust wegbrennen zu lassen. Ich konnte meinen Bogen immer gut spannen, meine Töchter können es, und du kannst es auch. Allein einige von Lampedos Frauen führen dieses unsinnige Ritual noch durch und können oftmals ihre Kinder nicht lang genug stillen." Kleite war aufgebracht. Selina war zu müde, um mit Kleite zu diskutieren. Sie wollte nur noch schlafen, und so vergaß Kleite ihren Unmut schnell wieder.

Ein paar Tage später wurde der Konflikt der beiden Königinnen jedoch erneut geschürt. Es war bereits tiefe Nacht, und Selina schlief im Haus ihrer Großmutter, wie sie es schon immer gewohnt war. Als die Tür mit großer Heftigkeit aufgestoßen wurde und Penthesilea in den Raum stürmte, fuhren sowohl Kleite als auch Selina sofort von ihren Lagerstätten hoch. „Selina, du musst mit mir kommen! Lykastia wird angegriffen."

Ohne zu zögern, schwang sich Selina aus dem Bett, um sich hastig ihre Kleidung überzuwerfen. Kleite legte ihr den ledernen Gurt mit der Axt um und reichte ihr Bogen und Pfeile. „Lykastia wurde noch nie Ziel eines Angriffs", sagte sie verärgert. „Bisher wagte sich niemand weiter als bis nach Themiskyra."

Penthesilea nickte. „Nun scheint es anders zu sein. Einige Häuser brennen bereits, und ein paar Frauen wurden noch im Schlaf getötet. Wir werden lernen müssen, wachsamer zu sein."

Ohne über das Gespräch Kleites und ihrer Mutter wirklich nachgedacht zu haben, rannte Selina hinter dieser her. Hippolyta hielt Penthesileas Fuchsstute und Targa, die Grauweiße, die nun Selina gehörte, am Zügel. „Jetzt wird sich zeigen, ob die Wahl deines Pferdes gut war!", rief Penthesilea ihrer Tochter zu. Beide schwangen sich auf die Pferderücken. „Sie sind hinunter zum Fluss geritten – wahrscheinlich wollen sie unsere Herden stehlen, denn ohne Pferde sind wir ihnen unterlegen." Penthesilea blickte Selina ernst an. „Zögere nicht, wenn sie dich angreifen, Selina. Sie werden es auch nicht tun. Dieses Mal ist es keine Übung mit dem Holzschwert. Wenn du sie nicht tötest, werden sie dich schlachten wie Vieh!"

Penthesilea gab ihrer Stute die Fersen und jagte davon. Selina beugte sich über Targas Hals und flüsterte ihr zu: „Bitte vertrau mir, Targa. Wir kennen uns noch nicht besonders gut, aber ich brauche dich heute Nacht." Dann gab sie dem Pferd leicht die Fersen, und die Stute galoppierte los.

Als sie den Fluss erreichten, konnte Selina die Männer sehen, die sich an den Gattern zu schaffen machten. Vor den Zäunen lagen reglos einige der Frauen ihres Volkes, die sich ihnen offenbar in den Weg gestellt hatten. Selina blickte sich ungläubig um. Waren das die wehrlosen Männer, bei deren Bestrafung sie Mitleid empfunden hatte? Wohl kaum! Diese hier waren anders, und sie verstand das erste Mal, weshalb die Frauen ihren Knechten misstrauten, ihren Willen brachen und ihnen die Sehnen zerschnitten.

Mit einem Mal ergriff Selina eine unbändige Wut. Sie gab Targa die Fersen, und die Stute machte einen Satz nach vorne. Mit einem Wutschrei stoben sie zwischen die Männer. Selina konnte mindestens fünf ausmachen, die sich ihr zuwandten, die anderen kämpften mit anderen Frauen. Einer der Männer rief ihr etwas in einer Sprache zu, die sie nicht verstand. Selina zog ihre Axt aus dem Gürtel und schwang sie über ihrem Kopf. Ehe sie darüber nachdenken konnte, was geschah, liefen ihre Pferde aufeinander zu. Der Fremde hatte ein kurzes Schwert gezogen, das er ebenso zornig schwang wie Selina ihre Axt. Bevor sie aufeinandertrafen, duckte Selina sich jedoch dicht an Targas Rücken. Das Einzige, was sie sah, war der von einem Lederharnisch bedeckte Leib des Mannes. Ihr blieb keine Zeit zu überlegen. Sie holte aus und ließ ihre Axt in den Bauch des Mannes fahren. Dann ließ sie Targa wenden.

Selina heulte triumphierend auf. Der Fremde lag reglos neben seinem Pferd am Boden. Sie galoppierte an ihm vorbei und bückte sich nach ihrer Axt, die im Harnisch des Toten stecken geblieben war. Schon näherte sich ein zweiter Angreifer. Er wollte es klüger anstellen als der erste und ließ sich beim Reiten an der Seite seines Pferdes hinuntergleiten, um Selina sein Schwert von unten in den Körper zu stoßen. Doch noch ehe er sein Schwert gegen sie erheben konnte, hatte Selina ihm den Schädel gespalten. Der zerschmetternde Kopf des Mannes verursachte Selina kurz Übelkeit und zitternde Hände, doch dann zwang sie sich zur Ruhe. Ein nie gekannter Mut erfasste sie. Die übrigen Angreifer wendeten ihre Pferde und wollten fliehen, doch Selina setzte ihnen nach. Targas Mähne flog im Wind, Selina hatte die Zügel losgelassen und lenkte die Stute allein mit ihrer Beinkraft. Sie zog den Bogen vom Rücken, griff einen Pfeil aus dem Köcher, und spannte ihn auf die Sehne. Wie von selbst ließen ihre Finger den Pfeil los, und Selina wusste, dass sie treffsicher war. Als sie sich duckte, um einem niedrig hängenden Ast auszuweichen, merkte sie, dass eine Reiterin zu ihr aufgeschlossen hatte. Palla lenkte einen großgewachsenen Rappen, der Pinto zum Verwechseln ähnlich sah. Grimmig rief sie Selina zu: „Die gehören mir!"

Palla trieb ihren Hengst an, doch Selina ließ sich nicht abhängen. Sie wunderte sich, wie viel Kraft und Ehrgeiz in der kleinen Stute zu stecken schienen. Doch plötzlich holte Palla ohne Vorwarnung aus und versetzte Selina einen heftigen Stoß mit der flachen Seite ihrer Streitaxt. Selina verlor das Gleichgewicht und fiel unvorbereitet und überrumpelt von Targas Rücken. Verblüfft blickte sie Palla hinterher. Targa war stehengeblieben, und Selina richtete sich mühsam auf. Sie humpelte zu ihrer Stute und klopfte ihr den Hals. Sie konnte nicht glauben, was Palla getan hatte.

Als Selina zurück in die Stadt kam, fand sie Penthesilea und Lampedo von ihren Frauen umgeben. Offensichtlich stritten sie.

„Du hast dich in die Befugnisse meines Rates eingemischt, Penthesilea. Diesen lächerlichen Angriff hätten wir ohne Weiteres allein bewältigen können!" Lampedo war aufgebracht.

Penthesilea bemühte sich um eine ruhige, versöhnliche Stimme. „Ich zweifele nicht daran. Doch der Angriff kam überraschend, und ich dachte, es liege im Interesse der großen Mutter, ihn schnell niederzuschlagen. Nie wollte ich in deine Machtbefugnisse eingreifen."

Lampedo beruhigte sich nur langsam. „Es sollte nicht noch einmal vorkommen."

„Es sollte vor allem nicht noch einmal vorkommen, dass wir in unserer eigenen Stadt angegriffen werden. Das beunruhigt mich weit mehr, Lampedo. Woher stammten die Angreifer?"

Lampedo winkte, und Palla bahnte sich zwischen den Frauen einen Weg, wobei sie fast mühelos einen schwer verwundeten Mann hinter sich herzog, den sie mit einem Tritt in die Mitte des Kreises stieß. Er stöhnte schwach und blieb dann reglos liegen. Penthesilea trat an ihn heran, um in sein Gesicht zu sehen. „Er ist Hethiter. Ich sah diese Krieger in Zalpa; sie sind gute Kämpfer, doch haben sie uns bisher nie behelligt. Warum kommen sie nun bis nach Lykastia?"

Palla mischte sich ein. „Es ist müßig, ihnen diese Frage zu stellen, denn sie sprechen eine uns unbekannte Zunge."

Penthesilea nickte. „Wir werden in Zalpa unsere Ohren und Augen offen halten müssen; vielleicht erfahren wir, weshalb sie uns angegriffen haben und wie viele es von ihnen gibt."

Palla verzog zornig das Gesicht. „Egal, wie viele es sind – wir werden sie alle töten!"

Ohne auf eine Einwilligung Penthesileas oder Lampedos zu warten, nahm sie ihre Axt und hieb sie dem Schwerverletzen in den Kopf. Selina zuckte zusammen, doch selbst Penthesilea wagte aufgrund des vorangegangenen Disputs nicht, sich noch einmal einzumischen. Selina warf einen kurzen Blick auf den Toten, als er von Lampedos Frauen fortgezogen wurde, doch sie erkannte lediglich, dass er einen knielangen Schurz trug und sein zu kleinen Zöpfen geflochtenes Kopfhaar von einem eng anliegenden Stirnband an seinem Kopf gehalten wurde.

Palla lief den Frauen hinterher, denn sie hatte an seinem Waffengürtel ein Schwert aus grauem Metall entdeckt. Ehe sie es jedoch nehmen konnte, kam ihr eine der Frauen zuvor. Palla heulte wütend auf, doch es war zu spät.

Die Küstenstadt Zalpa

Targas Zügel hingen locker auf ihrem Rücken, weil Selina den Saft eines Granatapfels in ihren Mund presste, während sie träge hinter Kleite und Hippolyta herritt. Obwohl der Wind die Hitze erträglicher machte, war dieser Tag keinesfalls angenehm. Schon seit Tagen waren sie nun unterwegs, und selbst bei Selina stellte sich mittlerweile Unmut ein.

Die drei Frauen hielten hier und da an den Marktständen, die rund um den Hafen aufgebaut waren. Meist war es Kleite, die mit den Händlern Geschäfte abschloss, auch wenn dies sich manchmal als schwierig herausstellte, weil die fremden Händler nicht die Zunge des Volkes der großen Mutter sprachen und Kleite im Gegenzug nicht die ihre. Doch der Anblick von Kleites einzigartigen blauen Stoffen oder genügend Bronze ließ die Männer meist zu Meistern der Zeichensprache werden. Kleite hatte Selina auch den Granatapfel gegeben und ihr erklärt, dass sein Saft durch Ausdrücken zu genießen sei. Die Frucht war für Selina bisher das einzig Erfreuliche gewesen, und so störte es sie kaum, dass der rote Fruchtsaft an ihrem Kinn hinunterlief und ihre Hände bald klebrig waren.

Als Hippolyta in einem Gatter Pferde entdeckte, rief sie Kleite zu, dass sie sich die Tiere ansehen und gegebenenfalls einige von ihnen gegen Gold tauschen wolle. Kleite händigte ihr einen kleinen Lederbeutel mit Gold aus, und Hippolyta lenkte ihr Pferd zur Einzäunung.

Dann wandte sich Kleite an Selina. „Ich muss mich um das Saatgut kümmern. Etwas weiter den Hafen hinunter gibt es einen Händler, der nicht betrügt."

Selina hatte keine Lust, Kleite zu folgen. „Ich möchte lieber noch ein paar der Stände anschauen."

Kleite blickte sie zweifelnd an. „Zalpa ist kein ungefährlicher Ort, Selina. Zu viele Fremde, und es ist das erste Mal, dass du Lykastia verlassen hast. Es ist besser, wenn du mit mir kommst."

„Es ist helllichter Tag, und ich werde nur die Straße hinabreiten und bei den Ständen der Händler bleiben. Danach komme ich zurück und warte auf dich und Hippolyta."

Kleite gab nach, wenn auch mit einem unguten Gefühl. „Also gut, es wird nicht lange dauern."

Selina freute sich, etwas Zeit allein verbringen zu können. So hatte sie endlich die Gelegenheit, sich die Dinge anzuschauen, die sie interessierten: die Frauen in ihren knöchellangen Gewändern, die verschüchtert hinter den Männern herliefen, oder das seltsame Spiel, bei dem die Männer vor den Häusern saßen, seltsame Zeichen mit Stöcken in den Sand malten und sich zu Selinas Erstaunen dabei zu amüsieren schienen.

Selina wendete Targa mit einem leichten Schenkeldruck und ließ sie langsam die Straße hinablaufen. Hippolytas Befürchtungen hatten sich als falsch erwiesen: Targa hatte Selina von Anfang an vertraut und von der anfänglichen Scheu war nichts geblieben. Hippolyta hatte kopfschüttelnd zugeben müssen, dass Targa Selina oft wie ein Hündchen hinterherlief und stets nach ihr Ausschau hielt, wenn Selina sich zu weit entfernte.

Als Selina das Ende der Straße fast erreicht hatte, den Blick auf die verzierten Keramikwaren eines Kaufmanns gerichtet, von dessen Waren ihr ein schwarzer Spiegel aus poliertem Obsidian besonders gefiel, spürte sie eine Berührung an ihrem Bein. Sie erschrak, und sogleich wich Targa mit einem Sprung zur Seite aus, wobei sie fast in den Stand des Händlers geriet. Der Mann rief Selina einen wütenden Fluch zu, dem sie jedoch keine Beachtung schenkte. Stattdessen flog ihr Kopf herum. Sie wollte wissen, wer sie angefasst hatte. Sie versteifte sich sofort, als sie die beiden Männer neben sich sah.

Selina verstand zwar nicht, was der größere von ihnen wollte, als er sie in einer ihr unverständlichen Zunge ansprach, aber Selina erkannte schnell zwei Dinge: Er trug den knielangen Schurz und die Haartracht des Volkes von Hatti, gerade so wie der, den Palla erschlagen hatte. Jetzt breitete sich auf dem Gesicht des Mannes ein Lachen aus, und Selina konnte eine Reihe weißer Zähne sehen. Sie erkannte jedoch nicht, dass dieses Lachen durchaus freundlich war. Sie sah nicht, dass der Mann jung war, vielleicht nur ein paar Jahre älter als sie, und sie bemerkte auch nicht, dass in seinem Blick Begehren und Bewunderung lagen. Selina sah nur, dass er eine Gefahr darstellte, denn er war ein Mann.

„Geh weg, sonst muss ich dich töten!", zischte sie ihm zu und bereitete sich darauf vor, schnell nach ihrer Streitaxt zu greifen. Sie wusste, dass es sehr dumm war, hier in Zalpa, vor den Augen so vieler Menschen, zu töten, doch sie war dazu bereit, wenn es sein musste.

Der junge Mann sah seinen etwa gleichaltrigen Begleiter an, doch der zuckte nur mit den Schultern. Wieder trat der Mann, der sie angesprochen hatte, einen Schritt vor und streckte die Hand nach ihr aus. Das war Selina zu viel. Sie holte mit ihrem Fuß aus und versetzte ihm einen so festen Tritt ins Gesicht, dass er rückwärts taumelte und gegen seinen Begleiter prallte. Noch während die beiden Männer in den Staub der Straße fielen, schoss ihm das Blut aus der Nase. Selina entschloss sich kurzerhand, nicht auf einen Gegenangriff zu warten, gab Targa die Fersen und galoppierte in die Richtung, aus der sie gekommen war, um Kleite und Hippolyta zu suchen. Während sie schnellstmöglich das Weite suchte, konnte sie noch das grölende Lachen der Händler und all derjenigen hören, die das Schauspiel mit angesehen hatten.

Benti half Tudhalija auf, doch dieser stieß ihn mit einem Fluch fort und hielt sich die stark blutende Nase.

„Ich habe dir gleich gesagt, dass du dich besser von diesem Weib fernhalten solltest. Mannsweiber sind unberechenbar. Hast du vergessen, was in dieser Stadt am Fluss passiert ist?"

Tudhalija packte Benti am Kragen des lagen Gewandes und fuhr ihn an: „Ich bin der Sohn des Wettergottes und der Sonnengöttin. Wenn ich ein Weib begehre, so legt es sich mir zu Füßen und bietet mir seinen Schoß dar. Das gilt für *jedes* Weib, hast du das verstanden?"

Der junge Mann nickte beschwichtigend. Er kannte die Wutausbrüche des Prinzen, und es wäre dumm, ihn weiter zu verärgern. Tudhalija blickte in die Runde, und die Händler, die eben noch gelacht hatten, verstummten schnell. Natürlich wussten sie, wer er war, und vor allem wussten sie, wer sein Vater war. Das große Reich Hatti war über seine Grenzen hinaus bekannt, und seine Hauptstadt Hattusa bildete den Kern seiner Großmacht. Es gab fast kein kleineres Land, das nicht irgendwelche Vasallenverträge mit Seiner Sonne, dem Großkönig Hattusili, abgeschlossen hatte. Dieser hatte viele Länder unter seiner Kontrolle und seit Jahren sogar einen Friedensvertrag mit dem Pharao von Ägypten geschlossen. Tudhalija beruhigte sich etwas. „Ich habe ein Weib aus jedem Volk in meinem Harem. Es ist mein Recht, mir auch aus diesem Stamm ein Andenken nach Hattusa mitzunehmen."

Benti nickte erneut. Er wusste um den gekränkten Stolz, der Tudhalija quälte, seit sie von einem wilden Weibsvolk aus deren Stadt vertrieben worden waren.

„Ich war freundlich zu diesem Weib!", versuchte der Prinz sich zu rechtfertigen. „Jede Frau wäre glücklich, in meinem Harem leben zu können und mein Lager zu teilen. Ich hätte es besser wissen sollen: Diesen Weibern kommt man mit Freundlichkeit nicht bei." Er griff nach Bentis wollenem Gürtel und wischte sich das immer noch hervorquellende Blut von der

Nase. „Schick einen Trupp Soldaten hinter ihr her. Sie sollen diese wilde Stute für mich fangen!"

Benti seufzte innerlich, gab den Befehl jedoch sofort weiter. Es ging Tudhalija nicht wirklich um diese Frau, sondern um seine angeschlagene Ehre. Nachdem sie ihn gedemütigt hatte, würde er einen Krieg führen, um das Weib endlich in seinen Harem sperren zu können. Dabei waren der Prinz und er nur in diese Gegend gekommen, um die barbarischen Kaskäer in die Schranken zu weisen, die in den Bergen lebten und Hattusa von Zeit zu Zeit angriffen, um das kostbare Himmelsmetall in die Hände zu bekommen. Dies gelang den Angreifern jedoch nur selten, da sie jedes Mal an den Mauern von Hattusa scheiterten und sich mit Plünderungen in der Unterstadt zufriedengeben mussten. Hier und da fledderten sie zwar die Toten, doch die Beute an Eisen blieb immer gering, da der Großkönig seine einfachen Soldaten mit Bronzewaffen ausstattete und das Eisen den Bogenschützen und Wagenkämpfern sowie den Reitertruppen vorbehalten blieb. Trotzdem sandte Hattusili von Zeit zu Zeit Truppen, um die Barbaren nicht zu übermütig werden zu lassen. Nur durch Zufall war Tudhalija dabei auf die Stadt des Weibervolkes gestoßen und hatte diesen Umstand als willkommene Möglichkeit gesehen, ein paar Pferde für Hattusas große Stallungen zu erbeuten. Benti seufzte. Wer hätte gedacht, dass dieses Weibsvolk derartige Schwierigkeiten machen würde?

Selina brachte Targa zum Stehen und schwang sich von ihrem Rücken. Ihre Blicke suchten nach Kleite oder Hippolyta, doch sie konnte sie in der Menschenmenge nirgends ausmachen. Immer noch aufgebracht lehnte sich Selina an die Flanke der Stute und vergrub ihr Gesicht in der Mähne. Warmer Duft entströmte Targas Haut. Mit einem Male fühlte sich Selina als Fremde unter Fremden und wünschte sich zurück nach Lykastia.

Doch sie hatte keine Zeit mehr, sich weiteren Gedanken hinzugeben. Etwas Hartes traf sie am Hinterkopf. Vor Selinas Augen breitete sich sogleich Schwärze aus. So konnte sie sich auch nicht wehren, als der hethitische Soldat sie wie eine Feder über seine Schulter warf und davontrug. Die umstehenden Menschen hatten zwar gesehen, was geschehen war, doch sie hüteten sich, etwas zu sagen oder gar einzugreifen. Dass ein Hethiter eine fremde Frau entführte, war etwa von dem gleichen Belang, wie wenn man unvorsichtigerweise auf eine Ameise trat – vor allem, wenn man wusste, dass der Thronfolger Hattis in der Stadt weilte.

Als Kleite und Hippolyta zurückkehrten, fanden sie Targa nervös und verstört an der vereinbarten Stelle, von Selina fehlte jedoch jede Spur. Kleite versuchte, die Händler zu befragen, doch diese schienen auf einmal kaum noch der Zeichensprache mächtig.

Hippolyta und Kleite durchkämmten die Straßen und hielten nach Selina Ausschau, bis es dunkelte, und setzten die Suche am nächsten Tag beharrlich fort. Erst als ihre Nachforschungen auch nach mehreren Tagen erfolglos blieben, zwangen sie sich, unverrichteter Dinge aufzubrechen, obwohl sie in ihren Herzen von Angst und Kummer gepeinigt wurden. Sie mussten nach Lykastia zurückkehren und Penthesilea so schnell wie möglich von Selinas Verschwinden unterrichten. Nur Penthesilea und der Rat der beiden Königinnenhäuser konnten entscheiden, ob die Frauen zurückkehren sollten, um noch einmal nach Selina zu suchen. Doch Kleite wusste, dass die Aussicht gering war, dass Selina noch in Zalpa weilte. Was auch immer mit Selina geschehen war: Ihr Schicksal lag nun in den Händen der großen Mutter und der Königinnen.

Die westlichen Gebirgszüge der Schwarzmeerküste im Norden,
Heimat der Kaskäer

Palla saß auf der Einzäunung der Pferde und kaute gelangweilt auf einem Grashalm. Vor zwei Tagen waren sie und die anderen Frauen beim Stamm der Nomaden eingetroffen und freundlich begrüßt worden. Palla verzog ärgerlich die Mundwinkel. Freudig war vielleicht nicht der richtige Ausdruck: Gier und ein dümmliches Grinsen hatten sich auf den Gesichtern der Männer gezeigt, als Lampedo ihr Gastgeschenk, zwei junge Hengste und einen kleinen Beutel Gold, an den Stammesführer überreicht hatte. Palla war sich noch nicht einmal sicher, ob dieser grobe Mann mit dem starken Bartwuchs und den Beinkleidern aus Ziegenleder der Anführer der Lehmhüttenbewohner war. Die Lehmhütten waren Palla zuerst aufgefallen. Das Volk der großen Mutter fand im fruchtbaren Tal des Thermodon genügend Bäume, die das Holz für ihre kleinen, jedoch sauberen Häuser lieferten. Hier, in der kargen Gebirgslandschaft, stand als Baumaterial nur Lehm zur Verfügung. Die winzigen Lehmhütten dieses Barbarenvolkes buken in der heißen Sonne, und im Winter mussten sie im Gegenzug feucht, kalt und klamm sein.

Frauen hatte Palla hier keine gesehen, zählte sie die ihres eigenen Volkes nicht mit. Sie rupfte einen neuen Grashalm aus, und steckte ihn sich mit dem geringschätzigen Gedanken in den Mund, dass es hier so wenig Gras gab, dass sie den Ziegen, die überall frei zwischen den

Häusern umherliefen, ihr Futter wegaß. Obwohl die Tiere nur wenig Möglichkeit hatten, hier zu grasen, lag ihr Dung überall neben, vor und wahrscheinlich auch in den Häusern. Palla verstand nicht, dass die Frauen den Männern trotzdem lachend in ihre Hütten folgten und erst nach einer Weile mit geröteten Wangen und einem entrückten Lächeln wieder herauskamen. Einige begrüßten sich wie alte Bekannte, und die Frauen, die Knaben und Säuglinge mitbrachten, suchten meist ihren Partner des Vorjahres auf, um sich von der Last der Mutterschaft zu befreien und den Vätern die Söhne zu übergeben.

Palla hatte sich schon kurz nach der ersten Begegnung mit den Männern entschlossen, unter keinen Umständen auch nur einen einzigen dieser stinkenden Barbaren näher als fünf Schritte an sich heranzulassen. Auch wenn sie eine ganze Mondumrundung Grashalme kauend auf dem Pferdegatter verbringen müsste, gelangweilt, und dabei die gesamte karge Umgebung des Dorfes einer Ziege gleich abgrasend – dieses stinkende Mannsvolk würde keine Beachtung finden. Schon kurz nach ihrem Eintreffen war einer der Männer sie angegangen und ihr dabei so nah gekommen, dass sie seinen Schweiß, das speckige Leder und seinen nach Zwiebeln riechenden Atem gespürt hatte. Als er sie berühren wollte, hatte Palla ihm kurz entschlossen das Knie zwischen die Beine gerammt und war weggelaufen. Seitdem saß sie hier. Penthesilea hatte sich wie jedes Jahr für die Mittsommerzeit nach Themiskyra begeben, um den Rat der drei Städte zu versammeln und zu nachzufragen, ob Chadesia und Themiskyra ebenfalls vom Volk der Hatti angegriffen worden waren, während Selina eine schöne Zeit in Zalpa verbrachte, wo es sicherlich allerlei zu sehen gab, wovon Palla hier in den Bergen nur träumen konnte.

Palla kniff die Augen gegen die Sonne zusammen und beobachtete weiter das Geschehen im Dorf. Es war Mittag, und wegen der starken Hitze kamen nur wenige Männer und Frauen aus den Hütten, die meisten verschliefen zusammen die Zeit bis zum Abend. Dann würden das bunte Treiben, das ausfallende Lachen und die derben Annäherungsversuche der Männer von neuem beginnen. Als einer der Männer vor seine Hütte trat und seine Hosen herunterließ, durchlief Palla ein erneuter Schub abgrundtiefer Verachtung. Jede Frau von Lykastia verließ die Stadt, um ihre Notdurft im umliegenden Wald zu verrichten. Selbst ein dummer Barbar musste doch wissen, dass allerlei Getier und vor allem Ratten in die Stadt kommen würden, wenn man sich dort erleichterte. Der Barbar hatte Palla den Rücken zugewandt, sodass sie nun genau auf sein Hinterteil schauen konnte. Er stöhnte genüsslich auf, als sein Wasser gegen die Wand seiner Hütte plätscherte. Palla wandte den Blick ab und hörte plötzlich dicht neben sich ein Geräusch.

Als sie sich umdrehte, lehnte neben ihr ein Barbar an der Einzäunung und grinste sie an.

Palla war bereit, auch diesen Kaskäer zu treten, falls der ihr zu nahe kam. Doch er tat nichts dergleichen, sondern sprach sie erstaunlicherweise in ihrer eigenen Zunge an. „Ich habe dich noch nie hier gesehen. Du musst in diesem Jahr das erste Mal dabei sein."

Seine Stimme hatte einen starken Akzent, doch sie war überraschend weich für seine enorme Körpergröße und sein barbarisches Aussehen. Unter seinen Augen und auf den Wangen waren Linien und Punkte eintätowiert. Was immer diese seltsamen Zeichen auch bedeuten mochten – Palla wollte mit dem bärtigen Riesen nichts zu tun haben. „Es ist das erste und auch mein letztes Jahr, an dem ich in diese öden Berge komme und einen Monat mit stinkenden Ziegen und ihren Hirten verbringe."

Der Mann reagierte nicht auf die Beleidigung. „Dann hast du dich wohl noch von keinem der Männer berühren lassen?"

Palla bekam ein ungutes Gefühl. Die Stimme des Kaskäers hatte bei der letzten Frage einen heiseren Unterton angenommen, und sie wünschte, sie hätte trotz der Hitze statt des kurzen Chitons ihre Beinkleider getragen. Sie fühlte sich mit einem Male von der Anwesenheit des Fremden bedroht, deshalb schlug sie eine andere Taktik an. „Oh doch, ich hatte bereits viele Männer, so viele, dass mich keiner mehr interessiert. Selbst meine Mutter, die Königin Lampedo, hatte in ihrem Leben nicht so viele Männer wie ich auf ihrem Lager." Palla hoffte, dass der Name ihrer Mutter und die Behauptung, unzählige Männer gehabt zu haben, das Interesse des Mannes abklingen lassen würden, doch seinem Grinsen entnahm sie, dass er ihr kein Wort glaubte.

„Du bist eine Tochter Lampedos? Ich kenne sie. Sie ist Feuer und Sturm zugleich, sie reitet die Männer wie wilde Hengste."

Palla verzagte. Warum hatte sie nicht einfach den Mund halten können? „Ich muss nun gehen", warf sie schnell ein und wollte vom Gatter springen, doch mit einer Schnelligkeit, die sie dem großen grobschlächtigen Mann nicht zugetraut hätte, stand er vor ihr und drückte ihre Hände auf das Gatter, sodass sie ihm kaum noch entkommen konnte, wollte sie nicht schreien und kreischen wie ein kleines Mädchen.

Der Mann bückte sich, ohne ihre Hände loszulassen. Sein Kopf wanderte zwischen ihre Beine und unter den kurzen Chiton. Pallas Herz klopfte vor Angst bis zum Hals. Sie versuchte, die Schenkel zusammenzupressen, doch es war zu spät. Sie überlegte kurz, in Anbetracht der ausweglosen Situation doch zu schreien, aber dann durchzuckte es sie wie ein Blitz. Ungläubig ließ sie ihren Blick in ihren Schoß wandern, wo der Barbar sich ihrer Scham mit einer Kunstfertigkeit widmete, die sie die Schenkel schnell weiter öffnen ließ. Pallas Hände krallten sich fester an das Gatter, sie hob ihren Kopf, legte ihn in den Nacken und schloss die Augen. Sie sollte sich wehren und ihn fortstoßen, doch es war einfach zu wunderbar. Es dauerte nicht lange, bis Palla ein Schrei entfuhr. Als sie ihre Augen wieder öffnete, waren ihre Wangen gerötet und ihr Blick entspannt. Der Kopf des Mannes tauchte wieder zwischen ihren Beinen auf, und ein triumphierendes Lachen umspielte seine Züge. „Jetzt, da ich etwas für dich getan habe, wirst du auch etwas für mich tun."

Palla fühlte sich viel zu benommen, um Einwände zu erheben, selbst als der Kaskäer sie unvorbereitet über seine Schulter warf und ihr einen ordentlichen Schlag auf das Hinterteil versetzte, um sie in seine Lehmhütte zu bringen.

Palla verließ die Lehmhütte des Fremden beinahe den gesamten Mondumlauf nur noch, um irgendwo hinter einem Felsen schnell ihre Notdurft zu verrichten und dann zu ihrem Liebhaber zurückzukehren. Pinjahu, der Wortführer des Stammes, brauchte keine große Kunstfertigkeit anzuwenden, um Palla zu ihm zurückkehren zu lassen. Genau wie er es angenommen hatte, breitete sich in seiner neuen Geliebten das Feuer einer rossigen Stute aus, nachdem er es einmal entfacht hatte.

Die assyrische Handelsstraße

Als Selina wieder zu sich kam, schmerzte ihr Kopf. Benommen öffnete sie die Augen und wollte sich die Stirn reiben, doch ihre Hände waren ebenso gefesselt wie ihre Füße. Zu allem Überfluss waren die Hand- und Fußfesseln noch mit einem straff gespannten Seil verbunden, sodass es ihr kaum möglich war, sich zu bewegen. Selina zwang sich trotz des heftigen Pochens im Hinterkopf, die Augen geöffnet zu halten, erkannte aber bald, dass ihre Lage denkbar schlecht war: Sie saß auf der Plattform eines halboffenen Streitwagens, mit dem Rücken an die Wand gelehnt, sodass ihr Blick der offenen Seite zugewandt war. Obwohl sie hinter sich die Hufe von mehreren Pferden hörte, war die Straße in ihre Richtung bis auf den aufwirbelnden Staub frei.

Selina schloss die Augen und dachte nach, was geschehen war. Sie erinnerte sich an einen Schlag auf den Hinterkopf, doch danach war Dunkelheit über sie gekommen. Obwohl Selina sich schlecht fühlte, überlegte sie fieberhaft. Sie war niedergeschlagen worden, am helllichten Tag, und unzählige Menschen mussten es gesehen haben. Für Kleite und Hippolyta wäre es ein Leichtes, herauszufinden, wer ihr das angetan hatte. Schnell schätzte Selina ihre Lage ab:

Den Gürtel mit den Waffen hatten sie ihr abgenommen, das erkannte sie mit einem Blick. Vielleicht konnte sie sich vom Wagen herunterfallen lassen, wenn sie nur leise und vorsichtig genug war, und darauf hoffen, dass ihre Entführer weiterzogen, ohne ihr Verschwinden zu bemerken. Doch was wäre dann? Die Stricke ihrer Fesseln waren so fest, dass sie sich ohne einen Dolch oder eine Axt kaum davon befreien konnte; ja, nicht einmal laufen konnte sie mit dieser Fesselung. Selina wusste nicht, wie lange sie bewusstlos auf dem Wagen gelegen hatte und wo sie jetzt war. Unter Umständen lag Zalpa bereits so weit entfernt, dass sie gefesselt im Staub der Straße verdursten würde, ehe jemand sie fand. Damit blieb ihr nichts anderes übrig, als abzuwarten und sich weiter bewusstlos zu stellen. Irgendwann müssten ihre Entführer rasten, um die Pferde zu tränken; sie müssten ein Nachtlager aufschlagen, und vielleicht würde sich hier für sie eine Möglichkeit ergeben, sich zu befreien, eines der Pferde zu stehlen und zu entkommen.

Als der Tross endlich zum Stillstand kam, dunkelte es bereits. Selina war alarmiert. Seit sie gefesselt aus ihrer Bewusstlosigkeit erwacht war, mochte gut und gerne ein halber Tag vergangen sein. Dazu kam noch, dass sie keine Ahnung hatte, wie lange sie vorher bereits unterwegs gewesen waren. Selina überlegte, ob ein einziges, nach dem langen Tag ermüdetes Pferd es schaffen würde, sie zurück nach Zalpa zu bringen und vorher noch die Verfolger abzuhängen. Obwohl ihr der Mut sank, siegte ihre Entschlossenheit. Jeder Tag und jede Stunde, die sie grübelte und nichts unternahm, würde eine Flucht nur schwieriger gestalten.

Selina schloss die Augen, als sie Schritte vernahm, die sich ihr näherten. Sie ahnte, dass die beiden Fremden aus Zalpa an ihrer jetzigen Situation nicht unschuldig waren, was ihre Wut und ihre Entschlossenheit um ein erhebliches Maß festigte. Als Selina fühlte, dass ihre Fesseln durchtrennt wurden, konnte sie ihr unverhofftes Glück kaum fassen. Diese Fremden mussten wirklich dumm sein, dass sie ihr die Flucht so einfach machten! Sie wagte endlich zu blinzeln, zumal sich die Schritte wieder von ihr entfernt hatten.

Der Mann, der ihre Fesseln durchtrennt hatte, stand nur wenige Schritte von ihr entfernt und hatte ihr den Rücken zugewandt. An einem Zügel hielt er sein Pferd, das er aus einem ledernen Wasserschlauch tränkte. Selina lächelte grimmig. Dumm war noch gar kein Ausdruck für diesen Fremden: Erst durchtrennte er ihre Fesseln, dann präsentierte er ihr auch noch ein getränktes Pferd. Zwar fühlte auch Selina sich schwach, Hunger und vor allem der brennende Durst hatten ihre Kräfte erheblich gemindert. Doch das war nun nicht so wichtig. Wenn nur das Pferd genügend Kraft besaß, würde sie entkommen, denn sie war eine hervorragende Reiterin, konnte längere Zeit ohne Wasser und Essen auskommen und vermochte ihren Körper so geschickt dem Gang des Pferdes anzupassen, dass das Reiten sie nicht allzu sehr ermüdete. Vorsichtig begann sie, ihre Arme und Beine zu bewegen, immer den Fremden mit seinem Pferd im Auge, darauf achtend, dass sie keine Geräusche verursachte. Ihre Glieder waren steif, doch sie musste ja auch nur für eine kurze Strecke flink und schnell sein. Sobald sie auf dem Pferderücken saß, wäre die Flucht bereits so gut wie gelungen. Wie viele Männer mochten diesen Tross begleiteten?

Das Pferd schien seinen Durst gestillt zu haben, und damit war Selina gezwungen, schnell zu handeln, bevor ihre Fluchtmöglichkeit ungenutzt verstrich und das Tier weggeführt wurde. Mit einem Ruck sprang sie vom Wagen und war trotz ihrer schmerzenden Glieder mit ein paar Schritten hinter dem Fremden. Dieser hatte zwar nichts bemerkt, jedoch scheute sein Pferd, sodass er herumfuhr und direkt in Selinas Gesicht blickte. Da sie keine Waffen hatte, zögerte Selina nicht, ihm schwungvoll die Faust ins Gesicht zu rammen. Knochen knackten, und Selina hoffte, dass es nicht die Knochen ihrer Hand, sondern die Nase des Fremden gewesen war. Als der Fremde bewusstlos zu Boden fiel, entriss sie ihm die Zügel und schwang sich auf den Rücken des Pferdes.

Selinas Flucht hätte gelingen können, doch sie hatte nicht damit gerechnet, dass ihr ein bockiges Pferd Schwierigkeiten bereiten würde. Der Hengst tänzelte im Kreis, anstatt auf ihren Schenkeldruck zu reagieren, sein wütendes Wiehern und Schnauben musste zwangsläufig die anderen alarmieren. Verzweifelt versuchte Selina, ihn zum Laufen zu bewegen. Vergeblich. Mehrere Hände packten sie und zogen sie vom Pferderücken, sodass sie mit einem schmerzhaften Aufprall im Staub landete. Über sich sah sie die teils wütenden, teils schallend lachenden Gesichter mehrerer Männer, und sofort erkannte sie das Gesicht des Fremden, dem sie in Zalpa durch einen Fußtritt ins Gesicht hatte entkommen können.

Wut kochte in ihr hoch, und sie begann, wild um sich zu schlagen, bis die zahlreichen Hände endlich von ihr abließen. Ihre Augen blieben auf den Mann mit der eingeschlagenen Nase gerichtet, und sie schrie ihm Flüche zu, obwohl sie wusste, dass er sie wahrscheinlich nicht verstand. Das hielt den Mann jedoch nicht davon ab, sie ebenfalls mit unverständlichen Flüchen zu bedenken. Es war egal. Hätte sie eine Axt oder ein Schwert gehabt, sie hätte dem Fremden mit der eingeschlagenen Nase den Schädel gespalten. Doch noch ehe sie darüber nachdenken konnte, wie sie an eine Waffe kommen konnte, saß sie gefesselt an einem Felsen. Während die Nacht hereinbrach und die Fremden sich lachend und laut um ihre Kochfeuer versammelten, um Unmengen von gebratenem Fleisch zu verschlingen, ließ sie ihren Entführer kaum aus den Augen, bedachte ihn immer wieder mit düsteren und hasserfüllten

Blicken, und zischte leise Flüche vor sich hin, bis ihr keine mehr einfielen, die schlimm genug waren.

Tudhalija warf den abgenagten Knochen einem der Hunde zu, die schon die ganze Zeit bettelnd und winselnd um die Männer herumgeschlichen waren. Sofort kamen zwei weitere dazu, und es entstand ein Gerangel um den Knochen. Der Prinz von Hatti lachte und warf auch den anderen Hunden Knochen zu, bis endlich wieder Ruhe einkehrte. Benti blickte nachdenklich zu der an den Felsen gefesselten, mittlerweile schlafenden Frau hinüber. „Diese Frau hat seit fast einem Tag nichts mehr gegessen, geschweige denn getrunken. Vielleicht ist sie dir freundlicher gesinnt, wenn du ihr einen Becher Wasser und ein Stück Fleisch anbietest."

Tudhalija wies auf seine zerschlagene Nase. „Hast du vergessen, was sie getan hat? Mittlerweile hat dieser Walddämon zwei Männern die Nase gebrochen. Lass das Mädchen schlafen. Je schwächer es ist, desto weniger Schwierigkeiten wird es bereiten. Mir scheint, diese Weiber sind Entbehrungen gewohnt."

Damit war die Angelegenheit für Tudhalija erledigt, doch Benti blickte noch immer besorgt zu der Frau. „Die Nächte in den Bergen sind kalt, mein Prinz. Vielleicht sollte ich ihr wenigstens eine Decke …"

„Schweig jetzt endlich, Benti! Ich will nichts mehr von diesem Weib hören und sehen, ehe es nicht gebadet und gesalbt in meine Gemächer gebracht wird."

Benti gab sich geschlagen. Zumindest solange sie außerhalb Hattusas weilten, war Gesetz, was der Prinz wollte. Seit seiner Kindheit hatte Benti unter den Launen des Prinzen zu leiden gehabt. In ihrer Kindheit waren es Steine gewesen, die Tudhalija ihm in Wutanfällen an den Kopf geworfen hatte – einmal hatte Bentis Stirn so stark geblutet, dass ein Palastarzt ihm mit einer Goldnadel und einer Sehne hatte die Haut zusammennähen müssen, wovon er bis heute eine Narbe trug. Seit sie Männer waren, litt Benti unter dem Umstand, dass ihm kaum ein eigenes Leben vergönnt war, weil er Tudhalija gleich einem seiner Hunde überall hinfolgen musste und er immer verfügbar sein musste, wenn der Prinz irgendetwas wollte. Wie oft war Benti schon nachts von einem Diener geweckt worden, weil Tudhalija nicht schlafen konnte und ihn rufen ließ, um sich mit ihm sinnlos zu betrinken. Trotzdem sehnte sich Benti nach Hattusa zurück, denn dort konnten wenigstens der Tabarna Hattusili und die Tawananna Puduhepa, die Eltern des Prinzen, dessen ungestümen Wesen Einhalt gebieten.

Wieder wanderte Bentis Blick zu der schlafenden Frau. Sicher, sie hatte Tudhalija mit einem Tritt die Nase gebrochen, doch insgeheim hatte Benti das mehr schadenfroh als zornig aufgenommen. Das Unglück dieser Frau bestand einfach darin, dem Prinzen durch ihre ungewöhnliche Gestalt ins Auge gefallen zu sein. Sie sprach nicht die Zunge des Volkes von Hatti, wahrscheinlich wusste sie noch nicht einmal etwas von der Stadt Hattusa. Nun, sie würde früh genug verstehen, welches Leben ihr fortan bestimmt war. Sie tat Benti leid und insgeheim bewunderte er sie für ihre Unerschrockenheit. Sie kannte zweifelsfrei keinen Harem, sie war anders als die Frauen Hattis.

Benti überkam eine tiefe Traurigkeit, als er an Sauskanu dachte, Tudhalijas jüngere Schwester, die er so innig liebte. Obwohl Sauskanu seine Liebe erwiderte, hatte sie sich wie eine gute Frau und Tochter in das ihr angedachte Schicksal gefügt. Bald schon würde sie Hattusa verlassen, um in Ägypten an der Seite des Pharaos Königin zu sein. Wäre Sauskanu nur etwas wie diese fremde Frau gewesen, hätte ihre Liebe vielleicht Erfüllung finden können. Benti wäre bereit gewesen, mit ihr zu fliehen, ja, er hätte auf alle Annehmlichkeiten eines Adeligen verzichtet. Aber Sauskanu war eine gut erzogene Frau und Tochter, eine Prinzessin, die Seine Sonne, der Großkönig Hattusili, mit großem Stolz seinem neuen Freund und Verbündeten als Gemahlin anvertrauen konnte. Sie war dem Pharao bereits versprochen, und sie hatte sich dem Wunsch ihrer Eltern gefügt.

Als das Schnarchen der Männer tief und fest war und selbst der rastlose und ungestüme Geist Tudhalijas endlich im Schlaf hatte Ruhe finden können, stand Benti auf und langte vorsichtig nach einem Lederschlauch und einem erkalteten Stück Ziegenfleisch. Dann schlich er sich langsam zu dem Felsen, an dem die fremde Frau schlief. Er hatte Angst, sie anzusprechen, denn wenn sie schrie, würde sie das gesamte Lager und natürlich auch Tudhalija wecken. Benti mochte sich nicht vorstellen, welche Strafe ihm der Prinz für seine eigenmächtige Handlung auferlegen würde. Doch als er näher an die Frau herangekommen war, hatte sie ihre Augen bereits geöffnet und bedachte den Wasserschlauch und das Fleisch in seiner Hand mit begehrlichen, jedoch auch äußerst misstrauischen Blicken. Da sie ihn nicht verstand, legte er einen Finger auf den Mund und hielt ihr dann den Wasserschlauch hin. Sie überlegte nur kurz, bevor sie nickte. Sie trank fast den halben Schlauch leer und aß das Fleisch wie ein Hund aus seiner Hand.

Benti wollte bereits zurück zu seinem Schlafplatz gehen, als sie ihm mit einem unmissverständlichen Kopfnicken in Richtung ihrer Hände klarmachte, dass er ihre Fesseln lösen sollte. Benti blickte abwechselnd auf ihre gefesselten Hände und ihr flehendes Gesicht, doch dann schüttelte er den Kopf und lief schnell davon, ehe vielleicht doch noch jemand erwachte und ihn entdeckte.

Lykastia am Fluss Thermodon

Die Frauen hatten sich um ihre Königinnen versammelt und schwiegen betroffen. Kleite und Penthesilea waren erst spät in der gestrigen Nacht in Lykastia eingetroffen, und Penthesilea hatte eine Versammlung der Häuser einberufen, kaum waren auch Lampedo und Palla mit ihren Frauen aus den Bergen zurückgekehrt. Ehe das Schweigen unerträglich wurde, ergriff Penthesilea das Wort. „Wir müssen nach Zalpa reiten und die Menschen zum Reden zwingen. Wenn wir einige ihrer Häuser niederbrennen und sie genügend Angst haben, werden sie uns zumindest sagen, was mit Selina geschehen ist, und uns damit die Möglichkeit geben, sie zu befreien, wenn sie noch lebt!"

Die Frauen nickten, doch Lampedo widersprach. „Geschätzte Schwesterkönigin, was deiner Tochter zugestoßen ist, bedeutet wahrlich einen großen Schlag für das Haus des Städterates. Du sprichst hier und heute jedoch mit dem Herzen der Mutter zu uns, nicht mit dem der Königin. Wenn wir nach Zalpa reiten und die Stadt überfallen, werden wir mit so großen Gegenschlägen in unseren eigenen Städten zu rechnen haben, dass unser Volk bald dem Untergang geweiht ist. Wir haben noch nie Städte überfallen, Penthesilea! Außerdem wissen wir nicht, auf wie viel Gegenwehr wir treffen. Handelsstädte sind meist gut bewacht. Falls wir in Zalpa siegreich sind, heißt das auch noch nicht, dass wir Selina dort finden. Wer weiß, ob sie noch lebt! Wer will sagen, dass sie überhaupt noch in diesem Land weilt!"

Nach Lampedos Worten kam Gemurmel auf. Die Argumentation der Königin hatte die Frauen nachdenklich werden lassen – immerhin war Lampedo die Kriegskönigin. Wenn es um die Beratschlagung im Kampf ging, hörte man besser auf sie, da das Orakel der großen Mutter sie eigens dazu auserwählt hatte. Penthesilea führte zwar als Friedenskönigin die Verhandlungen, doch Lampedo konnte besser beurteilen, ob ein Kampf Aussicht auf Erfolg hatte oder nicht.

Kleite verteidigte ihre Tochter: „Die große Mutter kann und darf eine Königstochter nicht einfach aufgeben, Lampedo." Sie ballte die Faust. „Wir können Selina finden und zurückholen, wenn die Frauen beider Königinnenhäuser gemeinsam Seite an Seite kämpfen."

Lampedo schüttelte entschlossen den Kopf. „Aus dir, Kleite, und auch aus dir, Penthesilea, sprechen die Herzen liebender Mütter. Ich bin selbst Mutter und verstehe euer Leid. Doch als Königin muss ich zuallererst die Mutter meines Volkes sein. Wie viele Leben seid ihr bereit zu opfern, um eines zu retten?"

Die Frauen nickten nun zustimmend.

„Wollt ihr denn Selina, die ihr ebenso gut kennt wie ich, einfach kampflos aufgeben?", versuchte sich Kleite erneut einzubringen. Doch die Stimmung war bereits umgeschlagen. Die Frauen erhoben sich und traten auf Lampedos Seite, ein Zeichen dafür, dass Penthesilea überstimmt war.

Palla zögerte. Niemals durfte ein Mann Hand an eine Frau des Volkes legen, niemals durften die Frauen zulassen, dass einer der ihren etwas zustieß. Eine solche Tat musste zumindest angemessen bestraft werden. Einen Moment war sie geneigt, vorzutreten und sich auf Penthesileas Seite zu stellen. Ihre Stimme zählte als Tochter einer Königin sehr viel, und sie hätte dazu beitragen können, die Frauen umzustimmen. Doch Lampedo erkannte die Gefahr und hielt sie zurück. „Was hast du vor, Palla?", zischte sie.

„Diese Entscheidung ist nicht richtig, Mutter. Wenn einer Frau unseres Volkes durch Fremde Leid widerfährt, muss dies geahndet werden. Das sind unsere Gesetze", flüsterte Palla.

Lampedo blickte sie scharf an. „Sei nicht dumm, Palla! Ich habe gerade einen großen Sieg errungen, der besonders dir zugutekommen wird. Was glaubst du, wird geschehen, wenn Penthesilea nicht mehr ist? Wer kann dann noch ihre Nachfolge antreten, wenn sie keine Tochter hat? Die Frauen werden lieber wieder einer einzigen Königin folgen, anstatt eine neue zu wählen. Wer wird diese Königin sein? *Du* wirst es sein, auf deren Wort sie fortan einzig und allein hören, wenn du es nur geschickt anstellst."

Palla blickte ihrer Mutter in die dunklen, funkelnden Augen. Die Worte blieben ihr im Halse stecken, denn sie wusste, dass Lampedo die Wahrheit sprach. Kurz meldete sich noch Widerspruch in ihr, doch dann sah sie sich als alleinige Königin des Volkes. Wie viel Macht, wie viel Ansehen mehr würde sie haben, als Lampedo jemals für sich hätte beanspruchen können, solange sie die Herrschaft mit Penthesilea teilte? Und Palla wusste, wer ihr helfen würde, ihren Machtanspruch durchzusetzen: Pinjahu, ihr Geliebter, der selbst ein Volk führte und dessen alleiniges Oberhaupt war. Wie viel würden sie gemeinsam erreichen können, ihrer beiden Völker Seite an Seite vereint? Als sie an Pinjahu dachte, vergaß sie die Freundschaft, die sie und Selina einst verbunden hatte. Es hatte gar nichts Besseres geschehen können.

So konnte Penthesilea die Frauen an diesem Abend zum ersten Mal nicht überzeugen. Sie entschieden sich gegen einen Ritt nach Zalpa und dafür, dass Selina verloren und damit ihr Schicksal nicht weiter mit dem des Volkes der großen Mutter verbunden war.

Hattusa, die Hauptstadt des Landes Hatti

Obwohl ihr Städte nicht vollkommen unbekannt waren, staunte Selina mit offenem Mund, als sie Hattusa erblickte. Was sich hier vor ihren Augen abzeichnete, war größer und mächtiger als alles, was Menschen nach Selinas Vorstellung jemals hatten erschaffen können. Die riesige Metropole lag auch nicht zu ebener Erde, sondern erstreckte sich über mehrere bebaute Anhöhen bis zu einem Plateau auf dem Gipfel des Berges. Dieses war so groß, dass eine mächtige Festungsanlage und ein großer Häuserbezirk darauf Platz fanden. Die Häuser waren nicht wie in Lykastia aus Holz gebaut, sondern aus Stein, und die vielen bebauten Plateaus, die sich wie Treppenstufen aneinanderreihten, waren mit Stiegen oder breiten Brücken miteinander verbunden. Während Selina nicht wusste, wohin sie zuerst schauen sollte, setzte sich ihr Pferd schon wieder in Bewegung. Nach ein paar Tagen in der Wüste war es ihren Bewachern zu mühsam gewesen, die Pferde ihres Wagens am Zügel zu führen, sodass sie Selina endlich ein Pferd gegeben hatten. Trotzdem wurde sie noch immer sorgfältig gefesselt und nicht aus den Augen gelassen.

Selina schaute zu dem Mann herunter, der ihr in der ersten Nacht Wasser und Fleisch gebracht hatte, als die anderen schliefen. Er war nicht so grob wie der, dem sie in Zalpa die Nase gebrochen hatte. Manchmal lächelte er sie freundlich an, wenn er sich unbeobachtet glaubte, und er brachte ihr weiterhin Wasser und Nahrung, denn die Zuteilungen mit denen sie in den letzten Tagen bedacht worden war, waren mehr als spärlich gewesen.

Sie ritten durch das steinerne Tor der Außenmauer, das von zwei seltsamen, an geflügelte Raubtiere erinnernde Statuen bewacht wurde, über viele schmale Brücken, immer weiter hinauf. Diese seltsame Stadt war offensichtlich nur über unzählige Treppen und Brücken zu erreichen, von denen jede einzelne durch bewaffnete Wachtposten geschützt wurde. Selina warf einen Blick hinter sich. Wie weit ins Innere der Stadt waren sie nun bereits vorgedrungen?

Als sie das oberste Plateau erreicht hatten, zog der Mann mit der gebrochenen Nase Selina unsanft vom Pferd und schob sie dann zu einer großen, mit einer dicken und hohen Mauer umschlossenen Hausanlage. Vor der Tür wartete bereits ein feister Mann, gehüllt in einen knöchellangen Chiton aus schillerndem Stoff. Seine Haare glänzten ölig und waren kunstvoll mit einem Stirnband an den Kopf gelegt worden. Der ihn umgebende süßliche Duft ließ Selina die Nase rümpfen.

Wortlos packte sie der Wartende am Arm, peinlichst darauf bedacht, ihre schmutzige Kleidung nicht zu berühren, und kurz darauf schloss sich die Tür hinter ihr mit einem schweren Schlag. Der Geölte führte sie durch ein Labyrinth aus Gängen, in denen es nach süßen Aromen und Blumen roch. Überall lagen oder saßen fein gekleidete Frauen und Mädchen herum, manchmal in Unterhaltungen vertieft, oftmals einfach nur die Wände anstarrend. Hier und da hörte Selina hinter geschlossenen Türen Gekicher, und die Frauen, an denen Selina vorbeikam, legten die Hände vor den Mund und begannen, aufgeregt zu tuscheln.

Schließlich brachte sie der fettleibige Aufpasser in einen Raum und verschloss hinter ihr die Tür. Selina blickte sich um. Die prunkvolle Ausstattung der Flure setzte sich hier fort, doch wenigstens war sie das erste Mal seit vielen Tagen allein. Sie ließ sich müde auf einige glatt schimmernde Decken sinken, welche verschwenderisch und achtlos auf dem Boden im ganzen Raum herumlagen. Alles erschien ihr fremd und so unendlich groß, dass sie selbst sich auf einmal ziemlich klein vorkam. Sollte dies die neue Welt sein, von der die Seherin gesprochen hatte?

Tudhalija erhob sich langsam, nachdem er, wie es üblich war, vor seinen Eltern niedergekniet war. Sein Vater Hattusili, der Tabarna und somit Großkönig von Hatti, saß neben Puduhepa, seiner Königin, der Tawananna, auf einem erhöhten Podest. Rechts und links in der Halle hatte sich der Panku, der Rat der Adeligen, versammelt. Tudhalija bedachte die Anwesenden mit misstrauischen Blicken. Mit dem Panku war er schon des Öfteren aneinander geraten, denn er musste zuerst ihn zu überzeugen, bevor er seinen königlichen Eltern ein Anliegen vortragen durfte.

Als das lästige Begrüßungsprotokoll endlich beendet war, winkte Hattusili seinen Sohn vor die beiden Throne. Neben seiner Königin wirkte der Tabarna fast schmächtig, zumal er um einiges älter war als Puduhepa und oft kränkelte. Tudhalija wusste jedoch, dass sein Vater nicht zu unterschätzen war. Zwar fällte Puduhepa die meisten Entschlüsse in Hattusa, indem sie ihren Gemahl mit süßen und klugen Worten zu beeinflussen verstand, jedoch konnte auch Hattusili durchaus energisch und wütend reagieren, wenn man ihn zu sehr reizte. Einmal hatte er sogar bei einer Gerichtsverhandlung ein Todesurteil über einen Dieb gefällt, der seines Nachbarn Vieh gestohlen und danach dessen Tochter geschändet hatte. Die Todesstrafe war in Hatti zwar verboten, doch vor allem Puduhepa entschied besonders streng, wenn sie erfuhr, dass eine Frau geschändet oder gar getötet worden war. So hatte sie auch in diesem Fall Hattusili überreden können, die Todesstrafe gegen den Dieb und Frauenschänder auszusprechen. Als jedoch der Fall eine überraschende Wendung nahm, weil sich herausstellte, dass es die Tochter selbst gewesen war, die den Dieb, der in Wahrheit ihr Geliebter war, zum Diebstahl des Viehs angestiftet hatte, war es ihr nicht gelungen, dem Mädchen die Todesstrafe zu ersparen, so viele süße Worte sie ihrem Gemahl auch ins Ohr geträufelt hatte. Hattusili war unerbittlich geblieben und hatte den Dieb und das Mädchen auf die oberste Zinne der Festung Hattusas bringen und beide Hand in Hand in den Tod springen lassen. Heute schien Seine Sonne jedoch bester Laune zu sein. Tudhalijas gezielte Angriffe gegen ein paar verstreute Stämme der Kaskäer waren erfolgreich gewesen: Hattusa wurde in der letzten Zeit nicht mehr durch sie belästigt.

„Ich freue mich, dass du wieder in Hattusa weilst, Prinz Tudhalija", sprach der Tabarna ihn freundlich an. „Vor allem deine Mutter hatte große Sorge um dein Wohlergehen."

Tudhalija schenkte Puduhepa ein falsches Lächeln. Immerhin war sie es, die ständig gegen ihn sprach, wenn Tudhalija seinem Vater auch nur die kleinste Einwilligung für ein persönliches Anliegen abzuringen bemüht war.

Puduhepa wandte sich ihrem Sohn zu. Sie hatte eine klare angenehme Stimme, sodass niemand, der sie nicht kannte, ihr so viel Einfluss hätte zutrauen mögen. „Sage uns, wie es dir ergangen ist, mein Sohn. Du scheinst verletzt zu sein."

Tudhalija stellte bei einem fahrigen Griff an seine zertrümmerte Nase fest, dass in Puduhepas Stimme kaum Besorgnis gelegen hatte.

„Es ist nichts."

Doch Hattusili wollte sich mit diesen Worten nicht zufrieden geben und winkte Benti heran, der in den Reihen des Panku seinen Platz eingenommen hatte. „Benti, tritt vor den Eisenthron und sage uns, wer dem Prinz von Hatti die Nase gebrochen hat, sodass er bestraft werden kann. Habt ihr den Mann mitgebracht? Ein Angriff auf einen Prinzen Hattis muss dem Gericht vorgetragen werden."

Benti trat langsam vor. Ihm brach der Schweiß aus. Er wusste, dass er nicht lügen durfte, denn der Wettergott und die Sonnengöttin würden jede Lüge hören, die seinem Munde entfuhr, und sie dem Königspaar flüstern. Er machte seinen Kniefall und räusperte sich, bevor er zu sprechen wagte. „Deine Sonne wird überrascht sein zu erfahren, dass es eine Frau war, die dem Prinzen das Nasenbein brach."

Aus den Reihen des Panku war ein einvernehmliches Kichern zu hören. Tudhalija warf Benti einen zornigen Blick zu, auf den der schüchterne junge Mann mit einem entschuldigenden Schulterzucken reagierte. Hattusili zog die Augenbrauen zusammen. „Wie sollte eine Frau meinem Sohn die Nase brechen können?"

Benti entschloss sich, Tudhalijas Ruf, so gut es ging, wiederherzustellen, zumal er den Zorn des Prinzen fürchtete. „Nun, es war keine gewöhnliche Frau, Tabarna. Es war eine, die auf einem Pferd saß, Beinkleider und Waffen trug." Er schwieg kurz, weil er nicht wusste, ob er den nächsten Satz wirklich aussprechen sollte, entschied sich dann jedoch dafür. „Es war eine Kriegerin."

Der König blickte ihn ratlos an. „So? Eine Kriegerin sagst du? Wenn du mir eine Lüge erzählst, so trägt sie nicht gerade zum Ansehen des Prinzen bei. Eine Frau, die Waffen trägt, auf einem Pferd sitzt und dem Kronprinzen die Nase bricht!"

Ehe Benti noch etwas sagen konnte, wandte sich Puduhepa an ihn. „Dann habt ihr sie nach Hattusa gebracht?" Die Stimme der der Tawananna klang interessiert.

„Ja, Tawananna", antwortete Benti pflichtschuldig.

Tudhalija mischte sich ein, ehe seine Mutter weitersprechen konnte. „Sie ist in meinen Harem geführt worden. Das Weib gehört mir!"

Die Tawananna und ihr Sohn wechselten einen kühlen Blick, doch dann lächelte sie.

„Nun mein Sohn, dann gib Acht, dass sie dir nicht mehr bricht als die Nase."

Der Panku lachte erneut, und Tudhalija stieg die Röte ins Gesicht.

Hattusili erhob sich und klatschte in die Hände. Der offizielle Teil der Zusammenkunft war beendet. „Dann lasst uns nun alle gemeinsam speisen, und alles andere soll für diesen Abend vergessen werden."

Sie folgten dem Tabarna und der Tawananna in den nahe gelegenen Speisesaal, wobei Tudhalijas Blick auf den Rücken seiner Mutter gerichtet blieb. Sie hatte ihm bereits die ägyptische Priesterin genommen, welche er begehrt hatte. Diese Frau würde sie ihm nicht nehmen. Noch in dieser Nacht wollte er sie auf sein Lager holen und damit unmissverständlich klarmachen, dass sie ihm, Tudhalija, gehörte.

Benti und Sauskanu hatten sich nach dem ausgiebigen Festessen zurückgezogen und standen nun an der Mauer des Palastes, von der sie einen weiten Blick auf die tiefer gelegenen Plateaus hatten. Sie starrten schweigend auf die vom Fackelschein erleuchteten Häuser und Straßen der Stadt. Hier oben ging ein kühler Wind, obwohl es noch gut einen Mondumlauf dauern würde, bis der Wettergott wie jedes Jahr sein grimmiges Gesicht zeigte. An einem Tag sandte noch die Sonnengöttin ihre warmen Strahlen, und wenn man am nächsten Tag erwachte, fegte ein eisiger Wind durch die Gemächer und die Flure, sodass die Diener die Kohlebecken hervorholen mussten und kaum nachkamen, die vielen Gemächer aufzuwärmen. Wenn der Sommer nach Hattusa zurückkehrte, war es genauso. Es gab keine Übergangszeiten, die den Wechsel des Wetters ankündigten. Es gab nur den Wettergott und die Sonnengöttin, die sich abwechselten.

Benti sah, dass Sauskanu fror, und legte ihr seinen wollenen Umhang um die Schultern. Aus dem Hintergrund hörte er das Räuspern einer weiblichen Stimme. Seit Sauskanu vor einiger Zeit dem Pharao versprochen worden war, wurde sie von ihren Frauen noch strenger bewacht als zuvor. Dass Benti überhaupt noch etwas Zeit mit ihr allein verbringen durfte, hatte er dem guten Willen Puduhepas zu verdanken, die ihre Tochter innig liebte und ihr kaum einen Wunsch ausschlug. Sauskanus Augen waren trauriger geworden, seit er nach Hattusa zurückgekehrt war. Sie hatte immer ein stilles Wesen besessen. Schon als Kind hatte die Prinzessin lieber die Vögel beobachtet, die über die Stadt hinwegzogen, als den wilden Spielen der Kinder beizuwohnen, und schon damals hatte Benti Sauskanu in sein Herz geschlossen – vielleicht, weil sie ebenso still und schüchtern war wie er selber. Benti wusste es, Sauskanu wusste es, und selbst Puduhepa musste es wissen: Sauskanu und er entstammten einer einzigen Seele, sie waren füreinander bestimmt. Nur der Pharao von Ägypten konnte sie trennen. Selbst Puduhepa hatte nicht gewagt, ihrem Gemahl zu widersprechen, als er ihr mitgeteilt hatte, dass Sauskanu nach Ägypten gehen sollte, um Ramses zu heiraten. Benti starrte verbittert in den dunklen Himmel. Für Seine Sonne war Sauskanu nur ein Pfand für den Erhalt des Friedensvertrages, der Hattis Grenzen sichern sollte, und für den Pharao war sie ein weiterer Anlass, Hatti immer wieder um Himmelsmetall zu bitten.

Er legte unauffällig seine Hand auf die ihre, doch sie entzog sie ihm schnell. „Benti, du weißt, dass wir das nicht mehr dürfen. Ich bin unwiderruflich dem Pharao versprochen, und wenn die Priester erst einmal Salböl auf mein Haupt gegossen haben und ich ihm anverlobt bin, können wir uns nicht mehr sehen." Sie blickte ihn mit großen Augen an. „Bitte mache es nicht noch schwerer für uns."

Er neigte den Kopf, um ihrem Blick auszuweichen. Er schmerzte ihn zu sehr. „Es ist nicht recht, Sauskanu, und das weißt du."

Sie richtete ihre Augen gen Himmel. „Als ich noch ein Kind war, habe ich mir immer vorgestellt, ich könnte mich in einen Vogel verwandeln und fortfliegen. Wie frei müssen sich die Vögel fühlen, die einfach von einem Ort zum anderen ziehen! Für sie gibt es keine Grenzen, keine Hindernisse, keine Verbote." Sie seufzte. „Aber für mich gab es das immer, solange ich denken kann. Ich bin dazu erzogen worden, eine Prinzessin und später eine Königin zu sein. Ich wusste immer, was einst mein Schicksal sein würde. Wenn die Eskorte des Pharaos eintrifft, um mich nach Ägypten ins Brautgemach zu bringen, ist die Zeit des Abschieds gekommen. Ich werde gehen, doch mein Herz wird hier bei dir bleiben."

„Sauskanu", flüsterte Benti erstickt, doch sie wandte sich abrupt um und lief davon. Er sah ihr hinterher. Wie konnten die Götter nur so hart und grausam sein?

Als Tudhalija durch die Tür trat, die den Harem von seinen Räumen trennte, konnte er schon das wilde Gekreische vernehmen. Kurz darauf kamen ihm einige Frauen schreiend entgegengelaufen, wobei sie ihm in den unterschiedlichsten Zungen und Mundarten hysterisch Sätze und Wortfetzen zuwarfen. Tudhalija hatte Mühe, die Finger zu lösen, die sich in den Stoff seines Gewandes krallten. Ehe er die letzte der aufgebrachten Frauen abgewehrt hatte, folgte ihnen auch schon sein Haremsvorsteher. Angewidert bedachte Tudhalija den Mann mit einem verständnislosen Blick, als dieser schwitzend und schwer atmend vor ihm auf die Knie fiel. „Mein Herr, mein Prinz, du musst verzeihen, doch dieses Weib, das du heute Nachmittag in meine Obhut gabst, ist ein wilder Dämon. Die Frauen haben Angst vor ihr, und mich schreckt sie auch. Ich bin der Vorsteher deines Harems, bin es gewohnt, dass die Frauen zanken, dass sie kratzen und beißen, sogar, dass sie sich gegenseitig vergiften, aber ein solches Weib ist mir in den ganzen Jahren noch nicht untergekommen."

Tudhalija bedeutete ihm ungeduldig, endlich aufzustehen. Der Mann erhob sich mit einem Ächzen.

„Was ist passiert?", fragte Tudhalija knapp und zog ihn weiter in Richtung der Tür, hinter der das Geschrei erneut anschwoll.

„Ich wollte sie für die Zusammenkunft mit dir, ihrem Herrn, herrichten lassen, wie du es befohlen hast. Die Frauen brachten Gewänder und Schmuck, ich ließ die Diener die große Kupferwanne in ihre Räume tragen. Doch sobald die Frauen sich ihr näherten, um sie zu entkleiden, schlug sie einer das Auge blau, und eine andere hätte sie fast im Wasser des Bades ertränkt, als diese ihre Arme festhalten wollte. Sodann habe ich versucht, sie mit fünf Frauen gewaltsam in das Bad zu zwingen, doch in ihren Armen und Beinen scheint die Kraft eines Pferdes zu wohnen. Sie bemächtigte sich des Messers, mit dem ich ihr Körperhaar entfernen wollte und bedrohte die Frauen und mich … Keine wagt sich mehr in ihre Räume, und die Frauen, die noch dort sind, haben sich unter den Ruhebetten versteckt und weinen."

Als sie endlich den Ort des Geschehens betraten, war Tudhalija beinahe erheitert: Die Mädchen seines Harems standen wimmernd und schluchzend in die Ecken gedrängt, einige hatten sich unter dem Ruhebett versteckt, die Hände über den Kopf zusammengeschlagen und verhielten sich still, damit sie nicht entdeckt wurden. Vor der großen, mit duftendem Wasser angereicherten Kupferwanne stand seine neueste Errungenschaft mit wütend glitzernden Augen und hielt die Frauen auf Abstand. Als sie Tudhalija entdeckte, machte sie sich ohne Zögern daran, mit einem wütenden Schrei, den Dolch in der erhobenen Hand, auf ihn zuzustürzen. Der Vorsteher des Harems duckte sich, doch ehe sie auch nur einen Schritt tun konnte, tauchte eine dunkelhaarige Gestalt hinter der Wanne auf und schlug ihr einen silbernen Nachttopf auf den Kopf. Die Angreiferin fiel noch im Sprung bewusstlos zu Boden und blieb reglos liegen.

Tudhalija grinste. Assja, die babylonische Prinzessin, stand triumphierend, noch immer mit dem Nachttopf in der Hand, hinter der Wanne. Dann ließ sie ihn fallen und kam auf ihn zugelaufen, um sich vor seinen Füßen zu Boden zu werfen. „Mein Prinz, du bist wieder zurück!", rief sie froh.

Tudhalija strich ihr abwesend über das schwarze lange Haar und zog sie auf die Beine. Seit sie ihm gebracht worden war, genoss Assja als seine Favoritin eine Vorrangstellung in seinem Harem. Endlich gesellte sich auch der vor Angst zitternde Haremsvorsteher wieder zu ihnen. Tudhalija fuhr ihn wütend an: „Eunuch! Entweder ich finde hier morgen einen geordneten Harem und eine saubere Frau vor oder ich werde dich auspeitschen und ersetzen lassen!"

Der Mann fiel sofort wieder auf die Knie. „Natürlich, Herr, es wird nicht noch einmal vorkommen."

Der Prinz verzog verächtlich die Mundwinkel. „Vielleicht sollte ich Assja zur Haremsvorsteherin ernennen!", schnauzte er wütend.

Assja schmiegte sich sogleich an ihn. „Darf ich dir heute Nacht in deine Gemächer folgen und dir den Abend versüßen, mein Prinz?"

Tudhalija schob sie von sich. „Nein, mir ist die Lust vergangen." Er ließ Assja stehen und ging schnellen Schrittes davon. Er hatte für diese Nacht genug von zänkischen kreischenden Weibern. Heute hatte sich das kampfeslustige Weib noch einen Aufschub erkämpfen können, doch die nächste Nacht würde er zwischen ihren Schenkeln verbringen und sie endlich zähmen.

Assja blickte ihm enttäuscht hinterher. Der Prinz hatte sie noch nie abgelehnt. Sie richtete ihren Blick auf die noch immer bewusstlos auf dem Boden liegende Frau. An allem war nur diese Wilde schuld!

Während der Prinz unzufrieden in seine Gemächer zurückkehrte, hatte Puduhepa sich ihrerseits zum Harem begeben. Als der Vorsteher der Haremspforte ihr die Tür öffnete, war er kaum überrascht, die Königin zu sehen. Er warf sich gefällig vor ihr auf die Füße, bis sie ihn aufforderte, sich zu erheben. Die Tawananna kam sofort zu ihrem Anliegen. „Führe mich zu dem Mädchen, das mein Sohn dir am heutigen Nachmittag übergeben hat."

Der Mann verneigte sich wieder, wagte dann jedoch einen zögernden Einwand. „Göttliche Hoheit, bitte verzeih, aber der Prinz wird mich auspeitschen lassen, wenn auch dieses Mädchen aus seinem Harem genommen wird. Als du ihm damals die Ägypterin nahmst, hätte es mich beinahe den Kopf gekostet."

Seine Stimme klang verzweifelt, doch Puduhepa hatte kaum Mitleid. „Ich kann dir versprechen, dass du deinen Kopf verlierst, wenn du mich nicht unverzüglich zu ihr bringst."

Der Haremsvorsteher gab seufzend nach und lief vor Puduhepa her. In den Fluren herrschte Stille, die Mädchen und Frauen hatten sich in ihre Gemächer zurückgezogen. Puduhepa hoffte, dass sie bereits schliefen. Als sie die Tür von Assjas Gemach passierten, horchte Puduhepa besonders auf Geräusche, doch auch durch ihre Tür drang kein Laut. Sie atmete auf. Die hinterhältige Babylonierin konnte ihr durchaus Schwierigkeiten bereiten. Ihr Einfluss auf Tudhalija war ohnehin schon viel zu groß geworden. Puduhepa würde einige Ränke schmieden müssen, um die von ihr ausgehende Gefahr überschaubar zu halten. Doch das hatte noch etwas Zeit. Jetzt musste sie sich davon überzeugen, ob die Vermutung zutraf, die sie seit dem Empfang ihres Sohnes hegte.

Puduhepa verlangsamte ihren Schritt, da sie fast an den Gemächern angekommen waren. In ihrem Nacken breitete sich ein feines Kribbeln aus. *Sonnengöttin von Arinna*, flehte sie unhörbar. *Lass es so sein, wie ich vermute!*

Der Diener der Haremspforte steckte vorsichtig einen Schlüssel ins Schloss der Tür und drehte ihn leise. Bevor Puduhepa in der Dunkelheit verschwand, flüsterte er ihr zu: „Bitte sei vorsichtig, göttliche Hoheit. Dieses Mädchen ist wie ein wildes Tier."

Sie bedachte ihn mit einem scharfen Blick. „Warte hier vor der Tür, bis ich herauskomme. Wenn eines der Mädchen aus seinen Gemächern kommt, schicke es zurück – vor allem, wenn es Assja sein sollte."

Selina lag auf ihrem Lager und starrte ins Dunkel. Unter ihrem Haar bildete sich eine große Beule, und ihr Kopf schmerzte wie nie zuvor. Zweimal innerhalb kurzer Zeit war er nun schon mit Schlägen bedacht worden. Sie hätte sich selbst verfluchen können, weil sie so unachtsam gewesen war. In Freiheit, auf einem Pferd sitzend, mit ihrer Axt und dem Bogen bewaffnet, hätte sie kein Mann besiegen können, doch in diesem seltsamen Haus, in dem Frauen wie kostbare Pferde zusammengetrieben worden waren, herrschten Regeln, die Selina fremd waren. Der starke süße Geruch unterschiedlicher Salböle und die leuchtend bunten Farben von Decken, Kissen und Wandbemalungen sowie das überall glitzernde Gold und Silber ließen ihre Sinne erlahmen. Prunk und Größe ermüdeten ihren Geist, und ihre Wachsamkeit schwand dahin. Selina war ein anderes Leben gewohnt, an das sie sich mit Wehmut erinnerte. Dicke Mauern waren ihr unerträglich und ließen sie sich wie ein Tier im Käfig fühlen. In Lykastia war sie frei gewesen, ohne je darüber nachgedacht zu haben. Niemand hatte ihr je etwas befohlen, die Frauen lebten im Einvernehmen zusammen, ohne dass es größere Streitigkeiten gab. Warum waren sie ihr nicht gefolgt? Es wäre ihnen ein Leichtes gewesen herauszufinden, was mit ihr geschehen war. Doch nun, eingesperrt in diesem Haus, in dieser unbezwingbaren Stadt, wusste Selina, dass sie verloren war. Auch wenn das gesamte Volk vom Thermodon diese Stadt angreifen würde, um sie zu befreien, würde es nicht gelingen. Diese Stadt war uneinnehmbar.

Plötzlich vernahm Selina ein leises Geräusch von der Tür ihrer Gemächer. Trotz der Kopfschmerzen fuhr sie hoch und starrte in die Dunkelheit. Sie hatte sich nicht geirrt. Jemand hatte die Räume betreten. Selina kniff die Augen zusammen und versuchte zu erkennen, ob es wieder der fette Mann war, der sie in das viel zu stark riechende Wasser der Wanne zwingen wollte. Doch die Gestalt bewegte sich viel zu geschmeidig auf sie zu, als dass er es hätte sein können. Sofort kam ihr der Mann mit der zerschlagenen Nase in den Sinn. Selina wusste genau, was er mit ihr vorhatte, und hatte sich dazu entschlossen, mit jeder Faser ihres Körpers gegen den Fremden aufzubegehren. Kein Mann sollte jemals ihren Stolz brechen und sie auf irgendeine Art und Weise besitzen können, und dieser schon gar nicht!

Die Gestalt stand nun vor ihrem Lager und betrachtete sie. Noch immer konnte Selina ihr Gesicht nicht sehen, da der Mond in dieser Nacht von Wolken verhangen war, sodass es viel zu dunkel war. Als die Gestalt sich nicht bewegte, sondern einfach stehen blieb und sie weiter anstarrte, erfasste sie eine erneute Anspannung. „Wenn du gekommen bist, um das zu tun, was dir am heutigen Abend verwehrt blieb, versuche es nur. Ich werde dir auch den übrigen Teil deines Gesichtes zertrümmern und dich töten. Niemals werde ich mich dir unterwerfen."

Sie hoffte, dass die Worte ihn eingeschüchtert hatten, musste jedoch verwundert feststellen, dass sie stattdessen mit einem leisen weiblichen Lachen bedacht wurden. Völlig überrascht war sie, als die Frau ihr in verständlicher Zunge antwortete. „Dann ist es also wahr! Du hast Tudhalija nicht nur die Nase gebrochen, sondern auch seinen Stolz."

Selina stutzte. „Wer bist du? Warum sprichst du meine Zunge? Und wer ist Tudhalija?" Der fremde Name ging ihr nicht leicht von der Zunge.

Die Frau trat aus dem Schatten direkt neben Selinas Ruhebett, sodass diese ihr Gesicht erkennen konnte. Es war von einer angenehmen Ebenmäßigkeit, obwohl nicht mehr jung, war es außergewöhnlich, und das braune lange Haar, das es einrahmte, erinnerte Selina an Antianeira, die Hohepriesterin der großen Mutter. Als die Fremde die Hand nach ihr ausstreckte, wich Selina ihr dennoch aus.

„Ich bin Puduhepa, die Tawananna des Volkes von Hatti. Tudhalija, der Mann, dem du die Nase gebrochen hast und der dich hierherbrachte, ist mein Sohn, der Prinz und Thronfolger von Hatti. Deine Zunge spreche ich, weil wir dem gleichen Volk entstammen."

Selina hörte ihr aufmerksam zu. Dann schüttelte sie den Kopf. „Wir können nicht dem gleichen Volk entstammen. Mein Volk wohnt am Fluss Thermodon, und es gibt keine Männer wie deinen Sohn bei uns. Frauen werden nicht in großen Häusern eingesperrt, um den Männern zu dienen. Nichts, was es hier gibt, findet man bei meinem Volk."

Puduhepa ließ sich nicht beirren. „Du hast recht, und doch entstammen wir den gleichen Wurzeln." Wieder streckte sie ihre Hand aus, und dieses Mal ließ Selina sich von ihr berühren. Sie hatte vergessen, wie angenehm es war, sich unterhalten zu können, und diese Frau schien die Einzige zu sein, die sie verstehen konnte.

„Willst du aus dem Harem meines Sohnes heraus?"

Selina schöpfte Hoffnung. „Lässt du mich gehen, sodass ich zu meinem Volk zurückkehren kann?"

Puduhepa schürzte die Lippen. „Vorerst kann ich dir anbieten, dich aus den Krallen meines Sohnes zu befreien. In meinen Gemächern bist du sicher vor Tudhalija."

Selina erhob sich. „Ich habe so viele Fragen."

„Später", antwortete Puduhepa schnell. „Die Wände und Türen dieses Harems haben Ohren. Wenn wir in meinen Gemächern sind, kannst du mir deine Fragen stellen."

Obwohl Selina nicht wusste, ob sie Puduhepa vertrauen konnte, nickte sie. „Ich komme mit dir." Sie sprang vom Bett. Alles war besser, als hierzubleiben.

Sie gingen zur Tür, und Puduhepa klopfte leise. Das Gesicht des Haremsvorstehers erschien mondartig und feist im Türspalt. „Schnell, Tawananna! Wir müssen uns beeilen, ich fürchte, Assja ist aufgewacht." Als Selina hinter Puduhepa durch die Tür trat, wich er schnell einen Schritt zurück und bedachte sie mit einem misstrauischen Blick. Selina beachtete ihn nicht weiter und ging hinter Puduhepa her, die es auf einmal eilig zu haben schien. Erst als sie die Tür erreicht hatten, die den Harem vom übrigen Palast trennte, schien sie sich wieder zu entspannen. Als der Eunuch die schwere Tür hinter ihnen schloss, konnte es Selina kaum glauben. Endlich atmete sie frische Nachtluft, und das erste Mal seit Langem konnte sie sich frei bewegen.

Auch der Wächter der Haremspforte atmete erleichtert auf. Es war es gut, dass dieses Weibsbild verschwunden war. Er hätte nicht gewusst, wie er sie für den nächsten Abend hätte vorbereiten sollen, ohne um sein Leben zu fürchten. Was sollte ihm der Prinz vorwerfen? Dass er sich dem Willen der mächtigen Tawananna nicht widersetzt hatte? Er ging leise die stillen Flure entlang. Sollte der Prinz seine Mutter verdammen; er wusch seine Hände in Unschuld. Während er in Gedanken vertieft zu seinen Gemächern ging, schloss Assja leise den Türspalt, durch den sie das Geschehen beobachtet hatte. Sie überlegte schnell, ob sie dem Prinzen eine Nachricht zukommen lassen sollte – vielleicht würde es sie ja in seiner Gunst steigen lassen –, entschied sich dann jedoch anders. Der Prinz war viel zu übellaunig gewesen, und die Übermittlung einer schlechten Nachricht würde ihr kaum zum Vorteil gereichen. Besser war es, das Gesehene vorerst für sich zu behalten. Man konnte schließlich nie wissen, ob es später einmal nützlich sein würde. Außerdem war sie froh, dass die Nebenbuhlerin nun fort war. Tudhalija hatte sie allzu sehr begehrt, und sie hätte Assja vielleicht ihre Stellung als Favoritin streitig machen können.

Selina sah sich ausgiebig in Puduhepas Gemächern um. Auch hier fehlte es nicht an Prunk, Gold und feinen Stoffen, jedoch war alles dezenter als im Haus der Frauen. Puduhepa hatte ihr Früchte und Wein angeboten und Selina hatte sie dankbar angenommen. Die Tawananna deutete auf ihre verschmutzte Kleidung. Selina trug noch immer Beinkleider, ein weites Hemd und eine lederne Kappe – die Kleidung, die sie am Tag ihrer Gefangennahme am Leib gehabt hatte. „Es wäre gut, wenn du ein Bad nehmen würdest. Ich schicke eine Dienerin nach neuen Kleidern."

„Ich will nicht wie die anderen Frauen und Mädchen riechen oder wie der fette Mann, der sie ständig bewacht und umgarnt, als wäre er eine Frau."

Puduhepa kicherte. „Wenn man es genau nimmt, ist er fast eine Frau, sonst dürfte er gar nicht hinter den Türen des Harems weilen. Die Priester haben ihm so ziemlich alles abgeschnitten, was männlich ist."

Selina blickte sie ungläubig an, doch Puduhepa sprach bereits weiter. „Vielleicht überzeugt dich dieser Duft." Sie wedelte Selina mit einer kleinen Phiole zu. „Er wurde aus den Gräsern und Kräutern der Wälder gewonnen."

Missmutig nahm Selina ihr die Phiole aus der Hand und entfernte den Stöpsel, um daran zu riechen. Puduhepa saß auf ihrem Ruhebett und beobachtete sie. Der Duft schien Selina tatsächlich annehmbar, weil er sie an die Düfte ihres eigenen Volkes erinnerte, das sich mit frischen Kräutern und Gräsern einrieb, um einen Wohlgeruch zu erzeugen. Erst jetzt wurde ihr bewusst, dass sie seit vielen Tagen kein Wasser mehr an ihrer Haut gespürt hatte. „Du sagtest, wir würden demselben Volk entstammen."

Puduhepa nickte. „Die Menschen meines Volkes nannten sich Hattier. Zu ihrer Zeit regierte noch das Gesetz der alten Frauen, und der Titel der Tawananna besaß eine unbestreitbare Macht und Ehre." Sie lächelte bitter. „Irgendwann kamen Fremde, um sich unter unser Volk zu mischen. Sie waren zahlreich, und obwohl sie viele unserer Bräuche übernahmen, misstrauten sie dem Rat der alten Frauen, die seit jeher die Geschicke unseres Landes gelenkt hatten, und ernannten ihren eigenen König, den sie fortan Tabarna nannten. Es war der erste Hattusili seines Namens, der schließlich den Rat der alten Frauen verbieten ließ und der ehrwürdigen Priesterkönigin ihre Macht nahm. Er fürchtete ihre Zauberkräfte und ließ ein Verbot ausrufen, nach welchem ihre Heiligtümer geschlossen werden mussten. Der einzige Tempel, den er nicht niederreißen ließ, war der in Arinna, in welchem die Sonnengöttin noch heute angebetet wird." Verächtlich setzte sie hinzu: „Er verjagte die Priesterinnen und ersetzte sie durch Priester."

Selina hatte der Königin gebannt zugehört. Wie Kleite vermochte sie sie mit ihrer Erzählweise zu fesseln. „Was geschah mit den Priesterinnen, den alten Frauen und der Tawananna?"

Puduhepa zuckte die Schultern. „Viele von ihnen beugten sich den Männern und lebten mit ihnen. Doch einige nahmen ihr Hab und Gut und wandten ihrer alten Heimat den Rücken zu, um an einem anderen Ort zu leben. Sie waren nicht bereit, sich unter die Herrschaft der Männer zu stellen. Ich glaube, dass dein Volk aus eben diesen Priesterinnen hervorgegangen ist. Du sprichst jene alte Mundart, die den Priesterinnen meiner Vorfahren eigen war. Sie ist in Hatti längst vergessen, nur die Priesterinnen der Sonnengöttin kennen sie noch." Puduhepa machte eine bedeutungsvolle Pause. „Du sprichst sie ebenfalls! Dies war meine Hoffnung, als ich dich aufsuchte. Das alles muss von der Sonnengöttin gewollt sein."

Selina schüttelte verwirrt den Kopf. „Das verstehe ich nicht."

Puduhepa erhob sich leichtfüßig von ihrem Lager und lächelte sie an. „Das wird sich ändern." Sie schenkte ihr einen neugierigen Blick. „Wie ist dein Name?"

„Selina."

„Selina! Du trägst den Namen einer Mondgöttin. Der Mond ist mit der Sonne verbunden. Das muss ein gutes Omen sein! Ich werde mich nun zurückziehen. Dieser Raum wird der deine sein. Ich schicke dir meine Dienerin, damit sie dir das Bad bereitet, und morgen sehen wir weiter."

Selina sah Puduhepa hinterher, die kurz darauf die Tür hinter sich schloss. Sie setzte sich auf das große weiche Ruhebett und starrte die Wand an. Wie viele Überraschungen würden dieses seltsame Land und seine Menschen noch für sie bereithalten?

Während sie noch den sie überflutenden Eindrücken der Nacht nachhing, öffnete sich erneut leise die Tür. Eine zierliche junge Frau in einem weißen, fast durchsichtigen Leinenkleid kam herein. Selina sah sie mehr interessiert als misstrauisch an, denn ihr Anblick war noch ungewöhnlicher als der jener Frauen, die sie im Harem gesehen hatte. Selina erkannte, dass sie nicht aus Hattusa stammte: Ihre Haut war dunkler als die des Volkes von Hatti, und ihre Haare trug sie nicht offen oder kunstvoll mit Bändern umwickelt. Stattdessen wurde ihr Kopf von vielen kleinen geflochtenen Zöpfchen bedeckt, an deren Enden winzige Silberspangen und Perlen baumelten. Ihre Füße steckten in offenen Zehensandalen, und das Kleid selbst schien nicht viel mehr als ein kunstvoll gewickeltes Tuch zu sein, welches von einem Knoten unter ihren Brüsten gehalten und von einem großen, edelsteinbesetzten Kragen geschmückt wurde, der auf Brust, Rücken und Schulter ruhte. Die Augen der Frau waren mit schwarzer Farbe umrandet, sodass ihr Blick geheimnisvoll anmutete.

Selina schien zu lange und zu neugierig gestarrt zu haben, denn das Mädchen blieb nun ein paar Schritte von ihr entfernt stehen und sprach sie in verständlicher Zunge an. „Mein Name ist Amenirdis, und die Tawananna hat mich geschickt, um dir mit dem Bad zu helfen."

Selina erkannte auch in ihrer Stimme einen Akzent, er klang jedoch anders als der in Puduhepas Stimme – vielleicht etwas weicher und doch kehliger.

Amenirdis ging in die Hocke und breitete die mitgebrachten Gegenstände vor sich aus: ein Messer zum Rasieren des Körperhaares, einen kleinen Krug sowie saubere Leinentücher und einen langen hellgrünen Chiton mit dazu passenden geschnürten Sandalen. Als Letztes legte Amenirdis einen Kamm und eine Steinplatte bereit, deren glatte Oberfläche noch Reste von Grün, Blau und Rot aufwies, was Selina erkennen ließ, dass es sich bei ihr um eine Schminkpalette handelte, wie sie die Frauen in Tudhalijas Harem benutzten.

Kurz darauf brachten einige Diener eine schwere Wanne und füllten sie mit Wasser. Als alles bereit war und die Diener wieder verschwunden waren, nickte Amenirdis zufrieden. „Das Bad ist bereit. Bitte lege nun deine Kleider ab."

Selina schälte sich etwas scheu aus den schmutzigen Sachen und stieg in das kühle Wasser. Sie schloss die Augen, als sie spürte, wie angenehm es war, endlich den Schmutz der vergangenen Tage und Wochen abwaschen zu können. Amenirdis begann mit sanften bedachten Bewegungen ihren Rücken zu waschen, und der Duft von Gräsern und Kräutern stieg Selina in die Nase. Angeregt durch die entspannte Situation ergriff Selina das Wort. „Du sprichst meine Zunge ebenso gut wie die Tawananna."

„Sie hat sie mich selber gelehrt. Ich spreche einige Sprachen: die Zunge Hattis, die assyrische Mundart und natürlich die Zunge meines eigenen Volkes, Ägyptisch."

Selina horchte auf. Also war Amenirdis Ägypterin. Selina hatte den Namen ihres Volkes aus dem Munde der Frauen in Lykastia wiederholt gehört, doch die Menschen selber waren ihr unbekannt. Viel zu weit entfernt lang das Land, als dass es Teil des Lebens in Lykastia oder am Thermodon hätte sein können. „Wie kommt eine Ägypterin hierher? Dein Land ist, wie man sich erzählt, weit entfernt."

Amenirdis ließ mit einer Tonschale Wasser über Selinas Haar laufen und massierte anschließend ein duftendes Öl hinein. „Du bist sehr ahnungslos hierher gekommen, nicht wahr?"

Selina fuhr herum und funkelte Amenirdis an. Wollte die Ägypterin ihr unterstellen, dass sie dumm war? Doch in Amenirdis Gesicht standen weder Verachtung noch Hochmut, als die Dienerin zu einer Antwort auf Selinas letzte Frage ansetzte: „Vor einigen Jahren haben Seine Sonne, der Tabarna Hattusili, und der mächtige Stier, Pharao Ramses, einen Vertrag besiegelt, der beiden Reichen den Frieden sichert. Zum gegenseitigen Zeichen des Wohlwollens sandten sich die beiden Göttersöhne Geschenke. So kam ich nach Hatti. Ich überbrachte dem Tabarna und der Tawananna goldene Statuen meiner Schutzgöttin Isis, deren Priesterin ich bin. Die Statuen waren Geschenke für den Tempel von Arinna; ich war das Geschenk der Göttin Isis selbst, welches sie Hatti darzubringen gedachte."

Selina kniff die Augen zusammen, da das Badeöl brannte, als es unter ihre Lider lief. „Ich bin kein Geschenk meiner Göttin an Hatti. Ich bin nicht hier, weil es mein Wunsch ist."

Amenirdis lachte leise und klangvoll. „Ich weiß, was du mit Tudhalija getan hast. Als es mir zu Ohren kam, hat mein Herz gelacht, obwohl ich als Priesterin über solchen Dingen stehen sollte. Doch auch ich kenne das Frauenhaus des Prinzen. Als ich in Hattusa ankam, bat er den Tabarna sofort darum, mich haben zu können. Ich verbrachte jedoch nur einige Stunden in diesem Haus. Die Tawananna holte mich noch vor dem Abend zu sich." Amenirdis machte eine kurze Pause. „Das war mein Glück, denn ich hätte mich dem Prinzen kaum zur Wehr setzen können, wie du es getan hast, und wenn er mich auf sein Lager gezwungen hätte, so hätte ich meiner Göttin nicht mehr als Priesterin dienen können. Puduhepa hat mir große Freundlichkeit und Güte erwiesen."

Selina ließ sich von Amenirdis aus der Wanne helfen und abtrocknen.

„Bitte lege dich auf das ausgebreitete Leinentuch, damit ich dein Körperhaar entfernen kann."

Selina blickte die Priesterin misstrauisch an. „Warum willst du mein Körperhaar entfernen?"

„Damit du rein bist für den Dienst an der Göttin. Tudhalija oder irgendein anderer Mann haben dich nicht besessen? Bist du frei von jeglichen Berührungen der Männer?"

Selina konnte aus Amenirdis' Stimme heraushören, dass sie großen Wert darauf zu legen schien, und konnte nicken, ohne zu lügen. Sie war so unberührt wie eine Knospe, deren Blütenkelch noch verschlossen war.

Amenirdis entfernte ihre Körperhaare behutsam und sorgfältig, wobei sie auch den Schambereich nicht ausließ. Sodann kämmte sie Selinas Haupthaar und half ihr in den blassgrünen Chiton und die Sandalen. Endlich nickte Amenirdis zufrieden. „Du bist sehr schön, Selina. Wer hätte gedacht, dass unter dem Schmutz der Straße und der Männerkleidung eine solche Schönheit zu finden ist. Allein Tudhalija muss es gesehen haben." Amenirdis trat auf sie zu und ließ vorsichtig eine goldene Strähne von Selinas langen Haaren durch ihre Finger gleiten. „Selbst dein Haar hat die Farbe der Sonne. Das ist gut. Du wirst unter den Frauen von Arinna eine begünstigte Stellung einnehmen."

Selina verstand nicht, was Amenirdis sagte, doch diese sprach schon weiter. „Morgen werde ich dir zeigen, wie man die Augen bemalt und die Haare richtet, und natürlich musst du lernen, selber dafür zu sorgen, deinen Körper von jedem einzelnen Haar zu befreien und damit rein zu halten. Ich werde dir in allen Fragen zur Seite stehen und dich unterrichten. Puduhepa will, dass du die akkadische Schrift und Mundart lernst. Dies ist die Sprache, die jedes Volk beherrscht und in der die Könige korrespondieren." Amenirdis packte mit ein paar Handgriffen die mitgebrachten Sachen zusammen und lächelte Selina aufmunternd zu. „Hab nur Mut, Schwester. Die Zeit wird deinen Verstand schärfen und die Ratlosigkeit aus deinem Gesicht verschwinden lassen. Du stehst unter dem Schutz der mächtigen Tawananna und der Sonnengöttin." Dann wandte Amenirdis sich um und verließ Selinas Räume.

Selina tappte mit dem ungewohnt langen Gewand hinüber zu ihrem Lager, wo eine polierte Bronzescheibe auf einem kleinen Hocker lag. Sie blickte hinein und schrak zurück. War das wirklich sie? Diese Frau mit dem offenen, weich fallenden Haar und dem langen edelsteinbesetzten Gewand? Ihr schien das Gesicht im Bronzespiegel so neu und unbekannt, dass sie den Blick abwenden musste.

Als er festen Schrittes die Räume Seiner Sonne, des Großkönigs von Hatti, betrat, schäumte Tudhalija vor Wut. Er hatte darauf verzichtet, sich anmelden zu lassen, und so fand er seinen Vater auf einem bequemen Sessel sitzend, die Füße auf dem Schoß einer jungen Frau ruhend. Hattusili öffnete nur kurz die trägen Lider, während das Mädchen den Prinzen kaum beachtete und konzentriert weiter die Füße ihres Herrn und göttlichen Gemahls massierte. Mit geschlossenen Augen winkte der Tabarna seinen Sohn zu sich heran. „Mein Sohn und Thronfolger. Komm näher, und lass dir einen Becher Wein bringen. Hast du bereits dein Morgenmahl zu dir genommen? Ich kann eine Dienerin nach einem Gedeck schicken lassen."

Tudhalija schüttelte entschlossen den Kopf und ließ sich schwer auf einen Stuhl fallen. Auf den vorgeschriebenen Kniefall verzichtete er. Hattusili verlange dieses Zeichen des Respekts im Gegensatz zu seiner Mutter Puduhepa nicht von ihm. Wenn sie allein waren, durfte er ihn direkt ansprechen.

„Vater, deine Königin, meine Mutter, hat es schon wieder getan: Erst hat sie mir die Ägypterin gestohlen, und nun hat sie auch das neue Mädchen heimlich zu sich genommen. Ich komme gerade aus dem Frauenhaus, wo ich dies vom Hüter der Haremspforte erfahren musste."

Der Tabarna schaute auf und schenkte seinem aufgebrachten Sohn einen müden Blick und ein leises Brummen. „Ist sie dir denn wirklich so wichtig, diese kleine Wilde? Warum suchst du dir nicht eine Frau, die deinen Körper im kommenden Winter wärmt, anstatt eine, die dir das Gesicht zerschlägt und nach dem Leben trachtet? Was ist mit der kleinen Babylonierin? Wie war noch gleich ihr Name?"

„Assja." Tudhalija bemühte sich, seinen anschwellenden Zorn zu unterdrücken.

„Assja", nickte Hattusili lächelnd. „Sie schien mir diejenige zu sein, die dein Interesse am meisten beansprucht."

Tudhalija konnte nun kaum noch an sich halten. „Darum geht es überhaupt nicht, Vater. Meine Mutter gibt mich vor dem Panku der Lächerlichkeit preis. Sie kann tun, was sie will: Immer setzt sie ihren Willen durch. Wer wird mir folgen und meinen Worten Beachtung schenken, wenn ich einst deine Nachfolge antrete und noch nicht einmal mein Frauenhaus beherrschen kann? Selbst du, der Tabarna, lässt ihr freie Hand!"

Unerwartet setzte sich Hattusili in seinem Sessel auf, sodass die junge Frau von seinen Füßen abließ und erschreckt zurückwich. Seine Augen blitzten auf, und seine Stimme wurde so klar und laut, dass man kaum glauben konnte, sie aus dem Munde eines so schmächtigen und kränkelnden Mannes zu vernehmen. „Willst du mich der Schwäche bezichtigen, Prinz Tudhalija? Willst du mir vorwerfen, dass nicht ich es bin, der in Hatti herrscht?"

Tudhalija fand seine Beherrschung wieder. Er wusste, dass die gelegentlichen Wutausbrüche seines Vaters nicht ungefährlich waren und dass selbst Puduhepa sich zurückhielt, wenn sie auftraten. „Natürlich nicht, göttlicher Vater. Aber du musst meine Bedenken verstehen: Was meine Mutter tut, ist nicht recht. Mein Frauenhaus untersteht allein mir. Die Ägypterin war ein Geschenk des Großen Hauses in Ägypten, diese Frau jedoch habe ich selber nach Hattusa gebracht."

Der Tabarna beruhigte sich und nickte. „Ich werde mit der Tawananna reden und ihr sagen, dass sie das Mädchen zurück in dein Frauenhaus bringen soll." Er gab seinem Sohn ein Zeichen, dass er entlassen war. Tudhalija verstand die Aufforderung und erhob sich umgehend. Dieses Mal musste Puduhepa nachgeben. Die Stimmen des Panku würden in einem Streit auf seiner Seite sein.

Hattusili seufzte, als sein Sohn die Räume verlassen hatte. Was hatte seine Königin, die Sonne seines Herzens, nun wieder getan? Tudhalija hatte recht. Er hatte Puduhepa damals die Ägypterin überlassen, obwohl er sie seinem Sohn bereits versprochen hatte. Aber dieses Mal lagen die Fakten anders. Er würde mit Puduhepa reden müssen, obwohl ihn seine Füße wieder einmal peinigten – ein Zeichen für den bald hereinbrechenden kalten Winter. Hattusili blickte nachdenklich auf das Mädchen zu seinen Füßen. Vielleicht sollte auch er sich lieber für die warmen Wintertage eine Bettgenossin suchen, die seine kranken alten Knochen wärmte. Puduhepa war von ihrem Kreis aus Priesterinnen und Mädchen umgeben und lebte fast ausschließlich ihr eigenes Leben. Trotzdem empfing sie ihn immer noch warmherzig und freundlich, wenn er zu ihr kam. Die Tage ihrer beider Jugend waren längst vorbei, auch wenn Puduhepa einige Jahre jünger war als er selbst. Als er jung gewesen war, hatte er sie ausgiebig geliebt und kaum von ihr abgelassen. Fast jedes Jahr hatte sie ein Kind von ihm getragen, und viele dieser Kinder waren noch im Wiegenalter gestorben. Hattusili wusste, dass es für Puduhepa einem Opfer gleichgekommen war, seine Gemahlin zu werden, obwohl jedes andere Mädchen ihn überschwänglich umgarnt hätte, nur um den Titel der Tawananna zu erhalten. Aber genau deshalb hatte er sie erwählt und sich letztendlich in die schöne stolze Frau verliebt. Sie hätte ihn hassen müssen, weil sie ihr Priesteramt nicht mehr ausführen konnte, sobald ein Mann sie berührt hatte. Doch stattdessen hatte sie sich als kluge Regentin erwiesen, der Hattusili einiges zu verdanken hatte. Ohne Puduhepas diplomatische Ratschläge und weise Entscheidungen hätte es einen Friedensvertrag zwischen Ägypten und Hatti niemals gegeben. Immer wieder vertröstete sie den Pharao und versprach ihm reichliche Lieferungen von Himmelsmetall, sobald die Sonnengöttin ihr Geschenk erneut vom Himmel regnen ließ. Außerdem war der Pharao nicht besonders großzügig mit seinem Gold, wenn Hattusili ihn darum bat. Ägypten schwamm in Gold, das es aus den Minen in Nubien bezog, Hatti besaß das Himmelsmetall und die Kunstfertigkeit, es zu bearbeiten. Wenn Puduhepa sagte, dass es nicht genügend Metall für Hatti gab, würde auch der Pharao warten müssen. Die Sonnengöttin hatte ihr Geschenk lange nicht mehr geschickt; ein Zeichen dafür, dass sie erst besänftigt werden musste. Tudhalija hatte recht: Puduhepa hielt für eine Frau ungewöhnlich viel Macht in den Händen. Doch sie hatte diese Macht niemals missbraucht oder gegen Seine Sonne, den Tabarna, verwendet. Hattusili wusste, dass seine Gemahlin ihn liebte, obwohl sie sich selber und alle anderen Männer dafür hasste. Sie, die große Priesterin, die stolz auf ihre Reinheit bedacht war und deren Wunsch es immer gewesen war, der Sonnengöttin zu dienen, schämte sich, dass es einem Mann gelungen war, eine Liebe in ihr zu entfachen, die sie allein ihrer Göttin hatte vorbehalten wollen. Und weil dem so war, weil ihre Liebe zu ihm so stark war, dass selbst die Sonnengöttin sie nicht hatte verhindern können, vertraute und liebte er seine Tawananna von ganzem Herzen.

Hattusili winkte das Mädchen fort, und sie schlich sich leise aus dem Raum. *Nein*, dachte er bei sich. *Sollen meine Knochen frieren und die wenigen Momente auskosten, in denen Puduhepa sie diesen Winter wärmen wird. Ich besaß viele Frauen und habe über die Liebe einer Göttin triumphiert. Ich bin zu alt und müde, um mich an den Mädchen des Harems zu erfreuen, und ihre Wärme ist lau im Vergleich zu Puduhepas.* Trotz seiner brennenden und aufgequollenen Füße erhob er sich. Er würde mit Puduhepa über das Mädchen sprechen müssen, das sie Tudhalija entrissen hatte.

Amenirdis und Selina fielen auf die Knie, als Seine Sonne die Gemächer Puduhepas betrat. Es hatte Amenirdis zwar viel Überzeugungskraft gekostet, Selina zum Kniefall zu bewegen, doch Amenirdis hatte kluge Worte gewählt, um Selina umzustimmen. *Du darfst darin keine Geste der Unterwerfung unter einen einfachen Mann sehen. Der Tabarna ist ebenso Wortführer wie deine Mutter bei eurem Volk.* Sie verstand, was Selina bewegte, denn die beiden Frauen hatten sich an diesem Morgen lange unterhalten. Gemeinsam knieten sie nun Seite an Seite vor dem Tabarna. Einzig Puduhepa, die an einem kleinen Tisch ihr Morgenmahl einnahm, rührte sich nicht. „Mein Gemahl, bitte nimm einen Stuhl und setze dich."

Hattusili ließ sich mit einem Ausdruck der Erleichterung nieder. Puduhepa wusste um die Schmerzen in seinen Füßen und würde ihn niemals bloßstellen. Hattusilis Blick wanderte zu Selina hinüber, dann sah er wieder Puduhepa an. „Der Prinz hat mich heute aufgesucht. Du kannst dir vorstellen, dass er erzürnt ist."

Ein Lächeln huschte über das Gesicht der Tawananna. „Ich brauche das Mädchen, mein Gemahl."

Hattusili schüttelte den Kopf. „Ich bin geneigt, dieses Mal dem Prinzen seinen Wunsch zu erfüllen und die Frau zurück in sein Haus zu bringen. Was du getan hast, war nicht recht."

Puduhepa erhob sich rasch und kam um den Tisch herum. Sie legte Hattusili sanft eine Hand auf die Schulter und runzelte die Stirn. „Sie ist der Göttin bestimmt. Du weißt, dass nur die Göttin dein Leiden heilen kann, und sie ist zornig. Sie muss dem Rat der Frauen gezeigt werden."

Hattusili blickte Puduhepa hoffnungsvoll an, doch dann ermüdeten seine Augen. „Ich bin alt, Puduhepa. Auch die Göttin kann das Alter nicht heilen."

Sie kniete vor ihm nieder und sah ihn liebevoll an. Ihre Hände legten sich auf die seinen. „Wie könnte ich behaupten, dich zu lieben, wenn ich es nicht versuchen würde."

Hattusilis Herz wurde von einem warmen Gefühl ergriffen. Es war dieser Blick, der ihn immer wieder weich werden ließ. Auch wenn er ahnte, dass es nichts helfen würde, trat Puduhepa immer wieder vor die Göttin, die sie um seinetwillen betrogen hatte, um für ihn zu bitten. Wie hätte er ihr also eine Bitte abschlagen können? Er erhob sich langsam. „Also gut, meine Sonne. Ich werde Tudhalija irgendwie ablenken, bis er sich wieder beruhigt hat. Aber es ist das letzte Mal."

Sie hauchte ihm einen Kuss auf die Wange und sah ihm hinterher, als er mit schleppenden Schritten ihre Gemächer verließ.

Selina und Amenirdis erhoben sich, als der Tabarna fort war. Fragend blickte Selina zwischen den beiden Frauen hin und her. Sie hatte kein Wort verstanden, spürte aber, dass es um sie gegangen war, zumal der Tabarna ihr einen forschenden Blick zugeworfen hatte. Puduhepa lächelte sie aufmunternd an. „Der Tabarna hat eben beschlossen, dass du bei mir bleiben darfst, obwohl mein Sohn vor Wut schäumen wird."

Selina fiel ein Stein vom Herzen, und sie senkte dankbar den Kopf. Diese Geste fiel ihr nicht schwer. Sie hatte ihr ganzes Leben im Kreis von Frauen verbracht, und so war es ihr auch hier leicht gefallen, ihre kratzbürstige Art abzulegen und sich der Tawananna und der Priesterin anzuschließen. Puduhepa überlegte kurz, dann wandte sie sich zum Gehen, nicht ohne Amenirdis daran zu erinnern, dass sie bald beginnen sollte, Selina die assyrische Sprache zu lehren. „Du wirst diese Sprache sprechen und die Zunge verstehen, und du wirst die akkadische Schrift erlernen. Doch dies bleibt unser Geheimnis. Nur meine Tochter Sauskanu darf davon erfahren, denn sie gehört ebenfalls zu unserem Kreis." Dann ließ Puduhepa sie mit Amenirdis allein.

Selina trat ans Fenster, dessen Vorhänge an dem warmen Tag geöffnet waren und blickte hinunter in die Tiefe. Die Priesterin bedachte sie mit einem ernsten Blick. „Denk nicht einmal daran, Selina. Du würdest aus Hattusa nicht herauskommen. Außerdem wird der Wettergott bald seine Winterstürme schicken, und dann sind alle Straßen unpassierbar."

Selina verschränkte die Arme. „Warum soll niemand wissen, dass ich eine verständliche Zunge erlerne?"

Amenirdis lächelte, und ihre feinen Züge umspielte eine, wenn auch harmlose, Verschlagenheit. „Aus zwei Gründen, Selina: Erstens schützt es dich, wenn alle glauben, du wärest ungefährlich, weil keiner verständlichen Mundart mächtig. Deine Zunge kann so nichts

Böses preisgeben. Was deine Ohren hören, kann nicht von dir zu Ränken missbraucht werden."

Selina verstand. „Und der zweite Grund?"

Wieder lächelte die Ägypterin. „Dass niemand in deinem Beisein verstummen wird oder ein verbotenes Gesprächsthema beendet, weil alle glauben, dass deine Ohren taub sind für ihre Gespräche."

Selina holte tief Luft. „Ich soll für die Tawananna spionieren?"

„Nur hinhören, wenn du etwas aufschnappst, das wichtig sein könnte. Du gehörst nun zu Puduhepas Frauen und wirst bald lernen, dass die Tawananna ein eigenes Haus im Hause des Tabarna führt."

Selina blickte sie ungläubig an. „Es sah aus, als würde die Tawananna ihren Gemahl innig lieben. Ich verstehe nicht viel davon, ich weiß nicht wie Männer und Frauen zusammenleben, aber die Gesten ihrem Gemahl gegenüber schienen aufrichtig."

Amenirdis nickte und lächelte. „Das waren sie auch, Selina. Das Herz der Tawananna schlägt für ihren Gemahl."

Hattusili öffnete matt die Augen, als er Puduhepa vor seiner Lagerstatt erblickte. Sie war leise gewesen und hatte ihr Kleid bereits abgelegt. Obwohl sie nicht mehr den Körper einer jungen Frau besaß, fand er sie noch immer schön. Lächelnd kam sie näher und setzte sich rittlings auf ihn. Sie musste nicht lange warten, bis Seine Sonne ihr seine Gunst schenkte. Hattusili vergaß für den kurzen Augenblick ihrer Vereinigung seine schmerzenden Füße und fühlte sich wieder jung. Mit einem leisen Aufstöhnen ergoss sich kurze Zeit später sein göttlicher Samen in sie, und er zog Puduhepa zu sich hinunter, um sie zu küssen. Sie blieb noch eine Weile über ihm, dann legte sie sich neben ihn, damit er die Wärme ihres Körpers spüren konnte. „Der göttliche Funke in meinen Lenden ist erloschen, Sonne meines Herzens. Dein Bauch wird sich nicht mehr runden."

Puduhepa lächelte und legte ihm sanft einen Finger auf die Lippen. „Vielleicht ist es auch nur die Unfruchtbarkeit meines Leibes, die deinen Samen in mir nicht mehr aufgehen lässt."

Er küsste ihre Finger. „Es ist gut, dass es so ist, Puduhepa. Wie sehr habe ich jedes Mal gelitten, weil ich wusste, dass das wachsende Leben in deinem Leib dich daran erinnert, was du um meinetwillen aufgeben musstest."

Sie zog das Laken über ihre erhitzten Körper und legte eine Hand auf seine Brust. „Du bist die Sonne selbst und solltest keine Reue empfinden."

Er sah sie nachdenklich an. „Selbst jetzt, wo ich dir auch noch Sauskanu genommen habe, vermagst du nicht, mich zu hassen."

„Du nimmst und gibst, Herr des Wetters", flüsterte sie. „Nichts von beidem hat je überwogen."

„Dann kann ich darauf hoffen, dass du auch in diesem Winter meiner müden Glieder gedenkst und zu mir kommen wirst, um sie zu erfrischen, wenn meine Füße zu schwach sind, um zu dir zu kommen."

Puduhepa legte den Kopf an seine Brust. „Die Sonnengöttin von Arinna wird deine Füße heilen, mein Gemahl. Durch das neue Mädchen wird ihre Wut verrauchen, und die Göttin wird uns verzeihen. Selina wird die Stelle einnehmen können, die einst die meine war."

Schon halb schlafend murmelte Hattusili ihr zu: „Wenn es dir Frieden gibt, Sonne meines Herzens, so genügt es mir schon."

Auch Puduhepa schloss die Augen. Schläfrigkeit überkam sie, und sie wusste, dass die warmen Tage in Hattusa schon bald vorbei sein würden. Sie wusste, dass Selina die Richtige sein würde, um ihren Platz einzunehmen. Und sie würde noch viel mehr tun als das. Selina würde die Aufgabe erfüllen, die einst ihr zugedacht gewesen war. Das Mädchen mit den sonnengelben Haaren würde nicht scheitern. Tudhalija konnte toben und wüten, wie er wollte – er würde sie nicht bekommen.

Der Wind wehte eisig durch die Flure des Palastes, als eine dunkle Gestalt sich in ihren wollenen Umgang gehüllt an den Wänden entlangschob. Die Fackeln in den Halterungen flackerten unruhig im Wind und drohten immer wieder zu erlöschen. Niemand weilte zu dieser Stunde noch auf den Fluren, nicht während der kalten und ungemütlichen Jahreszeit, in welcher der Wettergott seine Mutter, die Sonnengöttin vertrieb. Die dunkle Gestalt verharrte unter einer Fackel und wickelte ihren Umhang fester um den zierlichen Körper.

„Prinzessin von Hatti, warum bist du zu so später Stunde nicht in deinen Gemächern?"

Sauskanu blieb stehen und wandte sich um. Tudhalija, ihr Bruder, kam mit schnellen Schritten auf sie zu. Sie verbeugte sich leicht vor ihm. „Nur der Bruder vermag es, die Gestalt seiner Schwester unter einem derben Umhang zu erahnen und sie beim Namen zu nennen", wich sie seiner Frage aus.

Er ließ sich nicht beirren. „Sauskanu, du hast meine Frage nicht beantwortet: Was tust du hier?"

Sie blickte ihn mit großen Augen an. „Die Tawananna hat nach mir geschickt, damit wir uns den Abend vertreiben und gemeinsam speisen, mein Bruder."

„Zu so später Stunde, Schwester?" Prüfend hob er ihr Kinn mit einem Finger. „Sprichst du die Wahrheit, Sauskanu? Du hast mich immer mit Stolz erfüllt. Deine Erziehung ist hervorragend, dein Wesen tugendhaft. Der Pharao von Ägypten wird in dir die ganze Größe Hattis erblicken."

Sie senkte anmutig den Kopf. „Begleite mich, und frage unsere Mutter selber, wenn du das Vertrauen in mich verloren hast, Bruder."

Ein mildes Lächeln umspielte seine Züge. So grob und verachtend, wie er die meisten Frauen gängelte, so umsichtig und liebevoll hatte er seine Schwester immer behandelt. Sie war für ihn eine vorbildliche Frau, eine Prinzessin, an der sich alle hochgeborenen Frauen ein Beispiel nehmen sollten. Doch sie war seine Schwester, und wenn es in Ägypten auch Brauch sein mochte, dass die Könige ihre Schwestern und sogar ihre Töchter ehelichten, so wurde diese Sitte in Hatti mit einem verächtlichen Kopfschütteln und Ekel bedacht und sogar mit dem Tode geahndet. Er trat einen Schritt beiseite und gab ihr den Weg frei. „Ich wünsche dir einen angenehmen Abend, Schwester."

Sie lächelte matt und ging mit klopfendem Herzen weiter. Wenn Tudhalija wirklich mit ihr gegangen wäre, hätte das ein übles Nachspiel gehabt. Er ging davon aus, dass sie ihn nicht belog, und vertraute ihr voll und ganz. Sauskanu schmeckte Galle und schluckte ihre Bitterkeit nur schwer herunter. Ihr Bruder sah, was er sehen wollte. Er liebte sie nur so lange, wie sie ihm gefällig und gehorsam erschien. Er wusste nichts von ihren verbotenen Gefühlen zu Benti, wusste nicht, dass sie ihren zukünftigen Gemahl, den Pharao, schon jetzt verabscheute. Hätte er es gewusst, hätte Tudhalija ihr sofort beleidigt seine Zuneigung entzogen. Was wusste ihr Bruder schon von ihren Gefühlen und von ihrem Schmerz? Sie war für ihn ein Zerrbild seiner eigenen Wunschvorstellungen. Sein Scharfsinn reichte nicht weiter als eine Armeslänge.

Sauskanu hatte ihr Ziel erreicht und klopfte leise an die Tür der Gemächer. Dann trat sie ein.

Amenirdis und Selina sahen von ihrem Brettspiel auf und lachten, als sie Sauskanu in ihrem wollenen Umhang erblickten. In den Räumen waren genügend Feuerbecken, sodass hier keine warme Kleidung nötig war. Sauskanu ließ den Mantel fallen und lachte ebenfalls. Dann ließ sie sich neben den Frauen auf dem Boden nieder und berichtete, dass sie beinahe von Tudhalija entdeckt worden wäre. Selina rümpfte die Nase, als der Name des Prinzen fiel.

Ihre Abneigung gegen ihn hatte sich während der letzten Mondumläufe noch verstärkt. In leidlich gutem Assyrisch bedachte sie ihn mit einem bösen Zauberspruch. Amenirdis blickte sie mahnend an. „Du darfst die Zauber der großen Göttin nicht gegen den Thronerben richten, egal, wie sehr du ihn verabscheust."

Selina zuckte mit den Schultern. Sauskanu wusste, dass der eigenwilligen Frau Amenirdis' Ermahnungen gleichgültig waren, auch wenn die so unterschiedlichen Frauen einander mochten. Sauskanu besann sich auf ihr Anliegen. „Der Pharao von Ägypten hält noch immer die Brautgabe für mich zurück. Vielleicht hat er es sich anders überlegt und will mich nicht mehr. Puduhepa verfasst gerade ein Sendschreiben, sie ist sehr zornig."

Amenirdis blickte auf. „Er muss ohnehin warten, bis die Straßen und Handelswege wieder frei sind. Er wird das wissen und ist aus diesem Grunde nicht bereit, bereits jetzt seine Schatzkammern zu öffnen."

Sauskanu legte betroffen die Hände in den Schoß. Amenirdis schaffte es immer wieder, mit ihrer kühlen Gabe der Logik ihre vagen Hoffnungen zu zerstören. Sie wandte sich an Selina. „Hast du etwas gehört? Wurde unter den Höflingen über meine bevorstehende Hochzeit gesprochen?"

Selina zuckte entschuldigend mit den Schultern. „Ich verstehe noch nicht alles. Manchmal sprechen die Höflinge auch Zungen, die ich nicht verstehe. Doch ich werde weiter mein Ohr für dich öffnen, Prinzessin Sauskanu."

Sauskanu nickte traurig. „Habt ihr Benti in den letzten Tagen gesehen?"

Amenirdis hob den Kopf, und sie sah Sauskanu aufmerksam an. „Prinzessin, bitte, ich bin der Tawananna verpflichtet, darauf zu achten, dass Benti dir fernbleibt, und sie über alles zu unterrichten, was deine Reinheit gefährden könnte. Ich weiß um eure Gefühle, doch dürfen sie nicht sein. Im Übrigen bist du noch immer eine Priesterin der Sonnengöttin, und du weißt, dass nur die Ehe dich von deinem Gelübde befreien kann."

„Ich weiß." Sauskanu schien Amenirdis in der letzten Zeit gereizt – vielleicht wegen der kalten Jahreszeit. Auch wenn die Priesterin es nicht zugab, wurde sie von ebensolchem Heimweh geplagt wie Selina, die sie oftmals dabei beobachtete, wie sie gedankenverloren aus dem Fenster starrte. „Wie seltsam, dass wir alle drei unserer Heimat entrissen wurden", stellte Sauskanu dann fest.

Selina lächelte ihr aufmunternd zu. Sie hatte mittlerweile gelernt, ihre Gefühle zu verbergen, und sich schneller, als alle geglaubt hatten, in das höfische Leben eingefunden. Nur Tudhalija ging sie geflissentlich aus dem Weg. Sauskanu kannte ihren Bruder gut genug, um zu wissen, dass er seine Pläne, was Selina anging, noch nicht aufgegeben hatte – ebenso wenig, wie Selina die ihren begraben hatte. Sauskanu war sicher, dass diese nur auf den richtigen Zeitpunkt wartete, um wieder ihr altes Leben aufzunehmen. Ihre Augen glühten weiter von dem Feuer, das Sauskanu so sehr bewunderte; in Selina vereinte sich alles, was sie selbst immer begehrt hatte: Willenskraft, Mut und eine unzerbrechliche Stärke für das Leben, wie immer es auch gerade verlief.

Selina hockte mit gebeugtem Knie auf dem kalten Steinboden von Puduhepas Gemächern, denn die Tawananna war derart aufgebracht, dass sie in ihrer Wut sogar vergessen hatte, Selina das Zeichen zu geben, dass sie sich erheben durfte. Stattdessen ging sie wie ein Löwe zwischen dem Mädchen und einem mit Tontafeln übersäten Tisch auf und ab. „Wie kann der Pharao es wagen, Hatti derart zu beleidigen, indem er die Brautgabe für meine Tochter zurückzuhalten versucht, als wäre sie irgendein Weib aus den Tiefen eines Frauenhauses?" Sie stemmte die goldberingten Hände in die Hüften, sodass die Ringe auf ihrem blassblauen Wintergewand leise klirrten. Puduhepa fuhr sich nervös mit der Hand durch das braune Haar.

Wenn die Tawananna besorgt oder aufgebracht war, zeichneten sich leichte Falten auf ihrer Stirn und um die Mundwinkel ab, sodass Selina ihr fortgeschrittenes Alter erahnen konnte. Endlich wurde Puduhepa gewahr, dass Selina noch immer, mittlerweile ziemlich steif, auf den kalten Steinplatten ihrer Gemächer kniete. Zerstreut gab sie ihr das Zeichen, sich zu erheben. Selina kam etwas schwerfällig auf die Beine. Seit sie in Hattusa weilte, hatte sie auf keinem Pferderücken mehr gesessen, keinen Bogen mehr gespannt, geschweige denn eine Waffe geführt. Sie fühlte sich wie morsches Holz, zumal der Winter ihre Knochen versteifte. In Lykastia wurde es niemals so kalt wie in Hattusa, wo der Wind in jeden Winkel des Palastes drang. Der Wettergott musste grausam sein, und Selina hatte sich geschworen, niemals auch nur irgendein Gebet an ihn zu richten.

Puduhepa begann wieder mit ihrer Wanderung durch die Gemächer. Dann blieb sie stehen und suchte zwischen den Tontafeln. „>Wie kann mein Bruder sagen, dass er nichts hat, was er geben kann? Nur wenn Hatti nichts mehr hat und auch das Meer nichts mehr gibt, kannst auch du nichts mehr haben<", las sie Selina vor. Dann legte sie die Tafel wieder beiseite. „Ich hoffe, dieses Schreiben ist deutlich genug für den großen Pharao!" Ohne auf eine Antwort zu warten, sinnierte sie weiter. „Was der Pharao kann, vermag ich schon lange. Wir werden sehen, wie mein Schreiben dem großen Herrn gefällt. Ich habe versucht, Amenirdis dazu zu bewegen, mir von seiner allerhöchsten göttlichen Majestät, dem Bewahrer des Horusthrones, zu erzählen – von seinen Taten, der Art wie er denkt –, damit ich mir ein Bild dieses Göttersohnes vor Augen rufen kann." Die Tawananna kniff die Lippen zusammen. „Doch Amenirdis weicht meinen Fragen aus. Sie erzählt mir nur von Belanglosigkeiten, die Hatti kaum weiterhelfen."

Selina konnte sich nur schwer ein Lächeln verkneifen. So beflissen Amenirdis auch war, Puduhepa zu dienen, so ergeben sie ihr auch folgte – ihr Herz war in ihrem eigenen Land geblieben, und Selina war sich ziemlich sicher, dass der Pharao sie genau aus diesem Grund für Hattusa ausgewählt hatte. Selina hatte es aufgegeben, sich die Taten und Denkweise der Menschen in Hattusa verständlich zu machen, stattdessen war sie immer tiefer in die Rolle einer Beobachterin gerutscht. Obwohl die Höflinge und vor allem der Panku einander freundlich begegneten und Zusammenhalt vorgaben, hatte im Palast jeder Geheimnisse, die er mit niemandem zu teilen bereit war. Ein jeder verfolgte zuerst seine eigenen Interessen, erst dann kam die so hoch gepriesene Loyalität gegenüber dem Tabarna und der Tawananna. Alle wussten es, doch statt sich öffentlich mit misstrauischen Blicken zu bedenken, lachte man zusammen und heuchelte einander Zuneigung. Selina dachte oft daran, wie unkompliziert es in Lykastia zugegangen war: Ein Streit wurde mit einem kurzen Zweikampf beendet oder durch offene Worte und eine unumstößliche Entscheidung der Königinnen geschlichtet. Hier aber saßen die Beteiligten grübelnd und Ränke schmiedend in ihren Gemächern und warteten auf den geeigneten Zeitpunkt, die Dinge für sich zu entscheiden. Selina blieb bei den Intrigen der Höflinge außen vor, weil diese im Glauben waren, sie spräche nicht ihre Sprache. Es gelang ihr mittlerweile sogar, bei jedem Gespräch, das sie mitverfolgte, eine harmlose, unwissende Miene aufzusetzen. Sie erschrak, weil ihr plötzlich klar wurde, dass ihr Verhalten in diesem Sinne kaum anders war, als das der übrigen Höflinge. Dann jedoch rief sie sich ins Gedächtnis, dass sie niemals darum gebeten hatte, hier zu leben, und dass es besser war, sich den Gepflogenheiten des Hofes anzupassen oder zumindest sein Ränkespiel mitzuspielen, wenn sie jemals wieder nach Lykastia zurückkehren wollte.

Selina schreckte aus ihren Gedanken auf, als Puduhepa ihr eine Tontafel in die Hände drückte. „Bringe dieses Schreiben an unseren hochgeschätzten Pharao zu Benti. Er soll eine Abschrift fertigen und dafür Sorge tragen, dass ein Bote sie nach Ägypten bringt, sobald die Straßen wieder passierbar sind." Puduhepas Worte triefen vor Sarkasmus. „Die Sonnengöttin wird ihren Sohn schon bald vertreiben, und ich kann den Tag ihrer ersten Strahlen kaum erwarten."

Selina verbeugte sich und verließ Puduhepas Gemächer. Jetzt hielt sie etwas in den Händen, das Sauskanu sicherlich interessierte. Sie rang mit sich, ob sie das gesamte, auf Akkadisch verfasste Schreiben trotz des Verbots einfach lesen sollte. Es wäre das erste Mal, dass sie Puduhepa hinterginge, und dieser winzige Schritt, den sie nun zu tun bereit war, indem sie den Inhalt des Schreibens an Sauskanu weitergab, würde auch der erste Schritt in Richtung Ränkespiel sein.

Als er das leise Klopfen vernahm, blickte Benti von seinem Arbeitstisch auf und schickte seinen Diener, die Tür zu öffnen. Er staunte, als er die Gestalt der jungen Frau erkannte, der er vor fast einem Jahr auf der Handelsstraße heimlich Wasser und Essen gegeben hatte. Selina … Ihr Name war das Einzige, was er oder der Hofstaat von ihr wussten. Sie hatte sich seit ihrer Ankunft fast zu einem Mitglied des Hofes entwickelt, sah man davon ab, dass niemand außer der Tawananna ihre Zunge verstand. Benti staunte oft ob dieser Veränderung, denn das schmutzige Mädchen mit den Beinkleidern hatte sich von einem Tag auf den anderen in eine schöne junge Frau verwandelt, die der Tawananna in eleganten Gewändern durch die Palastflure folgte und allerlei Kleinigkeiten für sie erledigte, für die eine verständliche Zunge nicht notwendig war. Auch heute bot Selina einen beeindruckenden Anblick. Das lag nicht nur an ihrer ungewöhnlichen Größe für eine Frau – sie überragte die Frauen des Hofes fast um Haupteslänge –, sondern auch an ihren langen goldgelben Haaren, die sie meist offen trug. An Selinas Ohren baumelten Gehänge aus feinstem Gold, und auch ihre Handgelenke waren mit Goldreifen geschmückt. Ihr weißer Wollchiton ließ sie unnahbar wirken, doch Benti rief sich ins Gedächtnis, dass dies wohl auf ihre Fremdartigkeit und den Umstand zurückzuführen war, dass er so gut wie nichts von ihr wusste.

Selina durchquerte Bentis eher bescheidene Gemächer und trat vor seinen Schreibtisch, um ihm die Tontafel zu überreichen. Benti überflog sie schnell. Er wusste, dass der Sohn Amun-Res noch immer die Brautgabe für Sauskanu zurückhielt wie Hattusili sein Eisen. Als er nun die Schrift überflog, zeichnete sich dennoch ein Lächeln auf seinem Gesicht ab. Überrascht bemerkte er, dass Selina ihn mit hochgezogener Augenbraue anstarrte. Unwillkürlich überfiel ihn eine seltsame Unruhe. Hätte er es nicht besser gewusst, hätte er schwören können, Selina kannte den Inhalt des Schreibens und beobachtete seine Reaktion darauf genau. Doch warum sollte die Tawananna ihre Dienerin über derart brisante und für Hatti peinliche Themen in Kenntnis setzen? Selina konnte auch nichts von Bentis Gefühlen ahnen … Oder etwa doch? Benti versuchte, in Selinas Blicken zu lesen, doch ihr Gesicht hatte bereits wieder die Züge ahnungslosen Gleichmuts angenommen. Er winkte ihr zum Zeichen, dass sie sich entfernen konnte, und sie verließ seine Gemächer – etwas zu schnell, wie er fand.

Konnte es sein, dass sie es wusste? „Selina!"

Die junge Frau wandte sich um und blickte ihn fragend an. Hastig und mit zitternden Fingern griff er nach einem jener dünnen Papyrusblätter, die der Pharao von Ägypten dem Hof von Hatti als Geschenk gesandt hatte. Er dankte der Sonnengöttin für diese Schreibunterlagen, denn sie waren viel leichter und praktischer als die schweren Tontafeln, die in Hattusa noch immer bevorzugt wurden. Benti holte einen Binsenstängel und die schwarze ägyptische Tinte hervor und begann zu schreiben. Dann hielt er Selina den zusammengerollten Papyrus hin und blickte sie flehend an. „Sauskanu", sagte er leise.

Sie hatte sehr wohl verstanden, was er von ihr wollte, und schüttelte heftig den Kopf.

„Bitte!", sagte er leise, obwohl er wusste, dass sie ihn nicht verstand.

Er konnte den Kampf im Gesicht dieser Frau fast ablesen, offenbar rang sie mit sich. Benti wusste, dass er mit dem Feuer spielte. Selina konnte mit seinem Schreiben geradewegs zu Puduhepa laufen und ihn verraten. Doch er hoffte, dass sie sich daran erinnerte, dass er ihr einst Wasser und Fleisch gebracht hatte. Endlich streckte Selina ihre Hand aus und nahm den Papyrus entgegen. Sie schob ihn in den weiten Ärmel ihres Chitons und drehte sich um, ohne ihn noch einmal anzusehen.

Selina hätte sich selbst ohrfeigen können. Was hatte sie nur dazu gebracht, sich von dem traurigen Blick des Mannes zu dieser Wahnsinnstat bewegen zu lassen? Sauskanu vom Inhalt des Schreibens an den Pharao von Ägypten zu erzählen, war eine Sache, verbotene Botschaften des Mannes zu überbringen, den sie offensichtlich liebte, eine andere. Wurde sie entdeckt, würde sie die Gunst der Tawananna verlieren, ihren Zorn auf sich ziehen und vielleicht für immer im Frauenhaus des Prinzen verschwinden. Sie war unvorsichtig gewesen und hatte in ihrem Gesicht eine Gefühlsregung erkennen lassen. Vielleicht ahnte Benti, dass sie nicht so hilflos war, wie alle am Hof zu glauben schienen. Nun war sie, ohne es zu wollen, in ein gefährliches Spiel hineingezogen worden. *Du bist zu weich, Selina!* Das waren einst die Worte Pallas gewesen, und sie hatte recht gehabt. Vielleicht hätte Selina den Inhalt des Schreibens gar nicht lesen sollen, in dem Puduhepa den Pharao für sein Verhalten rügte. Nun behauptete Puduhepa nämlich ihrerseits, dass es einen Brand in Hattusa gegeben hatte, der die Kornkammern vernichtet hatte, sodass es ihr nicht möglich war, Sauskanus Mitgift an ihren künftigen Gemahl auszuhändigen. Eine glatte Lüge! *Ein sinnloses Geplänkel*, fuhr es Selina durch den Kopf, *ein Spiel, das nur dazu beiträgt, den hoffnungslosen Gefühlen zweier Menschen wieder Nahrung zu geben.* Selina lief schneller, da sie befürchtete, Puduhepa oder Amenirdis zu begegnen, die ihr den Verrat im Gesicht ablesen würden. Da es noch immer kalt war und zudem noch recht früh am Morgen, begegnete sie jedoch niemandem. Als sie vor der großen Tür mit dem in Gold und Silber gefassten Namenszug Sauskanus stand, klopfte sie leise.

Bei der großen Mutter!, dachte sie für sich. Immerhin hatte Benti sie damals nicht verdursten lassen, wie Tudhalija es vielleicht getan hätte. Sie würde Sauskanu einfach dieses Schreiben überreichen und damit eine alte Schuld begleichen. Dabei würde sie es belassen.

Sie trat durch die Tür und fand Sauskanu auf ihrer Lagerstatt vor. Die Gemächer der Prinzessin waren in einem heillosen Durcheinander: Überall auf dem Boden lagen ihre Gewänder, eine Wanne stand noch mit dem vom Vorabend erkalteten Badewasser in der Mitte des Raumes. Sauskanus Gemächer waren groß, wie es einer Prinzessin Hattis gebührte. Doch weil man die Fensteröffnungen wegen der Kälte mit schweren Holzplatten verschlossen hielt, war es in ihnen dunkel, und es roch stickig.

Selina bahnte sich vorsichtig den Weg durch die verstreuten Kleidungsstücke, bis sie endlich vor Sauskanus Nachtlager stand. Die Prinzessin blinzelte sie an, ihre Augen waren von dunklen Ringen gerändert. Neben ihrem Lager lag ein leerer Silberbecher.

Sauskanu lächelte matt, als sie Selina sah. „Ich habe wohl dem Wein zu stark zugesprochen. Hätte ich gewusst, dass du mir heute Morgen einen Besuch abstattest, hätte ich meine Dienerinnen für Ordnung sorgen lassen."

Selina antwortete nicht. Selbst in diesem Zustand – Sauskanus Leiden war offensichtlich kein körperliches – versuchte die Prinzessin noch, ihren anerzogenen Anstand zu wahren. Sie richtete sich im Bett auf und fuhr mit den Händen durch ihr wirres Haar. Ihr kindliches Gesicht zeigte Spuren großer Nachdenklichkeit. Selina zog das Schreiben aus dem Ärmel und überreichte es Sauskanu. „Vielleicht kann dich das aufheitern."

Sauskanu nahm die Papyrusrolle entgegen, und schon beim Lesen der ersten Zeilen überzog eine lebendige Röte ihre Wangen. „Benti!" Sie schien Selinas Anwesenheit völlig vergessen zu haben. Denn nachdem sie das Schreiben mindestens dreimal gelesen hatte, sprang sie leichtfüßig von ihrem Lager und lief wirr in ihren Gemächern umher. Offenbar suchte sie etwas. Selina fühlte sich plötzlich unbehaglich. Sauskanu war eine Frau, die sich nicht für Korrespondenzen und diplomatische Schreibarbeiten interessierte. Deshalb tappte sie nun zu einem erkalteten Feuerbecken und fischte ein kleines Stück Kohle heraus. Sie kam zurück zum Bett und wickelte sich wieder in ihre Wolldecken. Sodann begann sie, die Rückseite des Papyrusbogens mit der Kohle zu beschreiben. „Sauskanu?", fragte Selina vorsichtig und verlagerte dabei ihr Gewicht unruhig von einem Fuß auf den anderen. „Was tust du da?"

„Ich schreibe einen Brief an Benti", antwortete sie arglos und aufgeregt.

„Das geht nicht, Prinzessin. Ich habe schon jetzt meinen Kopf riskiert. Ich wollte euch beiden lediglich eine Freude bereiten."

Sauskanu ließ sich nicht beirren und rollte den Bogen zusammen. Sodann hielt sie ihn Selina entgegen, und ihre dunklen Mandelaugen flehten sie geradezu an. „Nur ein einziges Schreiben, Selina. Ich bitte dich!"

Ehe Selina darüber nachdenken konnte, hatte sie die Hand ausgestreckt und die Papyrusrolle abermals in ihrem Ärmel verborgen. „Aber nur dieses eine, Sauskanu. Es ist zu gefährlich. Die Tawananna würde mich vor den Panku zerren, wenn sie davon erführe."

Sauskanu nickte. Dann sprang sie auf und fiel Selina um den Hals. „Ich danke dir, Selina. Das werde ich dir nie vergessen, und Benti sicherlich auch nicht."

Natürlich blieb es nicht bei diesem Schreiben. Selina hatte es geahnt, konnte sich aber den Blicken Sauskanus und Bentis einfach nicht entziehen. Als die Sonnengöttin ihre ersten Strahlen nach Hattusa sandte, hatten Benti und Sauskanu durch sie mindestens dreißig Sendschreiben ausgetauscht. Mittlerweile besaß Sauskanu sogar einen kleinen Arbeitstisch und eigene Papyrusbögen, die sie fleißig beschrieb. Puduhepa hatte sich zwar über den Wunsch ihrer Tochter gewundert, ihr aber in Anbetracht ihrer guten Laune jede Bitte erfüllt. Während Selina jedes Mal zu Boden starrte, wenn die Tawananna über die so plötzlich aufkeimende gute Laune ihrer Tochter sprach und sie der Rückkehr der Sonnengöttin zuschrieb, bedachte Amenirdis Selina mit tiefen Blicken, als ahnte sie etwas.

Sauskanu war glücklich, Benti war es, nur Selina konnte manchmal nachts nicht schlafen, weil sie jedes Mal fürchtete, entdeckt zu werden. Mittlerweile schrieben sich die Verliebten mindestens dreimal am Tag und steckten Selina bei jeder Gelegenheit ihre Briefe zu. Einmal hatte Sauskanu sogar in Anwesenheit ihrer Mutter, als Puduhepa ihnen den Rücken zugekehrt hatte, einen Brief in ihren Ärmel geschoben. Selina war beinahe ohnmächtig geworden, obwohl Puduhepa nichts bemerkt hatte. Und jetzt kam auch noch der Sommer mit seinen leichten Gewändern und den kurzen Armlängen. Selina verzweifelte, wenn sie daran dachte, und befand wehmütig, dass das Leben in Lykastia einfacher war, da die Frauen dort tun und lassen konnten, was sie wollten, und ihre Köpfe mit sinnvolleren Gedankengängen zu beschäftigen verstanden, als Sauskanu das tat.

An einem der ersten warmen Morgen ging Selina mit Puduhepa wie so oft durch die Palastflure. Ihr Gang hatte sich dem der Tawananna gut angepasst; wie ein Schatten folgte sie der Königin durch die Amtsräume. Puduhepa war geschäftig, diktierte hier ein Schreiben, versah dort einen Erlass mit dem gemeinsamen Siegel des Tabarna und ihr; sie wechselte ein paar freundliche Worte mit den Höflingen, wenn sie ihr auf den weitläufigen Fluren begegneten und ihren Kniefall vor ihr verrichteten.

Als sich der anstrengende Morgen langsam in einen sonnigen Mittag verwandelte, beschloss Puduhepa, ein Mahl mit dem Tabarna einzunehmen. Selina folgte ihr, denn solange Puduhepa es nicht ausdrücklich verfügte, war sie nicht entlassen.

Sie fanden Hattusili in seinen Gemächern. Selbst er war angesichts der Wiederkehr der Sonnengöttin bester Laune und begrüßte seine Gemahlin überschwänglich mit einem langen Kuss. Selina war froh, dass sie in ihrem Kniefall verharren konnte – die intimen Gesten zu beobachten wäre ihr peinlich gewesen. Als Hattusili Puduhepa angemessen begrüßt zu haben schien, bedeutete er ihr, sich zu erheben. „Du hast deine Vertraute mitgebracht, Puduhepa." Er lächelte Selina freundlich an. „Ah, die Sonne wärmt meine Glieder, das ist gut. Meine Schmerzen sind heute erträglich." Er deutete auf seine blau angelaufenen, geschwollenen Füße, und Selina musste sich beherrschen, um den aufkommenden Ekel zu unterdrücken. Die Füße des Tabarna sahen alles andere als gesund aus, und sie wunderte sich, dass sie ihn überhaupt noch trugen.

„Vielleicht werden sie bald vollkommen geheilt sein, mein Gemahl. Ich bin gekommen, um mit dir das Mittagsmahl einzunehmen und eine wichtige Angelegenheit zu besprechen."

Hattusili und Puduhepa ließen sich gemeinsam nieder und schenkten sich Wein in schwere Silberkelche. „Dann sprich, Sonne meines Herzens", forderte Hattusili seine Gemahlin auf.

„Deine Sonne weiß, dass die Rückkehr der Sonnengöttin mit den jährlichen Riten in ihrem Heiligtum in Arinna begangen werden muss. Als ihre Priesterin muss ich bald aufbrechen. Ich möchte, dass Sauskanu, Amenirdis und Selina mich begleiten."

Hattusili schenkte Selina einen kurzen Blick, wandte sich dann aber wieder Puduhepa zu. „Es ist also immer noch dein Wunsch, sie zur Priesterin zu ernennen?"

„Das kann allein der hohe Rat der Frauen in Arinna entscheiden. Doch vergiss nicht, was ich dir sagte: Ich glaube, dass sie die Richtige ist. Die Göttin wird bald wieder schwarzes Himmelsmetall schicken und auch Heilkraft für deine Füße."

Selina hörte gespannt zu. Es fiel ihr schwer, den Anschein von Arglosigkeit zu wahren. Doch offensichtlich wollte Puduhepa, dass sie das Gespräch mithörte, sonst hätte sie schon längst in eine andere Zunge gewechselt.

Hattusili zwinkerte Selina zu. „Selina mit den goldenen Haaren. Wirst du meine Füße heilen, wenn du erst Priesterin bist?"

Beinahe hätte Selina durch einen Blick auf seine Füße verraten, dass sie seine Worte verstanden hatte. *Ich verstehe nichts*, sprach sie in Gedanken zu sich.

Puduhepa gab stattdessen die Antwort. „Ich bin sicher, wenn die Göttin sie anerkennt, wird sie viel mehr zu heilen vermögen, als deine Füße, mein Gemahl."

Hatte in Puduhepas Worten eine unterschwellige Zweideutigkeit gelegen? Selina war sich sicher. Der Tabarna schien jedoch nichts zu bemerken und lächelte seine Gemahlin liebevoll an. „So sei es denn. Wenn du ihr vertraust, will ich es auch tun. Vielleicht bringt sie die Göttin dazu, ihr Himmelsgeschenk zu schicken. Doch du weißt, dass du dieser Fremden damit eine Macht verleihst, die sie gleichberechtigt neben den Panku stellt. Es wäre eine große Ehre und Verantwortung."

„Ich vertraue ihr."

Selina stockte der Atem. Natürlich hatte Puduhepa gewollt, dass sie dieses Gespräch hörte. Sie appellierte eindeutig an Selinas Loyalität, an ihre Dankbarkeit und ihr Herz. Puduhepa hatte nicht die Absicht, sie jemals zu ihrem Volk zurückkehren zu lassen, und hatte Größeres mit ihr vor, als die Füße ihres Gemahls zu heilen. Sie wusste nicht, was schlimmer war. Tudhalija konnte sie hassen – es wäre leicht, ihn mit einer Waffe niederzustrecken und zu fliehen, ohne ein schlechtes Gewissen zu haben. Doch Puduhepa wusste genau, wie sie ihre Schützlinge auf ewig an sich band.

Noch am gleichen Abend wurde Selina in die höfische Gesellschaft eingeführt. Der Tabarna und seine Gemahlin hatten kurz entschlossen ein großes Festessen ausrufen lassen, um die Rückkehr der warmen Tage zu feiern. Puduhepa hatte zwar keine weiteren Worte an Selina gerichtet – ein ebenfalls taktischer Zug, wie Selina befand –, doch es war das erste Mal, dass Selina an einem großen Empfang teilnahm. Amenirdis und Sauskanu halfen ihr, die passenden Gewänder zu wählen: ein sattes Gelb mit leuchtenden Tropfen aus kostbarem

Bernstein, dazu ein goldenes Haarnetz. Denn es galt als ungehörig, in Gegenwart des Königspaares mit offenen Haaren zu speisen. Es konnte ja sein, dass eines der Haare seinen Weg in die Milchsuppe des Tabarnas oder der Tawananna fand. Selina hielt diese Vorsichtsmaßnahme für übertrieben, ließ ihre langen Haare jedoch klaglos unter das Netz stopfen. Sauskanu schenkte ihr schöne Ohrgehänge und eine Haarnadel aus poliertem Obsidian. Selina wusste nur zu genau, weshalb die Prinzessin sich ihr gegenüber so großzügig zeigte, und hoffte inständig, dass sie nicht so unvorsichtig sein würde, ihr während des Festmahls einen Papyrus zuzustecken. Sie war froh, als Sauskanu sich verabschiedete.

Amenirdis tat einige letzte Griffe, um die Falten von Selinas Gewand zu ordnen, wobei sie ihr mehr Ratschläge und Benimmregeln erklärte, als Selina hätte behalten können. Erst als Amenirdis zufrieden war, traten sie durch eine Seitentür in Puduhepas Gemächer.

Auch die Tawananna war bereits angekleidet. Überall an ihr leuchteten Blau und Silber, ihre bevorzugten Farben. Sie lächelte die jungen Frauen aufmunternd an. Dann machten sie sich auf den Weg zum großen Festsaal, in dem der Hof bereits darauf wartete, dass das Festmahl begann.

Prinz Tudhalija hatte sich bequem auf seinem gepolsterten Stuhl zurückgelehnt. Während er den Blick durch die laut lärmenden Reihen der Höflinge wandern ließ, genoss er die Berührungen Assjas, die neben ihm saß und ihre Hand unter dem Tisch unauffällig zwischen seine Beine hatte gleiten lassen. Schon jetzt war der Festsaal von den verschiedensten Gerüchen erfüllt; Schweiß, schwere Duftöle, Wein und bereits welkende Blumen vermischten sich zu einer schwer erträglichen Mischung. *Das ist der Nachteil der warmen Tage in Hattusa*, ging es ihm durch den Kopf. Als Assja begann, sein Glied zu streicheln, schloss Tudhalija für einen Moment genießerisch die Augen. Danach ließ er sich von einem Diener Wein einschenken und versetzte ihm einen Tritt, weil er befand, dass das Stirnband des jungen Mannes zu locker saß. Kurz darauf schickte er ihn nach einer neuen Karaffe und behauptete, ein Haar in seinem Becher entdeckt zu haben. Assja lächelte ihm verschlagen zu. Es war eine ihrer liebsten Beschäftigungen, die Diener zu schikanieren, und es vertrieb die Langeweile, von der sie beide sich zu oft geplagt fühlten.

Erst als Tudhalija entdeckte, dass sich seine Mutter zielstrebig und unter Verbeugungen der Anwesenden den Weg zu seinem Tisch bahnte, schob er Assjas Hand grob beiseite, und seine Augen umspielte ein düsterer Zug. „Dort kommt das Dreigestirn weiblicher Überheblichkeit!", zischte er wütend. „Ihre allerhöchste Majestät, die Großkönigin von Hatti, ihre selbstgefällige ägyptische Priesterin und das Dämonenweib mit den wasserblauen Augen."

Assja folgte seinem Blick und merkte, dass seine Augen auf dem Weib ruhten, das er angeblich so verachtete. Assja war überzeugt, dass er sich diese Frau noch immer nehmen würde, hätte er nur die Gelegenheit dazu. Statt ihn durch einen Kommentar weiter zu erzürnen, lenkte sie das Gespräch jedoch in eine andere Richtung. „Du solltest vorsichtig mit der Wortwahl gegenüber der Tawananna sein. Immerhin wird sie noch immer ihren Titel und ihre Befugnisse haben, wenn du längst selbst Tabarna bist. Das ist die Sitte deines Volkes, mein Prinz – deine Gemahlin wird erst Tawananna sein, wenn Puduhepa stirbt."

Ihre Worte hatten wie eine harmlose Feststellung geklungen, doch waren sie mit Bedacht gewählt und sollten ihn daran erinnern, dass er noch immer keine Hauptgemahlin ernannt hatte. Assja war guter Hoffnung, dass Tudhalija eines Tages sie wählen würde. Doch nun schien er ihre Worte nicht gehört zu haben.

Als Puduhepa den Tisch erreicht hatte, erhoben sich Tudhalija und Assja, dann gingen sie auf die Knie. Der Prinz war sicher, dass Puduhepa ihn absichtlich einen Moment zu lang knien ließ, damit es der gesamte Hof sehen konnte. Als er sich endlich wieder erheben durfte, zeigte sein Gesicht eine unnatürliche Röte.

„Brot und Wein für dich, mein Sohn!", grüßte Puduhepa unschuldig lächelnd. „Dasselbe für dich, Assja", sagte sie knapp, ohne die junge Frau anzuschauen. Sie ließ sich am Tisch ihres Sohnes nieder und gab Amenirdis und Selina das Zeichen, es ihr gleichzutun.

Selina und Tudhalija bedachten sich kurz mit einem bösen Blick, Assja starrte mit plötzlichem Interesse eine Wand an, die kaum aufregender sein konnte, als der bunte Webteppich, dem sie kurz darauf ihre Aufmerksamkeit widmete. Amenirdis hielt wie immer jegliche Gefühlsregung hinter einer Miene der Ernsthaftigkeit verborgen, und Puduhepa erhob sich huldvoll, als sie ihren Gemahl entdeckte, der die prächtig gekleidete Sauskanu unter Ah- und Oh-Rufen der Höflinge in den Saal führte und schließlich ebenfalls an den Tisch der königlichen Familie kam.

Als sich die Aufregung um das Erscheinen des Tabarna und der Prinzessin wieder gelegt hatte, klatschte der König in die Hände, und die Speisen wurden aufgetragen. Nach der Milchsuppe, die als erster Gang gereicht worden war, brach der Tabarna endlich das unangenehme Schweigen. „Es gibt gute Nachrichten", wandte er sich an Sauskanu. „Mein Bruder, der Pharao, hat endlich die Eskorte mitsamt der Brautgabe geschickt. Der Zug ist vor ein paar Tagen aufgebrochen. Anscheinend hat die kluge Diplomatie deiner Mutter ihn nun doch zum Handeln bewegen können."

Sauskanu verschluckte sich fast an einem Stück Brot, und ihre Augen weiteten sich angesichts der unvermuteten Nachricht.

Puduhepa lächelte sie arglos an. „Du musst dich nicht sorgen. Bis die Eskorte eintrifft, wird noch einige Zeit vergehen, sodass du Amenirdis, Selina und mich nach Arinna begleiten kannst, um ein letztes Mal dein Priesterinnenamt auszuüben."

Selina hatte plötzlich Mitleid mit Sauskanu. War Puduhepa wirklich so unbedarft, was ihre Tochter betraf, wo sie sonst schon eine geradezu unangenehme Menschenkenntnis zu haben schien?

Sauskanu lächelte ihre Mutter stumm an, während sie hastig ein weiteres Stück Brot abbiss, um ihr Entsetzen zu verbergen. Doch Tudhalija reagierte ungehalten. „Du willst deine neue Dienerin mit nach Arinna nehmen? Das verstehe ich nicht. Sie ist eine Fremde, der diese Ehre nicht zusteht."

Selina bemühte sich, sich auf den Diener zu konzentrieren, der eine Fleischplatte auf ihrem Tisch abstellte. *Hammel, Rind, ein Vogel, dessen Namen ich nicht kenne*, zählte sie in Gedanken die verschiedenen Fleischsorten auf, um sich abzulenken und nicht durch ihre Aufmerksamkeit zu verraten, dass sie das gesamte Gespräch verstand.

Puduhepas Augen begannen zu funkeln – ein Zeichen, dass sie bereit war, ihre Entscheidung auch gegen den Grimm des Wettergottes zu verteidigen. „Wenn die Frauen von Arinna es bestimmen, wird sie Priesterin der Sonnengöttin."

Tudhalija schnappte nach Luft, und selbst Assja schien zu verstehen. Weshalb machten alle so ein Aufheben um dieses Amt? Auch Amenirdis schien Priesterin der Sonnengöttin zu sein, obwohl sie gleichzeitig Priesterin ihrer ägyptischen Göttin war. Wie konnte das einen Prinzen von Hatti beunruhigen?

Obwohl Selina nicht verstand, warum dem Amt einer Priesterin von Arinna so hohe Bedeutung zukam, schien Puduhepa überzeugt zu sein, dass Selina irgendwie mit der Sonnengöttin in Verbindung stand, und Selina hatte sich entschieden, dies nicht zu leugnen. Das Schweigen am Tisch ließ sie jedoch ahnen, dass sich ihr in Arinna einige Geheimnisse offenbaren würden. Sie war froh, den Palast in unmittelbarer Zukunft verlassen zu können, denn sie weilte nun seit fast einem Jahr hier und verspürte den sehnlichen Wunsch, aus dieser Stadt herauszukommen, die ebenso düster war, wie die Ränkespiele ihrer Bewohner. Immer mehr sehnte sie sich ihrer Heimat. Dort saßen die Frauen nun abends vor den Häusern und lachten gemeinsam. *Ein Königreich für ein Pferd und einen Bogen*, dachte sie bei sich, während der Abend wie zäher Schlamm dahin strich und sie krampfhaft versuchte, Tudhalijas Blicken auszuweichen.

Die Ägypterin setzte ihre Schritte behutsam und nickte den Wachsoldaten nur kurz zu, als sie weit nach der zwölften Stunde den Teil des Palastes verließ, der die Gemächer der königlichen Frauen vom übrigen Palast trennte. Niemand hielt sie auf: Der gesamte Hof war nach dem langen Festmahl müde in die Gemächer zurückgekehrt, um seinen Rausch auszuschlafen, und die Wachen wussten, dass die Tawananna ihrer Dienerin die Freiheit erlaubte, die Frauengemächer zu verlassen, wann immer es ihr beliebte, damit sie zu ihrer Göttin Isis beten konnte.

In dieser Nacht musste Amenirdis vor ihre Göttin treten, um Schutz für Selina zu erflehen. Diese hatte noch nicht verstanden, in welch großer Gefahr sie sich befinden würde, wenn die Tawananna sie wirklich zur Priesterin ausrufen ließe. Ein scharfes Schwert hing über Selinas Kopf, und Puduhepa verschwieg ihr die ganze Wahrheit. Amenirdis wusste, dass die Tawananna große Pläne verfolgte, zu groß und zu gefährlich, als dass man darüber nachdenken mochte. Amenirdis beschleunigte ihre Schritte, als sie am großen Empfangssaal vorbeikam, auf dessen Türflügeln im Schein der Fackeln die Siegel des Großkönigs und der Großkönigin in Gold aufleuchteten. Puduhepa war mächtig. Sie war mächtiger, als je eine Tawananna es vor ihr es gewesen war. Doch die Königin verlangte mehr, denn sie war eine Frau, die die Vergangenheit nicht vergaß und weit in die Zukunft zu sehen vermochte. Was würde geschehen, wenn Tudhalija einst auf dem Eisenthron saß? Es gab unzählige unaufgeklärte Todesfälle von Tawanannas, die ihrem Gemahl kurz nach dessen Hinscheiden gefolgt waren, denn viele Gemahlinnen der Tabarnas wollten nicht warten, bis die meist ungeliebten Schwiegermütter auf normalem Wege aus dem Leben schieden. Puduhepa fürchtete Assja kaum, dafür war sie zu schlau und zu besonnen. Nein, die Gedanken der Tawananna gingen in eine ganz andere Richtung.

Als sie Schritte und leise murmelnde Stimmen vernahm, zuckte Amenirdis zusammen und blieb stehen. Sie blickte sich hastig um. Ihr Gefühl sagte ihr, dass sie besser nicht gesehen werden sollte. Links neben ihr an der Wand stand eine große und wenig freundlich anmutende steinerne Statue des Wettergottes, der mit einer Keule über der Schulter und einem Blitzbündel in der anderen Hand auf seinem heiligen Tier, einem Stier, stand. Amenirdis überlegte nicht lange, wich in den Schatten der Statue und wartete. Ihr lief ein Schauer über den Rücken, als sie die Männer sah, die jetzt um die Ecke bogen und sich der Tür des Empfangssaales näherten. „Ai, Große Isis, ich danke dir für deine Eingebung", flüsterte sie.

Der Prinz persönlich führte eine Gruppe von etwa fünfzehn Männern an, unter denen Amenirdis auch Benti erkennen konnte. Die anderen Männer kannte Amenirdis nicht, jedoch war sie sicher, dass zumindest einige von ihnen dem Panku angehörten. Ihre Gesichter schienen ernst und versteinert, als sie Tudhalija in den Saal folgten. Kurz darauf konnte Amenirdis hören, wie die Tür ins Schloss fiel. Sie wartete einen Moment, bevor sie aus ihrem Versteck hervortrat. Ihre Sinne hatten sie nicht getäuscht, und ihre Vorahnungen schienen sich zu bestätigen. Wenn der Panku zu so später Stunde und ohne das Wissen des königlichen Paares zusammenkam, ja, wenn er sogar einem Ruf des Prinzen folgte, war das kein gutes Zeichen.

Der heilige Tempelbezirk in Arinna

Selina atmete auf, als sich das letzte Tor hinter ihr schloss. Sie hatte befürchtet, irgendetwas Unvorhergesehenes könnte in letzter Sekunde noch ihre Abreise verhindern, vielleicht sogar Tudhalija selber, dem besonders daran gelegen zu sein schien, dass sie nicht nach Arinna reiste. Doch nun hatte sie die Palastmauern tatsächlich hinter sich gelassen und stand gemeinsam mit Puduhepa und einem Wagenlenker auf einem Streitwagen, der von zwei Braunen gezogen wurde. Amenirdis und Sauskanu fuhren in einem Wagen vor ihnen.

Selina fragte sich, ob Puduhepa ihr misstraute und glaubte, sie könne den Wagenlenker überwältigen, die Zügel ergreifen und fliehen. Es wäre ihr zwar auch mit Puduhepa ein Leichtes gewesen, doch Selina hatte die bewaffnete Eskorte bemerkt, die den Wagen folgte, und sie wusste, dass ein Fluchtversuch mit dem unhandlichen Gefährt, dessen Führung sie kaum beherrschte, sinnlos wäre. Zudem war Puduhepa zu freundlich zu ihr gewesen, als dass Selina einen plumpen Fluchtversuch direkt vor ihren Augen gewagt hätte.

Selina richtete ihren Blick auf die Straße vor sich und hielt den Ärmel ihres langen Chitons vor Mund und Nase, da Amenirdis' und Sauskanus Wagen große Staubwolken aufwirbelte. Arinna lag nur gut eine Tagesreise von Hattusa entfernt, weshalb Puduhepa auf Tragesänften verzichtet hatte. Auch schien es sie mit Stolz zu erfüllen, Hattusa auf einem Streitwagen zu verlassen. Seit sie aufgebrochen waren, glänzten die Augen der Tawananna vor Vorfreude.

Gegen Mittag machten sie eine Pause und ließen sich unter einem aufgespannten Tuch nieder. Sie kauten schweigsam kaltes gebratenes Fleisch und aßen dazu Brot und Früchte, später wechselten die Frauen ihre Gewänder gegen leichte Sommerchitone. Während eine sich umzog, spannten die anderen eine große Decke um sie herum, und sie neckten einander, indem sie vorgaben, sie würden die Decken fallenlassen, während diejenige hinter dem Tuch unbekleidet war. Der Tag war so von einer angenehmen Leichtigkeit erfüllt, die Selina guttat. Fernab der erdrückenden Mauern Hattusas spürte sie einen winzigen Teil ihres alten Lebens. Als sie am Nachmittag ihren Weg fortsetzten, sprachen sie nicht mehr viel, da sie alle träge und müde vom Essen und vom gleichbleibenden Trott der Pferde waren.

Erst als es bereits dunkelte, gab Puduhepa das Zeichen anzuhalten. Sie streckte ihre Arme in einer anbetenden Geste gen Himmel. „Heilige Göttin von Arinna, die du größer und mächtiger bist, als alle anderen Götter. Empfange uns in deinem Haus."

Selina blinzelte. Schemenhaft konnte sie erkennen, dass sie ihr Ziel erreicht hatten. Vor ihnen lag zwischen Felsen eine rechteckige Gebäudeansammlung, die einen Hof umschloss. Selina wunderte sich über die vielen Hügel aus getrocknetem Lehm, die das Heiligtum umgaben und die sie vorsichtig umfahren mussten. Zwar war die Stätte der Sonnengöttin bei Weitem nicht so groß wie Hattusa, doch Selina schätzte, dass gut und gerne fünfhundert Menschen hier Wohnstatt finden konnten. Das Heiligtum war von außen schmucklos; nichts wies darauf hin, dass es die Heimstatt der wichtigsten Göttin Hattis war. Der Innenhof bot kein besseres Bild. Selina hatte blühende Gärten und lachende Frauen erwartet, stattdessen standen auch hier kegelförmige Lehmöfen auf dem sandigen Boden. Etwas irritiert fragte sie sich, ob die Priesterinnen hier die in Hattusa so beliebten Brote buken. Dann endlich sah sie auch Menschen. Wie sie angenommen hatte, waren es ausschließlich Frauen. *Wieder eine Erinnerung an Lykastia*, dachte sie traurig. Jedoch trugen die Frauen hier lange grobwollene Gewänder, und – abgesehen von einem breiten grauschwarzen Armreif mit dem Bild eines Löwen – keinen Schmuck. Das meist lange Haar fiel den jüngeren Frauen offen über den Rücken, die älteren hatten ihr Haar unter eine flache Kappe gesteckt.

Während sie sich in einer Reihe aufstellten, kam eine der älteren auf sie zu. Obwohl sie sich in Kleidung und Tracht nicht von den anderen unterschied, hatte Selina den Eindruck, dass sie die Wortführerin war. Ihr fiel zudem auf, dass keine der Frauen sich vor Puduhepa verbeugte. Stattdessen umarmten sich die Ältere und Puduhepa herzlich.

„Puduhepa, Schwester! Wie schön, dass du wieder für eine Mondumrundung unter uns weilst." Dann begrüßte sie Sauskanu und Amenirdis. Sie warf einen Blick auf Selina. „Ist sie das?"

Die Tawananna nickte. „Ihr müsst sie prüfen, Gasulawija."

Gasulawija trat an Selina heran und drückte sie. „Willkommen in Arinna, dem Heiligtum der großen Sonnengöttin."

Steif ließ Selina sich umarmen. Sie erinnerte sich an ihre Prüfungen auf Aretias, und ihre Zunge fühlte sich plötzlich pelzig an. Mit einem Schulterblick stellte sie erleichtert fest, dass die Männer außerhalb des heiligen Bezirkes geblieben waren.

„Sie dürfen nicht hinein, das Heiligtum ist für die Zeit der heiligen Riten den Priesterinnen vorbehalten", erklärte Gasulawija, die Selinas Besorgnis bemerkt hatte. Erst jetzt fiel Selina auf, dass Gasulawija in der Zunge ihres eigenen Volkes zu ihr sprach. Es schien wirklich so zu sein, wie Puduhepa ihr einst erzählt hatte: Die Priesterinnen von Arinna sprachen in der alten Zunge Hattis.

Sie folgte den Frauen durch in die Innenräume. Auch hier zeugte nichts von einer güldenen Wohnstatt für die Göttin der Sonne. Die Priesterinnen hatten jedoch in einem Saal ein reichhaltiges Mahl herrichten lassen und auch Körbe mit Fleisch, Brot und Gemüsepaste vorbereitet, mit denen die mitgereiste Eskorte vor den Mauern des Tempels versorgt werden sollte. Während Selina, Sauskanu und Amenirdis sich zu den anderen Frauen setzten, folgte Puduhepa Gasulawija, mit der sie eine alte Freundschaft zu verbinden schien. Selina merkte, dass ihr verstohlene Blicke zugeworfen wurden. Sie stieß Amenirdis unmerklich in die Rippen. „Warum starren mich alle so an?"

„Sie erwarten Großes von dir, Selina."

Selina versuchte, Amenirdis dazu zu bewegen, ihr endlich zu erzählen, was sie wusste. „Was erwarten sie? Was sehen diese Frauen in mir?"

Amenirdis aß jedoch ungerührt weiter. „Die Tawananna wird es dir sagen, wenn es ihr beliebt."

Verärgert schob Selina sich ein Stück Fleisch in den Mund. Obwohl es um sie ging, war sie offensichtlich die Einzige, die völlig ahnungslos blieb.

Früh am nächsten Morgen wurde Selina von Amenirdis geweckt und musste ein ebensolches Gewand anlegen, wie die Priesterinnen trugen. Auch die Ägypterin hatte ihr feines ägyptisches Leinen gegen ein grobes Gewand getauscht und führte ihre Freundin nun in den großen Hof, in dem die Frauen bereits warteten. In ihren Gesichtern lag Anspannung. Keine von ihnen sprach. Stattdessen waren ihre Blicke starr auf Selina gerichtet, die von Amenirdis in die Mitte des Halbrunds geleitet wurde. Selina konnte in den Reihen der Frauen Puduhepa und Sauskanu erkennen, die sich nun kaum von den anderen Frauen unterschieden. Es war jedoch Gasulawija, die zu ihr kam – zu Selinas Entsetzen mit einem silbernen Dolch in der Hand.

„Bist du bereit, dich vor der großen Göttin prüfen zu lassen?", fragte sie feierlich.

Selina blieb nichts anderes übrig, als zu nicken, und noch ehe sie wusste, wie ihr geschah, ergriff Gasulawija Selinas Hand und ritzte ihr mit dem Dolch in die Handinnenfläche. Während das Mädchen noch verdutzt seine blutende Hand beobachtete, kam eine der Frauen herbeigeeilt, um das Blut mit einer Tonschale aufzufangen. Sobald der Boden der Schale bedeckt war, nickte sie Gasulawija zu, die daraufhin Selinas Hand mit einem Streifen Tuch verband. Dann bedeutete sie Selina, ihr zu folgen.

Sie verließen gemeinsam den Innenhof und betraten eines der Häuser. Als Gasulawija die Tür öffnete, schlug Selina ein scharfer Geruch entgegen, und sie hielt sich die Nase zu. Der Raum lag völlig im Dunkeln. Erst als Gasulawija in einem der Wandhalter eine Fackel entzündete, erkannte Selina an der hinteren Wand des Raumes einen Käfig. Sie zuckte zusammen, weil ihr mit einem Mal klar wurde, woher der Gestank kam: Hinter den schweren Gitterstäben lag ein Löwe, der nun, da sein dunkles Gefängnis vom Fackelschein erleuchtet wurde, träge zwinkerte. Gasulawija ging zielstrebig auf den Käfig zu und schob die Schale mit dem Blut durch das Gitter. Die Raubkatze schnupperte an der Schale, dann begann sie, diese auszulecken. Ein entzückter Schrei entfuhr Gasulawija. Sie nahm Selinas Hand und zog sie hinter sich her, wieder hinaus in den Innenhof.

„Das heilige Tier der Göttin hat das Opfer angenommen!"

Plötzlich brachen laute Jubelrufe aus, und die Frauen schlossen sich gegenseitig in die Arme, bevor sie sich voneinander lösten und auch Selina stürmisch umarmten. „Gnädige Göttin, du sandtest uns ein Wunder!"

Selina verstand diese Begeisterung nicht. Diese Priesterinnen hielten es wirklich für ein Wunder, dass eine Raubkatze Blut aus einer Schale geleckt hatte! Selbst Selina wusste, dass es nicht ungewöhnlich war, dass Raubtiere Blut aufleckten – zumal dieser Löwe ihr recht mager vorgekommen war. In völliger Dunkelheit eingesperrt und gegen seinen natürlichen Trieb zum ewigen Herumliegen verurteilt, musste es eher dem Löwen wie ein Wunder vorgekommen sein, dass man ihm eine derartige Abwechslung angeboten hatte.

Als Selina am Abend auf ihrem Bett lag, starrte sie den schweren Löwenarmreif an, der sie nun als Priesterin der Sonnengöttin auszeichnete. Sie wog ihn in den Händen und hielt ihn nah an die Augen. Dann sah sie zu Amenirdis hinüber, die bereits ihre Decke über sich gezogen hatte und ruhig atmete. „Amenirdis, schläfst du?"

Die Ägypterin gab ein leises Brummen von sich, drehte sich dann jedoch um und sah Selina aus wachen Augen an.

„Was ist das für ein seltsamer Armreif? Aus welchem Metall ist er gefertigt?"

„Man nennt es das schwarze Metall des Himmels. Selbst in Ägypten ist es sehr begehrt."

Selina staunte. Überallhin schien die Prophezeiung der Seherin sie zu verfolgen. *Dein Weg wird mit einem schwarzen Metall verbunden sein.* Gehörte alles zu ihrer Bestimmung?

Das Metall wirkte unscheinbar. Es hatte nicht den matt schimmernden Glanz des Silbers, und war stattdessen eher matt und dunkel, nicht besonders edel. Selina legte den Armreif neben ihr Lager auf den Boden. „Glaubst du an dieses Wunder, Amenirdis? Ein Löwe, der Blut aus einer Schale leckt, ist nichts Ungewöhnliches."

Amenirdis gähnte. „Es ist ein uraltes Ritual. Die Menschen der Vergangenheit dachten einfacher als wir."

„Aber Puduhepa und die anderen müssen doch wissen, dass es nichts Besonderes ist. Trotzdem scheinen sie furchtbar aufgeregt zu sein. Was war bei dem Fest in Hattusa? Tudhalija schien beunruhigt."

Amenirdis antwortete nicht. Stattdessen rollte sie sich auf die Seite und murmelte: „Schlaf jetzt, Selina. Der morgige Tag wird lang werden."

In der Nacht wurde Selina von den aufgeregten Rufen der Frauen geweckt. Staunend richtete sie ihren Blick auf den erleuchteten Nachthimmel. Neben ihr regte sich Amenirdis und rieb sich schlaftrunken die Augen. „Was ist das für ein Lärm?"

„Amenirdis, es regnet Sterne!"

Auch die Ägypterin sprang aus dem Bett und blickte hinauf zum Fenster. „Oh, Selina! Das ist ein wirkliches Wunder! Komm mit, wir müssen auf den Hof!" Sie zog Selina hinter sich her, und kurz darauf standen sie in der Menge der Frauen und beobachteten die hellen Lichtpunkte, die vom Himmel regneten.

„Die Göttin schickt das schwarze Himmelsmetall – sie ist zufrieden mit unserer Wahl!", rief Gasulawija aufgeregt, als sie an Selina vorbeilief. Selina zupfte Amenirdis am Ärmel. „Was meint sie damit?"

„Das schwarze Metall ist ein Geschenk der Sonnengöttin. Es fällt glühend heiß vom Himmel, und die Frauen sammeln es auf, wenn es erkaltet ist. Schon lange hat sie es nicht mehr geschickt – fast drei Sommer lang."

Selina hielt staunend die Luft an. Das war wirklich ein Wunder! Anscheinend war die Göttin doch mächtiger, als sie geglaubt hatte. Aber vielleicht wollte die große Mutter auch Selina Dinge sehen lassen, die sie ihren anderen Töchtern vorenthielt.

Selina war froh, dass sie am nächsten Tag keine weitere Prüfung erwartete und Puduhepa sie stattdessen durch das Heiligtum führte. Im heiligen Schrein der Sonnengöttin fand Selina endlich den erwarteten Prunk vor: Die Wände zierten Reliefs, in denen die Göttin in ein langes Gewand gekleidet und mit einer hohen Krone auf dem Kopf auf den Spitzen zweier Berge stand. Ihr Sohn, der Wettergott, eine grimmige bärtige Gestalt, stand ihr oftmals gegenüber. Seine Füße ruhten auf seinen heiligen Stieren, in der Hand schwang er eine Keule oder ein Bündel aus Blitzen. Fast schienen die Sonnengöttin und ihr Sohn sich zu bekämpfen.

„Warum ist der Wettergott im Schrein der Sonnengöttin anwesend? Sollte dieser Platz nicht nur ihr vorbehalten sein?", fragte Selina arglos.

Puduhepa lächelte. „Er ist der Sohn der Sonnengöttin und somit ein Teil von ihr. Der Wettergott ist aus ihr hervorgegangen, damit ist es letztlich immer sie selber, die dargestellt wird. Die Mutter überlässt ihrem Sohn zwar für ein paar Monate die Herrschaft, doch ist sie niemals abwesend. Es ist der Wettergott, der sich immer wieder zurückziehen muss."

Selina war die Vorstellung fremd, mehrere Götter mit unterschiedlichen Wirkungsbereichen zu verehren, huldigte ihr Volk doch nur der großen Mutter. Sie wandte sich von den Wandmalereien ab. Auch bei den Trankopfergefäßen schien weder die Sonnengöttin selbst noch ihr heiliges Tier eine Vorrangstellung zu besitzen, denn die Gefäße hatten die Form von Stieren, deren Inhalt aus den Nasenlöchern der Tiere in goldene Pokale gegossen wurde, die auf dem steinernen Altar bereitstanden. Die Ecken zierten allerdings wiederum große steinerne und auch aus Silber gehauene Statuen der großen Göttin.

Selina betastete ihren Armreif. „Jetzt, da ich eine Priesterin der Göttin bin, bin ich in der Gemeinschaft der Priesterinnen doch den anderen gleichrangig?"

„Du wirst viel mehr sein, Selina."

„Du sprichst in Rätseln, die ich nicht verstehe, Tawananna. Alle starren mich an, als wäre ich die Göttin selbst."

Puduhepa nahm Selinas Gesicht liebevoll zwischen die Hände. „Geduld, Selina. Es wird der Zeitpunkt kommen, an dem du es verstehst. Heute möchte ich dir noch ein anderes Geheimnis offenbaren." Sie wies auf Selinas Armreif. „Das kostbare schwarze Metall, das unsere Handgelenke ziert."

Sie verließen den Schrein der Göttin, traten über den Hof hinaus in die karge Landschaft, und Puduhepa wies in den strahlend blauen Himmel. „Die Göttin hat uns den Segen des dunklen Metalls geschickt, und die Frauen werden es mit ihren Hämmern in Form bringen. Es werden sehr unterschiedliche Dinge daraus gefertigt: die Armbänder, kleine Statuen, ja sogar der Thron des Tabarna."

Selina hatte Puduhepa aufmerksam zugehört. „Werden auch Waffen aus dem Himmelsmetall hergestellt? Wenn das Metall so begehrt ist, könnten Brustschilde, Schwerter, Pfeilspitzen und Äxte daraus gefertigt werden."

Die Tawananna schüttelte den Kopf. „Wir fertigen daraus nur wenige Waffen, weil das Metall so selten und kostbar ist. Außerdem ist es zu spröde. Nur selten gibt es Klumpen, die sich besser formen lassen."

„Aber einige der hethitischen Soldaten trugen Schwerter aus dem Himmelsmetall, als sie in Lykastia einfielen."

Puduhepa schien das nicht hören zu wollen. „Nun, einige Soldaten erhalten Schwerter als Auszeichnung; diese Waffen dienen aber nur als Zierde. Zwar begehrt der Pharao Waffen aus schwarzem Metall, der König von Troja bat bereits darum, und sogar die Mykener suchen eine Möglichkeit, an solche Waffen zu kommen. Doch es gibt nur wenige für unsere Rituale oder einfache Pfeilspitzen, weil diese nur eine geringe Menge Himmelsmetall benötigen. Die Fremdländer glauben, nur weil es vom Himmel kommt, müsste das Metall ihre Truppen stärken, und verstehen nichts von diesem göttlichen Geschenk."

Selina gab sich mit der Antwort zufrieden, obwohl sie sicher war, jene Waffen in der Nacht des hethitischen Angriffs auf Lykastia gesehen zu haben.

Der Rest des Mondumlaufs verlief so ereignislos, dass Selina sich bald wieder nach Hattusa zurückwünschte: Die Frauen feuerten die Rennöfen vor den Toren an und bearbeiteten das graue Metall, das sie nach dem Erkalten aufgesammelt hatten. Daher war der Innenhof oft von einem so starken Rauch erfüllt, dass Selina kaum Lust hatte, ihn zu betreten. Abends und morgens nahmen sie gemeinsam ihre Mahlzeiten ein, und vor Sonnenauf- und Sonnenuntergang versammelten sie sich, um die Sonnengöttin anzurufen. Amenirdis, Selina und Sauskanu blieben kaum andere Beschäftigungen als Brettspiele. Sie vermieden, sich über die Rückkehr nach Hattusa zu unterhalten, denn Sauskanus Gesicht verdüsterte sich stets, weil sie sehr wohl wusste, dass dort bald ihre Verlobung mit dem Pharao vollzogen würde.

Anders als die drei jungen Frauen schien sich die Tawananna nicht zu langweilen. Sie durchschritt lächelnd den rauchgeschwängerten Hof, verbrachte viel Zeit mit Gasulawija und fühlte sich ausgesprochen wohl.

Als der letzte Abend vor ihrer Abreise anbrach, war Selina erleichtert. Sie und Amenirdis suchten gerade ihre Gewänder für die Heimreise heraus, als die Tawananna in ihre Kammer trat. Ihre Augen funkelten unruhig, sie schien aufgeregt. „Selina, die heutige Nacht wirst du im Schrein der Göttin verbringen. Wenn Gasulawija dich morgen fragt, wovon du geträumt hast, so sage ihr, dass es Feuer war!" Sie wandte sich um, ohne eine Antwort abzuwarten, und verließ die Kammer. Selina sah Amenirdis fragend an, doch die wich ihrem Blick aus.

„Warum soll ich sagen, dass ich von Feuer geträumt habe, Amenirdis?"

„Tu es einfach! Es wäre nicht gut, wenn du die Befehle der Tawananna nicht befolgst."

Amenirdis hatte versucht, gleichmütig zu antworten, doch Selina hatte die Besorgnis in ihrer Stimme gehört. Ehe sie mehr fragen konnte, öffnete sich die Tür, und Gasulawija erschien. „Selina, Schwester, du wirst diese Nacht im Schrein der Göttin verbringen. Dort kannst du Gebete an sie richten, bevor du morgen nach Hattusa zurückkehrst."

Selina erhob sich und folgte Gasulawija. Während sie den Hof überquerten, fragte sie sich, ob sie den Befehl der Tawananna einfach ignorieren sollte. Was immer Puduhepa mit ihr vorhatte, Selina gefiel es nicht. Als sich die Türen des Schreines hinter ihr schlossen und die Dunkelheit sie umhüllte, setzte sie sich in die Mitte des Raumes und kauerte sich zusammen. Was würde geschehen, wenn sie den Wunsch der Tawananna missachtete?

Die Nacht brach herein, ohne dass Selina ein einziges Gebet an die Sonnengöttin verrichtete. Auf dem harten Boden fand sie keinen Schlaf. Als die Nacht bereits weit fortgeschritten sein musste, drangen vom Hof Geräusche an ihre Ohren. Selina beschloss, für eine Weile hinauszugehen, zumal ihre Blase sie drückte. Als sie die Tür zum Hof öffnete, hielt sie verwirrt inne: Die kegelförmigen Öfen waren angeheizt worden. Sie setzte ihren Fuß in den Sand des Hofes. Er war warm, es herrschte eine stärkere Hitze als am Tage. Arglos trat sie zu Gasulawija, die von einem Haufen rote und schwarze Steinklumpen ins Innere des Ofens schaufelte und so in ihre Arbeit vertieft war, dass sie Selina nicht bemerkte.

Interessiert beobachtete Selina das Geschehen und staunte, als Gasulawija mit einem großen Haken in die Lehmwand eines Ofens schlug und eine rotglühende Flüssigkeit austrat. Kurz darauf begann sie, den gesamten Lehmkorpus mit einem langstieligen Steinhammer einzuschlagen. Gasulawija stach mit einem Haken hinein und holte den Klumpen aus der Glut. Selina runzelte die Stirn. Sie bückte sich nach einem der bröckeligen Steine, die noch am Boden lagen. Zweifelsohne ein Stein, wie sie ihn bereits einige Male gesehen hatte. Wie war es möglich, Steine zu schmelzen – und wofür? War das ein weiteres Wunder der Sonnengöttin? „Warum schmelzt ihr Steine? Oder ist dies das Himmelsmetall, das die Göttin gesandt hat?", fragte sie arglos.

Die Priesterin erschrak. „Nein, nein! Das Himmelsmetall wird nicht geschmolzen, sondern mit Hämmern in Form gebracht. Wir brennen Keramik. Was tust du überhaupt hier? Du solltest in Abgeschiedenheit Gebete an die Göttin richten."

„Ich konnte nicht schlafen."

Gasulawija sah sich um, nahm sie am Arm, zog sie zurück in das Heiligtum und schloss die Tür hinter Selina, die mit verständnisloser Miene im Dunkeln zurückblieb. Anscheinend hatten die Priesterinnen doch Geheimnisse vor ihr. Selina verbrachte auch den Rest der Nacht, ohne ein einziges Gebet an die Sonnengöttin zu richten. Stattdessen flehte sie die Große Mutter um Hilfe an, denn sie spürte, dass sie wie ein Spielstein gehändelt wurde. Zug um Zug setzte Puduhepa sie einen Schritt weiter vor, und Selina hatte keine Ahnung, was vor sich ging. Sie spürte nur eine unbestimmte Gefahr.

Die Nacht war kalt, und Selina fror erbärmlich. Es dauerte lange, bis sie endlich in einen unruhigen Schlaf fiel. Sie träumte von Lykastia, von Kleite und Penthesilea. Sie sah den Thermodon, die bewaldeten Hänge um ihre Heimatstadt, und zuletzt träumte sie sogar von Hattusa. Nicht ein einziges Mal eröffnete sich ihr ein Traumbild, in dem sie Feuer sah, außer jenem, das den Öfen im Hof entsprungen war.

Als der Morgen anbrach und Gasulawija sie weckte, zitterte sie vor Kälte. Sie trat hinter der Priesterin hinaus in den Hof, wo sich bereits die Frauen versammelt hatten. Die Öfen waren allesamt abgerissen worden, lediglich dunkle Kreise zeugten davon, dass es sie gegeben hatte. Sogleich stellte ihr Gasulawija die gefürchtete Frage.

„Ich träumte von Feuer", antwortete Selina matt. „Ich sah eine Stadt verbrennen, ihre Bäume und ihre Häuser."

Gasulawija sah sie an, dann trat Zufriedenheit in ihr Gesicht. „Dann ist es wahr! Die Göttin hat dich erwählt. Du bist dazu bestimmt, die Hohepriesterin der Sonnengöttin von Arinna zu sein!"

Wie bei ihrer Ernennung zur einfachen Priesterin brach Jubel unter den Frauen aus. Selina versuchte, Gasulawijas Worte zu verstehen, während diese sie über den Hof zu einem der

Anbauten zog, den sie noch nicht betreten hatte. Das war also Puduhepas Plan gewesen: Sie wollte Selina zur Hohepriesterin ernennen lassen. Puduhepa war das so wichtig gewesen, dass sie ihr Anliegen sogar unter dem Deckmantel der Lüge durchgesetzt hatte. Hätte Selina nicht gewusst, was sie sagen sollte, als Gasulawija sie nach ihren Träumen gefragt hatte, wäre sie einfache Priesterin geblieben.

Selina fühlte sich noch immer wie betäubt, als Gasulawija die Tür des schäbigen Hauses öffnete und ihr knapp zu verstehen gab, dass sie warten sollte, bis sie zurückkam. Es dauerte nicht lange, und sie erschien mit einem Schwert und einem Dolch. Bevor sich die Tür hinter ihr schloss, erwachte Selina aus ihrer Starre. Sie meinte, etwas gesehen zu haben: ein kurzes metallisches Aufblitzen, als die ersten Strahlen der Sonne durch die nur einen Spalt geöffnete Tür gefallen waren. Selina sah auf das Schwert und den Dolch, die Gasulawija ihr feierlich überreichte. „Dies sind die Insignien deines Priesteramtes. Selbst der Panku muss jetzt vor dir das Knie beugen, und der Tabarna wird dir Gehör schenken, wenn du ein schlechtes oder gutes Omen für Hatti verkündest."

Selinas Gedanken überschlugen sich. Puduhepa hatte ihr tatsächlich unglaubliche Macht in die Hände gelegt, aber wahrscheinlich wollte die Tawananna diese Macht durch Selina selbst nutzen. Die Waffen, die ihr Gasulawija überreicht hatte, waren aus dem dunklen Metall geschmiedet, doch waren sie nicht so dunkel wie ihr Armreif. Ihre Griffe waren mit Gold überzogen und trugen den eingehämmerten Löwen der Göttin. Die Schneiden der kurzen Schwertklinge und des Dolches waren scharf, obwohl es sich bei ihnen ganz eindeutig um Zeremoniengegenstände handelte. Und was hatte das kurze Aufblitzen zu bedeuten, das Selina gesehen hatte? Lagerten noch mehr Waffen hinter dieser Tür? Brauchte Hatti so viele Zeremonienschwerter, um seine Soldaten zu ehren? War das gesamte Haus mit diesen Waffen angefüllt, und bestanden sie allesamt aus jenem Himmelsmetall, das angeblich so spröde und nutzlos war? Wenn es so war, hatte die Tawananna sie belogen. Selina verstand jetzt Amenirdis' Besorgnis ebenso wie Tudhalijas entrüsteten Gesichtsausdruck, denn sie besaß jetzt mehr Macht als der Thronfolger selber. Selina ahnte, was das für sie bedeutete: Einige der Höflinge würden sie ab nun lieber tot als lebendig sehen!

Gasulawija nahm Puduhepa zur Seite. „Schwester, die neue Hohepriesterin hat gestern Nacht die Rennöfen im Hof gesehen. Ich habe sie zu spät bemerkt. Können wir ihr vertrauen?"

Puduhepa runzelte die Stirn, und sah Selina aus der Entfernung prüfend an. „Es ist noch zu früh, das zu sagen. Glaubst du, dass sie etwas ahnt?"

Gasulawija wiegte den Kopf hin und her. „Ich glaube nicht, aber wer weiß das schon? Wie du sagst, stellt sie viele Fragen."

„Die Göttin hat ein eindeutiges Zeichen geschickt, dass sie die Richtige ist. Wir warten schon so lange, dass endlich eine kommt, die der Sonnengöttin gefällt."

Gasulawija nickte. „Du solltest sie gut beobachten. Es wäre nicht gut, wenn Ägypten, die Mykener oder Troja unser Geheimnis kennen würden. Vor allem der Tabarna darf es nicht erfahren! Das schwarze Metall fällt vom Himmel, und so soll es bleiben. Das Himmelsmetall für sie, das andere für uns!"

Puduhepa berührte Gasulawija sanft an der Schulter. „Ich verspreche dir, Schwester, sie werden es nicht erfahren."

Sie umarmten sich freundschaftlich und verabschiedeten sich dann voneinander, da es an der Zeit war, nach Hattusa zurückzukehren. Puduhepa bedachte Selina erneut mit einem forschenden Blick. Hatte sie das Richtige getan, oder war Selina, nachdem sie die Rennöfen entdeckt hatte, eine Gefahr? Immerhin hielt sie mit diesem Schwert etwas in der Hand, dessen Geheimnis sie bald entdecken würde.

Hattusa

Der Zeremonienmeister des Tabarna klopfte mit seinem Amtsstab drei Mal auf den Boden. des großen Empfangssaals. „Der *Hati-a* von Piramses, der edle Herr Pairy, Gesandter des *Netjer nefer*, des Pharaos von Ägypten – er lebe, sei heil und gesund!"

Die Köpfe des Panku und aller übrigen Höflinge wandten sich fast gleichzeitig zur Tür. Niemand wollte sich den Anblick der so unzüchtig und doch interessant anmutenden Ägypter entgehen lassen.

Hattusili richtete sich unmerklich auf seinem Thronsessel auf. Neben ihm saß Tudhalija auf einem kleineren Thron, auf dem eigentlich die Tawananna hätte sitzen müssen, um die Gesandten des ägyptischen Königshofes zu begrüßen. Niemand hatte damit gerechnet, dass das ägyptische Gefolge eintreffen würde, bevor die Frauen aus Arinna zurückgekehrt waren. Dem Tabarna war die Situation unangenehm, denn Puduhepa verstand sich im Gegensatz zu ihm hervorragend auf diplomatische Reden und auf die Beschwichtigung fremder Gesandtschaften, und das war gerade jetzt nötig. Wie sollte er dem Gesandten erklären, dass die Verlobte des großen Pharaos nicht von ihren Frauen umgeben in ihren Gemächern wartete, sondern gerade wie ein Mann auf einem Streitwagen Einzug hielt. Wie konnte er das vor den Augen der Ägypter verbergen?

Hattusili trat Schweiß auf die Stirn. Wie lange hatten die Verhandlungen für diese Verlobung gedauert? Wie sehr hatten er und Puduhepa darum gekämpft, dass Sauskanu nicht wie andere ausländische Prinzessinnen als Nebenfrau in den Harem des Pharaos Einzug halten würde, sondern als Große königliche Gemahlin? Dass Ramses dieser Forderung zugestimmt hatte, grenzte an ein Wunder und erfüllte Hattusili mit großem Stolz. Und nun würde vielleicht durch einen dummen Zufall alles so mühsam Erreichte zerschlagen werden. Hattusili blickte kurz zu seinem Sohn. Wenigstens er würde den Gesandten beeindrucken können. Seine große männliche Gestalt, sein schwarzes, von Salböl glänzendes Haar und der sorgsam geölte Bart, den er sich über den Winter hatte wachsen lassen, vermochten die nicht zu verbergende Gebrechlichkeit des Tabarna auszugleichen. *Die Zeit, in der ich den Feinden Schrecken und Furcht einzujagen vermochte, ist längst vorbei*, gestand er sich im Stillen ein.

Durch die großen Flügeltüren trat nun ein einzelner Mann, dem eine ältere und zwei jüngere Frauen folgten, die Puduhepas ägyptischer Dienerin in Kleidung und Haartracht zum Verwechseln ähnlich waren. Hinter ihnen traten sechs dunkelhäutige Nubier in weißen Schurzen in den Saal, die goldene Schatullen mit Geschenken trugen. Einer führte sogar ein seltsames Tier an der Hand. Hattusili stutzte. Ja, wirklich! Dieses Tier besaß Hände und Füße wie ein Mensch. Es ging auf zwei Beinen, wenn auch gekrümmt, und sein gesamter Körper war behaart. Der Tabarna fragte sich, ob es vielleicht gar kein Tier war, sondern eine abnormale Mischung aus einem Menschen und einem Tier. Wenn dies zutraf, müsste er das Geschenk als Beleidigung auffassen. Die Ägypter hatten ohnehin seltsame Bräuche, doch waren sie der wichtigste und mächtigste Verbündete, den Hatti jemals für sich hatte gewinnen können.

Der kleine Trupp blieb nun vor dem Thronpodest stehen. Fast gleichzeitig legten seine Besucher eine Hand auf die Brust und verbeugten sich vor Hattusili und dem Prinzen. Auch das war typisch für dieses arrogante und selbstverliebte Volk: Den Kniefall behielten sie ihrem eigenen Gottkönig vor, den allein sie als direkten Abkömmling der Götter verehrten. Die Verbeugung vor Hattusili und Tudhalija war zwar ehrerbietig, jedoch empfand der Tabarna sie gleichzeitig als Ohrfeige.

„Brot und Wein, dir, Großkönig von Hatti, ebenso wie dir, Prinz Tudhalija. Ich sende dir Grüße des *Netjer nefer*, des großen Pharaos Ramses Meriamun, deines Bruders, und seiner *Hemut nisut*, der großen Gottesgemahlin, Nefertari meri en Mut."

Etwas versöhnlicher stellte Hattusili fest, dass das Assyrisch des Ägypters fast akzentfrei war und dieser die Grußformel des Volkes von Hatti kannte. „Meine Sonne ist über alle Maßen erfreut, die Gesandtschaft seines Bruders, des großen Pharaos – er lebe, sei heil und gesund! In Hattusa zu begrüßen."

Der Ägypter ließ die ältere Frau vortreten, die ihm vor den Thron gefolgt war. „Dies, großer König, ist die Große Königsgemahlin Henutmire, Schwester und Gemahlin des Einzig Einen, des Großen Hauses, die mit nach Hatti reiste, damit sie Prinzessin Sauskanu in ihrer Verlobungszeit beistehen kann und sie die Bräuche und Sitten unseres Landes lehrt. Die beiden edlen Damen, welche sie begleiten, sind ihre Dienerinnen Anka und Ipu, die der Prinzessin fortan dienen werden. Mein Name ist Pairy. Ich bin der *Hati-a*, der Stadtvorsteher von Piramses, seiner allergöttlichsten Majestät Schreiber und Berater, den er wie einen Sohn aufzog."

Hattusili deutete durch ein kurzes Nicken eine Verbeugung vor Henutmire an. Immerhin war sie eine Königin. *Eine von vielen Königinnen im Haus des Pharaos,* frotzelte er in Gedanken, *Immerhin schickt mein Bruder, der König, eine Schwester und einen Adoptivsohn, wenn er schon nicht selbst erscheint, um seine Braut zu holen.* „Meine Majestät heißt auch dich und deine Damen in Hattusa willkommen, Königin Henutmire."

Die Frau verbeugte sich und trat zurück.

Pairy schaute sich um. „Ich hatte gehofft, auch die Tawananna und die Prinzessin begrüßen zu dürfen."

Der Tabarna schluckte. „Leider gab es ein Missverständnis. Wir hatten die Gesandtschaft meines Bruders nicht so früh erwartet, sodass die Tawananna und die Prinzessin noch im Heiligtum von Arinna weilen."

Das glatte Gesicht des jungen Ägypters zeigte Verwunderung. „Die Prinzessin weilt nicht in der Stadt in ihrem Brautgemach?"

Tudhalija fiel ihm ins Wort. „Sie verrichtet den Dienst an ihrer Göttin, edler Herr Pairy. Nachdem die Verhandlungen sich derart lange hingezogen haben, konnte man sie nicht durchgehend das Brautgemach hüten lassen."

Hattusili hätte seinen Sohn am liebsten geohrfeigt, der noch nie ein Diplomat gewesen war. Stattdessen bemühte er sich, seinen Gast zu beschwichtigen. „Die Tawananna und die Prinzessin werden noch am heutigen Abend zurückerwartet. Hattusa wird seine Gäste bis dahin mit allem bewirten, was sie nach der langen, anstrengenden Reise begehren. Wie gesagt: Dieser Umstand ist einem Missverständnis zuzuschreiben; die Prinzessin Sauskanu ist rein und unberührt wie eine Frühlingsblüte. Der edle Herr kann dies durch Frauen seiner Wahl untersuchen und bestätigen lassen."

Pairy schien sich etwas zu entspannen, obwohl er noch immer nicht zufrieden war. „Mein Pharao vertraut seinem Bruder, Majestät. Wie könnte ich das dann nicht tun? Ich danke Deiner Sonne für die großzügige Freundlichkeit." Er winkte die Nubier mit den Geschenken heran. „Bitte nimm die Geschenke an, die mein Pharao dir durch mich überbringen lässt."

Die Männer traten abwechselnd vor und öffneten die Schatullen so, dass Hattusili ihren Inhalt sehen konnte: goldene Armreifen, nach ägyptischer Art mit Lotusmotiven verziert, kostbare Salböle und eine Truhe mit ägyptischem Leinen. Zuletzt trat der Mann mit dem seltsamen Wesen an der Hand vor.

„Was ist das für ein Geschöpf?", fragte Hattusili vorsichtig. „Eine abnormale Schöpfung, aus Mensch und Tier hervorgegangen?"

Pairy lächelte. „Es ist ein Tier, großer König, keine böse Schöpfung. Wir nennen es Affe. Der Pharao hoffte, seinen Bruder mit diesem Tier erfreuen zu können, da es sehr unterhaltsam und gelehrig ist. Man kann ihm sogar mit Belohnungen Kunststücke beibringen oder es lehren, kleinere Dienste zu verrichten. Dein Bruder, der Pharao, besitzt sogar drei von diesen Tieren, welche ihm die Sandalen bringen oder den Weinkelch reichen." Pairy verbeugte sich wieder. „Ich möchte nicht ungehörig sein, großer König, doch die Damen sind ermüdet von der langen Reise. Darf ich sie in ihre Gemächer geleiten, bevor ich mich deinen weiteren Fragen widme?"

Hattusili zuckte zusammen. Wie ungehörig dieser Pairy war! Er konnte das Alter des Gesandten zwar nicht abschätzen, und die ägyptischen Männer wirkten auf ihn alle sehr knabenhaft und viel zu weich, trotzdem schien er Autorität zu besitzen. Wer wusste, wie hoch er beim Pharao in der Gunst stand! Er nickte dem jungen Mann zu. „Der Abend wird noch genügend Zeit bringen, um alle weiteren Dinge zu besprechen."

Er blickte dem jungen Mann nach, der souverän und selbstsicher seine kleine Gefolgschaft aus dem Saal führte.

Als die Ägypter gegangen waren, murmelte Tudhalija seinem Vater leise zu: „Die Überheblichkeit war diesem Pairy im Gesicht abzulesen. Er fühlt sich als etwas Besseres und uns überlegen."

Hattusili brummte. Er hatte keine Lust, sich mit seinem Sohn und Thronfolger auf ein Gespräch einzulassen; jedenfalls nicht jetzt. Es war unangenehm, dass Puduhepa und Sauskanu nicht hier waren. „Wir sollten dafür Sorge tragen, dass dieser Pairy nichts von

Sauskanus Rückkehr zu sehen bekommt. Es ist besser, die Prinzessin empfängt ihn verschleiert im Brautgemach mit ihren Frauen."

Tudhalija nickte. Natürlich war das vorteilhafter. Er hatte diese jährlichen Reisen der Frauen ohnehin als nutzlos und dumm empfunden.

„Aiiii!", entfuhr Amenirdis ein lauter Schrei, als sie am frühen Abend das oberste Plateau Hattusas und damit auch den Palast erreichten. „Aiiii!", rief sie wieder, und die Pferde, die ihren Wagen zogen, wurden nervös und tänzelten. Selina blickte sie erschrocken von der Seite an. Was war nur mit der beherrschten Amenirdis geschehen? Ihre Wangen überzog auf einmal eine tiefe Röte, ihre Augen funkelten aufgeregt, und ihre Hände zitterten, während sie an Selinas langem Gewand zupfte. Sie hatten den gesamten Rückweg gemeinsam auf einem Streitwagen gestanden. Puduhepa war mit Sauskanu gefahren; anscheinend bestand in ihren Augen keine Gefahr mehr, dass Selina zu fliehen versuchte.

Als Amenirdis erneut zu lauten Rufen ansetzte, rüttelte Selina sie an den Schultern. Vielleicht hatte Amenirdis zu viel Sonne abbekommen? Sie hatte das einmal bei einer Frau ihres Volkes gesehen, die in der heißen Nachmittagssonne eingeschlafen war. Ihr Gesicht war gerötet gewesen wie das von Amenirdis, sie hatte wirres Zeug geredet und sich schließlich übergeben müssen. „Amenirdis, was ist los? Schmerzt dir der Kopf? Hat die Sonne dein Haupt verbrannt?"

Endlich schien die Ägypterin ihre Sprache wiederzufinden. Sie wies vor sich auf einen dunkelhäutigen Mann, der einen langen Stab hielt, an dem ein golden beflügeltes Oval mit für Selina unverständlichen Schriftzeichen prangte. „Dies ist das Siegel der *Hemut nisut* Henutmire, der großen königlichen Gemahlin und Schwester des Großen Hauses, des Pharaos." Sie wedelte sich aufgeregt Luft zu. „Die Gesandtschaft aus Ägypten ist eingetroffen, Selina. Der Nubier dort ist ihr Standartenträger. Wie wundervoll! Ich kenne die Königin gut. Ich kann Neuigkeiten mit ihr austauschen, und sie wird mir von meinen Freunden und vom Palast erzählen."

Erst jetzt wurde Selina bewusst, dass auch Amenirdis ein anderes Leben geführt hatte, bevor sie nach Hattusa gekommen war und dass sie es wahrscheinlich ebenso vermisste, wie Selina das ihre. Das aufgeregte Gebärden zeigte eine vollkommen andere Frau. Doch dann stand Amenirdis auf einmal stocksteif, den Blick auf einen Mann gerichtet, der gerade aus einer Tür trat und auf den Standartenträger zuging.

„Bei meiner geliebten Isis! Das ist der edle Herr Pairy, der *Hati-a* von Piramses." Ihre Worte waren fast ein Hauchen geworden.

Selina meinte, Tränen in Amenirdis Augen zu sehen. Pairy wandte ihnen den Blick zu. Selina starrte auf den knielangen Schurz, unter dem gebräunte schlanke Beine zu sehen waren; auch der Oberkörper des Ägypters war bis auf einen breiten Halskragen aus Gold und Edelsteinen unbedeckt. Seinen Kopf zierte ein weißes gefaltetes Tuch, das von einem goldenen Stirnreif gehalten wurde. Selina wunderte sich. Die ägyptischen Männer schienen kaum Wert darauf zu legen, ihre Körper zu bedecken, verhüllten dafür aber ihr Haar.

Als die Streitwagen endlich zum Stehen kamen, sprang Amenirdis sofort hinunter und lief dem jungen Mann entgegen. Sie wartete noch nicht einmal auf Puduhepa oder Sauskanu, sondern schien all ihre Gemessenheit und ihren Anstand vergessen zu haben.

Selina beschloss, einfach dort stehen zu bleiben, wo sie war, anstatt Amenirdis hinterherzulaufen.

Pairy und Amenirdis begrüßten sich herzlich, jedoch ohne sich dabei zu berühren. Trotzdem meinte Selina, eine tiefe Verbundenheit zwischen den beiden zu spüren. Sie durchfuhr ein Schreck, als der Mann plötzlich ihrer gewahr wurde und gefolgt von Amenirdis auf sie zukam. Die braunen Augen des Mannes ließen kaum von ihr ab, und seine sehr gepflegte, goldberingte Hand streckte sich nach ihrem Haar aus. Selina fühlte sich mit einem Mal taub; nur in ihrem Bauch breitete sich ein unerträgliches Kribbeln aus. Sie wollte einen Schritt zurücktreten, um der Berührung des Fremden auszuweichen, doch ihre Beine versagten den Dienst.

„Haare wie reines Gold und Augen wie Lapislazuli", hörte sie ihn leise flüstern.

„Selina ist die hohe Priesterin der Sonnengöttin von Arinna." Amenirdis' Worte waren scharf – zu scharf. Er zog seine Hand schnell zurück, und Selina ertappte sich dabei, wie sich Enttäuschung in ihr breitmachte.

„Selina spricht kein Assyrisch. Nur die Tawananna versteht ihre Zunge."

Es war das erste Mal, dass Selina der Ägypterin am liebsten die Augen ausgekratzt hätte. Doch sie verschluckte ihre Antwort und setzte frustriert ein ahnungsloses Gesicht auf.

„Oh!", war das Einzige, das Pairy entfuhr, obwohl er seinen Blick nicht von ihr abwandte.

Die unangenehme Spannung wurde erst unterbrochen, als der Wagen der Tawananna und ihrer Tochter neben ihnen hielt. Puduhepas Stimme war schneidend. „Amenirdis, hast du deine guten Manieren vergessen? Sollte ich mich derart in dir getäuscht haben?"

Sofort fielen Selina und Amenirdis auf die Knie.

Pairy verbeugte sich tief. „Brot und Wein, dir, große Tawananna von Hatti."

Puduhepa sprang vom Wagen und bedeutete Sauskanu, ihr zu folgen. „Wie ich sehe, ist die ägyptische Gesandtschaft eingetroffen, während wir in Arinna weilten. Ich hoffe, ihr seid gut empfangen worden. Wie ist dein Name?"

Pairy bestätigte, dass sie gut empfangen worden waren, und nannte Puduhepa seinen Namen und Titel.

„Gut, edler Herr Pairy. Dann sollte die Prinzessin am heutigen Abend bereit sein, dich und die Königin Henutmire zu empfangen."

Pairy warf einen verstohlenen Blick auf Sauskanu, in deren Haaren sich der Staub der Reise gefangen hatte. Puduhepa beachtete ihn nicht weiter. Die Situation war ihr höchst unangenehm, was sie mit ihrer herrischen Art zu verbergen suchte. Sie bedeutete Sauskanu, ihr zu folgen, und verschwand schwebenden Schrittes im Palast. Sie hatte es so eilig, dass sie Amenirdis und Selina vergaß, die sich erst erhoben, als die Tawananna verschwunden war.

Pairy wandte sich wieder Amenirdis zu. „War das die Prinzessin? Die Frau mit dem Staub im Haar, die wie ein Mann auf einem Streitwagen stand?"

Amenirdis nickte leicht. „Wir haben der Sonnengöttin von Arinna geopfert und sind den ganzen Tag gereist."

Der junge Mann schaute spöttisch. „Gibt es in Hattusa keine Tragstühle, sodass die Frauen wie Männer reisen müssen? Das ist sehr unziemlich."

„Die Sonnengöttin verlangt derartiges von ihren Priesterinnen, edler Herr."

Er warf einen erneuten Blick auf Selina. „Eine recht seltsame Göttin mit einer seltsamen Priesterin." Erst jetzt wurde er des Dolches gewahr, den Selina als Zeichen ihres Amtes in die Schärpe um ihre Taille gesteckt hatte. „Eine sehr ursprüngliche und einfache Art der Verehrung, wie man sie in Hatti oft antrifft."

Selina spürte, wie Pairys spontane Bewunderung in Ablehnung umschlug. Sie hätte alles dafür gegeben, sich verteidigen zu können. Doch sie durfte die Maske der Ahnungslosigkeit nicht ablegen, die ihre wahren Gedanken verdeckte. Zornig über sich selbst, über Amenirdis und den überheblichen Blick des Ägypters starrte sie krampfhaft an den beiden vorbei. Amenirdis schien zu merken, was in Selinas Kopf vor sich ging, und verabschiedete sich und Selina daher schnell mit einer angedeuteten Verbeugung.

„Überheblicher Weichling, arroganter parfümierter Dummkopf!" Wütend saß Selina in ihrem Bad und wusch sich den Staub der Reise von den Gliedern. Amenirdis schüttete frisches

Wasser nach, und Selina tauchte unter, um kurz darauf nicht weniger zornig und mit triefnassem Haar wieder aufzutauchen. „Sag, Amenirdis, sind alle ägyptischen Männer derart ...", sie suchte nach einem Wort, einer passenden Umschreibung für Pairys Verhalten, „... engstirnig?"

Die Ägypterin blieb ruhig. „In Ägypten ist alles anders als in Hatti. Pairy war erzürnt, weil die Braut seiner allerhöchsten Majestät so unziemlich vor ihm erschien."

„Lächerlich!", konterte Selina. „Sauskanu ist die Reinheit schlechthin. Sie richtet schon ein Gebet an die Göttin, wenn sie schlechte Gedanken hat."

Amenirdis sah sie durchdringend an. „Wirklich, Selina? Kann es nicht sein, dass sie über eine lange Zeit verbotene Korrespondenz mit Benti betrieb, bei der du ihr geholfen hast?"

Selina verschluckte sich fast. Es war also doch aufgefallen!

Amenirdis schüttelte den Kopf. „Weißt du eigentlich, was geschehen wäre, wenn die Tawananna davon erfahren hätte? Oder wenn sich Benti der Prinzessin, durch die Schreiben ermutigt, auf unziemliche Weise genähert hätte? Ich habe dich nicht verraten, obwohl es mir nicht entgangen ist, dass Sauskanu dir ständig Briefe zusteckte. Aber ich hätte dich verraten müssen, wenn es über diese Briefe hinausgegangen wäre."

„Es ist nichts Unrechtes geschehen", versuchte sich Selina zu verteidigen.

„Das weiß ich. Doch du solltest vorsichtig sein, Selina. Du bist jetzt die Hohepriesterin der Sonnengöttin, und man wird dich beobachten."

„Mir wurde keine andere Wahl gelassen. Ich habe nie um dieses Amt gebeten."

Amenirdis verlor fast die Beherrschung. „Hast du noch immer nicht verstanden, dass es nicht darum geht, was *du* willst? Puduhepa ist die Einzige, die ihren Willen durchsetzt. Und Tudhalija wird dir nach dem Leben trachten!"

Selina zischte sie an. „Warum hast du mich nicht gewarnt, Amenirdis? Ich dachte, du bist meine Freundin."

Die Ägypterin beruhigte sich. „Das bin ich, Selina. Bei Isis, das bin ich. Ich bin eine Gefangene wie du, bin den Launen der Tawananna ebenso ausgeliefert. Doch wenn ich dich gewarnt hätte und du dich geweigert hättest, dieses Amt anzutreten, wäre niemandem geholfen gewesen. Wir müssen das Beste aus unserem Leben machen und so gut es geht auf uns selber achten."

„Was will Puduhepa? Was ist ihr Plan? Und was hat es mit den angeheizten Öfen im Heiligtum und den Steinen auf sich, von denen ich nichts wissen darf?"

Amenirdis hockte sich auf den Boden und blickte Selina überrascht an. „Du weißt von den Rennöfen? Du hättest lieber die Augen verschließen sollen." Sie kaute nachdenklich auf ihrer Unterlippe. „Puduhepa hat ihre eigenen Pläne."

„Aber ich habe nicht vor, der Tawananna als Mündel zu dienen. Was hat es mit den Waffen auf sich, die in Arinna gelagert werden?"

Wieder war Amenirdis sichtlich überrascht. „Bei der großen Isis, du hast in kurzer Zeit so viel herausgefunden wie ich während mehrerer Nilschwemmen! Sie sind Puduhepas Geheimnis; Hattusili und Tudhalija wissen nichts von ihnen. Aber ich habe keine Ahnung, was sie mit ihnen vorhat ... Was willst du nun tun? Du kannst dich bei allem, was du gesehen hast, kaum von Puduhepa abwenden – es wäre dein Todesurteil."

Selina seufzte. „Bei der großen Mutter, ich weiß es noch nicht! Aber irgendwie muss ich aus Hattusa entkommen."

Es klopfte an der Tür. Amenirdis sprang auf und kehrte kurz darauf mit einer Schriftrolle zurück, die sie Selina überreichte. Diese überflog die akkadischen Schriftzeichen schnell. Natürlich war das Schreiben nicht an sie gerichtet, sondern an Amenirdis. Niemand hätte ein persönliches Schreiben an jemanden gerichtet, von dem er glaubte, dass er es ohnehin nicht lesen konnte. „Prinzessin Sauskanu soll am heutigen Abend Salböl über das Haupt gegossen bekommen. Als Hohepriesterin der Sonnengöttin soll ich anwesend sein, du sollst die ägyptischen Götter als Priesterin vertreten."

Amenirdis Augen begannen wieder zu funkeln. „Dann sollten wir uns beeilen."

Sie brauchten nicht lange, bis sie sich auf den Weg zu Sauskanus Gemächern machen konnten. Die Sonne war bereits zu einem rot glühenden Ball geworden, sodass der filigrane Silberschmuck, den Amenirdis gewählt und auch in ihre Haare eingeflochten hatte, ein kaltes Feuer ausstrahlte. Selina hatte einen leichten weißen Chiton mit kurzen Ärmeln angelegt und auf Schmuck verzichtet. Lediglich das Eisenband, das ihre Zugehörigkeit zur Sonnengöttin zeigte, behielt sie am Handgelenk. In einer Schärpe aus blauem Stoff steckte der Zeremoniendolch. Wohin man das Schwert geschafft hatte, wusste sie nicht.

Die beiden Frauen verließen gemeinsam Selinas Gemächer und hatten bald Sauskanus Räume erreicht. Auf dem Weg dorthin war Selina eine seltsame Verwandlung der Höflinge und Wachen aufgefallen: Sie verbeugten sich vor ihr nun fast wie vor der Tawananna oder dem Tabarna.

„Du kannst nun frei im Palast umhergehen und musst vor niemandem einen Kniefall machen, außer vor der Tawananna und dem Tabarna", hatte Amenirdis ihr kurz mitgeteilt. Selina ließ das zum ersten Mal spüren, welche Macht eine Hohepriesterin besitzen musste.

Als sie Sauskanus Gemächer betraten, wartete die Prinzessin schon mit einem edelsteinbestickten Gewand bekleidet auf einem Stuhl; ein Schleier verdeckte ihr Gesicht. Hinter der Prinzessin stand eine ältere Frau, rechts und links neben ihr zwei jüngere Ägypterinnen. Selina bemerkte, dass die Ägypter ihr kostbares Mündel rasch mit ihresgleichen umgeben hatten und Sauskanus alte Dienerinnen in den Hintergrund verbannt waren. Auch Puduhepa war nicht anwesend. Dafür stand Pairy bereits mit einer kleinen Phiole mit Salböl bereit. Er hatte sich umgezogen und trug nun ein langes Leinengewand. Selina konnte erstmals sein kurzes, schwarz glänzendes Haar sehen. Beschämt stellte sie fest, dass sie ihn anziehend fand, und sie fragte sich, was Kleite wohl dazu sagen würde.

Um ihre Verunsicherung zu bekämpfen, deutete Selina eine Verbeugung an, während Amenirdis ihren gewohnten Kniefall vollzog. Vor allem die ältere Ägypterin zog überrascht eine Braue hoch, sagte jedoch nichts.

Anscheinend war es ägyptischer Brauch, bei einer Salbung nicht zu sprechen, denn Pairy überreichte Selina wortlos die Phiole. Als die Hand des Ägypters sie berührte, hatte Selina das Gefühl zu verbrennen. Sie versuchte, das aufkommende Zittern der Hände zu verbergen, doch Pairy hatte sich bereits wieder der Prinzessin zugewandt und hob nun ihren Schleier. Als sie die traurigen Augen unter dem Schleier sah, entglitt Selina fast die Phiole. Sie fühlte sich wie ein Henker, der sein Opfer zur Schlachtbank führt, und hielt inne.

Pairy wurde sichtlich ungeduldig. Um ihn noch etwas mehr zu reizen, zögerte Selina den Augenblick weiter hinaus. Als sie Sauskanus Blicke kaum noch ertragen konnte, ließ sie schließlich ein paar Tropfen des Öles auf ihren Kopf laufen und gab die Phiole rasch an Amenirdis weiter, die nicht so zimperlich war, obwohl auch sie Sauskanu mochte.

Pairy schien endlich zufrieden. „Die Verlobung ist vollzogen, die Prinzessin gesalbt. Nun kann sie ihren neuen Namen erhalten, den der Gott Amun-Re ihr höchstpersönlich verliehen hat: Maathorneferure – die die Wahrheit des Horus und die Schönheit des Re erblickt."

Alle Anwesenden außer der Prinzessin entspannten sich. Die ältere der ägyptischen Frauen lief überschwänglich auf Amenirdis zu und umarmte sie. „Amenirdis, teure Freundin. Wie sehr es mein Herz erfreut, dich wohlauf und gesund zu sehen. Leiste uns doch noch etwas Gesellschaft, sodass wir Neuigkeiten austauschen können."

Amenirdis legte die Hand quer über ihre Brust und verbeugte sich. „Ich freue mich auch, *Hemut nisut* Henutmire, und bleibe gerne in deiner Gesellschaft."

Selina spürte, dass ihr niemand mehr Beachtung schenkte. Hohe Priesterin hin oder her, den Ägyptern galt sie so viel wie das Weizenkorn in einem Stück Brot. Sie setzte zu einer kurzen Verbeugung an und verließ die Gemächer. Sie konnte es sich nicht erklären, doch der stechende Schmerz der Eifersucht auf Amenirdis hatte sie gepackt, da diese den gesamten Abend in der Gesellschaft alter Freunde und dieses Pairy verbringen konnte. Er hatte sie herzlich begrüßt, sie teilten Erinnerungen und standen sich nahe, weil sie einander verstanden und dem gleichen Volk angehörten. Vielleicht war Amenirdis ja doch keine so huldvolle und auf Reinheit bedachte Verehrerin ihrer Göttin. Der Blick und die Stimme, mit der sie Pairy begrüßt hatte, waren von tiefer Zuneigung erfüllt gewesen, und wie schnell hatte sie zu verhindern gewusst, dass Pairy Selina berührte. Vielleicht hätte Amenirdis ja Pairy geheiratet, wenn sie nicht nach Hattusa geschickt worden wäre. Mit ihrer erhabenen Art und ihren sparsamen Gebärden musste sie dem Ägypter wie eine begehrenswerte Göttin erscheinen. Natürlich hatte er auch Selina betrachtet. Er hatte sie begafft wie alle anderen, denen die Farbe ihrer Haare oder ihrer Augen ungewöhnlich erschien. Pairy belächelte das Volk von Hatti, und er hätte sicherlich auch Selinas Volk verachtet.

Du bist dumm, schalt sie sich, *und du bist viel zu weich. Was willst du überhaupt? Wenn du einen Mann gewollt hättest, so wäre Tudhalija die bessere Wahl gewesen, denn er ist wenigstens ein Prinz. Dieser Pairy ist bloß ein Gesandter, der sich wie ein Prinz aufführt!* Zornig und verletzt zugleich schloss Selina sich in ihren Gemächern ein und blieb auch dem angesetzten Festessen fern.

Ihre Abwesenheit war nicht unbemerkt geblieben, und so stürmte Puduhepa am nächsten Morgen wutentbrannt in Selinas Gemächer, um ihr eine lange Rede darüber zu halten, wie sich eine Hohepriesterin von Arinna zu verhalten habe und dass Selina nicht übermütig werden solle. Noch immer obliege ihr als Tawananna die Entscheidung, ob Selina an einem Fest teilnehmen müsse oder nicht. Um ihrer Entscheidungsgewalt Ausdruck zu verleihen, befahl sie Selina dann, ihr unverzüglich zu einigen Lustbarkeiten des Hofes folgen.

Lustlos ging Selina hinter Puduhepa her, bis sie den Hof erreicht hatten, wo für die Gäste rund um eine große Freifläche Stühle und Kissen ausgelegt worden waren. Dort setzten sich die Tawananna und Selina zu Amenirdis und Sauskanu in die erste Reihe. Selina bedachte Amenirdis aufmerksam, doch weder waren deren Wangen gerötet, noch zeigte sich irgendein anderer Gefühlsausdruck in ihren schwarz umrandeten Augen. *Das ist nicht verwunderlich*, ging es Selina durch den Kopf. *Immerhin ist Pairy bis jetzt noch nicht aufgetaucht.*

Das Kräftemessen der Völker schien am Hof eine willkommene Abwechslung zu sein, denn die Reihen füllten sich schnell. Endlich fuhren die ersten Streitwagen vor. Die der Ägypter waren mit seltsamen Ornamenten verziert – mit Lotosblüten und großen Kartuschen mit den Namen des ägyptischen Königs und seiner Hauptgemahlin oder mit springenden Pferden und Bogenschützen. Die Streitwagen Hattusas waren größer und klobiger – während auf den ägyptischen Wagen zwei Männer standen, fanden auf den hethitischen mindestens drei Platz. Sie trugen meist schlichtere Ornamente: eine Abbildung der Sonnengöttin oder ihres heiligen Tiers, des Löwen.

Eher gelangweilt verfolgte Selina die Wendemanöver der Wagen und die Geschicklichkeit der Lenker, die während der Fahrt mit einem Speer bronzene Ringe vom Boden aufhoben. Am Ende hatten die ägyptischen Wagen mehr Ringe aufgesammelt als die hethitischen. Puduhepas Verärgerung darüber war nicht zu übersehen, denn sie gab schnell ein Zeichen, dass die nächste Disziplin beginnen konnte. Selina staunte, als Pairy mit einem Köcher Pfeile und einem Bogen vor Puduhepa trat und sich vor ihr verbeugte.

Sodann begannen die Männer, ihre Pfeile auf die Zielscheiben zu richten. Wieder siegten die Ägypter, wenngleich dieses Mal nur knapp. Puduhepa war eine tiefe Röte ins Gesicht gestiegen. „Unsere Männer beschämen Hatti vor den Ägyptern", presste sie in der Zunge hervor, die lediglich Selina, Sauskanu und Amenirdis verstanden.

„Sie sind nicht herausragend, diese Ägypter. Mit dem Bogen und auf dem Pferd sitzend, war ich besser als sie."

Die Worte waren Selina so herausgerutscht, doch Puduhepa hatte sie gehört. „Ist das wahr?" Der Blick der Tawananna verhieß nichts Gutes.

„Nun ja, ich bin lange nicht mehr geritten und habe keinen Bogen mehr gehalten."

Puduhepa ignorierte ihre letzte Antwort und winkte stattdessen Pairy zu sich heran. „Edler Herr Pairy, ich sehe, die ägyptischen Männer sind geschickt. Aber können sie sich auch in einem Zweikampf mit Bogen und Pferd messen?"

Wieder umspielte Spott die Lippen des Ägypters. „Kein ägyptischer Edler würde auf dem Rücken eines Pferdes reiten. Das überlassen wir den Knechten."

„Oh ...", bedauerte die Tawananna trocken, „dann kannst du dich wohl kaum auf dem Rücken eines Pferdes halten."

Der ägyptische Stolz war getroffen. Pairys Augen funkelten auf. „Natürlich kann ich das, große Tawananna. Es ist nur – wie soll ich sagen – eine eher *barbarische* Art, das Pferd zu führen."

„Eine Art, die sehr viel Können und Mut erfordert. Nun, ich will dich nicht in deinen Grundfesten erschüttern, edler Herr. Du darfst dich entfernen."

„Bezweifelst du meinen Mut, große Tawananna? Ich stelle mich jeder Prüfung, um das Gegenteil zu beweisen." Pairy schien beleidigt.

„Nun, bei uns wird der Mut durch jenen Ritt auf dem Pferderücken bewiesen, bei dem der Reiter gleichzeitig seine Geschicklichkeit mit dem Bogen unter Beweis stellen muss."

Pairy verbeugte sich. „Ich trete diese Prüfung gegen jeden an, den du mir als Gegner bestimmst. Wenn dies ein Brauch deines Volkes ist, so will ich die Herausforderung annehmen und das Königshaus Hattis dadurch ehren."

Die Tawananna klatschte lachend in die Hände. „Ich sehe, du bist ein Großer, edler Herr Pairy. So werden wir uns morgen nach Sonnenaufgang vor den Toren Hattusas einfinden, um diese Lustbarkeit zu begehen."

Pairy verbeugte sich wieder, und Puduhepa entließ ihn. Ein hinterhältiges Lächeln umspielte ihre Züge, und sie sah Selina an. „Enttäusche mich nicht, Selina. Weder durch ein Versagen noch dadurch, dass du diese Möglichkeit zur Flucht nutzt. Ich vertraue dir!"

Selina sank der Mut. Sie hatte lange nicht mehr auf dem Pferderücken gesessen, und auch einen Bogen hatte sie seit fast einem Jahr nicht mehr in den Händen gehalten. Wenn sie versagte, würde Puduhepa ihr zürnen wie nie zuvor, siegte sie aber, würde Pairy sie noch mehr verachten. Er würde sie ohnehin verachten, wenn ihm erst einmal klar war, dass er gegen sie reiten sollte. Doch vielleicht konnte sie wirklich diese Möglichkeit nutzen und fliehen. Eine derartige Gelegenheit würde sich vielleicht nicht so bald noch einmal bieten.

Hattusili warf fluchend einen Weinkelch nach dem Affen, der kreischend und keckernd auf seinem Ruhebett saß und seine Sandalen in den Händen hielt. „Du sollst sie mir bringen und nicht fortnehmen, du dummes Geschöpf!"

Als der Affe gerade seine Zähne in eine der Sandalen schlug, stürzten Tudhalija und Puduhepa aufgebracht in Hattusilis Räume. Dieser war wütend. „Entreißt diesem seltsamen Geschöpf meine Sandalen! Ich weiß nicht, weshalb mein Bruder, der Pharao, mir dieses Ding zum Geschenk machte. Anstatt mir die Sandalen zu bringen, stiehlt es sie mir. Es nimmt meinen Kelch und trinkt meinen Wein, anstatt mir nachzuschenken. Was immer das auch für ein Zauberwerk ist: Diese Tiere scheinen nur den Ägyptern wohlgesonnen zu sein."

Tudhalija und seine Mutter schauten kurz zu dem Affen hinüber, der jetzt schreiend vom Ruhebett sprang und sich auf eine große Truhe heraufhangelte, wo er erst einmal sitzen blieb. Puduhepa brachte ihrem Gemahl die zerkauten Sandalen. Angewidert schüttelte dieser den Kopf: „Ich schenke sie einem der Diener. Ich mag sie nicht mehr tragen. Doch welcher meiner Diener hat Füße wie die meinen?" Er blickte Puduhepa unwillig an. „Wann wird diese Priesterin endlich meine Füße heilen?"

„Gar nicht!", fiel Tudhalija ihm ins Wort. „Sie vermag es nämlich nicht. Lasse dir lieber von deinem Bruder, dem Pharao, einen guten Arzt aus Ägypten schicken."

Puduhepa funkelte ihren Sohn zornig an. „Schweig, Prinz Tudhalija! Natürlich wird sie deines Vaters Füße heilen. Wie kannst du nur daran zweifeln?"

Tudhalija kniete er vor dem Tabarna nieder und blickte ihn beschwörend an. „Was die Tawananna jetzt befohlen hat, kannst selbst du nicht für gut heißen, mein Vater. Sie will diese Priesterin am morgigen Tag gegen den ägyptischen Gesandten im Bogenschießen vom Pferderücken antreten lassen. Das ist lächerlich. Ganz Hatti wird sein Gesicht vor Ägypten verlieren. Ich flehe dich an, Vater. Lasse das nicht zu. Gebiete diesem Wahnsinn Einhalt."

Hattusili sah Puduhepa fragend an. „Spricht der Prinz die Wahrheit? Hast du wirklich einen solchen Wettstreit veranlasst?"

Die Tawananna schenkte ihrem Gemahl ihr lieblichstes Lächeln. „Das habe ich, mein Gemahl. Und er wird Deiner Sonne zu Ehren gereichen, wie es unsere eigenen Männer nicht vermochten." Sie sah geringschätzig auf ihren Sohn. „Die Ägypter sind überheblich. Brechen wir ihren Stolz, indem wir sie von einer Frau brüskieren lassen!"

Hattusili überlegte. Überheblich waren sie wirklich, das hatte er beim Empfang gesehen. Tudhalija fand zwar große Worte gegen sie, jedoch keine Taten. So lange Hattusili sich erinnern konnte, war es immer Puduhepa gewesen, die die beste Lösung für Probleme gefunden hatte. Er lächelte ihr zu und drückte ihre Hand. „Wie immer vertraue ich dir, Sonne meines Herzens. Du hast mich niemals enttäuscht."

„Mein Vater ...", Tudhalija konnte kaum noch an sich halten, „wie viel Macht willst du den Frauen noch einräumen? Reicht es nicht, dass sie das Heiligtum in Arinna verwalten und das schwarze Himmelmetall bearbeiten?"

„Ich sehe nichts Falsches darin, mein Sohn!"

Laut fluchend sprang Tudhalija auf und lief aus den Räumen seines Vaters, ohne auf seine Entlassung zu warten. „Ich gehe in mein Frauenhaus! Ich bevorzuge Frauen, die sich auch benehmen wie Frauen!"

Es war noch kühl, als Selina sich auf den Rücken des Pferdes schwang. Erfreulicherweise bereitete es ihr weder Mühe, noch erschien es ihr nach dieser langen Zeit befremdlich. Sie dachte an Targa. Wie gern hätte sie nun auf dem Rücken ihrer Stute gesessen! Der gesamte Hof war versammelt, es waren noch mehr Menschen erschienen als am Vortag. Selina überprüfte den Sitz des Sattelgurtes. Sie war gewohnt, ohne Sattel zu reiten, doch würde es auch so gehen. Auch die viel zu langen Beinkleider eines Soldaten und das Männerhemd, das man Selina gegeben hatte, da man so kurzfristig in Hattusa keine passende Kleidung für sie gefunden hatte, würden für ihren Zweck reichen.

Selina sah die Straße hinab, an deren Rand in regelmäßigen Abständen Zielscheiben aufgestellt worden waren. Als sie merkte, dass Pairy sich näherte, verkrampfte sich ihr Magen. Wieder fand sie ihn schön. Sein weißer, in Falten gelegter Schurz endete knapp über seinen Knien, er hatte auf jeglichen Schmuck verzichtet und trug nur einen geschwungenen Bogen und einen Köcher mit Pfeilen. Sie fragte sich, ob er wusste, dass sie ihn begehrlich fand, vertrieb diesen Gedanken jedoch schnell. Es war vollkommen egal. Bald wäre sie auf dem Weg zurück nach Lykastia.

Es dauerte nicht lange, bis dem Gesandten klar wurde, wer sein Gegner bei diesem Wettstreit sein würde. Er sah kurz und stirnrunzelnd zu Selina herauf, deren Gesicht nicht allein wegen der Sonne glühte. Pairys Miene wurde düster, und er warf der Tawananna einen beleidigten Blick zu. Es war jedoch zu spät, den Wettkampf zu verweigern. Selina beobachtete, wie er sein Pferd bestieg und zu ihr auftritt. Er schenkte ihr einen kurzen nichtssagenden Blick, dann klatschte die Tawananna auch schon in die Hände, und er gab seinem Pferd die Fersen. Selina war kurz abgelenkt gewesen, sodass er schon ritt, während sie noch stand. Nach einem kräftigen Fersendruck galoppierte ihr Hengst Pairy hinterher. Wie von selbst lösten sich Selinas Hände vom Zügel, und sie zog den Bogen von ihrem Rücken. Sie spannte einen Pfeil auf die Sehne und traf das erste Ziel genau in die Mitte. Alles ging wie von selbst, auch die nächsten Pfeile verfehlten ihr Ziel nicht. Sie holte Pairy schnell ein, denn der Umstand, dass ihr Pferd weniger Gewicht zu tragen hatte, verschaffte ihr einen großen Vorteil. Jedoch war auch Pairy nicht so ungeschickt, wie Selina angenommen hatte. Die

Pfeile gingen ihm ebenfalls schnell und treffsicher von der Hand. Sie galoppierten nebeneinander, sein Blick suchte kurz den ihren, dann trieb er sein Pferd wieder an.

Erst jetzt bemerkte Selina, wie weit sie bereits geritten waren. Die Zuschauer lagen weit zurück. Sie fühlte den Wind in ihren Haaren und das Gefühl der greifbaren Freiheit. Warum noch warten? Wenn sie jetzt nicht die Möglichkeit zur Flucht ergriffe, wäre sie ihr vielleicht auf ewig versperrt. Sie zog die Zügel ihres Pferdes und blickte sich rasch um. Neben der Straße verlief ein felsiger Weg. Wenn sie diesen einschlüge und sich zwischen den zerklüfteten Gesteinsmassen versteckte, könnte sie das Pferd ausruhen lassen und ihren Weg im Schutz der Dunkelheit fortsetzen. Mit einem entschlossenen Schrei gab sie dem Hengst den Befehl zum Wenden. Sie preschte auf einen kleinen Felsen zu, den das Tier leicht überspringen konnte. Doch noch im Sprung spürte Selina, wie sie das Gleichgewicht verlor und rückwärts den Pferderücken hinabglitt. Selina versuchte noch, sich an der Mähne festzuklammern, doch es war zu spät. Sie kam mit dem Kopf hart auf dem sandigen Boden auf und verlor das Bewusstsein.

Lachen, Wärme und der wohlige Geruch von Pferden hüllten Selina ein. Sie lag auf den weiten Weideflächen am Ufer des Thermodon und blickte hinauf in den blauen Himmel. Von Weitem hörte sie das Lachen der Frauen und die Rufe der Kinder. Bald würden die Jägerinnen mit dem erlegten Wild heimkehren, und die Kochfeuer könnten angeheizt werden. Sie musste aufstehen, weil sie ein gutes Stück Fleisch für sich und Kleite besorgen musste. Doch sie blieb liegen. Alles war viel zu friedlich und angenehm. Der warme Sommerwind streifte ihr Gesicht, die Vögel sangen, und das kühle Gras kitzelte ihre Handinnenflächen. Sie versuchte kurz, die Arme zu heben, doch sie gehorchten ihr nicht. Weshalb laufen, weshalb sich abmühen, wenn alles so einfach und angenehm war? Sie könnte auch nachher noch gehen, Kleite hätte bestimmt Verständnis. Sie war müde, so entsetzlich müde.

Selina spürte, dass eine warme Hand ihr Gesicht berührte. „Kleite?" Sie öffnete die Augen, doch es war nicht Kleite, deren besorgtes Gesicht nun über ihrem erschien. Es war Pairy, der seine Hand sanft auf ihren schmerzenden Kopf legte. Sie lag mit einer blutenden Kopfwunde auf der staubigen Straße vor den Toren Hattusas. Der Schmerz wurde rasend, schwoll zu einem alles verzehrenden Gefühl an. Selina schloss die Augen, und erneut wurde es dunkel um sie.

Sie lag in einem Dämmerzustand. Manchmal bekam sie Gesprächsfetzen mit, sie hörte die Stimmen von Amenirdis und Puduhepa und sogar Sauskanus besorgte Worte. Doch sie verstand nicht, was gesprochen wurde. Ab und an erschienen Gesichter vor ihren Augen, Frauengesichter, die sie anlächelten oder besorgt die Stirn in Falten gelegt hatten. Die meiste Zeit schlief Selina jedoch, oft traumlos, doch einige Male träumte sie auch wieder von Lykastia. Dann wachte sie in der Nacht auf und fror entsetzlich. Sie hörte sich nach Kleite rufen, doch es war Amenirdis, die zu ihr kam und ihr einen Becher mit Wasser an die Lippen hielt. Selina meinte sogar einmal, eine männliche Stimme zu hören, erkannte jedoch nicht, wem sie gehörte. Feuer verbrannte ihre Glieder, und dann fuhr wieder eisige Kälte durch ihren Körper. Wenn sie die Augen aufschlug, drangen alle Geräusche nur dumpf und wie aus weiter Ferne an sie heran. So schwebte Selinas Verstand lange Zeit schwerelos dahin.

Irgendwann schlug sie die Augen auf, und es war anders. Ein dumpfer Schmerz breitete sich in ihrem Kopf aus, und trotz dieses Schmerzes war die Welt um sie herum wirklich. Sie erkannte, dass es Nacht war. Mühsam setzte sie sich auf ihrer Lagerstatt auf und erinnerte sich langsam, was geschehen war – das Pferd, der Felsen, ihre Flucht und Pairy, dessen Gesicht über sie gebeugt war. Sie hatte fliehen wollen, doch sie weilte noch immer in Hattusa. Sie war vom Pferd gestürzt und übel auf ihren Kopf gefallen. Es war nicht das erste Mal, doch dieses Mal musste es wirklich schlimm gewesen sein. Sie hörte vom Boden neben ihrem Bett ein leises Atmen und stellte gerührt fest, dass Amenirdis ihr Lager neben dem ihren aufgeschlagen hatte. Ihre Stimme war nur ein heiseres Krächzen. „Amenirdis!"

Die Ägypterin war sofort wach. Sie konnte nur wenig geschlafen haben, denn ihre Augen waren müde und ihr Haar zerzaust. Sie nahm einen Becher und ließ Selina trinken. Das kühle Wasser rann Selina die Kehle herunter und linderte kurzfristig ihre Schmerzen.

„Was ist geschehen?", krächzte Selina erneut, während Amenirdis ihr half, sich wieder hinzulegen.

„Du bist beim Wettstreit vom Pferd gefallen und mit dem Kopf aufgeschlagen. Deine Stirn hat geblutet, und wir dachten, du würdest vielleicht sterben. Doch der Leibarzt der *Hemut nisut* Henutmire hat ein wahres Wunder vollbracht. Du wirst nur eine kleine Narbe an deiner Stirn zurückbehalten und musst noch einige Tage ruhen und deinen Kopf schonen. Um ein Haar wäre dein Kopf auf den Felsen zerschmettert worden, doch du bist in den Sand gestürzt, gelobt sei Isis!"

Selina führte ihre zitternde Hand zum Kopf und befühlte die pochende Stelle. Jemand hatte die Haut zusammengenäht. „Wie lange war ich ohne Bewusstsein?"

„Fast eine ganze Woche. Schlaf jetzt, Selina. Du musst dich ausruhen."

Selina hörte die letzten Worte nicht mehr, denn sie war bereits wieder eingeschlafen.

Die Ägypterin blickte ernst auf das schlafende Gesicht der jungen Frau. Dann schlich sie leise aus den Gemächern. Selina hatte das Schlimmste überstanden. Sie konnte sie eine Weile allein lassen.

Pairy blickte müde von seinen Papyri auf, als er das leise Klopfen an der Tür vernahm. Es war spät. Die zwölfte Stunde war gerade überschritten. Er erhob sich von seinem Arbeitstisch und ging zur Tür, um nachzuschauen, wer ihn jetzt noch sehen wollte. Als er die Tür öffnete, blickte er überrascht in Amenirdis' Gesicht. Er nickte den Wachen vor der Tür zu und ließ die Priesterin eintreten. „Tritt ein, edle Dame Amenirdis."

Dann schloss er die Tür hinter ihr, und sie sah sich um. „Bist du allein, edler Herr Pairy?"

Er nickte. Die Anspannung fiel von ihr ab, und sie umarmte ihn. „Bruder, mein Zwilling der Geburtsstunde, vom Leibe der gleichen Mutter!"

Er ließ sie los und küsste sie sanft auf die Stirn. „Du bist vollkommen durchgefroren, Schwester. Möchtest du Wein?"

Sie nickte dankbar. Wie oft hatte sie seine warme Umarmung vermisst, seit sie ihn und Ägypten hatte verlassen müssen.

Er reichte ihr den Becher, und sie ließen sich gemeinsam auf seinem Ruhebett nieder. „Wie geht es der Priesterin?", erkundigte er sich.

„Sie ist soeben erwacht. Selina wird leben."

Er lächelte. „Der Arzt der *Hemut nisut* ist der beste in ganz Ägypten."

„Wie geht es unserer Cousine Hentmira, deiner Gattin?"

Pairy verzog das Gesicht. Amenirdis wusste ganz genau, dass er und Hentmira sich aus tiefster Seele verachteten. Schon als Kinder hatten sie einander nicht leiden können. Doch als Amenirdis' und Pairys Eltern durch einen schrecklichen Unfall im Palast ums Leben gekommen waren, hatte sich der Pharao den Waisen gegenüber verpflichtet gefühlt und trotz Pairys jugendlichem Alter beschlossen, dass es das Beste für einen einsamen Mann war, dass er ein Weib hatte, welches in kalten Nächten seinen Körper wärmte und mit dem er eine eigene Familie gründen konnte. Leider war Hentmira eine schlechte Wahl gewesen; zwar hatten sie nach der Hochzeit ein paar Mal ohne Freude das Lager geteilt, um ein Kind zu zeugen, doch waren ihre Versuche erfolglos geblieben. Nun lebten sie in Pairys großem Haus nebeneinander her und gingen sich aus dem Weg.

„Du weißt, dass Hentmira und mich nichts miteinander verbindet."

Amenirdis ließ sich nicht beirren. „Ich habe gehört, sie hat Liebhaber und du ziehst deren Kinder als die deinen auf."

Pairy schüttelte den Kopf. „Ich habe sie nicht anerkannt. Ich verjage sie nur nicht aus meinem Haus."

Amenirdis schnalzte abfällig. „Hentmira verspottet dich. Sie beschmutzt deinen Namen, und du lässt es geschehen."

Pairy wurde zornig. „Bist du gekommen, um mit mir über meine Ehe zu sprechen, Amenirdis?"

„Nein, Bruder! Ich möchte dich um etwas bitten."

Pairys Gesicht entspannte sich. „Du weißt, ich erfülle dir jeden Wunsch. Ich fühle, dass auch du nicht glücklich bist. So sind Geschwister der gleichen Geburtsstunde nun einmal: Entweder sind sie beide glücklich oder gemeinsam unglücklich."

Amenirdis lächelte ihn sanft an. „Ich bin nicht gekommen, um etwas für mich selbst zu erbitten, obwohl deine Worte wahr sind." Sie holte tief Luft. „Ich möchte, dass du ein Schreiben an den Pharao sendest, in dem du ihm mitteilst, dass du Selina zur Gemahlin willst. Bitte den Pharao, dass er ein Schreiben an den Tabarna richtet, in dem er Hattusili deinen Wunsch unterbreitet, und zwar nur dem Tabarna, keinesfalls der Tawananna."

Pairy sah seine Schwester entgeistert an. „Was hast du nur für Einfälle, Schwester? Weißt du, was du da von mir verlangst? Ich soll eine Barbarin zur Frau nehmen?"

Sie nahm seine Hand. „Sie hat dir doch gefallen! Mir sind deine Blicke nicht entgangen, als du sie das erste Mal gesehen hast."

„Viele Weiber gefallen einem Mann. Aber deshalb heiratet er sie nicht sofort."

Amenirdis begann zu schluchzen. „Sie ist meine einzige Freundin, Pairy. Sie teilt mein Schicksal der Verbannung aus der Heimat. Wenn sie stirbt, könnte ich mir das niemals verzeihen, und wenn es stimmt, was du gesagt hast, ist sie in großer Gefahr."

Pairy nahm seine Schwester in den Arm und wiegte sie wie ein kleines Kind. Ihr Gefühlsausbruch zerbrach ihm fast das Herz. Amenirdis weinte nicht oft. Das letzte Mal hatte sie geweint, als sie vom Tod ihrer Eltern erfahren hatte.

„Ai, Amenirdis", flüsterte er. „Ich kann dich nicht unglücklich sehen. Du bist die Einzige aus meiner Familie, die mir geblieben ist. Ich werde es tun, wenn es dein Wunsch ist."

Sie sah ihn an, und er begann, ihr die Tränen aus den Augen zu wischen. „Wir haben so viel für das Große Haus getan, vor allem du, indem du den Pharao über alles unterrichtet hast, was du seit deiner Ankunft in Hattusa erfahren hast. Er wird mir diesen Wunsch sicherlich nicht ausschlagen." Sie erhoben sich gemeinsam. „Geh nun zu Bett, du siehst müde aus. Ich werde das Schreiben noch in dieser Nacht aufsetzen und morgen aus dem Palast bringen lassen."

Pairy brachte seine Schwester zur Tür und lehnte sich dann mit geschlossenen Augen an die kalte Steinwand. Hatte er nicht genug Probleme in seinem eigenen Haushalt? Musste er sich ein neues aufbürden, indem er die Ehe mit einer Wilden einging? Sicher, sie war schön, sie gefiel ihm, aber er zweifelte, dass ihr schlichter Geist jemals die Leere in seinem Herzen und seinem Ka ausfüllen konnte. Sie sprach noch nicht einmal seine Sprache, konnte nicht lesen und auch nicht schreiben. Das Einzige, das sie verstand, war das Handwerk der Männer. Was sollte er mit so einer Frau? Allerdings hatte Amenirdis recht. Das Mädchen war in Gefahr. Ihr Sturz war kein Unfall gewesen. Er hatte den Gurt des Sattels genau untersucht: Man hatte ihn angeschnitten, sodass er irgendwann reißen musste.

Müde ging Pairy zurück zu seinem Arbeitstisch und suchte einen unbeschriebenen Papyrus. Er musste eine Weile überlegen, wie er seine Bitte formulieren sollte. In seinem Bauch breitete sich Unwillen aus. Ramses würde seiner Bitte bestimmt entsprechen. Er hatte immer die Meinung vertreten, dass ein Mann sein Haus mit vielen Frauen und Kindern füllen sollte, auch wenn er eine dieser Frauen ganz besonders bevorzugte und ihr sein Herz schenkte. Pairy lächelte. Wie oft hatte er den Pharao um die große Liebe beneidet, welche ihn mit der *Hemut nisut* verband. *Ai*, dachte er bei sich. *Weshalb sich grämen? Weshalb trauern?* Amenirdis hatte das Schicksal härter getroffen als ihn, denn am Hofe Hattusas zu leben, war – bei den Göttern! – kein schönes Los. Die dicken Steinmauern, die extremen Wetterbedingungen, und die Freudlosigkeit der zumeist einfachen Menschen mussten seiner Schwester wie eine Verbannung vorkommen.

Pairy hätte den Pharao lieber gebeten, Amenirdis nach Ägypten zurückbringen zu dürfen, statt diese seltsame Priesterin zur Gemahlin zu nehmen. Er versuchte, sich mit dem Gedanken zu beruhigen, dass Hattusili der Heirat nicht zustimmen würde. Wenn er es doch tat, könnte er die Frau, wenn sie erst einmal wieder in Piramses weilten, ebenso in seinem großen Haus leben lassen wie Hentmira. Immerhin müsste sie dort nicht um ihr Leben fürchten und könnte ihm dankbar sein.

Er nahm seinen Binsenstängel und tauchte ihn in die schwarze Tinte. *Gesundheit und Wohlergehen, dir,* Netjer nefer, *mächtiger Stier, Sohn Amun-Res, der du groß bist an Taten und Ruhm. Siehe, der* Hati-a, *welcher sich deiner Gunst und deiner Liebe erfreuen darf, fast so wie ein Sohn, tritt heute mit einer Bitte an dich heran ...*

Amenirdis legte sich müde auf ihr Lager. Noch immer war sie nicht beruhigt, denn der feige Mörder würde es bestimmt noch einmal versuchen. Amenirdis hatte nicht vor, Selina zu sagen, dass ihr Sturz kein Unglück, sondern gut geplant gewesen war. Selbst Puduhepa hatte sie es verschwiegen, denn sie misstraute auch ihr. Sie schloss die Augen, fand jedoch nicht sofort Schlaf. Sollte sie Selina wenigstens von ihrem Plan erzählen, sie mit Pairy zu verheiraten? Nein! Das wäre ebenso nutzlos. Zwar hatten Selinas Blicke Interesse für ihren Bruder signalisiert, doch lebte ihr Volk nicht mit Männern. Auch wusste niemand, dass Pairy Amenirdis' Zwillingsbruder war – der Tabarna, aber vor allem die Tawananna würden Amenirdis misstrauen, wenn sie davon erführen.

Seit fünf Nilüberschwemmungen weilte sie bereits hier in Hattusa und hatte hinter einer vorgetäuschten Miene des Gleichmutes ihre Geheimnisse verschwiegen. Der Pharao – er lebe, sei heil und gesund! – hatte durch sie nur so viel erfahren können, weil Puduhepa ihr vertraute. Nur Puduhepas Geheimnis hatte sie dem Pharao verschwiegen; Selina würde es jedoch bald herausbekommen und vielleicht ohne Gefahr weitergeben können, sobald sie Hattusa verlassen hatte. Amenirdis hatte nicht gewagt, ein Sendschreiben nach Ägypten zu schicken oder es Pairy selbst zu sagen. Sie durfte sich nicht in Verdacht bringen, sonst würde ihr Puduhepa, ohne zu zögern, den Kopf von den Schultern trennen lassen. Die Tawananna würde zwar Gift speien, wenn sie Selina gehen lassen müsste, doch würde sie nicht wagen, eine Bitte des Pharaos abzuschlagen. Und eine Eheschließung zwischen Pairy und Selina wäre in vielerlei Hinsicht ein Geschenk der Götter. Zwar würde sie Selina auch in Gefahr bringen, solange sie noch in Hattusa weilte, aber ihr Leben wurde ohnehin bereits bedroht – das hatte der Mordanschlag bewiesen.

Als Selina am nächsten Morgen erwachte, ging es ihr besser. Ihr Kopf schmerzte nur noch leicht, und die frische Luft, die Amenirdis in die Räume ließ, klärte ihren Verstand. Als Selina gegessen hatte, wurden ihr die Tawananna und die Prinzessin gemeldet.

Es dauerte nicht lange, und Puduhepa schwebte im Gefolge ihrer Tochter an ihr Bett. Selina hatte erwartet, dass sie zornig war, weil sie den Wettstreit für Hatti verloren hatte, doch die Tawananna schenkte ihr ein freundliches Lächeln und einen herzlichen Händedruck. „Wie froh ich bin, dass es dir besser geht, Selina. Wir hatten schon das Schlimmste befürchtet."

Puduhepas Augen funkelten mit den Goldketten um die Wette, die ausladend ihren Hals zierten und das schlichte fliederfarbene Gewand fast reizlos wirken ließen. Sauskanu trug bereits ägyptische Kleidung und wirkte in ihrem weißen, geknoteten Leinenkleid und der geflochtenen Zöpfchenperücke, als wäre sie Amenirdis' Schwester. Um ihre Stirn lag ein Reif, von dem sich eine Kobra aufbäumte – der königliche Uräus, der die Mitglieder des Königshauses schützte, indem er Gift auf die Feinde spie.

„Ich bin froh, dich wieder mit eigenen Augen sehen zu können, große Tawananna, und natürlich auch dich, Prinzessin Saus…, Maathorneferure."

Die Prinzessin winkte mit einer zierlichen, hennabemalten und goldberingten Hand ab, wobei ein Armband aus goldenen und mit Türkisen verzierten Lotusblüten zum Vorschein trat. „Nenne mich bitte bei meinem alten Namen, Selina. Ich werde ihn schon bald viel zu selten hören."

Puduhepa unterbrach die rührselige Stimmung. „Du musst dich noch schonen, Selina. Ich verordne dir eine weitere Woche Ruhe. Wenn es dir besser geht, darfst du mit Amenirdis im Palastvorhof ein paar Schritte gehen, um wieder zu Kräften zu kommen." Sie klatschte in die Hände. „Wenn du genesen bist, werde ich zu Ehren der Hohepriesterin von Arinna ein großes Festmahl geben."

Selina nickte lächelnd, auch wenn ihr nicht der Sinn nach Festen stand. Ihr fiel brennendheiß wieder ein, dass sie nicht nur den Wettstreit verloren hatte, sondern auch noch wie ein unbeholfener Trampel vom Pferd gefallen war. An ihren misslungenen Fluchtversuch mochte sie gar nicht erst denken. Es bereitete ihr Verdruss, dem edlen Herrn Pairy unter diesen Umständen wieder begegnen zu müssen. Sie konnte sich bereits jetzt die leicht spöttisch verzogenen Mundwinkel und seine Augen vorstellen, die mit Genugtuung die kleine Narbe an ihrem Kopf betrachten würden. „Ich fühle mich geehrt, dass du mir eine solche Ehre erweisen willst, Tawananna", log sie.

„Gut!" Puduhepa schwelgte bereits in Vorfreude auf das Fest, mit dem sie hoffte, die verwöhnten und überheblichen Ägypter beeindrucken zu können. Sie winkte Sauskanu, mit ihr zu gehen, doch die Prinzessin schüttelte den Kopf. „Ich möchte noch etwas bleiben, Mutter."

Puduhepa sah sie überrascht an. Widerworte aus dem Mund ihrer Tochter waren so selten wie Regen in der Wüste. „Aber nicht zu lange. Selina muss sich ausruhen." Dann rauschte sie aus den Gemächern.

Sauskanu nahm erleichtert Selinas Hand und setzte sich zu ihr.

„Du siehst wirklich bezaubernd aus, Sauskanu. Das ägyptische Leinen und der feine Schmuck machen dich noch schöner."

Die Prinzessin lachte, obwohl eine gewisse Freudlosigkeit darin lag. „Die *Hemut nisut* Henutmire ist sehr nett zu mir. Sie erklärt mir viel und redet oft mit mir. Auch meine neuen Dienerinnen, die edlen Damen Anka und Ipu, sind freundlich zu mir. Vielleicht werde ich nicht ganz so einsam in Ägypten sein, wie ich es befürchtet habe."

Selina drückte ihre Hand. „Das ist gut, Prinzessin. Das macht mein Herz etwas leichter, wenn ich daran denke, wie traurig deine Augen waren, als ich dir das Salböl auf das Haupt gab."

Sauskanu seufzte. „Vielleicht ist es nicht ganz so schlimm. Der *Netjer nefer*, der große Pharao, ist zwar fast so alt wie mein Vater, aber das ist nicht so wichtig. Ich werde ihn als meinen Gemahl respektieren, jedoch lieben werde ich immer nur Benti."

„Ach, Sauskanu …"

„Wir sollten nicht herumsitzen wie Trauernde, Selina. Immerhin bist du genesen, und in ein paar Tagen gibt es wieder ein schönes Fest."

Die Prinzessin erhob sich und lächelte Selina noch einmal an. „Ich werde nie vergessen, was du für mich und Benti getan hast." Dann drehte sie sich rasch um und lief aus den Gemächern.

Die nächsten drei Tage verbrachte Selina in bohrender Langeweile auf ihrem Lager, nur die Mahlzeiten unterbrachen das stete Einerlei. Als sie es am vierten Tag nicht mehr aushielt, bat Selina Amenirdis, ihr beim Ankleiden zu helfen und mit ihr etwas im Palasthof auf und ab zu gehen. Sie überlegte zwar kurz, ob sie Gefahr lief, dort Pairy zu begegnen, doch ihre Ruhelosigkeit war so groß, dass ihr selbst dies nicht so schlimm erschien.

Kurze Zeit später atmete Selina die heiße staubige Luft des Sommertages, während Amenirdis sie mahnte, mit ihrem angeschlagenen Kopf lieber im Schatten zu bleiben. Schon bald musste sie feststellen, dass Amenirdis' Bedenken nicht unberechtigt waren: Ihr Kopf begann in der prallen Sonne schon wieder zu pochen. Sie setzten sich unter einen ausladenden Balkonvorsprung, und Amenirdis biss herzhaft in einen Apfel, als plötzlich jemand in die Sonne trat und das gesamte Licht des Tages zu verschlucken schien.

Selina legte eine Hand vor die Stirn und blickte unvorbereitet in die dunklen Augen des Prinzen von Hatti. Er trug Beinkleider und einen ledernen Brustharnisch. Wahrscheinlich hatte er sich mit den Soldaten im Bogenschießen und Streitwagenlenken geübt.

„Sieh da, die ägyptische Priesterin und ihr kampfeslustiges Mannsweib!", stellte er trocken fest. „Deine Beschützerin ist angeschlagen, wie ich gehört habe. Vielleicht kann ich jetzt endlich zwei Dinge, die mir bisher verwehrt blieben, zu einem befriedigenden Abschluss bringen."

Selina roch seinen Schweiß, und in den Augen des Prinzen funkelte eine lang unterdrückte Gier. Anscheinend hatten die Kampfübungen Tudhalijas Lust anschwellen lassen, denn er griff mit grober Hand nach Amenirdis, die vergeblich versuchte, sich ihm zu entziehen. Trotz ihrer Schmerzen sprang Selina auf und stellte sich vor ihre Freundin. Tudhalija ließ die Hand der Ägypterin los und wich zu Selinas grimmiger Befriedigung kurz einen Schritt zurück. Dann zog er einen Dolch aus seinem ledernen Gurt und hielt ihn drohend Selina entgegen. „Du willst gegen mich kämpfen, Weib? Vielleicht sollten wir das tun. Vielleicht sollten wir endlich einmal klarstellen, wo dein Platz ist."

Selinas Hand fuhr schnell in ihren Rücken. Sie dankte der großen Mutter dafür, dass sie den Zeremoniendolch nicht wie sonst an ihrem Bauch trug, sondern aus Furcht, sie könnte Pairy begegnen, an einer verborgenen Stelle angebracht hatte.

Tudhalija starrte sie mit großen Augen an. „Dir ist nichts heilig, Priesterin von Arinna. Du würdest sogar deine heiligen Insignien in Blut tränken." Er spie vor ihr aus, obwohl er davon ausgehen musste, dass sie seine Worte nicht verstand. Amenirdis zog sie zurück, doch Selina war nicht bereit aufzugeben. Es war Tudhalija, der seinen Dolch nun wieder in den Gurt steckte und davonstapfte.

Erst als er nicht mehr zu sehen war, entspannte sich Selina und verbarg auch ihren Dolch wieder im Rücken.

„Heilige Isis! Wir hatten noch einmal Glück."

Selina verzog verächtlich die Mundwinkel. „Wie gerne würde ich ihm diesen lächerlichen Dolch in seine stinkenden Eingeweide stoßen und zusehen, wie er verendet."

Amenirdis erschrak ob der harten Worte. Doch wie könnte sie Selina dafür tadeln? Hatte sie nicht selbst gesehen, dass Tudhalija heimlich den Panku einberufen hatte? Und hatte er nicht den besten Grund, Selina nach dem Leben zu trachten?

Am Tag des Festmahls wachte Selina mit einem flauen Gefühl im Bauch auf. Sie schalt sich selbst eine Närrin. Wie konnte ein Mann, wie konnte Pairy nur eine solche Macht über ihre Gefühle gewinnen? Sie hatte Amenirdis ihre Gefühle verschwiegen, weil sie Angst hatte, dass die Priesterin sie auslachte. Selina überlegte fieberhaft, was sie am Abend tragen sollte – das blassblaue Gewand, das ihre Augenfarbe hervorragend unterstrich, das weiße, um ägyptischer zu wirken? *Lächerlich!*, dachte sie sofort. Wo gab es schon eine Ägypterin mit hellen Haaren und blauen Augen? Sie würde wie eine Gans im Gefieder eines Pfaus aussehen!

Selina nahm ein feuerrotes Gewand und hielt es in die Sonne. Angestrengt versuchte sie, sich vorzustellen, wie sie darin aussähe. Nein, das war es auch nicht. Wenn sie diesen Abend überstehen wollte, war es besser, nicht aufzufallen. Sie wühlte weiter in ihrer Kleidertruhe; endlich hielt sie triumphierend einen matt silbrig schimmernden Chiton in der Hand. Er war eine ungewöhnliche Arbeit, sogar einen Hauch durchsichtig und mit Silberfäden durchwirkt. Sie ließ das weiche Gewand über ihren Kopf gleiten und fühlte sich sofort wohl. Ohne das Chaos der zerknitterten Kleidungsstücke zu beachten, ging sie zu ihrem kleinen Frisiertisch und suchte weiter in ihren Schmuckschatullen. Sie schob die Haarnetze beiseite. Dieses Mal könnte sie es riskieren, eine Rüge zu erhalten, wenn sie es wegließ.

Selina verzog den Mund zu einem Lächeln. Sie würde einfach behaupten, dass ihr Kopf noch zu sehr schmerzte, als dass sie ein schweres Netz darauf ertragen könnte. Stattdessen wählte sie schlichte Armreifen aus Silber und die Ohrgehänge aus schwarzem Obsidian, die Sauskanu ihr einst geschenkt hatte. Sie lief wieder hinüber zur Kleidertruhe und suchte nach einer passenden Schärpe. Sie fand ein ähnlich silbrig schimmerndes Band und wickelte es sich um die Taille. Dann fiel ihr Blick auf den Zeremoniendolch, den sie achtlos auf ihr Ruhebett geworfen hatte. Puduhepa würde sie mit bloßen Händen erwürgen, wenn sie ihn nicht trüge, und sie konnte der Tawananna kaum sagen, dass auch ihr Bauch noch so fürchterlich schmerzte, dass sie ihn in ihren Gemächern gelassen hatte. Seufzend steckte Selina ihn in die Schärpe. Als ob allein ein Dolch für die Zuneigung oder Ablehnung eines Mannes verantwortlich wäre! Selina ließ sich auf ihrem Bett nieder und betrachtete die Unordnung auf dem Boden. *Du bist so dumm, Selina!* Das kam davon, wenn man zu nah mit Männern zusammenlebte. Penthesilea hätte sie nur verständnislos angeschaut.

Während sie vor sich hinbrütete und sich selbst für ihre Gefühle verachtete, flog die Tür auf, und Puduhepa kam geschäftig wie immer herein. Sie ließ ihren Blick kühl über das Durcheinander gleiten, wandte sich dann jedoch schnell ihrem Anliegen zu. „Du bist bereits für das Fest gekleidet, Selina? Es ist noch früher Nachmittag." Sie machte eine abwehrende Bewegung mit der Hand. „Ach, es ist vielleicht gar nicht so schlecht, dass du bereits deine Gewänder trägst. Der Tabarna will dich sehen."

Selina wagte nicht zu fragen, was der Tabarna von ihr wollte. Was immer es war, sie konnte sich nicht vorstellen, dass es ihr gefallen würde. Missmutig erhob sie sich und folgte der Tawananna hinaus in die Gänge. Als Puduhepa schließlich die Tür von Hattusilis Gemächern öffnete, schob sie Selina vor sich her.

Der Tabarna saß auf einem bequemen Sessel und hatte seine Füße auf einen Hocker gelegt.

Selina fiel gekonnt auf die Knie und erhielt umgehend die Erlaubnis, sich zu erheben. Obwohl sie verstand, was der Tabarna sagte, übersetzte Puduhepa wie immer jedes Wort für sie, und Selina musste darauf achten, erst zu antworten, nachdem sie ihre Anweisungen von Puduhepa erhalten hatte.

„Ah, die Hohepriesterin von Arinna. Wie ich sehe, bist du genesen." Der Tabarna nickte gefällig. „Das ist gut. Meine Füße brennen und schmerzen wie schon seit Langem nicht mehr. Heile sie, Hohepriesterin unserer allerhöchsten Sonnengöttin!"

Selina bemühte sich, nicht rot anzulaufen, als sie auf die Füße des Tabarna blickte. Sie waren wirklich stark aufgequollen, so stark, dass die Haut sich gespannt hatte und aufgeplatzte schorfige oder offene Stellen zurückgeblieben waren. Ihren Ekel unterdrückend trat Selina näher und kniete sich vor die Füße des Tabarna. Sie musste Zeit gewinnen, denn sie hatte keine Ahnung, wie ein solches Fußleiden zu behandeln war. Offensichtlich wussten es auch die Ärzte nicht, denn sonst hätten sie Seine Sonne schon längst davon befreit. Jetzt sollte diese unmögliche Aufgabe also ihr zufallen. Selina schwankte zwischen Panik und aufkommender Wut. Was erwartete man von ihr? Dass sie einen Tanz aufführte und Beschwörungsformeln murmelte? Noch dazu für eine Göttin, die ihr überhaupt nichts bedeutete und deren Priesterin man dadurch wurde, dass man einen abgemagerten Löwen Blut aus einer Tonschale auflecken ließ? Das war lächerlich!

Der Tabarna wurde ungeduldig. „Was tut die Priesterin dort? Will sie nicht endlich beginnen?"

Selbst Puduhepa schien nervös zu werden. Offenbar glaubte auch sie nicht mehr an Wunderheilung, wenn sie die Füße ihres Gemahls betrachtete. Selina überlegte fieberhaft. Sie kannte nur die einfachsten Heilmethoden ihres Volkes: Huflattich, wenn man von einem starken Husten gepeinigt wurde, Öl, wenn die Haut juckte und brannte, Minze, wenn Kühlung gewünscht war. Sie hielt inne. *Minze und Öl!* Wenn sie Minzblätter und Öl vermischte, konnte sie vielleicht ein kühlendes Öl herstellen, welches das Jucken des Schorfes linderte und die aufgeplatzte Haut des Tabarna pflegte. Es wäre kein Heilmittel, doch es würde ihr vielleicht eine gewisse Zeit Ruhe und dem Tabarna Linderung verschaffen. Danach konnte sie sich immer noch eine Ausrede einfallen lassen – etwa, dass die Göttin ein böses Omen gesandt hatte und die Heilung deshalb ausgeblieben war.

„Ich brauche Minze und Öl, ein Tongefäß, einen Mörser und saubere Leinentücher."

Die Tawananna übersetzte Selinas Worte für ihren Gemahl.

„Wir haben keine Minze", antwortete dieser knapp und ungeduldig.

Puduhepas Gesicht leuchtete auf. „Aber vielleicht haben die Ägypter welche!"

Nein! Selina hätte aufschreien mögen. Sie wollte auf keinen Fall, dass Pairy von diesem lächerlichen Heilungsversuch erfuhr. Doch der Tabarna rief schon nach einem Diener, um ihn zu den Ägyptern zu schicken.

Kurz darauf betrat ein großer weiß gekleideter Mann mit kahl rasiertem Kopf und einem großen Holzkasten unter dem Arm den Raum. Ihm folgte der edle Herr Pairy. Selina hätte im Boden versinken können, stattdessen richtete sie ihren Blick stur auf die grindigen Füße des Tabarna.

Die Männer verbeugten sich knapp, und der Kahlrasierte öffnete seinen Kasten. Selina erkannte eine große Anzahl von kleinen Phiolen mit Wachspfropfen, die sorgsam nebeneinander aufgereiht waren und Zeichen einer ihr unverständlichen Schrift trugen. Neben ihnen lagen kleine Nadeln und Zangen oder irgendwelche Haken aus Gold. Offensichtlich war dieser Mann Arzt.

Der Tabarna war frohen Mutes. „Ah, der edle Herr Antef, der große berühmte Arzt und Priester der *Hemut nisut* Henutmire! Dein Ruf eilt dir voraus. Doch heute wird auch ein Mann wie du ein großes Wunder erleben."

Selina konnte es nicht fassen. Dies war weitaus schlimmer, als sie es sich vorgestellt hatte. Der ägyptische Arzt kramte die Dinge aus seinem Kasten hervor, die Selina gefordert hatte und reichte sie ihr dann. Er warf schnell einen Blick auf die Füße des Tabarna und verzog nur für Selina erkennbar eine Braue. Offensichtlich fragte er sich, was Selina bei diesen Füßen mit Öl und Minze ausrichten wollte, und hatte schon ein weitaus besseres Mittel in seinem gelehrten Kopf zusammengestellt.

Selina begann mit zitternden Händen, die Minzblätter mit dem Mörserstein zu zerstampfen, bis sie ihren angenehm frischen Geruch verbreiteten. Sodann goss sie das Öl dazu und verteilte es vorsichtig auf den göttlichen Füßen Seiner Sonne. Zumindest schien ihre Wahl nicht zu dumm gewesen zu sein, denn der Tabarna seufzte erleichtert auf. Die Minze kühlte, während die trockene Haut das Öl gierig aufsog. Selina wagte einen kurzen

Schulterblick, als sie nach den Leinenbinden griff und sah, dass Pairy sich lässig an die Wand gelehnt hatte und das Geschehen beobachtete.

Als sie fertig war, betrachtete sie ihr Kunstwerk: Die Füße des Tabarna waren nun dick in die Binden eingewickelt, und wirkten wie übergroße tollpatschige Säuglingsfüße. Puduhepa und Seine Sonne blickten sie jedoch noch immer an. Anscheinend wurde mehr von ihr erwartet. Sie war kein Arzt, sondern eine Priesterin, also erwartete man wohl eine Heilung durch Zauber oder Wunder. Was sollte sie tun? Tanzen, hüpfen, sich drehen und dabei schrille Rufe an die Göttin ausstoßen, wild mit den Armen herumwedeln? Ihr kam der wilde Tanz auf der heiligen Insel Aretias wieder in den Sinn. Allerdings hatte sie dort unter der Wirkung berauschender Tränke gestanden. Sie erhob sich mit heißem Gesicht und hoffte, dass man ihr die Verlegenheit nicht ansah.

Sie hob ihre Arme und blickte in falscher Ergebenheit an die Decke der Gemächer. „Oh große Sonnengöttin von Arinna, deren erste Dienerin ich bin", sprach sie in ihrer eigenen Zunge. „Schicke deine große Heilkraft und schenke sie dem Tabarna." Dann ließ sie die Hände sinken und wartete, bis Puduhepa ihre Worte übersetzt hatte, wobei diese noch einige ausschmückende Floskeln hinzufügte.

„Das war alles? So einfach können meine jahrelangen Schmerzen geheilt werden?"

Puduhepa nickte schnell. „Bald wird es dir besser gehen, mein Gemahl." Sie deutete Selina mit einem Kopfnicken an, dass sie entlassen war.

Selina ließ sich nicht zweimal bitten und machte auf dem Absatz ihrer Sandale kehrt. Hocherhobenen Kopfes rauschte sie an dem immer noch an der Wand lehnenden Pairy vorbei, der sie abschätzig ansah. Sie ließ sich in ihrer Verzweiflung dazu herab, ihm im Gegenzug böse anzufunkeln. Dann rannte sie den ganzen Weg zu ihren Gemächern zurück und vergrub sich dort schluchzend und wütend zugleich unter ihren Kissen.

Es wurde nicht besser! Beim Festessen saß Selina Pairy direkt gegenüber, während sie von Amenirdis und Puduhepa flankiert wurde. Am gleichen Tisch saßen auch der Tabarna, mit noch immer verbundenen Füßen, Prinz Tudhalija und seine Lieblingsfrau Assja, ihnen gegenüber ihre ägyptischen Gäste, die *Hemut nisut* Henutmire, die edlen Damen Anka und Ipu sowie der kahlköpfige ägyptische *Hemu netjer*. Auch Sauskanu hatte auf der Seite der Ägypter Platz genommen.

Assja hatte nicht versäumt, den Affen mitzubringen, den der Tabarna ihr überlassen hatte. Das Tier zog mürrisch an der Lederschnur an seinem Hals. Es gefiel ihm überhaupt nicht, angebunden zu sein. Assja jedoch war entzückt. Der Affe war ihr neues Lieblingsspielzeug, und gemeinsam mit Tudhalija reichte sie ihm kandierte Früchte, die das Tier ihnen fast aus den Händen riss und gierig verschlang, um sofort danach kreischend um weiteres Naschwerk zu betteln.

Puduhepa war nicht erfreut über die Anwesenheit des Störenfrieds, wagte aber nicht, etwas zu sagen. Immerhin war er ein Gastgeschenk aus Ägypten und als solches gebührend zu ehren. Pairy unterhielt sich abwechselnd mit Henutmire und Puduhepa. Er wechselte Worte mit Amenirdis, und jeder am Tisch unterhielt sich mit jedem in für Selina gut verständlichem Assyrisch. Nur sie musste schweigen, als ginge sie alles nichts an. Selina fühlte sich furchtbar einsam, zumal Pairy sie kaum beachtete. Was sollte er auch mit einer stummen Tischgefährtin anfangen, die nicht seine Zunge sprach, wie ein Stein vom Pferd fiel und unbeholfene Versuche an den Füßen Seiner Sonne durchführte? Er musste sie innerlich auslachen.

Selinas Laune besserte sich kaum, als der erste Gang der Speisen aufgetragen wurde: Milchsuppe mit Brotstücken! Lustlos rührte sie mit ihrem Löffel in der Suppe, zerquetschte dabei die Brotstücke, konnte sich jedoch nicht überwinden zu essen. Als sie Pairy einen verstohlenen Blick zuwarf, erkannte sie, dass es ihm nicht besser ging. Auch er betrachtete die Milchsuppe angeekelt.

Ihre Blicke trafen sich kurz, und Pairy ließ sich sogar zu einem Lächeln herab. Sofort fuhr es Selina heiß über den Rücken. Wenigstens eine Gemeinsamkeit schienen sie also zu haben. Ehe sie jedoch weiter in seinen Augen suchen konnte, vernahm sie einen schrillen Aufschrei. Der Affe hatte sich von seiner Leine losgerissen und das Halsband abgestreift. Jetzt zog er seiner Peinigerin kreischend an den Haaren, während diese versuchte, sich von ihm zu befreien. Endlich ließ das zornige Tier Assja los und sprang auf den Tisch. Kreischend, keckernd und auf allen vieren rannte der kleine Affe die lange Tafel entlang, versuchte, sich etwas von den Tellern zu greifen, die ihm vor der Nase weggezogen wurden. Dann blieb er zwischen Selina und Pairy stehen. Er wandte sich Selinas Teller zu, den sie nicht mehr rechtzeitig hatte wegziehen können. Selina rückte erschrocken mit dem Stuhl zurück, doch das Tier wollte nur ihre Milchsuppe. Er streckte seine kleinen Hände in die weiße Suppe und holte die Brotstücke heraus, um sie sich in den Mund zu stopfen. Selina musste unvermittelt lachen. Ihr Lachen entspannte die übrigen Gäste, die nun ebenfalls lachten und den Affen gewähren ließen.

Selina dankte der großen Mutter stumm dafür, dass sie die Suppe nicht essen musste, doch auf einmal verdrehte das Tier die Augen, und ihm trat weißroter Schaum vor das Maul. Der

Affe fletschte die Zähne und begann dann, markerschütternd zu kreischen, wobei er sich auf dem Tisch wälzte und unter Krämpfen ein paar Brotstücke erbrach. Selina sprang von ihrem Stuhl auf und stolperte rückwärts. Sie fiel hin und rappelte sich wieder auf. Stille war eingetreten. Alle starrten entsetzt auf den leblosen Körper des Affen, unfähig zu begreifen, was sie sahen. Pairy reagierte als Erster. Er rief nach dem *Hemu netjer* und reichte ihm Selinas Teller. „In der Suppe ist Gift!".

Amenirdis entfuhr ein Schrei des Entsetzens, Puduhepa sprang auf und hielt sich die Hand vor die Brust. Assja schnellte schreiend hoch und lief zu dem toten Affen. Sie berührte ihn wimmernd und zaghaft mit dem Finger. Selina hämmerten die Schreie so laut im Kopf, dass der pochende Schmerz zurückkehrte. Es war zu viel. Ohnmächtig brach sie zusammen.

Sie wachte erst wieder auf, nachdem man sie in ihre Gemächer getragen und einen ganzen Becher Wasser in ihr Gesicht geschüttet hatte. Amenirdis stand vor ihr, die Augen noch immer vor Entsetzen geweitet.

„Heilige Isis, Selina! Ich dachte schon, du würdest nicht mehr aufwachen."

Selina stöhnte. Über ihr erschien das Gesicht des ägyptischen Arztes, und sie zuckte zusammen. Ihre Gedanken überschlugen sich und ihr fiel ein, dass sie Amenirdis nicht antworten durfte, solange der Arzt hier war. Er betastete mit langen schlanken Fingern ihre Stirn. Dann wechselte er ein paar Worte auf Ägyptisch mit Amenirdis und verabschiedete sich von Selina mit einem stummen Lächeln.

Als er fort war, fuhr Selina hoch, nur um sofort wieder schwindelnd in die Kissen zu sinken. Amenirdis kam zu ihr und setzte sich an ihre Seite. „Die Nähte sind beim Sturz nicht gerissen, und dein Kopf hat keinen Schlag abbekommen. Anscheinend war es der Schreck über das Gehörte, der dich in Ohnmacht fallen ließ. Alle waren so aufgeregt, und Assja wollte den toten Affenkörper kaum loslassen, als die Diener ihn forttrugen. Sie war vollkommen hysterisch. Als sie sich endlich beruhigt hatte, ging sie, um ihre Haare zu richten, als ob nichts gewesen wäre. Verstehe einer diese Frau!"

Selina schauderte es. Man hatte sie tatsächlich vergiften wollten. Amenirdis blickte kurz über ihre Schulter um sicherzugehen, dass sie allein waren und niemand sie belauschte. „Sie feiern ohne dich weiter. Puduhepa will das Gesicht gegenüber Ägypten wahren, doch dafür ist es meines Erachtens zu spät."

Sie beugte sich zu Selinas Ohr. „Ich wollte es dir nicht sagen, um dich nicht zu beunruhigen, doch es war nicht das erste Mal: Der Sattelgurt deines Pferdes war angeschnitten. Jemand wollte, dass du zu Tode stürzt."

Selina atmete scharf ein, doch Amenirdis drückte ihr die Hand auf den Mund, bis sie Ruhe gab und wieder zuhörte. „Du bist in großer Gefahr. Ich glaube, dass Prinz Tudhalija es ist, der dir nach dem Leben trachtet. Ich habe ihn beobachtet, bevor wir nach Arinna gereist sind. Er hat nachts heimlich den Panku einberufen. Er hat die meisten Gründe, dich zu fürchten. Du bist das Werkzeug seiner Mutter, die er hasst. Sollte auch Puduhepa dir nicht mehr vertrauen, ist dein Leben nichts mehr wert."

Selina sah sie mit großen Augen an. „Wie konntest du mir das verheimlichen, Amenirdis?"

Die Ägypterin sah sie beschwörend an. „Ich werde versuchen, dir zu helfen, doch du musst mir vertrauen!"

Selina schöpfte Hoffnung. „Wirst du mir helfen, aus Hattusa zu entkommen?"

„Ja", bekannte Amenirdis knapp, „aber du darfst mir keine weiteren Fragen stellen und musst dich ruhig verhalten. Lasse deine Speisen vorkosten, und gehe nirgendwo alleine hin."

Amenirdis erhob sich und wandte sich zum Gehen. „Ich muss wieder auf das Fest, sonst werden sie misstrauisch. Versuche zu schlafen. Puduhepa hat Wachen vor deiner Tür aufstellen lassen, sodass du diese Nacht sicher bist!"

Nachdem Amenirdis schnellen Schrittes gegangen war, schloss Selina die Augen und versuchte zu weinen. Doch es kamen keine Tränen mehr. Ihr Leben war eine einzige Lüge geworden, und der einzige Mensch, mit dem sie offen reden konnte, war Amenirdis, die ebenfalls Geheimnisse vor ihr zu haben schien. Fast wünschte Selina, sie hätte von der vergifteten Milchsuppe gegessen.

Es war bereits Mittag, als die edle Dame Anka nach ihrer Freundin Ipu zu suchen begann. Sie hatte nach dem Fest lange geschlafen, denn trotz des unerfreulichen Zwischenfalls hatten die Menschen schnell wieder zu einer ausgelassenen Stimmung gefunden. Ihr Mündel, die Prinzessin Maathorneferure, schlief noch tief und fest, doch es war Ipus Aufgabe, sie anzukleiden, während Anka das Bad für sie bereitete. Anka war erbost, dass Ipu noch nicht aufgetaucht war. Diese war am gestrigen Abend länger auf dem Fest geblieben als sie, denn Prinzessin Maathorneferure hatte sich zurückziehen wollen, und Anka hatte sie in ihre Gemächer begleiten müssen, um über ihren Schlaf zu wachen. Anka hatte bereits die Gänge des Palastes abgesucht, Ipu jedoch nirgends gefunden. Vielleicht war sie im Festsaal eingeschlafen? Bei den Festen in Ägypten schliefen die Gäste oft an Ort und Stelle ein und gingen erst am nächsten Tag mit brummendem Schädel in ihre eigenen Häuser.

Anka betrat den Empfangssaal und rief nach Ipu. Es war niemand mehr hier. Überall lagen noch umgestürzte Weinkelche, Teller und Platten waren noch nicht abgetragen, und die Essensreste auf den Tischen begannen bereits säuerlich zu riechen. Anka hielt sich die Nase zu und bahnte sich ihren Weg durch die Unordnung. Selbst die Diener schienen noch zu schlafen. Das wäre in Ägypten niemals möglich gewesen! Ihr fiel ein, dass der Speisesaal einen zweiten Ausgang hatte, durch den Prinz Tudhalija am Abend zuvor einmal verschwunden war, um sich zu erleichtern. Anka ließ ihre Augen suchend über die Wände gleiten und sah dann endlich die Tür. Entschlossen drückte sie gegen das schwere Holz. Die Tür gab nach, ließ sich jedoch nur einen Spalt öffnen. Anka drückte und schob, ehe sie schließlich ihr ganzes Gewicht gegen die Tür stemmte. Endlich gab sie langsam nach. Als der Spalt groß genug war, um hindurchzuspähen, entfuhr Anka ein Schrei, denn sie konnte eine Hand sehen, die leblos am Boden lag. Als sie genauer hinsah, erkannte sie das kleine Skarabäenarmband, das Ipu von ihrem Verlobten geschenkt bekommen hatte. Ohne den Blick abzuwenden, wich Anka ein paar Schritte zurück. Waren da Blutflecken auf dem Silberschmuck? Dann drehte sie sich um und lief schreiend aus dem Saal.

Selina erwachte von einem lauten Poltern direkt vor ihrer Tür. Ehe sie wusste, was geschah, flog die Tür auf, und Prinz Tudhalija stürmte herein, gefolgt von einer weinenden Ägypterin und dem edlen Herrn Pairy. Was sollte das? Seit wann stürmten Männer in ihre Gemächer? Panisch wurde ihr bewusst, dass sie unter dem Laken vollkommen nackt war. Doch das schien weder die weinende Ägypterin noch Tudhalija oder Pairy zu stören. Der Prinz war wutentbrannt und rief nach Amenirdis, die daraufhin schläfrig in Selinas Gemächern erschien.

„Wo ist der Dolch der Hohepriesterin?"

Selina hatte die Frage verstanden, durfte jedoch nicht antworten. Allerdings konnte sie sich nicht daran erinnern, den Dolch am Abend abgelegt zu haben. Wahrscheinlich hatte man ihn ihr abgenommen, als sie bewusstlos auf ihrer Lagerstatt gelegen hatte, damit sie sich beim Aufwachen nicht verletzte.

Amenirdis begann, Selinas Sachen zu durchsuchen. Sie wühlte und kramte, und in Selina stieg ein ungutes Gefühl auf. Irgendwann gab Amenirdis resigniert auf. „Ich kann ihn nicht finden, Prinz Tudhalija. Ich kann mich nicht einmal daran erinnern, dass die Hohepriesterin ihn trug, als wir sie am gestrigen Abend in ihre Gemächer getragen haben."

Die junge Ägypterin weinte noch immer, während Pairy sie tröstend in den Arm nahm. Sein Gesicht zeigte keinerlei Gefühlsregung. „Es würde mich wundern, wenn du den Dolch in diesen Räumen finden könntest, Priesterin!", sagte er verächtlich. „Er steckt nämlich im Rücken der edlen Dame Ipu, welche Gast im Palast war."

Amenirdis erbleichte und legte sich die Hände vor den Mund. „Ipu! Das kann doch nicht sein!"

„Es ist eindeutig der Dolch der Hohepriesterin, und wir haben alle gesehen, dass sie ihn gestern Abend trug."

Selina platzte fast, weil sie sich nicht verteidigen durfte. Sie hatte die gesamte Nacht geschlafen und ihre Räume nicht verlassen.

Amenirdis schüttelte heftig den Kopf. „Selina kann es nicht gewesen sein. Sie schlief die ganze Nacht in diesem Raum, frage die Wachen, wenn du mir nicht glaubst, edler Prinz. Außerdem ist sie, wie wir alle wissen, selbst fast Opfer eines Mordanschlags geworden."

Tudhalijas Worte waren leise und schneidend. „Wir werden sehen, was der Panku dazu sagt. Die Hohepriesterin der Sonnengöttin wird des hinterhältigen Mordes an der edlen Dame Ipu angeklagt werden. Sie hat Schande über das Volk von Hatti gebracht. Der Tabarna ist in tiefer Trauer um einen Gast seines Palastes, und auch der Pharao wird erzürnt sein, wenn er davon erfährt."

Ohne Selina noch einmal eines Blickes zu würdigen, wandte er sich zum Gehen. Pairy folgte ihm mit der schluchzenden Anka im Arm. „Die Hohepriesterin Selina steht unter Arrest und darf ihre Gemächer nicht verlassen, bis sie eine Aufforderung erhält, vor dem Panku zu erscheinen!"

Die Türen schlugen zu, und sie waren allein. Selina liefen die Tränen über das Gesicht. „Ich habe die edle Dame Ipu nicht getötet. Ich kenne sie nicht einmal. Ich schwöre bei der großen Mutter, dass ich es nicht war!"

Amenirdis nahm sie in den Arm. „Ich weiß, Selina. Ich weiß!"

Fast eine ganze Woche quälenden Wartens verging, ehe die Türen ihrer Gemächer sich öffneten und zwei Wachen sie aufforderten mitzukommen. Eine Woche der Angst und der Verzweiflung hatten ausgereicht, um Selina so an Gewicht verlieren zu lassen, dass ihre Chitone ihr viel zu lose am Leib saßen und ihre Fingernägel aussahen wie abgekaute

Binsenstängel. Selina schloss die Augen und erinnerte sich daran, wie sie dem Prinzen in Zalpa stolz und furchtlos einen Fuß direkt ins Gesicht getreten hatte. Warum war sie nicht bei Kleite geblieben? Hätte sie damals geahnt, welches Schicksal sie sich durch eine einzige dumme Handlung aufbürdete, sie wäre schreiend davongelaufen und hätte sich zeitlebens in Lykastia versteckt. Nichts war geblieben von dem furchtlosen jungen Mädchen, das sie einst gewesen war. Nach nur einem Jahr in Hatti war sie ein Bündel aus Angst, Schmerz und Leid!

Die Wachen nahmen sie in ihre Mitte und führten sie aus ihren Gemächern. Zu spät bemerkte Selina, dass sie noch nicht einmal Sandalen übergestreift hatte, und so musste sie zu ihrer Angst und Schande nun auch noch barfüßig wie eine Dienerin vor dem Panku und dem Tabarna erscheinen. Sie fragte sich, wer der Verhandlung beiwohnen würde. Puduhepa hatte sich nicht einmal blicken lassen, seit sie in ihren Gemächern eingeschlossen war. Selina war sich sicher, dass die gute Freundschaft mit Ägypten, welche durch den Mord an der edlen Dame der ägyptischen Gesandtschaft ohnehin angespannt war, der machthungrigen Tawananna wichtiger war als eine in Ungnade gefallene Priesterin.

Selinas Füße klatschten auf den kühlen Steinfliesen. Sie verließen den Frauentrakt, und schon bald konnte sie die große Flügeltür sehen, auf denen in Gold die Namen Puduhepas und Hattusilis prangten. Die Verhandlung würde also im großen Empfangssaal stattfinden, wo genügend Menschen Platz fanden, um ihr beizuwohnen. *Natürlich, du Närrin!*, dachte Selina bitter. *Hast du etwa geglaubt, sie würden es in aller Stille tun, um deine Gefühle zu schonen?*

Als sie die Tür erreicht hatten, klopfte eine der Wachen laut mit seinem Bronzeschwert auf das massive Holz. Von innen wurden die Türen geöffnet, und die Wachen stießen Selina so in den Saal, dass sie stolperte. Sie blickte sich um und erkannte auf dem Thronpodest den Tabarna und die Tawananna. Neben ihnen saß Prinz Tudhalija. Auf dem Podest war noch ein weiterer Sessel aufgestellt worden. Auf diesem saß Pairy als Vertreter seiner allergöttlichsten Majestät, dem *Netjer nefer*, Pharao Ramses.

Selina hätte am liebsten kehrtgemacht, doch die Wachen drängten sie bereits weiter. Während sie langsam auf das Thronpodest zuging, blickte sie auf die linke Seite des Raumes, wo etwa dreißig oder vierzig Männer auf eigens aufgestellten Stühlen saßen, allesamt in der höfischen Tracht Hattis. Ihre schwarzen Bärte waren geölt, und die Edelsteine ihrer langen Prunkchitone funkelten mit ihren feindseligen Blicken um die Wette. *Das muss der Panku sein*, schoss es Selina durch den Kopf. Die Männer und Frauen an der rechten Seite standen oder hatten sich auf bequemen Kissen niedergelassen, die sie sich selbst mitgebracht hatten.

Schließlich war diese Verhandlung auch ein aufregender Zeitvertreib im Alltag des höfischen Lebens.

Selina erhielt wieder einen Stoß, als sie endlich vor dem Thronpodest stand, und fiel auf die Knie. Sie wagte nicht aufzublicken, geschweige denn, sich zu erheben, ehe der Tabarna oder Puduhepa es ihr erlaubten. Nach einer endlos scheinenden Zeit vernahm sie endlich die Stimme Hattusilis: „Erhebe dich, Priesterin!" Puduhepa übersetzte, und Selina stand langsam auf.

Von der linken Seite erhob sich einer der Männer und las von einer Tontafel vor. „Die Hohepriesterin der Sonnengöttin, Selina, wird angeklagt, die edle Dame Ipu mit dem heiligen Dolch der Sonnenpriesterin hinterhältig ermordet zu haben. Der Dolch wurde eindeutig als der der Hohepriesterin erkannt, und es gab Zeugen, die bestätigen können, dass dieser Dolch sich am Abend des Mordes am Gürtel der Priesterin befand." Der Mann machte eine kurze Pause, doch niemand wagte, auch nur einen Ton von sich zu geben. „Seine Sonne, der Großkönig von Hatti, die Tawananna, seine Gemahlin sowie der Prinz Tudhalija sind entsetzt über diese schändliche Missachtung der Gebote der Gastfreundschaft gegenüber Ägypten und wünschen, dass der Mörder seine gerechte Strafe erhält und die beiden Reiche Ägypten und Hatti sich wieder freundschaftlich die Hand reichen können."

Der Mann räusperte sich und ließ sich zurück auf seinen Stuhl sinken.

Wieder erklang Hattusilis strenge Stimme. „Nun, Hohepriesterin, was willst du gegen diese erdrückenden Beweise zu deiner Verteidigung vorbringen?"

Wieder übersetzte Puduhepa.

Selina begann mit krächzender Stimme zu sprechen. „Ich bin unschuldig, Tabarna. Ich habe die edle Dame Ipu nicht getötet. Ich schlief tief und fest in meinem Gemach, was die Wachen, welche in dieser Nacht vor meiner Tür standen, bezeugen können. Ich weiß nicht, wie mein Dolch abhanden gekommen ist." Dann kam Selina eine Ahnung. „Ich fiel im Bankettsaal hin, als der Affe sich in seinen Todeskrämpfen wand. Vielleicht ist mir der Dolch aus der Schärpe gerutscht, und jemand hat ihn gefunden und die edle Dame damit getötet, um mir diese Tat anhängen zu können." Selina fasste Mut und beschloss, ihrer Verteidigung noch einen entscheidenden Hinweis hinzuzufügen. „Außerdem bin ich selbst fast einem Anschlag zum Opfer gefallen. Und ich weiß, dass es nicht der erste war. Bereits bevor dieses Gift in mein Essen gelangte, hat jemand den Sattelgurt meines Pferdes beim Wettkampf angeschnitten." Ihre Stimme war fast nur noch ein Flehen. „Ich glaube, dass jemand mich töten wollte, und als ihm dies nicht gelang, hat er versucht, mir einen feigen Mord anzuhängen, um mich so aus dem Weg zu räumen." Ihr Blick war bei diesen Worten fest auf Tudhalija gerichtet.

Selina sah, wie Puduhepa die Stirn in Falten legte. Sodann begann sie zu übersetzen. „Die Hohepriesterin behauptet, die ganze Nacht in ihren Gemächern gewesen zu sein und dass die Wachen dies bezeugen könnten."

Selina wartete darauf, dass Puduhepa weiter sprach, doch sie schwieg. Selina blickte der Tawananna in die Augen, sie waren kühl und zurückhaltend. Auf einmal verstand sie, dass es Puduhepa recht war, dass Selina dieser Mord angehängt wurde. Die Ränke, die sie mit ihr verfolgte, waren der Tawananna zwar wichtig, doch nun war der Friede zwischen Hatti und Ägypten in Gefahr.

Als der Tabarna etwas sagen wollte, fasste Selina einen Entschluss. In verständlichem Assyrisch sprach sie ihn an. „Die Tawananna hat nicht alles übersetzt, was ich gesagt habe!"

Mit einem Mal trat lautes Gemurmel auf, das sich rasch in erstauntes und auch erzürntes Aufbegehren verwandelte. Puduhepa blickte sie mit eisigem Gesichtsausdruck an, auf Tudhalijas Gesicht stand unverhohlener Zorn, der Tabarna hatte seine Augen erschrocken auf sie gerichtet. Selbst aus Pairys Gesicht war aller Spott gewichen.

„Du sprichst eine verständliche Sprache?", polterte der Tabarna.

Selina nickte. „Ich verstehe Assyrisch, die Handelssprache. Ich lernte sie erst am Hofe Hattusas, ebenso wie die Schriftführung der akkadischen Zeichen." Sie bedachte Puduhepa mit einem zornigen Blick. „Die Tawananna selbst hat mir befohlen, sie zu erlernen und darüber zu schweigen!"

Wieder gingen Aufschreie der Entrüstung durch den Saal, und Puduhepa sprang auf. „Lügnerin!"

Hattusili gelang es nur schwer, wieder Ruhe in die Reihen zu bringen. Dann nickte er Selina unwillig zu. Er fühlte sich mehr als unwohl. „Wir werden auch diesen Umstand bei der Feststellung deiner Schuld berücksichtigen. Doch diese Verhandlung soll gerecht sein. Also verteidige dich, und erzähle, was du erzählen wolltest."

Selina holte tief Luft und hielt ihre Verteidigungsrede noch einmal. Als sie geendet hatte, blickte sie zu Boden.

Hattusili nickte. „Aufgrund der neuen Erkenntnisse und Umstände werden wir das Gericht an einem anderen Tag fortsetzen. Die Priesterin soll in ihre Gemächer zurückgebracht werden und warten, bis man sie wieder zu sehen wünscht."

Ohne ein weiteres Wort traten die Wachen an sie heran und führten Selina hinaus. Sie warf noch einen verzweifelten Blick über die Schulter, um Pairys Gesicht zu sehen. Glaubte er ihr? Sein Gesicht war aschfahl und ausdruckslos. Selina wurde fast an den Reihen des Panku vorbeigezerrt und über die Flure zurück in ihre Gemächer gebracht, wo man sie einschloss wie zuvor. Sie setzte sich auf ihr Bett, legte die Hände um die Schultern und wiegte sich wie ein kleines Kind. Hatte sie sich mit dieser Offenbarung geholfen? Oder würde man sie nun erst recht verdächtigen? Wo war Amenirdis? Sie wollte nicht allein sein, sie hatte Angst und fühlte sich einsam. Hatte auch Amenirdis sie nun aufgegeben?

Pairy schritt gemessenen Schrittes durch die Gänge des Palastes. Er wusste nicht mehr, wem er glauben sollte. Selina sprach sehr wohl eine verständliche Sprache, was sie weniger zu einem Opfer machte, als er gedacht hatte. Obwohl Amenirdis immer wieder ihre Unschuld beteuerte, zweifelte er. Die Verteidigungsrede der Hohepriesterin hatte durchaus logische Argumente enthalten, doch in diesem Gewirr aus Lügen und Ränken konnte sich niemand mehr zurechtfinden. Warum trachtete jemand nach dem Leben der Priesterin? Was würde der Pharao von ihm denken, wenn er von der Anklage erfuhr? Pairy hatte ihn um die Hand einer Mörderin gebeten, einer Mörderin, die eine ägyptische Edelfrau getötet hatte - wenn sie denn wirklich die Mörderin war. Die Beweise gegen sie waren erdrückend, doch es fehlte ein Mordmotiv. Trotzdem wäre es besser, die Bitte um eine Hochzeit sofort zurückzuziehen, so lange noch Zeit dazu war. Der Pharao würde von der Anklage erfahren, ihn für von bösen Dämonen besessen erklären und einen Verräter an Ägypten nennen, wenn er an seinem Heiratswunsch festhielte. Was sollte er nur tun? Pairy hatte seiner Schwester ein Versprechen gegeben, und er hatte ihr immer vertraut. Amenirdis hielt nach wie vor an Selinas Unschuld fest.

Er bog um die Ecke und erkannte von Weitem die Tür zu den Privatgemächern des Tabarna. Dieser hatte ihn rufen lassen. Anscheinend hatte er Nachricht aus Ägypten erhalten, und es musste die Antwort auf das Schreiben sein, in dem er den Pharao um Selina gebeten hatte. Das zweite Schreiben, in dem er ihm hatte mitteilen müssen, dass Selina des Mordes an Ipu angeklagt wurde, konnte Piramses noch nicht erreicht haben. Wenn der Pharao also seiner Bitte zugestimmt hatte und Hattusili ihm Selina trotz allem geben wollte, musste er gleich eine Entscheidung treffen – für oder gegen Selina. Pairy wischte sich fahrig den Schweiß aus dem Gesicht. Mit fester Hand klopfte er dann gegen das schwere Holz der Tür und wurde sogleich zum Eintreten aufgefordert.

Hattusili saß in seinem Sessel, neben sich einen kleinen Tisch, auf dem eine Karaffe mit Wein sowie zwei silberne Becher standen. Aus einem hatte er bereits den ganzen Abend getrunken. Er war müde und sein Gesicht aschfahl. Sein grauer edler Chiton wies bereits zwei große Rotweinflecken auf, und sein Stirnband saß schief über seiner Stirn. Als er nun Pairy sah, der sich knapp vor ihm verbeugte, winke er ihn zu sich heran. „Edler Herr Pairy, komm, setze dich zu mir und trinke einen Becher Wein."

Pairy setzte sich auf einen bereitgestellten Stuhl dem Tabarna gegenüber und schenkte sich Wein in den zweiten Becher.

„Ich habe heute ein Sendschreiben von meinem Bruder, dem Pharao – er lebe, sei heil und gesund! – erhalten. Er teilt mir darin mit, dass es dein Wunsch ist, die Hohepriesterin zu deiner Gemahlin zu nehmen." Hattusilis Augen blickten trübe in Pairys. „Ich gehe davon aus, dass du diesen Wunsch geäußert hast, *bevor* gewisse Umstände eintrafen."

Pairy spürte, wie die winzigen Härchen auf seinem Rücken sich aufzurichten begannen und der herabrinnende Schweiß sich in ihnen fing. Er musste sich entscheiden. Er nahm einen großen Schluck aus dem Silberbecher und stellte ihn wieder auf den Tisch, ohne seine Finger von ihm zu lösen. Die Augen des Tabarna wandten sich nicht von ihm ab.

„Es ist noch immer mein Wunsch, Tabarna."

Ein knurriges Brummen entfuhr Hattusili. „Du willst eine *Mörderin* zur Frau, die sich an deinem eigenen Volk schuldig gemacht hat?"

Pairys Finger krampften sich fester um den Becher.

„Ihre Schuld ist noch nicht bewiesen. Ich sehe kein Motiv bei diesem Mord, das die Hohepriesterin gehabt haben könnte."

Die Stimme des Tabarna überschlug sich, und Pairy trafen ein paar Speicheltropfen direkt ins Gesicht. Er hatte Mühe, sich nicht sofort mit der Hand durch das Gesicht zu fahren.

„Aber die Beweislast ist erdrückend!"

„Die Verteidigungsrede der Priesterin bedarf zuerst einer gründlichen Überprüfung. Vielleicht hat jemand gesehen, dass sie den Dolch nicht mehr im Gürtel trug, als sie aus dem Saal getragen wurde."

Hattusili schüttelte den Kopf. „Wer sonst sollte einen so feigen Mord begehen?"

Pairy wich seinem Blick aus. Für den Großkönig und den Friedensvertrag wäre es zweifelsohne besser, wenn eine Fremdländerin Ipu getötet hätte. Pairy erkannte, dass der Tabarna genau aus diesem Grund Selina als Schuldige verurteilen musste – ob sie es getan hatte oder nicht.

„Ich kann sie dir nicht geben. Mein Bruder, der Pharao, wird es nicht mehr für gut befinden, wenn er erfährt, welchem Verbrechen sie angeklagt wurde."

Pairy straffte die Schultern. „Tabarna! Eine ägyptische Edelfrau ist ermordet worden. Sie hatte eine Familie und einen Verlobten, dem sie Kinder geboren hätte, würde sie noch leben. Nach ägyptischem Recht muss für eine verbrecherische Tat ein Pfand gegeben werden. Die Kinder, die diese Frau für Ägypten geboren hätte, müssen nun von einer anderen Frau ausgetragen werden. Harmonie und Ordnung dürfen nicht gewaltsam gestört werden, und wenn dies doch geschieht, muss man die Waagschalen der Maat wieder in Einklang bringen."

Hattusili sah ihn verunsichert an. „Nimm dir jede Frau, die du willst. Aber nicht diese."

Pairy erkannte, dass er mit seinen Bemühungen so nicht weiterkam. Deshalb wählte er eine andere Taktik. „Geht es dem großen Tabarna darum, die Hohepriesterin nicht der Gerichtsbarkeit Ägyptens auszuliefern?"

„Was redest du für einen Unsinn?", polterte Hattusili. „Der Friedensvertrag unserer Völker beinhaltete kein derartiges Auslieferungsabkommen."

„Das ist wohl wahr, Tabarna. Aber es könnte den *Netjer nefer* vielleicht milde stimmen und beruhigen, wenn er erfährt, dass die beschuldigte Hohepriesterin nach Ägypten gebracht wird. Er würde es vielleicht als Geste des Vertrauens und des Wohlwollens von Seiten seines Bruders ansehen. Vielleicht gerade, weil Deine Sonne dazu nicht verpflichtet ist ... Es könnte immerhin sein, dass sich doch noch ein Schuldiger aus deinen Reihen findet."

Der Tabarna wägte seine Worte genau ab. „Vielleicht würde der edle Herr Pairy, wenn ich seinem Wunsch entspräche, die Sache auf sich beruhen lassen, die Schuld der Priesterin anerkennen und vor dem Pharao bestätigen?"

Pairy lächelte. Auch wenn er sich letztlich durch sein Handeln bei Ramses in Ungnade brachte, hatte er den Tabarna doch da, wo er ihn haben wollte. Natürlich hatte er nicht vor, die Sache auf sich beruhen zu lassen. Er musste nur das Versprechen gegenüber Amenirdis einhalten, und das würde er tun. Selina wäre vorerst in Sicherheit. Alles andere konnte sich finden.

„Ich würde dem Wunsch Deiner Sonne entsprechen", antwortete er feierlich.

Hattusili nickte. „Also gut! Nimm sie. Lasse sie in deine Gemächer bringen, und führe sie nach Ägypten, um sie dort verurteilen zu lassen." Lächelnd fügte er hinzu: „Wahrscheinlich wirst du ihrer ohnehin bald überdrüssig. Genieße ihren Körper meinetwegen, so lange du in Hattusa weilst." Er gab Pairy ein Zeichen, dass das Gespräch beendet war.

Bevor er Pairy entließ, deutete er auf seine wieder angeschwollenen Füße. „Würdest du mir den *Hemu netjer* schicken, damit er meine Füße behandelt? Sie schmerzen mich mehr als je zuvor."

Pairy erhob sich mit einem siegessicheren Lächeln und einem Blick auf die entzündeten Füße des Tabarna. Dann verbeugte er sich kurz und verließ die Gemächer.

Hattusili leerte noch zwei Karaffen Wein und grübelte fast die gesamte Nacht. Sollte dieser Pairy doch seinen Kopf hinhalten, wenn er dieses Weib unbedingt wollte. Es war vielleicht gar kein schlechter Handel. Normalerweise hätte er Puduhepa zu Rate gezogen, doch der Vertrauensmissbrauch, den sie ihm gegenüber begangen hatte, indem sie ihm verschwiegen hatte, dass die Priesterin jedes seiner Worte verstand, hatte ihn misstrauisch werden lassen. Was hatte seine Gemahlin zu verbergen? Warum hatte sie ihn nicht eingeweiht?

Hattusili liebte Puduhepa, doch vertraute ihr nicht mehr. Er ahnte, wer die Mordanschläge auf die Priesterin verübt haben konnte. War der Hass seines Sohnes so groß, dass er zu einer solchen Tat fähig war? Wollte er den Tod der Priesterin, und hatte er daher zu dieser List gegriffen, nachdem ihm bereits zwei Anschläge misslungen waren? Er hätte sie unter Mordverdacht fallen lassen und sie auf diesem Wege zum Schweigen gebracht, aber – beim Wettergott! – eine Ägypterin hätte nicht getötet werden dürfen! Der Pharao durfte nie von diesen Ränken erfahren, es würde den Friedensvertrag gefährden. Es war schon schlimm genug, dass eine ägyptische Gesandte ermordet worden war, als sie in Hattusa zu Gast war. Die Priesterin musste die Schuld auf sich nehmen, es ging nicht anders.

Selinas Füße fanden den Weg fast von allein. Ihre Angst war so groß, dass sie kaum noch zur Gegenwehr fähig war. Was hätte es auch genutzt? Die Wachen würden sie nicht entkommen lassen. Ihre Augen brannten vom Rauch der Fackeln, der sich mit der unerträglich trockenen Hitze der Nacht vermischte. Selina war noch nicht einmal die Zeit gelassen worden, ihr Nachtgewand gegen einen Chiton zu tauschen oder ihr Haar zu richten, doch es war ihr egal.

Sie verließen den Frauentrakt und gingen weiter in Richtung des großen Empfangssaals. Es konnte nichts Gutes bedeuten, dass der Panku sie zu nächtlicher Stunde holen ließ. Vielleicht war auch bereits ein Urteil gefällt worden, das man ihr nun mitteilen wollte. Ihr Magen krampfte sich zusammen. Selina wusste, dass es die Todesstrafe in Hatti nicht gab, schon lange nicht mehr, doch sie wusste ebenso gut, dass es immer wieder Ausnahmefälle gab, die in den Palastarchiven nicht vermerkt wurden.

Sie schrak zusammen, als die Wachen hart ihre Arme griffen und sie in eine andere Richtung zogen. Selina ergriff Panik. Vielleicht war es gar nicht der Panku, der sie hatte rufen lassen! Vielleicht wollte Prinz Tudhalija sie heimlich im Dunkel der Nacht ermorden. Selina versuchte, sich aus dem Griff der beiden Männer zu befreien. Es gelang ihr kurz, und sie machte kehrt und rannte mit zitternden Beinen davon. Doch nach nicht einmal drei Schritten traf sie der Griff eines Schwertes hart in den Rücken. Sie stürzte auf den kühlen Steinboden und kauerte sich zusammen. Ihr Geist raste, alles in ihr schrie, bevor der letzte Überlebenswille brach und sie sich von den Wachen wieder auf die Füße zerren ließ. Die Männer ließen ihre Arme nicht mehr los, ihr Griff war fest wie ein Schraubstock. Nach einer Weile schlugen sie einen Weg ein, der Selina bekannt vorkam. Dann fiel es ihr ein: Sie war ihn mit Amenirdis gegangen, als sie Sauskanu Öl über das Haupt gegossen hatten, um die Verlobung mit dem Pharao zu vollziehen. Selina wagte wieder zu hoffen. Sie hatte Amenirdis seit ihrer Anhörung nicht mehr gesehen. Vielleicht hatte sie einen Ausweg gefunden.

Selina hatte keine Zeit mehr, darüber nachzudenken, denn die Wachen öffneten eine Tür und stießen sie hinein. Sodann schlossen sie sie hinter ihr. Selina lauschte, doch sie konnte keine sich entfernenden Schritte vernehmen. Sie sah sich um und atmete erleichtert auf. Dieser Raum unterschied sich kaum von ihren eigenen Gemächern und wirkte nicht wie ein Ort, an dem man jemanden heimlich hinrichtet. Alles schien so, als warte der Raum nur auf das Eintreffen seines Bewohners.

Selina fasste neuen Mut. Das klare Badewasser in der kupfernen Wanne zog ihren verschwitzen Leib auf zauberhafte Weise an, doch sie wagte nicht, ihrem Bedürfnis nachzugeben. Stattdessen ging sie zum Frisiertisch und öffnete die Phiolen und Krüge. Die Salbund Duftöle, getrocknete Blütenblätter und das tönerne Töpfchen mit ägyptischer Augenschminke kannte Selina von Amenirdis. Sie schloss erleichtert die Augen. Ihre Freundin hatte gesagt, sie würde ihr helfen, und es war ihr offensichtlich gelungen.

Mit einem Seufzen streifte Selina ihr Nachtgewand über den Kopf und gab ein paar Blütenblätter in das kühle Badewasser. Sie fand ein sauberes Leinentuch, mit dem sie sich waschen konnte, und stieg dann in das Wasser der kupfernen Wanne. Es umschmeichelte sofort angenehm kühl ihre Haut, und die Blütenblätter entfalteten einen herrlichen Duft. Selina tauchte mit dem Kopf unter und begann, sich zu waschen.

Sie hatte eine Weile in dem klaren Wasser gelegen, als sie auf einmal Schritte auf den Fluren vor der Tür vernahm. Selina blickte sich um. Sie hatte vergessen, dass sie keine neuen Gewänder hatte. Nur ihr zerknittertes Nachtgewand lag noch irgendwo auf den Steinfliesen.

Ihre Augen suchten fieberhaft. Vielleicht würde Amenirdis nicht alleine erscheinen! Sie geriet in Panik, erhob sich schnell, wäre fast auf dem glatten Boden der Kupferwanne ausgerutscht, fing sich jedoch, indem sie sich mit beiden Händen am Rand festhielt. Die Tür wurde geöffnet, es war zu spät.

Selinas Kopf fuhr hoch, und im nächsten Moment glaubte sie, ihr Gesicht müsse von einer Röte überzogen sein, welche die Farbe eines Granatapfels weit übertraf. Sie starrte ungläubig in das Gesicht Pairys, der die Tür nun hinter sich geschlossen hatte, jedoch kaum überrascht schien, sie mit einem Bein im Bad zu sehen. Selinas Hände quietschten auf dem Wannenrand, während sie ihr zweites Bein aus der Wanne zog und sich vorsichtig aufzurichten begann. Dann wurde ihr bewusst, dass sie nackt war. Sie bedeckte ihre Brüste mit den Händen, nur um sie sofort wieder loszulassen und ihren Schambereich abzuschirmen.

„Ai, wie ich sehe, hast du dein Bad bereits beendet."

Pairys Stimme dröhnte in ihren Ohren. Noch nie war ihr etwas derart peinlich gewesen! Sein schlankes Bein wippte angespannt unter dem Schurz, sein nackter Oberkörper leuchtete rötlich im Licht der Fackeln. Pairy blickte sie an, und sie spürte ihren alten Zorn wieder in sich aufsteigen. Wollte er ihr nicht wenigstens die Leinendecke reichen, wenn er sie so überraschte? Ihre Blicke wanderten sehnsüchtig zur Ruhestatt herüber, als könne sie die Decke dazu bewegen, zu ihr zu schweben.

Pairy schien ihre Blicke falsch zu deuten, und in sein Gesicht trat ein unverhohlener Ausdruck der Gefälligkeit. Er nickte. „Ich sehe, wir werden keine großen Schwierigkeiten haben."

Er ging zum Ruhebett, löste sein Kopftuch und blickte sie erwartungsvoll an. „Worauf wartest du? Du verstehst doch die assyrische Zunge. Oder solltest du sie wieder verlernt haben?"

Jetzt lag wieder der spöttische Blick auf seinem Gesicht. Anscheinend wurde Pairy ungeduldig. Was erwartete er von ihr? Doch nicht etwa, dass sie hier und jetzt mit ihm das Lager teilte? Wie kam er bloß darauf, so etwas von ihr zu verlangen?

Pairy seufzte. „Willst du, dass ich dich hole und zum Bett trage? Mir ist nicht nach derartigen Spielen. Ich hatte einen langen Tag. Ich weiß, dass wir einander fremd sind. Doch immerhin habe ich deinen Kopf aus der Schlinge gezogen und meinen Ruf dafür gefährdet. Du könntest freundlicher zu mir sein. Ich hatte lange keine Frau mehr auf meinem Lager. Ich gebe zu, dass die Umstände nicht sehr glücklich sind, doch es ist keinesfalls eine Verletzung deiner Ehre, wie du weißt. Ich habe durchaus das Recht dazu!"

Die letzten Worte hatten scharf geklungen. Selina sah ihn noch immer mit großen Augen an. War er verrückt geworden? Verlangte er tatsächlich von ihr, dass sie sich wie eine aus Tudhalijas Frauenhaus an ihn schmiegte und ihre Schenkel für ihn öffnete, nur weil er sie aus ihren Gemächern befreit und ihr ein Bad bereitgestellt hatte? Ihre Augen verdüsterten sich. Sie hatte sich von seinem beherrschten Auftreten und seiner hoheitsvollen Art blenden lassen, aber Pairy war nicht besser als Tudhalija.

Pairy wurde zornig. Er erhob sich vom Bett und kam zu ihr. Selina stand noch immer tropfend vor der Wanne. Schon war er bei ihr und zog sie an sich; eine Hand grub sich in ihr Hinterteil, während die andere ihre Brust umklammerte. Seine Erregung war deutlich zu spüren.

Endlich gelang es ihr, sich aus ihrer Starre zu lösen. Das konnte alles nicht wahr sein! Sie hatte sich nicht gegen den Prinzen gewehrt, um sich nun von diesem überheblichen Ägypter aufs Lager zerren zu lassen! Sie stieß ihn von sich und griff nach seiner Hand, die ihre Rückseite umschlossen gehalten hatte. Mit einem Griff drückte sie seinen Daumen so weit gegen das Handgelenk, dass er vor ihr fluchend in die Knie ging. Als sie ihn losließ, kam er vollkommen überrumpelt auf die Beine. In seinen Augen funkelte die alte Ablehnung. „Barbarin! Ich habe gedacht, du würdest mir wenigstens etwas Dankbarkeit für diese Eheschließung entgegenbringen."

Selina wich zurück, bis der Frisiertisch im Rücken ihr den Weg versperrte. „Ehe?"

Er rieb sich die schmerzende Hand. „Tu nicht so, als wäre es dir neu! Du weißt, dass es der Plan meiner Schwester war!"

„Schwester?"

„Kannst du nicht in ganzen Sätzen mit mir sprechen? Bist du selbst dazu zu wild und zu ungebildet? Wie konnte Amenirdis nur so etwas von mir verlangen?"

In Selinas Kopf ordneten sich Pairys Worte langsam. Amenirdis war seine Schwester. Und sie, Selina, nun seine Gemahlin. Sie war die Frau, der Besitz eines Mannes geworden. Und das, ohne gefragt worden zu sein.

Wutentbrannt griff sie nach einem Tonkrug und warf ihn Pairy entgegen. „Verschwinde!", blaffte sie ihn an. „Was glaubst, du wer du bist?" Ihre Hände griffen nach einem zweiten und einem dritten Krug.

Sie funkelten sich böse an, und Pairy sandte ihr ein paar unverständliche ägyptische Flüche entgegen. Um gleichzuziehen, schrie sie ihm Flüche in ihrer eigenen Zunge entgegen. Dann machte Pairy kehrt und verließ wortlos die Gemächer. Die Tür knallte zu, und Selina war wieder allein. Sie ließ sich zitternd auf dem Hocker des Frisiertischs nieder und legte die Hände an den Kopf. Sie war verheiratet!

„… und dann hat sie mir Tongefäße hinterhergeworfen und mich beschimpft!", beendete Pairy seine Ausführungen. Er war nach dem Wutanfall seiner Braut direkt in die Gemächer des *Hemu netjer* gegangen, dem er in einem Anfall von Empörung und verletztem Stolz von dem Empfang erzählt hatte, der ihm in seiner Hochzeitsnacht bereitet worden war.

Der kahlköpfige Arzt lächelte dem aufgebrachten Pairy zu, klopfte ihm beruhigend auf die Schulter und schenkte ihm dann Wein nach.

„Ich bitte den Pharao um sie, feilsche mit dem Tabarna, ziehe mir höchstwahrscheinlich den Zorn der Tawananna zu, laufe Gefahr, beim Pharao in Ungnade zu fallen, falls der Mord an der edlen Dame Ipu nicht aufgeklärt werden kann, und was tut sie? Sie verweigert mir mein Recht der Hochzeitsnacht, bedenkt mich mit Flüchen und jagt mich aus meinen eigenen Gemächern!"

Er knallte den leeren Becher wütend auf den Tisch des Arztes. „Selbst Hentmira hat mir mein Gattenrecht nicht verweigert, obwohl unsere Hochzeit ebenso wenig ihr Wunsch war wie der meine. Diese Frau tut gerade so, als wollte ich sie besteigen wie ein Hund die Hündin oder trüge eine todbringende Krankheit am Leibe!"

Pairy sah seinen Freund betrübt an. „Bei der großen Hathor, der Göttin der Liebe, ich habe nur Pech mit Frauen. In Ägypten erwarten mich die zänkische Hentmira und ihre Brut, und in meinen Gemächern in Hattusa sitzt ein wilder Dämon, dessen Lapislazuliaugen über seine Boshaftigkeit hinwegtäuschen. Vielleicht werde ich nie nach Ägypten zurückkehren können, und aus Hattusa werden sie mich fortjagen. Ich kann doch nicht mit einem wilden Weib wie ein Nomade durch die Lande ziehen!"

Der Arzt musste unwillkürlich lachen, als er sich Pairys bildreiche Beschreibung vor Augen rief. Der junge Mann war durch die große Verantwortung, die er nach dem Tod seiner Eltern für seine Schwester getragen hatte, seinem Alter zwar weit voraus, doch hatte diese frühe Bürde ihn auch unsensibel für die Gefühle anderer Menschen werden lassen. Obwohl er gerade einmal dreiundzwanzig Nilschwemmen erlebt hatte, bekleidete er bereits das Amt des *Hati-a* und besaß das Vertrauen des Pharaos. Hentmira hatte er bereits im Alter von zwanzig Jahren zur Frau bekommen, und Pairy hatte sein Bestes gegeben, um die hohen Ansprüche seiner Gattin zufriedenzustellen. Niemals hätte der pflichtbewusste Pairy die Frau verstoßen, die der Pharao ihm anvertraut hatte, auch wenn Hentmira sich für Antefs Geschmack zu viel herausnahm.

Antef ließ sich Pairy gegenüber auf einem Stuhl nieder und fuhr sich langsam über den kahlgeschorenen Kopf. „Mein lieber Pairy, mir scheint, du warst zu oft bei den Priesterinnen der Bastet. Dort hinterlässt du ein großzügiges Opfer in Gold, und sie sorgen sich um die Bedürfnisse deines Körpers. Das ist angenehm, doch diese Frauen beleben weder dein Ka noch dein leeres Herz. Du hast wohl gedacht, du könntest bei einer Frau erscheinen, ihr als Opfergabe die Ehe anbieten, und sie entlohnt dich dann entsprechend." Er machte eine kurze Pause. „Sicher kannst du in deine Gemächer zurückkehren und dein Recht als ihr Gatte einfordern. Kein Gericht würde dich dafür verurteilen. Das Brennen in deinen Lenden wird ihr Körper lindern, doch das Feuer in deinem Ka wird bleiben."

Pairy sah Antef düster an. „Ich glaube nicht, dass diese Frau derart kompliziert denkt. Sie ist eine Wilde, die den Bogen beherrscht und auf dem Rücken der Pferde reitet."

Antef zuckte mit den Schultern. „Glaub mir, mein Freund, die Frauen sind, was das angeht, alle gleich. Du hast deine Braut heute Nacht nicht wie deine Frau, sondern wie eine Hure behandelt."

Pairy zuckte zusammen. Stimmte das? Sie war freiwillig in seine Gemächer gekommen und hatte damit nach ägyptischem Brauch die Ehe mit ihm geschlossen. Das hatte Amenirdis ihr bestimmt erklärt. Außerdem hatte sie nackt in der Kupferwanne gelegen, als er in seine Gemächer zurückgekehrt war, was einer Einladung gleichkam. Und dass sein Glied sich geregt hatte, als sie derart entzückend und tropfnass vor ihm gestanden hatte, war vollkommen normal. Immerhin fand er sie schön, auch wenn sie mit den hellen Haaren und blauen Augen aussah wie ein Dämon.

Pairy schüttelte den Kopf. „Ich möchte heute Nacht auf keinen Fall in meine Gemächer zurückkehren und weiterem Ärger ausgeliefert sein."

Antef wies auf das breite Ruhebett. „Du kannst hier schlafen. Ich lasse mir eine Liege aufstellen."

Pairy schüttelte den Kopf. „Ich nehme die Liege, meine Knochen sind jünger."

Antef lächelte. Es wäre das Beste, wenn er nach Amenirdis schickte. Vielleicht könnte sie dazu beitragen, dass aus dieser Hochzeit eine Ehe wurde.

Amenirdis drückte sich vorsichtig durch den Türspalt, um den schlafenden Arzt nicht zu wecken, ging mit leisen Schritten zur Liege ihres Bruders hinüber und berührte sanft dessen

Oberarm. Er zuckte zusammen und wachte auf. Als er sie sah, ging ein Lächeln über sein Gesicht, das jedoch gleich einem missmutigen Ausdruck wich. Amenirdis signalisierte Pairy, ihr hinaus auf den Gang zu folgen. Er blinzelte verschlafen.

„Du solltest baden und dich rasieren, Bruder. Du siehst aus, als wäre ein Streitwagen über dich hinweggefegt."

Er blickte sie düster an. „Wohl eher ein Dämon!"

„Ai, Selina!", lachte sie. „Dann war deine Hochzeitsnacht leidenschaftlich?"

Er machte eine verächtliche Handbewegung. „Würde ich dann bei Antef schlafen?"

Natürlich wusste Amenirdis bereits Bescheid. Antef hatte nicht bis zum Morgen warten wollen und ihr noch in der Nacht einen ausführlichen Brief geschrieben.

„Ich habe es wirklich versucht, Amenirdis! Doch es geht nicht. Die Ehe wurde nicht vollzogen, ich werde sie für nichtig erklären lassen."

Bloß das nicht, dachte Amenirdis. Puduhepa hatte ihre Wunden geleckt und wetzte bereits wieder die Krallen. Sie würde Selina lieber tot sehen, als ihr noch einmal ihr Vertrauen zu schenken. Der Tabarna war am Morgen wütend bei ihr erschienen, und es hatte nicht lange gedauert, bis sie ihn mit sanften Gesten und ihrem liebreizenden Lächeln wieder soweit für sich eingenommen hatte, dass er ihr seine Zuneigung schenkte. Da die Tawananna, seit Selina ihr abtrünnig geworden war, argwöhnisch über Amenirdis wachte, war es schwer gewesen, sich fortzuschleichen. Noch wusste Puduhepa nichts von Selinas Hochzeit, doch das würde sich heute ändern. Auf keinen Fall durfte die Tawananna erfahren, dass Amenirdis dafür gesorgt hatte, dass Selina verheiratet worden war. Wenn Puduhepa beschloss, ihre Hohepriesterin zurückzuverlangen, würde der Tabarna ihren Bitten nicht lange standhalten – es sei denn, die Ehe zwischen Pairy und Selina war bereits nachweislich vollzogen. Denn der Pharao würde die Auflösung einer vollzogenen Ehe als persönliche Beleidigung auffassen.

„Bruder, ich war nicht ganz ehrlich zu dir", begann Amenirdis langsam. „Selina wusste nichts von dieser Hochzeit."

Er starrte sie ungläubig an. „Was soll das bedeuten?"

Sie suchte nach den passenden Worten. „Dass sie vielleicht etwas überrascht war, als du in deinen Gemächern erschienen bist und dein Recht eingefordert hast."

„Was?" Pairys Augen nahmen einen vollends entsetzten Ausdruck an. Amenirdis ließ ihn nicht zu Wort kommen. „Außerdem ist Selina, nun ja, den Körper eines Mannes nicht gewöhnt."

Pairys Mund klappte auf und wieder zu. Fast tat es Amenirdis leid, dass sie ihn derart im Unklaren gelassen hatte.

„Was soll das heißen?"

„Ai, die Priesterinnen der Sonnengöttin müssen unberührt sein."

Pairy fiel es schwer, sich zu fassen. Amenirdis nahm seine Hand und drückte sie leicht. „Verzeih, mein Bruder, dass ich dir diese Dinge erst jetzt erzähle. Doch nur eine Ehe konnte Selina retten. Sie hat Dinge gesehen, die sie nicht hätte sehen sollen, und irgendjemand will verhindern, dass sie sie weitererzählt."

„Du hast mich benutzt."

„Mir erschien es, als würdet ihr euch gegenseitig mit wohlwollenden Blicken betrachten. Dein Bett ist kalt, du hast keine gute Frau an deiner Seite. Selinas Leben ist leer, sie hat niemanden, der sie beschützt. Isis wollte es so."

„Beschützt?", fauchte Pairy in einem erneuten Anflug von Zorn. „Diese Frau ist so wehrhaft, wie drei Männer!"

Amenirdis lächelte nachsichtig. „Zumindest glaubt sie das. Aber es stimmt nicht. Selina wird benutzt und missbraucht, seit sie in Hattusa weilt. Bevor Puduhepa sie befreite, wollte Prinz Tudhalija sie auf sein Lager zwingen. Dann benutzte die Tawananna sie für ihre Zwecke, und daraufhin wurde ihr nach dem Leben getrachtet und ein Mord vorgeworfen, den sie nicht begangen hat. Nur du kannst sie retten, Bruder. Nimm sie mit nach Ägypten, und lasse ihr etwas Zeit, sich an ihr neues Leben zu gewöhnen."

Pairys Mundwinkel zuckten. Er kniff die Lippen zusammen, und seine Kieferknochen bewegten sich zum Zeichen dafür, dass er angestrengt nachdachte. Schließlich nickte er zustimmend. „Rede mit ihr, damit sie es versteht. Sage ihr, dass ich sie nicht berühren werde und dass wir nur den Schein einer Ehe führen. Wenn sie zustimmt, lasse ich die Ehe für vollzogen erklären."

Amenirdis umarmte ihn und wandte sich dann zum Gehen. Sie musste noch mit Selina reden. Und es würde alles doch schwerer werden, als sie gedacht hatte.

Als Amenirdis die Tür zu Pairys Gemächern öffnete, musste sie sich ducken, um nicht von einem irdenen Gefäß getroffen zu werden. „Ai, Selina! Ich bin es, Amenirdis."

Sie trat schnell ein und schloss die Tür hinter sich. Selina blickte sie mit zornig funkelnden Augen vom Ruhebett aus an, wo sie geschlafen hatte. Offenbar war sie gut auf die

Rückkehr ihres Gatten vorbereitet, denn auf einem kleinen Beistelltisch stand eine ganze Ansammlung von Tiegeln und Statuetten bereit, um ihr als Wurfgeschosse zu dienen.

Amenirdis trat näher und schüttelte den Kopf. „Selina, was hast du vor? Willst du meinen armen Bruder erschlagen?"

„Wie konntest du es wagen, Amenirdis? Ich dachte, ich könnte dir vertrauen."

Amenirdis kam zu ihr herüber und setzte sich katzengleich und leise, wie es ihre Art war, auf die Kante der Lagerstatt. „Versteh doch, Selina! Jetzt, wo du einen Gemahl hast, bist du für Puduhepa nicht mehr greifbar." Sie machte eine kurze Pause. „Du wirst Hattusa verlassen können und nach Ägypten gehen. Weißt du eigentlich, wie sehr ich dich darum beneide?"

Selina schüttelte den Kopf. „Ich will nicht nach Ägypten. Ich will auch keinen Gemahl. Ich will zurück zu meinem Volk, zurück an den Thermodon und nach Lykastia."

Amenirdis griff nach Selinas Hand. Obwohl Selina noch immer wütend war, entzog sie der Priesterin ihre Hand nicht.

„Ich bedaure es sehr, dass ich dir nicht die Freiheit zurückgeben kann, die du so sehr ersehnst, Selina. Doch in Ägypten wirst du freier sein als hier. Du kannst Handel betreiben, wirst für deinen eigenen Unterhalt sorgen können. Ägypten ist ein schönes Land."

„Ich werde niemals mit meinem Körper bezahlen und einem Mann gehören."

Amenirdis nickte. „Zürne ihm nicht. Ich habe ihn ebenso im Unklaren gelassen wie dich. Als er dich unbekleidet vorfand, da dachte er ... Nun ja, er dachte, dass du einverstanden bist."

Selina zog scharf die Luft ein. „Er soll es nicht wagen, sich mir noch einmal zu nähern."

Amenirdis seufzte. „Ihr müsst die Höflinge und vor allem die Tawananna nur bis zu eurer Abreise täuschen. Ich habe mit Pairy gesprochen. Er wird dich nicht berühren. Ich bitte dich, Selina: Dies ist der einzige Weg, um aus Hattusa herauszukommen."

Selina überlegte fieberhaft. Wahrscheinlich hatte Amenirdis recht. Aber wer sagte, dass sich nicht eine gute Fluchtmöglichkeit ergeben würde, wenn sie Hattusa erst einmal verlassen hatte? Sie konnte reiten, jagen – warum nicht auch einem eitlen Ägypter entkommen? Schließlich nickte sie widerwillig. „Also gut, Amenirdis. Ich werde dieses Spiel mitspielen." Selinas Stimme wurde sanfter. „Es dauert mich, dass du in Hattusa bleiben musst."

Die Priesterin erhob sich und lächelte matt. „Ich wusste schon in Ägypten, dass ich Hattusa nicht mehr verlassen würde, ehe mein Ka nach Westen geht. Isis beschützt mich. Eines Tages werde auch ich nach Ägypten zurückkehren und ein wundervolles Haus beziehen."

Selina nickte, obwohl sie keine Ahnung hatte, was Amenirdis damit meinte. Hatte sie nicht eben gesagt, dass sie erst nach ihrem Tode nach Ägypten zurückkehren konnte?

Selina hatte ihre Hand auf Pairys Unterarm gelegt, während sie huldvoll lächelnd durch den Palasthof schritten. Ab und an schenkten sie sich einen zärtlichen Augenaufschlag und bedachten sich mit liebevollen Gesten, und wenn Höflinge an ihnen vorbeigingen, nickten sie ihnen zu. Zum Zeichen ihrer Ehe trug Selina ägyptische Kleidung, ein langes unter der Brust geknotetes Gewand und einen breiten Halskragen. Nur gegen die Perücke hatte sie sich gewehrt, weil sie fand, dass ihr Haar schön genug war. Pairy wies leise auf einen unsichtbaren Punkt am Horizont, und Selina folgte mit interessiertem Blick seinem Fingerzeig.

Sie verbeugten sich beide tief, als unerwartet Puduhepa und Tudhalija auf den Hof hinaustraten.

Die Tawananna hob eine Braue, als sie Selina sah, und kam zu ihr herüber. Der Prinz blieb in gebührendem Abstand stehen. Eine offensichtlich gewollte Beleidigung an das frisch vermählte Paar. Puduhepas langes offenes Haar umwehte ihre eisigen Augen, und ihr blauer Chiton strahlte dieselbe Kühle aus.

„Brot und Wein, große Tawananna", sagten Selina und Pairy fast wie aus einem Munde.

Puduhepa nickte steif. „Das junge Glück hat das Brautgemach verlassen, wie ich sehe. Ich habe zu spät von dieser Hochzeit erfahren, um ein Geschenk zu schicken. Doch vielleicht kann ich eines zur Geburt des ersten Kindes nachreichen."

Wieder verbeugten sich Pairy und Selina mit einem falschen Lächeln.

Puduhepas Blick fuhr abschätzig an Selina herunter. „Ich werde merken, wenn dein Bauch sich rundet." Sie sah sich nach ihrem Sohn um. „Ich bin auf dem Weg zu Seiner Sonne. Bitte entschuldigt mich. Brot und Wein auch euch!"

Sie fuhr herum und stolzierte hoch erhobenen Kopfes davon. Selina und Pairy sahen sich an und verließen langsam den Palasthof. Als er erfahren hatte, unter welchem Verdacht Selina stand, hatte der Pharao ein äußerst erzürntes Schreiben an Pairy gesandt, doch die gefürchtete Verbannung war ausgeblieben. Stattdessen hatte er seinem Günstling aufgetragen, die Abreise aus Hattusa hinauszuzögern und festzustellen, wer der wirkliche Mörder war. Zeigte sich, dass die edle Dame Ipu durch die Hand eines Höflings um Leben gekommen war, würde sich der Pharao weigern, die Prinzessin aus Hatti ins Brautgemach zu führen. Auch könnte er den bestehenden Friedensvertrag lösen. Pairy musste also einen Grund finden, in Hatti zu bleiben, ohne das Misstrauen der Tawananna und des Tabarna zu wecken. Einstweilen täuschte die

Hemut nisut Henutmire zu diesem Zwecke eine Erkrankung vor, die sie das Bett hüten ließ. Doch Pairy hatte keine Ahnung, wo er mit der Suche ansetzen sollte.

Kaum hatten Pairy und Selina ihre gemeinsamen Gemächer erreicht und die Tür hinter sich geschlossen, ließ Selina Pairys Arm los und schenkte ihm einen frostigen Blick. „Ich nehme an, du wirst Antef besuchen?"

Pairy nickte ebenso kalt zurück. „Ich werde den Nachmittag dort verbringen."

„Gut!", stellte Selina fest. „Ich werde den Tag verschlafen."

„Dann ruhe wohl", erwiderte er knapp und verließ eiligen Schrittes die Gemächer.

Von Selina fiel die Anspannung ab, sobald Pairy die Räume verlassen hatte. Für die Augen des Hofes waren sie nun bereits seit fast einem Mondumlauf glücklich. Doch nur sie beide wussten, dass alles Getue und Gehabe eine große Lüge war. Pairy verbrachte die Zeit meist mit Antef, Selina damit, sich zu langweilen. Wenn sie abends gezwungenermaßen in ihren Gemächern zusammentrafen, nahmen sie schweigend an einem kleinen Tisch ihre Mahlzeit ein und vermieden dabei, sich anzuschauen. Obwohl sie nur wenig miteinander sprachen und lediglich Belanglosigkeiten austauschten, schielte Selina Pairy noch immer hinterher, wenn er ihr den glatten braunen Rücken zuwandte. Nachts, in ihren Träumen, wenn Pairy sein Lager auf den Teppichen aufgeschlagen hatte, und sein leises Atmen den Raum erfüllte, stellte Selina sich vor, dass es anders war. Dann konnten sie gemeinsam lachen und sich ohne Befangenheit begegnen. Nachts war alles anders. In ihren Träumen verlor sich das Gefühl der unendlichen Einsamkeit.

Puduhepa blickte über ihre Schulter zu dem Streitwagen des Tabarna, der dem ihren folgte. Das gequälte Gesicht ihres Gatten verriet, dass ihm das Stehen auf dem Wagen große Schmerzen bereitete. Sie wandte ihr Gesicht wieder nach vorn und spähte am Kopf ihres Sohnes vorbei, der die Zügel ihres Streitwagens führte. Sie fand es befremdlich, an seiner Seite zu stehen. Überhaupt fand sie es schrecklich, dass ihr Gemahl diesen Weg vor die Tore Hattusas auf dem Streitwagen zurücklegen musste. Doch Hattusili hatte sich von dem Prinzen dazu überreden lassen. Die Informationen, die ihm in der letzten Zeit aus den Nachbarländern zugekommen waren, waren nicht sehr erfreulich: Die Hatti treu ergebenen Vasallen berichteten von sich häufenden Angriffen. Es waren nicht nur die Kaskäer wieder aufgetaucht, die Tudhalija erst im Jahr zuvor vernichtend geschlagen hatte; auch die Barbaren, deren Angriffe früher zwar lästig aber weitgehend unkoordiniert gewesen waren, schienen sich jetzt mit mehreren Stämmen zusammengeschlossen zu haben, um Dörfer und kleinere Städte zu plündern und niederzubrennen. Der Tabarna zweifelte nicht daran, dass sie auch Hattusa bald traktieren würden, und selbst Puduhepa musste zugeben, dass die Wahrscheinlichkeit für einen Angriff groß war. Eigentlich hatte Hattusa nichts zu befürchten – es war viel zu groß, hatte eine gut ausgerüstete Streitwagentruppe und tüchtige Soldaten. Dennoch war der Tabarna beunruhigt und der Panku hatte seine Befürchtungen bestätigt. Als jetzt das große Tor mit den geflügelten Löwensphinxen in Sichtweite kam, durch das jeder kommen musste, der in die Stadt hinein wollte, wischte Puduhepa sich den Schweiß von der Stirn.

Die Wagen hielten hinter dem Tor, und sofort legte sich der aufgewirbelte Staub auf Puduhepas Lungen. Es war trocken, viel heißer und trockener, als die Sommer in Hatti normalerweise waren. In diesem Jahr war selbst nachts kaum an Schlaf zu denken. Die Gewänder klebten schweißnass am Körper, die Haare lagen strähnig und verschwitzt am Kopf. Das Saatgut des letzten Winters war zwar aufgegangen, aber sofort verbrannt. Einige Brunnen in Hattusa waren bereits ausgetrocknet, und es gab nicht genügend Heu und Hafer für die Versorgung der Pferde. Selbst das Brot wurde knapp. Noch nahm der Hof die Unannehmlichkeiten mit einem leisen Murren hin. Doch die letzten Korrespondenzen waren alarmierend gewesen – es hatte Waldbrände gegeben. Puduhepa ließ ihren Blick über die bewaldeten Hänge gleiten, welche die Stadt umgaben. Wenn dieser Wald brennen würde, ginge Hattusa mit ihm zugrunde. Sie kniff die Augen zusammen, um nicht von der Sonne geblendet zu werden. Das Land dörrte aus. Die Sonnengöttin war zornig, da ihre Hohepriesterin sie verraten hatte.

Sie stieg vom Wagen und ging gefolgt von Tudhalija zum Tabarna hinüber, der unter der mittäglichen Hitze litt.

„Musste ich hierher kommen, um den Staub der Straßen zu schlucken, Prinz Tudhalija?"

Der Prinz schüttelte den Kopf. „Nein, mein Vater! Ich wollte dir die Hänge zeigen, die in Flammen aufzugehen drohen. Hier draußen kannst du diese Bedrohung besser spüren als in den Gemächern des Palastes. Und ich wollte dir zeigen, wie ungeschützt Hattusa in diesem Jahr ist, wenn es wirklich von den Kaskäern angegriffen wird: Die Pferde sind lahm und schwach, da wir nicht genügend Futter für sie haben, die Soldaten sind träge. Ich fürchte, dass es den Angreifern dieses Mal gelingen könnte, in die Stadt zu gelangen."

Hattusili sah ihn erschrocken an. „Ist die Lage wirklich so ernst? Wir können zusätzlich Getreide in Zalpa erwerben, um Pferde und Truppen zu beköstigen."

Tudhalija verzog verächtlich die Mundwinkel. „Von wem? Die Dürre reicht bis hinunter zur Küste, und die wenigen Händler, die von den Inseln kommen, wissen das natürlich und verlangen das Vierfache für ihre Waren. Sie haben selten so gute Geschäfte gemacht wie in diesem Jahr. Außerdem sind unsere Schatzkammern stark strapaziert, da die Brautgabe für Sauskanu unverhältnismäßig umfangreich war und die große Tawananna zudem keine Kosten gescheut hat, die ägyptische Gesandtschaft mit allerlei Lustbarkeiten und Festen zu unterhalten."

Puduhepa wurde zornig. „Wie kannst du es wagen, Prinz Tudhalija? Soll der Tabarna in den Augen der Ägypter wie ein Bettler daherkommen? Das alles gehört zum diplomatischen Geschick."

„Auch wenn du dabei auf Kosten Hattis und seiner Menschen handelst, geschätzte Mutter?"

Puduhepa wollte kontern, doch Hattusili fiel ihr ins Wort. „Genug! Seid still! Alle beide!"

Puduhepa sah ihn verblüfft an. es geschah nicht oft, dass ihr Gemahl ihr den Mund verbot. Es war ein Zeichen dafür, dass er ihr noch immer nicht verziehen hatte. Und das verdankte sie der Geschwätzigkeit Selinas, der sie vertraut und die sie vor ihrem Sohn beschützt hatte.

„Was gedenkst du zu unternehmen, Vater?"

„Ich werde darüber nachdenken und es dich wissen lassen, Prinz!"

Puduhepa trat mit süßer Stimme an ihren Gemahl. „Und wenn es die Sonnengöttin ist, die zürnt, weil du ihr eine Priesterin gestohlen hast? Vielleicht lässt sie aus Wut das Land ausdörren, bis man ihr die Priesterin zurückbringt."

Der Tabarna erschrak sichtlich, beruhigte sich jedoch ebenso schnell wieder. „Vergiss nicht, dass diese Priesterin eine Mörderin ist." Er schluckte. Zweifelte er nicht selbst daran, dass sie eine war? Vielleicht zürnte die Sonnengöttin tatsächlich. Doch es war zu spät, sie ihr zurückzugeben. Sie war verheiratet und nicht mehr unberührt. Außerdem wusste er nicht, ob der Zorn seines Bruders, des Pharaos, nicht noch schlimmer wäre als jener der Göttin, wenn er die Priesterin wieder zurückforderte.

„Ich glaube nicht, dass dieser Ägypter sie berührt hat. Ich glaube, dass die beiden sich hassen und ihre Ehe dem Hof nur vorspielen."

Hattusili blickte sie irritiert an. „Und wenn das so wäre?"

Sie lachte. „Dann könnte ich die Priesterin zurückfordern, ohne dass der Pharao brüskiert würde."

Der Prinz machte eine abwehrende Handbewegung. „Das ist doch lächerlich, bei der großen Göttin! Wir haben im Moment andere Probleme als eine abtrünnige Priesterin und sollten uns Gedanken machen, wie wir unsere Truppen rüsten. Durch die immensen Ausgaben für Sauskanus Hochzeit konnten weder neue Brustharnische noch Schwerter gefertigt werden, weil das Zinn für die Herstellung der Bronze fehlt."

Hattusili blickte zwischen seinem Sohn und der Tawananna hin und her. Dann fasste er einen Entschluss. „Ich werde versuchen, deinem Wunsch zu entsprechen, Prinz. Doch es kann auch nicht schaden, wenn der Vollzug dieser Ehe geprüft wird. Vielleicht ist die Sonnengöttin wirklich erzürnt."

Tudhalija schüttelte verständnislos den Kopf, doch Puduhepa freute sich bereits über ihren Sieg. Es würde so einfach sein: Wenn ihre Annahme stimmte und diese Ehe keinerlei Gültigkeit besaß, würde Selina ihr wieder ausgehändigt werden, und sie würde – so schwor sich Puduhepa – für ihren Verrat an ihr bezahlen. Und wäre Selina erst einmal tot, könnte der Panku sie einfach nachträglich wegen des Mordes an der Ägypterin verurteilen. Die Würde des Pharaos bliebe gewahrt, ebenso die des Tabarna, und der Frieden wäre nicht weiter gefährdet. Außerdem hatte Selina in Arinna zu viel gesehen, das nicht für die Augen der Männer von Hatti bestimmt war.

Pairy hatte sich auf das Lager des *Hemu netjer* gelegt und döste. Diese Hitze war schlimmer, als sie im Süden Ägyptens je hätte sein können! Es war, als verbrenne man bei lebendigem Leib. In der letzten Woche waren bereits vier Todesopfer zu beklagen gewesen, die einfach hingefallen und nicht mehr aufgestanden waren. Pairy sehnte sich nach seinem kühlen schattigen Haus in Piramses, wo der Wind den Sommer erträglich machte. Er sehnte sich nach den fruchtbaren Oasen des Deltas, nach süßem Wein und ausgelassenen Festen. Doch er durfte nicht abreisen, bevor er den Pharao nicht besänftigen konnte. Außerdem lag die edle Dame Ipu noch nicht lange genug in Natron, als dass man ihren balsamierten Leib hätte überführen können. Es war schwierig genug gewesen, die Erhaltung des Leibes in Hattusa zu veranlassen, denn es gab hier kein Haus des Todes, um den Körper der Verstorbenen für die Ewigkeit zu bereiten. Das Volk von Hatti vergrub seine Toten einfach im Sand. Pairy schauderte bei dem Gedanken, dass sein Leib in der Erde verfaulen und sein Ka damit für immer ausgelöscht würde.

Er nahm seinen Becher und verzog das Gesicht. Das Wasser war lauwarm und abgestanden. Er dachte mitleidig an Antef, der alle Hände voll zu tun hatte. Ständig baten ihn die Adeligen des Hofes zu sich, damit er ihnen stärkende Mittel verabreichte oder eine in Ohnmacht gefallene Dame weckte. Nein, mit der ärztlichen Versorgung war es in Hatti nicht weit her.

Pairy drehte sich auf die Seite und dachte an Selina. Die kühle gegenseitige Ablehnung war fast noch schlimmer als das ewige Gezänk mit Hentmira. Sie lebten zusammen in denselben Gemächern, sie speisten miteinander, und doch waren sie sich noch immer so fremd wie an dem Tag, als Selina ihm gebracht worden war. Dass sie nicht so einfach und schlicht im Geist sein konnte, wie er geglaubt hatte, war ihm schon bald bewusst geworden. Er hatte heimlich beobachtet, wie sie in akkadischer Schrift Schreiben an Amenirdis verfasst hatte, die sie ihr jedoch nie hatte überbringen lassen, da Amenirdis von Puduhepa noch immer bewacht wurde wie ein Hündchen. Dass Selina ihr trotzdem schrieb, zeugte von ihrer Einsamkeit und tiefen Gedanken. Er wusste nicht, ob sie ahnte, wie einsam auch er sich fühlte. Seit Amenirdis nicht mehr in Ägypten lebte, hatte er mit niemandem tiefe Gespräche führen können. Seinen Gefühlsausbruch gegenüber Antef bedauerte er bereits. Er hatte sich hinreißen lassen und sich wie ein Schwächling benommen.

Pairy wollte gerade die Augen schließen, um etwas zu schlafen, als Antef leise die Tür öffnete und eintrat. Auf seinem kahl rasierten Schädel lag glänzender Schweiß, und sein langes weißes Gewand wies unter den Armen und an der Brust nasse Stellen auf. Seine Augen wirkten erschöpft und müde. Trotzdem ging er zielstrebig zu Pairy hinüber und begann, hastig zu sprechen. „Pairy, habe gerade ein Gespräch zweier Dienerinnen belauschen können, die aus den Gemächern der Tawananna kamen."

Pairy setzte sich langsam auf. Jede Bewegung bedeutete eine ungeahnte Anstrengung. „Ich hoffe, sie hatte einen Schwächeanfall", versuchte er einen lahmen Witz.

Antef schüttelte heftig den Kopf. „Sie will am heutigen Abend eine Frau in eure Gemächer schicken, um zu prüfen, ob die Ehe zwischen deiner Gemahlin und dir vollzogen wurde."

„Was sagst du da?" Pairys Müdigkeit fiel von ihm ab. „Wie kann sie das wagen? Das ist eine Beleidigung des Pharaos."

„Ramses ist weit fort. Und sie scheint sich ihrer Sache ziemlich sicher zu sein, sonst würde sie so etwas nicht wagen."

„Das ist wirklich dumm von ihr." Pairy hielt inne. Die Tawananna war gerissen. Sie hatte schon auf dem Palasthof gesehen, dass Pairys und Selinas Gesten nicht echt waren. Und sie kannte zumindest Selina gut genug, um zu wissen, dass sie sich zu nichts würde zwingen lassen. Was sollte er tun? Sollte er kurz entschlossen in seine Gemächer zurückkehren, um seine Gemahlin zu vergewaltigen? Bei den Göttern, er war kein Barbar. Außerdem würde er in diesem Fall die Hoffnung endgültig begraben müssen, dass sie ihm vielleicht doch irgendwann einmal Zuneigung schenkte. Er stellte überrascht fest, dass ihn der Gedanke schreckte, sie könnte abends nicht mehr in seinen Gemächern sein. Zwar war ihr Zusammenleben erzwungen, aber er genoss es dennoch, einen Menschen um sich zu haben. Hentmira war nie bei ihm gewesen. Sie lebte zwar in seinem Haus, doch sie sahen sich höchstens, wenn es Empfänge bei Hofe gab, die ihr beiderseitiges Erscheinen verlangten, oder wenn Hentmira die Erträge aus ihrem eigenen Besitz nicht ausreichten und sie deshalb zu ihm kam, um Gold für ihren kostspieligen Lebensunterhalt zu verlangen.

„Was wirst du jetzt tun?", unterbrach der Arzt seine Gedankengänge.

„Wenn Selina erfährt, dass sie untersucht werden soll, wird sie toben."

„Dann musst du dafür sorgen, dass das nicht nötig sein wird."

Pairy stützte die Hände in den Kopf. „Dafür müsste sie mir die Erlaubnis dazu erteilen."

Antef lächelte listig. „Dann stelle sie vor eine Wahl, die keine ist."

Pairy sah ihn ratlos an. Was sollte denn das nun wieder heißen?

Er erhob sich langsam, klopfte Antef auf die Schulter und verabschiedete sich dann.

Selina blickte von ihrer bescheidenen Mahlzeit auf, als Pairy die Gemächer betrat. Es war viel zu heiß, um mehr als Obst und trockenes Brot zu sich zu nehmen. „Du erscheinst heute früh. Die Sonne steht noch am Himmel."

Er kam matt zu ihr herüber und ließ sich auf dem Stuhl ihr gegenüber nieder. Pairy konnte nicht verhindern, dass sein Blick zwischen ihre Brüste wanderte, zwischen denen feine Schweißperlen herunterrannen. Sie bemerkte seinen Blick, versuchte jedoch, ihn zu ignorieren. „Du siehst müde aus."

Ihre Stimme hatte nicht so ablehnend geklungen wie sonst, und ihre Lapislazuliaugen schienen ihn forschend anzublicken. Er streifte ihre Hand, als er das Apfelstück entgegennahm und bemerkte beschämt seine zunehmende Erregung. Pairy kämpfte mit seinem Zorn und seiner Verzweiflung. Seit fast einem Mondumlauf lebte er mit einer Frau zusammen, die er begehrenswert fand, der er aber versprochen hatte, sie nicht zu berühren. Er schützte sie, so gut er konnte, doch sie verweigerte sich ihm einfach. Er zwang sich, Ruhe zu bewahren, konnte seinen Blick jedoch nicht von ihr abwenden.

„Vielleicht solltest du ein Mädchen aus der Stadt kommen lassen, um wieder Herr deiner Sinne zu werden", bemerkte sie bissig.

Pairy schlug die Faust auf den Tisch. Sie beleidigte ihn, nahm, was er zu geben hatte und gab nichts dafür als Kränkungen. Er sprang vom Tisch auf, doch sie war ebenso schnell. Wie eine Katze zog sie sich zurück, in Habachtstellung, ihn misstrauisch im Auge behaltend, als wäre er ein wildes Tier. Pairy konnte es nicht fassen. Was sah diese Frau in ihm? Einen Barbaren, ein widerlich grunzendes Schwein? *Stelle sie vor eine Wahl, die eigentlich keine Wahl ist*, fielen ihm Antefs Worte wieder ein, und dann hatte er eine Idee. *Es könnte funktionieren.* Zumindest würde er wissen, ob sie ihn wirklich niemals begehren würde.

Pairy straffte die Schultern und blickte Selina an, die noch immer abwartend hinter dem Tisch stand. Sodann zog er den Dolch aus seinem Gürtel. Selinas Augen verfolgten jede seiner Handbewegungen und zeigten eine Spur von Angst. Er ging auf sie zu, während sie immer weiter zurückwich, so lange, bis sie die Wand im Rücken hatte. Sie wollte zur Seite ausweichen, aber er war schneller. Anstatt ihr jedoch den Dolch an die Brust zu halten, wie sie es wahrscheinlich vermutet hatte, drückte er ihr den Griff in die Hand und richtete die Spitze auf sich selbst. Er stützte seine Arme rechts und links von ihr an der Wand ab, sodass sie ihm nicht ausweichen konnte. „Du bist meine Frau, und ich lasse dir trotzdem die Wahl: Entweder du stößt mir diesen Dolch in die Brust, um deine so hochgeschätzte Ehre zu retten, oder du lässt ihn fallen und teilst mit mir das Lager."

Sie sah ihn an. „Du bist verrückt, mir eine solche Wahl zu lassen."

„Vielleicht", presste er hervor. „Vielleicht bin ich das!"

Sie standen sich gegenüber. Pairy begann, seine Brust gegen die Spitze des Dolches zu drücken. Nur noch ein Stück, und der Dolch würde in sein Fleisch eindringen. Ihr Griff verlor nicht an Kraft. Pairy schloss die Augen. Hatte er sich doch geirrt?

Dann begannen ihre Hände zu zittern. „Bitte, bitte geh, ich will dich nicht töten."

Er öffnete die Augen und konnte nun die Angst und Qual in ihrem Gesicht lesen. Er gab nicht nach. „Dann lasse dich von mir berühren, Selina."

Sie schüttelte heftig den Kopf und schluchzte auf, als er sich noch fester gegen die Bronzespitze presste. Als Pairy meinte, seine Haut würde nicht mehr standhalten, löste sich auf einmal der schmerzvolle Druck. Er sah auf den Boden. Sie hatte den Dolch fallen lassen. Er handelte schnell, ehe sie ihren Schrecken überwunden hatte, und nahm sie hoch. Sie zappelte, als er sie zur Lagerstatt trug. Pairy wollte ihr jedoch keine Gelegenheit geben, sich wieder zu fürchten. Während sie ihn mit großen Augen anstarrte, löste er bereits den Knoten ihres Gewandes und zog es fort, sodass sie nackt auf dem Bett lag. Dann glitt er vorsichtig über sie.

„Was tust du da?"

Er lächelte, denn ihre sonst so beherrschte Stimme glich nun der eines ängstlichen Kindes.

Er senkte seinen Kopf und flüsterte, dass sie sich entspannen und die Augen schließen sollte. Er wusste, dass es dauern würde, bis sie so weit war, doch er war sich nun sicher, dass sie ihm gehören würde.

Selina packte eine wilde Panik, als ihr bewusst wurde, was gerade geschah. Sie versuchte, sich unter ihm freizukämpfen, aber sein Körper gab den ihren nicht frei. Stattdessen sagte er immer wieder beruhigend, dass sie keine Angst haben solle, dass sie versuchen solle, seine Berührungen zu genießen. Pairys Hände wanderten zu ihren Brüsten, und Selina spürte ein Ziehen in ihrem Unterleib. Sie glaubte, von einem Feuer verschlungen zu werden, und sah ihm in die Augen, während seine Hände weiter ihren Körper hinabwanderten und jede Stelle sorgsam erkundeten. Dann wagte sie endlich, ihre Hand auszustrecken und seine Brust zu berühren. *Warm*, fuhr es ihr durch den Kopf. *Sein Herz schlägt so schnell.*

Mit einem Mal wollte sie seinen Körper kennenlernen, ihn spüren, seinen Geruch in ihrer Nase haben. Seine Lippen senkten sich auf ihre, seine Zunge spielte mit der ihren. Sie schwebte. Sein Gewicht auf ihrem Körper und seine schweißnasse Brust ließen sie erstaunt aufseufzen, als sein Mund den ihren freigab. Sein Blick blieb ernst auf sie gerichtet, als sie seine Hand zwischen ihren Schenkeln spürte. Sie konnte nicht anders, als sich ihm entgegenzurecken. Ihr Körper begann, von ihrem Kopf getrennt zu handeln. Als sie es kaum noch aushielt, zog sie ihn auf sich und hörte sein leises Lachen an ihrem Ohr. „Ai, Selina. Dein Körper ist nicht so kalt, wie du vorzugeben vermochtest."

Machte er sich über sie lustig? Unsicherheit überfiel sie, doch er küsste sie wieder. „Ich will, dass du meine Gemahlin bist." Seine Stimme war heiser und leidenschaftlich. „Ich will, dass du mich begehrst."

Seine Worte ließen ihren Bauch flau werden. Sie fühlte sein hartes Glied unter seinem Schurz. Behutsam löste sie mit zitternden Händen den Schurz von seinen Hüften Als nichts mehr zwischen ihnen war, begann Selina zu zittern. Sie fühlte sich schutzlos wie noch nie. „Ich ... Ich habe noch nicht ... Ich meine, ich habe noch nie ..."

Er legte einen Finger auf ihre Lippen und strich ihr zärtlich das verschwitzte Haar aus dem Gesicht, während er vorsichtig in sie eindrang. Pairy beobachtete verzückt den Ausdruck des Erstaunens auf ihrem Gesicht. *Keine Schmerzen*, dachte er. *Es war kaum mehr als ein Schreck für sie.* Er bewegte sich langsam in ihr und achtete darauf, nicht zu heftig zu werden. Sie sah ihm die ganze Zeit über in die Augen und ließ ihn gewähren. Er wusste, dass es viel zu früh für sie war, sich fallen zu lassen und ihre eigene Lust zu entdecken. Es wäre dumm gewesen, sie jetzt dazu bewegen zu wollen. Es reichte schon, dass sie sich nicht verkrampfte. Als er sich schließlich mit einem leisen Stöhnen in ihr ergoss und das Brennen in seinem Leib nachließ, zog sie ihn an sich und hielt ihn fest umschlungen, als wolle sie ihn mit ihrem Körper an sich fesseln.

Pairy strich Selina liebevoll die verschwitzten Strähnen ihres goldenen Haares aus der Stirn. Obwohl es unerträglich heiß war, lagen sie eng aneinandergeschmiegt auf dem Bett. Sie hatten die Decken fortgeworfen und konnten nicht genug davon bekommen, einander zu berühren. Pairy beugte sich über ihr Gesicht und küsste ihre Lippen. Über Selinas Oberlippe hatte sich ein feiner Schweißfilm gebildet, der salzig schmeckte. Selina gluckste, als seine Zunge sie kitzelte.

„Bereust du, es zugelassen zu haben?"

Sie schüttelte heftig den Kopf und schmiegte sich wie eine Katze an seine Brust. Sein Herzschlag hatte sich beruhigt. „Nein! Es war schön, es zu tun."

Er strich in einer sanften Geste über ihr Haar. „Für Frauen ist es beim ersten Mal oft nicht schön. Doch es wird von Mal zu Mal besser."

Ihre Augen umspielte ein verschmitztes Lächeln, als sie ihn ansah. „Dann willst du es wieder tun?"

Er grinste. „Glaubst du, dass ich darauf verzichten könnte, nachdem du es mir einmal erlaubt hast?"

„Ich habe bisher keine Lust verspürt, meinen Körper einem Mann zu geben."

Er zog sie fester an sich. „Ai, es ist leichter, darauf zu verzichten, wenn man es nicht kennt. Wenn wir erst einmal in meinem Haus in Piramses sind, werde ich dich oft lieben. Jede Nacht und viele Nachmittage."

Selina verstummte. Ägypten! Was würde aus Lykastia werden, aus Kleite und aus Penthesilea? Aber was würde aus ihren Gefühlen werden, wenn sie nicht mit ihm ginge?

Pairy bemerkte ihr Verstummen und blickte sie ernst an. „Du gehörst nun zu mir. Wir werden eine eigene Familie haben, und du wirst Kinder von mir bekommen." Etwas sanfter fuhr er fort: „Du musst verstehen, dass ich dich nicht aufgeben will. Ich habe mich in dich verliebt. Du bist das Erste in meinem Leben, das nur mir allein gehört." Er biss sich auf die Zunge. Sie sollte diesen Satz nicht falsch verstehen. „Ich meine, ich würde alles für dich tun!"

Selina nahm seine Hand und legte sie auf ihren Bauch. „Ich will auch nicht ohne dich sein."

Er war beruhigt und spürte, wie sich in ihm wieder Lust regte. Es wäre schön, sie noch einmal zu lieben. Sie bemerkte sein aufkommendes Verlangen und ließ zu, dass er sich über sie beugte. Er küsste sie erneut, und sie waren derart ineinander vertieft, dass keiner von ihnen mitbekam, wie die Tür der Gemächer geöffnet wurde. Erst als sie den spitzen Schrei Puduhepas vernahmen, fuhren sie hoch.

Im Gesicht der Tawananna lagen Zorn und unverhohlener Hass. Sie starrte auf ihre nackten Körper, während Pairy und Selina in ihrer Umarmung erstarrt zur Tür blickten. Selina folgte Puduhepas Blick und sah, dass er auf den kleinen Blutfleck auf dem Laken gerichtet war. Ohne ein weiteres Wort rannte Puduhepa hinaus.

In den nächsten Tagen wagten Pairy und Selina nicht, ihre Gemächer zu verlassen. Einerseits war es ihnen peinlich, von der Tawananna in solch inniger Umarmung überrascht worden zu sein, andererseits hatte zumindest Pairy es im Nachhinein mit Schadenfreude erfüllt. Er allein wusste, weshalb die Tawananna unangemeldet erschienen war. Puduhepa war eine mächtige Frau in Hatti und vor allem in Hattusa, doch dieses Mal hatte er gewonnen. Es war zu spät, ihm Selina fortzunehmen, und das hatte die Tawananna an jenem Abend erkannt. Pairy machte sich trotzdem Sorgen, denn Selina war für Puduhepa und ihre Ränkespiele verloren, was sie angreifbar machte. Er traute der Tawananna durchaus zu, dass sie versuchen könnte, Selina, die nun in ihren Augen nutzlos geworden war, aus dem Weg zu räumen.

Pairy verschwieg Selina jedoch seine Ängste. Es reichte, wenn er sich sorgte. Er wäre liebend gerne sofort abgereist. Doch wenn er ohne einen Beweis für Selinas Unschuld nach Ägypten zurückkehrte, würde der Pharao ihm zürnen und ihn wahrscheinlich umgehend wieder fortschicken. Pairy wollte für sich und seine Gemahlin ein anderes Leben als das der Verbannung. Manchmal dachte er darüber nach, mit ihr fortzulaufen. Sie könnten vielleicht irgendwo an der Küste leben, vielleicht auch zu den Kretern gehen. Und dann? Was könnte er Selina bieten? Pairy wusste, dass er es nicht ertragen könnte, in ihrem Gesicht Vorwürfe oder Bedauern zu sehen, weil sie sich für ihn entschieden hatte. Doch innerlich verzweifelte er bei dem Gedanken daran, wie er den wahren Mörder der edlen Dame Ipu ausfindig machen sollte. Hattusa war ein brodelnder Sumpf, trübe und undurchsichtig.

Er versuchte, seine dunklen Gedanken zu vertreiben. Obwohl das Wasser in Hattusa immer knapper wurde, die Bäder seltener, die dicken Mauern der Stadt sich immer mehr erhitzten und das Leben in den Gemächern immer unerträglicher wurde, gab er sich mit Selina der Liebe hin, abends, nachts und auch am Tage. Sie vergaßen alles um sich herum und erzählten sich zwischen ihren Vereinigungen von ihren Träumen, Hoffnungen und Ängsten. Pairy hatte Selina bislang verschwiegen, dass er bereits eine Gemahlin in Piramses hatte. Es war sein gutes Recht, so viele Frauen zu nehmen, wie er wollte, doch er wusste, dass Selina nicht wie andere Frauen war. Er würde ihr von Hentmira erst erzählen, wenn sie in Piramses waren, denn er befürchtete, sie könnte ihm fortlaufen.

Beide sorgten sich, als ein Diener Pairy die Aufforderung überbrachte, in den Gemächern des Tabarna zu erscheinen. Auch Selina schien sie zu spüren, dass sich der Gurt immer enger um ihrer beider Leben schnürte. Trotzdem zwang sie sich zu einem aufmunternden Lächeln und half ihm, einen sauberen Schurz anzulegen. „Ich habe ein ungutes Gefühl, Pairy. Es ist, als hielte ganz Hattusa den Atem an und wäre ein prall gefüllter Wasserschlauch, der nur darauf wartet, mit einem lauten Knall zu platzen."

Pairy lächelte ob des Vergleiches. Doch sie hatte recht. Auch er wartete darauf, dass irgendetwas geschah. Das lauernde Ausharren, das diesen Sommer bestimmte, konnte nicht mehr lange anhalten. Er zog Selina an sich und vergrub sein Gesicht in ihren goldenen Haaren. „Sorge dich nicht! Der Pharao – er lebe, sei heil und gesund! – hält noch immer seine schützende Hand über uns."

Sie seufzte und erwiderte seine Umarmung. „Wie lange wird er das noch tun? Was soll geschehen? Du kannst nicht fort, ehe du den Mörder der edlen Dame Ipu gefunden hast, und ich kann nicht nach Ägypten, wenn der Mord mir angelastet wird." Sie sah vorsichtig zu ihm auf. „Vielleicht solltest du gehen und mich zurücklassen. Du wirst den Mörder nicht finden, und in zwei Mondumläufen werden die Straßen unpassierbar sein, weil der Wettergott die Sonnengöttin vertreibt. Du musst Sauskanu nach Ägypten bringen. Der Tabarna wird langsam misstrauisch, weil du seine Gastfreundschaft überstrapazierst. Die *Hemut nisut* Henutmire täuscht schon viel zu lange diese Krankheit vor, als dass man ihr glauben würde."

Er sah sie ernst an, und sein Blick verriet Entschlossenheit. „Ai, Selina! Sag so etwas nie wieder. Ich werde dich nicht zurücklassen, bei den Göttern, niemals! Ich werde einen Weg finden, deine Unschuld zu beweisen, und dann gehen wir gemeinsam nach Ägypten."

Selina schmiegte sich wieder an ihn. Er war so entschlossen, so überzeugt, dass es ihm gelingen würde, doch Hattusa hatte seine eigenen Regeln und Gesetze. „Geh jetzt. Sie werden zornig, wenn sie zu lange warten müssen."

Der Tabarna hatte sich auf seinem Ruhebett ausgestreckt, als Pairy eintrat. Als er den jungen Ägypter sah, winkte er ihn matt herbei und wies auf einen Stuhl neben dem Bett. Pairy setzte sich und wartete, dass Hattusili zu sprechen begann.

„Selbst für einen Ägypter, der diese Hitze gewohnt sein müsste, scheint es in Hattusa langsam unerträglich zu werden." Er schielte ihn durch trübe und müde Augen an. „Du siehst kaum frischer aus, als die verdorrten Gräser vor den Toren Hattusas."

Pairy lächelte. „Von einer solchen Dürre blieb Ägypten bisher verschont, Tabarna. Ich bete zu Amun-Re, dass er bald Regen schickt."

Hattusili sah ihn mit ernster Miene an. „Die Tawananna glaubt, dass die Sonnengöttin erzürnt ist, weil ihr die höchste Priesterin genommen wurde, und dass sie uns deshalb mit ihren Strahlen verbrennen will. Ihr Zorn ist mächtig."

„Und was glaubst du, großer Tabarna?"

Hattusili lachte meckernd. „Ich weiß es nicht, edler Herr Pairy. Mein Kopf glüht, und meine Glieder schmerzen. Die Tawananna schwört darauf, dass es der Zorn der Göttin ist, dem wir unterliegen, und der Prinz liegt mir in den Ohren, weil er Angst vor einem Angriff der Kaskäer hat, unsere Truppen und Pferde geschwächt sind und ich es versäumt habe, gute Waffen fertigen zu lassen. Nun fehlt uns Zinn. Wir haben nicht genügend Bronze. Ich weiß nicht, was ich tun soll. Aber wenn es doch die Göttin ist, ließe sich ihr Zorn vielleicht dadurch besänftigen, dass die abtrünnige Priesterin das Land verlässt."

Pairy hielt unmerklich die Luft an. Es war also so weit. Er wurde aufgefordert, Hattusa zu verlassen.

„Sobald die *Hemut nisut* reisefähig ist, werden wir aufbrechen."

Der Tabarna nickte. „Gut! Ich denke, dass dem in spätestens einem Mondumlauf so sein wird, nicht wahr? Und du gabst mir ein Versprechen, edler Herr Pairy. Ich hoffe nicht, dass du deine Abreise absichtlich hinauszögerst, weil du dein Versprechen brechen möchtest."

Pairy erkannte, dass der Tabarna ahnte, dass die Krankheit der Königin nur vorgetäuscht war. Dieser Mann, so gebrechlich er auch wirkte, war nicht so dumm, wie er vorgab zu sein. Seine einzige Schwäche bestand in seiner Liebe zu Puduhepa. Pairy verbeugte sich leicht. „In einem Mondumlauf, Tabarna, werden wir aufbrechen und die Prinzessin Maathorneferure sowie den Leib der edlen Dame Ipu nach Ägypten bringen."

„Und die Priesterin, welche nun deine Gemahlin ist."

„Und die Priesterin."

Selina klopfte entschlossen an die Tür von Sauskanus Gemächern. Ihr Herz schlug bis zum Hals. Bis jetzt hatte sie nicht gewagt, sie zu besuchen, denn Sauskanu verbrachte ihre Zeit nun mit der *Hemut nisut* Henutmire sowie ihrer neuen Dienerin, der edlen Dame Anka, die Selina den Tod ihrer Freundin anlastete.

Ein müder Diener in einem fleckigen ägyptischen Schurz öffnete ihr die Tür. Er war Nubier, und seine schwarze Haut wirkte wie eingeölt, obwohl Selina wusste, dass er nur ebenso schwitze, wie alle anderen. Sie trat durch die Tür und fand Sauskanu auf Kissen am Boden sitzend, während Anka versuchte, ihre Haare kunstvoll auf ihrem Kopf festzustecken. Als Sauskanu Selina sah, sprang sie auf und umarmte sie. „Selina! Wie lange habe ich dich nicht mehr gesehen? Ich freue mich so! Ich habe gehört, du seiest nun die Gemahlin des edlen Herrn Pairy, des *Hati-a* von Piramses." Sie drückte Selina noch fester an sich. Dann zog sie Selina mit sich und deutete auf Anka. „Du kennst die edle Dame Anka?"

Selina nickte Anka lächelnd zu und wurde von dieser mit einem steifen Kopfnicken und einem ablehnenden Gesichtsausdruck bedacht. Sauskanu schien das nicht zu bemerken, stattdessen deutete sie Selina, sich zu ihnen zu setzen.

„So werde ich in Ägypten eine Freundin an meiner Seite haben, mit der ich Erinnerungen an meine Heimat austauschen kann."

Sauskanu war so aufgeregt, dass sie vergessen hatte, dass Selina dort das Gericht des Pharaos erwartete. Selina fühlte sich verpflichtet, die Spannung zwischen sich und Anka zu beenden. „Edle Dame Anka", setzte sie unbeholfen an. „Ich hoffe, du glaubst nicht, dass die edle Dame Ipu durch meine Hand gestorben ist. Ich wünschte, ich könnte beweisen, dass ich es nicht war."

Ankas Augen verrieten ihren Zorn, doch sie beherrschte sich und blieb respektvoll. „Ich bete zu den Göttern, dass du es nicht warst, Herrin Selina. Ich kann nicht verstehen, warum sie getötet wurde. Sie hatte niemandes Zorn auf sich gezogen. Wenn man sie beraubt hätte, so hätte es jeder am Hof sein können. Doch bis auf einen recht wertlosen Ring trug sie ihren Schmuck und sogar einen kleinen Beutel Gold bei sich. Weshalb also dieser feige Mord?"

Selina war die Skepsis in Ankas Stimme nicht entgangen, doch sie hatte aufgehorcht. „Der edlen Dame wurde ein Ring gestohlen?"

Als Sauskanu an Ankas Stelle antwortete, war ihre Stimme nur noch ein geheimnisvolles Raunen. „Ja, es war der Ring, welcher ihr Verlobter ihr geschenkt hatte. Er war nicht annähernd so wertvoll wie der Halskragen oder der Beutel mit dem Gold, doch sie hätte ihn niemals abgelegt. Anka hat nach dem Ring gesucht, doch er ist verschwunden."

Selinas Herz schlug schneller. Hier gab es vielleicht eine Spur, wo man ansetzen konnte. „Wie sah der Ring aus?"

Sauskanu blickte Anka fragend an, bis diese sich zu einer Antwort herabließ. „Er war aus Gold und sonst recht schmucklos. Er trug ein aufgesetztes Plättchen mit ihrem Namenszug."

Selina sprang auf und verbeugte sich schnell. Sauskanu erhob sich ebenfalls. „Wo willst du hin? Du bist gerade erst gekommen."

Selina schüttelte heftig das helle Haar. „Hat denn niemand bemerkt, dass der Ring fehlte?"

Anka zuckte mit den Schultern. „Außer mir kannte kaum einer diesen Ring."

„Aber das wäre doch ein erster Hinweis gewesen. Vielleicht befindet sich der Ring noch irgendwo im Palast. Vielleicht hat ihn derjenige, der auch die edle Dame Ipu ermordet hat."

Anka und Sauskanu sahen sie mit großen Augen an. In ihrer Aufregung und ihrer Wut, dass niemand von dem Ring erzählt hatte, erschienen Selina ihre Blicke wie die ahnungsloser Schafe. „Wenn es bis jetzt niemand weiß, dann erzählt es bitte auch nicht weiter. Vielleicht kann ich beweisen, dass ich es nicht war, wenn dieser Ring gefunden wird."

Schließlich rang sich Anka zu einem Nicken durch. „Ich werde schweigen."

Selina drückte Sauskanu zum Abschied und eilte dann davon. Sie musste Pairy von dem Ring erzählen, sobald er vom Tabarna zurückgekehrt war.

Pairy erwartete Selina bereits unruhig in ihren Gemächern. Mit säuerlicher Miene und hinter dem Rücken verschränkten Händen herrschte er sie an. „Wo bist du gewesen? Ich habe mir Sorgen gemacht, als ich zurückkam und du nicht hier warst."

Sie blieb abrupt stehen und stutzte. Da war er wieder, der alte überhebliche Pairy, der *Hati-a* von Piramses, dem sie sich verweigert hatte. „Ich bin kein unbeholfenes Kind, Pairy."

Sein Zorn legte sich nicht. „Du bist meine Gemahlin. Du könntest mir zumindest sagen, wohin du gehst!"

Immer wenn er diese herrische Art ihr gegenüber zeigte, konnte sie nicht anders, als wütend zu reagieren. „Ich bin deine Gemahlin, aber nicht deine Gefangene!"

Er ging auf sie zu und packte ihre Hand. Sie entwand sich ihm flink und trat einen Schritt zurück. „Wage es nicht, mich zu schlagen!"

Er erwachte wie aus einem Traum und zuckte zusammen. Seine Stimme verlor ihre Schärfe. „Wie kannst du annehmen, dass ich dich jemals schlagen würde?"

„Du würdest ebenfalls ein blaues Auge davontragen."

Er kam auf sie zu und streckte in einer beschwichtigenden Geste seine Hand nach ihr aus, doch sie wich weiter zurück. Mit einigen schnellen Schritten war er bei ihr und zog sie an sich. Selina spürte, wie alle Gegenwehr in ihr erstarb, als er sie heftig küsste. Sie hörte ihn keuchen und spürte, wie er die Muskeln anspannte. Gemeinsam taumelten sie gegen die Wand, und Selina wurde von ihm wie eine Feder hochgehoben, als er ihr Gewand über die Hüften schob, mit beiden Händen ihre Schenkel umfasste und sie an der Wand hochschob. Pairy machte sich nicht die Mühe, seinen Schurz herunterzuzerren, bevor er in sie in sie eindrang. Selina warf den Kopf zurück und ließ ihn gewähren.

„Wie kannst du nur glauben, dass ich dich jemals schlagen würde?", keuchte er, während seine Stöße immer heftiger wurden. „Ich liebe dich, mein Herz schnürt sich vor Angst zu, wenn du nicht bei mir bist!"

Selina konnte nicht sprechen, er trieb sie immer weiter an, wurde weder langsamer noch sanfter. Dann spürte sie endlich, wie eine erlösende Woge durch ihren Körper ging, während sie sich an Pairys Schultern festkrallte.

Selina bestrich die Kratzspuren auf Pairys Schultern mit einer kühlenden Salbe, während er bäuchlings auf dem Bett lag. Sein leises Brummen ließ erkennen, dass er die Behandlung genoss. „Pairy, ich habe vorhin Sauskanu besucht."

Er rührte sich kaum, sondern brummte erneut, um zu zeigen, dass er ihr zuhörte.

„Anka war auch dort. Und sie hat gesagt, dass an Ipus Hand ein Ring fehlte, als man sie fand: ein schlichter Goldring mit ihrem Namenszug, den ihr Verlobter ihr geschenkt hatte."

Endlich hob Pairy den Kopf. Seine Begeisterung hielt sich jedoch in Grenzen. „Ich glaube kaum, dass der Mörder so dumm wäre, einen Ring mit Ipus Namenszug zu tragen und sich damit zu verraten."

Selina beugte sich über ihn. „Aber was ist, wenn der Mörder gar nicht weiß, dass die Schrift auf dem Ring ein Namenszug ist?"

„Wie meinst du das?"

„Die Schriftzeichen sind doch bestimmt ägyptisch. Der Hof beherrscht Akkadisch, das weiß ich, aber kaum einer kann die ägyptische Schrift lesen."

Er sah sie nun wacher an. „Es wäre trotzdem ein Glücksfall, einen so winzigen Ring zu finden."

Selina sinnierte weiter. „Wir müssen nur auf die Hände schauen. Auf die Hände ..." Sie erschrak. „Warum sollte ein Mann einen Ring stehlen, der für eine Frauenhand gefertigt wurde?"

Pairy zuckte mit den Schultern. „Um ihn zu verschenken?"

„Und seine Geliebte damit in Gefahr zu bringen? Es wäre möglich, aber dumm. Außerdem war der Ring zu unscheinbar, um eine Frau damit zu beeindrucken. Nur einer Frau, die selber Schmuck liebt und eine Schwäche für Kleinigkeiten oder Außergewöhnliches hat, würde solch ein Ring ins Auge fallen."

Pairy drehte sich auf den Rücken und zog die Brauen zusammen. „Du glaubst also, dass eine Frau Ipu ermordet haben könnte?"

„Warum nicht? Was ist daran so abwegig?"

„Das Motiv."

Dann blickten sie sich plötzlich an und sprachen wie aus einem Munde „Puduhepa?"

„Ai, Selina! Kann es sein, dass Puduhepa dich schon früher aus dem Weg schaffen wollte? Weil du zuviel weißt? Weil sie dir nicht vertraut?"

Selina begann, hektisch an ihren Fingernägeln zu kauen, bis Pairy ihr die Hand vom Mund wegzog. „Ich weiß es nicht. Wenn es so sein sollte, habe ich es nicht bemerkt."

„Die Tawananna ist schlau. Es würde mich nicht wundern, wenn du es nicht bemerkt hättest. Du musst nachdenken, Selina. Amenirdis erwähnte, dass du Dinge gesehen hast, die du nicht hättest sehen dürfen. Was hat sie damit gemeint?"

Selina zuckte mit den Schultern. „Sie kann nur die Öfen in Arinna gemeint haben. Die Frauen brennen dort eigentlich Keramik. Aber ich habe sie überrascht, als sie Steine in die Öfen warfen – ganz normale Steine, die geschmolzen sind und als rote Glut aus den Öfen hinausliefen."

Pairy runzelte die Stirn. „Steine sagst du? Ich habe noch nie gesehen, dass Keramik aus Steinen gebrannt wurde. Wie sollte das gehen? Vielleicht haben sie Kupfer geschmolzen? Bist du sicher, dass du dich nicht geirrt hast?"

Sie schüttelte den Kopf. „Es waren nur Steine, kein Kupfer. Aber es blieb ein glühender Klumpen zurück. Und ich habe noch etwas gesehen. Die Tawananna behauptet, dass das schwarze Metall ungeeignet sei, um Schwerter daraus zu fertigen."

Pairy nickte. „Es bricht zu leicht. Obwohl der Pharao das nicht glaubt. Er behauptet, ein Schwert gesehen zu haben, das eine Bronzeklinge im Kampf stumpf werden ließ."

„Ja", stimmte Selina zu. „In Lykastia ist auch so ein Schwert aufgetaucht. Und in Arinna meine ich ein Haus entdeckt zu haben, in dem Schwerter gehortet werden. Aber was kann das bedeuten?"

Pairy überlegte. „Es ist eine seltsame Vorstellung. Doch was wäre, wenn es zwei unterschiedliche Arten des schwarzen Metalls gäbe? Eines, das vom Himmel fällt, und eines, das aus der Erde kommt? Eines, das wie Kupfer im Stein zu finden ist?"

Selina hielt die Luft an. „Und wenn dieses andere Metall wirklich so hart ist, dass es die Bronze stumpf werden lässt, wäre eine Truppe mit diesem Erdmetall nicht im Vorteil?"

„Und würde der Entdecker dieses Metalls nicht versuchen, das Geheimnis für sich zu behalten, anstatt es mit anderen Ländern zu teilen?" Er sog scharf die Luft ein. „Wenn das stimmt, Selina, hast du ein ungeheuerliches Geheimnis entdeckt. Wenn der Pharao das erfährt, wird er dir kaum noch zürnen, zumal nun klar ist, warum man deinen Tod will. Anscheinend ist besonders der Tawananna daran gelegen, dass du in Hattusa bleibst."

Pairy hatte recht. Puduhepa war immer in ihrer Nähe; es wäre ihr ein Leichtes gewesen, die Anschläge zu planen. Und war es nicht auch sie gewesen, die auf dem Wettkampf bestanden hatte, ja sogar begeistert darauf gedrängt hatte? Vielleicht hatte sie nach der Rückkehr aus Arinna bereut, dass sie Selina vertraut hatte.

Pairy sah sie an. „Wir haben nur noch einen Mondumlauf. Dann müssen wir nach Ägypten zurückkehren. Der Tabarna will es so."

Er berichtete Selina von seinem Gespräch mit Hattusili. Als er geendet hatte, schüttelte sie den Kopf. „Puduhepa versucht also, mir die Schuld an der Hitze und der Dürre zu geben, indem sie den Zorn der Sonnengöttin von Arinna dafür verantwortlich macht. Das passt gut in unsere Überlegungen. Sie ist bösartig wie eine Kobra. Und der Prinz versucht ebenfalls, seinen Vater auf seine Seite zu ziehen." Sie lachte freudlos. „Welch ein zerrissenes Königshaus!" Dann kam ihr eine Idee. „Schlagen wir die Tawananna doch mit ihren eigenen Waffen und wenden uns Prinz Tudhalija zu. Vielleicht offenbart sie sich dann, sodass wir sie des Mordes überführen können."

Pairys Augen zeigten Unverständnis. „Und was willst du Prinz Tudhalija bieten? Deinen Körper wohl kaum." Er wusste, dass der Prinz Selina begehrt hatte, doch er würde ihn lieber töten, als sie ihm zu überlassen.

„Nein", gab sie lächelnd zurück. „Ich habe etwas viel Besseres für den Prinzen. Es liegt in Arinna, und er muss es sich nur holen. Damit ziehe ich zwar endgültig Puduhepas Hass auf mich, doch wenn sie mir ohnehin nach dem Leben trachtet, ist das gleichgültig."

Sie warteten zwei Tage, bis sie dem Prinzen eine Nachricht zukommen ließen und ihn baten, abends allein in ihren Gemächern zu erscheinen. Pairy hatte zuerst argumentiert, dass man Prinz Tudhalija nicht trauen könnte. Denn der Prinz war zornig darüber, dass er Selina nicht hatte haben können, und es bestand die Gefahr, dass er Selinas Worten keinen Glauben schenken würde. Selina hatte ihrerseits angebracht, dass der Prinz seine Mutter abgrundtief hasste. Sie glaubte zu wissen, dass der Prinz zumindest eine Ahnung von den Ränken seiner Mutter hatte, auch wenn er nicht genau wusste, was sie plante.

Nun war bereits die zweite Nacht, nachdem Tudhalija ihr Schreiben erhalten haben musste. Warum schickte der Prinz keine Botschaft? Vielleicht war er mit ihrem Brief zum Tabarna gelaufen, welcher dann wiederum die Tawananna hinzugezogen hatte? Selina kaute nervös auf ihren Nägeln herum, und auch Pairy war beunruhigt und lief ständig in ihren Gemächern auf und ab. Dann endlich hörten sie ein Klopfen. Pairy sah Selina kurz an, dann nickte sie und er ging, um die Tür zu öffnen. Einen quälenden Augenblick später stand Prinz Tudhalija vor ihr. Seine Augen blickten sie wenig freundlich an. Obwohl es bereits spät war, hatte er noch nicht geschlafen. Sein Haar lag ölgeglättet an seinem Kopf, und sein langer Chiton war trotz der erbarmungslosen Hitze nicht verschwitzt. Selina fand, dass ihn der Bart, den er sich im vergangenen Winter hatte wachsen lassen, männlicher wirken ließ. Trotzdem lief ihr bei der Vorstellung, dass sie beinahe nicht Pairys, sondern seine Gemahlin geworden wäre, ein Schauder über den Rücken.

Selina sah mit Erleichterung, dass Tudhalija allein gekommen war. Der Prinz musterte sie von oben bis unten, wobei seine Augen schließlich auf ihren Brüsten verharrten. Wie um den Prinzen daran zu erinnern, dass Selina für ihn unerreichbar war, stellte sich Pairy hinter sie und legte seine Hände auf ihre Schultern. Tudhalija schien diese Geste zu verstehen, denn ein spöttisches Lächeln umspielte auf einmal seinen Mund. „Nun, Herrin Selina? Es ist das erste Mal, dass wir Worte wechseln, da du ja lange Zeit vorgegeben hast, keiner verständlichen Sprache mächtig zu sein." Seine Worte verbargen den abwertenden Unterton seiner Stimme nicht. „Ich hoffe, edler Herr Pairy, und auch du Selina, ihr wisst, dass eure Köpfe kurz davor sind zu fallen. Es wäre ein Leichtes für mich gewesen, zum Tabarna zu gehen und ihm euren Brief zu zeigen."

„Doch du hast es nicht getan", stellte Selina mit fester Stimme klar.

Der Prinz wurde kaum freundlicher. „Ich werde es tun, wenn mir deine Worte nicht gefallen! Du sagtest, dass du mir etwas zu sagen hättest, das für mich von Interesse wäre, und dass meiner geschätzten Mutter sehr daran gelegen wäre, gewisse Dinge zu vertuschen. Allein das hat mich dazu bewogen, mir deine Worte anzuhören und euch nicht zu verraten. Also erkläre, was du damit gemeint hast."

Selina zweifelte einen Moment, ob es wirklich richtig war, dem Prinzen alles zu erzählen, dann begann sie zu sprechen. „Ist es nicht so, dass die Truppen wegen der anhaltenden Dürre geschwächt sind? Und sorgst du dich nicht darum, dass der Tabarna es in diesem Jahr versäumt hat, genügend Waffen für die Truppen fertigen zu lassen?"

„Woher weißt du das?"

Pairy brachte sich in das Gespräch ein. „Der Tabarna war geneigt, es mir selber in einem Gespräch mitzuteilen."

Tudhalija nickte. „Mein Vater neigte schon immer dazu, zu viel zu reden. Aber wenn ihr es ohnehin wisst, brauche ich es nicht abzustreiten. Ich verstehe nur nicht, was euer geheimnisvolles Schreiben damit zu tun haben soll."

„Waffen!", warf ihm Selina ein einziges Wort entgegen.

Der Prinz hob die Augenbrauen und schüttelte den Kopf. „Versuche nicht, mir weiszumachen, dass ihr genügend Gold hättet, um eine Truppe zu rüsten. Selbst du kannst nicht so viel Gold besitzen, edler Herr Pairy."

Pairy überließ es Selina, ihr Anliegen zu erklären. „In Arinna habe ich Waffen gesehen. Waffen aus dem schwarzen Metall."

Nun wurde Tudhalija zornig. „Glaubst du, ich sei ein dummer Tölpel, Herrin? Das Himmelsmetall taugt nicht für Waffen. Wenn dem so wäre, würden die Soldaten bereits mit solchen Schwertern kämpfen."

Selina sah ihn eindringlich an. „Es gibt Dinge, die du nicht weißt, Prinz. Dieses Metall fällt nicht nur vom Himmel. Es ist auch in der Erde und in den Steinen zu finden. Ich habe gesehen, wie die Priesterinnen Steine in den Öfen geschmolzen haben und ein glühender Klumpen Metall zurückblieb, und ich habe sie gesehen, diese Schwerter. Sie waren in einem Haus des Heiligtums, aus dem man mir den Dolch brachte, mit dem die edle Dame Ipu ermordet wurde. Ich weiß nicht, für wen Puduhepa sie fertigen ließ, doch diese Waffen sind dort und warten auf ihre Bestimmung. Vielleicht wäre es besser, du würdest sie nehmen, bevor sie gegen dich gerichtet werden."

Der Prinz sah sie durchdringend an. „Was du sagst, klingt unglaubwürdig. Doch als ich mit den Truppen im Küstenland war, fiel mir etwas Seltsames auf: Einige meiner Truppführer hatten ihre Schwerter aus dem schwarzen Metall bei sich. Einige waren etwas heller, mehr grau als schwarz. Und diese schienen unzerbrechlich zu sein. Die Besitzer dieser Klingen rühmen sich damit und sehen es als besondere Gunst der Sonnengöttin. Ich schrieb das dem Umstand zu, dass auch das Himmelsmetall von unterschiedlicher Güte ist und manchmal ein Glücksfall das Metall härter als Bronze sein lässt. Wenn es jedoch wirklich zwei Arten des schwarzen Metalls gibt und die bessere in der Erde zu finden ist ... Ich werde nach Arinna gehen und diese Waffen suchen. Solltet ihr mich angelogen haben und ich dort nichts finden, werde ich euch vor den Panku zerren und ihm das Schreiben vorlegen, das ihr mir geschickt habt."

Pairy gab sich damit nicht zufrieden. „Und wenn es so ist, wie wir gesagt haben?"

Tudhalija kratzte sich am Bart. „Verlange nicht zu viel von mir, edler Herr Pairy. Deine Gemahlin hat sich nicht gerade meine Freundschaft erworben. Aber wenn ihr nicht gelogen habt, sollen zumindest keine Rachegedanken mehr zwischen uns stehen, und die Schuld soll als bezahlt angesehen werden."

Er nickte ihnen zu. Das Gespräch war beendet. Ohne ein weiteres Wort an Pairy oder Selina zu richten, verließ der Prinz ihre Gemächer. Er musste mit dem Tabarna reden, damit er ihn nach Arinna ziehen ließ. Und er musste dafür sorgen, dass seine Mutter nichts davon erfuhr.

Das Heiligtum der Sonnengöttin in Arinna

Tudhalija wischte sich über die Stirn. Staub und Hitze waren unerträglich, und am besten wäre es gewesen, nackt herumzulaufen. Doch die grimmigen Strahlen der Sonne hätten die Haut sofort verbrannt und in Fetzen vom Körper geschält. Die Pferde waren erschöpft, ebenso die zweihundert Männer, die ihn begleiten. Sie hatten fast zwei Tage für diese Reise gebraucht, zwei weitere Tage waren verstrichen, bevor er den Tabarna endlich hatte überzeugen können. Sein Vater glaubte ihm nicht. Erst als er auf den Tabarna so lange eingeredet hatte, dass dieser nur noch seine Ruhe haben wollte, hatte sein Vater ihm die

Erlaubnis erteilt, nach Arinna zu ziehen, damit er sich selbst von der Unschuld Puduhepas überzeugen konnte. Als nun das Heiligtum im Staub der öden Landschaft vor ihm lag, mochte der Prinz kaum noch glauben, dass es hier ein solches Wunder geben sollte. Alles wirkte zu einfach und zu schäbig, nicht wie das Haus einer großen mächtigen Göttin. Tudhalijas Magen verkrampfte vor Zorn. Wenn diese abtrünnige Priesterin und ihr ägyptischer Beischläfer ihn belogen hatten, würden sie es für den Rest ihres Lebens bereuen!

Er blickte über seinen Rücken und konnte die Gesichter der müden Männer erkennen, die mit ihm gekommen waren. Sie ließen die Zügel der Pferde locker auf deren Rücken hängen, weil die Tiere ohnehin schon entkräftet waren und die Streitwagen nur langsam vorankamen. Einigen Pferden stand bereits Schaum vor dem Maul. *Bei der großen Göttin,* dachte er, *zuerst brauchen die Pferde Wasser.* Er gab den Männern ein Zeichen, ihm zu folgen. Der müde Trupp setzte sich langsam in Bewegung, und sie waren erleichtert, als sie endlich in den Hof des Heiligtums einritten.

Tudhalija ließ seinen Blick vorsichtig in jeden Winkel schweifen. Es war zu still hier für seinen Geschmack. Niemand war zu sehen, nichts deutete darauf hin, dass in diesem Tempel etwas vor sich ging, das einer solchen Ungeheuerlichkeit nahegekommen wäre, von der die Priesterin und der Ägypter ihm berichtet hatten. Lediglich die zurzeit ungeheizten Rennöfen fielen ihm auf. Niemand hätte bei dieser Hitze auch noch die Öfen ertragen können. Dass es hier Rennöfen gab, wusste er. Es war schließlich kein Geheimnis, dass in Arinna gute Keramik gebrannt wurde.

Tudhalija stieg vom Wagen und verkündete laut und verständlich, dass der Prinz von Hatti eingetroffen sei. Es dauerte eine Weile, bevor einige Frauen in groben Wollgewändern aus den Häusern traten, angeführt von einer älteren Priesterin. Die Ältere kam zu ihm herüber und verbeugte sich. „Ich heiße dich im Heiligtum der Sonnengöttin willkommen, Prinz Tudhalija. Mein Name ist Gasulawija. Wem verdanken wir deine Anwesenheit? Hat dich der Tabarna geschickt oder die Tawananna, damit du im Heiligtum der Göttin ein Opfer bringst?"

Tudhalija blickte interessiert auf den Armreif der Frau. „Die Pferde brauchen Wasser."

Gasulawija nickte und winkte den Frauen. Diese verschwanden kurz im Innern des größten Hauses und kamen mit Holzkübeln zurück, aus denen achtlos Wasser schwappte. Offensichtlich gab es hier noch Brunnen, die nicht ausgetrocknet waren. Der Prinz wunderte sich, als immer mehr Frauen auf den Häusern herauskamen. Wie viele Priesterinnen hatte dieses Heiligtum?

„Darf ich nun fragen, weshalb du den mühsamen Weg durch die Hitze auf dich genommen hast, Prinz? Eigentlich ist der Besuch des Heiligtums den Frauen und dem Tabarna vorbehalten."

Hatte in den Worten der Priesterin ein leiser Vorwurf gelegen? Fürchtete diese Frau seine Anwesenheit? Hatte sie etwas zu verbergen? Seine Augen suchten nach dem Haus, das Selina ihm beschrieben hatte. Er erkannte es sofort. Obwohl die Gebäude der Anlage in Rechteckform angeordnet waren und den Innenhof wie ein Schutzwall umschlossen, unterschied sich das Haus von den übrigen. Die heißen Sommer und kalten Winter hatten es von außen verwittern lassen, sodass der Kalk bereits vom Mauerwerk abzublättern begann. Es war verfallen und unansehnlich – und es hatte keine Fensteröffnungen! Tudhalija stutzte. Wer baute ein Haus ohne Fenster, um darin zu wohnen? Er wies mit dem Finger auf die Tür des Hauses. „Was ist hinter dieser Tür?"

Gasulawija folgte seinem Fingerzeig mit den Augen. „Es ist nur ein Lagerraum, mein Prinz."

„Was wird dort gelagert?"

„Getreide."

„Das ist sehr gut! Unsere Pferde müssen versorgt werden." Er winkte einige seiner Männer herbei, doch Gasulawija hielt ihn zurück.

„Das Getreide ist ausschließlich für die Göttin und ihre Opfergaben bestimmt. Ich gebe dir welches für eure Pferde aus einem anderen Vorrat."

„Was der Göttin mundet, wird auch den Pferden schmecken", konterte Tudhalija. Er war nun überzeugt, dass sich hinter dieser Tür kein Getreide befand. Er ließ Gasulawija stehen und wollte selbst die Tür des geheimnisvollen Hauses öffnen, als er einen Schrei in seinem Rücken vernahm. Tudhalija fuhr herum und blickte in das hassverzerrte Gesicht Gasulawijas, die plötzlich ein kurzes Schwert in der Hand hielt. Ehe sie auf ihn zustürmte, hörte er auch die anderen Priesterinnen schreien. Er glaubte kaum, was er sah: Allesamt zogen die Frauen ein kurzes Schwert unter ihren langen Gewändern hervor. Deshalb schwitzten sie also bei dieser Hitze freiwillig in diesen dicken Stoffen! Gasulawija lief mit dem erhobenen Schwert in der Hand auf ihn zu, es bestand kein Zweifel, dass sie vorhatte, ihn zu töten.

Mit der Routine des Soldaten wich Tudhalija ihr aus und schlug ihr mit der Faust in den Nacken, sodass sie vornüber in den Sand fiel und bewusstlos liegen blieb. Sodann rannte er zu seinen Männern, und zog sein Schwert. Seine Soldaten kämpften bereits gegen die Frauen. Obwohl immer mehr bewaffnete Priesterinnen aus den Häusern stürmten und sich ihnen entgegenstellten, waren sie kaum ernstzunehmende Gegner für Tudhalijas Truppe. Sie hatten nicht gelernt, mit ihren Schwertern umzugehen. Allein die Pferde hatten Angst vor ihnen. Sie stiegen und tänzelten unruhig in ihren Geschirren, als die Frauen heulend und kreischend mit ihren Schwertern vor ihnen herumfuchtelten. Tudhalija stach etwa zwanzig von ihnen nieder, bevor die Männer die Frauen zusammentreiben konnten und diese sich ergaben. Er sah sich um: Überall im Sand lagen blutüberströmte Frauenkörper. Einige seiner Männer hatten Schnitte abbekommen, doch keiner von ihnen war gefallen. Dieser ungleiche Kampf war ein dummes Kinderspiel gewesen.

Einer seiner Männer kam zu ihm herüber. Tudhalija konnte ihm ansehen, dass auch er das eben Geschehene kaum verstand. „Was sollen wir mit den überlebenden Priesterinnen tun?"

Der Prinz überlegte kurz. „Sperrt sie vorerst in eines der Häuser und sorgt dafür, dass sie nicht fliehen!"

Tudhalija wandte sich wieder dem Lagerhaus zu. Es war nicht viel mehr als ein Schuppen, doch die Frauen hatten ihn mit ihrem Leben verteidigt, obwohl sie gewusst haben mussten, dass sie unterliegen würden. Seine Hand zitterte, als er sie gegen das raue, verwitterte Holz der Tür drückte, die knarrend nachgab. Dann starrte er mit geöffnetem Mund auf Hunderte Schwerter, Dolche und Äxte, die im einfallenden Sonnenlicht glänzten. Niemand hatte sich große Mühe gegeben, Ordnung zu halten. Die Waffen waren gefertigt und dann einfach abgelegt worden. Einige ältere zeigten bereits Anzeichen von Rostfraß, an einigen Wänden lagen gehämmerte Spitzbarren, die noch bearbeitet werden mussten.

Er wandte sich benommen um und bemerkte zu seinen Füßen ein leichtes Aufstöhnen. Gasulawija kam wieder zu sich. Der Prinz packte sie grob an den schon ergrauenden langen Haaren und zerrte sie auf die Füße. Sie wehrte sich nicht. Als er in ihr Gesicht sah, konnte er jedoch abgrundtiefen Hass erkennen. „Woher kommen all diese Schwerter und Äxte? Habt ihr sie gefertigt? Für wen?", schrie er sie an.

Sie zuckte nicht zurück. Ihre Stimme war ein wütendes Flüstern. „Ja, Prinz! Wir haben sie gefertigt. Wir haben sie für den Tag gefertigt, an dem die große Sonnengöttin von Arinna endlich wieder ihren Thron einnehmen und durch die von ihr erwählte Tochter alleinige Herrscherin sein wird."

Er schüttelte verständnislos den Kopf. „Erkläre das, wenn du nicht willst, dass ich dir mein Schwert in deinen Leib ramme, Priesterin!"

Gasulawija starrte ihn wütend an, antwortete aber bereitwillig. „Deine Mutter, Prinz, die große Puduhepa, war von der Göttin auserwählt, diesen Platz einzunehmen. Doch dann kam dein Vater und nahm sie uns fort." Sie lächelte ihn kühl an. „Puduhepa hat nie vergessen, was sie war und wem sie diente. Sie kehrte als Tawananna zu uns zurück und gab uns neue Hoffnung. Zwar hatte der Tabarna ihren Bauch schon mit einem ersten Kind gerundet, sodass sie die ihr zugedachte Stellung nicht mehr einnehmen konnte, doch sie ließ uns weiter Waffen fertigen für den Tag, da sie eine Nachfolgerin gefunden hätte, welche die entstandene Lücke würde füllen können."

Gasulawija war nun wieder ganz ruhig. „Sie brachte uns dieses Mädchen, Selina. Wir glaubten, dass es so wird, wie in den Zeiten, bevor der Rat der Frauen von den Männern vertrieben wurde. Sie war sehr neugierig, stellte viele Fragen. Die Männer haben uns gelehrt, Metall zu bearbeiten, aber sie lehrten uns nicht zu kämpfen. Diese Frau hätte es uns lehren können – Reiten, Kämpfen und Töten. Dann hätten wir irgendwann die alte Ordnung wiederherstellen können, die alte Zeit der Frauenherrschaft." Sie spie vor ihm aus. „Aber auch du wirst das nicht verhindern können, Prinz. Die Göttin ist auf unserer Seite."

Ehe er etwas sagen konnte, verzog Gasulawija ihr Gesicht und stürzte sich auf ihn. Ihre Augen weiteten sich, ihre Muskeln erschlafften, dann glitt sie an ihm herunter und fiel in den Staub, das Schwert, das er auf sie gerichtet hatte, noch in ihrer Brust. Tudhalija sah sie entsetzt an. Sie hatte sich absichtlich in sein Schwert gestürzt. Diese Frauen waren wahnsinnig, vollkommen überzeugt von ihren Wahnvorstellungen. Und Puduhepa, seine eigene Mutter, gehörte zu ihnen und hatte sie in diesem Irrsinn noch bestärkt.

„Mein Prinz, was sollen wir mit den Priesterinnen tun?" Einer der Männer war wieder an Tudhalija herangetreten.

„Wir werden sie hierlassen, aber vorher will ich mit meinen eigenen Augen sehen, wie Steine das schwarze Metall hervorbringen." Dann ging Tudhalija ein Gedanke durch den Kopf. „Müssen diese Priesterinnen nicht unberührt sein?" Er wartete eine Antwort gar nicht erst ab „Nehmt euch diejenigen, welche euch gefallen. Es kann nicht schaden, diese Weiber daran zu erinnern, wer dereinst auf dem Thron sitzen wird."

Die Männer ließen sich nicht zweimal bitten und verschwanden kurze Zeit später in den Häusern. Tudhalija war zufrieden, als die ersten Schreie erklangen. *Es ist recht so!*, dachte er bei sich. Er würde ein für allemal dafür sorgen, dass die Frauen nicht noch einmal aufzubegehren wagten. Er setzte sich in den Schatten eines Hauses und wartete. Es dauerte nicht lange, und die Männer kamen nach und nach wieder zurück. Tudhalija ließ sie die Waffen aus dem verwitterten Schuppen holen und auf die Streitwagen laden. Prüfend nahm er eines der kurzen Schwerter und hieb es gegen die Wand eines Hauses. Der weiße Putz bröckelte ab, die Klinge erzitterte in seiner Hand, doch sie brach nicht – auch nicht, als er das zweite und dritte Mal zuschlug. Ihre Schneide zeigte keine Einkerbung, sie blieb scharf. Welch wunderbares Metall hatten diese Frauen da entdeckt! Es hatte sich wirklich gelohnt, nach Arinna zu kommen. Selina hatte nicht gelogen. Und er war nun in der Lage, Puduhepa vor seinem Vater des Verrats zu bezichtigen.

Sie blieben die Nacht über im Heiligtum, und Tudhalija ließ sich das Wunder des Steinschmelzens zeigen. Besonders das Härten des Metalls, welches durch das bloße Eintauchen in Wasser noch verstärkt wurde, bestaunte er. Es war so einfach – weshalb hatten die hethitischen Schmiede dies nicht entdecken können? Tudhalija ließ am nächsten Morgen bei Sonnenaufgang die Pferde anspannen. Sie wiesen die Priesterinnen an, die Leichen ihrer Schwestern zu verscharren. Sobald er in Hattusa war, würde er Schmiede und Priester nach Arinna schicken, damit sie von den Priesterinnen die Kunst der Erdmetallgewinnung und -verarbeitung lernten. Es hatte sich ja gezeigt, was geschah, wenn man Frauen ohne männliche Aufsicht ließ. Sie kamen auf dumme Gedanken. Die Zeit des letzten Frauenheiligtums war ein für allemal vorbei!

Hattusa

Der Tabarna starrte auf des grauschwarze Schwert und die Axt, welche sein Sohn ihm vor die Füße geworfen hatte. Er konnte es noch immer nicht, wollte es nicht glauben. Die Geschichte, die der Prinz ihm erzählt hatte, war einfach zu unglaublich. Tudhalija wartete darauf, dass der Tabarna einen Wutanfall bekam, doch es geschah nichts. Stattdessen winkte er ihm, dass er sich zurückziehen sollte. Tudhalija rührte sich nicht.

„Was wirst du nun tun, Vater?"

Endlich brach die angestaute Wut, die entsetzliche Enttäuschung, aus Hattusili hervor, und er schrie seinem Sohn entgegen: „Verschwinde, geh mir aus den Augen. Lass mich allein!"

Der Prinz zuckte zusammen, dann verzog er die Mundwinkel zu einem grimmigen freudlosen Lächeln. „Du wirst sie auch jetzt noch lieben, nicht wahr? Du wirst ihr trotz allem verzeihen."

„Geh!"

Der Prinz verbeugte sich knapp, kurz darauf konnte Hattusili seine sich entfernenden Schritte auf dem Gang hören. Er begann zu schluchzen. Warum? Warum hatte sie das getan? Er hatte ihr alles gegeben, jede Freiheit gelassen. Er konnte nicht glauben, dass sie ihn betrogen hatte. Er erhob sich langsam von seinem Sessel. Dann ging er zur Tür und öffnete sie. Er bemerkte die Wachen kaum, die sich verbeugten, er grüßte keinen der Höflinge auf den Gängen, die ihm begegneten und vor ihm den Kniefall machten. Seine Füße schmerzten, doch er bemerkte es kaum. Stattdessen ging er immer weiter, bis er den Frauentrakt erreicht hatte. Er blickte die Wände und die verzierten Türen an, hinter denen die Frauen mitsamt ihren unergründlichen Geheimnisen lebten. Er würde sie nie verstehen. Auch Puduhepa hatte mit ihren Geheimnissen gelebt, und er hatte sie ihr gelassen, weil er sie liebte. Doch nun war eines dieser Geheimnisse gelüftet worden, und er durfte die Augen nicht mehr verschließen. Er hatte kaum noch Kraft, als er durch die Tür ihrer Gemächer trat, und ihr Anblick raubte ihm fast das Leben. Sie war schön! Sie war mit ihm gealtert, doch sie war noch immer schön. Sie lächelte ihn an, weil sie gerade mit der Ägypterin in ein Brettspiel vertieft gewesen war und seine Anwesenheit zu spät bemerkt hatte. Er konnte seine Gefühle nicht mehr verbergen, und sie sah es, sie las in ihm, ihr Lächeln erstarb. Er verfolgte mit den Augen, wie sie die Ägypterin entließ, und dann waren sie endlich allein.

„Warum Puduhepa? Warum hast du das getan?"

Sie blickte ihn fragend an. Doch sie schien zu begreifen, dass er etwas wusste, was er nicht hatte erfahren sollen.

„Arinna, die Schwerter, das Steinmetall, die Priesterinnen – warum?"

Puduhepa senkte den Kopf und erhob sich, um langsam zu ihm zu kommen. „Ich hätte dich niemals betrogen, mein Gemahl. Ich liebe dich innig. Erst nach deinem Tode, Herr meines Lebens, ich schwöre es dir. Ich habe zwei Fehler begangen: Der erste unterlief mir bei der Sendung der Ehrenschwerter für deine Soldaten. Aus Versehen sandten wir einige der guten Schwerter mit den anderen. Doch das wäre noch zu verheimlichen gewesen. Der zweite, schwerwiegende Fehler war, Selina zu vertrauen."

Er schluchzte. Es machte ihm nichts aus, vor ihr zu weinen. „Du hast die ganzen Jahre an meiner Seite gelebt und mich belogen."

Sie leugnete es nicht, nahm ihn in den Arm. „Das ist wahr! Ich war meiner Göttin immer treu, ebenso wie dir. Sie hat mir das Wunder der Steine offenbart, als ich noch ein junges Mädchen war. Sie ließ es mich entdecken, als ich Keramik in den Töpferstuben des Tempels brannte, und ich versprach in Dankbarkeit, ihr wieder zu wahrer Größe zu verhelfen."

„Du wolltest unseren Sohn vom Thron stoßen, ihn beseitigen, wenn ich nicht mehr lebe."

Er spürte ihre Wärme an seinem Körper. Warum konnte er sie noch immer fühlen?

„Ich hätte es getan, mein Gemahl. Es ist falsch, dass die Männer so viel Macht besitzen, denn diese ist seit Urzeiten den Frauen vorbehalten. Ihr könnt kein Leben gebären, ihr habt kein göttliches Geschenk erhalten." Sie seufzte. „Die Sonnengöttin zürnt nicht dir, sie zürnt mir. Ich habe sie verraten, indem ich ihr einen Mann vorzog und mich hinter ihn statt vor ihn stellte. Das ist Unrecht, aber ich bin der Schwäche der Liebe erlegen."

Er löste sich von ihr, obwohl es ihm einen nie gekannten Schmerz bereitete. „Du empfindest deine Zuneigung zu mir als Schwäche? Ich habe dir alles gegeben, ich habe dir vertraut, ich habe alles mit dir geteilt."

Sie lächelte unglücklich. „Das stimmt, mein Gemahl. Aber nicht du, sondern ich hätte auf dem Thron sitzen sollen, und nicht unser Sohn Tudhalija, sondern Sauskanu hätte mich beerben müssen. Ein Mann auf dem Thron der Sonnengöttin ist eine Sünde, ist ein Verbrechen, ist eine Beleidigung, eine Umkehr der Wahrheit und der Natur!"

Hattusili schüttelte verständnislos den Kopf. „Ich werde dich immer lieben, Puduhepa. Der Mann, der ich bin, wird dich lieben, doch der Tabarna kann dich nur verlassen."

Er sah, wie sie erbleichte, doch er wich zurück. Er brauchte alle Kraft dazu, doch er schaffte es letztendlich, ihre Gemächer zu verlassen und den Wachen zu sagen, dass die Tawananna ihre Räume nicht mehr ohne seine Erlaubnis verlassen durfte.

Hinter der Tür rang Puduhepa mit ihren Gefühlen, mit der Liebe, die sie für ihren Gemahl empfand, und dem Hass, der Selina galt. Er konnte nichts dafür. Er war nur ein Opfer in den großen Plänen ihrer Göttin, weil er ein Mann war, den sie liebte. Doch Selina hatte sie betrogen! In ihrem Kopf dröhnte die Stimme ihrer Göttin. *Töte Selina! Töte sie! Räche mich!*

Selina beobachtete mit ungutem Gefühl, wie Pairy die Nubier anwies, Kisten und Truhen aus den Gemächern zu tragen. Obwohl Pairy wieder ganz der *Hati-a*, der Günstling des Pharaos, war, mit klarer Stimme Anweisungen erteilte, mit wachem Auge dafür Sorge trug, dass nichts vergessen wurde, zeigte seine unterschwellige Unruhe, dass ihn die gleichen Gedanken quälen mussten. Selina folgte ihm hinaus auf den Hof, wo die Nubier das Reisegepäck verschnürten und dann auf Wagen verluden. Was sollte geschehen, wenn sie erst einmal in Ägypten waren? Pairy brachte seinem Pharao den Leichnam der edlen Dame Ipu, jedoch nicht ihren Mörder. Er hatte den Befehl des Pharaos nicht ausführen können, also galt Selina in dessen Augen weiterhin als zu verurteilende Mörderin. Sie seufzte und blickte hinauf in den Himmel, an dem die Abendsonne wie ein zorniger roter Ball in blendendem Azurblau zu kleben schien. War es doch der Zorn der Göttin, welcher die Hitze und die Dürre gebracht hatte?

Pairy lächelte Selina aufmunternd zu. „Nur noch drei Nächte, dann werden wir abreisen."

„Und dann? Was werden wir tun, wenn wir in Ägypten sind?"

Er nahm ihre Hand und drückte sie. „Ai, darüber denken wir nach, wenn wir erst dort sind. Vielleicht hat der Pharao die Sache bereits vergessen, wenn er in die Augen seiner neuen Gemahlin blickt."

Selina dachte an Sauskanu. Ob sie noch immer in Benti verliebt war? Als sie einen eisigen Blick in ihrem Rücken spürte, fuhr sie herum. In der Tür zum Hof stand Puduhepa und starrte sie an. Auch Pairy wandte sich um.

„Achte auf ihre Hände", flüsterte Selina ihm zu, doch die Tawananna war zu weit entfernt und verschwand zu schnell wieder im Inneren des Palastes, als dass man einen kleinen Ring hätte erkennen können. Selina und Pairy fragten sich, was geschehen war. Prinz Tudhalija war aus Arinna zurückgekehrt, und Puduhepas Kopf saß immer noch fest auf ihren Schultern. Der Prinz musste die Schwerter gefunden haben. Doch selbst das interessierte Selina kaum noch. Sie wollte fort aus Hattusa, hatte gleichzeitig aber Angst, nach Ägypten zu gehen. Selina wusste, dass auch ihr Mann nicht sicher war, welcher Empfang ihnen dort bereitet werden würde. Sie fragte sich, ob es Pairy schwer fiel, Amenirdis zurückzulassen, ohne sie noch einmal zu sehen. Selina hatte nicht gewagt, sie zu besuchen, da Puduhepa die ihr verbliebene Priesterin nicht aus den Augen ließ.

„Komm, Selina! Wir müssen unsere Gemächer räumen."

Aus ihren Gedanken gerissen folgte sie ihm in den Palast. Der Wettergott schien sie von seinem Stier aus grimmig zu beobachten, als sie am großen Empfangssaal vorbeikamen. Selina zog sich der Magen zusammen. Sie hatte kaum gute Erinnerungen an diesen Saal, in dem sie vom Panku fast wegen eines Mordes verurteilt worden wäre, den sie nicht begangen hatte. Erst als sie ihre Gemächer erreicht hatten, fühlte Selina sich sicher. Sie sah sich um. Alles war so unwirklich. Ihr Leben, ihre Ehe, hatte sich fast ausschließlich in diesem Gemach abgespielt. Hier hatte die Zeit stillgestanden, während sie die Wirklichkeit um sich herum verdrängt hatten. Selina wusste, dass sie in Ägypten nicht mit Pairy zusammenleben konnte, weil der Pharao es nicht erlauben würde; auch war es nicht möglich, in Lykastia mit ihm zusammen zu sein. Ihr wurde klar, dass sie nichts als dieses Gemach gehabt hatten. Ihr beider Leben war eine große Illusion, die sich aufzulösen begann. *Gefangen in einem Niemandsland, dessen Grenzen begonnen haben zu schrumpfen, bis kein Platz mehr bleibt, um zu atmen*, sinnierte sie.

Die Hitze in Hattusa hielt noch immer an, doch Selina hatte das Gefühl, dass auch ihr gemeinsames Leben ein Ende hätte, wenn die Hitze vorbei war. Sie waren zwischen all den Ränken und Gefahren des Hofes von Amenirdis zusammengebracht worden. Was wäre geschehen, hätte Pairy Selina nicht geheiratet? Er könnte nach Ägypten zurückkehren, ohne etwas zu befürchten. Sie schmiegte sich an ihn. „Bitte liebe mich noch einmal, bevor wir Hattusa verlassen."

Pairy wandte ihr sein Gesicht zu. Ihre Gedanken waren so sehr mit anderen Dingen beschäftigt gewesen, dass sie während des letzten Mondumlaufss kaum beieinander gelegen hatten. Sie ließen sich gemeinsam auf das Lager sinken und liebten einander mit einer Verzweiflung, die kaum größer hätte sein können, bevor sie eng umschlungen einschliefen.

Ihre Zunge klebte am Gaumen, als sie erwachte. Es war stickig und heiß. Selina versuchte, die Augen zu öffnen, doch es gelang ihr kaum, richtig wach zu werden. Ihre Kehle schien wie zugeschnürt, und ihre Bewegungen kamen ihr unendlich langsam vor, als sie Pairy neben sich im Bett ertastete. Er brummelte, erwachte jedoch nicht. Selina zwang sich, die Augen zu öffnen. Die Sonne war noch nicht untergegangen, noch immer durchflutete rotes Licht die Gemächer, unruhig, heiß, erstickend. Wieder rüttelte sie an Pairys Schultern, diesmal etwas fester. Ihr Gemahl öffnete endlich die Augen. „Was ist los?"

„Die Sonne ist so heiß, Pairy. Ich kann kaum noch atmen. Bitte ziehe die Leinentücher von den Fensteröffnungen fort, damit es erträglicher wird."

Sie hörte, wie Pairy sich gequält vom Bett erhob, kurz hustete und zum Fenster taumelte. Sie schlief wieder ein. Dann wurde sie hochgezogen, geschüttelt. Sie zwang sich, die Augen erneut zu öffnen. „Die Sonne", flüsterte sie, „sie verbrennt mich."

„Wach auf Selina, du musst aufwachen! Du darfst nicht wieder einschlafen!"

„Aber die Sonne ..."

„Es ist nicht die Sonne, Selina! Es brennt! Die Hänge um Hattusa brennen! Du hast zu viel Rauch eingeatmet. Wenn wir einschlafen, werden wir sterben. Wir müssen sofort den Palast verlassen, ehe wir vom Feuer eingeschlossen werden!"

Langsam drangen die Worte in ihre Ohren, noch langsamer in ihren Kopf, doch dann verstand sie allmählich, was Pairy gesagt hatte. Hattusa brannte? Sie zwang sich, ihren Verstand zu benutzen, dann konnte sie das flackernde Licht und den Rauch sehen, der schon durch die Fensteröffnungen drang. Hattusa brannte!

Pairy zog sie vom Lager hoch. Selina stolperte, und er musste sie stützten und ihr wie einem Kind den Umhang um die Schultern legen. Dann taumelten sie gemeinsam zur Tür. Pairy riss sie auf und zog Selina hinter sich her. Auf den Gängen war der Rauch noch nicht so dicht. „Beeil dich! Wir müssen Antef und die *Hemut nisut* wecken."

Selina bemühte sich, wieder Kraft in ihre tauben Gliedmaßen zu bekommen. Langsam festigte sich ihr Kreislauf. Antefs Gemächer lagen nur ein paar Türen von ihren eigenen entfernt. Als sie Antefs Tür erreicht hatten und sie aufstießen, war der Raum leer. Hektisch suchten Pairys Augen nach dem Arzt, dann zog er Selina weiter zur nächsten Tür. Er stieß sie auf und fand die Gemächer ebenfalls verlassen. Sie sahen sich an. Wo waren sie bloß alle?

„Wir sollten unser eigenes Leben retten", sagte Pairy schließlich. „Wahrscheinlich sind sie schon auf dem Palasthof."

Plötzlich kam ihnen einer der nubischen Diener entgegengelaufen. Als er Pairy und Selina sah, blieb er vollkommen außer Atem stehen. „Edler Herr Pairy, du bist wohlauf. Ich wollte dich gerade holen. Die *Hemut nisut* und das Gefolge sind bereits auf dem Hof. Der ganze Palast ist in Aufruhr."

„Was ist passiert?", fragte Pairy aufgebracht.

„Die Kaskäer greifen Hattusa an. Es sind viele, Herr. Sie haben die Wälder in Brand gesetzt, und diese brennen wie Zunder." Er blickte Pairy flehend an. „Bitte Herr, wir müssen uns beeilen, ehe das Feuer auf Hattusa übergreift."

Sie rannten über die leeren Flure und husteten, weil der Rauch stärker wurde. Durch die Fensteröffnungen konnte Selina das bedrohliche rote Flackern der Flammen sehen. Wo war Sauskanu? Wo Amenirdis? Sie flehte zur großen Mutter, dass sie bereits in Sicherheit waren. Als sie endlich aus dem Palast kamen, war der Platz von aufgeregten Höflingen und weinenden Frauen überfüllt. Sie trugen noch ihre Nachtgewänder, die Frauen klammerten sich an ihre Männer, auch Kinder waren zugegen, und ihr Weinen war ängstlich und herzzerreißend. In der Menge entdeckten Selina und Pairy schließlich Antef, die *Hemut nisut* und Anka, die den Arm um die weinende Sauskanu gelegt hatte. Selina atmete auf. Sauskanu ging es gut, doch wo war Amenirdis?

Sie hielt Pairy fest, der bereits zu den anderen laufen wollte. „Wo ist Amenirdis?"

Pairys Blicke wanderten suchend über den Hof. Auch er konnte sie nirgends finden. Ehe er Selina jedoch antworten konnte, kam ein in Soldat in der Tracht Hattis zu ihnen gelaufen. Er verbeugte sich mehr pflichtschuldig als ehrerbietig. „Edler Herr! Hattusa wird angegriffen.

Der Prinz hat die Truppen bereits versammelt. Er bittet darum, dass seine ägyptischen Brüder ihm im Kampf um Hattusa zur Seite stehen."

Pairy wusste, dass er kaum ablehnen konnte, obgleich Hattusa ihm mittlerweile ziemlich egal war und es ihm widerstrebte, Selina und die *Hemut nisut* allein zurückzulassen. Sein Gefolge war jedoch von einer gut ausgerüsteten kleinen Truppe begleitet worden. Und der verfluchte Friedensvertrag besagte, dass Hatti und Ägypten sich im Kampf gegenseitig unterstützten, wenn dies nötig würde. Pairy sah den wartenden Mann an und nickte. Dann schaute er zu Selina. „Warte hier bei den anderen! Ich lasse einige Soldaten zurück, die euch hier herausbringen, sollte ich nicht zurückkehren."

„Ich kann ebenfalls kämpfen."

Pairy sah sie an, als hätte sie gerade einen schlechten Witz gemacht. Dann zog er sie an sich und küsste sie. „Ich liebe dich! Ich komme zurück, ich verspreche es."

Ehe Selina noch etwas sagen konnte, lief er hinter dem Soldaten her, und sie konnte nur noch seinen nackten Rücken und den Schurz erkennen, ehe er von einer Rauchwolke verschluckt wurde.

Amenirdis lief durch die leeren Flure. Sie hatte gehört, was die Tawananna gesagt hatte, wie sie den Wachen befohlen hatte, in Selinas und Pairys Gemächer zu gehen und sie zu töten. *In diesem Trubel wird es nicht auffallen.* Amenirdis war aufgesprungen und aus den Gemächern gerannt. Die Tawananna hatte sie festhalten wollten, doch es war ihr gelungen, sich ihrem Griff zu entreißen und auch den Wachen zu entkommen.

Der Rauch war unerträglich. Sie konnte nur ahnen, dass sie den richtigen Weg eingeschlagen hatte, und lief eine kleine Treppe hinauf. Hier mussten die Gemächer der Gesandtschaft liegen. Es war niemand mehr da. Als sie weiterrannte, stieß sie plötzlich mit jemandem zusammen. Sie taumelte zurück und fiel. Eine weibliche Hand streckte sich ihr entgegen, um ihr aufzuhelfen. Amenirdis ergriff sie panisch, und dabei fiel ihr Blick auf den unscheinbaren Goldring mit den ägyptischen Hieroglyphen: Feder, Schemel und Wachtelküken. „Ipu", las sie laut. Amenirdis sah auf.

„Was hast du gesagt?", fragte Assja erschrocken. Amenirdis wollte schnell den Blick abwenden und weiterlaufen, doch Tudhalijas Lieblingsfrau hatte bemerkt, dass sie den Ring an ihrer Hand anstarrte, und ließ Amenirdis' Hand nicht los.

Amenirdis wunderte sich über die Kraft der zierlichen Babylonierin. „Lass mich los, Assja!"

„Bei meiner geliebten Ishtar: Nein!"

„Ich muss weiter, ich muss zu Selina."

Assja schnalzte mit der Zunge. Der immer dichter werdende Rauch schien sie kaum zu beeindrucken. „Lass sie verbrennen, Amenirdis! Und vergiss, was du gesehen hast."

„*Du* warst es? *Du* hast die edle Dame Ipu getötet?"

Assja lächelte sie durch den Rauch hinweg an. „Ja, ich war es. Ich habe auch den Sattelgurt anschneiden und das Gift in Selinas Suppe mischen lassen. Und ich habe ihren Dolch genommen und Ipu damit getötet, als dieser dumme kleine Affe meinen Plan zunichte machte."

„Wie?", keuchte Amenirdis, der langsam die Luft knapp wurde.

„Wenn du nur lange genug im Frauenhaus gelebt hast, lernst du solche Dinge. Du findest immer einen Weg oder eine helfende Hand."

„Wie konntest du Ipu töten?" Amenirdis wusste, dass es besser gewesen wäre, den Palast zu verlassen, als dieses Gespräch in der immer dicker werdenden Luft zu führen, doch sie wollte Selina helfen und so viel wie möglich erfahren.

„Der Affe hat mein Haar zerzaust, weißt du nicht mehr? So war es für niemanden verwunderlich, dass ich mich zurückzog, um es zu richten. Niemand schöpfte Verdacht. Ich hatte gesehen, dass Selina den Dolch verloren hatte und musste mich im Hinausgehen nur bücken und so tun, als hätte ich etwas verloren. Ich versteckte den Dolch unter meinem Gewand und ging durch die Tür am hinteren Ende des Saales. Dort wartete ich und achtete darauf, dass mich niemand sieht. Als Ipu tot war, kehrte ich einfach durch den großen Empfangseingang zurück. Ich hatte nichts gegen Ipu, doch sie war die Erste, die mir über den Weg lief. Ich hätte nur diesen dummen Ring nicht nehmen sollen."

„Was hast du nur gegen Selina? Sie hat dir nie etwas getan."

Assjas Gesicht verzerrte sich vor Wut. „Tudhalija begehrte sie, Puduhepa gab ihr Macht. Ich saß all die Jahre im Frauenhaus und kämpfte darum, endlich vom Prinzen zur Gemahlin genommen zu werden. Glaubst du, dass es angenehm ist, dort zu leben und Tag für Tag zu warten, dass man gerufen wird? Ich wollte Tawananna werden. Selina war eine Gefahr!" Assja schüttelte den Kopf. „Bei der großen Ischtar! Vergiss es, Amenirdis. Es lohnt sich nicht. Ich habe nichts gegen dich. Ich will nur überleben. Komm jetzt, wir müssen endlich hier heraus."

Assja wollte Amenirdis mit sich ziehen, und das wäre der Babylonierin auch gelungen, doch dann gaben ihre Hände die Ägypterin plötzlich frei. Amenirdis hustete und blinzelte.

Assja stand steif vor ihr, und Amenirdis sah, dass deren Chiton sich rot zu färben begann. Entsetzt stellte sie fest, dass die Spitze eines Schwertes aus Assjas Leib herausragte und kurz darauf wieder herausgezogen wurde. Assja fiel zu Boden und blieb reglos liegen. Sie war tot! Amenirdis wich zur Wand zurück, als sie erkannte, dass eine Gestalt auf sie zukam. Angst und Entsetzen lähmten sie, als sie das Gesicht Tudhalijas erkannte. Er hatte seine eigene Geliebte ermordet! Sie sah, wie seine Hand sich nach ihr ausstreckte. Amenirdis löste sich ruckartig aus ihrer Starre und stolperte weiter durch den Rauch. *Fort! Nur fort*, hämmerte es in ihrem Kopf. Sie lief weiter und weiter durch die rauchgeschwängerten Gänge, bis ihr klar wurde, dass sie sich verlaufen hatte.

Panisch begriff sie, dass der Rauch so dick und die Luft so dünn war, dass sie nicht mehr zurückfinden würde. Sie tastete sich blind an den Wänden entlang, bis sie eine Tür erreichte. Hustend und keuchend gelang es ihr, diese zu öffnen und in die dahinter liegenden Gemächer zu stolpern. Sie konnte das Fenster erkennen, durch das rot und grausam die Flammen leuchteten. *Luft! Heilige Isis, ich brauche Luft!*, kreischte ihr angstverzerrter Verstand.

Als sie die Fensteröffnung erreicht hatte und durch den Qualm nach draußen sah, wusste sie, dass es kein Zurück gab. Das nächstgelegene Plateau lag so tief, dass sie einen Sprung nicht überleben konnte. Amenirdis wandte zitternd den Kopf in die Richtung, in der sie die Tür vermutete. Sie weinte, während sie voller Verzweiflung auf die Brüstung des Fensters kletterte. Ob Pairy ihren Körper finden würde, sodass er für die Reise in den Westen bereitet werden konnte? Wenn sie hier ausharrte und sich den Flammen überließ, wäre ihr der Eintritt in die Gefilde des Jenseits auf ewig verwehrt. Nur wenn ihr Körper erhalten blieb, konnte sie hoffen, nach Ägypten zurückzukehren und dort bestattet zu werden. Sie schluchzte kurz auf, dann legte sich eine lang ersehnte Ruhe über ihr Gemüt. Sie würde heimkehren. Sie würde heimkehren nach Ägypten und ihr geliebtes Land nie wieder verlassen müssen. Sie dachte an Selina und Pairy. Sie würde sie begleiten können, den ganzen langen Weg nach Ägypten, friedvoll ruhend und schlafend, bis man ihren Körper in ihr ewiges Haus bettete, und ihr Ka wiederbelebte.

Amenirdis breitete die Arme aus, und sprang in die Freiheit.

Selina kämpfte mit sich. Was sollte sie tun? Sie konnte nicht einfach so herumstehen und warten, dass etwas geschah. Immer wieder blickte sie auf die brennenden Hänge. Es gab nicht genug Wasser, um die Brände zu löschen, wenn sie Hattusa erreichten.

Plötzlich hörte sie Puduhepas Stimme. Sie fuhr herum und erkannte, dass sie zwei Männern einen Fingerzeig gab, die sich daraufhin durch die Menge einen Weg zu Selina bahnten. Alles in ihr spannte sich an. Selina sah sich um, doch sie wusste nicht, wohin sie laufen sollte. Sie erschrak, als sie jemand am Arm packte. Vollkommen überrascht bemerkte sie, dass es Benti war.

„Komm mit, du musst hier fort. Du musst fliehen!", sagte er eindringlich.

Sie warf noch einen Blick auf die beiden Männer, die bereits bedrohlich nahe waren, dann nickte sie Benti zu und lief hinter ihm her über den Palasthof. Selina hoffte, dass der Rauch ihre Spuren verwischen und den Verfolgern die Sicht nehmen würde. Sie liefen über die nun unbewachten Brücken, bis Benti vor einem Verschlag innehielt. Er zog sie hinein und schloss die Tür. Keuchend sahen sie sich an. „Puduhepas Wachen", flüsterte er, „sie trachten dir nach dem Leben."

Benti zog einen Schulterbeutel von seinem Rücken und nestelte hastig die Knoten auf. Überrascht erkannte Selina das Schwert, das sie in Arinna mit dem Dolch erhalten hatte.

„Der Panku hatte es in Gewahrsam. Ich habe es genommen, als das Feuer ausbrach. Ich wusste, dass dieses Feuer vielleicht helfen würde, dir die Flucht zu ermöglichen. Hätte ich damals in Zalpa gewusst, was alles geschehen würde …" Er stockte. „Ich hätte dich befreien sollen, als du mich darum gebeten hast. Du hast Sauskanu und mir geholfen, obwohl es dich in Schwierigkeiten hätte bringen können. Lass mich nun meine Schuld begleichen."

Selina konnte nicht sprechen. Hätte er ihr damals geholfen, wäre sie Pairy nie begegnet … Und sie hätte ihn nicht in diese ausweglose Lage gebracht.

„Du brauchst ein Pferd", sagte er nervös. „Die meisten Pferde sind unten vor die Wagen gespannt, doch meine eigenen sind noch hier. Ich bin kein Mann des Schwertes."

Selina blickte den schüchternen jungen Mann an, dessen Liebe zu Sauskanu hatte unerfüllt bleiben müssen.

„Ich danke dir, Benti. Für alles, was du von Anfang an für mich getan hast."

Er lächelte schwach und wurde wieder ernst. „Die Pferde!"

Er zog sie durch den dunklen Raum und öffnete eine Tür am hinteren Ende. In einem Außengatter sah sie zwei nervöse Pferde unruhig hin und her laufen. *Sie wittern das Feuer*, dachte Selina und fragte sich, ob sie die verschreckten Tiere überhaupt würde reiten können.

„Kannst du ohne einen Sattel reiten?" Er winkte ab, weil die Frage überflüssig gewesen war.

„Sind sie es gewohnt, dass jemand auf ihrem Rücken sitzt?"

„Normalerweise ziehen sie Streitwagen."

Ich muss es schaffen!, dachte Selina. Sie wusste, dass sie das Pferd nur mit den Beinen und durch Zerren an der Mähne würde lenken können. Sie musste es zudem dazu bewegen, durch Rauch und vielleicht sogar aufschlagende Flammen zu laufen.

„Wohin wirst du gehen?", fragte Benti zaghaft.

Selina hatte einen schweren Entschluss gefasst. „Zurück nach Lykastia, an den Thermodon. Dort lebt mein Volk."

Er nickte. „Was soll ich dem edlen Herrn Pairy sagen?"

„Dass ich ihn liebe und dass ihm mein Herz gehört." Die Worte raubten ihr fast den Verstand. „Und nun geh! Es ist zu gefährlich hier."

Benti nickte ihr zu und wandte sich dann um. „Viel Glück, Selina! Ich hoffe, du schaffst es."

Sie sah ihm hinterher, als er ging. „Wenn es doch nur nicht so schmerzen würde", sagte sie leise zu sich.

Sie öffnete langsam das Gatter und sprach beruhigend auf die Pferde ein. Sie stiegen, und in ihren Augen trat das Weiße deutlich hervor. Selina wusste, dass Pferde trotz ihres sanften Wesens durchaus in Panik Menschen mit den Hufen zertrampeln konnten. Eines der Pferde lief sofort zum anderen Ende des Gatters, das andere schlug mit den Hufen nach ihr. *Große Mutter, hilf mir!*, dachte sie panisch. Sie redete dem aufgebrachten Tier gut zu, flüsterte, verlangsamte ihre Bewegungen, wagte nicht, die Hände nach ihm auszustrecken. Endlich war das Pferd so weit beruhigt, dass es stehen blieb und nervös auf der Stelle tänzelte. Mit einem Sprung war Selina bei ihm, krallte sich in seiner Mähne fest und schwang sich auf den Rücken. Es trat sofort wieder aus, bockte, drehte sich im Kreis, doch Selina presste ihre Beine fest um den warmen Pferdeleib. Es kam ihr wie eine Ewigkeit vor, bis sie endlich fest und ruhig auf seinem Rücken saß. Das Eisenschwert hatte sie die ganze Zeit krampfhaft mit einer Hand festgehalten.

Sie blickte noch einmal auf den goldenen Löwenkopf auf dem Griff und dachte an Pairy. Er wäre besser ohne sie dran. Ohne sie konnte er nach Ägypten zurückkehren und musste nicht heimatlos durch die Länder ziehen. Selina kämpfte mit sich: Ein Teil von ihr wollte zurück nach Lykastia, der andere wollte mit Pairy gehen. Stimmen näherten sich, und Selina mahnte sich zur Ruhe. Puduhepas Häscher waren ihr gefolgt.

Das Tor zum Stall stand noch offen. Sie gab dem Pferd die Fersen, und es fügte sich ihren Befehlen. Selina hatte jedoch nicht mit der Wendigkeit der Wachen gerechnet. Als sie in den

Stall ritt, stellte sich ihr einer der Männer in den Weg, sodass ihr Pferd scheuend stehen blieb. Die andere Wache wollte Selina seitlich vom Rücken des Pferdes ziehen, doch nun war sie schneller. Sie setzte ihr Schwert zu einem kurzen Hieb an und stieß es dem Mann in die Brust. Es durchbohrte zu ihrer Überraschung den ledernen Harnisch. *Das ist der Blutzoll, den ich dir zahle, grausame Sonnengöttin! Ich tränke dein Schwert in Blut und entweihe es. Nun gehört es allein mir, und ich bin frei von dir!*

Der andere sprang sofort aus dem Weg als er seinen Kameraden zu Boden fallen sah. Selina gab ihrem Pferd die Fersen und preschte davon. *Nur hinaus*, dachte sie, *hinaus aus dieser Stadt, fort von Puduhepa und ihrer Göttin!*

Pairy deckte den Führer seines Wagens mit seinem Schild und stieß dem Angreifer dann die Klinge in die Schulter. Wenn sein Wagenlenker fiele, wäre auch er schutzlos. Die Angreifer waren eindeutig im Vorteil: Sie saßen hoch auf dem Rücken ihrer Pferde, die sie problemlos und schnell wenden und drehen konnten; die Streitwagen waren schwerer zu manövrieren. Pairy hatte Schwierigkeiten, die Schläge abzuwehren. Diese Kaskäer waren kaum mehr als wilde Nomaden mit Äxten und Schwertern, doch sie waren mutig und schnell. Sie würden Hattusa nicht einnehmen können, würden der Stadt aber schaden. Und gleichzeitig kam das Feuer immer näher. Aus allen Richtungen hörte er die Schreie der Gegner und der Soldaten von Hatti. Plötzlich fühlte Pairy Nässe auf seiner Hand. Er erschrak, weil er glaubte, verletzt worden zu sein, und bereitete sich darauf vor, Blut zu sehen. Doch es war kein Blut, es war Wasser! Es regnete! „Lass es regnen, Amun!", flehte er seinen Gott an. „Lösche das Feuer!"

Immer mehr Tropfen fielen vom Himmel, und schon bald war er vollkommen durchnässt. Pairy stieß einen Freudenschrei aus, denn er wusste, dass nur dieser Regen Hattusa davor retten würde, vollkommen niedergebrannt zu werden. Er gab seinem Wagenlenker ein Zeichen, und sie schöpften neuen Mut. Er wollte diesen Kampf bald beenden, um zu Selina zurückkehren zu können. Pairy dankte seinem Gott, dass sie oben auf dem Plateau geblieben war. Jetzt, wo es regnete, war sie dort sicher.

Er zuckte zusammen, als er einen Schwall goldenen Haares auf einem Pferd an sich vorbeireiten sah. Das konnte nicht sein! Es konnte nicht Selina sein. Er schaute ihm hinterher, bis sich ihm zwei neue Gegner in den Weg stellten. Pairy hob das Schwert und streckte sie nieder. Er musste sich geirrt haben, doch das ungute Gefühl in seinem Bauch konnte er nicht verdrängen.

Selina war an ihm vorbeigeritten, ohne ihn zu bemerken. Sie musste sich tief auf den Rücken des Pferdes ducken, um nicht von einem Schwert getroffen zu werden. Während sie ritt, suchten ihre Augen nach Pairy. Sie hoffte, sie würde ihn sehen und könnte damit den Entschluss, ihn zu verlassen, zunichte machen. Wenn sie ihn sah, konnte sie nicht fliehen. Ihr Herz würde es ihr nicht erlauben. Doch obwohl ihre Augen verzweifelt nach ihm suchten, sah sie ihn nirgendwo. *Es ist besser so*, versuchte sie, sich zu beruhigen. Sie hatte sich gewünscht, mit ihm zusammenzubleiben, doch es konnte niemals sein. Selinas Gedanken rasten. Seit sie auf den Rücken des Pferdes saß, war in ihr ein Stück der alten Selina erwacht, aber nicht das stolze unbedarfte Mädchen hatte wieder Besitz von ihr ergriffen, es war der Ruf einer verloren geglaubten Freiheit.

Als der Regen sie durchnässte, zügelte sie das Pferd. Sie hatte den Ort der Schlacht bereits ein gutes Stück hinter sich gelassen. Wenn es weiter regnete, würde Hattusa nicht verbrennen. Auf einmal sah Selina ihre alte Welt vor sich: Lykastia, den Thermodon, Kleite und all ihre Erinnerungen. Auf einem Rappen saß stolz und entschlossen Palla. Selina meinte zu träumen. Ihre Augen mussten sie betrügen. Doch dann begriff sie, dass es wirklich Palla war. Ihr Haar war noch immer lang und dunkel, doch ihr Gesicht hatte sich verändert. Unter ihren Augen zeichneten sich seltsame Bemalungen, Striche und Muster ab, die auch der Regen nicht fortwusch, auch Kinn und Stirn waren mit diesen Zeichen bedeckt.

Palla gab den Kaskäern Anweisungen, wohin sie reiten sollten, wie sie ihre Gegner zu Fall bringen konnten. Dann gab sie ihrem Rappen die Fersen und stob den Männern hinterher, ohne Selina bemerkt zu haben. Der Traum war vorbei, die Erinnerungen verwischt. Was blieb, war die Furcht. Warum war Palla hier? Warum ritt sie mit den Männern? Was hatten diese Zeichen in ihrem Gesicht zu bedeuten? Was war in Lykastia geschehen?

Auf einmal wusste Selina, was sie tun musste. Sie trieb ihr Pferd an und galoppierte die Straße entlang, ließ die Schreie und den Kampf weit hinter sich. Während sie immer weiter ritt, fragte sie sich, ob sie Pairy jemals würde vergessen können, ob sie wieder mit ihrem Volk leben könnte, ohne an ihn zu denken. Natürlich könnte sie das nicht! Das Kind in ihrem Bauch, Pairys Kind, würde sie immer daran erinnern, was sie hatte aufgeben müssen, um dem Ruf ihres Volkes zu folgen. Sie weinte, als sie mit Hattusa auch ihre Liebe immer weiter hinter sich ließ.

Pairy sah zum Thron auf, auf dem Prinz Tudhalija neben seinem Vater saß. Die Tawananna war nicht anwesend. Offiziell war sie unpässlich, doch Pairy wusste, dass der Tabarna ihre Anwesenheit untersagt hatte. Pairy interessierte nicht, was aus der schönen, jedoch zwischen Wahnsinn und Gerissenheit agierenden Großkönigin würde. Prinz Tudhalija hatte die jüngeren Arinnapriesterinnen als Nebenfrauen in die Frauenhäuser seiner Offiziere bringen lassen, die Älteren waren im Heiligtum verblieben und dort neuen, männlichen Priestern unterstellt.

„Hatti dankt dir für deinen Mut, edler Herr Pairy!" Die Stimme des Prinzen war laut und verständlich, doch Pairy erlebte sie wie im Traum. „Der Tod der edlen Dame Amenirdis bekümmert uns sehr." Etwas leiser fügte er hinzu. „Er war vollkommen unnötig."

Pairy bekämpfte seinen Schmerz. Tudhalija hatte ihn aufgesucht, nachdem die Schlacht beendet worden war. Die Kaskäer hatten sich kurz nach Einsetzen des Regens zurückgezogen, das Feuer war langsam erstorben. Nur ein paar Getreidesilos in der Unterstadt waren den Flammen zum Opfer gefallen. Doch Pairy selbst war nicht verschont geblieben: Als er das Plateau des Palastes erreicht hatte, war Amenirdis' Körper schon geborgen worden. Ihr Kopf war zerschmettert, und ihre angsterfüllten Augen hatten ihn noch im Tode flehend angestarrt. Seine Schwester hatte sich aus einer Fensteröffnung gestürzt, um den Flammen zu entgehen. Tudhalija selbst hatte ihn zur Seite genommen und mit gepresster Stimme berichtet, wie er Assja und Amenirdis belauscht hatte. Zerknirscht hatte er Pairy zu erklären versucht, dass er Assja getötet hatte, weil er nicht zulassen konnte, dass sie wie Puduhepa die Macht zu ergreifen versuchte. Er war nicht wie sein Vater, der Puduhepa verzieh.

Amenirdis hatte sich vor ihm gefürchtet, obwohl er ihr nur die Hand hatte reichen wollen, um sie aus dem Palast zu bringen. Doch sie war davongelaufen, und Tudhalija war ihr nicht gefolgt, weil er wusste, dass er nicht mehr aus dem Palast herausfinden würde, wenn er weiterging. Vielleicht aus schlechtem Gewissen hatte Tudhalija später Nachforschungen anstellen lassen und das Gift, das in Assjas Gemächern gefunden wurde, und Ipus Ring dem Panku vorgelegt. Er hatte öffentlich und in Anwesenheit von Pairy erklärt, dass Assja, die Babylonierin, die Schuld am Tod der edlen Dame Ipu trug. „Ich hätte die Wahrheit für mich behalten können. Es wäre besser für mich gewesen, wenn deine Gemahlin die Schuld auf sich genommen hätte, edler Herr Pairy, doch ich hoffe auf deine Verschwiegenheit, was das Steinmetall angeht."

Pairy hatte darauf verzichtet, dem Prinzen mitzuteilen, dass Amenirdis seine Zwillingsschwester gewesen war. Selbstverständlich würde er dem Pharao berichten, dass er sein gutes Gold für schlechtes Himmelsmetall nach Hatti geschickt hatte. Doch im Augenblick wollte er nur Amenirdis nach Ägypten zurückbringen.

„Edler Herr Pairy, können wir noch irgendetwas für dich tun?" Tudhalija sprach mit ruhiger Stimme, während Hattusili teilnahmslos neben ihm saß. Seit dem letzten Verrat seiner Gemahlin schien der Tabarna um Jahre gealtert. Prinz Tudhalija hatte daher endlich den Platz einnehmen können, den er immer begehrt hatte.

Pairy schüttelte den Kopf. Konnten sie ihm seine Gemahlin zurückbringen? Er hatte sich nicht getäuscht, als er Selinas helles Haar gesehen hatte. Sie war geflohen, hatte nicht auf ihn gewartet. Pairy wusste kaum noch, um wen er mehr trauern sollte: um die Schwester oder um die Gemahlin. Müde richtete er sich auf. Die Eskorte wartete im Palasthof auf seine Rückkehr, um noch heute mit ihm das Land zu verlassen. „Brot und Wein, Tabarna, ebenso wie dir, Prinz", brachte er fast tonlos hervor.

„Gesundheit, Glück und Wohlergehen", antwortete Prinz Tudhalija steif.

Dann verließ Pairy die Empfangshalle, ohne sich noch einmal umzudrehen. Er ging hinaus auf den Palasthof und hinüber zu dem Wagen, auf dem zwei schlecht gearbeitete unbemalte Holzsarkophage lagen, einer von ihnen mit dem feinen und friedlich lächelnden Gesicht seiner Schwester. Wenigstens hatte er sie in Natron legen können, sodass sie im Westen weiterleben würde. „Ich verspreche dir, dass ich dir alle Grabbeigaben und das beste Haus der Ewigkeit schenken werde. Du wirst Ägypten nie wieder verlassen müssen", flüsterte er und kämpfte mit den Tränen. Wie hatte Selina ihn einfach verlassen können? Hatte er sich so getäuscht?

Als er es kaum noch aushielt, spürte er eine leichte Berührung am Arm. Er blickte überrascht zur Seite und erkannte Benti.

„Sie ist nach Lykastia geritten, am Fluss Thermodon", flüsterte dieser leise. „Ich habe ihr gesagt, dass sie fliehen soll. Puduhepas Wachen wollten sie töten." Benti sah ihn hilflos an. „Ich hatte gehofft, ihr helfen zu können. Sie sagte, dass ihr Herz auf ewig dir gehören wird, bevor sie davonritt." Er warf einen verstohlenen Blick auf den Wagen, in dem Sauskanu saß. „Bitte achte auf die Prinzessin, edler Herr Pairy."

Pairy folgte Bentis sehnsüchtigem Blick. Die Prinzessin hatte nicht geweint, als sie aus dem Palast geführt wurde, aber ihr Lächeln war wie festgefroren gewesen, erstarrt, um die hoffnungslose Trauer in ihrem Herzen zu verbergen.

Pairy nickte ihm zu. „Es wird ihr an nichts fehlen", versprach er, obwohl er wusste, dass er log. Es würde Sauskanu oder Maathorneferure an dem fehlen, was sie am meisten begehrte. Auf einmal erwachte in ihm neuer Mut, und eine leise Hoffnung erfüllte ihn. Er konnte dem Pharao jetzt beweisen, dass seine Gemahlin keine Mörderin war. Er würde ihm seine Braut überbringen und Amenirdis auf ihrem letzten Weg begleiten.

Pairy blickte hinauf zur Sonne, die nun schwach und gelblich am Himmel stand. Wie hätte sie strahlen können, da ihre Hohepriesterin sich von ihr abgewandt hatte! Selbst die Sonne schien zu wissen, dass ohne Selina alles farblos war.

Mit einem Wink gab er dem Führer der Eskorte ein Zeichen, und der Zug setzte sich mit den Standartenträgern des Pharaos vorneweg in Bewegung. Wenn er Ägypten erreicht hatte, musste er den Pharao bitten, ihn gehen zu lassen, damit er Selina suchen konnte. Pairy schwor es bei Amun-Re und allen Göttern, die ihm heilig waren. Er würde Selina zurückholen!

II.

Die Herrin von Troja

Die assyrische Handelsstraße nach Zalpa

Selina zog erst an den Zügeln des Hengstes, als diesem bereits Schaum aus dem Maul troff. Das Pferd kam keuchend und röchelnd zum Stehen, die Muskeln seiner Beine zitterten. Auch Selinas Beine zitterten, einerseits vor Aufregung, andererseits vor Anspannung. Sanft klopfte sie dem erschöpften Tier die Flanken und schalt sich eine Närrin. Was wäre geschehen, wenn sie das Pferd zu Tode geritten hätte? Selina ärgerte sich über ihren Leichtsinn, mit dem sie ihre Flucht aus Hattusa angegangen war. Müde ließ sie sich vom schweißnassen Pferderücken gleiten und sah sich um. Mittlerweile war es stockfinster. Der Regen war längst verdunstet, der Schweiß unter ihrem dünnen Nachtgewand begann zu trocken, und die Kälte der Nacht kroch ihr in die Glieder. *Bald wird der Schnee kommen*, fuhr es ihr durch den Kopf. Selina führte ihren Hengst zu den Felsen am Rande der Handelsstraße. Dann zog sie hastig ihr Nachtgewand über den Kopf und begann, das Pferd trocken zu reiben. Ihre Zunge klebte am Gaumen, und sie hätte alles für einen einzigen Schluck Wasser gegeben.

Ich habe nichts bei mir, keine Decken, kein Wasser, nichts zu essen, sinnierte sie. *Doch ich sollte das Pferd trockenreiben, wahrscheinlich muss es mich noch einen weiten Weg tragen. Ich brauche auch Wasser für uns beide, doch in der Dunkelheit danach zu suchen ist unmöglich.*

Selina roch an ihrem Gewand und rümpfte die Nase. Sie befestigte den Zügel des Pferdes an einem spitzen Felsbrocken und hockte sich nackt und zitternd zwischen Pferd und Fels. Ihre Hoffnung, etwas von der Körperwärme des Tieres zu spüren, verflog bald. Selina fror erbärmlich. *Bald wird es kalt sein und schneien*, ging es ihr immer wieder durch den Kopf, während sie versuchte einzuschlafen. *Ich darf nicht krank werden, ich trage ein Kind unter meinem Herzen, auch wenn ich es noch nicht spüren kann. Es ist Pairys Kind, und er weiß es noch nicht einmal. Was wird Pairy tun? Wird er Hattusa ohne mich verlassen?*

Selina wurde traurig, als sie an Pairy dachte. Hattusa begann schon jetzt in ihren Erinnerungen zu verblassen, doch die Gefühle für ihren Mann blieben hartnäckig und schmerzvoll. Dann sah sie Palla wild und kämpferisch auf ihrem Pferd sitzen und den Kaskäern Befehle erteilen. *Ich muss zurück nach Lykastia*, rief sie sich ins Gedächtnis. *Irgendetwas ist geschehen, während ich fort war.*

Als Selina am nächsten Tag erwachte, brannte die Sonne gnadenlos auf sie herab, und ihre Zunge fühlte sich an wie ein großer dicker Pfropfen. Der Hengst ließ träge den Kopf hängen und blickte sie trübe und lustlos an. Sie starrte angeekelt auf ihr verschmutztes Hemd, das braun und fleckig neben ihr im Sand lag. *Das Jahr in Hattusa hat mich zu einer verwöhnten Palastfrau gemacht. Ich bin verweichlicht und kraftlos.* Unwillig zog sie sich das fleckige Hemd über den Kopf und sah sich um. Wenigstens war sie in der Dunkelheit nicht vom Weg abgekommen. Die Straße verlief trocken und endlos nach Norden in Richtung Zalpa. Zu beiden Seiten war sie von gewaltigem Felsmassiv eingeschlossen, und es gab weder Bäume noch Gras. Das war kein gutes Zeichen. Hier gab es nirgendwo Wasser.

„Heute werden wir beide zu Fuß gehen", sagte sie zu dem Hengst, wobei ihr bewusst wurde, wie allein sie sich fühlte. „Wir müssen Wasser finden und Essen, und ich brauche ein sauberes Gewand. Beinkleider wären noch besser, denn ich bin es nicht mehr gewohnt, so lange auf dem Rücken eines Pferdes zu sitzen, und meine Beine sind bereits wund gescheuert."

Langsam und trotz des langen Schlafes erschöpft setzten sie sich in Bewegung. Sorgfältig achtete Selina darauf, ihren Weitblick zu schärfen und Handelskarawanen fernzubleiben. Sie wollte nicht noch einmal entführt, verschleppt oder dieses Mal sogar getötet werden. Das Schwert der Sonnengöttin behielt sie in der Hand, denn das grauschwarze Steinmetall hatte sich als überraschend kampftauglich herausgestellt, und es war die einzige Waffe, die sie hatte, um sich zu wehren, sollte sie überfallen werden.

Sie wusste nicht, ob es bereits Nachmittag oder früher Abend war, als sie die Stimmen und das Blöken von Schafen vernahm. Ihre Sinne waren trotz des Durstes und des Hungers geschärft. Irgendetwas oder irgendjemand kam ihr entgegen, denn in einiger Entfernung wurde Straßenstaub aufgewirbelt – für Selina ein Zeichen, sich zu verstecken. Sie handelte schnell und entschlossen, zog das Pferd mit sich von der Straße und verbarg sich hinter einem Felsen. Dann wartete sie. Es kam ihr wie eine Ewigkeit vor, bis die kleine Gruppe an ihr vorbeizog, ihre blökenden Schafe vor sich hertreibend.

Selina spähte vorsichtig hinter dem Felsen hervor und kniff die Augen zusammen. Sie versuchte, die Männer abzuschätzen, und zählte etwa zehn. Das war kein Handelstrupp, keine große Gesandtschaft mit wertvollen Gütern aus fernen Ländern. Das waren Bauern, die ihre kleine Herde nach Hattusa trieben. Sie glaubte nicht, dass es Palla und den Kaskäern gelungen war, die mächtige Stadt zu zerstören. Vielleicht aber war es dem Feuer gelungen. Selina versuchte, sich zu beruhigen. *Vielleicht hat der Regen die Stadt gerettet. Pairy ist bestimmt entkommen, er war ja nicht innerhalb der Mauern!* Doch es half nichts. Pairy war zwischen den Soldaten gewesen und hatte gekämpft; die Kaskäer könnten ihn getötet haben. Vor ihrem inneren Auge sah sie Pairy im Staub liegen, die Augen starr gen Himmel gerichtet, den Mund halb geöffnet, getrocknetes Blut in seinem Gesicht, während sich um seinen eingeschlagenen Schädel die Fliegen tummelten. Sie zwang sich, ihren Kopf von diesen Bildern des Wahnsinns zu befreien. Schützend legte sie die Hand auf ihren noch flachen Bauch. *Wir müssen etwas essen!*

Nachdem die Viehhirten an ihr vorbeigezogen waren, band Selina den Zügel des Hengstes hastig fest, wobei sie leise auf ihn einredete. „Du wartest hier. Ich folge den Männern, bis sie ihr Lager für die Nacht aufschlagen. Es wird bald dunkel, und wenn sie gegessen haben und schlafen, werden nur ein oder zwei Männer das Vieh bewachen. Es wird nicht lange dauern. Ich hole, was wir brauchen, und komme zurück."

Der junge Darius stemmte seinen Stab in die Erde und stützte sich missmutig auf ihm ab. Immer fiel die Wahl auf ihn, wenn es darum ging, unangenehme Dinge zu tun. Sein Blick ruhte auf den in Wolldecken eingewickelten Leibern seiner Brüder und Cousins. Sie hatten sich die Bäuche vollgeschlagen und schnarchten nun satt und zufrieden vor sich hin. Nur weil er der Jüngste war, wurden ihm die Nachtwachen auferlegt. Darius hob seinen Stab, um ihn dann wütend auf den Boden zu schlagen. Später einmal, wenn er ein Mann war, würde er die Befehle erteilen. Seufzend ließ er den Stab sinken und gähnte. Die Nacht war kalt, und sie würde lang werden.

Darius überlegte, ob er sich setzen, mit dem Rücken an den Fels lehnen und sich fest in seine eigene Decke wickeln sollte. Sehnsüchtig blickte er zu den Feuerstellen, um die sich die Männer verteilt hatten. Das Erste, das ein Viehhirte lernte, war, dass man es sich während der Nachtwache nicht zu bequem machen durfte, denn sonst übermannte einen die Müdigkeit und kurz darauf unweigerlich der Schlaf. Er schabte unentschlossen mit dem Fuß im Sand. Niemand würde merken, wenn er eine oder zwei Stunden schliefe. Was sollte schon passieren? Die Feuer brannten zu hell, als dass wilde Tiere sich in ihre Nähe wagten. Auch Überfälle hatte es seit geraumer Zeit kaum noch gegeben. Wer sollte schon Interesse daran haben, ein paar Viehhirten zu überfallen? Selbstgefällig ließ sich Darius an der Felswand hinuntergleiten und schloss die Augen. Der nächste Tag würde anstrengend werden, und er hatte sich etwas Schlaf verdient.

Darius erwachte, weil er etwas Kaltes an seiner Kehle spürte. Als er sich murrend regte, wurde der Druck schneidend und unerträglich. Er schlug die Augen auf und erschrak fast zu

Tode. Vor ihm stand ein Dämon, ein Weibsteufel wie Lilitu, von der die Alten erzählten, wenn sie abends um die Lagerfeuer saßen. Lilitu lebte in den Wäldern und trieb dort ihr Unwesen. Sie lockte junge Männer von ihren Herden fort, wenn sie im Frühling auf die Lichtungen kamen, damit das Vieh die jungen kräftigen Triebe der Pflanzen fressen konnte, und töteten sie, wenn sie sich nachts zur Ruhe legten.

Darius schloss die Augen und wartete auf den Tod. Doch der Todesstoß kam nicht. Stattdessen ließ der Druck auf seine Kehle etwas nach, und eine ungeduldige Hand rüttelte an seiner Schulter. Langsam und vorsichtig öffnete Darius wieder die Augen. Die Dämonin stand noch immer vor ihm und schien auf etwas zu warten.

„Gib mir zwei volle Schläuche mit Wasser und einen Beutel mit Fleisch. Ich will auch etwas von dem Getreide, mit dem ihr die Schafe füttert."

Darius nickte und holte tief Luft, als die Klinge endlich seinen Hals freigab. Als ihm klar wurde, dass die Dämonin auf Assyrisch zu ihm gesprochen hatte, zuckte er zusammen. Er hatte nicht gewusst, dass Geschöpfe der Unterwelt seine Zunge sprachen. Doch hatte die Unterwelt nicht viele Geheimnisse? Hatte Nergal, der Gott der Unterwelt, sie geschickt, ihn zu holen? Warum aber hätte ein Dämon Wasser, Fleisch und Getreide von ihm haben wollen? Und was suchte ein Walddämon so weit entfernt von jedem Wald hier auf dieser Wüstenstraße? Darius erkannte im Halbdunkel der Feuer das zerschlissene dreckige Hemd, die hungrigen Augen und die zitternde Hand mit dem Schwert, das so gar nicht zu dieser zerlumpten Gestalt passen wollte. Es war im Feuerschein nicht genau auszumachen, doch er meinte, das schwarze Kupfer des Himmels zu erkennen, auf das die Hethiter so stolz waren. Er selber hatte nie verstanden, weshalb sie dieses Metall so verehrten. Ihm war weder der edle Glanz des Goldes zu eigen noch die reine und kühle Ausstrahlung des Silbers, das er so oft aus der Entfernung bewundert hatte.

„Soll ich dir das Schwert in den Leib stoßen, du dummer Träumer?"

Darius fuhr aus seinen Gedanken. Er hatte die Dämonin fast vergessen. Sie wies auf die schlafende Gruppe von Männern, die um die Feuer herum lagen. Leise, immer in Beobachtung der Teufelsaugen, schlich Darius um seine schlafenden Brüder und füllte einen Beutel mit Fleisch vom Abend. Dann nahm er zwei Wasserschläuche und kam zurück, um Beutel und Wasserschläuche mit zitternden Fingern zu übergeben.

„Das Getreide", wies sie ihn leise, aber scharf an.

Er bemühte sich, nicht zu rascheln, als er das Getreide eilig in ein grobes Tuch füllte. Verstohlen blickte er die Dämonenfrau an. Sie war groß und jung. Eigentlich musste sie einen schönen Körper unter dem schmutzigen Hemd haben, und wenn das verfilzte blonde Haar gewaschen und mit Kräutern eingerieben war, musste es wie die Sonne leuchten. Die großen Augen, aus denen nun Hunger und Durst blickten, hatten etwas seltsam Eindringliches, das ihn ängstigte. Vielleicht war sie keine Dämonen, sondern eine verstoßene Göttin?

Ehe Darius seine Überlegungen zu einem für ihn befriedigenden Ergebnis bringen konnte, hatte sie ihm die Tasche entrissen und musterte ihn von oben bis unten. Darius fühlte sich unwohl.

„Zieh deine Beinkleider und dein Hemd aus! Die Stiefel auch!"

Er sah sie erschrocken an. War sie vielleicht doch Lilitu, die nur mit ihm gespielt hatte und jetzt durch ihren Schoß seine Lebenskraft aus ihm heraussaugen wollte? Manchmal traten die Geister und Dämonen auch in verschiedenen Gestalten auf, um die Menschen zu täuschen. Lilitu war dafür bekannt, dass sie gerne junge Männer tötete, während sie ihre Lust mit ihnen teilte. Warum hatte er sein Schutzamulett nicht angelegt?

In Darius regte sich erstmals wirkliche Angst. Er schüttelte heftig den Kopf, als sie ihn ein weiteres Mal aufgeforderte, sich auszuziehen. Sie hob ihr Schwert, und Darius sagte sich schließlich, dass es besser wäre, lustvoll zu sterben, als durch einen Schwerthieb getötet zu werden. Als er nackt und zitternd dastand, zog sie sich ebenfalls das Hemd über den Kopf.

Erneut schloss Darius die Augen. Ihre Hüften waren etwas zu schmal für seinen Geschmack, die Beine jedoch wohlgeformt, und unter der gebräunten Haut war ein Ansatz von Muskelkraft zu erkennen. Ängstlich und doch aufgeregt erwartete er ihre Berührung, und obwohl er dagegen ankämpfte, regte sich sein Glied. Gleich würde er ihre wahre Gestalt sehen, mit erhobenen Armen, einem Unterleib aus Feuer; ihre Füße hätten sich in Geierklauen verwandelt, und sie würde sich auf ihn stürzen, um seinen Samen in sich aufzunehmen, während er in ihrer Umarmung verdorrte. Er wartete in verzweifelter Erregung auf ihre Berührung. Als nichts geschah, wagte er schließlich, die Augen zu öffnen, und blickte in das spöttisch verzogene Gesicht der Dämonin. Sie hatte bemerkt, dass zwischen seinen Lenden die Lust entflammt war. Doch anstatt ihn zu bespringen, wie Lilitu es gewiss getan hätte, trug sie nun seine Beinkleider, sein Hemd und seine Stiefel.

„Die Nacht ist kalt und wird deine unbeherrschte Leidenschaft sicherlich abkühlen", flüsterte sie mit einem Anflug von Schärfe.

Sie wies auf den Felsen, an dem er gesessen hatte, und fand zu seinem Kummer ein paar Lederbänder. Im Handumdrehen hatte sie ein paar geschickte Schlingen um seine Hände geknüpft und einen Streifen ihres schmutzigen Hemdes in seinen Mund gestopft. Darius sah ihr mit großen Augen nach, als sie leise, einer Katze gleich, aus dem Lager verschwand.

Selina rollte sich wohlig zusammen. Sie war angenehm satt, ihre Zunge schien wieder auf eine normale Größe abgeschwollen zu sein. Die Beinkleider des einfältigen Hirtenjungen waren zwar etwas zu kurz, die Stiefel im Gegensatz zu groß, jedoch allemal besser als das schmutzige Hemd. Sie blinzelte müde und sah zu, wie der Hengst den Kopf in das Futter steckte. Auch seine Lebensgeister schienen wieder zu erwachen. Obwohl Selina wusste, dass sie sparsam mit dem Wasser umgehen musste, hatte sie recht wenig davon getrunken und dem Hengst fast einen ganzen Schlauch überlassen. Nun hatte sie nur noch einen einzigen gefüllten Schlauch übrig.

„In Lykastia habe ich eine Stute", sagte sie zum Pferd, das zwar kurz die Ohren spitzte, jedoch weiter keine Notiz von ihr nahm. „Ich hoffe, dass Penthesilea Targa nicht fortgegeben hat." Sie überlegte. „Ich sollte dir einen Namen geben."

Selina fühlte, wie die Müdigkeit über sie kam, und gähnte laut. „Darüber werde ich mir morgen Gedanken machen. Ich bin zu müde. Wir werden früh aufbrechen, für den Fall, dass die Männer beschließen sollten, uns zu verfolgen."

Als Selina die Augen aufschlug, schien sich alles um sie herum zu drehen. Die Straße stand Kopf, die Felsen wirbelten in einem Strudel vor ihren Augen. Sie setzte sich auf. Langsam und schwerfällig kam sie auf die Beine. Selina hielt sich an einem Felsen fest und kämpfte gegen Schwindel und Erbrechen. Sie wusste, dass sie ihren Magen nicht entleeren durfte, denn es konnte sein, dass sie nicht so bald wieder etwas Essbares bekam. Die Lider waren schwer wie Stein, schwerer als die Tage zuvor, an denen sie unter Hunger und Durst gelitten hatte. Sie ließ den Felsen los und trat wankend einen Schritt vor. Ein pochender Schmerz durchfuhr ihren Kopf, und sie rieb mit der Hand über die Stirn. Erschrocken stellte sie fest, dass sie sich heiß anfühlte. Sie hatte Fieber.

Der Hengst stand ruhig, mit aufmerksam erhobenem Kopf da und schien sie zu beobachten. Als Selina bei ihm war, legte sie ihre Hände auf seinen Hals und sah ihm in die Augen. Diese waren klar, und auch die Haut fühlte sich normal an. „Du bist nicht krank." Stöhnend zog sie sich auf seinen Rücken. Da sie keinen Sattel und somit auch keine Taschen hatte, warf sie sich den verbliebenen Wasserschlauch über die Schulter. Das Getreide hatte der Hengst mittlerweile aufgefressen. Sie benutzte das leere Futtertuch, um das Schwert, so gut es ging, darin einzuwickeln und befestigte alles am Gürtel ihrer Beinkleider, dann gab Selina dem Hengst kraftlos die Fersen, und er setzte sich in Bewegung.

Am Abend ging es Selina noch schlechter. Die Straße erstreckte sich immer noch endlos vor ihr, eine eintönige Abfolge von Felsen zu beiden Seiten. Ein Gefühl der Verzweiflung stieg in ihr auf. Obwohl sie bereits wieder Hunger verspürte, hätte sie keinen Bissen hinunterbringen können. Stattdessen tränkte sie das Pferd und zwang sich dazu, wenigstens etwas zu trinken. Das Fieber ließ sie nicht los, mittlerweile zitterte sie vor Kälte, obwohl die Sonne kaum hinter den Bergen verschwunden war. Selina wusste, dass die Wärme der Tage trügerisch war und der Wintereinbruch ohne Vorwarnung kommen konnte. Sie sehnte sich mehr als zuvor zurück nach Lykastia, zurück an den Thermodon, wo Kleite ihr die Stirn mit Minzblättern eingerieben hatte, als sie noch ein Kind gewesen war … Oder auf eine warme Lagerstatt, mit Pairy an ihrer Seite. Selina zwang sich in den Schlaf, denn nur er würde das Fieber herunterdrücken können.

Doch in dieser Nacht schenkte ihr der Schlaf keine Erholung. Wirre Träume plagten sie, in denen sie zuerst Pairy mit eingeschlagenem Schädel vor den Toren Hattusas im Sand liegen sah, das Gesicht bleich und im Tode verzerrt. Sie selber stand in einigem Abstand entfernt, und als sie zu ihm laufen wollte, war auf einmal Palla da, die blutige Axt noch in der Hand, die seltsamen Zeichen und Linien in ihrem Gesicht. Palla lachte, und Selina erschrak, da das Lachen in ihren Ohren widerhallte. Kurz darauf erschien Amenirdis und wies mit anklagendem Finger auf sie: „Es ist deine Schuld, Selina. Du hast meinen Bruder auf dem Gewissen. Du bist weggelaufen, während sein Körper ausblutete." Selina hielt sich im Traum die Ohren zu, schüttelte heftig den Kopf. „Nein, nein! Das ist nicht wahr. Ich musste vor Puduhepa fliehen, und dann war da noch Palla. Ich muss zurück nach Lykastia, ich muss herausfinden, was dort passiert ist, während ich in Hattusa war!"

Dann änderte sich die Umgebung, und Selina fand sich unvorbereitet mitten in Lykastia vor Kleites Haus wieder. Doch Lykastia hatte sich verändert: Die Hütten der Frauen waren niedergebrannt, und der Wind fegte pfeifend Staub und Asche durch die Straßen. Allein Kleites Haus stand noch. Selina legte die Hände vor den Mund und rief nach Penthesilea, nach Antianeira und schließlich nach Kleite. Plötzlich öffnete sich die Tür der Hütte, und Kleite kam heraus. Sie ging gebückt, ihr dickes blondes Haar war weiß geworden, und der Chiton hing ihr in Fetzen vom Körper. Selina wollte zu ihr gehen und ihre Hände nehmen, doch Kleite schüttelte sie ab und schrie sie an. „Was tust du hier, Selina? Siehst du nicht, dass alles zerstört ist? Alles ist deine Schuld, du hast dein Volk und die große Mutter verraten, als du verschwunden bist."

„Nein, nein, das ist nicht wahr! Du musst mir glauben, dass ich nichts dafür konnte. Sie haben mich fortgeschleppt, ohne dass ich mich hätte wehren können."

„Du lügst!", fuhr Kleite sie mit dem Wahnsinn verfallenen Augen an. „Alle wissen, was du getan hast."

Selina folgte Kleites Fingerzeig und erstarrte: Ihr Bauch war nun rund, der Leib wölbte sich verräterisch unter ihrem Hemd. „Es ist nicht so, wie du denkst, Kleite", versuchte sie, sich zu rechtfertigen.

„Du hast uns betrogen, du hast dein Volk und die große Mutter betrogen. Du gehörst nicht mehr zu uns, Selina. Du bist verflucht bis in alle Ewigkeit! Die Seherin hatte recht."

„Nein, das ist falsch, es stimmt nicht, bitte höre mich an", flehte Selina im Traum, und sie schluchzte noch, als sie endlich erwachte und ihr Kopf abermals vor Schmerz zu zerspringen schien.

Kraftlos stand sie auf und wischte die letzten Tränen aus den Augenwinkeln. Ihre Glieder waren steif, und jede Bewegung brannte wie Feuer. Ihre Haut glühte. Selina nahm einen Mundvoll Wasser aus dem Schlauch und hätte es fast wieder ausgespuckt, so sehr schmerzte sie das Schlucken. Sie überließ das letzte Wasser dem Hengst und brauchte mehrere Anläufe, um sich auf seinen Rücken zu ziehen. Mit zitternden Händen umklammerte sie den Beutel mit dem Schwert, den leeren Wasserschlauch ließ sie achtlos liegen. Selina beugte sich über den Pferderücken und flüsterte verzweifelt: „Lauf einfach. Trage mich, so weit du kannst!"

Ein weiterer Tag zog dahin. Obwohl auch er heiß war und sich der Staub auf ihre Lungen setzte, zitterte Selina oftmals vor Kälte. Der Hengst trottete die Straße entlang, immer weiter, und einmal meinte Selina sogar, am Horizont eine Ansammlung von Häusern erkennen zu können. Als sie jedoch näher kam, musste sie feststellen, dass ihre Augen sie getäuscht hatten: Es gab nichts außer Felsen, Sand und Staub.

Gegen Abend glitt Selina vollkommen entmutigt vom Rücken des Hengstes und blieb frierend am Rand der Straße sitzen. Ihre Augen suchten erneut den Horizont ab, doch dort schlängelte sich nur die endlose Straße dahin. Mit wütender Verzweiflung nahm sie eine Handvoll Sand und schleuderte sie gegen den Wind. Nie würde sie Zalpa erreichen. Der Hengst stupste sie mit der Nase an, doch Selina beachtete ihn nicht. Sie hatte weder Wasser noch etwas Essbares, was sie ihm hätte geben können.

Die Nacht brach herein, und Selina saß noch immer an der Stelle, an der sie sich am frühen Abend niedergelassen hatte. In ihrem Kopf pochte und hämmerte der Schmerz, sie war zu keinem klaren Gedanken mehr fähig. Selina legte den Kopf in den Nacken und stöhnte. Sie würde hier sterben, das wusste sie. Mit einem gequälten Gebet an die große Mutter auf den Lippen schloss sie die Augen. Die grauen Felsen knirschten.

Selina zwang sich, die Augen zu öffnen. Der Schwindel war mit geschlossenen Augen weit schlechter zu ertragen, als mit geöffneten. Sie hätte fast aufgeschrieen, als sie die dunkle Gestalt vor sich sah. Sie mahnte sich jedoch zur Ruhe, denn ihr Kopf hatte ihr heute schon manche Täuschung geschickt. Sie schloss die Lider und öffnete sie dann erneut. Die Gestalt war noch immer dort. „Schickt dich die große Mutter, mich zu holen? Ich bin bereit, dir zu folgen."

Endlich kam die Gestalt näher, und Selina erkannte in einem Anflug von Klarheit, dass es ein Mann in einem langen schmutzigen Chiton war. Seine Haare waren staubig wie die ihren, und sein Gesicht wirkte dunkel. Er trat entschlossen auf sie zu, und dann war sein Gesicht nahe vor ihrem. Nun wusste sie es sicher: Vor ihr stand ein Mensch.

Selina fiel es nicht schwer, ihre Angst zu überwinden. „Bitte, hast du Wasser?"

Sie fühlte, wie sie hochgezogen wurde, und stand kurz darauf auf wackeligen Beinen.

„Was tust du hier, allein auf dieser Straße? Hast du deine Leute verloren?"

Ohne darüber nachzudenken, hatte Selina Assyrisch gesprochen. Sie hatte diese Zunge im letzten Jahr so oft gehört und sich damit verständigt, dass sie mittlerweile sogar in dieser Mundart träumte. „Ich musste fliehen, Hattusa stand in Flammen."

„Was redest du da, Frau? Hattusa hat nicht gebrannt und wird niemals brennen. Mein Weib und ich befinden uns auf dem Weg dorthin."

Einem aufkeimenden Instinkt folgend, versuchte Selina sich vom Arm des Fremden loszureißen und fortzulaufen. Nach Hattusa konnte sie nun wirklich nicht zurück Doch sie war zu schwach, und der Griff des Mannes legte sich nur noch fester um ihren Arm.

Wie durch eine Nebelwand spürte Selina, dass sie sich setzte. Kurz darauf bekam sie einen winzigen Schluck Wasser zu trinken. Sie griff gierig nach dem Lederschlauch, doch der Fremde zog ihn ihr sofort aus der Hand. „Du darfst nicht zu viel auf einmal trinken, sonst stirbst du."

Selina ließ sich den Schlauch fortnehmen. Sie war zu müde und zu krank, um irgendwelche Einwände zu erheben. Wie von Weitem hörte sie den Mann nach seiner Frau rufen: „Melania, bring eine Decke, damit sie nicht erfriert. Sie hat Fieber."

Selina schlief die gesamte Nacht und fast den ganzen nächsten Tag. Immer wieder war sie kurz wach, bekam einen Schluck Wasser auf die mittlerweile aufgesprungenen Lippen oder einen kühlenden Umschlag auf ihre Stirn. Wenn sie schlief, träumte sie. In ihren Fieberträumen begegnete sie Pairy, Kleite, Penthesilea, ja sogar Amenirdis und Tudhalija sprachen zu ihr voller Zorn und Anklage. Als sie schließlich das erste Mal die Augen öffnete und bei klarem Verstand war, blickte sie in das besorgte Gesicht einer dunkelhäutigen Frau, die ihr einen neuen Umschlag auf die Stirn legte.

„Phillipos, sie ist aufgewacht!", hörte Selina die dunkle melodische Stimme der jungen Frau. Kurz darauf erschien der Fremde, der sie gefunden hatte. Sie bemühte sich, sich aufzusetzen. Es gelang ihr jedoch nur schwer, also versuchte sie, ihren Kopf zu drehen, um herauszufinden, wo sie war.

„Du hast fast zwei volle Tage geschlafen, seit Phillipos dich am Straßenrand aufgelesen hat. Wir waren besorgt, das Fieber würde dich nicht freigeben und stattdessen in die Tiefen des Hades hinab reißen."

Sie blickte die junge Frau verwirrt an. „Hades?"

„Die Unterwelt, in die wir alle gehen müssen, wenn der Tod uns holt."

Phillipos gebot seiner Frau mit einer harschen Handbewegung, still zu sein. „Du hast es dem weichen Herz meiner Gattin zu verdanken, dass du noch lebst, Frau. Du führst nichts mit dir, womit du die Pflege vergelten könntest." Er überlegte kurz und kratzte sich mit der Hand über die Bartstoppeln, die aus seinem kantigen Kinn sprossen. Offensichtlich hatte die Sonne ihn verbrannt, denn die Haut seines Gesichts schälte sich und war gerötet. „Nun ja, du hast dieses ausgemergelte Pferd. Mit gutem Futter kann man es vielleicht noch gebrauchen."

Selina schüttelte den Kopf. „Ich brauche dieses Pferd."

„Dann vielleicht das Schwert aus dem schwarzen Kupfer. Ich weiß, dass es hässlich ist, dieses Metall, doch es ist einigermaßen wertvoll."

Missmutig zog sie die Brauen zusammen. Phillipos hielt sie für dumm. Dieses Schwert war kostbarer als alles, was er mit sich führte. Sie schüttelte abermals den Kopf. „Dieses Schwert bindet meine Erinnerungen. Es ist mir wichtig."

Phillipos begann, in einer Selina unverständlichen Sprache zu fluchen, während Melania sanft die Hand auf seinen Arm legte. Er schüttelte sie ab und wandte sich zum Gehen, wobei er ein Tuch zur Seite schob und helles Sonnenlicht in Selinas Gesicht fiel. Sofort schloss sie die Augen und blinzelte. Endlich erkannte sie, dass sie sich in einem mit Tuch bespannten Wagen befand.

„Es ist mir egal, wofür du dich entscheidest: entweder das Pferd oder das Schwert. Überlege es dir, und sage es dann meinem Weib." Er sprang vom Wagen, und das Tuch fiel zurück, sodass nur noch sanftes Dämmerlicht ins Innere des Wagens fiel.

Melania reichte Selina einen kleinen Becher Wasser, und sie trank dankbar. „Phillipos ist manchmal aufbrausend, doch er ist kein schlechter Mensch. Er hat alles verloren, was er besessen hat, also verzeih ihm bitte sein Ungestüm."

Selina nickte und wunderte sich über Melanias gewählte Sprache. Diese Frau war trotz ihres schäbigen Chitons keine Viehhirtin oder Bäuerin. Selina beobachtete Melanias Geste, mit der sie den leeren Becher entgegennahm und in ein Tuch wickelte. Alle ihre Bewegungen erinnerten sie an Amenirdis. „Melania ...", begann Selina vorsichtig. Die junge Frau wandte sich ihr zu und lächelte. Selina suchte in ihrem Blick nach Verschlagenheit, doch sie sah nur zwei dunkle freundliche Augen, die ihr Aufmerksamkeit schenkten. „Melania, ich bin dir unendlich dankbar für deine Hilfe, doch ich kann und darf nicht nach Hattusa zurückkehren."

Die junge Frau blickte sie fragend an und schob sich eine Strähne ihres dunklen gekrausten Haares aus dem Gesicht.

„Ich komme geradewegs aus Hattusa, und dort gibt es vielleicht nichts mehr. Als ich Hattusa das letzte Mal sah, brannten die Hänge, und die Kaskäer kämpften vor den Toren gegen die Soldaten der Stadt."

Melania nickte, doch sie schien nicht weiter besorgt zu sein. „Wenn die Stadt gefallen wäre, hätte Phillipos davon erfahren. Es wird nicht so schlimm sein, wie es ausgesehen hat." Sie setzte sich auf die Knie und beobachtete Selina neugierig. „Warum bist du aus Hattusa fortgelaufen? Ist dein Gatte im Kampf gefallen?"

Selina schüttelte den Kopf und bereute es fast schon wieder, da sie sofort Schwindel überkam.

„Wie ist dein Name?", fragte Melania gelassen. Selina nannte ihren Namen und überlegte, wie viel sie Melania erzählen durfte. Sie beschloss, dass es besser war, erst einmal mehr über die beiden herauszufinden. „Was führt euch nach Hattusa? Wenn ich mir die Art deines Chitons anschaue, meine ich zu sehen, dass ihr vom anderen Festland kommt."

Melania lächelte freundlich. „Phillipos hatte sein Haus in Troja, an der Küste. Er war der oberste Mundschenk des Priamos, unseres großen Königs. Doch Paris, der junge Prinz von Troja, hat Schande über seinen Vater gebracht, indem er eine Spartanerin entführte und sie nach Troja brachte."

Selina schüttelte verständnislos den Kopf. „Was hat das mit euch zu tun?"

Melania seufzte. „Diese Spartanerin war nicht irgendeine Dienerin oder Sklavin. Sie war die Königin Spartas, und nun fordert ihr Gatte Menelaos sie zurück. Der Prinz weigert sich jedoch, Helena von Sparta ziehen zu lassen, und deshalb hat Menelaos seinen mächtigen Bruder Agamemnon von Mykene um Hilfe gebeten. Es ist etwa zwei Mondumläufe her, dass Agamemnons Kriegsschiffe in Troja einliefen und die Küste sowie den Hafen besetzten. Es hat einige Scharmützel zwischen Agamemnons und Priamos' Heer gegeben, doch bis nach Troja konnten sie nicht vordringen. Seitdem halten Agamemnon und Menelaos mit ihren Schiffen den Zugang zum Meer, sodass kein Schiff mehr nach Troja gelangt und auch keines mehr heraus kommt. Agamemnon ist ein mächtiger König. Er vereinigt die Könige des mykenischen Festlands unter seiner Herrschaft. Viele Menschen verlassen Troja und fliehen ins Landesinnere. Seit fast zehn Jahren drangsaliert der mykenische Großkönig Troja, immer wieder hat es kleinere Überfälle gegeben, doch ich fürchte, dieses Mal wird Agamemnon sich nicht auf eine kurze Belagerung beschränken und unverrichteter Dinge nach Mykene zurückkehren."

Selina dachte an ihre eigene Entführung und daran, wie sie am Anfang gehofft hatte, Penthesilea würde ihre Kriegerinnen nach Hattusa schicken, um sie zu befreien. Ein bitterer Geschmack lag plötzlich auf ihrer Zunge. „Ich glaube nicht, dass wegen einer einzigen Frau ein Krieg ausbrechen wird, selbst wenn sie eine Königin ist. Agamemnon wird der Belagerung Trojas bald überdrüssig und in sein Land zurückkehren."

Melania seufzte. „Menelaos will die Frau, doch Agamemnon will Troja erobern. Helena von Sparta ist nur ein Vorwand, um Krieg zu führen. Es ist schon des Öfteren zu Streitigkeiten gekommen. Viele Länder murren, weil sie die Abgaben für die Nutzung des Hafens für zu hoch halten. Außerdem gebietet König Priamos über die Meerenge am Hellespont. Wer seine Schiffe auf das Schwarzmeer führen will, muss ihm dafür eine angemessene Entlohnung zahlen."

„Wie dumm von eurem Prinzen, ein solches Königreich für eine Frau zu zerstören."

Melania lächelte nachsichtig. „Wer weiß schon, welch verbotene Wege die Liebe geht, wenn sie sich in ein Herz stiehlt."

„Er tauscht das Leben seines Volkes gegen die Liebe. Er *muss* einfach dumm sein." Selina bemühte sich, überzeugend zu klingen, doch in ihre Gedanken drängte sich Pairys Gesicht, und eine tiefe Sehnsucht überkam sie.

„Wohin willst du gehen, Selina? Zurück nach Hattusa willst du nicht, und in Troja entbrennt bald ein großer Krieg, der sicherlich auch die Eroberer tief ins Landesinnere treibt. Du wirst nirgends sicher sein."

Selina verschloss ihre Gedanken vor dem besorgten Gesichtsausdruck der Frau. „Ich muss erst einmal Zalpa erreichen. Dann kann ich mich immer noch entscheiden, wohin ich gehen werde. Außerdem habe ich ein Schwert und kann kämpfen."

Melania legte den Kopf leicht zur Seite. „Ja ...", sinnierte sie. „Ja, ich habe gehört, dass es Frauen gibt, die kämpfen können wie Männer. In Zalpa erzählt man sich Geschichten über ein Frauenvolk. Einige behaupten, diese Kriegerinnen mit eigenen Augen gesehen zu haben, andere wiederum tun diese Erzählungen als Geschichten ab. Sie dienen der alten Erdgöttin, der ersten Mutter, die alles Leben geboren hat. Bist du vielleicht eine aus diesem Volk?"

Selina schüttelte etwas zu schnell den Kopf. „Ich habe von keinem solchen Volk gehört. Ich muss nur Zalpa erreichen, und das so bald wie möglich." Sie sah Melania flehend an. „Melania, was soll ich dir und Phillipos für eure Gastfreundschaft und die Pflege anbieten? Wenn ich euch mein Pferd überlasse, erreiche ich Zalpa nie, gebe ich euch mein Schwert, so würde es mir fehlen. Es ist das Einzige, was ich noch besitze."

Melania erhob sich und glättete dabei ihren Chiton. Selbst jetzt, da sie nichts mehr besaß als einen Wagen mit wenigen Habseligkeiten, verhielt sie sich wie eine Hofdame. „Es wird sich schon ein Weg finden, Selina. Phillipos wird sich bald beruhigen, und bis dahin solltest du dich noch etwas ausruhen. Ich bringe dir eine Mahlzeit, sobald Phillipos schläft."

Selina sah ihr hinterher, als sie den Wagen verließ. Stöhnend schloss sie die Augen. Sie musste so bald wie möglich wieder aufbrechen und nach Zalpa reiten. Was interessierte sie der Krieg um eine Königin. Sie wusste es besser: Sie selbst war die Tochter der Königin ihres Volkes, und es hatte sie nicht befreit, als sie verschleppt wurde. Dieser Phillipos war ein ängstlicher Mensch, der bei dem kleinsten Anzeichen von Schwierigkeiten sein Land im Stich ließ. Selina war ihr Volk wichtig – sie hatte die richtige Entscheidung getroffen, als sie aus Hattusa geflohen war, auch wenn sich ihr Herz nach Pairy sehnte. Wenn dieser Paris von Troja sein Land wegen einer Frau in Gefahr brachte, war er dumm und unwürdig, dereinst König zu werden.

Als Melania sie in dieser Nacht sanft an der Schulter rüttelte, war Selina sofort wach. Die junge Frau legte einen Finger an die Lippen, um Selina zu bedeuten, still zu sein, dann gab sie ihr ein Zeichen, ihr zu folgen. Selina sah sich schnell im Wagen um, und bemerkte, dass

Phillipos neben ihr schnarchte. Er hatte seine Decke bis über den Kopf gezogen, sodass sie ihn nur erahnen konnte. Vorsichtig folgte Selina Melania aus dem Wagen in die kalte Wüstennacht. Sie gingen ein paar Schritte, dann blieb Melania stehen und holte einen Beutel aus grobem Tuch unter ihrem Umhang hervor, den sie Selina wortlos überreichte. Selina öffnete den Zugfaden und sah zwei große Brotfladen sowie einen Schlauch mit Wasser. Immer noch kraftlos blickte sie Melania fragend an.

„Wenn du wirklich nicht nach Hattusa mitkommen willst, musst du jetzt gehen, Selina." Sie wies auf den Hengst, der mit einer wärmenden Decke über dem Rücken auf Selina wartete.

„Was soll ich dir für deine Hilfe und deine Gastfreundschaft anbieten, Melania?"

Die junge Frau winkte ab. „Du brauchst mir nichts dafür zu geben, Selina. Ich hätte dir mehr Wasser und Brot geben sollen, doch ich kann nicht mehr entbehren. Ich habe dein Pferd getränkt und ihm das alte Brot überlassen. Das Viehfutter brauchen wir für den Ochsen, der unseren Wagen zieht."

Selina wandte sich um und sah das träge Rind im Stehen vor dem Wagen dösen. Sie schüttelte hilflos den Kopf, dann kam ihr ein Gedanke, der vielleicht kühn und nicht besonders klug war, jedoch die einzige Möglichkeit darstellte, wie sie Melania wirklich für die selbstlose Hilfe danken konnte. Sie fasste die junge Frau bei den Schultern. „Du solltest mit mir kommen, Melania. Du hattest recht. Ich gehöre zum Volk der großen Mutter, und wir leben in Freiheit, ohne dass uns die Männer sagen, was wir zu tun haben, oder uns entführen und Leid zufügen. Die Kriege Trojas und eines mykenischen Königs erreichen uns nicht, da wir ein freies Volk sind. Ich biete dir an, mich zu begleiten, damit du auch frei sein kannst."

Melania sah sie verständnislos an. „Aber Selina, ich *bin* frei. Warum sollte ich fortlaufen und Phillipos verlassen?"

Selina zog die Augenbrauen zusammen. „Er hat dich gezwungen, deine Heimat Troja zu verlassen, weil er ein Feigling ist. Er verbietet dir den Mund, wenn du sprechen willst, und sagt dir, was du zu tun hast."

Melania lächelte nachsichtig. „Ich bin seine Gattin. Wir haben eine Übereinkunft, und jeder hat seine Aufgaben zu erfüllen."

Selina schüttelte den Kopf und versuchte noch einmal, sie zu überzeugen. „Du siehst doch selbst, was geschieht, wenn die Männer den Lauf der Dinge bestimmen: Wegen eines dummen jungen Prinzen und der Entführung dieser Königin soll ein Krieg geführt werden.

Wo Männer herrschen, leiden die Frauen. Warum willst du deinem Mann folgen, anstatt frei zu sein?"

Melania nahm Selinas Hand und drückte sie fest. „Selina, ich bin keine Gefangene, keine Sklavin. Ich war es früher einmal. Ich bin in Nubien geboren und von Soldaten als kleines Mädchen nach Ägypten verschleppt worden. Ich diente lange Zeit im Haus eines wohlhabenden Kaufmanns ... bis Phillipos kam, mich ihm abkaufte und mich zu seiner Gemahlin nahm. In Ägypten wurde ich hart geschlagen, wenn ich nur einen Tiegel mit Salbe umstieß oder mein Herr befand, dass ich zu langsam arbeitete. Nun bin ich die Herrin von Philippos' Haus. Mehr Freiheit begehre ich nicht. Ich bin von den Göttern mit Glück gesegnet worden, als sie mich mit Phillipos verbanden."

Selina wurde trotzig. Ein Ägypter hatte sie schlecht behandelt? Pairy war ja auch nicht anders gewesen – am Anfang. Würde er sich verändern, sobald er wieder in Ägypten wäre? „Die Männer haben mir ein Jahr voller Qual und Schmerz beschert. Ich kenne sie. Es ist besser, ohne sie zu leben und frei zu sein. Ich war in Hattusa und kenne den Prinzen Tudhalija. Er unterscheidet sich kaum von eurem Prinzen."

Melania wurde ernst. „Wie ich dir bereits sagte, geht es nicht um Paris und die Spartanerin. Der Krieg wird unabhängig davon geführt werden, ob Helena an Sparta zurückgegeben wird oder nicht; und dieser Krieg wird auch das Festland nicht verschonen. Nach diesem Krieg wird nichts mehr sein wie zuvor. Auch dein Volk wird sich ändern müssen, Selina."

„Mein Volk lebt seit Langem im Einklang mit der großen Mutter. Dieser Krieg geht uns nichts an."

Melania lächelte traurig, und Selina wurde den Gedanken nicht los, dass die dunkelhäutige Frau weiter blickte als sie selbst.

„Hast du wirklich noch nie einen Mann getroffen, der dir Gutes getan hat?"

Selina wand sich. „Es gab einen Mann, doch der ist weit fort, und ich musste mich letztlich für mein Volk entscheiden. Vielleicht ist dies mein Schicksal."

Melania nickte ergeben, und sie zuckten zusammen, als aus dem Innern des Wagens ein leises Brummen zu hören war.

„Geh jetzt lieber, Selina. Manchmal wacht er nachts auf und verlangt nach dem Wasserschlauch." Sie wies in Richtung Straße. „Wenn du zügig vorankommst, wirst du in etwa zwei Tagen Zalpa erreichen."

Selina umarmte Melania. „Du hast mir mehr Gutes getan, als ich dir je vergelten könnte. Ich danke dir von ganzem Herzen. Gesundheit, Leben und Wohlergehen, und mögen deine Füße festen Tritt finden, wohin immer du auch gehst!"

Sie wandte sich um und lief schnell zu ihrem Hengst.

Melania sah, wie Selina in der Dunkelheit der Nacht verschwand, ohne noch einmal zurückzublicken. Auch Selina würde lernen; sie musste noch viel verstehen und begreifen, wollte sie überleben. Es wäre besser, sie würde sich einen Mann suchen, der ihr Schutz bieten konnte. Melania schlang die Arme um ihren Körper, weil sie zu frieren begann. Phillipos würde wütend sein, wenn er am nächsten Morgen erfuhr, dass sie die junge Frau hatte gehen lassen, ohne einen Lohn für ihre Pflege zu fordern. Doch er würde seine Wut schnell vergessen, und sie konnten sich wieder auf den Weg nach Hattusa machen. Melania ging langsam zum Wagen zurück. Sie legte sich auf den freien Platz, an dem Selina gelegen hatte, und zog sich eine Decke bis ans Kinn. Wenn sie erst einmal in Hattusa wären, würde sie ein Bad nehmen und ihr neues Haus einrichten. Dann würde das Leben endlich wieder seinen gewohnten Gang nehmen, und alle Aufregung wäre vergessen. Melania war es gleich, ob sie ihr Leben in Troja oder in Hattusa verbrachte – auf keinen Fall hätte sie mit Selina tauschen mögen.

Handelsstadt Zalpa

Als Selina nach zwei Tagen Zalpa erreichte, hatte sie nur noch den Wunsch, sich zu waschen. Sie fühlte sich noch immer schwach und ungesund, obwohl das Fieber nicht zurückgekehrt war. Ihre Beinkleider und ihr Hemd stanken nach altem Schweiß, und das Haar klebte ihr verfilzt am Kopf. Sie hatte erwartet, misstrauische, wenn nicht gar verächtliche Blicke zu ernten, als sie durch die Stadt ritt, doch Selina stellte erschrocken fest, dass Zalpa sich verändert hatte. War Zalpa bei ihrem Besuch mit Antianeira und Kleite eine aufregende und prosperierende Handelsstadt gewesen, bot die Stadt nun einen trostlosen Anblick: Nur wenige Händler hatten ihre Stände geöffnet, hier und da gab es faulige oder vertrocknete Früchte, und nur wenige Säcke Getreide wurden zum Verkauf angeboten. In den Straßen tummelten sich zerlumpte Gestalten, oftmals Familien, die eine Handkarre hinter sich herzogen, auf der Kinder mit müden Augen und freudlosen Gesichtern saßen. Selina hörte kaum ein freundliches Gespräch oder Lachen, stattdessen gingen die Menschen aneinander vorbei, ohne einander wahrzunehmen. Vor den Häusern spielten keine Kinder, die Türen blieben fest verschlossen, und wenn doch einmal eine geschäftige Frau mit einem großen Tonkrug vor die Tür trat, um Wasser zu holen, sah sie sich misstrauisch um, bevor sie die sichere Türschwelle verließ. Die Einzigen, die sich hier und da lautstark unterhielten, waren Soldaten in Lederharnischen und schweren Bein- und Armschienen, die sich im Schatten der Bäume niedergelassen hatten, ihre Speere, Schwerter und Schilde in greifbarer Nähe abgelegt.

Selina nahm das Bild der einst so blühenden Stadt erschüttert in sich auf und fragte sich, was passiert war. Dann fiel ihr ein, dass sie mittlerweile eine Zunge sprach, die den meisten Bewohnern Zalpas verständlich war. Mit einem leisen Schnalzen gab sie dem Hengst ein Zeichen und lenkte ihn zu einem Stand, am dem ein gelangweilter alter Bauer die kümmerlichen Früchte seines Feldes anbot.

„Sei gegrüßt", begann Selina. „Mir scheint, die Geschäfte laufen nicht gut zu dieser Zeit."

Der Alte musterte Selina länger als nötig aus misstrauisch zusammengekniffenen Augen und herrschte sie dann an. „Bist du dumm, Frau? Willst du etwas kaufen oder mich ablenken, damit du stehlen kannst wie das Soldatenpack?"

Seine Augen wanderten zu der lärmenden Gruppe, die einer jungen Frau Anzüglichkeiten hinterher rief, wonach diese ihre Schritte beschleunigte und den Blick auf den Boden richtete.

„Ich war über ein Jahr fort", versuchte sich Selina, so gut es ging, zu erklären. „Als ich das letzte Mal in Zalpa war, sah es hier anders aus."

Der Alte zeigte sich immer noch misstrauisch, ließ sich jedoch zu einer Antwort herab. „Selbst ins ferne Ägypten ist die Kunde bereits vorgedrungen, dass der elende Agamemnon mit seinen Schiffen den Hafen von Troja besetzt hält. In welcher Höhle hast du gelebt, dass du davon nichts weißt?" Obwohl auch sein eigener Chiton staubig und fleckig war, rümpfte er bei Selinas Anblick die Nase.

„Ich habe gehört, dass der mykenische König Troja belagert. Was tun diese Soldaten hier? Sind es Krieger aus dem Heer des Priamos von Troja, oder gehören sie zum mykenischen Heer?"

Er spie aus, bevor er hitzig antwortete. „Du bist wirklich einfältig! Wären es Krieger des Agamemnon, würde dein Blut längst im Staub der Straße versickern. Es sind Männer des Priamos, die geflohen sind, als das Blut ihrer Kameraden sie schreckte. Wenn sie von den Truppen des Königs aufgegriffen werden, droht ihnen die Todesstrafe. Nun verbreiten sie Schrecken und tyrannisieren das Volk, wo immer sie auftauchen." Er beruhigte sich etwas. „Wir alle wünschen, dass Priamos Truppen schickt, um uns von dieser Plage zu befreien, doch der König braucht jeden Mann, um der Belagerung standzuhalten. Troja wird sich ergeben, bevor es hungrig in den Tod geht, doch wir – das einfache Volk – haben schon jetzt kaum noch etwas, um unsere Bäuche zu füllen. Der König von Troja schickt keine Hilfe, und der Großkönig von Hatti, dessen Schutz Zalpa untersteht, verschließt seine Augen vor unserem Kummer. Zuerst hungerten wir den gesamten letzten Sommer wegen der großen Dürre, und nun kommt dieser mykenische Sohn eines Schweins und blockiert den Handel!"

Selina nickte und blickte gedankenverloren auf die mageren Feldfrüchte des Händlers. Das Ausmaß der Belagerung beunruhigte sie, und sie erkannte, dass sie Melanias Worten zu wenig Bedeutung zugemessen hatte. Allerdings lebte in Troja nicht ihr eigenes Volk, und der Wunsch, nach Lykastia zurückzukehren, brannte wie ein unterdrücktes Feuer in ihrem Herzen. Schließlich dachte sie an das Kind in ihrem Leib – ein Kind der Liebe zwischen Pairy und ihr –, und sie spürte den bohrenden Hunger und die Leere ihres Magens. Selina blickte den Händler flehend an. „Ich habe Hunger, und mein Pferd braucht Wasser und Futter. Ich muss weiter und habe nicht vor, in Zalpa zu bleiben. Ich führe nichts bei mir, womit ich dich bezahlen könnte, doch ich sehe, dass du durstig bist, und biete mich an, dir einen Krug Wasser vom Brunnen zu holen."

Der Mann kicherte laut und schrill. „Du bist nicht nur einfältig, sondern auch verrückt. Mit einem Krug Wasser kannst du nicht deinen und den Magen deines Pferdes füllen. Die Zeiten sind schlecht. Das wäre ein dummer Tausch."

Selina nickte. „Du hast recht, aber ich glaube nicht, dass du deinen Stand in diesen Zeiten unbeaufsichtigt lassen kannst, um dir Wasser zu holen, und ich weiß, dass du Durst hast. Dieser Tag ist heiß, und die Sonne brennt gnadenlos auf dich herab. Wenn dir ein Krug Wasser nicht genug ist, werde ich den Rest des Tages darauf achten, dass du nicht bestohlen wirst, und dir am Abend helfen, deine Waren auf die Karre zu laden."

Er sah sie mürrisch an, schien jedoch zu überlegen. Es war ein dummer Tausch, den das seltsame Weib ihm vorschlug, jedoch bereitete ihm seine Arbeit von Tag zu Tag mehr Mühe, und tatsächlich wurde er oft bestohlen und wäre auf dem Weg zu seinem Haus erst vor wenigen Tagen fast überfallen und erschlagen worden, hätte er nicht seine Karre stehen lassen und wäre um sein Leben gerannt. Die Karre hatte er am nächsten Tag vorgefunden, wo er sie gelassen hatte, doch die Getreidesäcke, die Kürbisse, Gurken und die Zwiebeln waren allesamt gestohlen worden. „Also gut, ich mache dir folgenden Vorschlag: Du holst das Wasser, verbringst den Tag an meinem Stand und kommst heute Abend mit in mein Haus. Dafür bekommst du eine warme Mahlzeit, kannst dein Pferd versorgen, und ich gebe dir am morgigen Tag, nachdem du mir geholfen hast, meinen Wagen zu beladen, eine kleine

Wegzehrung. Danach bist du aus deinen Pflichten entlassen und kannst gehen, wohin du willst."

Nun war es an Selina, ihn misstrauisch anzusehen. „Ich übernachte nicht in deinem Haus. Eine solche Art von Dienst biete ich nicht an."

Der Alte lachte rau. „Von dir eingenommen bist du also auch, ja? Sieh dich an. Du bist schmutzig, du stinkst, und du siehst aus, als wärest du dem Tod gerade so entkommen. Ich habe kein Interesse an deinem Körper. Ich verlange nur deine helfende Hand bis morgen früh. Du siehst aus, als würdest du dich aufs Kämpfen verstehen – zumindest besser als ich."

Selina überlegte kurz, ob sie ihm trauen konnte, und befand, dass der Händler sie eher belustigt als hinterhältig ansah. Was hatte sie für eine Wahl? Sie musste essen, das Pferd musste versorgt werden, sonst würden sie beide Lykastia nicht lebend erreichen. Schließlich nickte sie. „Einverstanden! Gib mir einen Krug, damit ich das Wasser holen kann."

Er reichte ihr einen großen bauchigen Tonkrug, der an jeder Seite einen Henkel aufwies. „Achte auf die Soldaten. Sie stellen jeder Frau nach – selbst einer so schmutzigen und hässlichen wie dir. Du musst direkt an ihnen vorbei, dann biegst du in die Gasse zur Linken ab. Dort findest du den Brunnen."

Selina nahm den Krug und wendete das Pferd. Sie dankte der großen Mutter stumm dafür, dass sie Phillipos nicht ihr Schwert überlassen hatte. Während sie mit aufgesetzt gleichmütigem Gesichtsausdruck auf die lärmende Gruppe zuritt, nestelte sie unmerklich am Zugband, damit sie ihr Schwert schnell ziehen konnte, wenn es nötig wäre. Doch keiner der sechs Männer schenkte ihr Beachtung, als sie vorüberritt. Sie atmete auf und fand recht schnell die kleine Gasse, in welcher der Brunnen lag. Selina ließ sich vom Pferd gleiten und zog an dem Seil, um den ersten Eimer mit Wasser hochzuziehen. Sie brauchte zwei volle Eimer, um ihren Krug zu füllen, aus dem dritten schöpfte sie mit den Händen, bis ihr Durst gestillt war. Den Rest ließ sie das Pferd saufen. Ihr wurde bewusst, wie schmutzig sie sich fühlte.

Selina ließ den Eimer erneut in den Brunnen hinab, und zog ihn herauf. Sie wusch sich ihre Arme und ihr Gesicht. Das Wasser war herrlich kühl. Seufzend schrubbte sie sich Schmutz und Schweiß vom Körper und ließ den Rest des Wassers über ihre verfilzten Haare laufen. Sie versuchte, sie mit ihren Fingern durchzukämmen, doch es gelang ihr kaum.

„Soll ich dir helfen? Ich könnte deinen Rücken waschen."

Erschrocken fuhr Selina herum, die letzten Reste des Wassers mit den Händen aus ihrem Gesicht wischend. Einer der Soldaten war ihr gefolgt. Selina wurde klar, dass sie sich in einen

Hinterhalt hatte locken lassen. Wütend fragte sie sich, ob sie aus ihrem ersten Erlebnis in Zalpa noch immer keine Lehre gezogen hatte. Natürlich hatten die Soldaten sie bemerkt, als sie an ihnen vorbeigeritten war. Ebenso wie sie selber hatten sie Gleichmut vorgetäuscht, und während einer von ihnen über sie herfiel, saßen die anderen lachend und gesellig zusammen, und achteten darauf, dass niemand zum Brunnen ging.

Sie schätzte ihr Gegenüber schnell ab: Der Mann war groß und noch jung und in seinen Augen lag das Feuer der Gier. Nicht die Leidenschaft trieb ihn an, es war die bloße Gier eines Kriegers, der sein Opfer zur Strecke bringen wollte. Sein Bronzeschwert hing an seinem Waffengürtel, und in seiner Hand lag ein langer Speer mit einer Bronzespitze. Seine Blicke wanderten zu ihren Brüsten, die sich durch das nasse Hemd deutlich abzeichneten. Sie wusste, dass sie ihn töten musste, wenn sie sich ihn vom Leib halten wollte. Aber sie musste es tun, ohne dass er schrie, denn seine Kameraden würden ihn hören und ihm zur Hilfe eilen. Gegen fünf Männer auf einmal – das wusste sie – würde sie verlieren. Mit einem grausamen Lächeln trat er einen Schritt auf sie zu, und Selina ging einen Schritt rückwärts. *Nicht zurückweichen, Selina*, dachte sie bei sich. *Er muss nah an dich herankommen, damit er nicht schreien kann, wenn du dein Schwert ziehst.* Statt weiter rückwärts zu gehen, trat sie zwei Schritte zur Seite. Vorsichtig strichen ihre Hände über das grobe Tuch, in dem ihr Schwert verborgen war.

Sie hatte keine Zeit zu überlegen; sie musste den Fremden täuschen und sich so benehmen, wie es eine wehrlose Frau getan hätte, die ihr Leben retten wollte. „Bitte ... tu mir nicht weh", flüsterte sie mit flehender Stimme. Sofort entspannte sich der Soldat, da er sicher war, nun ein leichtes Spiel mit ihr zu haben. Die Spitze des Speeres senkte sich auf den Boden.

„Keine Angst, meine Kleine. Wenn du dich nicht wehrst, wird es nicht wehtun. Es wird dir sogar gefallen. Ich weiß, wie man mit Frauen umgeht." Er trat an sie heran, und seine Stimme war nur noch ein heiseres Flüstern. „Öffne dein Hemd, damit ich deine Brüste sehen kann."

Mit gesenktem Kopf ließ Selina ihre Hände bis zum unteren Hemdrand gleiten und öffnete das gekreuzte Zugband. Aus niedergeschlagenen Augen heraus sah sie, wie sich die Hand des Mannes ausstreckte, um sie zu berühren, und seine Aufmerksamkeit erlahmte. Selina handelte schnell. Sie zog das Schwert aus dem Tuch und wurde gerade noch seiner überraschten Augen und des offenen Munds gewahr, ehe sie es ihm mit aller Kraft in den Leib stieß. Es gelang ihr nicht sofort, da der lederne Harnisch nicht nachgeben wollte, doch als sie ihre gesamte Kraft in einen neuen Hieb legte, versank die Klinge bis zum Heft in seinen Bauch.

Der Soldat blickte zuerst verdutzt, dann wollte er sich noch mit dem Schwert im Bauch umdrehen und davonlaufen. Selina war mit einem Sprung auf seinem Rücken, schlang die Beine um ihn und umklammerte seinen Mund mit den Händen. Er durfte nicht schreien! Während er zappelnd versuchte, sie von seinem Rücken herunterzuwerfen und zu fliehen, trat Selina der Schweiß aus den Poren und sie keuchte vor Anstrengung. Kurz bevor der Verwundete das Ende der Gasse erreicht hatte, brach er röchelnd zusammen. Sie verlor keine Zeit, zog die Klinge aus seinem Bauch, um sie ihm an die Kehle zu setzen, hielt jedoch noch in der Bewegung inne. Seine Kameraden würden das Blut sehen, wenn sie nach ihm suchten. Kurz entschlossen riss sie sich das lederne Zugband von der Hüfte und legte es um den Hals des Soldaten. Sie setzte sich rittlings auf ihn und drückte seine Arme mit ihren Beinen zu Boden. Dann zog sie das Band zu und schloss die Augen. Sie spürte, wie sein Körper zuckte und wie seine Bewegungen langsam erstarben. Tränen quollen ihr aus den Augen, und sie versuchte, den Überlebenskampf ihres Opfers zu ignorieren. Obwohl Selina schon getötet hatte, bereitete ihr der Todeskampf des Soldaten seelische Qualen. Sie war es gewohnt, in der Schlacht zu töten, wo sie schnell und schmerzlos zuschlagen konnte. In einem offenen Zweikampf war alles einfacher, denn die Entscheidung über Leben und Tod wurde in einem einzigen Augenblick getroffen, und jeder der Gegner hatte die Möglichkeit zu überleben, wenn er schneller war als der andere.

Als der Soldat sich nicht mehr regte, gab sie seinen Körper frei und stand mit zitternden Knien auf. *Hör auf, dir Vorwürfe zu machen*, dachte sie. *„Er hätte es bestimmt nicht getan, wenn er an deiner Stelle gewesen wäre.* Durch den Brustharnisch war kein Blut aus der Wunde getreten. Selina sah sich fieberhaft um. Bald würden seine Kameraden kommen und nach ihm suchen. Sie durften ihn nicht finden. Auf keinen Fall durften sie ihn finden, bevor sie weit genug von Zalpa entfernt war, um ihre Spuren zu verwischen. Sie nahm ihr Schwert und befestigte es wieder gut versteckt an ihrem Hosenbund. In dieser Gasse gab es nur Mauern zur Rechten und zur Linken. Es war unmöglich, die Leiche auf das Pferd zu heben und dann in der Stadt einen geeigneten Ort zu suchen, wo sie sie verscharren konnte. Ihr Blick fiel auf den Brunnen, und ein übles Gefühl machte sich in ihrem Magen breit. *Wenn ich ihn in den Brunnen werfe, ist das ganze Wasser verdorben.* Selina kämpfte mit ihren Gefühlen. *Was soll ich nur tun?* Sie sah sich erneut um, doch es gab keine andere Möglichkeit. Entschlossen packte sie den Toten an den Waden und zog ihn zum Brunnen. Er war schwer, und es gelang ihr nur mit allergrößter Mühe, ihn über den Brunnenrand zu heben. Selina zählte langsam bis sechs, ehe sie seinen Körper in der Tiefe auf das Wasser schlagen hörte. *Wie lange wird es dauern, bis der Gestank die Menschen das Geheimnis des Brunnens erahnen lässt? Nicht lang genug!* Ihre Gedanken überschlugen sich. Sich zur Ruhe zwingend, ließ sie den Eimer in den Brunnen hinab und nahm den gefüllten Krug. Dann schwang sie sich auf den Rücken ihres Pferdes und ritt langsam zurück.

Als sie an den Soldaten vorbeikam, wurde sie von ihnen aufgehalten. Einer der Männer rief ihr grinsend zu. „Wo hast du unseren Freund gelassen? Hast du ihm die Kraft aus seinen Lenden gesogen?"

Selina zügelte ihr Pferd und blickte ihn fragend an. „Wovon redest du?"

Er grinste noch immer siegessicher. „Du musst meinen Freund doch getroffen haben, Weib."

Selina zog die Augenbrauen zusammen und bemühte sich um einen einfältigen Gesichtsausdruck. „Ich war allein am Brunnen, aber da war ein Schankmädchen, das mit einem Soldaten in einer Rüstung wie der deinen sprach, als ich zurückkam. Vielleicht war es dein Freund." Sie war um eine ruhige Stimme bemüht.

Der Mann kratzte sich am Kinn und sah sie von oben bis unten an. „Bestimmt war er es. Er hat eine Hübschere gefunden, die nicht nach Gaul stinkt. Nun, das scheint heute nicht dein Tag zu sein, Weib. Vielleicht morgen." Er lachte lautstark über seinen Scherz, und seine Kameraden fielen in sein Lachen ein. Selina setzte ein dümmliches Lächeln auf und gab ihrem Hengst leicht die Fersen. Ihr Herz raste vor Aufregung.

Der Alte nahm einen großen Schluck aus dem Tonkrug und stieß dann laut auf. „Das tut gut", seufzte er zufrieden. „Wie ist dein Name?"

„Selina."

„Selina, nach der großen Mondgöttin Selene … Ich heiße Kosmas. Du warst lange fort."

Selina zuckte mit den Schultern. „Es waren noch einige Frauen vor mir am Brunnen, die ebenfalls Wasser schöpfen wollten."

Kosmas gab sich mit der Antwort zufrieden und stellte den Krug beiseite. „Dies ist kein guter Tag für Geschäfte, ebenso wie die Zeit nicht gut für Geschäfte ist." Sein Blick wanderte hinauf zur Sonne, die mittlerweile etwas tiefer stand, jedoch noch immer nichts von ihrer glühenden Kraft verloren hatte. „Hilf mir, den Wagen zu beladen, und wir gehen zu meinem Haus. Ich kann ebenso gut ein warmes Essen aus den Früchten meines Feldes zubereiten, bevor ich sie hier in der Sonne verdörren lasse und sie dann am Abend nur noch als Viehfutter verwenden kann."

Kosmas erhob sich langsam. „Die Arbeit wird langsam zu schwer für meine alten Knochen. Die Götter hätten mir den elenden Agamemnon wirklich ersparen können. Mit Priamos leben wir gut, doch wenn Troja erst in Agamemnons Hand ist, können wir nur noch beten."

Während sie die Karre gemeinsam zu Kosmas' Haus zogen, erzählte er Selina von der mächtigen Stadt Troja, ihren großen Palästen, dem Schutzgott Apollon und dem unbedarften Prinzen Paris, der sein Volk durch seine Vernarrtheit in die schöne Königin von Sparta ins Elend gestürzt hatte. Selina musste sich ein Lächeln verkneifen: Kosmas Geschichten waren ausgeschmückt wie die alten Geschichten und Märchen, die man sich in langen und kalten Winternächten in den Gemächern Hattusas über Götter und Legenden erzählt hatte, und es war leicht zu erahnen, dass er nie in seinem Leben einen Palast betreten hatte, jedoch zu gerne als reicher Mann am Hofe Trojas gelebt hätte.

Kosmas' Haus war klein, aber sauber. In der Mitte gab es eine runde Feuerstelle, und auf dem gestampften Lehmboden lagen Schilfmatten. An der Wand zur Linken befand sich ein kleiner Steinsockel mit einem schlecht geschnitzten Abbild eines Selina unbekannten Gottes; rechts lag ein großer mit Stroh gefüllter Sack, der Kosmas als Schlafstelle diente. Das Haus war ärmlich, jedoch war Selina überrascht, als sie hinter einer Tür in der Rückwand des Hauses den kleinen Hof fand, in dem der alte Mann seine Gemüsebeete angelegt hatte.

Selina führte den Hengst in den Innenhof, rieb ihn kräftig ab und fütterte ihn dann mit einer Schale Hafer, den Kosmas ihr gegeben hatte. „Es ist nicht viel, mein Freund, doch es ist besser als Gras. Wenn wir die fruchtbaren Auen des Thermodon erreichen, gibt es genug für dich zu fressen."

Der Hengst schnaubte und scharrte mit den Hufen. Selina ließ sich von Kosmas eine Lederschnur geben und band damit die Vorderläufe des Pferdes zusammen, um sicherzustellen, dass es den Gemüsebeeten fernblieb. Sodann ging sie zurück ins Haus, wo es mittlerweile nach Linsen, Zwiebeln und frischem Brot duftete. Sofort begann Selinas Magen, sich zu regen, und sie spürte, wie hungrig sie war. Kosmas reichte ihr eine Schale mit Gurkenscheiben, die sie hastig verschlang.

„Du musst wirklich lange nichts mehr gegessen haben", bemerkte der Alte kopfschüttelnd. „Wohin willst du, Selina? Überall im Land treiben sich jetzt abtrünnige Soldaten herum. In

Zalpa steht es zwar auch nicht zum Besten, aber hier ist es immer noch sicherer als anderswo."

Sie musste sich bemühen, ihm nicht die dampfende Schale mit dem Linsengemüse aus der Hand zu reißen, die er ihr reichte. „Ich habe Brüder auf Mykale. Sie werden mich aufnehmen."

Er nickte, während er sich eine eigene Schale füllte. „Wo ist dein Gatte?"

„Er ist tot."

Kosmas sah sie eindringlich an. „Du bist eine seltsame Frau. Du reitest auf einem Pferd, scheinst kämpfen zu können wie ein Soldat und bist ohne einen Gatten bis nach Zalpa gelangt. Belügst du einen alten Mann?"

Selina zwang sich, ihm in die Augen zu sehen. „Wie du schon sagtest, leben wir in schwierigen Zeiten. Ich musste lernen, meine Ehre und mein Leben selbst zu verteidigen, nachdem mein Gatte starb."

Nach der zweiten Schale Linsen und drei Stücken Fladenbrot dachte Selina, ihr Bauch würde platzen. Sie war reichliches Essen kaum noch gewohnt. Auch Kosmas seufzte zufrieden, als er sich auf sein Strohlager legte und Selina eine alte Wolldecke reichte. „Du kannst die Schilfmatten nehmen. Meine Tage beginnen früh, und deshalb bin ich müde, bevor die Sonne untergeht." Er wälzte sich auf die Seite, und bald darauf konnte sie sein Schnarchen hören.

Selina rollte sich auf den Schilfmatten zusammen und zog die Decke über sich, obwohl sie nicht fror. Das erste Mal seit Tagen hatte sie wieder ein Dach über dem Kopf, einen gefüllten Bauch und fühlte sich wohl. Sie hätte gerne die ganze Nacht geschlafen und sich am Morgen erholt und wohlig gestreckt, doch sie wusste, dass das nicht ging. Sie musste Zalpa verlassen, bevor die Sonne aufging und der beißende Gestank im Brunnen die Bewohner Zalpas und die Kameraden des toten Soldaten neugierig machte. Es war abzusehen, dass zumindest seine Freunde ahnten, dass Selina etwas mit dem Tod ihres Kameraden zu tun haben musste. Nein, sie musste schon weit fort sein, wenn der Brunnen sein schreckliches Geheimnis lüftete.

Selina dachte an Kosmas, dem sie versprochen hatte, am nächsten Tag die Karre zu beladen und zum Markt zu ziehen. Sie war erneut gezwungen, gegen ihr Gefühl der Dankbarkeit zu handeln, doch sie beruhigte sich, indem sie sich sagte, dass es auch für Kosmas besser war, wenn er nicht mehr mit ihr gesehen würde. Selina kämpfte gegen ihre Müdigkeit an, da sie Angst hatte, nicht rechtzeitig aufzuwachen, um Zalpa im Schutz der Nacht zu verlassen. Sie dachte an Pairy und vergoss ein paar stille Tränen, weil die Zeit mit ihm schon so weit zurückzuliegen schien. Das Kind war nun das Einzige, was ihr von ihm geblieben war.

Während sie auf den Einbruch der Nacht wartete, zog das gesamte letzte Jahr an ihr vorüber – Leid und Kummer, die Sehnsucht nach Lykastia und ihrer Familie, aber auch die ihr bis dahin unbekannte Liebe. Wie sehr hatte sich ihr Leben in dieser Zeit verändert, wie viel hatte sie erfahren und gesehen, was sie vorher nicht gewusst hatte! Selina überlegte, ob es in ihren Augen zu lesen sein würde, ob Penthesilea, Kleite und all die anderen ihr Fragen stellen würden, wie und wo sie das ganze Jahr über gelebt hatte. Sie biss sich auf die Unterlippe, da sie wusste, dass man sie fragen würde. In ein paar Monaten würden die Frauen zudem auf ihren Bauch weisen und wissen wollen, wer der Vater ihres Kindes war. Neue Sorgen machten sich in ihr breit. Was sollte sie sagen? Sie konnte keiner Frau ihres Volkes begreiflich machen, dass sie den Vater ihres Kindes liebte und ihn sogar geheiratet hatte. Sie konnte keiner erklären, was ein *Hati-a* tat, was die Aufgabe eines Panku war, und auch nicht, dass es Häuser gab, in denen Frauen zusammen lebten, um einem einzigen Mann zu gehören. Das Leben, das sie gelebt hatte, die Erfahrungen, die sie gesammelt hatte, das Lernen einer Schrift und der fremden Sprache – all das machte sie zu einer Außenseiterin, die nicht mehr in die Gemeinschaft der Frauen zurückkehren konnte.

Als Selina die düsteren Gedanken kaum noch ertragen konnte, erhob sie sich leise von ihrem Lager und schlich sich wie eine Diebin in den Hof zu ihrem Hengst. Mittlerweile war die Nacht hereingebrochen. Sie sandte im Stillen Kosmas eine Entschuldigung für ihr Verschwinden und dankte ihm für seine Gastfreundschaft. Dann befreite sie die Vorderläufe des Hengstes von der Schnur und führte ihn am Haus vorbei auf die dunkle Straße. Sie wagte nicht, Kosmas zu bestehlen. Sie würde schon etwas zu Essen finden. Sie war bis nach Zalpa gelangt, und sie würde auch nach Lykastia kommen. Leise zog sie sich auf den Rücken des Hengstes und ließ ihn langsam die dunklen Straßen passieren, bis sie den Stadtrand erreicht hatten. Sie wandte sich Richtung Osten und fühlte sich befreit, als sie Zalpa endlich hinter sich lassen konnte.

Lykastia am Fluss Thermodon

Hippolyta befühlte den runden Bauch der rotbraunen Stute und tätschelte ihr beruhigend mit der anderen Hand den Hals. „Dein Fohlen bewegt sich, Liki. Es will geboren werden. In ein paar Tagen sollte es soweit sein."

Es war ein schöner Herbsttag, die Pferde grasten friedlich in den Flussauen, und die Sonne schickte sanfte wärmende Strahlen, während ein lauer Wind die Gräser hin- und herwiegen ließ. Hippolyta lächelte zufrieden.

Die Stute schnaubte und hob den Kopf. Sie witterte, dann spitzte sie die Ohren und gab ein warnendes Wiehern von sich. Hippolyta wandte sich um und beschattete die Augen mit den Händen, weil sie gegen die Sonne anblinzeln musste. Eine der Frauen näherte sich auf ihrem Pferd.

Sie schloss das Gatter hinter sich und ging der Reiterin entgegen. Weshalb war Liki so unruhig? Die Pferde kannten die Frauen und ließen sich normalerweise nicht aus der Ruhe bringen. Sie beschleunigte ihre Schritte. Das konnte nicht sein! Ihre Augen mussten ihr ein Trugbild schicken, oder ein böser Waldgeist spielte ihr einen Streich. Nach ein paar Schritten blieb sie stehen und wartete.

Die Reiterin kam näher und stieg dann von ihrem Pferd. Hippolyta begann zu laufen. Sie war sich nun ganz sicher, dass ihre Augen sie nicht täuschten. Kurz vor der jungen Frau blieb sie stehen und starrte sie ungläubig an. „Selina!"

Selina umarmte Hippolyta, und Tränen brachen aus ihr hervor. „Ich bin zurück, Hippolyta, ich kann es noch gar nicht glauben."

Hippolyta löste sich aus der Umarmung und betrachtete ihre Nichte. „Du siehst furchtbar aus und du riechst, als hättest du seit Tagen kein frisches Wasser mehr gesehen. Wo, im Namen der großen Mutter, kommst du her, wo warst du die ganze Zeit, weshalb bist du verschwunden?"

Selina atmete tief durch. Die Fragen brachen wie ein Sturm über sie herein. „Es ist eine lange Geschichte, doch zuerst muss ich mein Pferd versorgen."

Hippolyta nickte, und sie gingen gemeinsam zum Gatter zurück. „Ein schönes Tier ...", bemühte sie sich, das unangenehme Schweigen zu brechen. „Er ist etwas abgemagert und ebenso verwahrlost wie du, doch in einem Mondumlauf wird es ihm wieder gut gehen."

Selina nickte und sah zu, wie Hippolyta den Hengst zu den anderen Pferden ins Gatter entließ. „Lass uns zu Penthesilea gehen. Alle werden froh sein, dass du wieder in Lykastia bist. Du musst uns deine Geschichte erzählen, Selina. Als du damals aus Zalpa verschwunden bist, herrschte Aufruhr. Kleite und ich haben ganz Zalpa nach dir abgesucht, doch du warst verschwunden. Lediglich Targa haben wir gefunden."

Selina horchte auf. „Wo ist meine Stute?"

Hippolyta lächelte. „Sie ist in einem der anderen Gatter und hat niemand anderen auf ihren Rücken gelassen. Penthesilea hat sich geweigert, sie zu töten, obwohl sie für niemanden von Nutzen war. Vielleicht wusste sie, dass du zurückkehren wirst."

„Ich möchte Targa zurückhaben."

„Später, Selina. Wir müssen zuerst zu Penthesilea." Sie zog die Augenbrauen zusammen. „Außerdem brauchst du ein Bad und neue Kleidung."

Sie gingen den kurzen Weg hinauf in die Stadt schweigend nebeneinander her, und Selina bemerkte die nervöse Anspannung zwischen ihnen. Ihre plötzliche Rückkehr musste Hippolyta wie ein Wunder vorkommen.

Selina atmete erleichtert auf, als sie sah, dass sich in Lykastia nichts verändert hatte: Die Häuser waren nicht wie in ihren Fieberträumen abgebrannt, und die Frauen gingen wie immer ihren alltäglichen Beschäftigungen nach. Viele saßen vor ihren Häusern und gerbten Leder, einige färbten und webten Stoffe, andere waren mit der Herstellung von Waffen beschäftigt. Der Sommer neigte sich dem Ende zu, sodass überall Vorräte in die Häuser geschafft wurden, Fleisch gedörrt und Getreide eingelagert wurde.

Als die Frauen Selina sahen, starrten sie zuerst ebenso ungläubig, wie Hippolyta es getan hatte, dann begannen sie zu tuscheln, ließen jedoch nicht von ihren Arbeiten ab, sondern warfen ihr weiter verstohlene Blicke zu. *Sie misstrauen mir*, dachte Selina. *Weil ich über ein Jahr verschwunden war, hat sich eine Mauer zwischen mir und meinem Volk gebildet. Wie konnte ich hoffen, dass alles wieder sein wird wie früher?*

Hippolyta schien ihre Gedanken zu erraten. „Es hat sich einiges verändert. Du darfst es ihnen nicht verübeln."

Selina dachte daran, wie entschlossen Palla auf ihrem Pferd gesessen und den barbarischen Horden Anweisungen und Befehle erteilt hatte, als Hattusa angegriffen wurde. Sie fragte sich, ob sie Hippolyta nach Palla fragen sollte, entschied sich aber erst einmal dagegen. Spätestens wenn sie mit Kleite und Penthesilea sprach, würde sie mehr erfahren.

Hippolyta führte sie nicht zum großen Versammlungshaus, sondern direkt zu Kleites Wohnhaus. Penthesilea und Antianeira verbrachten den Nachmittag bei ihrer Mutter, da diese sie um Hilfe beim Gerben eines Hirschfells gebeten hatte.

Als sie das Haus erreichten, saßen die drei Frauen im Kreis um das Fell und bearbeiteten es sorgfältig mit ihren Bronzemessern. Sie waren so sehr in ihre Arbeit vertieft, dass sie Selina und Hippolyta zuerst gar nicht bemerkten. Penthesilea war die Erste, die aufblickte, dann sahen auch Kleite und Antianeira sie. Wieder entstand ein unangenehmes Schweigen, doch dann erhob sich Penthesilea, und umarmte Selina. Kleite und Antianeira folgten ihrem Beispiel und taten es ihr gleich. Das erste Mal an diesem Tag hatte Selina das Gefühl, dass ihre Rückkehr willkommen war, denn Kleite weinte vor Freude, während Antianeira sofort auf sie einzureden begann und sie mit den gleichen Fragen überschüttete wie Hippolyta. Schließlich forderte Penthesilea sie in ihrer zurückhaltenden und ruhigen Art auf, sich wieder zu setzen.

„Nun erzähle, warum du damals aus Zalpa verschwunden bist, Selina. Kleite und Hippolyta haben nach dir gesucht, doch du warst nirgends zu finden."

Selina wusste, dass sie antworten musste. Sie überlegte kurz und erzählte wahrheitsgemäß die Geschichte ihrer Entführung durch den Prinzen Tudhalija, sie erzählte gerade so viel von ihrem Leben in Hattusa, wie sie glaubte, dass es die Frauen verstehen und nachvollziehen konnten. Schließlich erzählte sie von ihrer Flucht und ihrem Irrweg über die Handelsstraße, sie berichtete davon, was sie in Zalpa gesehen hatte, und auch von dem drohenden Krieg in Troja. Sie erwähnte Pairy und Palla mit keinem Wort und wagte auch nicht, von dem Kind zu erzählen, welches sie in ihrem Leib trug. Über das Metall der Erde beschloss sie, vorerst auch Stillschweigen zu bewahren. Ihre Geschichte wurde abwechselnd mit verständnisvollem Nicken, ungläubigen Blicken oder Kopfschütteln bedacht.

Als sie geendet hatte, begann Penthesilea zu sprechen. „Du hast viel erlebt und gesehen in diesem einen Jahr, von dem die meisten von uns hier wenig Ahnung haben. Obwohl dir viel Leid widerfahren ist, schenken dir diese Erfahrungen ein Wissen, das dir viele der Frauen neiden werden. Einige wird es sogar in Angst versetzen. Du solltest dir überlegen, ob du diese Geschichte im Versammlungshaus erzählen willst."

Selina war überrascht von der Weitsicht, die Penthesilea an den Tag legte. Auf einmal wusste sie, weshalb ihre Mutter Königin des Städterates geworden war. „Ich glaube, dass es besser ist die Wahrheit zu sagen, als sich mit Lügen zu belasten. Gewiss wird Lampedo versuchen, bei den anderen Frauen gegen mich zu sprechen. Ihr wird das aufkommende Misstrauen der Frauen gegen mich nur allzu recht sein."

Antianeira schüttelte das lange Haar. „Lampedo brauchst du nicht zu fürchten. Sie ist tot. Vor ein paar Mondumläufen kamen nachts Männer ins Lager, um Pferde zu stehlen. Lampedo wurde von einem der Männer mit dem Schwert erschlagen."

Selina starrte Antianeira ungläubig an. „Dann ist Palla nun Königin der Kriegerinnen."

Die Gesichter der Frauen verdüsterten sich. Hippolyta legte Selina die Hand auf die Schulter. „Wie ich schon sagte, hat sich vieles verändert in Lykastia. Palla ist die Königin der

Kriegerinnen, doch sie lebt nicht mehr in Lykastia. Kurz nach Lampedos Tod rief sie ihre Kriegerinnen zusammen, und sie gingen nach Themiskyra. Palla hält sich nicht an die Regeln der großen Mutter, es gab immer wieder Streit, sodass es nun zwei Völker gibt. Wir wurden in der letzten Zeit oft angegriffen. Wagte sich früher kein Fremder nach Lykastia, erscheinen jetzt Soldaten, die plündern und töten. Wir haben ihre Angriffe bis jetzt erfolgreich abgewehrt, doch ohne Palla und ihre Frauen sind wir nur noch ein halbes Volk." Hippolyta seufzte.

Selina sah Penthesilea an. „Ich hatte befürchtet, dass etwas nicht stimmt." Sie berichtete von ihrer Begegnung mit Palla vor den Toren Hattusas.

Penthesileas Augen zeigten keine Überraschung. „Palla ist einem Mann verfallen. Wir wissen, dass sie mit diesem Pinjahu, dem Stammeshäuptling der Kaskäer, Dörfer überfällt. Wenn du jedoch sagst, dass sie Hattusa angegriffen haben, von dem ich aus deinen Erzählungen heraushöre, dass es eine mächtige Stadt ist, frage ich mich, was Palla wirklich will."

„Sie hat ihr Volk verraten", sagte Hippolyta ernst.

Wieder entstand Schweigen. Dann erhob sich Penthesilea schließlich. „Du wirst deine Geschichte heute Abend im Versammlungshaus erzählen. Zu warten würde das Misstrauen gegen dich nur noch mehr schüren."

Wieder fragte sich Selina, ob sie ihre Mutter nicht stets unterschätzt hatte. Vielleicht konnte sie ihr sogar mehr erzählen, vielleicht könnte sie ihr erklären, woher das Kind in ihrem Bauch stammte, wenn es offensichtlich wurde, dass sie schwanger war. Sie wischte die Gedanken jedoch schnell fort. Penthesilea würde für alles Verständnis haben, jedoch niemals für die Liebe zu einem Mann.

Penthesilea gab Antianeira und Hippolyta ein Zeichen, ihr zu folgen. Offensichtlich brauchte sie ihre Schwestern nun für die Vorbereitung des Abendmahls, das sicherlich ein Festessen zu ihrer Rückkehr beinhalten würde.

Selina blieb mit Kleite allein, und endlich konnte sie ihr in die Augen schauen. Selina griff nach den Händen ihrer Großmutter und sah auf deren Innenflächen. „Sie sind noch immer blau von der Farbe der Purpurschnecke, mit der du die Kleider färbst."

Kleite lächelte. „Als wir dich suchen wollten, haben Lampedo und Palla die Frauen davon abgehalten."

Selina verzog schmerzvoll das Gesicht. „Also hat auch Palla mich verraten. Ich dachte einmal, sie sei meine Freundin, ja mehr noch, meine Schwester."

Kleite schüttelte den Kopf. „Ich habe dich vor Palla gewarnt, Selina. Kannst du dich an meine Worte erinnern?"

Kleite erhob sich, und Selina stand ebenfalls auf. „Du musst dich waschen, wir müssen das Vogelnest auf deinem Kopf entwirren, und du brauchst neue Beinkleider und Hemden."

Kurz darauf schrubbte sich Selina den Schmutz vom Leib, während Kleite immer neue Eimer mit Wasser herbeitrug. Als sie sauber war, rieb sie sich mit Minzblättern ein, und Kleite machte sich ans Werk, Selinas Haar zu entfilzen. Als ihre Haare nach einer Weile wieder als solche zu erkennen waren, gab Kleite ihr neue wollene Beinkleider in der blauen Farbe der Königin und ein lockeres geschnürtes Hemd. Ihre Füße steckte Selina in weiche wadenhohe Lederstiefel, dann entsann sie sich ihres Schwertes, das noch immer bei den alten Kleidern lag, die ihre Großmutter beschlossen hatte zu verbrennen. Kleite trat zu ihr und betrachtete stirnrunzelnd das graue Metall. „Das neue Metall, von dem die Frauen ohne Unterlass reden, seit Bremusa ihr Schwert aus Themiskyra mitbrachte. Sie zeigt es voller Stolz herum und schürt damit den Neid der Frauen. Sie alle wollen nun so ein Schwert, und das verdirbt den Gemeinschaftssinn." Sie strich mit dem Finger über die flache Seite der Klinge.

„Man nennt es das schwarze Metall. Es ist härter als Bronze und sehr selten. Wer eine solche Waffe besitzt, ist dem Gegner mit einem Bronzeschwert weit überlegen."

Kleite sah ihre Enkelin besorgt an. „Ich frage mich, wie viele Geheimnisse du noch mitgebracht hast."

Selina wich ihrem Blick aus, doch Kleite drang nicht weiter in sie. „Du solltest dieses Schwert in den nächsten Tagen nicht mit dir führen. Schüre nicht den Neid der Frauen. Die Überfälle der plündernden Soldatentrupps, der Verrat Pallas – all das belastet und verunsichert sie."

Selina reichte Kleite das Schwert. „Leg es unter meine Schlafstatt, Kleite. Du hast recht. Es wäre nicht klug, es den Frauen zu zeigen." Sie überlegte eine Weile. „Ich habe diese Soldatentrupps in Zalpa gesehen, und ich habe einen dieser Männer getötet. Mir scheint, dass der Krieg des Priamos von Troja doch nicht ganz spurlos an uns vorbeigeht."

Kleite verstaute das Schwert unter Selinas Lager. „Willst du noch immer nicht dein eigenes Haus haben, Selina? Mir scheint, du bist im letzten Jahr erwachsen geworden, und es wäre gut, wenn du ein Haus hast, damit die anderen sehen können, dass du gekommen bist, um zu bleiben. Du bist noch immer Penthesileas Nachfolgerin."

Selina rieb sich müde mit einer Hand über die Augen. „Ich würde lieber bei dir wohnen, aber vielleicht hast du recht. Ich sorge mich, Kleite. Die Überfälle und Geschichten um Krieg und Verrat bedrücken mich und schicken mir böse Vorahnungen."

„Wenn das so ist, wirst du deinem Volk dereinst eine gute Königin sein."

Selina lächelte schwach. „Kleite – wenn sich auch alles verändert hat, du bist noch immer so, wie ich dich immer gekannt habe."

Als das Versammlungshaus sich füllte, wurde Selina wieder nervös. Sie saß am Kopfende der großen rechteckigen Halle direkt neben Penthesilea. Die Frauen warfen ihr verstohlene Blicke zu bevor sie sich setzten, sie unterhielten sich leise, und immer wieder wanderten ihre Augen in Selinas Richtung. Penthesilea wartete, bis alle ihre Plätze eingenommen hatten, dann stand sie auf und hob die Hände. Sofort verstummte das Getuschel und Gemurmel. Selina meinte, ihr Herz gegen die Rippen hämmern zu hören, doch als Penthesileas klare ruhige Stimme durch den großen Raum hallte, breitete sich eine angenehme Ruhe in ihr aus.

„Frauen der großen Mutter ... Es ist viele Mondumläufe her, dass meine Tochter Selina, die mir dereinst folgen soll, um unser Volk zu führen, in Zalpa verschwand. Niemand wusste damals etwas zu sagen oder zu vermuten, was ihr zugestoßen ist, und so entschlossen wir uns schweren Herzens, unser Leben ohne sie weiter zu führen. Heute ist Selina zurückgekehrt, die große Mutter hat in ihrer Güte und Liebe unserem Volk ein großes Geschenk gemacht, indem sie uns Selina zurückgab." Penthesilea machte eine bedeutungsvolle Pause und fuhr dann fort. „Ich kenne nun ihre Geschichte. Ich weiß, was ihr widerfahren ist, und deshalb ist es ein umso größeres Wunder, dass sie heute in die Arme ihres Volkes zurückgekehrt ist. Doch die wundersame Geschichte soll sie euch, den Frauen des Volkes, selber erzählen, denn sie ist zu erstaunlich, als dass ich sie mit meinem Munde wiedergeben könnte."

Erneut ging aufgeregtes Gemurmel durch die Halle, und Selina erhob sich langsam, während sie die geschickte Wortwahl Penthesileas bewunderte, die nichts unversucht ließ, sie wieder ihrem Volk vertraut zu machen. Nach einem kurzen Räuspern begann Selina, ihre Geschichte zu erzählen. Wieder verschwieg sie Pairy, und auch von Palla erzählte sie nichts. Selina fand, dass es ausreichte, wenn die vier Frauen, denen sie nahestand, von Pallas Taten wussten. Die Frauen lauschten Selinas Geschichte ebenso gebannt, wie ihre Familie es getan hatte, und Selina fühlte, wie sie immer sicherer wurde. Sie beendete ihren Bericht mit bedeutungsschwangeren Worten, um es Penthesilea gleich zu tun. „Ich bin zurückgekehrt und habe mich weder durch Fieber noch durch die Gefahren Zalpas aufhalten lassen. Ich weiß, dass eure Blicke mit Verwunderung und vielen Fragen auf mir ruhen, doch ich bitte euch, mir wieder euer Vertrauen und eure Zuneigung zu schenken."

Nachdem Selina geendet hatte, herrschte zuerst Schweigen, dann erhoben sich die Frauen und begannen, mit den Füßen aufzustampfen. Das ohrenbetäubende Getöse mündete in Zurufen und Gunstbeweisen für Selina. Penthesilea neigte leicht ihren Kopf und rief ihr zu: „Du hast es geschafft, Selina. Deine Geschichte und deine ehrlichen Worte haben sie überzeugt."

Selina lächelte und unterdrückte einen Anflug von Scham und Reue. Sie hatte nicht die ganze Wahrheit gesagt, doch wie hätte sie das tun sollen? Der Abend verlief angenehm, die Frauen traten wieder ungehemmt an Selina heran, stellten ihre neugierigen Fragen und wollten sich mit ihr unterhalten. Das Essen schmeckte Selina so gut wie schon lange nicht mehr. Sie konnte sich kaum noch an den Geschmack von gebratenem Wild, Ziege und an den Saft frischer Früchte oder an gedünstetes, mit Kräutern verfeinertes Gemüse erinnern. Als die Versammlungshalle sich langsam leerte, dämmerte es bereits, und Penthesilea schickte Selina in Kleites Haus, damit sie sich endlich ausruhen konnte. Selina stolperte trunken die Straßen entlang und wurde hier und da von den Frauen angerufen, die ihr eine gute Nacht wünschten. Als sie Kleites Haus erreicht hatte, ließ sie sich auf ihr Lager fallen und schloss die Augen. Sie war zu Hause – sie hatte ein Dach über dem Kopf, Menschen, die sie liebten, eine Familie, und sie musste nicht um ihr Leben fürchten. Kurz mischten sich Gedanken an Pairy in ihre Zufriedenheit. War nicht auch Pairy ihre Familie gewesen, hatten sie nicht eine Nähe zueinander verspürt, die nichts Vergleichbares kannte? Doch ihr Mann war weit fort in Ägypten, einem Land, das Selina nicht kannte und das sie niemals kennenlernen würde. Es war ihr Schicksal gewesen, einen winzigen Teil des Weges gemeinsam zu gehen, und nun musste jeder in sein eigenes Leben zurückkehren – auch wenn es etwas gab, das ihre beiden Leben verschmelzen ließ.

Wenige Tage später begann Selina, ihr eigenes Haus zu bauen. Die Frauen halfen ihr, das Holz zu entrinden, das die Knechte im Wald schlugen und in die Stadt brachten, und verkleideten lachend und schwatzend die Spalten zwischen den Holzbohlen mit Lehm. Selina schien es, als wäre sie nie fort gewesen.

Nach nur einem Mondumlauf konnte sie ihr Haus beziehen. Die Frauen brachten ihr Kochgeschirr, gewebte Teppiche, Schilfmatten, Werkzeug aus Bronze sowie Decken und Hocker, damit das Haus gemütlich wurde. Kleite färbte neue Kleidung und schenkte Selina den warmen Mantel, den sie aus zwei Hirschfellen gefertigt hatte. Antianeira brachte als Gastgeschenk duftende Kräuter und frische Minze, während Hippolyta Selina zu ihrem Hengst führte, den sie kaum noch erkannte. Er stand nun gut im Futter, sein Fell glänzte, und seine Augen waren hellwach. Auch Targa erkannte sie sofort und reagierte auf ihren Ruf. Hippolyta tätschelte der Stute den Bauch und wies mit einem Kopfnicken auf Selinas Hengst, der im Nebengatter unruhig tänzelte und nach Targa rief. „Sie ist rossig, und der Hengst mag ihren Duft. Ich denke, wir haben im nächsten Jahr ein schönes Fohlen." Selina kraulte die kleine Stute sanft hinter den Ohren. Bei dieser Gelegenheit fiel ihr ein, dass der Hengst noch immer keinen Namen hatte. Sie bat Hippolyta, ihm einen Namen zu geben. Diese überlegte nicht lange und nannte ihn Arkos.

Selina war glücklich, und als Penthesilea ihr schließlich zwei Oberarmreifen aus gehämmertem Silber schenke, das seltener als Gold war, ritt sie mit Targa in den Wald und erlegte einen großen Hirsch, den sie den Männern in ihre Unterkünfte am Fluss zum Ausweiden und Häuten brachte, um ihn dann gemeinsam mit Kleite zuzubereiten. In seinen Bauch stopften sie frische Kräuter und allerlei Gemüsesorten. Sodann entfachte Selina ein großes Feuer vor ihrem Haus und wickelte den gefüllten und gestopften Körper in große Blätter. Als das Feuer zu einer heiß schwelenden Glut heruntergebrannt war, legte sie das Fleisch hinein und lud die Frauen, die ihr so tatkräftig geholfen hatten, zu einem Dankesessen ein. Es wurde gefeiert und gesungen, Wein und Kräutertrunke flossen reichlich, sodass sie den Geist der großen Mutter heraufbeschworen und ihr zu Ehren mit den Waffen tanzten. Bremusa zeigte voller Stolz ihr Schwert herum, sie ließ die Frauen mit dem Finger über die scharfe Schneide fahren, ließ es jedoch kaum aus den Augen. Selina nahm besorgt die bewundernden aber auch oft eifersüchtigen Blicke der Frauen wahr. Einige hatten zwar im letzten Jahr Schwerter von den Hethitern erbeutet, doch waren die meisten im Unterschied zu Bremusas Schwert schnell zerbrochen.

Selina hatte ihre Heimat wiedergefunden, verbrachte ihre Tage mit der Jagd, saß neben Penthesilea im Versammlungshaus, und wurde schon bald zu Beratungen hinzugezogen. Die Monde kamen und gingen, der Herbst zog vorüber, die kühle Jahreszeit des Winters ging zu Ende und überließ das Land der wärmenden Frühlingssonne. Es dauerte ungewöhnlich lange, bis Selina nicht mehr in ihre Beinkleider passte. Zuerst sah sie nur eine kleine Wölbung ihres Bauches; jedoch wurde sie von Woche zu Woche runder, und sie ahnte, dass sie ihr Geheimnis trotz ihrer weiten Hemden nicht mehr lange würde verbergen können und es keine zwei Mondumläufe mehr dauern würde, bis das Kind geboren wurde. Nun mied Selina die

Gesellschaft, zog sich immer mehr zurück und hielt sich mit fadenscheinigen Ausreden von allen Versammlungen fern. Es gelang ihr fast einen halben Mondumlauf, sich zu verstecken, bis Kleite an ihre Tür klopfte und sich nicht abweisen ließ, bis Selina sich bereit erklärte, sie hineinzulassen.

Hattusa

Prinz Tudhalija schickte seinen Schreiber hinaus, ohne ihm auch nur einen Satz diktiert zu haben. Gedankenverloren ließ er seinen Blick aus dem Fenster gleiten, durch das die kalten grellen Strahlen der Wintersonne fielen. Bald würde die Sonnengöttin den Wettergott vertreiben, und dann musste er sich entscheiden, was er tun wollte. Priamos von Troja hatte bereits zum dritten Mal gebeten, dass Hattusa Truppen nach Troja sandte, um gegen die Mykener zu kämpfen. Tudhalija presste die Lippen zusammen. Zumindest in den ersten beiden Schreiben hatte Priamos von Troja noch höflich um Unterstützung gebeten. Im dritten und vorerst letzten Schreiben, das Hattusa erst vor wenigen Tagen erreicht hatte, war der Ton des trojanischen Königs schärfer gewesen, und er hatte Seine Sonne, den Großkönig Hattusili, deutlich an bestehende Verträge erinnert. Eigentlich hätten diese Verträge Tudhalija, der mittlerweile alle Staatsgeschäfte für seinen Vater führte, egal sein können. Troja war ein mächtiger und wichtiger Vasall, doch es war weit entfernt. Verträge konnten gebrochen, ignoriert oder großzügig interpretiert werden, wenn es von Vorteil war. Doch Troja hatte einen großen Hafen, in Troja legten viele Handelsschiffe an, die ihre Waren über das Meer zum Festland brachten, und Troja wachte über die Zufahrtswege ins Schwarzmeer – Troja war der Dreh- und Angelpunkt für Handel und Geschäfte. Nun hatte sich der mykenische Großkönig Agamemnon mit seiner Kriegsflotte dort festgesetzt und ließ kein Schiff passieren. Dieses Mal schienen die Mykener tatsächlich entschlossen, Troja und mit ihm die Handelswege zu erobern. In Hattusa hungerte man zwar noch nicht, doch im ohnehin kargen Hatti sah das ganz anders aus. Ein weiteres Jahr der Not würde Plünderungen, Überfälle und Missmut mit sich bringen. Es war ohnehin schwierig, ein derart großes Reich wie Hattusa zusammenzuhalten. Grimmig dachte Tudhalija an das fruchtbare Ägypten, das in seinen Augen nur ein kümmerlicher Landstrich war. Doch Ägypten wurde nicht ständig von allen Seiten bedroht und angegriffen, denn im Westen und Osten erstreckte sich Wüste, durch die nur wenige Könige ihre Truppen führen wollten, der Süden war durch Vasallenstaaten wie

Kusch und Nubien geschützt, und im nördlichen Delta hatte der Sohn der Sonne, Pharao Ramses, seine Streitmächte postiert.

Tudhalija war Priamos von Troja gleichgültig, auch die Stadt selber interessierte ihn kaum, doch es bedurfte keiner großen Voraussicht, um abzuschätzen, was geschähe, wenn die Belagerung andauerte oder Troja in die Hände der Mykener fiel. Hunger und der brachliegende Handel waren ein Problem. Fiel die Küstenstadt jedoch in Agamemnons gierige Hände, würde Tudhalija mit diesem Halsabschneider neue Verträge aushandeln müssen, um die Handelswege nutzen zu können. Und diese Verträge würden sicherlich nicht zu Gunsten Hattis ausfallen.

Er schlug wütend mit der Faust auf den Arbeitstisch. Wenn er keine Truppen schickte, lief Troja Gefahr, an die Mykener zu fallen, schickte er eine Streitmacht, wurde er in seinen eigenen Reihen geschwächt. Babylonien und Assyrien blickten bereits seit der Dürre des letzten Sommers mit Interesse auf die Entwicklung in Hatti. Bald war der Winter vorbei und die Straßen wieder passierbar. Dann konnte er Truppen entsenden, jedoch hinderte auch Assyrien und Babylonien nichts mehr daran, die Straßen zu nutzen.

Während Prinz Tudhalija abwog, was er tun sollte, betrat sein Diener leise den Raum und verbeugte sich tief. Tudhalija sah ihn düster an.

„Mein Prinz, in deinen Vorräumen wartet ein Ägypter, der dich zu sprechen wünscht."

Tudhalija fuhr seinen Diener wütend an. „Dann sage ihm, dass er warten soll, lass ihm Erfrischungen reichen und vertröste ihn. Ich bin nicht in der Stimmung für ein Gespräch."

Der Diener verbeugte sich und wollte schnell die Räume verlassen, als sich Tudhalija eines Besseren besann. Immerhin war seine Schwester Sauskanu mit dem Pharao verheiratet. „Warte!", herrschte er den Diener an. „Hat er Gesandtschaft mitgebracht, dieser Ägypter?"

Der Mann hob entschuldigend die Schultern. „Ich weiß es nicht, Hoheit, doch ich habe niemanden gesehen, der ihn begleitet."

Tudhalija verzog missmutig die Mundwinkel. Je größer die Gesandtschaft war, die ein König schickte, desto höher war seine Wertschätzung dem Gastgeber gegenüber, und desto eher konnte man mit vielen Gastgeschenken rechnen. Tudhalija hob trotzdem gnädig die Hand. „Lass ihn hereinkommen."

Der Diener verbeugte sich ein letztes Mal und verschwand. Kurz darauf wurde der Gesandte gemeldet, bei dessen Anblick Tudhalija hinter seinem schweren Arbeitstisch hervortrat. Er setzte ein breites Lachen auf, obwohl ihm dazu kaum zumute war.

„Edler Herr Pairy, kann es denn sein, dass du Hattusa mit deinem Besuch beehrst? Warum hast du deiner Ankunft keinen Boten vorausgeschickt, damit Seine Sonne dich gebührend hätte empfangen können?"

Pairy blickte in das bärtige Gesicht des Prinzen und verbeugte sich nach ägyptischer Art mit einer Hand auf der Brust. Tudhalija war die Fähigkeit zu lügen nicht in die Wiege gelegt worden. Er war ganz und gar nicht erfreut über das Auftauchen des Mannes, der so viele Geheimnisse vom Hofe Hattusas kannte. Pairy ahnte, dass Tudhalija sich ungern an den letzten Sommer erinnerte, an den Mord an der ägyptischen Gesandten, den Todessprung der ägyptischen Dienerin, von der er noch nicht einmal wusste, dass sie Pairys Zwillingsschwester gewesen war.

„Gesundheit, Leben und Wohlergehen", kam es Pairy trotzdem geschmeidig über die Lippen.

Tudhalija forderte ihn auf, ihm gegenüber am Tisch Platz zu nehmen, und Pairy ließ sich bedächtig auf dem ihm angebotenen Stuhl nieder.

„Wie geht es meiner Schwester, der Königin Sauskanu, und meinem Bruder, dem Pharao?"

Pairy lächelte verächtlich. Tudhalija hatte niemals Feingefühl oder diplomatisches Geschick besessen, sonst hätte er nicht das Befinden des großen Horus von Ägypten an zweite Stelle gesetzt. „Der Pharao erfreut sich bester Gesundheit und wird bald sein *Heb-Sed* begehen, das Fest der Krafterneuerung. Deiner Schwester, der Königin Maathorneferure, geht es ebenfalls gut. Als ich Ägypten verließ, ließ der Herold des Pharaos gerade verkünden, dass sie ihr erstes Kind erwartet."

Tudhalija lächelte verkrampft. Er mochte diese ägyptische Arroganz nicht. Nach wie vor belächelte Ägypten Hatti und betrachtete sich als Mittelpunkt der Welt.

Pairy beschloss indessen, noch etwas weiter in Tudhalijas verletztem Stolz zu bohren. „Wie geht es Seiner Sonne, dem Tabarna, und deiner Mutter, der Tawananna Puduhepa? Ist sie noch immer unpässlich und muss ihre Gemächer hüten?"

Tudhalija antwortete steif. „Meinem Vater geht es ausgezeichnet. Nun ja, das Alter bereitet ihm mehr und mehr Kummer." Er machte eine Pause. „In diesem Sinne wäre es genehm, wenn zukünftige Korrespondenz vom Hofe in Piramses direkt an mich gerichtet würde."

Pairy nickte lächelnd. Tudhalija konnte nicht warten, bis sein Vater starb, ehe er seinem Namen Geltung verschaffte. Er pries sich bereits jetzt als Anwärter auf den Thron Hattis an, wo immer es ging. Pairy wollte ihm die Schmach nicht ersparen, seine letzte Frage zu beantworten. Er machte ihm, obwohl der Prinz ihm die Umstände von Amenirdis' Tod erklärt hatte, noch immer Vorwürfe. „Und deine Mutter, Prinz. Ist sie wohlauf?"

„Ich denke, dass die Tawananna eine Krankheit schüttelt, die es ihr auf Lebzeiten nicht mehr erlauben wird, ihre Gemächer zu verlassen." Seine Stimme hatte einen scharfen Unterton angenommen, und Pairy entschied, dass er Tudhalija einstweilen genug gedemütigt hatte. Immerhin war er nach Hattusa gekommen, weil er etwas vom Prinzen wollte.

„Was führt dich nach Hattusa, edler Herr Pairy? Führst du eine große Gesandtschaft mit dir?"

Pairy schüttelte den Kopf. „Ich bin mit einer kleinen Eskorte gereist. Die Straßen sind passierbar, aber noch immer nicht ganz frei von Schnee. Ich bin gekommen, weil ich noch etwas zu tun gedenke."

Jetzt war es an Tudhalija, sich lächelnd im Stuhl zurückzulegen und die Arme hinter dem Kopf zu verschränken. „Ah, ich weiß es schon: Du willst deine Gemahlin suchen, die dir fortgelaufen ist, als du mit meinen Soldaten vor den Toren gekämpft hast." In der Meinung, hierin Pairys Schwachstelle gefunden zu haben, beugte er sich mit funkelnden Augen weit über seinen Arbeitstisch. „Sag mir, edler Herr Pairy, ist sie es wirklich wert, dass du diesen weiten Weg auf dich nimmst?"

„Sie ist jeden Weg wert, den ich beschließe, auf mich zu nehmen, Prinz."

Tudhalija hob gespielt theatralisch die Hände. „Wenn du es sagst, edler Herr. Doch deine Gemahlin ist nicht hier. Wie du weißt, ist sie aus Hattusa geflohen. Was willst du nun tun – und vor allem: Was kann ich für dich tun?" Er hätte dem Ägypter seinen Zorn nicht so deutlich zeigen dürfen, denn er hatte ihn eindringlich gebeten, das neue Metall dem Pharao gegenüber nicht zu erwähnen. Mittlerweile hatte der Pharao jedoch zwei Sendschreiben geschickt, in welchen er um großzügige Sendungen von kriegstauglichen Waffen bat. Tudhalija hatte sich in salbvollen Schreiben gewunden und behauptet, die neue Metallgewinnung wäre mühselig und würde nicht genügend Metall abwerfen. In Wahrheit misstraute er jedoch dem Pharao und wollte vorerst die Truppen Hattis mit guten Waffen rüsten. Er konnte sich vorstellen, dass der Unmut des Pharaos darüber groß war und dass er genau wusste, warum Tudhalija die Sendungen zurückhielt.

Pairy erkannte im Gesicht des Prinzen, dass dieser ihn lieber wieder fortgeschickt hätte, als ihm seine Unterstützung anzubieten. „Ich brauche nicht viel, Prinz. Ich bitte dich lediglich um einige Männer, die mit mir nach Zalpa und von dort aus nach Lykastia reisen."

„Eine Eskorte wünscht du also, edler Herr. Doch sage mir, hat der mächtige Pharao dir keine Eskorte geboten? Stehst du ihm nicht sehr nahe? Mir wurde zugetragen, du ständest ihm näher als die meisten seiner leiblichen Söhne. Nun, es ist kaum verwunderlich, da du ihm so ergeben dienst und ihn ... so *vortrefflich* über alles unterrichtest, was du hörst und siehst."

Pairy blieb gelassen. Tudhalija musste klar sein, dass seine Loyalität dem Pharao gehörte und es selbstverständlich war, dass er seinem König vom Erdmetall erzählt hatte. „Wie ich sehe, ist man am Hofe Hattis gut unterrichtet, Prinz. Doch ich habe beschlossen, lieber dich um Hilfe zu bitten, da deine Männer dieses Land besser kennen als unsere Truppen."

Mit dieser Antwort hatte Tudhalija nicht gerechnet. Natürlich war es ihm ein Leichtes, Pairy eine Eskorte zusammenzustellen, doch er mochte den Ägypter nicht, und noch weniger mochte er seine Gemahlin Selina, die er begehrt, jedoch nicht hatte bekommen können. Doch mehr als alles in der Welt wünschte sich Tudhalija Stillschweigen über die Dinge, die Pairy und Selina am Hofe Hattusas gesehen und gehört hatten: die lächerliche Intrige seiner verhassten Mutter, die Verschwörung seiner ehemaligen Favoritin Assja, die Todesumstände der ägyptischen Dienerin – und natürlich das Erdmetall. Wer konnte wissen, wohin Pairy und Selina ihr Wissen noch tragen würden! „Wie klug von dir, edler Herr Pairy. Natürlich bekommst du eine Eskorte bereitgestellt."

Er musterte den schlanken jungen Ägypter missmutig. Obwohl er heute nicht seinen lächerlichen weißen Schurz, die dunkle Augenschminke oder gar das dumme Tuch mit dem Stirnreif auf dem Kopf trug, fand Tudhalija ihn unmännlich. Daran änderten auch die ledernen Beinkleider, die dicken gefütterten Stiefel und das grob gewebte Hemd nichts, gegen die der Ägypter wegen des Winterwetters in Hatti seine ägyptische Kleidung getauscht hatte.

Tudhalija erhob sich. „Ich schlage vor, du lässt dir von meinem Diener deine Gemächer zeigen und ruhst dich bis zum Abend aus. Ich werde ein Bankett geben, und dann unterhalten wir uns weiter."

Pairy erhob sich ebenfalls und bedankte sich. „Ich habe vor, in den nächsten Tagen aufzubrechen. Es scheint keinen Schnee mehr zu geben."

Der Prinz nickte. „Die Eskorte ist schnell zusammengestellt, edler Herr Pairy."

Als die Tür sich hinter Pairy geschlossen hatte, ging Tudhalija nachdenklich zu seinem Schreibtisch zurück. Dieser aufdringliche Ägypter hatte ihm mit seinen Forderungen gerade noch gefehlt. Er hatte beim Wettergott andere Sorgen, als sich mit diesem liebeskranken Tölpel zu befassen. Dann aber schlug er sich lachend an die Stirn. Vielleicht war Pairys

Erscheinen gar kein Fluch, sondern ein Segen! Er rief erneut nach seinem Diener. „Benti soll so schnell wie möglich hier erscheinen."

Der Prinz kam ohne Umschweife zur Sache, und Benti ahnte, dass sein langjähriger Freund ihn nicht aus Langeweile hatte rufen lassen. „Wie war das noch einmal mit dieser seltsamen Frau, die meine Mutter zur Priesterin ausrufen ließ, bevor sie in Ungnade fiel und aus Hattusa floh?"

Benti wusste, dass Tudhalija es hasste, Selinas Namen auszusprechen, und daher gerne die Tatsachen verdrehte, um seinem verletzten Stolz Rechnung zu tragen.

„Ich meinte, dass meine hochgeschätzte Mutter einmal erwähnte, dass sie in ihrem Volk so etwas wie eine Prinzessin war."

Benti trat trotz der Kälte der Schweiß aus den Poren. Noch immer fürchtete er Tudhalija mehr, als dass er ihm vertraute. Er wusste von Sauskanu, dass Selinas Mutter die Königin ihres Volkes war. Dieses musste zudem ein kriegerisches Volk sein – woher hätte Selina sonst so gut reiten und mit Bogen und Schwert umgehen können? Vorsichtig suchte er nach einer unverfänglichen Antwort. „Ich habe gehört, dass es so sein soll, doch ich weiß nichts über dieses Volk."

Tudhalija nickte. „Mein lieber Benti, ich habe eine Aufgabe für dich: Gerade eben traf der edle Herr Pairy auf der Suche nach seiner abtrünnigen Gemahlin am Hofe ein und bat mich um eine Eskorte, die ihm bei der Suche nach seiner Frau hilft. Ich bin geneigt, sie ihm zu geben, und du, Benti, wirst mit ihm reisen und ihm helfen, seine Gemahlin zu finden."

Benti wollte etwas sagen, doch der Prinz ließ ihn nicht zu Wort kommen. „Des Weiteren gebe ich dir ein Schreiben mit, das du diesem kampfeslustigen Weib aushändigen wirst, sobald du es gefunden hast." Er zog die Brauen zusammen und blickte Benti eindringlich an. „Du wirst es nur ihr selber aushändigen und dem edlen Herrn Pairy nichts davon erzählen."

„Darf ich fragen, mein Prinz, worum es in diesem Schreiben geht?"

„Du darfst, Benti, weil du dieses Land ebenso liebst wie ich und weil es deine Heimat ist. Der König von Troja hat auf die Verträge gepocht und von Hatti Truppen angefordert. Er soll Truppen bekommen. In unseren Verträgen steht aber nichts davon geschrieben, dass es Truppen aus Hattusa sein müssen. Schicken wir also nicht unsere Soldaten und lassen stattdessen diejenigen für uns kämpfen, deren Verluste wir nicht sonderlich bedauern. Immerhin lebt das Volk unserer Sonnenpriesterin viel näher an Troja als wir. Ist sie nicht viel mehr verpflichtet als Hattusa, Troja zur Hilfe zu eilen? Und liegt es nicht viel mehr in ihrem

Interesse, ihr Land zu schützen, als es für uns nützlich wäre, in diesen Krieg einzugreifen? Ich schicke ihr also ein Schreiben und erkläre ihr die Situation, ich schmücke die Geschichte etwas aus und appelliere von Prinz zu Prinzessin. Großmütig will ich unseren Disput höheren Dingen unterordnen, damit ihr Volk Hattis Truppen unterstützt, die ich gen Troja schicke. Natürlich erzähle ich ihr nicht, dass ich nicht gedenke, mit einer Streitmacht in diesen Krieg einzugreifen." Er schloss seine überschwängliche Rede zufrieden lächelnd ab. „Und du, mein lieber Benti, wirst die bestmögliche Überzeugungsarbeit leisten, damit mein Plan gelingt."

Benti schluckte. „Dafür müsste ich lügen, mein Prinz."

Tudhalija stand auf und blickte Benti tief in die Augen. „Du lügst für Hatti, du lügst für dein Land und hilfst ihm damit. Lebst du nicht gut in Hattusa, bist du nicht mit allen Annehmlichkeiten des Hofes aufgewachsen? Willst du das alles verlieren? Ich verlange von dir nicht, selber zu kämpfen. Ich weiß, dass du nicht zum Kampf geboren bist. Willst du deinem Prinzen und Freund sowie deinem Land diesen Dienst verwehren? Ich weiß, dass Selina auf dich hören wird." Er spie ihren Namen mehr aus, als dass er ihn sprach. „Sie mochte dich, warum auch immer."

Benti zitterte. Weshalb wurde er immer wieder gezwungen, gegen seine Überzeugung zu handeln? Er wollte Selina nicht hintergehen, den edlen Herrn Pairy nicht belügen. Beide waren weitaus ehrlicher als dieser Prinz, der ihn seit seiner Kindheit herumschubste und quälte. Doch Benti wusste auch, dass er kein mutiger Mann war. Wäre er das gewesen, hätte er Sauskanu genommen und wäre mit ihr geflohen, anstatt zuzusehen, wie sie sich in ihr Schicksal fügte und nach Ägypten ging. Er ließ die Schultern hängen. „Natürlich bin ich meinem Land und auch dir treu ergeben, mein Prinz. Ich werde den Auftrag pflichtgemäß erfüllen."

Tudhalija nickte zufrieden. Auf Benti war immer Verlass, auch wenn er nicht aus Überzeugung, sondern aus Feigheit handelte. Sollte Selina in diesen Krieg ziehen und der liebenskranke Ägypter ihr folgen! Es bestand eine nicht geringe Aussicht darauf, dass sie auf dem Schlachtfeld starben, und das wäre ein überaus glücklicher Umstand.

Pairy betrat den Bankettsaal und rümpfte unmerklich die Nase. Er hatte sich absichtlich etwas verspätet, da er noch gut den Geschmack der Brotsuppe in Erinnerung hatte, die stets zuerst aufgetragen wurde und die er mehr verabscheute als alles andere. Er nahm die drei Stufen zur Tafel der königlichen Familie mit federnden Schritten. In Anbetracht der vielen Feuerbecken trug er an diesem Abend ägyptische Kleidung, in der er sich weitaus wohler fühlte als in den derben Beinkleidern, in denen er am Mittag Hattusa erreicht hatte. Tudhalija winkte ihm gut gelaunt zu. Ihm zur Seite saßen zwei Haremsmädchen, die um die Gunst des Prinzen buhlten und mit bunten Perlen und Juwelen behängt waren. Pairy erschrak, als sein Blick auf Seine Sonne, den Tabarna Hattusili, fiel: Er war abgemagert und wirkte vollkommen teilnahmslos. Der Prinz übertrieb durchaus nicht, wenn er sich dem Eisenthron schon sehr nahe fühlte. Die Tawananna war nicht anwesend, und Pairy wusste, dass Tudhalija ihr nie wieder erlauben würde, auf irgendeinem Weg Einfluss zu erlangen.

Pairy setzte sich an den Platz, den ein Diener ihm zuwies, grüßte den Tabarna, der ihm nur ein müdes Lächeln schenkte, und blickte dann in Bentis bekanntes Gesicht. Ihn mochte er weitaus mehr als den Heißsporn, der bald auf dem Thron Hattusas sitzen würde. Er grüßte den schüchternen jungen Mann und wies dann eilig den Diener an, ihm keine Brotsuppe aufzutragen.

„Ich freue mich, dich zu sehen, Benti, Freund des Prinzen. Wie ist es dir ergangen?"

Bentis Antwort wurde vom Kreischen und Lachen der beiden Haremsdamen übertönt. Tudhalija hatte jeder von ihnen an eine Brust gefasst, und sie wehrten sich in gespielter Zier gegen seinen Versuch, die Hände in den Ausschnitt ihrer Chitone gleiten zu lassen. Als sie sich endlich beruhigt hatten, wandte sich Benti an Pairy. „Wie geht es der neuen Königin von Ägypten, edler Herr Pairy? Ist sie wohlauf, hat sie sich eingelebt?"

Pairy wusste um die Liebe zwischen Benti und Maathorneferure. Er wollte jedoch keine falschen Hoffnungen in dem jungen Mann schüren. „Sie ist wohlauf und erwartet ihr erstes Kind."

Fast unmerklich zuckte Benti zusammen, und Pairy bedauerte seine Offenheit. Er selbst dachte ständig an Selina, vermisste sie und hatte den Pharao fast angefleht, ihn für eine Weile aus seinen Ämtern und Verpflichtungen zu entlassen, damit er sie nach Ägypten bringen konnte. Ramses hatte seine Geschichte angehört und über Pairys blinde Liebe gelacht, doch da ihn selber eine unvergleichliche Liebe mit seiner ersten Königin Nefertari meri en Mut verband, hatte er ihn ziehen lassen und mit einem Schmunzeln auf den Lippen gesagt: „Bringe sie nach Ägypten, deine Gemahlin. Nach allem, was du erzählt hast, muss sie etwas Besonders sein. Vielleicht ist sie amüsant und wird frischen Wind in die Palastflure bringen."

Pairy wandte sich wieder Benti zu. Zu oft verlor er sich in letzter Zeit in Tagträumen und Gedanken. Tudhalijas Stimme erhob sich lautstark in ihre Richtung. „Benti wird dich begleiten, edler Herr Pairy. Er kennt dieses Land sehr gut, und mir scheint, dass seine Gedanken in letzter Zeit zu düster sind. Diese Reise wird ihm guttun."

Pairy runzelte die Stirn, nickte Benti dann jedoch zu. „Ich freue mich, deine Gesellschaft auf der Reise zu haben, edler Herr Benti." Er meinte, in Bentis Lächeln einen gequälten Ausdruck zu erkennen, doch dann wurde der zweite Gang, gebratene Gänsekeulen mit gedünstetem Lauch und Zwiebeln, aufgetragen. In Hattusa liebte man deftiges Essen.

Eine dunkelhäutige Frau schenkte ihm lächelnd Wein nach, und Tudhalija rief ihr überschwänglich zu: „Ah, die schöne Melania, Gattin meines neuen Mundschenks. Komm, und setze dich eine Weile zu uns."

Melania stellte die Amphore ab, und der Diener brachte ihr einen Stuhl, den er neben Benti stellte. Sie lächelte Pairy an, als sie sich anmutig darauf niederließ. Tudhalija gefiel ihre sanfte zurückhaltende Art, die ihn an seine Schwester Sauskanu erinnerte. „Nur am Hofe Trojas blühen so schöne Blumen wie du. Wären doch alle Frauen so wohlerzogen!" Er griff seinen beiden Begleiterinnen beherzt um die Taille. „In Hattusa sind die Frauen feurig und heißblütig, sie erinnern in ihrem Glanz an Juwelen, doch die trojanischen Frauen schimmern sanft und edel wie Perlen." Er schenkte ihr einen schwärmerischen Blick. „Wie schade, dass diese mächtige Stadt im Begriff ist unterzugehen. Doch es passt zu dieser Stadt voller Schönheit und Anmut, dass gerade eine Frau den Grund für einen Krieg liefert."

Melania lächelte.

Pairy hatte von dem bevorstehenden Krieg gehört, doch Ägypten war kaum betroffen, und so interessierte er sich nicht sonderlich dafür. Mehr aus Höflichkeit, und um Melania vor weiteren Brüskierungen und Anzüglichkeiten des Prinzen zu schützen, sprach er sie an. „Ich hörte von deiner Heimat, doch ich weiß nicht viel über sie. Hast du sie wegen des bevorstehenden Krieges verlassen?"

Die junge Frau nickte leicht. „Mein Gatte befand es für richtig, Troja den Rücken zu kehren, und ich folgte ihm. Doch Troja ist nicht meine Heimat. Ich habe lange Zeit in Ägypten gelebt, und wenn auch die Umstände meines Lebens dort nicht so glücklich waren wie in Troja, vermisse ich die Schönheit des Landes." Sie lächelte höflich. „Was tust du, ein Edler Ägyptens, hier in Hattusa, so weit entfernt von deinem Land?"

„Wie der Prinz richtig erkannte, sind es immer die Frauen, welche einen Mann zu großen oder auch dummen Taten bewegen. Ich bin gekommen, um meine Gemahlin zu holen, die ich in Hattusa zurückließ."

Melania hob die Augenbrauen. „Deine Gemahlin scheint eine außergewöhnliche Schönheit zu sein, wenn sie dein Herz bis ins ferne Hatti führt. Doch wo ist sie? Ich möchte sie kennenlernen."

„Meine Gemahlin ist außergewöhnlich, und sie ist schön, jedoch gleicht sie mehr den kraftvoll strahlenden ungeschliffenen Edelsteinen, die in ihrem unverfälschten Ursprung aus dem Berg geschlagen werden, als den funkelnden Juwelen oder den Perlen Trojas, welche der Prinz so treffend beschrieb. Ich würde euch gerne bekannt machen, doch sie ist nicht in Hattusa. Die Umstände haben uns getrennt, als Hattusa im letzten Sommer überfallen und vom Feuer zerstört zu werden drohte."

Melania kaute nachdenklich auf ihren Lippen und ließ dabei jegliches Hofprotokoll und ihre Manieren außer Acht. Stirnrunzelnd sah sie Pairy an. „Als ich im letzten Sommer mit meinem Gatten Phillipos auf dem Weg nach Hattusa war, erzählte mir eine Frau eine ähnliche Geschichte. Sie sagte, Hattusa hätte gebrannt, doch ich maß ihren Worten wenig Beachtung bei. Sie hatte Fieber, und ich glaubte, sie rede wirres Zeug. Sie sagte, sie sei aus Hattusa geflohen."

Pairy starrte Melania überrascht an. „Beschreibe mir, wie die Frau aussah. Hatte sie helles Haar, blaue Augen, und war sie groß?"

Melania nickte. „Wenn ich den Schmutz der Straße außer Acht lasse, der ihr Haar bedeckte, trifft diese Beschreibung wohl zu. Sie hatte auch ein Pferd bei sich, jedoch keinen Wagen. Sie wollte unbedingt nach Zalpa, obwohl mein Gatte und ich ihr davon abrieten."

„Wie war ihr Name?"

Melania überlegte. „Sie sagte mir ihren Namen, doch ich erinnere mich nicht. Sa..., nein!"

„Selina", flüsterte Pairy.

Melanias Gesicht hellte sich auf. „Ja, so hieß sie. Ist *sie* deine Gemahlin? Sie sprach von einem Mann, jedoch lag Traurigkeit in ihren Worten."

Pairy konnte kaum noch sprechen, und Melania nahm tröstend seine Hand. „Sie hatte Fieber als wir sie fanden, doch als sie weiterzog, war das Fieber abgeklungen. Allerdings verwundert es mich, dass du sie deine Gemahlin nennst."

Pairy sah sie verständnislos an. „Sie ist meine Gemahlin. Wir wurden einander verbunden. Weshalb wundert es dich?"

„Weil das Volk, dem sie angehört –" Melania wurde unterbrochen, weil der Prinz aufgestanden war und nun nach ihrer Hand griff, um sie zu küssen. Anscheinend gefiel es ihm nicht, dass sie und Pairy sich so angeregt unterhielten. Er zog Melania vom Stuhl hoch und führte sie fort. Im Weggehen rief sie Pairy noch lächelnd zu: „Du scheinst ein gutes Herz zu haben. Ich wünsche dir viel Glück, und hoffe, dass du deine Gemahlin findest."

Pairy fühlte sich benommen. Er hatte gerade mit einer Frau gesprochen, die Selina begegnet war. Es war das erste Lebenszeichen von ihr, seit sie aus Hattusa geflohen war. Aufgeregt wandte er sich an Benti. „Hast du das gehört, Benti? Diese Frau hat Selina gesehen."

Benti antwortete zurückhaltend. „Aber es ist schon sehr lange her, edler Herr Pairy. Sie muss ihr kurz nach ihrem Verschwinden aus Hattusa begegnet sein."

Pairy wischte Bentis Bedenken mit einer Handbewegung fort. „Selina lebt, und ich werde sie finden."

Lykastia am Fluss Thermodon

Penthesilea starrte stumm auf Selina, die mit gesenktem Kopf auf dem Ruhelager ihres Hauses saß. Kleite stand neben ihr und hatte eine Hand auf Selinas Schulter gelegt. „Es überrascht mich, dass du dieses Geheimnis so lange verbergen konntest, Selina, und ich frage mich, was du dir dabei gedacht hast. Hast du gehofft, das Kind im Stillen zur Welt bringen zu können und es dann zu töten?"

Selina starrte ihre Ziehmutter ungläubig an. Sie hatte nicht ein einziges Mal daran gedacht, das Kind zu töten, doch in den kühlen Augen Penthesileas las sie, dass ihre Mutter genau das glaubte.

Selina schüttelte langsam den Kopf. „Nein, ich wollte das Kind nicht töten. Vielleicht wollte ich es vergessen."

Jetzt war es an Penthesilea, den Kopf zu schütteln. „Was redest du da, Selina? Was auch immer du dir dabei gedacht hast – du hast gelogen. Du hast mich belogen, du hast dein Volk belogen, und du hast die große Mutter belogen. Ich will von dir nur eines wissen: Woher kommt dieses Kind?"

Selina suchte nach einer Antwort. Sie hatte bis jetzt nicht gelogen, sie hatte nur einige Dinge verschwiegen. Doch der kalte Unterton in Penthesileas Stimme nötigte sie nun zu einer wirklichen Lüge. Sie atmete tief durch und blickte dann ihrer Mutter fest in die Augen. „Es war einer der Soldaten am Hofe Hattusas, der mich überfiel, als ich unachtsam war."

Penthesilea schien die Antwort einleuchtend zu sein. Ihr kam nicht der Gedanke, dass Selina sich freiwillig einem Mann untergeordnet hatte. „Warum hast du mir das verschwiegen?"

Selina zuckte mit den Schultern. „Es ist nicht gerade ehrenvoll, von einem Mann dazu genötigt zu werden, sein Lager zu teilen."

Selina spürte Kleites warme Hand noch immer auf ihrer Schulter. Gerne hätte sie wenigstens ihr die Wahrheit gesagt, doch ihr Gefühl riet ihr, es besser nicht zu tun.

Penthesilea entspannte sich. „Solche Dinge geschehen manchmal. Sie sind vielleicht nicht ehrenvoll, jedoch auch nicht so schlimm, dass sie eine Lüge rechtfertigen." Sie gab Kleite ein Zeichen und verließ gemeinsam mit ihr das Haus.

Als sie vor der Tür standen, blickte Penthesilea Kleite an. „Ich muss es den Frauen sagen."

Kleite nickte stumm und beobachtete das geschäftige Treiben in den Straßen Lykastias. „Es ist besser, wenn Selina sich vorerst vom Versammlungshaus fernhält und das Kind im Stillen zur Welt bringt. Die Wogen werden sich glätten, doch sie darf sich nicht noch eine Lüge erlauben, wenn sie dereinst meine Nachfolge antreten will."

Kleite wusste, dass für Selina eine schwere Zeit anbrechen würde, ließ sich ihre Sorgen jedoch nicht anmerken. „Ich werde es Selina sagen, und ich werde bei ihr sein, wenn die Geburt bevorsteht."

Penthesilea verabschiedete sich von Kleite. „Ich hoffe für Selina, dass sie eine Tochter haben wird. Ansonsten wird es besser sein, das Kind sofort zu töten."

Selina hörte sich Kleites Ausführungen besorgt an. Ihr war bereits jetzt klar, dass sie das Kind um keinen Preis der Welt würde töten können. Sie blieb bis zur Einbruch der Nacht allein in ihrem Haus und sann über einen Ausweg nach. Dann betete sie zur großen Mutter, ihr eine Tochter zu schenken. Als sie es schließlich kaum noch aushielt, nahm sie ihren dünnen gewebten Mantel und trat vor die Tür. Die Frauen waren in ihren Häusern, es war bereits später Abend. Der Frühling hatte in Lykastia Einzug gehalten, und es wehte ein milder Wind. Obwohl es nicht kalt war, fröstelte Selina und zog sich den Mantel eng um den Leib. Dann ging sie hinunter zum Fluss, wo die Pferde in ihren Gattern dösten, und setzte sich ins Gras der Auen. Sie starrte auf das im Dunkeln schwarze Wasser des Thermodon und lauschte dem Wind, der die Blätter in den Baumkronen leise rascheln ließ, beobachtete das Zittern der hohen Gräser und sog den Duft der Frühlingsblüten ein, den der Wind von allen Seiten zu ihr trug.

Ihr Blick wanderte zu den Unterkünften der Knechte, die hier am Flussufer lebten und ihre Arbeiten verrichteten. Sie waren wie stumme Diener, die kaum wahrgenommen wurden.

Obwohl sie schwere Arbeiten verrichteten, das Wild ausweideten und häuteten, die Gatter der Pferde nachts bewachten und ausbesserten, das Feuerholz im Wald schlugen und nach Lykastia trugen, lebten sie wie Geister unter den Frauen. Ihre Köpfe waren stets gesenkt, ihre Augen voller Scheu und Demut. Sie waren anders als die Männer in Hattusa oder Zalpa; ihr Wille war gebrochen oder vielleicht niemals geboren worden. Unter ihnen waren nur wenige Gefangene – da es den Frauen zu mühselig war, den Willen gefangener Männer zu brechen, töteten sie diese in der Regel. Stattdessen waren die meisten dieser Männer Söhne der Frauen von Lykastia. Es waren diejenigen, welche die Väter nicht aufnehmen wollten oder deren Väter gestorben waren, bevor sie geboren wurden. Hatte Selina sie früher mit Gleichgültigkeit bedacht, regte sich nun Mitleid in ihr. Sie entsann sich der zornigen Blickes des jungen Mannes, dessen Bestrafung sie mit Palla beigewohnt hatte. Schürten die Frauen diesen Zorn nicht selber, konnte es kein friedliches Miteinander geben? Sie dachte an Tudhalija und die Soldaten in Zalpa. Entweder man unterwarf die Männer, oder sie unterwarfen die Frauen. Es gab keine andere Möglichkeit ... und doch war Pairy anders gewesen.

Selina legte die Hände auf ihren runden Bauch. „Könnte ich es ertragen, dich zu einem Knecht zu machen, um dein Leben zu retten? Könnte ich es ertragen, dich zu töten, bevor du den ersten Schrei ausgestoßen hast?" Sie schüttelte den Kopf. „Ich weiß noch nicht einmal, ob ich früher dazu in der Lage gewesen wäre, früher, bevor ich deinen Vater traf."

Sie schloss die Augen und flehte erneut zur großen Mutter. „Bitte verlange diese Entscheidung nicht von mir, große Mutter. Ich kann nicht zwischen meinem Volk und meinem Kind entscheiden. Diese Last ist zu groß für meine Schultern!"

Selina öffnete die Augen und lauschte erneut dem Wind, in der Hoffnung, in seinem Säuseln eine Antwort zu vernehmen. Doch die große Mutter schwieg.

Hattusa

Pairy überprüfte den Sitz der Sattelgurte und sah auch nach, ob der Wagen mit dem Reiseproviant gut beladen worden war. Noch immer vertraute er dem Prinzen nicht, doch Tudhalija hatte sich großzügig gezeigt, und alles war zu Pairys Zufriedenheit ausgefallen. Eine Eskorte von zwanzig Männern begleitete ihn, gut bewaffnete Soldaten, die die Tücken und Gefahren des Landes kannten. Auch Benti würde mitkommen.

Sie standen vor dem großen Löwentor der Stadt, die Pferde scharrten mit den Hufen, und der frühe Morgen hatte noch nicht den Schlamm auf den Straßen getrocknet. Pairy verzog verächtlich die Mundwinkel. Obwohl er bereits kurz nach seiner Ankunft in Hattusa hatte aufbrechen wollen, hatte sich der Prinz Zeit gelassen, die gewünschte Eskorte zusammenzustellen. Pairy schrieb das seiner Kleinlichkeit, der Wut über die Enthüllung des neuen Metalls gegenüber dem Pharao und der gegenseitigen Verachtung füreinander zu. Fast zwei Mondumläufe hatte Pairy so verloren. Zuerst hatten Tudhalija wichtige Geschäfte davon abgehalten, sich um Pairys Eskorte zu kümmern, dann hatte er an zahllosen Banketten und Festlichkeiten teilnehmen müssen. Er hatte sich schon dafür verflucht, dass er sich auf die Hilfe des Prinzen verlassen hatte, als Tudhalija ihn eines Morgens rufen ließ und ihm freudestrahlend mitteilte, dass die Eskorte nun bereitstünde und er aufbrechen könne. Pairy hatte sich bedankt, ohne sich seinen Groll anmerken zu lassen.

Benti gähnte und stolperte dann durch den Matsch zum Proviantwagen, um unter dessen Plane zu verschwinden. Wahrscheinlich würde er sich sofort zwischen die Getreidesäcke und Wasserschläuche legen, um noch einige Stunden zu schlafen. Pairy mochte den jungen Mann, doch er wusste nicht, was der Prinz sich dabei gedacht hatte, ihn mit auf die Reise zu schicken. Denn Bentis Welt war sein Arbeitstisch im Palast, wo er sich mit den endlosen Schriften und Korrespondenzen des Hofes beschäftigen konnte, jedoch nicht ein holpernder Proviantwagen.

Pairy streckte sich und schwang sich auf sein Pferd. Obwohl die ägyptischen Edelleute allgemein den Knechten das Reiten überließen, hatte er beim Angriff der Kaskäer im letzten Jahr einsehen müssen, dass ein bewaffneter Reiter oftmals wendiger war als ein Kämpfer auf seinem Streitwagen. Pairy war froh, dass sein Pharao ihn so nicht sehen konnte. Er sandte ein Gebet an Amun, erbat für sich und die Männer eine gute Reise und gab dann dem Pferd die Fersen.

Lykastia am Fluss Thermodon

Selina durchfuhr die erste Wehe wie ein Dolchstich, als sie mit Kleite vor der Tür ihres Hauses junge Zweige für neue Pfeile entrindete. Obwohl ihr kein Schrei entfuhr, bemerkte Kleite das plötzlich schmerzverzerrte Gesicht ihrer Enkelin und den augenblicklich auftretenden Schweiß auf ihrer Stirn. Selina ließ den eben bearbeiteten Zweig fallen und wartete, bis der Schmerz nachließ. Ruhig und besonnen, wie es ihre Art war, ließ auch Kleite von ihrer Arbeit ab und erhob sich, um Selina aufzuhelfen. „Es ist soweit, Selina. Es wird besser sein, du gehst ins Haus. Ich sorge für heißes Wasser und saubere Tücher. Wenn der Schmerz zurückkehrt, versuche, ruhig zu atmen und nicht zu pressen."

Selina nickte und ging langsam ins Haus, während Kleite zu ihrer eigenen Hütte ging, um die benötigten Gegenstände zu holen. Im Innern war es stickig, doch Selina wagte nicht, die hölzernen Läden vor den Fenstern zu öffnen. Obwohl die Frauen sie wieder mieden, waren sie neugierig, ob Selina einen Sohn oder eine Tochter gebären würde. Sie legte sich auf ihr Ruhelager und wartete auf den wiederkehrenden Schmerz. Er trat fast gleichzeitig mit Kleites Erscheinen ein. Kleite stellte den Bronzekessel mit heißem Wasser ab und legte die Tücher in greifbare Nähe. Dann schloss sie die Tür und half ihrer Enkelin, den langen Chiton auszuziehen, den sie aufgrund ihrer Leibesfülle in den letzten Wochen den Beinkleidern und Hemden vorgezogen hatte.

Mit einem prüfenden Blick erkannte Kleite, dass es nicht mehr lange dauern würde, bis das Kind geboren wurde. Sie nahm Selinas Hand, die sich kalt anfühlte. „Es ist dein erstes Kind, doch mit etwas Glück wirst du keine schwere Geburt haben."

Kleite setzte sich neben Selina auf das Ruhelager. Kurz darauf entzündete sie Räucherwerk in Selinas kleinem Schrein und stellte eine einfache Tonfigur mit großen Brüsten und massigem Leib daneben. Dies sollte Selina den Schutz der Göttin während der Geburt sichern. Sie legte frische, knospende Zweige ans Fußende von Selinas Lager – ebenfalls ein Zeichen des beginnenden Lebens. Dann kam sie zurück an Selinas Seite und schenkte ihr ein beruhigendes Lächeln. „Es ist alles vorbereitet. Deine Tochter kann nun geboren werden."

Selina musste fast zwei Stunden warten. Sie fluchte leise, wenn die Wehen sie mit schneidendem Schmerz trafen, doch sie stieß nicht einen einzigen Schrei aus, um den Frauen in den Straßen nicht zu verraten, dass sie in den Wehen lag. So war es bereits früher Abend, als Kleite ein wütend schreiendes Etwas in Tücher wickelte und mit einem Bronzemesser die Nabelschnur durchtrennte. Sogleich wollte sie mit dem Bündel verschwinden, doch Selina streckte ihr die Arme entgegen. „Gib mir mein Kind, Kleite! Ich will es sehen."

Kleite blieb stehen, rührte sich jedoch nicht. „Es ist besser, wenn du es nicht in den Armen hältst, so habe ich es mit den beiden Söhnen gehalten, die ich geboren habe."

Selina blickte sie müde, jedoch mit wissenden Augen an. „Deine Söhne hatten Väter, dieses Kind hat nur mich."

Kleite senkte den Blick und gab nach. Sie legte Selina den Säugling in die Arme, die ihn sofort liebevoll ansah, und sie flüsterte: „Es ist ein Junge, Selina."

Selinas Kopf fuhr hoch, Entschlossenheit lag in ihrer Stimme. „Nein, es ist ein Mädchen. Und du hast es gesehen, du kannst es bezeugen."

Kleite schüttelte unwillig den Kopf. Sie liebte Selina, doch ihre Enkelin taumelte in ihrer Verzweiflung auf einen Abgrund zu, den sie nach Kleites Ansicht nicht ermessen konnte. „Selina, wie lange glaubst du, kannst du dieses Geheimnis aufrechterhalten? Penthesilea wird das Kind sehen wollen."

Plötzlich verschwand die Entschlossenheit aus Selinas Zügen. Ihre Stimme war nur noch ein Flehen. „Das Gesicht eines Kleinkindes verrät nicht sein Geschlecht. Du kennst Penthesilea. Du warst mir vielmehr Mutter, als sie es war. Penthesilea wird dir glauben, wenn du sagst, dass es eine Tochter ist. Sie wird die Tücher nicht öffnen, wenn sie ihn im Arm hält. Ich bitte dich, Kleite. Sonst nehme ich meinen Sohn und verschwinde noch in dieser Nacht."

Kleite wusste, dass Selina auch diese Dummheit begehen würde. Ein letztes Mal versuchte sie, ihre Enkelin zu überzeugen. „Du kannst noch viele Kinder haben. Du bist jung und gesund."

Selina schüttelte den Kopf. „Ich will dieses. Ich will meinen Sohn behalten."

„Wie lange?", flüsterte Kleite ihr zu.

„So lange es geht."

Penthesilea hörte Kleites Ausführungen gelassen zu, während sie mit einigen Frauen im Versammlungshaus zusammensaß. Zufrieden nickend wandte sie sich schnell wieder ihrem Wein zu. „Gut! Ich freue mich, dass Selina eine Tochter hat. Sie wird sie viel lehren müssen, damit sie nach ihr das Volk führen kann."

Die Frauen blickten Penthesilea verstohlen an, wagten jedoch nicht, Einwände zu erheben. Selina stellte ihr Vertrauen auf eine harte Probe. Zu viel hatte sich verändert, seit sie so überraschend zurückgekehrt war.

Kleite verabschiedete sich schnell von ihrer Tochter und überbrachte Selina die Nachricht, dass Penthesilea sie in den nächsten Tagen besuchen würde, um das Kind zu sehen und den Namen zu erfahren. Selina und Kleite ersannen einen Namen für die angebliche Tochter und einigten sich auf Pherenika – „die Siegbringende". Insgeheim gaben Selina und Kleite dem Jungen jedoch den Namen Alexandros – „Beschützer der Männer", da er das einzige männliche Wesen war, das nicht als Knecht und Diener, sondern frei im Volk der großen Mutter lebte. Selina wusste, dass ihre Hoffnungen sentimental waren, dass sie sich bald für

Alexandros oder ihr Volk entscheiden musste, doch sie verdrängte die stets wachsende Angst und floh in ihre Tagträume.

Penthesilea kam einen Tag nach der Geburt, und als sie in das Gesicht des Kindes sah, zeigte sie erstmals in Gegenwart ihrer Tochter wieder ein Lächeln. Sie sprach auf den schlafenden Alexandros ein, nannte ihn immer wieder Pherenika und lobte Selina für ihre kluge Namenswahl. Danach gab sie das Kind schnell wieder Selina zurück, zog einen ihrer silbernen Armreifen vom Handgelenk, um ihn ihrer Tochter zu geben, und forderte sie auf, so bald wie möglich wieder an den Versammlungen der Frauen teilzunehmen. Selina erbat sich noch einen halben Mondumlauf Zeit, um wieder zu Kräften zu kommen. Sie wolle sich mit ihrem Kind zurückziehen und ein Schutzamulett herstellen, damit es Krankheiten und böse Geister fernhielt. Bereits wieder mit den Gedanken bei der abendlichen Jagd gewährte ihr Penthesilea diese Zeit.

Als ihre Mutter fort war, blickte Selina teils erleichtert, teils sorgenvoll auf ihren schlafenden Sohn und fragte sich, wie lange sie ihr Geheimnis noch für sich würde behalten können und was Penthesilea und die Frauen täten, wenn sie erfuhren, dass Selinas Tochter ein Sohn war. Selina wusste, dass sie sich nicht gegen ihn entscheiden konnte, und sie wusste, dass sie deshalb mit aller Wahrscheinlichkeit verstoßen werden würde. Wieder dachte sie an Pairy, dessen Züge sie schon jetzt in den Zügen des Kindes zu erkennen meinte. „Was sollen wir nur tun, Alexandros? Wohin sollen wir gehen, wenn wir aus Lykastia fort müssen? Hier ist meine Heimat, ich will nicht gehen, doch wenn ich bleibe, muss ich dich aufgeben."

Selina schlief in den nächsten Tagen schlecht, sie fertigte das schlichte Amulett für Alexandros aus Tonerde und ließ es bei der Töpferin brennen. Danach legte sie es in ihren Schrein und sprach die Gebete zur großen Mutter, um es schließlich – wie es Vorschrift war – in der ersten Vollmondnacht in eine Schale mit Milch zu legen. Selina überlegte, ob dieses Amulett Alexandros wirklich den Schutz gewähren würde, den sie von der großen Mutter für ihn erbat. Immerhin war es ein Schutzzauber für Töchter, und die große Mutter ließ sich gewiss nicht täuschen. Aber für Söhne gab es keine Schutzzauber, also musste sie die Göttin bitten, eine Ausnahme zu machen. Die erste Woche verging, die zweite brach an, und es näherte sich der Tag, an dem Selina den sicheren Schutz ihres Hauses verlassen musste. Ihr graute davor und sie betete weiterhin um Hilfe. Doch die Göttin schwieg noch immer.

Ein lautes Klopfen riss Selina aus dem Schlaf. Kurz zuvor war sie endlich in einen traumlosen Schlaf gesunken, denn Alexandros hatte nicht geschrieen und die Ängste hatten ihren Geist erschöpft. Sie stolperte im Dunkeln zur Tür und blickte in Antianeiras aufgeregtes Gesicht. Das lange braune Haar war nicht wie sonst zu einem Pferdeschwanz zusammengefasst, sondern hing ihr lose und wirr um den Kopf; sie trug zwar Beinkleider und ein Hemd, jedoch keinen Schmuck. In der Hand hielt sie ihr Schwert. „Es tut mir leid, dass ich deine Ruhezeit unterbreche, aber du musst dich anziehen und mitkommen! Ist das Amulett für Pherenika gelungen?"

Selina nickte geistesabwesend, doch erschrak, als ihr bewusst wurde, dass Antianeira gekämpft hatte. Ihre Gedanken überschlugen sich, als sie in ihre Beinkleider und ihr Hemd schlüpfte. Sie dachte an die Soldaten Trojas, die plündernd und mordend über das Festland zogen. Selina hatte gehofft, dass sie nicht bis zum Thermodon vordringen würden, doch geahnt, dass ihr Hoffen sinnlos war. „Ist Lykastia überfallen worden? Sind es Soldaten Trojas? Wie viele waren es? Konnte ihr Angriff abgewehrt werden?"

Antianeira schüttelte den Kopf. „Es sind keine plündernden Horden, und es war auch kein Angriff. Kaum zwanzig Männer kamen in unser Lager, doch wir hatten sie schnell umzingelt, da einige der Frauen noch vor ihren Häusern saßen und sie kommen hörten." Antianeira bedachte ihre Nichte mit einem seltsamen Blick. „Sie kommen aus Hatti, und niemand versteht ihre sinnlose Zunge. Doch einer von ihnen hat etwas gesagt, was wir begriffen haben."

Selina folgte Antianeira hinaus auf die Straße. Sie schloss leise die Tür ihres Hauses, da Alexandros schnell wieder eingeschlafen war und sie ihn nicht wecken wollte. „Was sagte er denn?"

Antianeira sah sie nicht an. „Es war nur ein Wort, das wir verstanden haben, doch er sagte es deutlich." Sie blieb stehen und starrte Selina nun unverwandt an. „Deinen Namen! *Selina* war das Wort, das er ständig wiederholte, und genau aus diesem Grunde leben diese Männer noch. Die Frauen wollen wissen, ob du diesen Mann kennst und was er von dir will."

Selina hatte das Gefühl, sie müsse sterben, als Antianeira sie weiterzog. Hatte Prinz Tudhalija oder vielleicht sogar die Tawananna Truppen hinter ihr hergeschickt, die sie finden und töten sollten? Sie hatte nicht geglaubt, dass sie so wichtig für den Prinzen oder seine Mutter sein konnte. Die Angst der vergangenen Tage steigerte sich zu einer ausgewachsenen Panik, und sie hätte am liebsten kehrtgemacht und wäre davongelaufen. Stattdessen folgte sie Antianeira zum Platz vor Penthesileas Versammlungshaus, wo die Frauen eine kleine Gruppe hethitischer Soldaten eingekreist hatte, die noch nicht recht wussten, wie ihnen geschah.

Selina sah Penthesilea neben Hippolyta und Kleite stehen, doch Antianeira beachtete sie nicht, sondern forderte die anderen Frauen auf, Platz zu machen. Langsam traten die Frauen beiseite, wobei sie Selina anstarrten, die ihre Hände um die Schultern geschlungen hatte und hinter Antianeira durch das Spalier erwartungsvoller Kämpferinnen ging. Selina fing die Blicke der bärtigen hethitischen Soldaten ein, dann sah sie Benti, der verängstigt auf dem Boden kauerte und die Klinge des Schwertes, das ihm eine der Frauen an die Kehle hielt, nicht aus den Augen ließ. Sie blickte auf den anderen Mann, der in seinen ledernen Beinkleidern und dem grob gewebten Hemd so fremd wirkte, so fremd, und doch so vertraut. Seine Augen verrieten keine Angst, als sie die Frauen musterten. Er schien vielmehr etwas zu suchen, nach etwas oder jemandem Ausschau zu halten, und Selina wusste auch, wonach. Sie hätte schweigen können, sie hätte ihn unverwandt anstarren können, sie hätte auf ihn zeigen und den Frauen zurufen könne, dass dies der Mann war, der sie vergewaltigt hatte, und er hätte ihr Geheimnis nicht verraten können, da er die Zunge ihres Volkes nicht sprach. Stattdessen blieb sie vor ihm stehen, und ihre Blicke trafen sich. Die Zeit schmolz dahin, ihre Flucht aus Hattusa hatte es nie gegeben. All die Zeit, in der sie versucht hatte, einfach zu leben, als wäre niemals etwas in ihrem Leben geschehen, das ihr gesamtes Denken und Fühlen verändert hatte, zählte auf einmal nicht mehr. Sie sah nur noch ihn, und sie spürte, wie schmerzlich sie ihn vermisst hatte, wie sehr sie ihn liebte; und sie erkannte, dass jede Lüge sinnlos war.

Selina blieb vor ihm stehen und sprach deutlich hörbar seinen Namen aus: „Pairy".

Es herrschte Stille. Keine der Frauen sagte etwas, und Selina hätte sich von ihnen nicht abhalten lassen, nach seiner Hand zu greifen. Er sah sie mit einer Mischung aus Qual und Unverständnis an, und Selina war klar, dass sie handeln musste. Sie ließ seine Hand nicht los, als sie sich den Frauen zuwandte und den eisigen Blick Penthesileas auffing. Sie alle warteten auf eine Erklärung, doch Selina wusste, dass Penthesilea die Wahrheit längst kannte. „Er ist der Vater meines Kindes", sprach sie laut und deutlich in der Zunge ihres Volkes. „Er ist nicht gekommen, um zu morden oder zu stehlen, sondern um meinetwillen." Ihr wurde auf einmal bewusst, dass es in ihrer Sprache kein Wort für Gemahl gab, deshalb suchte sie nach den passenden Worten. „Wir haben uns einander in Hattusa verbunden, und er wusste nichts von unserem Volk und wie wir leben. Ihn und diejenigen, die ihn begleiten, trifft keine Schuld. Lasst sie frei!"

Penthesilea stieß mit dem Fuß die Tür des Versammlungshauses zu. Die neugierigen Gesichter der Frauen, die versuchten, durch die Tür zu spähen, zuckten zurück. Nur Penthesilea, Antianeira, Hippolyta, Kleite und Selina waren hinter den Türen verschwunden. Draußen hielten die Frauen weiter die Männer in ihrer Gewalt.

Selina roch die abgebrannten Feuer, sie nahm den Geruch der Asche und des schalen Weines wahr, der noch vom Abend in offenen Krügen und zurückgelassenen Bechern überall herumstand. Die Fackeln an den Wänden verbreiteten ein unruhiges schwaches Licht, durch welches Penthesileas Augen wirkten, als würden jeden Augenblick Flammen aus ihnen hervor schlagen. Sie starrten sich an, niemand sagte etwas.

Selina wollte nichts erklären müssen, sie hatte zu viele Fragen über sich ergehen lassen müssen, seit sie nach Lykastia zurückgekehrt war.

„Ich würde dich bitten, es zu erklären, Selina, mir, deiner Mutter und Königin zu erklären, weshalb dieser Mann nach Lykastia gekommen ist und du dich ihm verbunden fühlst. Ich würde fragen, weshalb du mit diesem seltsam weichen Blick in den Augen den seinen suchst und weshalb deine Hand sich in die seine fügt, als würdest du deine Tochter berühren."

Penthesilea hatte ruhig gesprochen, in ihren Worten lag keine Schärfe, nur Enttäuschung. „Doch es kann keine Erklärung geben, es kann keine Entschuldigung oder Ausrede dafür geben."

Selina blickte in die Runde. In allen Gesichtern lag das gleiche Unverständnis. Ihre Mutter hatte recht. Es konnte keine Erklärung geben, die sie oder die Frauen verstehen ließ. Sie konnte nicht sagen, dass sie sich fernab ihrer Heimat einsam gefühlt hatte oder dass sie bei Pairy Schutz vor Puduhepa und dem Prinzen gesucht hatte, denn auch diese Worte hätten sie lügen lassen müssen.

„Die einzige Erklärung, die ich geben kann, ist die Liebe."

Penthesilea legte die Hand an die Stirn und schüttelte dann den Kopf. „Die Liebe, sagst du! Wir alle kennen die Liebe. Du kannst deine Mutter lieben, deine Schwestern, du kannst die große Mutter lieben und auch die Frauen deines Volkes und deine Töchter. Das alles ist Liebe, Selina, große und ehrliche Liebe, die von Dauer und tiefer Bindung ist. Die Liebe zu einem Mann ist nichts im Vergleich dazu." Sie ging in die Knie und hob etwas Asche von einer erkalteten Feuerstelle auf, um sie vor Selinas Augen aus ihrer Hand rieseln zu lassen. Die Asche war so fein, dass sie sich noch im Fallen in eine Wolke Staub auflöste. „Das ist die Liebe zu einem Mann wert, Tochter!"

Selina wurde von einer unbändigen Wut gepackt. „Wie kannst du das wissen, Mutter? Wie kannst du das behaupten, wo du dich selber dieser Liebe immer verschlossen hast?"

„Die Männer kommen und gehen. In einem Jahr liebst du den einen, und dein Herz steht in Flammen, im nächsten Jahr kommt ein anderer, für den du erneut entbrennst. Was dir von dieser Liebe bleibt, sind deine Töchter."

„Das ist nicht wahr", entgegnete Selina mit Überzeugung.

Penthesilea verlor die Geduld. „Du bist noch jung, Selina! Verrate dein Volk und deine Familie nicht für diese unsinnigen Gefühle. Lass ihn uns töten und alles vergessen!"

Penthesilea verlor nicht oft die Beherrschung, und selbst Antianeira und Hippolyta sahen sie ob ihres Gefühlsausbruchs erschrocken an.

„Wenn du ihn töten willst, Mutter, dann töte auch mich."

„Du willst sterben, Tochter? Du willst kampflos an der Seite eines Mannes sterben, klaglos seine Hand halten, während ihr gemeinsam in den Tod geht?"

Penthesilea hob ihre Faust und ballte sie so fest, dass sie vor Anstrengung zitterte. Ihre Augen funkelten entschlossen, ihre große schlanke Gestalt war angespannt wie die einer Raubkatze, die zum Sprung ansetzen will. „Wenn du so sterben willst, Selina, bist du nicht länger meine Tochter. Ich als Königin meines Volkes erbitte von der großen Mutter einen anderen Tod, wenn es an der Zeit ist zu gehen: Aufrecht stehend, mit dem Schwert in der Hand, im Kampf und dem Tod ins Auge blickend will ich sterben, damit mein Name in Erinnerung bleibt und die Menschen ihn noch mit Ehrfurcht auf der Zunge tragen, wenn mein Körper längst zur großen Mutter zurückgekehrt ist und meine Enkeltöchter die Geschichten meiner Taten an ihre eigenen Töchter weitergeben."

Sie wartete nicht auf eine Antwort, sondern ging zur Tür und stieß sie ebenso ungestüm auf, wie sie sie vorhin geschlossen hatte. Antianeira und Hippolyta folgten ihr, nur Kleite blieb bei Selina. Während Penthesilea nach draußen trat, rief sie den Frauen zu: „Bewacht die Gefangenen, aber tötet sie nicht. Und lasst den einen mit Selina gehen, damit er in ihrem Haus wohnt und sie seine Beinkleider wäscht und seine Füße massiert. Meine Tochter verlangt danach, diesem Mann zu dienen. Wir entscheiden morgen, was wir mit den Männern tun werden."

Selina blickte Kleite reumütig an, als sich die Frauen endlich entfernt hatten. „Es tut mir leid, Kleite. Ich hätte zumindest dich nicht belügen dürfen. Doch wie hätte ich es aussprechen können, ich verstehe es ja selber kaum."

Kleite nahm sie in den Arm. „Wer kennt schon Willen und Wege der großen Mutter, Selina? Ich verurteile dich nicht, auch wenn es mir schwerfällt, dein Handeln zu begreifen."

Als Selina aus dem Versammlungshaus kam, senkten die Frauen ihre Waffen und ließen Pairy gehen – ihn allein. Benti sah ihn ängstlich an. „Was wird aus uns?"
Pairy beruhigte ihn. „Ich werde mit Selina sprechen. Irgendetwas stimmt hier nicht."
Er ging auf sie zu, und sie blieben voreinander stehen. Eine unangenehme Beklemmung breitete sich zwischen ihnen aus. Schweigend gingen sie nebeneinander her, bis Selina vor einer Holzhütte stehen blieb und ihm sagte, dass dies ihr Haus sei. Pairy blickte sich ungläubig in der Hütte um. Er konnte sich nicht vorstellen, dass die Frau, die seine Gemahlin war und mit ihm große komfortable Gemächer in Hattusa bewohnt hatte, in einer Hütte lebte, die kaum größer und besser war als die Häuser der Fellachen in Ägypten. „Selina, ich ..."
Sie legte die Finger auf ihre Lippen und lächelte schwach. Dann ging sie zu ihrem Lager und hob ein Stoffbündel auf, um es ihm zu geben.
Pairy blickte in das Gesicht des schlafenden Kindes und erstarrte. Wie sehr ähnelte das schwarze Haar dem seinen, ebenso die Nase. Der Mund jedoch war der Selinas – die geschwungene Oberlippe, die er so gerne geküsst hatte.
„Er ist unser Sohn. Sein Name ist Alexandros."
Pairy blickte abwechselnd das schlafende Kind in seinen Armen und wieder Selina an. „Ai, Selina, ich wusste ja nicht ... Ich hatte ja keine Ahnung."
Sie nahm ihm das Kind wieder ab und legte es zurück auf ihre Lagerstatt. Der vertraute Klang seiner Stimme ließ sofort das Gefühl der Entfremdung dahinschmelzen, das die lange Zeit der Trennung zwischen sie gebracht hatte. Sie fiel ihm in die Arme, spürte die vertraute Wärme seines Körpers und fing den Duft seiner Haut ein. Als seine Lippen endlich die ihren berührten, schloss sie die Augen. Alles um sie herum verschwand, und es gab nur noch Pairy, den sie geglaubt hatte, nie wieder zu sehen.
Nach langer Zeit lösten sie sich voneinander, und Pairy sah sie erwartungsvoll an. „Warum wurde mir und meinen Männern ein solcher Empfang bereitet? Warum wurden wir mit Schwertern und Äxten bedroht?" Dann runzelte er die Stirn und fragte erneut: „Warum waren es Frauen, die uns mit ihren Waffen willkommen hießen? Wo sind die Männer?"
Selina seufzte und setzte sich auf das Ruhebett. „Es gibt hier keine Männer – jedenfalls keine, wie du sie kennst." Dann erzählte sie Pairy die ganze Wahrheit.

Es dauerte eine Weile, bis Pairy seine Worte wiederfand. Selina sah mit Besorgnis, wie sein Kopf arbeitete und das Gehörte in Worte fassen wollte. Endlich sah er sie an. „Du hast deiner Familie und den Frauen deines Volkes verschwiegen, dass du einen Mann hast? Du hast ihnen erzählt, dass Alexandros ein Mädchen ist, weil sie ihn sonst getötet hätten? Ihr lebt ohne Männer, geht keine ehelichen Bündnisse ein und erlernt das Waffenhandwerk?"

Selina nickte. Für sie war dieses Leben nichts Ungewöhnliches, Pairy jedoch schüttelte nur den Kopf. „Selina! Das ist unnatürlich, gegen die Maat – es ist … Barbarei!"

Erschrocken sah sie ihn an. „Wir sind keine Barbaren, nur weil wir anders leben, als du es kennst, Pairy."

Er ließ sich kraftlos neben ihr auf das Lager sinken und vergrub seinen Kopf in den Händen. „Ich habe dich gesucht, Selina. Ich habe den Pharao angefleht, mich gehen zu lassen, damit ich dich nach Ägypten bringen kann. Du hast in Hattusa viel gelernt, du kannst lesen und schreiben, du verstehst dich auf das Protokoll eines großen Hofes." Er wies mit einer ausladenden Geste in den Raum. „Ich kann nicht glauben, dass du das hier wählst."

Selina sah ihn verletzt an. „Hier lebt meine Familie. Hier bin ich aufgewachsen, und ich bin aus Zalpa entführt worden, ohne dass sie wussten, wo ich war."

„Haben sie dich gesucht, deine Familie oder gar dein Volk? Sie würden Alexandros töten, wenn sie wüssten, dass er ein Junge ist. Mach die Augen auf, Selina! Du gehörst nicht mehr hierher. Du bist anders als diese Frauen. Du hast dich mit mir verbunden, und du hast einen Sohn, der dich braucht!"

Sie senkte den Kopf, dann nickte sie. „Ich weiß es, Pairy. Ich habe es längst erkannt. Doch was sollte ich tun, damals in Hattusa? Wäre ich mit dir gegangen, hätte dein König mich für einen Mord bestraft, den ich nicht begangen habe."

Er nahm ihre Hand und sah sie flehend an. „Das wird nicht mehr geschehen." Er erzählte ihr, dass der Mord an der edlen Dame Ipu längst aufgeklärt war und Tudhalija seine Favoritin Assja, die wahre Mörderin, eigenhändig mit dem Schwert erschlagen hatte. Er stockte, als er ihr von Amenirdis' Tod erzählte.

Selina weinte um Amenirdis, doch schließlich fing sie sich wieder. „Ich kann nicht glauben, dass Amenirdis nicht mehr ist. So ist sie schließlich doch nach Ägypten zurückgekehrt, doch um welchen Preis? Ich werde ihr Grab besuchen und Weihrauch für sie anzünden."

„Dann wirst du mit mir gehen, Selina? Du wirst mit mir nach Ägypten kommen?"

„Ja, ich verlasse Lykastia. Aber gewähre mir etwas Zeit, um Abschied zu nehmen."

Pairy zog sie wieder an sich, und dann wanderte sein Blick zu Alexandros. Er konnte kaum fassen, dass er einen Sohn hatte, dem er dem Pharao voller Stolz zeigen würde.

Als die Sonne am nächsten Morgen noch nicht hoch am Himmel stand, erhob sich Selina leise vom Lager und achtete darauf, Pairy und Alexandros nicht zu wecken. Sie schlüpfte in ihre Kleider und trat nach draußen in die frische Morgenluft. Sie hatte sich entschieden und wusste nun ganz genau, wo ihr Platz war. Sie lief durch die Straßen an den Häusern vorbei, und es störte sie das erste Mal nicht, dass die Frauen sie nicht grüßten. Mit sicherer Stimme gab sie den Kriegerinnen, die Benti und die anderen Männer bewachten, Anweisung, sie durchzulassen, damit sie mit ihnen reden konnte. Als Benti sie sah, füllte sich sein Blick mit Hoffnung. Selina setzte sich neben ihn und lächelte ihn aufmunternd an. „Sie werden euch nichts tun, Benti. Ich verspreche es dir."

Er nickte und drückte weiter seine Leinentasche an die Brust. „Deine Mutter, die große Frau mit den langen hellen Haaren – sie führt die anderen Frauen, nicht wahr?"

Selina bejahte seine Frage und wollte dann wissen, ob er hungrig sei. Benti schüttelte den Kopf, stattdessen öffnete er ungelenk seinen Leinenbeutel und zog eine Schriftrolle hervor. „Ich muss dir etwas geben, Selina. Es ist ein Schreiben vom Prinzen Tudhalija, und es ist sehr wichtig. Ich bitte dich, es nicht zu vernichten, obwohl ich weiß, dass Tudhalija dir Unrecht getan hat. Es geht auch um das Leben deines Volkes."

Sie nahm die Schriftrolle aus seinen zitternden Händen entgegen und entrollte sie. Sodann begann sie zu lesen.

Ich grüße dich Selina, Prinzessin deines Volkes, und erbitte deine Bereitschaft, jeglichen Zwist außer Acht zu lassen, der jemals zwischen uns herrschte. In diesen schweren und gefährlichen Zeiten ist es wichtig, einander zu unterstützten. In Troja, welches deiner Heimat näher liegt als der meinen, droht ein Krieg zu entbrennen. Die Häfen von Troja werden vom feigen Hund Agamemnon, dem König von Mykene, gehalten, sodass kein Handelsschiff mehr in den Hafen einlaufen oder ihn verlassen kann. Bis nach Hatti reicht der Hunger des Volkes bereits, und plündernde Horden aus Troja ziehen durch das Land. Ich frage dich, Selina, was wird erst geschehen, wenn Troja fällt und die Männer Agamemnons über das Festland herfallen? Wer wird noch sicher sein vor ihrer Gier und ihrer Mordlust? Der edle und gute König Priamos von Troja hat seinen Hilferuf nach Hatti gesandt, und ich habe ihn vernommen. Meine Streitmacht werde ich ihm zur Verfügung stellen, um Troja zu halten und

das Land zu schützen, welches ich liebe. Jede Unterstützung kann den drohenden Krieg abwenden, und so bitte ich dich, Prinzessin deines Volkes, ebenfalls nach Troja zu ziehen und für Priamos zu kämpfen. Ich lasse, was in der Vergangenheit gewesen ist, ruhen und bitte dich als Verbündeter, dich den Truppen Hattis anzuschließen, um zu retten, was dir und mir lieb und teuer ist.
Brot und Wein, dir Selina

Tudhalija, Kronprinz von Hatti

Selina sah Benti in die Augen. „Der Prinz findet in seinem Schreiben Worte, von denen es mir schwerfällt, sie seinem Munde zuzutrauen."

Benti lächelte schwach. „Er ist ein Soldat und Krieger, vielleicht rau und ohne viel Gefühl, was den Umgang mit Frauen angeht. Doch er ist nicht einfältig. Er liebt sein Land, ebenso wie du das deine liebst."

Sie dachte an die Soldaten in Zalpa und daran, was der Prinz ihr in seinem Schreiben mitgeteilt hatte. Selina wusste, dass ihr Volk abgeschieden und selbstzufrieden lebte. Sie ahnten wenig von der drohenden Gefahr, während Selina sie immer deutlicher spürte.

„Wirst du uns helfen, Selina?"

Sie erhob sich und steckte die Schriftrolle in den Gürtel ihrer Beinkleider. Sie dachte an Pairy und das Versprechen, das sie ihm gegeben hatte. Doch wie konnte sie jetzt die Augen vor dem drohenden Unheil verschließen, welches ihrem Volk bevorstand, und wie eine Hündin nach Ägypten fliehen? Sie musste die Frauen warnen, und sie mussten sie anhören. Hier ging es nicht mehr um einen einfachen Streit, um Alexandros oder Pairy, hier ging es um die Liebe zu ihrem Volk. Sie würde erst gehen können, wenn die Menschen, die sie liebte, in Sicherheit waren.

„Ich werde mit meiner Mutter sprechen", sagte sie zu Benti. Dann ging sie schnellen Schrittes zum Versammlungshaus.

Penthesilea verfiel in Schweigen, als Selina ungebeten das Versammlungshaus betrat.

Selina ließ den Blick zwischen den Frauen umherwandern, um Mut für ihre Worte zu fassen. Ihre Mutter saß mit Hippolyta und Antianeira sowie Clonie, Polemusa, Derinoe, Evandre, Antandre, Bremusa, Hippothoe, Harmothoe, Alcibie, Derimacheia, Antibrote und Thermodosa, ihrem engsten Rat zusammen.

„Ich bitte euch, mich anzuhören. Ich bin nicht um meinetwillen gekommen und auch nicht wegen Pairy." Sie zog die Schriftrolle aus dem Gürtel und entrollte sie. „Einer der Männer überbrachte mir Nachricht vom Prinzen aus Hatti, und obwohl er und ich uns nicht wohlgesinnt sind, nehme ich seine Worte ernst."

Die Frauen sahen sich untereinander an. Allein der Umstand, dass Selina die Zeichen auf einer Schriftrolle in Worte verwandeln konnte, bereitete ihnen Unbehagen. Trotzdem hob Penthesilea die Hand und erklärte damit, dass Selina lesen sollte.

Selina las ihnen den Brief langsam und mit Betonung vor und ließ ihn dann wieder zusammenrollen. Erwartungsvoll blickte sie die Frauen an, die wiederum ihren Blick auf Penthesilea richteten. Sie war die Königin des Städterates, sie war zuständig für all die Fragen, welche Selina mit dem Schreiben dieses unbekannten Prinzen aufgeworfen hatte.

„Ich sehe keine Bedrohung für Lykastia in dem Krieg, den der König von Troja gegen Mykene führt. Warum sollte das Volk der großen Mutter in einen Krieg eingreifen, der uns nicht betrifft?"

„Ich weiß, dass ihr meinen Worten wenig Vertrauen schenkt. Doch ich war in Hatti, ich habe dort viel gelernt, und ich war auch in Zalpa und habe die Soldaten gesehen. Bis jetzt sind es nur Abtrünnige von den Truppen des Priamos, doch was wird geschehen, wenn die Soldaten Agamemnons ins Land einfallen und nach Beute suchen? Es ist besser, jetzt einen Krieg zu führen, der nicht in unserem Land stattfindet, als später gegen eine Übermacht unsere Städte zu verteidigen. Wir sind den Truppen des Agamemnon zahlenmäßig unterlegen und müssen uns mit Troja und Hatti verbünden."

Überraschenderweise stimmte Clonie Selina zu. „Penthesilea, meine Königin, obwohl die Zunge deiner Tochter nur gelogen hat, seit sie nach Lykastia zurückkehrte, beunruhigen mich ihre Worte, und ich kann Wahrheit in ihnen finden. Was soll aus unseren Städten werden? Unser Volk ist entzweit, seit Palla uns verließ – ja, selbst mit ihren Kriegerinnen an unserer Seite könnten wir nicht in allen Städten gleichzeitig Gegenwehr leisten."

Penthesilea schüttelte den Kopf. „Bisher sind kaum Fremde gekommen. Warum sollten sie es nun tun?"

Selina fiel ihr ins Wort. „Weil die Fremden auf das Festland kommen, um Beute zu machen. Gleich neugierigen Kindern werden sie die Landstriche durchstreifen auf der Suche nach allem, was sie fortschleppen können, egal ob Vieh, Pferde, Gold, Silber oder gar Menschen."

Auch Bremusa nickte. „Die Trojaner haben sich vereinzelt bis an den Thermodon vorgewagt. Was sollte die fremden Siegertruppen davon abhalten, es ihnen gleichzutun?"

Selina sah, wie Penthesilea unter dem Druck ihres Rates überlegte. „Was könnten wir schon ausrichten? Unser Volk ist entzweit. Unsere Kriegerkönigin hat sich von uns losgesagt."

„Palla ist ebenso betroffen, wie wir. Wenn sie erfährt, dass ihr Land bedroht ist, wird sie an unserer Seite kämpfen." Bremusas Stimme klang überzeugt, und die anderen nickten.

„Dafür müsste sie erst einmal davon erfahren", widersprach Penthesilea. „Wer will nach Themiskyra reiten und versuchen, sie zu überzeugen, wo sie sich mit ihren Frauen und den Männern aus den Bergen in die Festung zurückgezogen hat und jeden verjagt, der sich ungebeten in ihrer Stadt blicken lässt? Willst du es tun, Bremusa? Oder du, Clonie? Was ist mit dir, Antibrote?"

Die Frauen senkten betreten die Köpfe. Keine von ihnen hatte Lust, nach Themiskyra zu reiten. Palla war unberechenbar und gefährlich.

„Ich werde es tun", sagte Selina schließlich.

Penthesilea ließ ein verächtliches Lachen hören. „Du, Selina? Warum gerade du? Warum glaubst du, dass sie auf dich hören wird?"

„Weil wir einmal fast Schwestern waren, und selbst Palla kann nicht so kalt sein, das vergessen zu haben, zumal ein Kampf gegen Troja auch in ihrem Interesse liegt. Palla ist machthungrig. Ein Kampf und eine große Schlacht werden sie reizen."

Penthesilea blickte Selina kühl an. „Warum sollten wir dir so viel Vertrauen schenken und dich nach Themiskyra reiten lassen?"

„Weil ich mein Volk liebe, auch wenn ihr mir misstraut. Ich bin nach Lykastia zurückgekehrt, auch wenn ich in euren Augen nicht mehr die bin, die in Zalpa verschwunden ist. Doch ich bin zurückgekehrt."

Clonie packte Penthesilea am Arm. „Lass sie gehen, Penthesilea. Lass sie ihre kühnen Worte unter Beweis stellen. Wir haben nichts zu verlieren, und nachdem sie dir als Tochter Schande bereitet hat, ist es nur gerecht, wenn sie diese Aufgabe übernimmt und einen Teil ihrer Schuld begleicht."

Penthesilea sah zuerst Clonie, dann Selina an. Schließlich rang sie sich zu einem Nicken durch. „Also gut, es ist beschlossen. Selina wird nach Themiskyra reiten und versuchen, unser Volk wieder zu vereinen; und es gibt keinen Grund mehr, lange zu warten. Gleich morgen früh soll sie sich auf den Weg machen."

Auf dem Weg zurück zu ihrem Haus fühlte sich Selina benommen. Sie wusste nicht, ob es ihr gelingen würde, Palla zu überreden, sie wusste nicht, was sie in Themiskyra erwartete, oder ob Palla noch so etwas wie Loyalität empfinden konnte. Selina erinnerte sich daran, wie sie Palla das letzte Mal gesehen hatte: vor den Toren Hattusas auf ihrem Pferd, raubtierähnlich mit seltsamen Zeichnungen in ihrem Gesicht. Das Bild dieser Palla, jener Frau, die so gar nicht ihren Kindheitserinnerungen an die Freundin glich, machte ihr Angst.

Selina erreichte ihr Haus und fand Pairy davor sitzend, Alexandros im Arm haltend. Er konnte nicht genug von seinem Sohn bekommen, und Selina lächelte in sich hinein. Als Pairy sie sah, zog er sie neben sich und küsste sie. „Er ist das schönste Geschenk, das du mir machen konntest, Selina. Der Pharao wird ihn lieben ... Er wird *dich* lieben. Wie könnte man dich nicht lieben?"

Sie spürte einen Kloß im Hals, denn sie wusste, dass sie gleich aufs Neue die Eintracht zwischen ihnen zerstören musste. „Pairy, ich kann Lykastia noch nicht verlassen. Ich muss nach Themiskyra reiten."

Pairys Augen verdüsterten sich. „Oh nein, Selina! Was ist es dieses Mal wieder? Wir waren uns einig, dass wir bald aufbrechen."

Selina gab ihm das Schreiben zu lesen, das Benti ihr gegeben hatte, dann erzählte sie in knappen Worten, was im Versammlungshaus besprochen worden war. Pairy hörte ihr aufmerksam zu, doch er ließ sich nicht überzeugen. „Selina, diese Worte passen nicht zu Tudhalija. Wir beide kennen ihn. Nun ist mir klar, weshalb Benti unbedingt mit nach Lykastia kommen sollte. Benti ist ein guter Mensch, aber er fürchtet sich vor Tudhalija, und er ist ihm aus seiner Furcht heraus ergeben. Es würde mich wundern, wenn der Prinz nicht irgendeine List ersonnen hat, die dir zum Nachteil gereicht. Hatti hat Verträge mit Troja, und nun will er, dass dein Volk sie erfüllt, während er sich lächelnd zurücklehnt und in Hattusa Bankette und Feste feiert."

„Dieser Krieg betrifft ihn ebenso wie uns. Vielleicht betrifft er uns sogar noch mehr."

„Uns, Selina? Du wirst bald Ägypterin sein und zu Ramses' Hof gehören. Ägypten ist weit fort und interessiert sich wenig für die Streitigkeiten zweier ferner Königreiche."

Erhitzt fuhr sie ihn an. „Wenn Ägypten, das Land deiner Geburt, bedroht wäre, würdest du zusehen, wie es untergeht?"

„Ägypten wird niemals bedroht sein!"

„Dann kannst du glücklich sein, Pairy. Soll ich fliehen und mit dir nach Ägypten gehen in dem Wissen, dass mein Volk vielleicht bald ausgelöscht wird? Glaubst du, ich könnte so glücklich werden?" Sie wollte ihm ihre Hand auf den Arm legen, doch er stand rasch auf und entzog sich ihr. „Ein Teil von mir versteht dein Handeln, Frau. Es ist jener Teil, der sein Land liebt, ebenso wie du das deine lieben musst. Aber ein anderer Teil kann und will nicht begreifen, warum du so bist. Der Mann Pairy, der dich liebt, und den du nun zum zweiten Mal fortstößt, hat bald keine Geduld mehr."

Sie sah ihm in die Augen und spürte seinen Schmerz. „Ich bitte dich nur noch ein letztes Mal, Geduld zu haben, mein Gemahl. Lass mich nach Themiskyra reiten und Palla zurückholen, damit sich mein Volk wieder vereint und stark ist. Ich schwöre dir, dass ich frohen Herzens mit dir gehe, wenn ich mein Volk in Sicherheit weiß."

Er sah sie fest an, Alexandros noch immer in den Armen haltend. „Weil du die Mutter meines Sohnes bist und weil ich dich liebe, werde ich warten, Selina. Doch wenn du zurückkehrst, wirst du dich entscheiden müssen – egal, ob Palla sich deinem Volk anschließt oder nicht. Ich habe nicht vor, diesen sinnlosen Krieg zu führen, und ich glaube immer noch, dass dieses Schreiben eine Falle ist."

Selina erhob sich und trat zu ihm. Seine Muskeln entspannten sich, als sie den Arm um ihn legte. „Ich danke dir Pairy. Sei versichert, ich werde mit dir gehen, wenn ich aus Themiskyra zurückkehre, weil ich dich liebe."

Er nickte, dann legte er ebenfalls den Arm um sie. „Ich bin ein Narr, Selina, ein einfältiger Narr. Nur die Liebe kann einen Mann zum Narren machen."

Er lächelte ihr zu, und sie schmiegte sich an ihn. Es war vielleicht die Liebe, die einen Mann dazu nötigte, sich zum Narren zu machen, doch sie selber wurde von der Liebe zerrissen – von der Liebe zu ihm und der Liebe zu ihrem Land und ihrem Volk.

Am nächsten Morgen brach Selina auf. Sie wartete nicht, bis die Sonne aufgegangen war, sondern schlich sich wie eine Diebin aus ihrem Haus, während Pairy noch schlief. Hippolyta erwartete sie am Flussufer, wo sie ihr Arkos fertig gesattelt übergab. Targa trug schwer an ihrem ersten Fohlen, welches bald geboren werden sollte.

Hippolyta reichte Selina einen Wasserschlauch und einen Beutel mit Wegzehrung. Sodann saß Selina auf und befestigte ihren Bogen samt Köcher und Pfeilen am Sattel. Ihr Schwert, das Schwert der Sonnengöttin von Arinna, verstaute sie ebenfalls sorgfältig in Arkos' Satteltaschen. Sie vermied es, Hippolyta ins Gesicht zu sehen, ebenso wie Hippolyta ihren Blick schnell abwandte. „Habe ich euer Wort, dass ihr die Gefangenen gut behandelt und Pairy in Ruhe lasst, bis ich wieder zurück bin?"

Hippolyta antwortete, ohne sie anzusehen. „Du hast das Wort Penthesileas, dass sie Gastrecht genießen, so lange du fort bist. Wenn du jedoch zurückkehrst, müssen sie gehen."

Selina nickte und schnalzte leise mit der Zunge. Arkos trabte an und fiel dann in einen leichten Galopp.

Themiskyra am Fluss Thermodon

Selina stieg von Arkos' Rücken und betrachtete die Festungsanlage, die sich vor ihr erhob. Grau und aus massivem Stein erstreckte sie sich auf einem Hügel, als wollte sie den Anschein erwecken, dass die Augen ihrer Bewohner allwissend waren, denn von den Wehrgängen konnte man einen weiten Blick über die Stadt hinaus werfen. Es würde keinem Fremden und schon gar nicht einer großen Streitmacht gelingen, ungesehen nach Themiskyra zu gelangen. Selina war sich sicher, dass auch sie bereits beobachtet wurde, obwohl sie den Stadtrand noch nicht erreicht hatte. Langsam ging sie auf die abendlichen Lichter der Stadt zu.

Selina hatte viel von Themiskyra, der größten Stadt ihres Volkes, gehört. Es lag nicht weit von Lykastia entfernt, sie hatte nur zwei Tage gebraucht und war noch nicht einmal besonders schnell geritten. Die Königinnen hatten seit jeher hier gewohnt, und nur weil Penthesilea Lykastia den Vorzug gegeben hatte, war Selina nicht in Themiskyra aufgewachsen. Sie verstand die Entscheidung ihrer Mutter. Durch seine gewaltige Festungsanlage hatte Themiskyra etwas Bedrohliches. Diese Stadt war ein geeigneter Ort, um Kriege zu führen, sie ließ sich leichter verteidigen als Lykastia, doch sie war kein Ort, an dem sie hätte leben wollen. Die Frauen, die ihr im Vorbeigehen nur kurze Blicke zuwarfen, um sich dann wieder ihren Beschäftigungen zu widmen, grüßten sich kaum untereinander, denn in Themiskyra gab es viele Menschen, sodass man sich untereinander nicht gut kannte. Selina ließ sich kaum durch die neuen Eindrücke ablenken, zumal sie nicht allzu beeindruckt war – sie hatte in Hattusa gelebt, und diese Stadt war ein wirkliches Bollwerk gewesen.

Endlich erreichte sie den Fuß des Hügels, auf dem die Festungsanlage stand, und fand einen einzigen Treppenaufgang, der sich steil in die Höhe schlängelte. Lediglich zwei Wachen waren notwendig, um diesen schmalen Aufgang zu verteidigen, und sie traten Selina in den Weg, als sie sich den Stufen näherte. Sie trugen die Kleidung der Kriegerinnen, lange Beinkleider, Lederstiefel und ein Hemd, über das sie einen ledernen Brustharnisch gezogen hatten. Ihr Haar ragte als Pferdeschwanz aus ihren spitz zulaufenden Kappen, und sie trugen mit gegerbtem Leder bespannte Schilde, an ihren Gürteln die Streitaxt mit der Doppelklinge sowie Speere, mit denen sie Selina nun den Weg versperrten. „Die Festung zu betreten, ist nur denjenigen gestattet, die von Königin Palla dazu eingeladen wurden."

Die Kriegerinnen sahen sie abschätzend an. „Bist du eingeladen, und kannst du es mit dem Kupferring beweisen?"

„Ich bin von eurem Volk, wie ihr seht. Seit wann darf eine Frau des Volkes nicht mehr zur Königin sprechen, wenn sie ein Anliegen hat?"

Die Frauen ließen sich nicht beeindrucken. „So hat es Palla entschieden. Wenn du gehört werden willst, müssen wir den Grund erfahren und dann zu ihr gehen. Wenn sie sich deine Bitte anhören will, lässt Palla dir einen Kupferring schicken, den du vorzeigen musst, um zu ihr vorgelassen zu werden."

Selina erkannte, dass sie so nicht weiterkam, und schlug eine andere Taktik an. „Dann sagt eurer Königin, dass Selina, Tochter von Penthesilea, hier ist und sie zu sprechen wünscht. Ich kann mir nicht vorstellen, dass sie nicht interessiert, was ich ihr zu sagen habe."

Die beiden Frauen sahen sich unschlüssig an, dann ging eine die Stufen hinauf und verschwand in der Dunkelheit. Die andere beobachtete Selina weiter argwöhnisch. Selina nahm Arkos und führte ihn ein paar Schritte fort. Sie setzte sich ins Gras, kreuzte die Beine und stellte sich darauf ein, länger warten zu müssen.

Palla saß auf ihrem mit Fellen gepolsterten Stuhl und nahm einen Schluck aus ihrem Weinkelch. Dann wischte sie sich mit dem Handrücken über den Mund und wandte der wartenden Frau wieder ihre Aufmerksamkeit zu. „Sieh einer an, meine alte Freundin Selina ist zurück. Das ist wirklich eine Überraschung. Als sie damals in Zalpa verschwand, glaubte ich, sie nie wiederzusehen. Leider erfüllen sich Wünsche nicht immer."

Die tätowierten Linien auf Kinn, Stirn und Jochbein verliehen Palla das Aussehen eines Waldgeistes. Als sie das erste Mal die Arbeit Pinjahus in ihrem Bronzespiegel betrachtet hatte, hatte sie vor Entzücken laut gelacht. Die Tätowierungen vervollständigten ihr schmales dunkelhäutiges Raubkatzengesicht, als wären sie von jeher dort gewesen. „Sie soll kommen, ich will sie sehen."

Die Frau schlug mit der Faust auf ihren ledernen Brustharnisch und eilte dann hinaus. Palla erhob sich von ihrem Stuhl und trat an eine Fensteröffnung, von wo aus sie weit unten die Lichter Themiskyras sehen konnte. Sie zog den Umgang fester um ihre Schultern. Diese

Festung war vielleicht uneinnehmbar, doch sie war zugig und kalt. Palla hatte ihre Macht instinktsicher immer weiter ausgebaut, als sie mit ihren Frauen nach Themiskyra gekommen war. Sie hatte die Festung bezogen und verließ sie nur selten. Sie bewegte sich nicht unter den Frauen der Stadt, sondern umgab sich mit denjenigen, die ihr aus Lykastia gefolgt waren. Sie ließ niemanden in die Festung hinauf, den sie nicht selbst dazu aufgefordert hatte, vor sie zu treten, und sie ließ Pinjahu und seine Männer in der Stadt für Ordnung sorgen, wenn es nötig wurde. Palla wusste, dass ihre Macht und ihre Kraft allein dem Umstand entsprangen, dass sie die Frauen mit harter Hand führte. Bei ihr gab es keine endlosen Gespräche und Abstimmungen, wie in den Versammlungshäusern ihrer Mutter. Allein Pallas Wort zählte, und Pinjahu sorgte dafür, dass es so blieb.

Sie wandte sich vom Fenster ab und ging zurück zu ihrem Stuhl. Sie hatte viel erreicht. Noch vor einem Jahr hätte sie nicht geglaubt, dass sie dazu fähig war. Doch Palla war noch immer nicht zufrieden. Es musste noch mehr geben, als das, was sie bereits besaß: eine größere Festung als diese, noch mehr Ruhm und vor allem mehr Macht.

Als die große hellhaarige Frau mit den ungewöhnlich blauen Augen vor sie trat, erhob sie sich nicht, und auch die andere blieb ein paar Schritte entfernt von ihr stehen, wandte jedoch ihren Blick nicht ab. Palla schätzte ihr Gegenüber kurz ab und begriff, dass auch Selina sich verändert hatte. Auch Selina war stärker geworden, hatte an Selbstvertrauen gewonnen, und sie strahlte eine Macht aus, die Palla sich nicht erklären konnte. Es war nicht jene Macht, die ein treu ergebenes Heer ihr hätte verleihen können, es war kaum die Art von Macht, welche der Ehrgeiz hervorrief. Palla blickte ihr in die Augen und erkannte, dass Selinas Kraft einen Ursprung haben musste, der tief in ihr verborgen lag. Sie entschied sich gegen ihre ursprüngliche Absicht, Selina herablassend und taktlos zu behandeln, und sprang stattdessen lachend von ihrem Stuhl auf, wobei sie ihr mit offenen Armen entgegenging. Die beiden Frauen umarmten sich steif, dann rief Palla nach einem Stuhl für Selina und verlangte, dass warmes Essen und Wein aufgetragen wurden.

„Es scheint mir unendlich lange her zu sein, seit wir uns das letzte Mal in die Augen blickten, Selina."

Selina verkniff sich die Äußerung, dass sie Palla vor nicht allzu langer Zeit vor den Toren Hattusas in die wilden zornigen Augen geblickt hatte. Stattdessen nickte sie. „Das ist wahr, Palla; und ich war lange fort und habe erst vor Kurzem erfahren, dass du Lykastia mit deinen Kriegerinnen verlassen hast."

Palla zuckte gelassen mit den Schultern. „Als meine Mutter starb, hielt mich nichts mehr dort. Penthesilea und ich waren uns niemals einig, was unser Volk anging. Also habe ich mein eigenes Volk gegründet." In ihren Worten lagen weder Schmerz noch Bedauern, vielmehr wies Palla mit einer ausladenden Geste durch den zwar kärglichen, jedoch großen Raum mit den grauen unverzierten Steinwänden. „All dies wird mir mehr gerecht, als Lykastia."

Selina folgte ihrem Blick, konnte jedoch kaum verstehen, weshalb Palla es vorzog, in diesen kalten Räumen zu leben. Aber sie war nicht gekommen, um Palla davon zu überzeugen, nach Lykastia zurückzukehren. Schon beim ersten Anblick hatte Selina gewusst, dass ihre einstige Freundin einen Weg eingeschlagen hatte, der keine Umkehr zuließ. „Ich bin nicht hier, um dich zu einer Rückkehr zu bewegen, Palla." Sie zog die Schriftrolle aus ihrem Gürtel. Palla beobachtete Selina stirnrunzelnd, als diese die Worte des Prinzen von Hatti vorlas. Als Selina geendet hatte, streckte Palla die Hand aus, um das Schreiben zu sehen. Sie gab es ihr, und Pallas Augen flogen über die in Akkadisch verfassten Zeilen, ohne auf einem bestimmten Punkt zu verharren. „Das alles steht dort in diesen seltsamen Strichen und Linien verborgen, Wort für Wort?"

Selina nickte und forderte die Schriftrolle zurück, die Palla ihr nur zögernd überließ. Kurz leuchtete in Pallas Augen so etwas wie Bewunderung auf, dann funkelten sie wieder wie schwarzer, polierter Obsidian. „Der Prinz von Hatti möchte also, dass wir mit ihm in Troja kämpfen, um die Mykener zu vertreiben. Was gewinnen wir, wenn wir kämpfen? Gold, Waffen, Sklaven?"

Selina erschrak angesichts dieser kalten Berechnung. „Wir behalten unser Land, Palla. Das Land, das wir lieben und auf dem wir leben. Was du den Männern abnimmst, die du im Kampf erschlägst, gehört dir. Das sind die Gesetze des Kampfes."

Pallas Gesichtszüge entspannten sich etwas. „Natürlich", lächelte sie. „Und du sagst, dass der Prinz von Hatti seine Streitmächte ebenfalls nach Troja schickt?"

„Er hat es versprochen, und ich zweifle nicht daran. Auch sein Land ist von diesem Krieg bedroht, und er besitzt Verträge, nach denen er Troja seine Hilfe im Falle eines Krieges zugesagt hat."

Palla überlegte. „Also gut, Selina. Ich werde mit meinen Frauen nach Troja ziehen und kämpfen. Unsere Schwerter wurden lange nicht mehr in Blut getaucht. Doch ich werde nicht nach Lykastia zurückkehren. Wenn Penthesilea mir etwas zu sagen hat, soll sie es in Troja tun."

Selina atmete erleichtert auf, denn sie hatte nicht damit gerechnet, dass es so einfach sein würde, Palla zu überzeugen. Sie erhob sich und spürte die Müdigkeit, die sie bereits den gesamten Tag unterdrückt hatte. „Ich bin froh, dass du einen solchen Weitblick besitzt, Palla. Ich werde morgen früh wieder nach Lykastia aufbrechen und Penthesilea deine Worte übermitteln. Verliere keine Zeit, deine Kriegerinnen zu rüsten, denn Penthesilea wird sicherlich keinen Mondumlauf mehr warten, bis sie ihre Frauen nach Troja führt."

„Sei unbesorgt", erwiderte Palla, doch dann blieb ihr Blick an Selinas Gürtel hängen. „Du besitzt ein neues Schwert."

Selina fühlte sich unbehaglich, als Palla das Schwert an ihrem Gürtel anstarrte. „Es ist ein hethitisches", gab sie widerwillig zu, zog es jedoch nicht vom Gürtel. Palla bemerkte ihr Zögern und wandte schnell den Blick ab. „Du kannst heute Nacht Räume in der Festung beziehen."

Selina schüttelte den Kopf. „Diese Festung ist mir zu zugig und zu kalt. Ich schlafe lieber unter freiem Himmel."

„Wie du meinst." Palla rief Selina hinterher, bevor sie die Räume verlassen konnte. „Ich würde zu gerne erfahren, wo du gewesen bist in dem Jahr, als du fort warst."

„Die Geschichte würde zu viel Zeit in Anspruch nehmen, Palla – Zeit, die wir nicht haben."

Selina beschleunigte ihre Schritte und war froh, als sie wieder neben Arkos stand, der am Fuße des Hanges friedlich graste. Die Kälte, die sie erfasst hatte, ging nicht allein von dieser Festungsanlage aus. Palla selbst war es, die sie verbreitete.

Palla rief nach ihrer Dienerin. „Wo ist Pinjahu?"

„Er ist in seinen Räumen, meine Königin."

Ohne die junge Frau weiter zu beachten, verließ Palla schnellen Schrittes ihre Räume, durchquerte die nur spärlich von Fackelschein beleuchteten Gänge und bog dann an einer Ecke nach rechts ab. Sie achtete nicht auf die betrunkenen Männer, die vor Pinjahus Wohnräumen herumlungerten, sondern stieß die Tür schwungvoll auf und trat ein. Der große Raum wurde lediglich von zwei Feuerbecken erleuchtet, sodass Palla die Bewegung fast nur erahnen konnte, die sich unter den vielen Wolldecken auf Pinjahus Ruhebett abzeichnete. Sie trat schnell näher und hörte das tiefe grunzende Stöhnen Pinjahus sowie das schrille spitze Seufzen einer Frau. Palla zog mit einem Ruck die Wolldecken beiseite, und Pinjahu wandte ihr den Kopf zu, während die Frau unter ihm erschrocken aufschrie und sich von ihm zu befreien versuchte. Pinjahu drückte sie mit einer brutalen Armbewegung zurück aufs Lager und fuhr in seinen Beckenstößen fort, während er Palla genüsslich anlächelte. Palla ließ sich nicht beeindrucken. „Ich muss mit dir reden, Pinjahu ... jetzt!"

„Wenn ich fertig bin", gab er zurück, während die junge Frau ängstlich und steif unter ihm lag. Es war nicht gut, sich die Königin zur Feindin zu machen.

Palla verlor die Beherrschung, und ihre Hand griff klauenartig in sein zu langen Zöpfen geflochtenes Haar. Sie zerrte seinen Kopf in den Nacken, sodass er erschrocken grunzte. „JETZT SOFORT!"

Ihre Bestimmtheit ließ Pinjahu fluchen. Er befreite sich von ihrem Griff und ließ endlich von seinem Tun ab.

„Geh!", schnauzte er das Mädchen an, das schnell aus dem Bett schlüpfte, seine Kleider raffte und nackt nach draußen lief, wo es von den Männern mit Pfiffen und Rufen empfangen wurde.

Pinjahu setzte sich auf den Rand seines Bettes. Er machte sich nicht die Mühe, etwas anzuziehen, sondern maulte Palla an. „Also, Frau, was kann so wichtig sein, dass du mich bei meinen Freuden störst."

Palla verzog verächtlich das Gesicht. Während sie sich tagaus, tagein Gedanken machte, wie sie ihre Macht festigen konnte, hatte Pinjahu bereits vier ihrer Frauen geschwängert. Zuerst war sie wütend gewesen, dann war es ihr egal geworden, und mittlerweile empfand sie kaum mehr als eine unterschwellige Verachtung für ihren einstigen Liebhaber. Allerdings konnte sie Themiskyra nur mit der Unterstützung seiner Männer halten. „Während du deinen Gelüsten nachgehst, beschäftige ich mich mit weit wichtigeren Dingen, Pinjahu. Dingen wie Macht, Gold und Stärke."

Pinjahu gähnte. „Vielleicht bist du gerade deshalb so mürrisch und leidenschaftslos geworden, Palla. Was ist aus der feurigen Stute geworden, die unter meinen Stößen lustvolle Schreie ausgestoßen hat?" Seine Hand wanderte zu ihrer Taille, und er zog sie schnell an sich, wobei er versuchte, das Zugband ihrer Beinkleider zu öffnen. „Komm, und lass uns wieder so sein wie früher. Ich vermisse meine Geliebte."

Sie entwand sich ihm rasch und schlug ihm mit der Faust ins Gesicht. Pinjahu zuckte zurück und hielt sich die blutende Nase. „Du bist ein Dämon, Weib. Ich weiß nicht, warum ich mit dir in dieser unerfreulichen Stadt lebe."

Sie lächelte mit der Freundlichkeit einer Katze. „Willst du vielleicht zurück in deine stinkende Lehmhütte zu deinen Ziegen?"

„Vielleicht wäre das sogar besser", presste er wütend hervor.

Sie beachtete seinen Zorn nicht weiter. „Auch ich mag diese Festung nicht sonderlich, und die Stadt interessiert mich nur so weit, als dass sie gut zu verteidigen ist und mir hilft, meine Königswürde zu demonstrieren. Doch vielleicht können wir bald viel mehr haben als Themiskyra."

Er sah sie interessiert an. „Und wie kommst du zu einem solch vermessenen Schluss, oh große Königin Palla?"

Er machte sich über sie lustig, und das hasste sie. „Während du die Tage in deinen Räumen vertust und die Kraft zwischen deinen Lenden versiegen lässt, habe ich meine alte Freundin Selina empfangen, die mich gebeten hat, mit Penthesilea nach Troja zu ziehen."

„Komm zur Sache", brummte er missmutig.

„Sie erhielt die Bitte des hethitischen Prinzen, gemeinsam mit seinen Streitmächten nach Troja zu ziehen und den dortigen König gegen die Angriffe der Mykener zu unterstützten."

„Also willst du nach Troja ziehen und kämpfen? Ich verstehe nicht, was du damit erreichen willst. Du kannst nicht wirklich glauben, Troja einnehmen zu können. So groß ist unsere Streitmacht nicht, und sie wird es niemals sein."

Palla verdrehte die Augen. „Du Dummkopf! Hast du mir nicht zugehört? Ich sagte, dass Penthesilea gemeinsam mit der Streitmacht Hattis nach Troja ziehen wird."

Er sah sie noch immer mit dem Blick völliger Ahnungslosigkeit an, und sie verzweifelte fast an seiner Beschränktheit. „Wenn Hatti seine Streitmächte nach Troja schickt, wie viele Soldaten wird der Prinz dann noch in Hattusa haben?"

Endlich zeigte sich ein Ausdruck des Verstehens auf Pinjahus Gesicht. „Gerade genug, um die Stadt zu verteidigen."

Palla lächelte. „Doch er wird nicht mit einem Angriff rechnen, da er davon ausgeht, dass jeder seine Truppen nach Troja schickt, um das Festland zu verteidigen. Wir haben die Umstände auf unserer Seite, Pinjahu. Dieses Mal werden wir nicht vor den Toren Hattusas scheitern. Der Prinz wird auf einen Angriff nicht gefasst sein, und während er seine besten Kämpfer nach Troja schickt, werden die unseren Hattusa plündern."

Pinjahus Kampfgeist erwachte. Es konnte gelingen. Palla hatte recht. Er dachte an das Gold, an die vielen Tempel und den Reichtum, der in Hattusa auf ihn wartete. Mit etwas Glück könnte er bald unter den Größten der Großen wandeln. Welch ein Aufstieg für einen einfachen Stammeshäuptling aus den Bergen!

Pallas Gedanken überschlugen sich. Wie konnte es sein, dass Selina die Striche und Linien auf dem dünnen faserigen Bogen in Worte verwandeln konnte? Und wie kam sie an dieses Schwert aus dem begehrten dunklen Metall? Sie hatte gesagt, dass es ein hethitisches Schwert sei. Hatten die Hethiter nicht solche Schwerter mit sich geführt, als sie in Lykastia eingefallen waren? Die meisten hatten nichts getaugt, waren zerbrochen, doch einige waren so hart gewesen, dass sie jedes Bronzeschwert stumpf werden ließen, wenn man nur einige Male darauf einschlug. Vielleicht würde sie in Hattusa nicht nur Gold finden, sondern auch Schwerter aus diesem wundervollen Metall! Ein gewisser Missmut legte sich auf Pallas Gemüt. Warum besaß Selina ein solches Schwert und die Macht der Linien und Striche? Sie hatte sich bei den Prüfungen auf der heiligen Insel als schwach erwiesen. Palla hingegen hatte dem Willen der großen Mutter gehorcht und den Hengst ihrer Mutter geopfert. Es war ungerecht. Mit einer Mischung aus Neid und Verachtung wandte sie sich zum Gehen. Alles, was Selina nun besaß, hätte ihr zugestanden, und sie würde es sich holen! Pinjahu, dieser einfache Dummkopf, sollte ihretwegen weiter die Freuden seiner Lenden genießen. Sie würde sich nicht beschweren, obwohl er die Gesetze der großen Mutter missachtete, und sich ihre Frauen nahm, wie es ihm beliebte. Die Göttin würde verstehen, dass sie diesbezüglich Opfer bringen musste, um zu wahrer Macht zu gelangen.

Lykastia am Fluss Thermodon

Penthesilea folgte dem Fingerzeig Antianeiras und blickte dann der Reiterin entgegen, die ihren braunen Hengst zum Stehen brachte, abstieg und in ihre Richtung lief. Auch Hippolyta und Kleite blickten gespannt in Selinas Richtung.

„Ob sie es geschafft hat, Palla zu überreden?", flüsterte Hippolyta ihrer Schwester zu.

„Wir werden es gleich wissen", gab Penthesilea trocken zurück.

Als Selina endlich vor ihnen stand, verriet ihr Gesicht nicht die Antwort. Penthesilea runzelte die Stirn und versuchte, in ihren Gedanken zu lesen. „Nun Tochter, was hat die Kriegerkönigin gesagt? Will sie nach Lykastia zurückkehren?"

Selina schüttelte den Kopf. „Palla wird niemals nach Lykastia zurückkehren, doch sie ist bereit, nach Troja zu reiten und zu kämpfen."

Es war Hippolyta, die als Erste ein begeistertes Lachen hören ließ. „Dann werden wir wieder stark sein im Kampf. Nun fürchte ich die Mykener nicht mehr." Sie ballte die Faust. „Wir werden sie zerschmettern."

Auch Antianeira zeigte ein zufriedenes Lächeln. „Die große Mutter ist auf unserer Seite. Sie hat uns nicht verlassen."

Penthesilea ließ keine Anzeichen von Begeisterung erkennen, ebenso wenig wie Kleite. „Viele von uns werden aus Troja nicht mehr zurückkehren. Mir scheint, dass trotz allem nicht genügend Gründe für einen solchen Kampf vorliegen. Vielleicht können wir uns mit den Mykenern einigen, sollten sie wirklich bis zum Thermodon vordringen."

Selina sah, dass die Frauen erneut zu zweifeln begannen, und überlegte. Sie waren unbedarft in ihrer Ahnungslosigkeit. Hätten sie jemals ein Frauenhaus mit eigenen Augen gesehen, so würden sie sicherlich anders denken. Selina brach es das Herz, wenn sie daran dachte, welches Schicksal ihnen bevorstünde, und fasste schließlich einen denkwürdigen Entschluss. Sie zog ihr Schwert aus Arkos Satteltasche und zeigte es den Frauen.

„Die Mykener wollen sich nicht mit uns einigen, sie wollen nur Beute machen. Aber wenn wir Schwerter aus dem dunklen Metall besitzen, sind wir ihnen überlegen. Die Hethiter besitzen solche Schwerter. Sicherlich können wir uns mit ihnen einigen, wenn wir an ihrer Seite in den Kampf ziehen."

Hippolytas Augen leuchteten begehrlich, während Kleite leicht den Kopf schüttelte.

„Diese Schwerter taugen nichts, sie zerbrechen, wenn man mit ihnen harte Schläge ausführt."

Penthesilea ließ sich nicht beirren. Sie hatte gehofft, Palla würde Selina zurückweisen und somit die Kampflust der Frauen verebben.

Selina reichte Hippolyta das Schwert und nickte ihr zu. „Schlage es gegen Penthesileas Klinge, und sieh selber. Es wird nicht zerbrechen. Es gibt zwei verschiedene Arten des dunklen Metalls: Die eine, die brüchige, fällt vom Himmel, die andere kommt aus der Erde. Die Hethiter haben eine Möglichkeit gefunden, dieses harte Metall aus der Erde zu ziehen."

Hippolyta forderte Penthesilea auf, zum Schwert zu greifen und hieb dann einige Male darauf ein. Penthesileas Schwert wies bald einige Rillen und Kerben auf. Unwillig gab Hippolyta Selina das Schwert zurück.

Penthesilea zeigte sich noch immer nicht beeindruckt. „Wenn die große Mutter gewollt hätte, dass wir dieses Metall finden, hätte sie es nicht in der Erde und den Steinen versteckt, sondern es uns finden lassen. Die Hethiter schänden den Leib der Göttin, wenn sie ihr dieses Metall abringen."

Hippolyta legte ihr die Hand auf die Schulter. „Aber auch das Kupfer muss aus den Steinen gebrochen werden, Penthesilea; und vielleicht will die Göttin, dass wir in diesen

Krieg ziehen, um das Metall in den Schoß ihrer Töchter zu holen. Du sprichst die Wahrheit, wenn du sagst, dass viele sterben werden. Aber sie werden ehrenhaft sterben, im Kampf für unser Land und Volk."

Penthesilea ließ ihre Tochter nicht aus den Augen. „Mir scheint, unsere Frauen sind der friedlichen Jahre überdrüssig geworden. So lasst uns in das Versammlungshaus gehen und ihnen sagen, dass sie ihre Waffen hervorholen und ihre Äxte und Schwerter schärfen sollen. Selina hat unser geteiltes Volk für einen großen Krieg vereint. Wir sollten feiern, die große Mutter ehren und sie um den Sieg bitten. Selina hat erreicht, was wir nicht erreichen konnten. Sie wird unser Volk zusammenhalten, wenn wir in Troja sind."

Selina starrte Penthesilea an, die ruhig und bestimmend gesprochen hatte. Ihre Mutter wusste es. Penthesilea ahnte mit sicherem Instinkt, dass Selina nicht vorgehabt hatte, nach Troja zu reiten.

„Du wirst doch mit uns reiten, Selina? Dieser Krieg und die Wiedervereinigung unseres Volkes sind viel mehr dein Verdienst als der meine. Du sagtest, dass du dein Volk liebst. Jetzt hast du die Möglichkeit, deine Liebe zu beweisen und zu zeigen, dass du noch immer eine Tochter der großen Mutter bist."

Selina zerbrach innerlich. Wie hatte sie nur glauben können, dass es genügen würde, nach Themiskyra zu reiten und Palla zu überzeugen, sich mit Penthesilea zu verbünden? Sie hatte geglaubt, dass es ausreichen würde, die Frauen ihres Volkes zusammenzurufen, sie aus den Städten kommen zu lassen und zuzusehen, wie sie sich gemeinsam auf den Weg nach Troja machten, während sie selbst mit Pairy ruhigen Gewissens nach Ägypten ging. Und sie hatte einmal mehr Kleites Rat missachtet, indem sie den Frauen vom Erdmetall erzählt hatte. Aber sie hatte keine andere Möglichkeit gesehen. Sie wollte nur eines: ihr Volk retten. Und nun hatte sie die Frauen zu einem Krieg überredet und wollte selber daran nicht teilnehmen.

Selina kam sich mit einem Male wie eine feige Verräterin vor. Die Frauen sahen sie erwartungsvoll an, sie wollten eine Antwort, wollten hören, dass Selina nicht nur sprechen, sondern auch handeln konnte.

Selina hob trotzig den Kopf und sah jeder Einzelnen in die Augen. „Ich werde kämpfen, und ich werde dabei sein, wenn die Mykener auf ihre Schiffe fliehen. Ich werde den Sieg mit euch feiern."

Selina lag in der untergehenden Sonne am Flussufer und ließ die von ihrer Haut abperlenden Wassertropfen trocknen. Sie war im Fluss geschwommen, hatte sich die langen Haare gewaschen und mit Minze eingerieben, sodass sie jetzt angenehm dufteten. Der warme Sommerabend, der Frieden, den ihr der Schutz des hohen Grases verhieß, in dem sie lag und ihren Gedanken nachhing – all das war eine Lüge, Ergebnis ihrer Verdrängung. Während sie hier im Gras lag, feierten die Frauen im Versammlungshaus, obwohl sie wussten, dass viele von ihnen bei der Rückkehr nach Lykastia nicht mehr unter ihnen sein würden. Selina packte auf einmal die Angst. Was hatte sie getan? War dieser Krieg wirklich so wichtig für ihr Volk? Sie zwang sich, ihre Befürchtungen zu unterdrücken. Natürlich war er wichtig. Er war wichtig, da sie ihr Volk in Sicherheit wissen wollte, wenn sie im fernen Ägypten lebte. Ägypten! Und Pairy! Was würde er sagen, wenn sie ihn erneut enttäuschte, wenn sie ihn bat, sie nach Troja ziehen zu lassen, ja vielleicht sogar, sie zu begleiten. In Hattusa waren sie sich nah gewesen, hatten ihre Ängste und Sorgen geteilt, und ihr Leben war auf den Hof und die Gemächer beschränkt gewesen, in denen sie lebten. Doch ihre Welt, Lykastia, ihr Volk, war nicht die Welt Pairys. Er konnte nicht fühlen, was sie fühlte, konnte nicht verstehen, was sie verstand. Sie war bereit, alles zu tun, sogar ihre Familie zu verlassen, doch nicht um den Preis, dass sie ihr Volk dem Untergang überließ. Während sie die Augen schloss und sich weiter einredete, dass Pairy ihr Handeln verstehen musste, dass er zumindest auf sie warten musste, fühlte sie plötzlich eine Berührung in ihrem Gesicht. Sie öffnete erschrocken die Augen und blickte in Pairys Gesicht. Er sprach nicht, doch sie kannte diesen Ausdruck in seinen Augen, sie kannte ihn so gut, und an den langen heißen Nachmittagen und den drückenden Nächten in Hattusa hatte sie ihn so oft gesehen, dass die Erinnerung nun mit einer Woge der Leidenschaft über sie hereinbrach.

„Ich kann mich an den Duft deiner Haut erinnern, an die Wärme deines Leibes und an viele andere Dinge", sagte er mit aufkommender Erregung.

Selina spürte, wie sich ihr Unterleib zusammenzog, ein Gefühl, das sie schon beinahe vergessen hatte. Sie zog Pairy auf sich herab und nestelte dabei ungeduldig an seinem Hemd. Kurz darauf spürte sie die Wärme seiner nackten Haut auf ihrem Körper, und seine Küsse waren nicht sanft wie beim ersten Mal, als sie sich geliebt hatten. Seine Zunge suchte fordernd die ihre, seine Hände glitten über ihren Körper, zwischen ihre Schenkel. Sie stöhnte leise auf und bog sich ihm entgegen, als seine Zunge heiß über ihren Hals strich, über die Brüste, den Bauch. Selina atmete schnell, wand sich, und als sie es kaum noch aushielt, hielt er ihre Schenkel mit der Kraft seiner Arme geöffnet, und sie stöhnte immer wieder seinen Namen, bis das erlösende Gefühl gleich einer Welle ihren gesamten Körper durchfuhr.

Schnell atmend und vollkommen erschöpft blieb sie im Gras liegen, während die Muskeln ihrer Beine noch zitterten. Er ließ ihr jedoch keine Zeit, um Atem zu schöpfen, sondern zog sie auf sich, während er im warmen Gras kniete. Selina umschlang seine Taille mit ihren Beinen, während seine Hände fest ihr Gesäß umschlossen hielten. Sie hörte sein Stöhnen, überließ sich seiner Führung und passte ihren Körper seinen Bewegungen an. Ihre Finger krallten sich in seinen Rücken, und schließlich spürte sie, wie Pairy sich verkrampfte und sie noch fester auf sich zog, bevor er sich endgültig entspannte und mit ihr ins Gras fiel, um nun selber schwer atmend neben ihr liegen zu bleiben.

Er strich ihr eine Haarsträhne aus dem Gesicht und küsste sie. Als Selina die Augen wieder öffnete, sah er sie noch immer an.

„Ich habe gesehen, wie die Frauen zum Versammlungshaus gegangen sind. Dich habe ich nicht gesehen, doch deinen Hengst habe ich erkannt. Ich dachte mir schon, dass du zurück bist, und habe dich gesucht. Konntest du Palla überreden, sich den Frauen anzuschließen?"

Selina hätte es gerne vergessen, wenigstens für diesen Abend hätte sie alles vergessen wollen, was um sie und Pairy herum geschah. Trotzdem musste sie ihm antworten. „Palla und ihre Frauen werden nach Troja reiten."

Er entspannte sich. „Dann ist nun alles gut. Wir können Lykastia verlassen."

Nichts ist gut, dachte sie und suchte die richtigen Worte, um es Pairy zu sagen. „Es ist nicht so einfach, Pairy. Die Frauen erwarten von mir, dass ich mit ihnen gehe. Ich war es, die sie zu diesem Krieg gedrängt hat, ich bin das schwache Band zwischen Palla und Penthesilea." Sie sah ihn flehend und hoffnungsvoll an. „Wenn ich jetzt gehe, zerbricht alles."

Pairy drehte sich abrupt auf den Rücken und sog scharf die Luft ein. Alle Sanftheit verschwand aus seiner Stimme. „Das kann nicht sein, Selina. Das kannst du nicht tun. Das kannst du mir und Alexandros nicht antun!"

„Bitte, Pairy ... Versteh doch ein letztes Mal ..."

„Nein!" Er sprang auf und suchte seine Kleidung zusammen. „Ich hatte Geduld, Selina. Ich bin dir aus Ägypten gefolgt und habe dich gesucht. Ich habe gewartet, damit du nach Themiskyra reiten kannst, um deinem Volk zu helfen. Worauf soll ich noch warten? Dass man dich auf einer Bahre nach Lykastia zurückbringt oder in Troja in aller Eile deinen Körper verscharrt, mit unzähligen anderen Toten?"

Sie setzte sich auf. „Das wird nicht geschehen. Ich werde zurückkehren."

Pairy hatte sich angekleidet und stand jetzt starr vor ihr. „Vielleicht! Doch ich werde dann nicht mehr hier sein."

„Pairy, das kannst du nicht tun!"

„Oh doch, ich kann. Ich werde zurück nach Ägypten gehen, und ich werde Alexandros mitnehmen."

Sie sprang auf und fuhr ihn an. „Das kannst du nicht tun!"

Pairy wurde nun ruhig. „Sollte ich ihn hier lassen? Wie lange willst du den Frauen erzählen, dass er ein Mädchen ist? Wie lange willst du dein Kind verleugnen und diese Lüge aufrechterhalten?"

„Ich ... Pairy, bitte."

Er schüttelte den Kopf, dann ließ er sie allein zurück, und sie sah ihm nach, wie er schnellen Schrittes das Flussufer hinauflief.

Der nächste Morgen war noch nicht angebrochen, als Selina Pairy zum Versammlungsplatz folgte, wo die Frauen mit seinem Pferd warteten. Sie rannte hinter ihm her, bat ihn, langsamer zu gehen, doch alles Bitten half nichts. Pairy war trotzig darauf bedacht, sie nicht anzusehen. In der Nacht hatten sie nicht miteinander gesprochen, sie hatten sich nicht angesehen, doch sie hatten auch nicht geschlafen. Die bevorstehende Trennung schmerzte beide.

Als sie den Versammlungsplatz erreichten, wartete Benti bereits ungeduldig. Auch die hethitischen Soldaten waren freigelassen worden. Die Frauen wollten, dass sie Lykastia verließen. Selina hielt Pairy am Arm, und er blieb stehen und sah sie mit einer Mischung aus Zorn und Trauer an. „Pairy, ich will dich nicht schon wieder verlieren."

Sein Blick wurde weich, er ließ die Maske des Zornes fallen und nahm ihre Hand. „Es ist noch nicht zu spät, Selina. Du kannst dich immer noch entscheiden, mit mir zu gehen."

„Ich kann nicht", flüsterte sie.

Sein Blick wurde wieder hart. Er riss sich von ihr los und ging weiter. Kurz darauf hatten sie die Mitte des Platzes erreicht. Die Frauen standen etwas abseits und beobachteten den Aufbruch der Männer. Pairy schwang sich auf sein Pferd, Benti hatte Eile, es ihm gleichzutun. Dann blickte Pairy auf Selina herab und streckte die Arme aus. „Gib ihn mir."

Selina sah auf Alexandros' schlafendes Gesicht und drückte ihn an sich.

„Selina! Denk daran, was ich dir gesagt habe. Es ist besser, wenn du ihn mir jetzt gibst."

Ihr liefen Tränen über die Wangen, sie betrachtete das schwarze feine Haar auf Alexandros' Kopf und berührte seine Hände. Dann fand sie endlich die Kraft und reichte ihn Pairy. Ihre Tränen kamen nun ungehemmt. Pairy wollte seinem Pferd die Fersen geben, als plötzlich Penthesilea aufgeregt zu ihnen gelaufen kam. Sie hatte sich aus den Reihen der

Frauen gelöst, und in ihrer Hand hielt sie ihr gezogenes Schwert, wobei sie Pairy wütend anfunkelte. Während sie ihn nicht aus den Augen ließ, fuhr sie Selina an. „Weshalb gibst du ihm deine Tochter, Selina? Pherenika gehört zu unserem Volk, sie wird dereinst Königin sein – nach dir!"

Selina schüttelte den Kopf. „Ich bin jung, und ich kann noch viele Kinder haben."

„Ich werde es nicht zulassen", drohte Penthesilea.

Pairy blickte Selina fragend an.

„Ich will, dass Pherenika in Ägypten aufwächst." Sie sah ihre Mutter nun fest entschlossen an. „Sie ist meine Tochter, und ich will es so!"

Eine Weile starrten sie sich an, maßen wortlos ihre Kräfte, dann ließ Penthesilea endlich das Schwert sinken.

„So sei es denn", spie sie Selina wütend entgegen. Ihr Blick wanderte hinüber zu Benti, und sie wies mit dem Finger auf ihn. „Er soll bleiben! Er war derjenige, der das Schreiben aus Hattusa überbrachte, also soll er mitkommen und kämpfen."

Auch Benti hatte Penthesileas Worte nicht verstanden, doch er wurde blass, da er spürte, dass es um ihn ging.

Selina schüttelte den Kopf. „Ich kenne Benti aus Hattusa. Er ist kein Mann des Kampfes."

„Dann soll er bleiben und seinem Herrn berichten, was in Troja geschah. Er soll unsere Namen nach Hattusa tragen und dafür sorgen, dass diejenigen nicht vergessen werden, die für sein Land ihr Leben lassen werden, und dass die Lebenden mit dem dunklen Metall entlohnt werden, das du ihnen versprochen hast."

Selina sah zwischen Benti und ihrer Mutter hin und her. Ihr war klar, dass sie aus Zorn handelte. Penthesilea verschränkte die Arme vor der Brust. „Wenn wir sie nicht auf der Stelle töten sollen, dann wird er bleiben! Das ist mein letztes Wort!"

Selina ging zu Benti, der sie ängstlich anblickte. „Penthesilea sagt, du musst bleiben. Wenn du es nicht tust, wird keiner von euch Lykastia lebend verlassen."

Bentis Blick wanderte Hilfe suchend zu Pairy hinüber, doch dieser hatte verstanden, worum es Penthesilea ging. Er wandte sich an Selina. „Es ist nicht recht, und das weißt du."

„Ich weiß es", antwortete sie ihm auf Assyrisch. „Er oder Alexandros, so will es Penthesilea."

Während sie sich noch ratlos ansahen, ließ sich Benti schließlich vom Pferd gleiten. „Es ist nicht nötig zu streiten", sagte er matt. „Ich werde bleiben, es ist nur gerecht."

„Was meinst du damit?", fragte Pairy, doch der junge Mann winkte ab und verabschiedete sich knapp von Pairy. Dann ging er mit hängendem Kopf zu den Frauen, die ihn feindselig ansahen.

„Komm mit mir, Selina", bat Pairy ein letztes Mal.

Selina hielt den Kopf gesenkt und schüttelte ihn. Er schnalzte mit der Zunge, und sein Pferd trabte an. Erst als sie die Hufe des Pferdes wie Donnerschläge in ihren Ohren zu hören meinte, dachte sie an das Amulett in ihrer Hand und erwachte aus ihrer Starre. Sie lief ihm hinterher und rief Pairys Namen, sodass er sein Pferd zügelte und umkehrte. Als er bei ihr angelangt war, sprang er herab, und sie gab ihm das Amulett. „Es ist für Alexandros, damit die große Mutter ihn schützt."

Er betrachtete das einfache Tonamulett in Form eines unförmigen Tropfens. „Glaubst du, dass eine Göttin, die nur Töchter liebt, Alexandros schützen wird?"

„Ich bin ihre Tochter und habe sie darum gebeten", gab Selina leise zu.

Er nickte und umarmte sie schließlich. Ein letztes Mal waren sie zusammen, Alexandros, Pairy und sie.

„Ich werde nicht zurückkehren, Selina. Halte nicht nach mir Ausschau. Wenn du mich und Alexandros wiedersehen willst, so musst du nach Ägypten kommen, nach Piramses. Doch wenn du kommst, dann lasse dein Schwert in Troja oder Lykastia zurück, und komme als meine Gemahlin."

„Noch immer kannst du mich nicht verstoßen", flüsterte Selina.

„Ich liebe dich, Selina! Ich hoffe, dass eine Zeit kommt, irgendwann, in der nichts mehr zwischen uns stehen wird."

Sie nickte und schluchzte mit tränenerstickter Stimme. „Das hoffe ich auch Pairy, ich würde so gerne mit dir gehen, so gerne ..." Ihre Worte erstarben.

Er küsste sie, dann ließ er sie los und schwang sich auf sein Pferd.

„Ich liebe dich auch Pairy", flüsterte sie unhörbar und sah zu, wie seine schlanke Gestalt sich immer weiter entfernte, bis sie nur noch ein winziger Punkt in der Ferne war.

Pairy zwang sich, den Blick nicht noch einmal zurück zu richten. Zweimal hatte diese Frau sich nun gegen ihn entschieden, und obwohl es ihn schmerzte, würde er nicht noch einmal kommen, um sie zu holen. Sein Herz und sein Stolz waren auf das Tiefste verletzt, doch er hatte einen Sohn, für den er sich verantwortlich fühlte und den er ebenso liebte, wie diese törichte Frau, deren Herz stärker für ihr Volk als für ihn und ihren Sohn schlug. Er würde Alexandros zu Ramses bringen, wenn er schon ohne Selina zurückkehren musste. So würde er dem Pharao beweisen, dass seine Suche nicht umsonst gewesen war. Pairy dachte an seine ägyptische Gemahlin, die sein Haus mit den Kindern ihrer Liebhaber gefüllt hatte. Dieser Sohn war von seinem Blut. Was immer auch geschah: Alexandros würde als Ägypter und als Erbe seines Vaters aufwachsen, er würde im Palast verkehren und später ein ehrbares Amt bekleiden. Was hätte ihn erwartet, wenn er bei seiner Mutter geblieben wäre? Selina wusste nicht, dass sie nicht die einzige Gemahlin Pairys war, und er hatte oft ein schlechtes Gewissen deshalb verspürt. Doch Selina war ohnehin für ihn die Einzige gewesen, er hätte sicherlich eine Übereinkunft mit Hentmira treffen können, wenn Selina ihm gefolgt wäre. Mit genügend Gold wäre vielleicht sogar eine Auflösung des Ehevertrags möglich. Doch das alles trat nun in den Hintergrund. Pairy zwang sich, seine Gedanken auf andere Dinge zu richten, obwohl er bereits jetzt unter der Trennung litt. Während er und die Männer sich immer weiter von Lykastia entfernten, kämpfte er gegen die Stimme seiner Hoffnung an. Vielleicht würde sie kommen – irgendwann.

Die folgenden Tage wandelte Selina wie ein Geist umher. Sie fühlte keinen Hunger und schlief nur, wenn die Erschöpfung sie dazu zwang. Wenn sie wach war, saß sie vor ihrem Haus und fertigte Pfeile, sie bespannte ihren Schild neu und schärfte ihr Schwert. Sie hatte Benti angeboten, in ihrem Haus zu leben, und der junge Mann hatte das Angebot dankbar angenommen. Selina war nun der einzige Halt, den er in dieser ihm völlig fremden Welt besaß. Benti sah zu, wenn Selina ihre Waffen ausbesserte, er holte Wasser vom Fluss und übernahm kleinere Aufgaben, die Selina ihm zuteilte. Nach ein paar Tagen begann er, Selina ohne Aufforderung bei der Fertigung von Pfeilspitzen zu helfen. Sie sprachen wenig miteinander, hielten sich von den Frauen fern und vermieden, Pairy oder Alexandros in ihre seltenen Gespräche einzubringen. Selina fertigte sich einen neuen Brustharnisch, und als sie ihren fertiggestellt hatte, begann sie mit einem weiteren für Benti. Obwohl er nicht kämpfen sollte, war es besser, wenn er einen besaß. Denn der Weg nach Troja konnte viele Gefahren bergen.

Wie Selina erwartet hatte, verkündete Penthesilea noch vor der nächsten Mondrundung, dass es Zeit wäre aufzubrechen. Am Abend vor dem Aufbruch saßen Selina und Benti schweigend vor dem Haus und stocherten lustlos in dem erkalteten Hasenfleisch in ihren Schalen. Die Nacht war mild, der Sommer begann, seine volle Kraft zu entfalten, und jeder von ihnen hing düsteren Gedanken nach. Selina dachte an Pairy und Alexandros, gab sich ihrem Schmerz hin und stellte sich vor, wie Pairy in Ägypten seinen Sohn, ihren gemeinsamen Sohn, dem Pharao zeigen würde. Sie fragte sich, ob sie ihren Gemahl und ihren Sohn jemals wiedersehen würde und ob Alexandros sich dann an ihr Gesicht erinnern könnte.

Benti plagten andere Sorgen. Dieser Abend bot ihm die letzte Möglichkeit, Selina die Wahrheit zu sagen, ihr zu erklären, dass die Truppen aus Hatti nicht kommen würden, um zu kämpfen, dass Tudhalija sie belogen und ihn als Werkzeug für diese Lüge benutzt hatte. Doch Benti schwieg.

Als sie am nächsten Morgen erwachten, raffte Selina schnell ihre Waffen zusammen, und sie verließen gemeinsam das Haus. Am Versammlungsplatz sah Selina ihre Mutter auf deren großen weißen Hengst, dessen Fell ebenso blass und kühl schimmerte wie der Silberschmuck an Penthesileas Oberarmen. Sie hatte sich einen neuen Schild fertigen lassen, der mondförmig und mit reinem Silber beschlagen war, und stach so unter ihren Frauen hervor, wie es einer Königin gemäß war. Ihr Brustharnisch war ebenfalls mit silbernen Ornamenten überzogen, ja selbst in den Sattel ihres Pferdes war das seltene Metall eingearbeitet worden. Penthesilea war wie der kühle und stolze Mond, den sie so glühend verehrte.

Zu ihrer Seite saßen Hippolyta und Antianeira gerüstet und bewaffnet auf ihren Pferden. Selina war überrascht, als sie Kleite sah. Obwohl Penthesilea es Kleite freigestellt hatte, bei den alten Frauen und den Kindern in der Stadt zu bleiben, trug auch sie eine Rüstung, um nach Troja zu ziehen. Penthesileas Frauen warteten mit ihrer Königin auf Selina. Sie wollten sie in keinem Augenblick aus den Augen lassen und sie mit ihrem Leben verteidigen.

Selina nahm Hippolyta die Zügel von Arkos ab und stieg auf. Sodann wies sie auf Targa und nickte Benti zu. Die Stute hatte erst vor Kurzem gefohlt, und das Fohlen war immer bei ihr. Sie war nicht für den Kampf geeignet, so lange das Fohlen sie brauchte, und so hielt es Selina für sinnvoll, dass Benti Targa ritt.

Als sie aufgesessen waren, hob Penthesilea die Hand, und sie ritten langsam aus der Stadt. Die alten Frauen winkten, während die Mädchen ihnen bis zum Rand der Stadt folgten und ihre Segenswünsche hinter ihnen herriefen. Hippolyta nickte unfreundlich in Bentis Richtung. „Wird der hethitische Prinz die Schwerter aus dem dunklen Metall nach Troja bringen?"

„Ich weiß, dass er viele Waffen aus dem Metall besitzt. Es ist nur ehrenhaft, wenn er zumindest die Hälfte davon an euch weitergibt. Wahrscheinlich wird nicht jede Frau sofort ein Schwert haben können, doch er kann sie leicht fertigen lassen, wenn er wieder in Hattusa ist."

„Gut", sagte Hippolyta zufrieden. „Das hört sich nach einem ordentlichen Handel an. Ich hoffe, dass der Prinz genug Ehre besitzt, ansonsten töten wir seine Krieger und nehmen uns alle Schwerter."

Selina nickte stumm. Sie hätte Pairy ein Schreiben für Tudhalija mitgeben sollen, in dem sie die Bedingungen unterbreitete, unter denen die Frauen sich bereit erklärt hatten, in Troja zu kämpfen. Doch sie hatte nicht daran gedacht, und außerdem hatte Tudhalijas Brief respektvoll geklungen. Durch sie und Pairy wusste er überhaupt erst vom Erdmetall. Sie zweifelte nicht daran, dass der Prinz ihr die Schwerter geben würde.

Es mussten etwa sechshundert Kriegerinnen sein, die gut bewaffnet auf ihren Pferden auf das Erscheinen ihrer Königin warteten. Sie kamen nicht alle aus Lykastia, einige von ihnen waren im letzten Mond aus Chadesia eingetroffen, doch sie boten ein überwältigendes Bild. Als sie Penthesilea sahen, begannen sie, sich auf die ledernen Brustharnische zu schlagen, sodass ein ohrenbetäubender Lärm entstand.

„Für Troja, für Lykastia, Chadesia und Themiskyra!", rief Penthesilea den Frauen entgegen, und diese wiederholten ihre Worte mehrmals im Chor.

Kurz darauf setzte sich der Tross in Bewegung, und Selina ließ ihre Blicke über die entschlossenen Gesichter schweifen. Penthesilea hatte eine ansehnliche Streitmacht zusammengestellt. Selina wäre beeindruckt gewesen, wenn sie es nicht besser gewusst hätte. *Es sind nicht genug*, ging es ihr durch den Kopf, und sie zählte in Gedanken Pallas Streitkraft hinzu, die etwa achthundert Kriegerinnen umfassen musste. Dann dachte sie an die Truppen Hattusas und versuchte, sich zu beruhigen. *Wenn Tudhalija seine Truppen schickt, werden es genug sein. Zusammen mit den Soldaten Trojas können die Mykener geschlagen werden. Wir können siegen.*

Sie streifte die düsteren Gedanken wie eine alte Haut ab und richtete ihren Blick nach vorn, auf den stolzen geraden Rücken ihrer Mutter. Kleite ritt an ihre Seite und stieß sie leicht an. „Vertreibe den Kummer aus deinem Herzen, Selina. Dein Kopf muss frei sein, wenn wir Troja erreichen. Es ist ein weiter Weg, du wirst über drei Mondumrundungen Zeit haben zu vergessen, doch dann darf in deinem Kopf nichts anderes mehr sein, als der bevorstehende Kampf." Sie nickte ihr zu. „Du hast richtig gehandelt, als du deinen Sohn mit seinem Vater hast gehen lassen. Er gehörte nicht hierher, und dein Platz ist hier, bei deinem Volk."

Selina griff nach Kleites Hand und drückte sie. „Sorge dich nicht um mich, Kleite. Wenn wir Troja erreichen, wird mein Kopf frei sein." Sie wandte sich Benti zu. „Bleibe an meiner Seite, was immer auch geschieht. Ich kann für uns beide kämpfen."

Benti sah sie dankbar an und biss sich auf die Lippen. Was hatte er nur getan!

Troja

Troja, die Ruhmreiche, Troja die Große, die legendäre Stadt, deren Schönheit so heißblütig und leidenschaftlich besungen wurde, da ihre Paläste von reinstem Weiß waren und sich im blauen Wasser des Meeres spiegelten, während der Gott Apollon mit Freude und Tränen in den Augen auf die Anmut seiner Bewohner schaute, lag endlich vor ihnen. Über drei Mondumläufe hatten sie gebraucht, um die Tore Trojas zu erreichen. Nicht alle Kriegerinnen aus dem Heer Penthesileas hatten es bis nach Troja geschafft. Einige waren im Thermodon ertrunken, als sie ihn an einer gefährlichen Stelle überquert hatten. Selina hörte noch immer das von Todesangst erfüllte Wiehern der Pferde, die mitsamt ihren Reiterinnen von der reißenden Strömung erfasst worden waren. Obwohl Penthesilea nach ihnen suchen ließ, waren weder die Körper der Kriegerinnen noch die ihrer Pferde ans Ufer geschwemmt worden. Auch zwei der mit Waffen und Getreide beladenen Wagen hatte der Thermodon verschlungen. Sie waren auch einige Male überfallen worden, meist waren es kleine, unorganisierte Angriffe von Wegelagerern, die schnell niedergeschlagen wurden. Doch dreimal waren sie überrascht worden, und bevor Penthesilea wusste, was geschehen war, lagen einige ihrer Kriegerinnen in ihrem Blut. Selina war es gelungen, zwei Angreifer zu erschlagen, wütend und grimmig hatte sie den einen mit einem Pfeil von seinem Pferd geholt, den anderen mit ihrem Schwert in die Brust getroffen. Die Anspannung der anstrengenden Reise zehrte an ihren Nerven, sodass es ihr leichter gefallen war zu töten. Selina blinzelte gegen die aufsteigende Morgensonne an, und ihr Blick richtete sich auf die Stadt, die sich in einiger Entfernung abzeichnete – Troja! Eine Woge der Enttäuschung überkam sie. Selina sah keine weißen Paläste, die sich im Meer spiegelten, ja nicht einmal das Meer konnte sie sehen. Stattdessen fiel ihr Blick auf hohe graue Mauern aus Stein, die sich endlos nach rechts und links zu erstrecken schienen. Direkt vor ihr tat sich ein tiefer Wehrgraben auf, der Feinde daran hindern sollte, in die Stadt zu gelangen.

Penthesilea stieg von ihrem Pferd und rief nach den wenigen Soldaten auf der anderen Seite, die um ein Feuer herum gesessen hatten und beim Anblick des Frauenheeres unschlüssig miteinander sprachen. Sie verstanden Penthesileas Zunge nicht.

Selina legte die Hände um den Mund, damit ihre Stimme lauter würde. Dann rief sie den Männern in Assyrisch zu. „Wir kommen, um für Troja zu kämpfen. Unsere Königin

Penthesilea hat ihr Volk bis hierhin geführt, um eurem König Priamos ihre Hilfe anzubieten. Lasst uns den Graben überqueren."

Immer noch zweifelten die Männer, dann kamen sie langsam näher. Obwohl sie in ihren Bein- und Armschienen, den Brustpanzern und Lederstiefeln kampferfahren wirkten, verwirrte sie der Anblick der Kriegerinnen.

„Wer seid ihr?", gab einer der Männer in Assyrisch zurück. Seine Stimme wies einen Akzent auf, weshalb Selina genau hinhören musste, um seine Worte zu verstehen.

„Ein Heer von Kriegerinnen, das der großen Mutter dient. Unsere Städte liegen am Thermodon. Es werden noch mehr von uns kommen, um mit euch zu kämpfen."

Der Mann blickte seine Kameraden unentschlossen an, doch diese zuckten nur mit den Schultern. „Wir haben nie etwas von eurem Volk gehört. Woher sollen wir wissen, dass ihr die Wahrheit sagt und nicht gekommen seid, um zu plündern?"

Selina verlor langsam aber sicher die Geduld. „Geh zu den Truppen Hattis und frage ihre Befehlshaber." Sie erinnerte sich an das Schreiben des Prinzen und zog es aus ihrer Satteltasche. Dann hielt sie es hoch, damit die Männer auf der anderen Seite des Grabens es sehen konnten. „Dies ist das Schreiben, das Prinz Tudhalija von Hatti mir überbringen ließ und in dem er darum bat, dass unsere Kriegerinnen sich seinen Truppen anschließen, um für Troja zu kämpfen."

Der Mann verschränkte die Arme vor der Brust. „Ich kann nicht lesen und schreiben, Frau. Die Zeichen auf dieser Schriftrolle können alles bedeuten. Außerdem sind keine Truppen aus Hatti in Troja. Unser König hat mehrere Schreiben nach Hatti gesandt, doch keine Antwort erhalten."

Selinas Blick wanderte fragend zu Benti, der direkt neben ihr auf Targas Rücken saß.

„Sie werden kommen", versicherte er.

Selina entrollte das Schreiben und hielt es hoch, sodass die Männer es gut sehen konnten. „Zumindest wirst du das Siegel von Hatti erkennen. Wenn du noch immer zweifelst, nimm dieses Schreiben und bring es zu deinem König."

Der Mann verzog überheblich das Gesicht. „König Priamos hat andere Sorgen, als dass er sich um dieses Schreiben kümmern könnte." Er überlegte kurz, dann nickte er. „Wirf es herüber, dann gehe ich damit zu unserem Truppenführer, der des Lesens mächtig ist. Wenn in dem Schreiben steht, was du gesagt hast, lassen wir euch über den Graben."

Selina zog einen Pfeil aus ihrem Köcher und wickelte die Schriftrolle um ihn. Dann band sie eine dünne Lederschnur darum, um sicherzustellen, dass die Schriftrolle nicht im Flug verloren gehen würde. „Tretet zur Seite!", rief sie schließlich.

Sie spannte den Pfeil auf die Sehne ihres Bogens, und kurz darauf flog er sirrend über den Graben und blieb auf der anderen Seite im sandigen Boden stecken. Der Soldat zog ihn heraus. „Wartet so lange hier. Es kann eine Weile dauern."

Selina seufzte und machte sich dann daran, Penthesilea zu erklären, worum es in dem Wortwechsel gegangen war.

Ihre Mutter sah sie mit dem Blick des verletzten Stolzes an. „Wir kommen, um für ihren König zu kämpfen, und sie zweifeln an unserer Ehre."

„Sie sind misstrauisch. Vielleicht wäre ich es auch."

Penthesilea schüttelte missmutig den Kopf. „Männer!"

Georgos musste eine Weile suchen, bis er endlich seinen Truppenführer vor dessen Zelt fand. Er schlug sich kurz mit der Faust auf den Brustpanzer und reichte seinem Kommandierenden dann ohne Umschweife die Schriftrolle.

Der Mann las sie mit gerunzelter Stirn. „Was hat dieses Schreiben zu bedeuten, Soldat? Sind endlich hethitische Truppen eingetroffen?"

Georgos schüttelte den Kopf. „Nein, aber vor dem Graben steht ein Heer von Weibern, das behauptet, für Troja kämpfen zu wollen. Eine von ihnen gab mir dieses Schreiben und behauptete, dass der Prinz von Hatti es ihr gesandt habe."

„Ein Heer von Weibern sagst du? Wie meinst du das? Sind sie auf Wagen gekommen und wetzen ihre Spindeln und ihr Kochgeschirr?" Der Mann brach in Lachen aus, doch Georgos schüttelte erneut den Kopf. „Nein, mein Truppenführer. Sie sitzen auf Pferden, tragen Beinschienen und Brustharnische und führen Waffen mit sich. Sie scheinen sich auf das Kriegshandwerk zu verstehen."

Der Kommandant sah ihn verständnislos an. „Sag, hast du so früh am Morgen bereits zuviel Bier und Wein getrunken, Soldat? Willst du mich wütend machen und mich von wichtigen Aufgaben ablenken? Hast du eine Wette mit deinen Kameraden abgeschlossen, oder hat Apollon dir einen Pfeil ins Hirn getrieben?"

Georgos hob die Hände. „Ich spreche die Wahrheit, mein Kommandant. Es sind mehrere Hundert und sie sagen, es würden noch mehr kommen."

„Das muss ich mit meinen eigenen Augen sehen. Und wehe dir, Soldat, wenn du gelogen hast. Ich lasse dich bis zum Hals in Sand eingraben."

Wenig später legten die Soldaten Trojas breite Holzplanken über den Graben, und Selina überquerte neben Penthesilea als Erste die provisorische Brücke. Mittlerweile waren viele trojanische Soldaten herbeigelaufen gekommen. Der Truppenführer stand zwischen seinen Männern und kratzte sich am Kopf. „So etwas habe ich nie gesehen, so lange ich lebe, beim großen Apollon! Ein Heer von Weibern, das auf Pferden reitet und schwere Rüstungen trägt. Vielleicht hat Ares sie geschickt, vielleicht sogar gezeugt. Wer, wenn nicht ein Gott könnte eine solche Weiberschar hervorbringen?"

Georgos nickte, da ihm die Worte seines Kommandanten einleuchteten. „So muss es sein, mein Truppenführer. Doch was machen wir mit ihnen? Können wir sie unter den Männern im Lager leben lassen? Es wird wohl Gezänk und Unruhe hervorrufen. Viele von ihnen haben schon lange keine Frauen mehr gesehen, und vor allem nicht solche wie die hier."

Sein Kommandant ließ den Blick nicht von den vorüberziehenden Frauen, als er antwortete. „Mir scheint, diese Weiber sind wehrhaft. Sollte es zu Streitigkeiten kommen, wird sich die Lage bald beruhigen. Wir können sie abseits des Männerlagers ihre Zelte aufschlagen lassen." Er überlegte. „Sie wurden von Hatti geschickt. Das bedeutet, dass uns Seine Sonne Hattusili nicht vergessen hat. Wir sollten sie gut behandeln, denn vielleicht sind sie ihm verbunden. Welche ist noch gleich die Königin?"

Georgos wies auf Penthesilea, die neben Selina auf ihrem Pferd saß und beobachtete, wie die Frauen die Holzplanken überquerten. „Es scheint die groß gewachsene hellhaarige mit dem silbernen Schild zu sein. Jedoch spricht nur eine von ihnen eine verständliche Sprache." Er wies auf Selina.

Der Kommandant nickte. „Hol sie hierher, Soldat."

Als Selina und Penthesilea vor ihm standen und sich dabei nicht einmal die Mühe machten, von ihren Pferden zu steigen, überfiel ihn ein gewisser Unmut. Er mochte es nicht, zu jemandem hinaufschauen zu müssen, schon gar nicht zu Frauen. Trotzdem blieb er freundlich. „Wir sind froh, dass wir die Königin von ..." Er stockte und blickte Georgos fragend an, der ihm schnell zuflüsterte „vom Thermodon".

„Wir sind glücklich und dankbar, die Königin vom Thermodon in Troja willkommen heißen zu können. Wie es das Gastrecht verlangt, bittet König Priamos die Höfe der

Königshäuser, welche Troja in dieser schweren Zeit ihre Hilfe zuteil werden lassen, Gemächer im Palast zu beziehen und an den Kriegsratsversammlungen teilzunehmen."

Selina übersetzte Penthesilea die Worte des Mannes, und ihr Gesichtsausdruck wurde etwas versöhnlicher. Sie nickte dem Kommandanten zu, dann rief sie nach Hippolyta, Antianeira und den Frauen ihres engsten Rates.

Während die anderen Frauen weiterzogen, um ihr Lager zu errichten, führte der Kommandant die seltsame Frauenschar in Richtung eines kleinen Stadttores. Immerhin waren sie Verbündete von Hatti, dessen Hilfe Priamos von Troja dringend benötigte. Und wenn sie auch nur eine Schar von kampfeslustigen Weibern waren, so würden sie in ihrer Aufmachung vielleicht zur Unterhaltung bei Hofe beitragen können.

Auch Kleite und Benti hatten sich ihnen angeschlossen. Zwischen den beiden reitend, fing Selina die neugierigen Blicke der Soldaten auf, als sie durch das Heerlager ritten. In ihm lebten nicht nur trojanische Kämpfer, sondern auch Krieger der Arzawa- und Lukkaländer, welche sich durch ihre Nachbarschaft zu Troja ebenfalls durch Mykene bedroht fühlten und gekommen waren, um Troja und somit ihre eigenen Länder zu verteidigen. Auch die Handwerker, Bäcker, Schmiede und Händler der Vorstadt hielten in ihren Arbeiten inne und sahen dem seltsamen Zug lange hinterher.

„Ihre Blicke stören mich", flüsterte Selina Kleite zu.

„Vielleicht halten sie uns für Götter. Ihre Frauen sitzen in den Häusern und wirbeln mit Spindeln."

Erst als sie die unzähligen Rampen zum höher gelegenen Palastplateau hinaufritten, fand Selina die Gesänge wieder, die Troja so strahlend und bewundernd beschrieben. Die luftigen Häuser waren allesamt weiß verputzt und reihten sich gerade und in einer ihr ungewohnten Ordnung aneinander. Junge Mädchen in langen, weich fallenden Gewändern, ihr Haar zu kunstvollen Frisuren hochgesteckt, trugen große Tonkrüge mit farbenfrohen Malereien, während die Männer meist weiße Chitone und schulterlanges Haar trugen. Auch in den Tempelbezirken herrschte geschäftiges Treiben. Die Frauen bewegten sich voller Anmut, während die Männer in der Sonne saßen und sich leise unterhielten.

Als sie das oberste Plateau erreichten, auf dem sich Priamos' Palast befand, konnte Selina endlich das Meer sehen, in welchem sich bei schwachem Wellengang Troja so majestätisch spiegeln sollte. Ganz unten, wo sich eigentlich der weiße unberührte Strand hätte abzeichnen sollen, fiel Selinas Blick auf Hunderte kleiner schwarzer Punkte, die sich zu bewegen schienen. Überall auf dem Wasser erkannte sie Schiffe. Scharf sog sie den Atem ein. „Ich hatte keine Vorstellung, wie viele es sind."

Wenn Kleite ebenfalls überrascht war, ließ sie es sich nicht anmerken. „Die Mykener sind wie ein Schwarm Fliegen über das Meer gekommen, um über Troja und das Festland herzufallen."

Priamos von Troja saß mit gesenktem Kopf auf seinem Thronsessel und blickte auf die Menschen in seinem Thronsaal. Sein Kriegsrat war groß, oh ja! Zu seiner Linken saß sein jüngerer Sohn, Paris, der seine Finger nervös in die Armlehnen seines Stuhles krallte, neben ihm die Fürsten von Arzawa und Lukka sowie einige seiner engsten Ratsmitglieder. Auf der rechten Seite hatten die Kommandierenden der Streitkräfte ihre Plätze. Priamos' Blick blieb wehmütig auf den leeren Stuhl hängen, der seinem Thronsessel am nächsten stand. Nie wieder würde Hektor, sein ältester Sohn, darauf Platz nehmen können. Er atmete tief durch und hob seinen Kopf. Sodann begann er zu sprechen. „Prinz Hektor, mein ältester Sohn, der einst meine Nachfolge hätte antreten sollen, war ein vortrefflicher Kämpfer. Sein Mut und seine Stärke wurden gelobt. Euch, ihr Truppenführer, hat er oft zum Sieg geführt, und niemals scheute er davor zurück, in vorderster Reihe zu kämpfen."

Die Männer wichen dem Blick des Königs aus.

„Dir, Loukas, meinem obersten Priester unseres mächtigen Apollon, hat er unzählige Male Gold von seinen Feldzügen in die Arme geschüttet, damit du es Apollon bringst."

Auch Loukas wagte nicht, seinem König in die Augen zu blicken.

„Was ist mit dir, Silenus? Nanntest du ihn nicht deinen Freund, und habt ihr nicht viel Zeit bei der Jagd miteinander verbracht?"

Priamos wartete nicht auf eine Antwort, sondern wandte sich schließlich seinem jüngsten Sohn zu. „Paris, Prinz von Troja, mein Sohn! War Hektor nicht dein Bruder, und hat er nicht um deinetwillen mit Menelaos von Sparta gestritten? Warst nicht du es, der die Spartanerin nach Troja brachte und damit Agamemnon einen Grund gegeben hat, den Krieg zu führen, nach dem es ihm schon so lange verlangte?"

Plötzlich sprang Priamos von seinem Thronsessel auf und rief verzweifelt in die Runde: „Hat denn keiner von euch den Mut, euren König zu begleiten und Achilles von Thessalien um den Leichnam Hektors zu bitten, damit wir ihn angemessen bestatten können?"

Paris' Stimme war leise und unsicher, als er endlich als Einziger wagte zu sprechen. „Wir alle haben Hektor geliebt. Wie könnte ich, sein Bruder, ihn nicht ebenso geliebt haben, wie du, Vater. Doch du warst nicht dabei, als wir vor den Stadttoren gekämpft haben. Achilles von Thessalien ist kein einfacher Soldat. Niemand kann ihn schlagen, niemand kann ihn verwunden. Ich habe nie einen entschlosseneren und grausameren Kämpfer gesehen als ihn. Es ist, als würde er von einer unmenschlichen Kraft angetrieben. Selbst Hektor konnte ihn nicht besiegen, obwohl wir ihn für stark und unschlagbar hielten. Die Männer haben Angst vor diesem Achilles und seinen Myrmidonen, da sie ihn für einen unbesiegbaren Gott halten. Sie sagen, seine Mutter Thetis sei eine mächtige Meernymphe und habe ihn unverwundbar gemacht." Das schöne Gesicht des jungen Prinzen nahm einen flehenden Ausdruck an. „Ich bitte dich, Vater; vergesse Hektor. Denke an diejenigen, die noch leben und an deiner Seite sind."

„Prinz Paris spricht die Wahrheit, großer König", mischte sich ein Truppenführer ein, ein großer bärtiger Mann, dessen Haut von der Sonne verbrannt war. „Prinz Hektor ist verloren. Er würde nicht wollen, dass wir oder gar du um seinetwillen sterben."

„Gewäsch!", rief Priamos zornig. „Wenn Hektor euch hören könnte, würde er seine Augen vor eurer Feigheit verschließen! Er hat sich Achilles gestellt, weil dieser ihn herausforderte, nachdem Hektor seinen besten Freund in der Schlacht niedergestreckt hatte. Er hat nicht gejammert und gefleht wie ein Weib! Ihr beschämt mich. Verschwindet aus meinen Augen!"

Die Männer ließen sich nicht zweimal bitten und hatten Eile, zur Tür hinauszuströmen. Allein Paris blieb und blickte seinen Vater sorgenvoll an.

„Was willst du noch, Paris? Hast du dich anders entschieden? Willst du mit mir ins Lager der Mykener gehen, um Hektor nach Troja heimzuholen?"

Paris schüttelte den Kopf, sein dunkles Haar umrahmte das bestürzte jugendliche Gesicht. Dann richtete sich sein Blick auf die Tür, durch welche die Männer verschwunden waren, und auf seinem Gesicht erschien ein Ausdruck von Erstaunen. Priamos folgte dem Blick seines Sohnes. Er war zu schön, dieser junge Mann. Die Frauen begehrten ihn, und er war es nicht gewohnt, von ihnen abgewiesen zu werden oder auf eine verzichten zu müssen, auf die sein Auge gefallen war.

„Bist du der Spartanerin bereits überdrüssig, Paris? Hat dein verwöhntes Auge schon wieder Gefallen an einer anderen gefunden?"

Priamos betrachtete die Frauen, die geführt von einem seiner Truppenführer gerüstet und bewaffnet in den Raum traten, von oben bis unten.

„Was ist das für ein dummer Scherz? Sind diese Frauen Tänzerinnen, die mich von meiner Trauer ablenken sollen, oder Priesterinnen einer Kriegsgöttin, die wir um Hilfe anflehen müssen?"

Der Kommandant verbeugte sich tief. „Es sind Kriegerinnen vom Thermodon, mein König. Ihre Anführerin, Penthesilea", er sprach den Namen mit falscher Betonung aus, „will für uns kämpfen. Sie führt ein Heer von mehreren Hundert Kriegerinnen, und es sollen noch mehr kommen. Sie führten ein Schreiben des Prinzen von Hatti mit sich." Er zog das Schreiben hervor und gab es Priamos, der es kurz überflog.

„Es gibt Hoffnung, dass seine Truppen bald eintreffen werden." Priamos wandte sich Penthesilea zu, die er wegen ihres reichhaltigen Silberschmuckes als Anführerin ausmachte. „Wann hat der Großkönig von Hatti seine Truppen aus Hattusa geschickt? Werden sie bald eintreffen?"

Wieder war es der Kommandant, der antwortete. „Verzeih mir, mein König, doch sie sprechen in einer unbekannten Zunge. Aber die Hellhaarige mit den blauen Augen an ihrer Seite spricht Assyrisch."

„Ach", gab Priamos irritiert zurück und wandte sich dann zu Selina, wobei er in die Assyrische Zunge verfiel. „Ich kenne euer Volk nicht. Mein Truppenführer sagt, dass ihr Kriegerinnen seid, Frauen, die das Kriegshandwerk beherrschen?"

Selina trat vor und verbeugte sich, wobei sie darauf achtete, nicht lange in der Verbeugung zu verharren. „Ich bin die Tochter Penthesileas, der Königin unseres Volkes. Wir kommen vom Thermodon, und es werden noch einmal so viele von uns eintreffen, wie heute gekommen sind. Wir haben viele Kämpfe ausgefochten und viele Männer besiegt."

Paris erhob sich und stellte sich neben seinen Vater. Er blickte Selina abschätzig an. „Frauen, die kämpfen? Ich bitte dich, Vater und König, so schlimm steht es um Troja noch nicht, dass wir Frauen ins Feld schicken müssen."

„Sei still", fuhr Priamos ihn harsch an, und Paris verschränkte beleidigt die Arme vor der Brust. „Ich freue mich, dass ihr gekommen seid, um Troja beizustehen. Wisst ihr etwas von den hethitischen Truppen, wisst ihr, wann sie eintreffen werden?"

Selina schüttelte den Kopf. „Ich weiß es nicht, doch mit uns reitet ein Freund und Berater des Prinzen, der das Erscheinen der Truppen zugesichert hat."

„Das ist gut." Priamos wirkte erleichtert.

Paris hatte seine Beleidigung überwunden und versuchte erneut, seinen Vater zu überzeugen. „Wenn Hatti Truppen schickt, brauchen wir das Weibsvolk nicht. Ich glaube nicht, dass sie kämpfen können wie Männer." Ohne darüber nachzudenken, war Paris ebenfalls in die Assyrische Zunge verfallen. Selinas Kopf flog zu ihm herum, und ihre Augen funkelten wütend. „Willst du gegen mich kämpfen, du Narr, willst du einen Beweis unserer Stärke? Soll ich dich auf deinen Knien aus dieser Halle jagen?"

Paris' Augen weiteten sich, seine Kinnlade klappte herunter, dann bekam seine Stimme einen schrillen Unterton. „Hast du das gehört, Vater? Hast du gehört, wie diese Hündin mich, deinen Sohn und Prinzen von Troja, beleidigt hat? Lass sie auspeitschen und stelle meine Ehre wieder her."

Priamos hob seine Hand, ohne seinen Sohn eines Blickes zu würdigen. Paris verstummte. „Deine Ehre wiederherstellen, Paris? Du, der du noch nicht einmal den Mut aufbringst, deinen Vater ins feindliche Heerlager zu begleiten und Achilles um den Leichnam deines Bruders zu bitten, *du* sprichst von Ehre? Geh in deine Gemächer, und erfreue dich der Spartanerin, die du Menelaos geraubt hast."

Mit einem Schlag erinnerte Selina sich an Melanias Worte, und ihr wurde bewusst, dass sie niemand anderen als den Prinzen von Troja vor sich hatte, der durch die Entführung der spartanischen Königin Agamemnon den Grund geliefert hatte, gegen Troja Krieg zu führen. „Was hat dieser Achilles getan, König Priamos, dass dein Sohn sich fürchtet, dich zu begleiten?"

„Er hat meinen ältesten Sohn Hektor im Zweikampf getötet und seinen Leichnam ins mykenische Lager geschleppt. Ich wünsche nur, Hektor angemessen zu bestatten, doch ein jeder meiner Getreuen scheint sich vor Achilles zu fürchten." Priamos' Worten war die Anklage deutlich anzuhören.

„Ich werde dich begleiten, König Priamos."

Er blickte sie überrascht an.

„Du bist sicher, dass du dich nicht vor diesem Krieger fürchtest, vor dem meine Männer allesamt erzittern?"

Selina blickte ihn verständnislos an. „Ich fürchte keinen Mann!"

Priamos nickte. „Gut, sehr gut! Hast du das gehört, Paris? So werden wir nach dem heutigen Festmahl, das ich zu eurer Ankunft geben werde, wie Diebe ins feindliche Heerlager schleichen, und ich werde meinen Stolz überwinden und mich Achilles zu Füßen werfen."

„Das wird nicht nötig sein, König. Er wird dir deinen Sohn geben."

Paris blickte seinen Vater an, doch dessen Augen ruhten weiter auf der seltsamen jungen Frau. Sie trug ein Schwert aus schwarzem Kupfer, das zugegebenermaßen selten war, aber aufgrund seiner Brüchigkeit höchstens für Pfeilspitzen taugte. Paris fragte sich, ob ihre Vermessenheit von diesem Umstand herrührte. Während er noch über ihre Beweggründe nachsann, beschäftigten Priamos andere Gedanken. *Vielleicht*, dachte er, *hat Apollon diese Frauen geschickt, und es ist ein Zeichen, dass wir den Kampf nicht verlieren werden.*

Selina fiel es durch ihre Erfahrungen in Hattusa leichter als den anderen Frauen, die Gemächer im Palast zu beziehen. Trotzdem fühlte auch sie sich fremd in Troja, und sie empfand ein unerklärliches Schuldgefühl und Verantwortung dafür, dass sie Penthesilea zu diesem Krieg überredet hatte. Seit sie Troja erreicht hatten, lastete das Gewicht dieses fremden Krieges auf ihren Schultern, der ihr immer weniger sinnvoll erschien. Dieser Krieg fand so weit entfernt von Lykastia statt, und es kämpften so viele Menschen darin, dass sie Angst hatte, den Überblick zu verlieren. Sie bereute bereits, Priamos zugesagt zu haben, ihn in das feindliche Heerlager zu begleiten, um die Leiche seines Sohnes zu fordern. Was ging sie der tote Prinz an? Sie hatten Frauen ihres Volkes auf dem Weg nach Troja am Wegrand verscharren müssen, und kaum waren sie in Troja angekommen, war Selina bereit, ihr Leben zu riskieren, um einen Toten aus dem Lager der Feinde zu holen. In Hattusa war trotz der Gefahr um sie herum alles einfacher gewesen. Sie hatte gewusst, wofür sie kämpfte; sie hatte die ganze Zeit den sehnlichen Wunsch verspürt, nach Lykastia zurückzukehren, war von Heimweh geplagt gewesen und hatte letztlich in den Gemächern Pairys eine sichere Heimat gefunden. Sie war nie so allein gewesen, wie sie sich jetzt fühlte. Penthesilea war klug, aber sie verstand sich nicht auf die Gepflogenheiten eines großen Hofes. Wenn man sie aufforderte, würde sie kämpfen, doch sie würde niemals die Gründe für diesen Kampf durchschauen. Selina schwor sich, die Augen offen zu halten, um Penthesilea und ihr Volk vor größerem Unheil zu bewahren.

Als sich schließlich der Abend des Begrüßungsbanketts näherte, suchte sie Kleites Gemächer auf. Diese schien von den Tiegeln und Töpfchen, den bunten Stoffe und Kissen, den gewebten Wandteppichen und den vielen Schalen und Krügen in ihren Räumen ebenso erschlagen, wie sich Selina gefühlt hatte, als sie im Frauenhaus des Prinzen Tudhalija eingesperrt worden war. Selina schenkte Kleite ein aufmunterndes Lächeln, dann begaben sie sich gemeinsam zum Bankettsaal, zu dem ihnen ein vorauslaufender Diener den Weg wies. Selina wusste, dass die Entfernung eines Tisches zur Tafel des Königs viel aussagen konnte – je näher der eigene Tisch an der königlichen Tafel stand, desto ehrerbietiger wurde man behandelt und desto wichtiger war man für den König selbst. Selina ließ sich kaum durch äußerlichen Prunk täuschen: Ihr Tisch stand sehr weit von dem des Königs entfernt.

Penthesilea und ihre Frauen stießen wenig später zu Selina und Kleite und betrachteten beeindruckt die feinen Weinbecher, sie aßen mit Begeisterung von dem eingelegten Rindfleisch und probierten jede Tunke, die ihnen zum Brot gereicht wurde. Der Hof Trojas unterschied sich von dem Hattusas vor allem in der Art und Weise, wie die Gäste und Höflinge miteinander verkehrten. Während in Hattusa lautstark gefeiert wurde, die Menschen sich mit Zurufen und lautem Lachen bedachten, wurde in Troja ein sehr viel feinerer Umgang gepflegt: Die Frauen verhielten sich meist still, die Männer sprachen ruhig und nachdenklich miteinander. Selina betrachtete die Frauen, die mit im Schoß gefalteten Händen lächelnd neben ihren Männern saßen. Sie waren mit feinen Stoffen angetan, trugen viel Silber und Gold um Hals und Arme und übertrafen sich gegenseitig mit ihren geordneten Haartrachten, in denen entweder mit Edelsteinen besetzte Nadeln funkelten oder die von aufwändigen Haarnetzen zusammengehalten wurden. Für Selina wirkten sie wie schöne Statuen, zum Schweigen und ewigen Lächeln verurteilt. Es gab auch einige Tische, an denen nur Frauen saßen, und Selina vermutete, dass es unverheiratete Mädchen waren. An diesen Tischen ging es zwar etwas lebhafter zu, jedoch waren auch die Mädchen darauf bedacht, sich vorbildlich zu verhalten, vielleicht, um das Interesse der Männer auf sich zu ziehen, damit sie heiraten und ehrbare Ehefrauen werden konnten. Sie verzog unwillig die Mundwinkel; sicherlich hätte sie noch an einem der Mädchentische gesessen, wenn sie schon längst ein altes Weib ohne Zähne gewesen wäre. Schweigen und Lächeln waren nicht gerade ihre Tugenden und würden es auch nie werden.

Penthesilea ließ sich von ihrem Umfeld kaum gefangen nehmen. Sie trank ihren Wein in großen Zügen und unterhielt sich mit ihren Frauen. Sie sprachen über Kriege, über die Jagd und über Schlachten. Selina hatte keine Lust, sich an ihren Gesprächen zu beteiligen. Sie dachte daran, wie Pairy sich mit seiner feinen besonnenen Art unter den Gästen bewegt hätte. *Pairy!*, ging es ihr durch den Kopf. *Alexandros!* Wo waren sie nun? Weit fort von ihr, viel zu weit fort. Kleite bemerkte ihre düstere Stimmung. „Gehen deine Gedanken schon wieder in der Zeit zurück, Selina?"

Ehe Selina um eine Antwort verlegen wurde, sprach sie ein junger Diener an. „Bitte verzeih, doch die Prinzessin Andromache lädt dich ein, eine Weile an der Tafel der Königsfamilie zu sitzen."

Penthesilea blickte ihre Tochter fragend an. „Was will er?"

„Ich soll an den Tisch der Königsfamilie kommen."

Penthesilea verzog die Brauen. „Warum wollen sie nur dich dort haben?"

Kleite trat für Selina ein. „Weil Selina die Einzige ist, die eine ihnen verständliche Zunge beherrscht, Tochter."

Penthesilea nickte steif, und Selina erhob sich, um dem Diener zu folgen.

Andromache war eine junge Frau mit dunklem gewelltem Haar. Ihre Augen wanderten ständig umher, ohne jedoch ihr Gegenüber zu vergessen. Selina ahnte, dass Andromache klug war. Sie hatte Selina herzlich angelächelt, als diese ihr gegenüber Platz genommen hatte, und ohne Umschweife zu sprechen begonnen.

„Dies dort drüben, neben König Priamos, ist sein jüngster Sohn Paris, der nun sein Nachfolger sein wird."

Selina nickte. „Ich kenne ihn bereits. Er ist ein verzogener junger Mann, dem es an Mut und Kampfgeist mangelt."

Andromache lächelte sie wissend an. „Unterschätze ihn nicht, Selina vom Thermodon. Paris ist hitzköpfig und unreif, doch er ist es nicht gewohnt, dass seine Wünsche nicht erfüllt werden. Er besitzt großen Ehrgeiz und bringt auch den nötigen Mut auf, wenn er etwas oder jemanden unbedingt haben will."

„Helena von Sparta", sagte Selina ruhig. „Ist sie auch hier?"

Andromache schüttelte den Kopf. „Niemand hat sie seit ihrer Ankunft in Troja gesehen. Paris schließt sie eifersüchtig in ihren Gemächern ein. Es missfällt ihm bereits, wenn sie wegen ihrer Schönheit bewundernde Blicke zugeworfen bekommt."

„Sie tut mir leid. Eingesperrt in ihren Gemächern von einem Jüngling."

Andromache fuhr fort, Selina die königliche Familie vorzustellen. „Zu Priamos Rechten sitzt seine Gattin Hekabe. Sie ist eine gütige Frau und Paris' Mutter. Ihr gegenüber sitzen Kassandra und Helenos, die Zwillinge des Königspaars. Beide dienen im Tempel Apollons und besitzen die Gabe des Sehens."

Besorgt fuhr sie fort. „Helenos hatte kaum erfahren, dass mein Gemahl tot ist, da bat er Priamos schon um mich. Seine Blicke haben mich oft verfolgt, wenn ich im Tempel meine Gebete sprach. Doch ich konnte Priamos überreden, mir eine lange Zeit der Trauer zu gewähren, bevor ich mich wieder einem Gemahl verbinde."

Selina dachte an die Seherin in Lykastia, welche in ihre Zukunft geblickt hatte, als sie von der heiligen Insel Aretias zurückgekehrt war. Andromache bemerkte Selinas interessierten

Blick und fügte hinzu: „Man sollte Kassandra nicht zu oft zuhören. Ihre Prophezeiungen sind düster, und sie wirkt meist etwas verwirrt."

Selina betrachtete die junge Frau und den jungen Mann mit den kurzen glatten Haaren. Sie wirkten beide abwesend, als beträfe sie alles um sie herum nicht.

„Neben den Zwillingen sitzt die schöne Polyxena. Auch sie ist eine Tochter von Priamos und Hekabe. Sie ist eitel, jedoch wenig an den Dingen interessiert, die um sie herum geschehen, solange sie nur einen Spiegel und ihre vielen Kleider zum Zeitvertreib hat."

Selina stutzte ob der Offenheit Andromaches. „Doch du, Andromache, interessierst dich sehr für die Dinge des Hofes, und mir scheint, dir entgeht wenig."

Die junge Frau ließ sich von ihr nicht aus der Fassung bringen. „Mein Gemahl, Prinz Hektor, liegt da draußen irgendwo im Lager der Feinde. Ich habe gehört, dass du dich angeboten hast, Priamos zu begleiten und den Körper meines Gemahls nach Troja zu bringen."

„Er war also dein Gemahl."

Sie nickte. „Wir haben einen kleinen Sohn – Astyanax. Ich fürchte um sein Leben, wenn Troja fällt."

„Fürchtest du nicht vielmehr um dein Leben, Andromache?"

„Furcht ist etwas für diejenigen, die nicht leidgeprüft durch das Leben wandeln. Ich fürchte mich nicht, ich fürchte mich auch nicht vor Achilles oder den böswilligen Prophezeiungen Kassandras, die im Tempel verkündet hat, dass Troja fallen wird. Ich fürchte nur um das Leben meines Sohnes." Für Selina unvorbereitet, griff Andromache nach ihrer Hand. „Hast du einen Sohn oder eine Tochter, Selina vom Thermodon? Weißt du, was es bedeutet, einen Gemahl zu verlieren?"

Wieder musste sie an Pairy und Alexandros denken. Ja, sie wusste, was es bedeutete, sich zu fürchten. „Warum erzählst du mir das alles, Andromache? Was erwartest du von mir, weshalb vertraust du mir? Dein Volk misstraut dem unseren, da wir anders leben als ihr. Warum misstraust *du* mir nicht?"

„Weil du eine Frau bist, die zu kämpfen gelernt hat. Auch ich kämpfe – wenn auch auf eine andere Art."

„Und was wünschst du nun von mir?", flüsterte Selina Andromache zu.

„Achte darauf, dass Priamos kein Haar gekrümmt wird. Paris ist viel zu jung, um diesen Krieg zu führen, und wenn Priamos stirbt, sind wir alle verloren; und mit uns alle, die jetzt in

Troja weilen. Wenn du mit ihm ins Lager der Mykener gehst, dann sorge dafür, dass er lebend nach Troja zurückkehrt."

Andromaches Worte waren eindringlich, und Selina rang sich zu einem Nicken durch, obwohl sie langsam spürte, dass sie der Mut verließ.

Als sie zu ihrem Tisch zurückkehrte und die Frauen sie fragend anblickten, verschwieg sie ihnen das Gespräch mit Andromache und erfand stattdessen unterhaltsame Geschichten über die eitle Polyxena und die etwas verwirrte Seherin Kassandra, über welche die Frauen lachten und sich amüsierten.

Priamos erwartete Selina bereits in seiner Audienzhalle. Als sie vor ihn trat, verlor er keine Zeit und reichte ihr einen dunklen Umhang mit Kapuze. Auch er selbst trug einen solchen Umhang. „Wir wollen nicht erkannt werden, wenn wir durch das Lager der Mykener gehen."

Als Selina bereit war, verließen sie den Palast, und ein Streitwagen brachte sie bis an die Außenmauern Trojas. Sie gingen durch eine unscheinbare Seitentür, dann standen sie schutzlos vor der Stadt. In einiger Entfernung konnten sie die Feuer und den Fackelschein des feindlichen Lagers ausmachen. Priamos ging entschlossen voran. Obwohl er nicht mehr jung war und seine Haare schon zu ergrauen begannen, legte er einen schnellen Schritt vor. Als sie den Rand des Lagers erreicht hatte, von wo aus die vielen Stimmen der Männer zu hören waren, blieb er stehen und sah Selina an. „Dort drüben, das große Zelt mit dem länglichen Schild der Myrmidonen und den Speeren, muss das Zelt Achilles sein."

„Wer oder was sind die Myrmidonen?", flüsterte Selina zurück.

„Sie sollen die besten Kämpfer Thessaliens sein. Ich habe gehört, dass Achilles und Agamemnon sich uneins sind. Sie streiten, und Achilles weigert sich zu kämpfen, bevor Agamemnon ihm nicht die Hand zur Beseitigung des Streites reicht. Ach, würden sie sich doch bis aufs Blut verfeinden!"

„Männer", entfuhr es Selina verächtlich.

Priamos ließ sich nicht beirren, sondern setzte sich langsam wieder in Bewegung. Selina folgte ihm, und sie hielten ihre Köpfe gesenkt und unter den Kapuzen verborgen. Im Gehen konnte Selina die Beine der Männer sehen, die an ihnen vorbeigingen, ihnen jedoch keine Beachtung schenkten. Anscheinend rechnete niemand damit, dass die Trojaner so einfältig waren, das gegnerische Lager zu betreten. Sie erreichten Achilles' Zelt, und Priamos zog den Zeltvorhang beiseite und trat ein. Selina folgte ihm, doch ehe sie noch die Kapuze von ihrem Kopf hätte ziehen können, durchfuhr sie ein seltsames Gefühl, da sie in Augen blickte, die ähnlich blau wie die ihren waren. Ihre Blicke trafen sich, kurz nur, jedoch schien der Augenblick unendlich zu sein, bis Achilles seinen Blick auf Priamos richtete. Achilles' Hand wanderte zu seinem Schwert, doch sie blieb dort, ohne dass er es gezogen hätte. Stattdessen nickte er einem hübschen dunkelhaarigen Mädchen zu, das in ein dünnes Gewand gekleidet, in der Ecke auf einem Schemel gesessen hatte. „Briseïs", sagte er bedacht, und das Mädchen erhob sich wortlos, um das Zelt zu verlassen. Selinas Hand fuhr vor, und packte sie am Arm. Briseïs blickte Achilles ängstlich an, doch dieser starrte weiter Priamos an. „Wer seid ihr?"

Selina überraschte die sanfte Stimme. Sie betrachtete die hochgewachsene schlanke Gestalt des jungen Mannes, das fast schwarze schulterlange Haar und seinen nackten Oberkörper. Er war im Begriff gewesen, sich schlafen zu legen, als Selina und Priamos sein Zelt betreten hatten; mit nacktem Oberkörper, jedoch in Beinkleidern und mit seinem Schwert. Selina wusste, dass so nur ein Krieger handelte, doch die gelassene Stimme und das junge Gesicht, das keinerlei derbe Züge aufwies, schienen kaum zu der Art Krieger zu passen, vor der ganz Troja solche Angst zu haben schien."

„Ich bin Priamos von Troja, und ich bin gekommen, um meinen Sohn Hektor zu holen."

Achilles überlegte eine Weile, dann trat er auf Priamos zu, etwas zu schnell, wie Selina fand, die unter ihrem Umhang ihr Schwert zog und es Achilles entgegenhielt.

Dieser blieb stehen, schien jedoch wenig beeindruckt. „Glaubst du, du könntest deinen König retten, wenn ich ihn töten wollte?" Seine Stimme klang leidenschaftslos, als er seine Aufmerksamkeit von Priamos abwandte und auf Selina zukam. Bedacht löste er Selinas harten Griff von Briseïs' Arm. „Eine Frau in der Rüstung eines Kriegers."

Sie erstarrte, als er ihr die Kapuze vom Kopf schob und sie betrachtete. „Sogar eine schöne Frau. Doch sag mir, Priamos, König von Troja, ist es bereits so schlecht um euch bestellt, dass ihr Frauen kämpfen lassen müsst?"

„Sprich Assyrisch", presste Selina hervor, weil sie Achilles' Worte nicht verstand.

Seine Augen musterten sie interessiert. „So bist du also gar keine Trojanerin?"

„Ich bin frei zu kämpfen, für wen ich will, wann ich es will und wie ich es will. Gib dem König seinen Sohn, Achilles von Thessalien. Du besitzt bereits sein Leben, was willst du mehr?"

Ohne ihr zu antworten, wandte er sich wieder an Priamos. „Dein Sohn hat meinen Freund Petroklos getötet. Tausend Tode wären nicht genug gewesen, um diese Schuld zu vergelten."

Priamos' Stimme blieb ruhig, obwohl das Gesagte ihn schmerzen musste. „Er hat sein Leben verloren, ebenso wie dein Freund. Petroklos bekam eine ordentliche Bestattung, also gewähre sie nun auch Hektor."

Achilles' Gesicht war noch immer keine Gefühlsregung abzulesen. Umso erstaunter war Selina, als er schließlich nickte. „Du sollst ihn haben, König Priamos." Er wies auf Selina. „Überlasse mir dafür deine Kriegerin."

Selina sah ihn empört an, während Brisëis kaum beleidigt schien. „Bist du von einer Kopfkrankheit besessen, Achilles von Thessalien? Sehe ich aus, als wäre ich eine Sklavin, die man tauschen kann wie eine Ware?"

Achilles sah sie an, und plötzlich begann er zu lachen. Als er sich beruhigt hatte, bedachte er sie mit zurückgekehrtem Ernst. „Meine Sklavin ist, wen ich dazu bestimme, Kriegerin; und es ist vollkommen egal, ob sie schon vorher Sklavin war, eine ehrbare Frau des Hauses, die Tochter eines Priesters", er bedachte Brisëis mit einem ausdruckslosen Blick, „oder ein Mädchen, das meint, es könne kämpfen und töten."

Selina spürte Zorn in sich aufsteigen, und sie begann, diesen Mann zu hassen und sich gleichzeitig auf unerklärliche Art von ihm angezogen zu fühlen. „Ich kann töten, und es fiele mir leichter, mein Schwert in deinen Leib zu rammen als in den Leib irgendeines anderen."

Priamos mischte sich ein, bevor der Streit weiter entflammen konnte. „Ich kann sie dir nicht überlassen, Prinz von Thessalien. Sie ist die Tochter der Kriegerkönigin Penthesilea, und diese ist eine Tochter des Ares, wie du der Sohn einer Nymphe bist. Du weißt es am besten: Der Zorn der Götter würde uns alle treffen." Er war zufrieden mit seiner List. Der Aberglaube der einfachen Soldaten, die mittlerweile diese Geschichte um das kriegerische Frauenvolk verbreiteten, gefiel ihm.

Selina hatte keine Ahnung, wer oder was Ares war, doch Priamos' Worte schienen Achilles zu überzeugen. „Nimm deinen Sohn, und bringe ihn nach Troja. Setze eine Trauerzeit für ihn an, und wir werden euch nicht angreifen, bis Hektor den Styx überquert hat." Er winkte Selina. „Komm mit mir, Tochter des Ares!" Seine Worte ließen keinerlei Bewunderung erkennen. „Ich übergebe dir den Körper Hektors, damit sein Vater ihn nicht sehen muss, bevor er gewaschen wurde." Er wies auf eine Platte mit Kelchen und einer Karaffe. „Reiche Priamos von Troja Wein, Brisëis. Er ist mein Gast."

Selina folgte Achilles nach draußen, während Priamos im Zelt zurückblieb. Gemeinsam überquerten sie die sandige Straße zwischen den Zelten, bis Achilles den Vorhang eines Zeltes beiseiteschob und gefolgt von Selina eintrat. Im Zelt brannte nur ein einziges

Feuerbecken, jedoch konnte Selina erkennen, dass auf einer hölzernen Bahre der Körper eines Mannes lag. Er war gewaschen, und auf seinen Augen lagen zwei Münzen. Man hatte ihn in weißes Leinen gewickelt, nur sein Kopf war unbedeckt.

„Dort ist er, Kriegerin. Hektor, der Prinz von Troja!"

Selina sah ihn verwirrt an. „Du hast ihn waschen und aufbahren lassen?"

„Hältst du mich für einen Barbaren, Kriegerin?"

„Warum hast du es Priamos verschwiegen?"

„Um meine Legende zu schaffen, meinen Ruhm zu mehren und Furcht zu verbreiten. Es ist gut, wenn Troja vor mir zittert."

Sie ging an ihm vorbei und blickte in das friedliche Gesicht Hektors. „Du bist nicht der, für den dich alle halten. Der Schlächter, der Unbesiegbare, der Grausame."

Plötzlich hörte sie seine Stimme direkt hinter ihrem Ohr und konnte die Wärme seines Körpers spüren, weil er nah an sie herangetreten war. Selina wagte nicht, sich umzudrehen, als er sprach. „Oh doch, Kriegerin! Ich bin all das, was die Menschen von mir sagen. Sie würden es mir nur nicht glauben, wenn ich es ihnen nicht immer wieder beweise."

„Ich verstehe dich nicht", sagte sie steif.

„Wie ist dein Name?", hörte sie seine ruhige Stimme noch immer dicht an ihrem Ohr, und sie spürte, wie sich die Härchen in ihrem Nacken aufstellten.

„Selina, Tochter der Penthesilea, Königin des Volkes der großen Mutter!" Sie hatte sich bemüht, ihren Worten Festigkeit zu geben, kam sich jedoch auf einmal klein und wenig überzeugend vor.

„Selina", hauchte er. „Ich bin all das Fürchterliche und Grausame, was die Menschen in mir sehen. Ich kämpfe nur für meinen Ruhm. Troja ist mir egal. Städte und Länder – sie kommen und gehen. Doch überall fürchtet man meinen Namen. Und nur die Angst wird die Menschen daran erinnern, dass es einst einen Krieger gab, dessen Name Achilles war. Du sagst, deine Mutter ist eine Königin? Nun, Selina, dann bist du eine Prinzessin. Ich verspreche dir nun, dass ich deine Mutter töten werde und dich, Prinzessin, werde ich als Kriegsbeute mit nach Thessalien nehmen."

Unerwartet spürte sie seine Hände auf den Schultern. Sie fuhren langsam ihre Arme hinab und wanderten dann zu ihrer Hüfte. Sie erwachte aus ihrer Starre, legte ihre Hände auf ihr Schwert und fuhr empört herum. Sein Mienenspiel hatte sich nicht verändert, noch immer war er ruhig und gelassen, noch immer hatte er die feinen sanften Züge eines jungen Mannes.

„Das ist ungewöhnlich. Jede andere Frau hätte Angst um ihre Ehre gehabt, aber du fürchtest nur, dass ich dir dein Schwert raube – ein gutes Schwert, aus dunkler gehärteter Erde."

„Du kennst das Geheimnis des Erdmetalls?", fuhr sie ihn beinahe beleidigt an.

„Bist du nun enttäuscht, weil du glaubtest, etwas zu wissen, das dich von anderen unterscheidet und der lächerlichen Geschichte deiner Abkommenschaft vom Kriegsgott Geltung verleiht?"

Sie hätte ihn gerne ins Gesicht gespuckt. Dieser Krieger war überheblich und menschenverachtend. „*Du* bist es, der sich für einen Abkömmling einer Göttin hält. Ich kenne nicht einmal den Namen dieses fremden Gottes, dessen Tochter ich angeblich bin!"

Auf seinem Gesicht zeigte sich ein freudloses Lächeln. „Das ist nicht wichtig! Ich werde dich nach Thessalien mitnehmen, und kein Gott wird sich mir in den Weg stellen."

Seine Worte erfüllten sie auf seltsame Weise mit Angst, denn sie enthielten einen leidenschaftslosen Ernst, der wie ein sicheres Versprechen klang.

„Du bist unmenschlich und gefühllos, Achilles von Thessalien."

Er nickte. „Ich habe dir gesagt, dass ich grausam bin. Doch ich hätte dich auch töten können und ebenso den alten König von Troja. Der Krieg wäre schnell beendet gewesen. Dieser Paris ist ein dummer Junge. Ich gebe dir Hektor und lasse dich mit Priamos ziehen. Und ich gebe dir einen weiteren guten Rat mit auf den Weg: Verlasse Troja, und kehre mit deinem Volk zurück an den Thermodon."

Bevor er das Zelt verließ und sie allein mit dem toten Prinzen zurückblieb, bedachte er sie ein weiteres Mal mit einem durchdringenden Blick. „Ich habe dir mehr von mir offenbart als irgendeinem Mann, geschweige denn einer Frau. Sieh es als besondere Ehre, Selina vom Thermodon."

Als er fort war, spürte Selina, dass sie am ganzen Körper zitterte. Von diesem Mann ging etwas aus, das sie kaum in Worte fassen, geschweige denn begreifen konnte. Sie fühlte sich von ihm abgestoßen, gehetzt wie ein Tier, und gleichzeitig zog er sie an, lockte sie und forderte sie heraus.

Sie bemühte sich den gesamten Rückweg nach Troja, den sie mit Priamos und dem toten Hektor auf einem Wagen zurücklegte, sein seltsam ausdrucksloses Gesicht aus ihrem Kopf zu bekommen und sich stattdessen Pairys vorzustellen, doch es gelang ihr nicht. Als sie endlich in ihrem gepolsterten Ruhebett lag, suchte sie vergeblich den Schlaf. Von allen Ecken des Raumes schien Achilles von Thessalien sie zu beobachten, wartend, lauernd und verlockend wie eine Flamme, nach der ein Kind greift, das keine Angst vor dem Feuer hat, weil es von ihm noch nie verbrannt wurde.

Als sie am nächsten Tag der Aufbahrung Hektors beiwohnte, hatten die Schatten der Nacht ein wenig ihre Klauen gelockert, doch Selina fühlte weiter eine starke Beklemmung in ihrer Brust. Sie stand neben Andromache, die ihren kleinen Sohn Astyanax an der Hand hielt. Der Junge starrte mit der sorglosen Leichtigkeit eines Kleinkindes auf seinen aufgebahrten Vater, während Priamos endlich seinen Tränen freien Lauf lassen konnte. Hektor war im Palast aufgebahrt worden, obwohl Selina bereits den süßlichen Geruch wahrnahm, der von seiner Leiche ausging. „Ist mein Vater nun in der Unterwelt?", hatte Astyanax Andromache gefragt, und sie hatte ihre eigene Trauer verborgen und stattdessen gesagt, dass es seinem Vater nun wieder gut ginge, nachdem sein Körper gewaschen und aufgebahrt worden war. Als der Junge schon zufrieden genickt hatte, war unbemerkt und von hinten Kassandra zu ihnen getreten. Sie wirkte seltsam geschlechtslos mit ihren kurzen Haaren und dem weiten weißen Chiton, den sie als Priesterin des Apollon trug. „Dein Vater irrt durch die Unterwelt, mein kleiner Astyanax", hatte sie mit einem zufriedenen Lächeln gesagt, da sie das Gespräch gehört hatte. Als Astyanax seine Mutter fragend angesehen hatte, war Andromache mit ihm verschwunden, damit er sich nicht vor der seltsamen Priesterin ängstigte, und Selina fand sich auf einmal allein mit Kassandra.

„Sie hören nicht auf mich! Sie hören einfach nicht auf mich! Ich habe ihnen gesagt, dass Troja fallen wird, weil ich es gesehen habe. Ich habe Paris davor gewarnt, eine Mykenerin nach Troja zu bringen, doch ihre Ohren sind taub. Selbst jetzt, wo alles eingetroffen ist, was ich ihnen jemals prophezeit habe, verschließen sie ihre Ohren."

Selina wusste auf Kassandras Worte nicht zu antworten, doch die Seherin musterte sie bereits eingehend. „Auch dein Volk wird in Troja fallen!"

Ehe Selina etwas erwidern konnte, drängte sich Polyxena zwischen sie und zischte Kassandra wütend an. „Verschwinde, du Wahnsinnige! Störe nicht Hektors Totenwache mit deinen düsteren Weissagungen!"

Kassandra lächelte Polyxena wissend an. „Du, meine eitle Schwester, wirst deine so hoch geschätzte Unschuld an dem Tag verlieren, an dem Troja fällt. Auf dem Altar einer Göttin wird ein Mann deinen Körper schänden."

„Mach, dass du fortkommst", zischte Polyxena, und Kassandra wandte sich endlich ab und ging ihrer Wege.

„Sie ist verrückt", flüsterte Polyxena Selina zu. Seit sie und Priamos Hektors Leiche nach Troja gebracht hatten, fassten die Menschen langsam Vertrauen zu ihr.

„Warum nennt ihr sie Seherin, wenn ihre Weissagungen das Gerede einer Verrückten sind?" Selina hatte ihre Worte nur so dahin gesagt, doch sie war beunruhigt, da Kassandra auch ihr Volk mit einer düsteren Prophezeiung bedacht hatte.

Polyxena zuckte mit den Schultern. „Ich weiß es nicht. Aber niemand hört auf ihre Worte."

„Es ist unsinnig, hier zu warten, bis die Trauerzeit vorüber ist und Priamos seine letzten Tränen um seinen Sohn vergossen hat." Hippolyta bohrte gelangweilt mit ihrem Schwert im Sand, während sie gemeinsam mit Penthesilea und Antianeira das ständige Kommen und Gehen der Höflinge beobachtete. Die Trauerzeit um Prinz Hektor war zur Hälfte vorüber, und während der Hof die müßigen Tage nutzte und das Leben ruhig und beschaulich verlief, langweilten Penthesilea und ihre Frauen sich von Tag zu Tag mehr. Die allgemeine Trauer berührte sie wenig, schließlich waren sie nach Troja gekommen, um zu kämpfen. Die Schiffe der Mykener weit unter ihnen tanzten unruhig auf den hohen Wellen, und selbst im Heerlager war kaum eine Bewegung zu sehen. Jeder blieb bei diesem Wetter in seinem Zelt oder in seinen Gemächern, wenn er nicht aus wichtigen Gründen gezwungen war, sie zu verlassen. Lediglich Penthesilea, Hippolyta und Antianeira hielten es dort nicht aus, also hatten sie sich in warme Umhänge gehüllt und vertrieben sich nun die Zeit auf dem Palastvorhof.

„Am heutigen Abend wird Priamos von Troja erneut ein Fest geben."

Penthesilea verzog spöttisch die Mundwinkel. „Es ist ein merkwürdiges Volk. Einerseits trauert der König um seinen Sohn, andererseits gibt er weiterhin große Feste und lädt den gesamten Hof dazu ein."

Hippolyta stimmte ihr zu. „Jeden Abend wird so viel Fleisch aufgetragen, dass es zwei Höfe von der Größe des trojanischen Hofes satt machen könnte. Dazu gibt es Brot und Gemüse, reichlich Wein in kostbaren Bechern und Früchte, die ich nicht kannte, bevor ich nach Troja kam."

Sie schlug sich mit der flachen Hand auf ihren Bauch. „Ich werde bald nicht mehr in meine Rüstung passen."

Antianeira kicherte. „Trotzdem scheint dir das Essen zu schmecken, Hippolyta."

„Hippolyta hat recht! Wir werden faul und träge, wenn wir nicht bald wieder auf den Rücken unserer Pferde sitzen und unsere Waffen gebrauchen können."

„Ich frage mich, warum die Hethiter noch nicht eingetroffen sind. Ich würde gerne eines ihrer neuen Schwerter gegen die Mykener führen." Hippolyta gähnte gelangweilt. „Lass uns jagen gehen, wie wir es in Lykastia jeden Abend getan haben, Penthesilea. Troja scheint gute Jagdgründe zu besitzen, woher sollte sonst das ganze Fleisch kommen, welches uns Abend für Abend vorgesetzt wird. Die bewaldeten Hügel und Hänge reizen mich."

Penthesilea überlegte. „Warum nicht, Hippolyta. Es wäre eine willkommene Abwechslung. Was ist mit dir, Antianeira? Wirst du mitkommen?"

Antianeira nickte. „Ich würde jede Gelegenheit nutzen, den Mauern Trojas für eine Weile zu entkommen." Sie erhoben sich und klopften sich den Sand von den Kleidern. Sodann ging Antianeira in Richtung des Palastes.

„Wohin willst du, Schwester? Lass uns die Pferde holen und keine Zeit verlieren."

Antianeira sah Hippolyta fragend an. „Wir sollten unsere Rüstungen anlegen."

„Wozu? Die Mykener brauchen wir nicht zu fürchten, sie werden vor Ablauf der Trauerzeit nicht angreifen. Außerdem müssten sie dafür erst einmal am trojanischen Heerlager vorbeikommen. Fürchtest du dich vor dem Geweih eines Hirsches, Antianeira?" Sie wies auf ihr Schwert und fügte hinzu. „Unsere Bogen und Köcher haben wir ohnehin bei den Pferden gelassen. Wir haben unsere Schwerter, um uns zu verteidigen. Doch ich denke, dass wird nicht nötig sein."

Kurze Zeit später ritten sie über die Planken des Grabens hinaus in die freie Landschaft. Ihre Stimmung besserte sich allmählich, während sie über die fruchtbaren grünen Wiesen ritten, die Pferde in einen leichten Galopp fielen und der starke Wind durch ihr Gesicht fuhr. Penthesilea entdeckte als Erste das Dammwild, das friedlich grasend in einiger Entfernung auf einem Hügel stand. Sie wies mit ihrer Hand auf einen großen Hirsch, der etwas abseits der Herde stand. Sie zügelten ihre Pferde, und Penthesilea wirkte zufrieden. „Sie können uns nicht wittern, da der Wind aus ihrer Richtung kommt. Seht ihr den Hirsch? Ihn wollen wir!"

„Ich werde einen großen Bogen reiten und ihn auf dich zutreiben. Wenn er mich wittert, wird er in deine Richtung laufen, und du kannst ihn erlegen."

Hippolyta gab ihrem Pferd die Fersen und war kurz darauf im Wald verschwunden. Penthesilea zog einen Pfeil aus ihrem Köcher und spannte ihn auf die Sehne. Es dauerte nicht lange, bis der Hirsch seinen Kopf hob und Bewegung in die Gruppe kam. Doch anstatt in ihre Richtung zu laufen, flohen die Tiere in den Wald. Der Wind hatte gedreht. Penthesilea verlor keine Zeit und gab ihrem Hengst die Fersen. Antianeira blieb dicht hinter ihr, während sie in schnellem Galopp auf den Waldrand zuritten. Gegen den Wind rief Penthesilea ihrer Schwester zu: „Ich bekomme ihn, Antianeira."

Antianeira ließ ihren Bogen, wo er war. Dieser Hirsch gehörte Penthesilea. Sie wichen geschickt den Ästen und Zweigen aus, die in ihr Gesicht zu schlagen drohten, als sie durch den Wald jagten.

„Wo ist er? Ich kann ihn nicht mehr sehen!"

„Genau vor uns, zwischen den Bäumen."

Ehe Antianeira noch einen Blick auf das Tier werfen konnte, schnellte Penthesileas Pfeil von der Sehne, und sie ließ einen triumphierenden Aufschrei hören. „Ich habe ihn!" rief sie, während sie einen zweiten Pfeil nachlegte und ihn dem ersten hinterher schickte. Sie zügelten ihre Pferde. Penthesilea sprang vom Rücken ihres Hengstes und rannte in die Richtung, wo ihre Beute lag. Antianeira lief ihr hinterher, dann blieb sie hinter Penthesilea stehen, und ihre Augen weiteten sich vor Entsetzen. Ihre Hände ließen das Messer fallen, welches sie aus dem Gürtel gezogen hatte, um dem sterbenden Tier die Kehle zu durchtrennen. Penthesilea begann zu zittern, ließ ihren Bogen fallen und sank auf die Knie.

Antianeira ging an ihr vorbei und betrachtete die Beute, die Penthesileas Pfeile niedergestreckt hatten. Der erste Pfeil steckte in Hippolytas Hüfte, während der zweite, der todbringende, ihre linke Brust durchbohrt hatte. Ihr Gesicht wies noch immer den Ausdruck der Überraschung auf, die sie verspürt haben musste, als der Pfeil ihrer Schwester sie vom Pferd riss. Ihr brauner Hengst stand still und friedlich neben ihr und zupfte ein paar Blätter von den Sträuchern.

„Sie ist tot", flüsterte Antianeira, als könne Hippolyta sie noch immer hören.

Penthesilea vergrub ihr Gesicht in den Händen und schüttelte ihren Kopf. Sodann hielt sie ihre Hände von sich gestreckt. Tränen liefen ihr über das Gesicht. „Ich habe meine eigene Schwester getötet. Diese, meine Hände, haben ihr Leben beendet."

Antianeira wollte sie umarmen, doch Penthesilea stieß sie von sich.

„Es war ein Unglück, ein Unfall", versuchte Antianeira, sie zu trösten, obwohl sie selbst noch nicht glauben konnte, dass Hippolyta tot war."

„Warum", stieß Penthesilea wütend hervor, „warum nur habe ich nicht auf dich gehört, als du sagtest, wir sollten unsere Rüstungen anlegen. Hippolyta könnte noch leben!"

„Wer hätte damit rechnen können, dass so etwas geschieht? Gib dir nicht die Schuld, Penthesilea."

Penthesileas Gesicht erstarrte, ihre Tränen versiegten so schnell, wie sie gekommen waren. „Und wen, Antianeira, sollte die Schuld treffen, wenn nicht mich?"

Antianeira bemühte sich vergeblich, auf ihre Schwester einzureden, bemühte sich, ihr das Unbegreifliche begreiflich zu machen, ihr zu erklären, dass ein Unglück manchmal geschah, ohne dass irgendjemanden die Schuld traf, doch Penthesilea erreichten ihre Worte nicht. Stumm und in sich gekehrt blickte sie auf Hippolytas toten Körper. Und sie ließ Antianeiras Worte auch nicht an ihr Herz, als sie den Leichnam auf ihr Pferd legten und sich auf den Rückweg nach Troja machten.

Selina lag auf ihrem Ruhebett und starrte zur Fensteröffnung, deren hölzerne Läden weit offen standen. Obwohl der Wind kräftig blies und für die Nacht einen Sturm ankündigte, konnte sie sich nicht dazu durchringen, die Läden zu schließen. In ihrem Kopf kündigte sich schon lange ein Sturm an, der sich in ständig gegeneinander kämpfenden Gedanken äußerte. Vor ihr inneres Auge drängten sich Bilder von Achilles, von seinen unergründlichen, forschenden Augen; seine Stimme hallte in ihrem Kopf, sagte immer wieder, dass sie Troja verlassen sollte, um das versprochene Unheil abzuwenden. Daneben drängte sich Kassandras Stimme, auch sie Unheil verkündend und so sicher wie die Prophezeiung einer wütenden Göttin. Alles schien aus den Fugen zu geraten – ihr Leben, ihre Wünsche, ihre Träume, und ihre Überzeugungen, welche sie nach Troja gebracht hatten, verloren immer mehr an Gewicht, zogen sich in die unerreichbaren Tiefen ihres Geistes zurück, wo sie darauf warteten, letztendlich vergessen zu werden. Selina zwang sich immer wieder, sich Pairys Gesicht vor Augen zu halten, sich an Alexandros' Kinderlächeln zu erinnern, und sie erkannte mit Entsetzen, wie diese Bilder immer mehr verblassten, wie es ihr immer schwerer fiel, sich an diejenigen zu erinnern, die sie so sehr liebte. Mit jedem Tag entfernten sie sich weiter von ihr, und es war nicht das ferne Ägypten, das Selina von ihnen trennte.

Der Wind heulte mittlerweile so stark, dass sie meinte, die fremden Götter würden ihr zürnen. Sie zürnten Troja, sie zürnten Paris, der in seiner Vermessenheit gegen ihre Weisungen gehandelt und die fremde Königin über das Meer an den Hof gebracht hatte. Selina wälzte sich auf den Rücken und stöhnte, geplagt von ihren Gedanken, auf. Schon war der Abend im Begriff, den Tag zu vertreiben, und noch immer konnte sie sich nicht entschließen, ihre Gemächer zu verlassen.

Als sie sich endlich aufraffen wollte, um sich für das abendliche Fest anzukleiden, flog die Tür ihrer Gemächer auf, und Selina erschrak, da der Wind einige der kleinen Tiegel von ihrem Frisiertisch stieß, die daraufhin auf dem Boden zerbrachen. Als sie Antianeira bleich und steif im Türrahmen stehen sah, spürte sie, wie die Schlinge des Unheils um ihren Hals sich weiter zuzog.

„Du musst mitkommen, Selina! Es gab ein furchtbares Unglück."

Antianeira klang aufgebracht und so ernsthaft, wie nur eine Hohepriesterin klingen konnte. Selina gefror das Blut in den Adern, doch sie zögerte nicht, sprang von ihrem Lager und schlüpfte in ihre Beinkleider, ihre Stiefel und ihr Hemd. Zuletzt warf sie sich ihren wollenen Umgang über und folgte Antianeira aus den Gemächern.

„Was ist geschehen?"

„Hippolyta ist tot. Ein Pfeil traf sie in die Brust, als sie einen Hirsch jagte. Es war ein Unfall, doch Penthesilea gibt sich die Schuld am ihrem Tod. Wir haben Hippolyta im Lager unserer Frauen aufgebahrt, und Kleite kniet vor ihrem Leichnam und klagt laut, während sie Hippolytas Hand hält. Penthesilea ist wie erstarrt. Sie besteht darauf, dass Hippolyta verbrannt wird, obwohl Kleite sie nach unserer Art der großen Mutter übergeben will, sie also tief in der Erde begraben sehen möchte. Aber Penthesilea ist unerbittlich und sagt, dass sie Hippolyta nicht in Troja zurücklassen wird, sondern lieber ihre Asche nach Lykastia bringt, als ihren Körper dieser verfluchten Stadt zu überlassen."

Selina versuchte, die Worte Antianeiras in einen Zusammenhang zu bringen, sie bemühte sich zu begreifen. Sie hielt Antianeira fest und zwang sie, stehen zu bleiben. „Was sagst du da, Antianeira? Das kann nicht alles geschehen sein, während ich in meinen Gemächern war."

„Es ist passiert!", gab Antianeira steif zurück und ging dann einfach weiter. Selina hatte Mühe, ihr zu folgen, und bemerkte kaum, dass sie Palast und Vorhof verließen und gegen den Wind gestemmt die Stadt durchquerten, bis sie schließlich völlig außer Atem im Lager der Frauen ankamen.

Selina und Antianeira bahnten sich einen Weg durch die Reihen der Frauen, dann sah Selina mit eigenen Augen, wovon Antianeira ihr bereits berichtet hatte: Im Gras lag Hippolytas lebloser Körper, das lockige braune Haar wie eine Flut um ihren Kopf ausgebreitet. Kleite kniete neben ihrer toten Tochter und hielt ihre schlaffe Hand, während ihre Schreie und ihr Wehklagen mit dem Heulen des Windes wetteiferten. Penthesilea stand umgeben vom engsten Rat ihrer Frauen etwas abseits, steif und reglos, eine Fackel in der Hand.

Selina rannte zu Kleite und warf sich neben sie ins Gras. Sie umarmte ihre Großmutter, die ihr tränenüberströmtes Gesicht an die Schultern ihrer Enkelin presste und schluchzte. „Sie wollen sie verbrennen, meine Tochter. Penthesilea will ihren Körper nicht hier in Troja begraben. Doch es ist der Wille der großen Mutter, dass wir zu ihr in die fruchtbare Erde zurückkehren, wenn sie uns zu sich ruft." Kleite schien um Jahre gealtert. „Sie dürfen diesen Frevel nicht begehen, Selina. Halte sie davon ab! Penthesilea will nicht auf mich hören."

Selina nickte und umarmte Kleite erneut. Als sie sich von ihr löste, stand sie auf und ging hinüber zu Penthesilea.

Die Frauen sahen sie an, doch Penthesileas Blick ging an ihr vorbei, richtete sich auf einen unsichtbaren Punkt in der Ferne, den nur sie zu sehen schien. Selina erschrak, als sie die Härte ihrer Züge wahrnahm. Hatten früher nur die Augen von unbeugsamen Willen und Mut gezeugt, schien nun Penthesileas ganzes Gesicht versteinert zu sein. Selina sprach flehend auf sie ein. „Lass nicht das Feuer ihren Körper verschlingen, Mutter. Lasse sie uns begraben, wie es ihr gemäß ist und wie es die große Mutter verlangt."

Endlich schien Penthesilea ihre Tochter zu erkennen. Doch ihr Gesicht verlor nichts von der Härte. „Ich werde Hippolyta nicht an diesem verfluchten Ort begraben. Ich werde ihre Asche einsammeln und nach Lykastia zurückbringen."

Selina schüttelte den Kopf. Pairy hätte mit Entsetzen reagiert, wenn er Penthesileas Worte gehört hätte. Niemals hätte er zugelassen, dass ihr Körper dem Feuer und damit der vollkommenen Vernichtung übergeben wurde. Sie dachte an Amenirdis, die sich aus Angst vor dem Feuer in Hattusa aus dem Palast gestürzt hatte, nur damit ihr zerschmetterter Leib gefunden und ihr Ka nicht auf ewig verloren sein würde.

„Penthesilea, Mutter!", versuchte es Selina noch einmal. „Du wirst Kleite das Herz brechen."

Als Penthesilea nicht antwortete, wandte sich Selina an die Frauen. „Clonie, Antiope, ihr wisst, dass es nicht richtig ist, Hippolytas Körper dem Feuer zu überlassen."

Doch auch die Frauen verschlossen sich ihren Worten. „Wir folgen unserer Königin. Was sie sagt, wohin sie uns führt, wir stellen sie nicht in Frage", antwortete Clonie. „Du hast uns geraten, nach Troja zu reiten, und wir haben auf dich gehört. Wo sind Palla und ihre Frauen, wo die Truppen Hattis, die neuen Schwerter? Wo ist der große Krieg, von dem du gesprochen hast? Penthesilea wollte nicht reiten, doch wir haben uns von dir überzeugen lassen und sie überredet, uns nach Troja zu führen. Jetzt ist Hippolyta tot. Sie starb nicht im Kampf, wie es ehrenhaft gewesen wäre. Sie starb für einen Krieg, den es nicht gibt."

Penthesilea unterbrach den Streit. „Holt Holz, Zweige und Äste."

Nachdem die Frauen sie stehengelassen hatten, ging Selina wortlos zurück zu Kleite und legte den Arm um ihre Schultern. Als Kleite sah, wie die Frauen das Holz um Hippolyta ausbreiteten, brach sie erneut in Tränen aus. Selina hatte Mühe, ihre Großmutter von Hippolyta fortzuziehen, doch schließlich kam Antianeira ihr zur Hilfe, und sie brachten Kleite gemeinsam aus der Mitte des Kreises. Als sie sie zum Palast zurückbringen wollten, weigerte sie sich jedoch, mit ihnen zu gehen. Stattdessen schien Kleite mit einem Mal ihre Fassung wiederzuerlangen, und sie bestand darauf, sich in den Kreis der Frauen einzureihen und zuzusehen, wie Hippolyta dem Feuer übergeben wurde.

Als Penthesilea schließlich ihre Fackel an das trockene Holz hielt, das angefacht vom Wind schnell entflammte, waren Kleites Tränen getrocknet, und sie starrte wortlos auf das Feuer, das nun knisternd und hell seine Arbeit verrichtete.

„Es ist nicht recht von Penthesilea, sie zu verbrennen", flüsterte auf einmal Antianeira. Selina warf ihr einen verstohlenen Blick zu.

Kleite nahm Selinas Hand. „Möge die große Mutter ihr verzeihen."

Sie warteten, bis das Feuer langsam herunterbrannte und schließlich nur noch rote Glut zurückblieb. Endlich wandte sich Kleite ab, und Selina folgte ihr. Schweigend gingen sie zurück zum Palast, die Arme gegenseitig um ihre Schultern gelegt, in dem verzweifelten Versuch, einander Trost zu spenden.

Später am Abend, als der Sturm sich langsam legte, sein unerträgliches Heulen verstummte und die Wolken den Blick auf Tausende funkelnde Sterne preisgaben, als Selina Kleites Gemächer verlassen hatte, nachdem diese endlich eingeschlafen war, überfiel sie das unstillbare Verlangen nach frischer Luft. So ging Selina in den Palastvorhof, von wo aus sie hinunter auf das Meer und die darauf dümpelnden Schiffe der mykenischen Flotte blicken konnte. Sie war weder überrascht noch erschrocken, als sie im Dunkeln eine Gestalt entdeckte, die wohl ebenfalls aus ihren Gemächern geflohen war, um nachzudenken. Selina trat zu ihr, und sie starrten eine Weile gemeinsam auf das glitzernde Wasser.

„Wohl denen, die in dieser Nacht schlafen können", begann Selina und wagte einen Seitenblick auf Penthesilea. Ihre Mutter wirkte wie der fahle Mond, als ihr offenes langes Haar ihr über die Schultern fiel und die vielen silbernen Armreifen im Licht der Sterne schimmerten.

„Ich habe immer versucht, gerecht zu sein. Meine Gedanken waren nur dem Wunsch zugetan, mein Volk zu lieben. Ich zog nach Troja, um einen großen Krieg zu führen, der mir gerecht erschien. Heute nun habe ich die größte Ungerechtigkeit an meiner eigenen Schwester vollbracht, indem ich ihr Leben vor der Zeit auslöschte. Wie vermessen ich war, als ich glaubte, in Ruhm und Ehre nach Lykastia zurückkehren zu können."

„Ruhm und Ehre ...", sinnierte Selina. „Dort unten im Lager der Mykener gibt es noch einen, der dies hier zu finden hofft."

„Du erzähltest von diesem Mann aus Thessalien. Er soll der beste Krieger sein, den die Welt kennt. Wie war sein Name?"

„Achilles, Achilles von Thessalien."

Penthesilea sprach seinen Namen langsam und bedächtig aus. „Achilles – die trojanischen Soldaten erzittern vor ihm, sie fürchten sein Schwert und den Arm, der es führt. Sie halten ihn für einen Gott, doch er ist nur ein Mann, und was haben der Göttin Männer je bedeutet?"

„Ich habe ihn gesehen, ich habe mit ihm gesprochen, als ich mit Priamos den Leichnam Hektors von ihm forderte. Die Menschen tun recht daran, diesen Mann zu fürchten. Ich habe ihn noch nicht kämpfen sehen, doch in jedem Wort, in jeder Bewegung von ihm spürte ich die Gefahr, die von ihm ausgeht."

Penthesilea hatte ihr das Gesicht zugewandt. In ihren Augen erkannte Selina beunruhigt das gleiche leidenschaftslose Feuer wie in den Augen jenes Mannes, von dem sie gerade sprachen.

„Ich will gegen ihn kämpfen. Ich will in die Augen dieses Mannes sehen, und ich werde Hippolytas Tod mit dem seinen vergelten. Vielleicht wird die große Mutter mir dann einen Teil meiner Schuld erlassen."

Selina zuckte unmerklich zusammen. „Du darfst nicht gegen diesen Mann kämpfen, Penthesilea. Hippolyta wird dadurch nicht wieder leben."

„Aber vielleicht werde ich es wieder können."

„Vielleicht wirst du sterben, Mutter."

„Vielleicht, vielleicht wird mein Leben wie das von Hippolyta in Troja enden. Wenn dem so ist, musst du unser Volk zurück an den Thermodon führen. Wenn ich sterbe, wirst du Königin sein."

Selina schüttelte den Kopf. Sie dachte an Achilles' Worte, dass er ihre Mutter töten würde; und nun wollte Penthesilea ihn auch noch dazu auffordern. Doch Selina fragte sich, weshalb sie seinen Worten glaubte, warum sie ihm mit ihrem Glauben an seine Stärke solche Macht verlieh. Die große Mutter war stärker, als es je ein Mann würde sein können, und Penthesilea war eine Tochter der großen Mutter. Weshalb sollte also Achilles Penthesilea besiegen? Als Penthesilea sich abwandte und zum Palast zurückging, war Selina noch immer in Gedanken vertieft.

„Ich muss es verhindern, ich muss es irgendwie verhindern", sagte sie leise, als sie aus den Augenwinkeln heraus eine Bewegung im Schatten einer Säule am Eingang des Palastes wahrnahm. „Komm heraus, wer immer du auch bist", rief sie dann in der allgemein verständlichen assyrischen Zunge, und sie war überrascht, Benti zu sehen, der sich jetzt scheu und ängstlich aus dem Schatten löste.

Sie hatte Benti in der letzten Zeit kaum gesehen, ja fast vergessen. Als sie ihn nun erkannte, tat er Selina fast leid. „Was tust du hier, Benti? Kannst auch du nicht schlafen?"

Der junge Mann trat rasch näher und blieb dann neben ihr stehen. Entschuldigend lächelnd schüttelte der den Kopf. „Ich wollte nicht lauschen, doch ich verstehe ja ohnehin nicht die Zunge deines Volkes. Ich bin bereits seit dem frühen Abend hier und habe mich versteckt, als Penthesilea kam. Ich ... Nun ja, ich fürchte sie."

Selina lächelte. „Hast du gehört, was heute geschehen ist?"

Benti nickte. „Der Hof tuschelt darüber."

„Nun will Penthesilea Achilles herausfordern, und das beunruhigt mich. Obwohl sie eine hervorragende Kriegerin ist, kann ich mich düsterer Vorahnungen nicht erwehren."

Benti wurde sich erneut seiner unverzeihlichen Lüge bewusst. Er kämpfte mit sich einen schweren Kampf. Sollte er sich von seiner Last befreien und Selina die Wahrheit sagen, solange noch Zeit dafür war? Tudhalija war weit fort, sein Zorn konnte ihn hier in Troja nicht treffen. Er könnte nach Zalpa gehen und sich dort als Schreiber verdingen, vielleicht in ein anderes Land gehen. Er fasste Mut. „Selina, ich ... Es gibt da etwas, das ich sagen muss."

Sie blickte ihn fragend an. „Trenne niemals Herz und Zunge, damit du erreichst, wonach du strebst", sagte sie sanft das ägyptische Sprichwort auf, das Pairy ihr beigebracht hatte.

„Selina, ich habe ... Ich ... Ich habe immer deinen Mut bewundert, und ich wünschte ich wäre wie du."

Dann drehte er sich abrupt um und ließ sie erstaunt und verwirrt zurück, während er sich selber für seine Feigheit hasste. Er konnte es nicht, er konnte nicht in irgendeinem fremden Land, fernab von Hattusa leben. Er war nicht so mutig und stark wie Selina, und er würde Zeit seines Lebens ein erbärmlicher Feigling sein.

Der Rest der Trauerzeit verlief ereignislos. Zur Trauer des Hofes gesellte sich nun die allgemeine Trauer der Frauen im Lager, und auch Selina, die sich seit Hippolytas Tod noch mehr vom Heerlager fern hielt als vorher, spürte, dass in der Gemeinschaft der Frauen etwas zerbrochen war. Penthesilea hatte sich zurückgezogen und verbrachte die meiste Zeit alleine, ebenso Antianeira. Es schien fast, als könnten die Schwestern es nicht mehr ertragen zusammen zu sein, weil ihnen dann schmerzhaft bewusst wurde, dass Hippolyta in ihrer Runde fehlte. Selina besuchte Kleite oft in ihren Gemächern, manchmal gingen sie auf den Palastvorhof und blickten gemeinsam auf das Meer. Sie sprachen wenig, und Kleite überließ sich nach einiger Zeit wieder ihrer Trauer und kehrte in ihre Gemächer zurück, um allein zu sein. Benti ging Selina aus dem Weg, und so blieb ihr nichts anderes übrig, als die Gesellschaft derer zu suchen, die ihr so fremd erschienen.

Selina knüpfte ein lockeres Band mit Andromache. Wenn sie gemeinsam mit dem kleinen Astyanax und seinen hölzernen Pferdchen und Reitern spielten, überkam Selina Wehmut, da sie an Alexandros denken musste. Manchmal lief ihr auch Polyxena über den Weg, meist in Begleitung einer Schar Hofdamen. Kassandra und Helenos sah sie so gut wie nie, da diese ihren Dienst im Tempel taten und Selina es vermied, in die Nähe der verrückten Seherin zu kommen. Wenn Paris und sie sich über den Weg liefen, taten sie so, als sähen sie einander nicht. Selina verachtete den jungenhaften Mann mehr und mehr, und traute ihm außer den Freuden des Schlafgemaches und einer gewisse Überheblichkeit nichts zu.

Priamos gab weiterhin seine Feste, an denen Selina gelangweilt teilnahm, da sie mit ihrer Zeit nichts Besseres anzufangen wusste. So verstrich die Trauerzeit zähflüssig, doch sie endete abrupt, als Selina eines Morgens von lauten Rufen und dem unverkennbaren Klang eines Kampfes geweckt wurde, der durch ihre geöffneten Fensterläden in ihre Gemächer drang.

Paris und sein Vater Priamos standen auf dem Palastvorhof und blickten auf das Kampfgetümmel weit unten am Strand. Während Priamos mit besorgter Miene dem Geschehen folgte, hob Paris den Kopf, als ein Bote herbeigelaufen kam und sich schnell verbeugte. „Nun, Soldat, wie sieht es aus? Werden unsere Truppen den Sieg davontragen?"

Der Mann rang nach Atem. „Im Moment überwiegt die Kampfstärke unserer Truppen. Achilles und seine Myrmidonen befinden sich nicht unter den Mykenern."

Paris verzog verächtlich das Gesicht. „Achilles! Ständig höre ich diesen Namen. Wenn er doch nur endlich mit durchtrennter Kehle im Staub liegen würde."

Der Soldat wagte nicht zu antworten, stattdessen vernahm Paris eine andere Stimme, die ihm ebenso missfiel, wie der Name des thessalischen Prinzen. „Warum nimmst du nicht dein

Schwert und durchtrennst seine Kehle, Prinz Paris? Alles was du kannst, ist, leere Worte zu verkünden."

Paris blickte seinen Vater an, doch er wusste, dass er keine Unterstützung von ihm erwarten konnte – vor allem nicht, seit dieses Weib ihm geholfen hatte, den Körper seines Bruders aus dem feindlichen Heerlager zu holen. Paris bedachte Selina mit einem feindseligen Blick. „Ah, welch unerwarteter Besuch, Selina vom Thermodon. Du trägst bereits deine Rüstung. Warum gehst du nicht und erschlägst ihn selbst?"

„Leider hat man mich nicht gerufen, doch ich mache dir einen Vorschlag, Prinz. Lass uns gemeinsam in die Schlacht reiten. Wie sehr wird dein Volk sich freuen, seinen Prinzen zu sehen."

Priamos bekräftigte Selinas Worte. „Unsere Truppen wären tüchtiger, wenn du sie anführtest, Paris."

„Es wird die Zeit kommen, da ich kämpfen werde, Vater. Doch nicht heute, nicht bei diesem kleinen Aufruhr."

Plötzlich drangen begeisterte Hochrufe zu ihnen herauf. Paris blickte kurz nach unten, dann wandte er sich wieder Selina zu. „Ah, mir scheint der Prinz von Thessalien und seine Myrmidonen sind aus ihrem Schlaf erwacht und gesellen sich zu ihren Truppen."

Selina trat neben ihn und blickte ebenfalls nach unten, ohne wirklich etwas erkennen zu können. „Was rufen sie? Ich verstehe ihre Zunge nicht."

Tatsächlich hatte sich ein Chorgesang eingestellt, der immer lauter und ohrenbetäubender wurde. Paris schürzte die Lippen, dann lächelte er. „Ich glaube, dass sie nach ihrem Helden Achilles rufen. Und, ach ja, sie rufen nach der Tochter des Ares."

Selina wich die Farbe aus dem Gesicht. „Was sagst du da? Was soll das heißen?"

Paris verschränkte die Arme vor seiner Brust und genoss sichtlich ihre Erschütterung. „Nun, hast du denn noch nicht mitbekommen, wie dein Volk von den Truppen genannt wird? Sie sagen, dass ihr Töchter des Ares, unseres Kriegsgottes, sein müsst, und der Ruf scheint eurer Königin zu gelten. Anscheinend wollen die Truppen, dass sie gegen Achilles kämpft."

Selinas Augen wanderten zu Priamos, der sie mitleidig ansah. „Deine Königin zog vorhin mit einigen ihrer Frauen durch die Tore Trojas, um Seite an Seite mit meinen Truppen zu kämpfen."

„Warum hat mich niemand gerufen?" Selinas Stimme verlor alle Kraft.

Paris zuckte mit den Schultern. „Niemand dachte daran."

Ohne noch etwas zu sagen, lief sie vom Palastvorhof, rannte die Rampen der Tempelstadt hinunter bis in die Vorstadt und schließlich zu den Stallungen, die sich in der Nähe des Heerlagers befanden. Den wachhabenden Soldaten schrie sie zu, Arkos zu satteln. Als sie ihn ihr brachten, schwang sie sich auf seinen Rücken und galoppierte dem Tor entgegen. „Öffnet es, lasst mich aus der Stadt!", schrie sie, doch die Männer weigerten sich, das große Tor für einen einzelnen Reiter zu entriegeln und ließen Selina schließlich durch einen kleinen Seiteneingang hinaus.

Sie musste eine kurze Strecke galoppierend zurücklegen, bis sie den ersten Pfeil auf sich zukommen sah, dem sie im letzten Augenblick auswich, indem sie sich an Arkos' Seite hinuntergleiten ließ. Kurz darauf saß Selina wieder fest im Sattel und fand sich mitten im Kampfgetümmel wieder. Rings um sie herum schlugen die Männer mit Schwertern aufeinander ein, und sie hatte kurz Mühe, sich zu orientieren. Einen Augenblick später zog sie ihr Schwert und stieß es einem mykenischen Soldaten in die Schulter, der sie von Arkos' Rücken ziehen wollte. Sie trieb den Hengst weiter an, war kaum daran interessiert zu kämpfen, obwohl sie immer wieder Angreifer abwehren musste. Ihre Augen suchten Penthesilea, sie hielten Ausschau nach Achilles, doch im Gewimmel des Kampfes konnte sie keinen von beiden ausmachen. Wenn sie eine Kriegerin ihres Volkes sah, rief sie ihr laut zu, ob sie Penthesilea gesehen hätte, doch keine der Frauen wusste, wo sie war. Selina erreichte den Strand und erblickte die ersten toten Kriegerinnen. Sie erschrak, als sie Polemusa und Alcibie im Sand liegen sah, ihre Körper verdreht, während ihr Blut langsam im Boden versickerte. Die beiden hatten zum Rat der Zwölf gehört, und Selina begriff, dass Penthesilea und ihre Frauen unter den Ersten gewesen sein mussten, die aus den Toren der Stadt geströmt waren, um zu kämpfen. Panik ergriff sie.

Selina wendete Arkos und blickte irritiert in alle Richtungen, als sie direkt vor ihr einen Krieger mit dem länglichen Schild der Myrmidonen erspähte. Mit einem wütenden Schrei gab sie Arkos die Fersen und stürmte auf ihn zu. Selina hatte nicht mit großer Gegenwehr gerechnet, doch der Mann sah sie aus den Augenwinkeln, wich ihr aus und packte dann ihr Bein, während sie an ihm vorbeipreschte. Ehe sie wusste, wie ihr geschah, fiel sie in den Sand. Sie ließ sich keine Zeit, ihre Überraschung zu überwinden, rappelte sich auf und stand wieder auf ihren Beinen. Der Myrmidone rief ihr etwas zu, doch sie verstand ihn nicht. Ihren Schild hatte sie beim Fall verloren, doch das Schwert – das Schwert der Sonnengöttin – hielt sie noch immer fest umklammert.

Entschlossen stürmte der Krieger ihr entgegen und hob sein Schwert zum Schlag, doch Selina wich ihm mit einem Sprung zur Seite aus. Er schien damit gerechnet zu haben, sodass er viel zu schnell wieder bei ihr war und Selina seinen Hieb nur mit ihrem Schwert abwehren konnte. Immer wieder wehrte sie seine Angriffe ab und wunderte sich über die Schnelligkeit und Wendigkeit des Mannes. *Ich werde unterliegen*, dachte sie bestürzt. *Dieser Krieger ist zu stark, als dass ich in einem offenen Kampf gegen ihn bestehen könnte.* Fieberhaft dachte sie nach, während sie weiter seine Hiebe abwehrte. *Ich muss ihn überlisten, nur so kann ich ihn besiegen.*

Als er seinen nächsten Hieb ausführte, wehrte sie ihn ab, ließ sich dann jedoch instinktiv in den Sand fallen und täuschte vor, gestrauchelt zu sein. Als er zu ihr trat und sein Schwert hob, erkannte Selina seine Schwachstelle: Er schützte seinen Körper nicht mit dem Schild, als er zum letzten vernichtenden Schlag gegen sie ausholte. Ihr Schwertarm schoss hervor, und sie durchstieß mit aller Kraft seinen ledernen Brustpanzer. Das harte Metall bohrte sich zwischen seine Rippen, auf seinem Gesicht breitete sich ein erstaunter Ausdruck aus. Selina nutzte seine Verwunderung und stieß ihr Schwert tief in seinen Leib. Sein Schwert fiel in den Sand, dann brach er über ihr zusammen.

Selina drückte ihn von sich und kam schnell wieder auf die Beine. Sie konnte Arkos nirgendwo entdecken. Plötzlich sah sie etwas aufblitzen, kurz nur, doch sie wusste, dass es Penthesileas silberner Schild gewesen war. Sie rannte schneller und stolperte fast über einen am Boden liegenden Körper. Ihr Herz raste, als sie erkannte, dass es Clonie war, deren durchtrennter Hals von ihrem Blut rot gefärbt wurde. Selina zwang sich, noch schneller zu laufen, dann sah sie Achilles. Ihn. Und Penthesilea. *Sie haben sich gefunden*, schoss ihr durch den Kopf. Achilles hob seinen Arm und schlug mit dem Schwert zu, Penthesilea wehrte ihn ab. Kurz darauf krachte sein Schwert auf ihren silbernen Schild, dann musste er selbst einem von ihr ausgeführten Stoß ausweichen. Penthesilea schlug sich mit aller Kraft, doch Selina traute dem Kampf des Thessaliers nicht. *Er hält sich zurück! Er hält sich zurück, während Penthesilea mit ihrer ganzen Kraft kämpft und glaubt, dass er ebenso erbittert zuschlägt. Er spielt mit ihr, es ist das Spiel eines Raubtieres mit seinem Opfer!* Ihre Gedanken überschlugen sich. *Wenn ich dazukomme, wenn wir gemeinsam gegen ihn kämpfen, können wir ihn vielleicht besiegen.*

Penthesilea stand mit dem Rücken zu ihr, und es fehlten nur noch ein paar Schritte, dann wäre Selina an ihrer Seite gewesen. Plötzlich erblickte Achilles Selina. Seine Augen erfassten sie nur für einen knappen Augenblick, doch ihr Herz setzte aus. Sie sah, wie seine Muskeln sich anspannten, wie sich seine Haltung veränderte. Abrupt blieb sie stehen, und sie sah, wie Achilles' Schwert überraschend vorschnellte und in Penthesileas Brust fuhr.

Wie gelähmt beobachtete Selina, wie Penthesilea zusammenbrach, als Achilles sein Schwert zurückzog. Sie hatte erwartet, dass er sie noch einmal ansah, dass er ihr ein triumphierendes Lächeln zuwarf, doch er wandte sich einfach ab und ging davon. Selina fiel neben Penthesilea in den Staub und bettete den Kopf ihrer Mutter in ihren Schoß. Penthesileas Augen waren geöffnet und starrten in den Himmel, ihr Mund hatte sich zu einem letzten Wort geformt, das niemals ausgesprochen werden sollte. Selina warf den Kopf in den Nacken und schrie so laut den Namen ihrer Mutter, dass sie meinte, von ihrem eigenen Schrei taub werden zu müssen. Dann rief sie voller Zorn immer wieder nach Achilles, und sie verstummte erst, als einige Kriegerinnen kamen und sie mit vereinten Kräften fortzogen.

Die Feuer knisterten und sprühten ihre Funken in den dunklen Nachthimmel. Nachdem der Tag so geräuschvoll und laut begonnen hatte – die Schreie der Sterbenden, das Geklirr von Waffen und das dumpfe Aufschlagen von Pferdehufen hatten ihn erfüllt –, herrschte nun Stille. Die Verwundeten waren zurück ins Lager getragen worden, danach hatte man die Toten geholt. Weder die Mykener noch die Trojaner hatten sich gegenseitig daran gehindert. Auf jeder Seite gab es Verluste, jeder kümmerte sich um seine eigenen Leute.

Selina starrte auf die lange Reihe von Körpern im Heerlager der Frauen. Über zweihundert Kriegerinnen hatten im heutigen Kampf ihr Leben gelassen. Penthesilea lag nicht unter ihren gefallenen Frauen im Gras. Man hatte sie in ein Zelt gebracht und gewaschen, ihr die Rüstung wieder angelegt und sie einer Königin gemäß aufgebahrt. Antianeira und Kleite hatten diese traurige Aufgabe übernommen, denn Penthesileas Zwölferrat gab es nicht mehr. Bremusa, Clonie, Antiope, Alcibie, Polemusa, Evandra, Hippothoe, Thermodosa, Derinoe, Antandre, Derimacheia und Harmothoe, die Frauen, welche Penthesileas engsten Kreis gebildet hatten, waren allesamt an einem einzigen Tag ausgelöscht worden.

Selina hatte das Zelt, in dem Penthesilea aufgebahrt lag, nicht betreten. Stattdessen saß sie draußen im Gras und sah zu, wie die Frauen ihre gefallenen Schwestern notdürftig in Tücher wickelten, während andere eine große Grube aushoben, in der alle Körper Platz finden würden. Als Kleite und Antianeira aus Penthesileas Zelt traten, wäre Selina am liebsten fortgelaufen und hätte sich versteckt, aber Kleite hatte sie bereits gesehen und kam mit müden Schritten auf sie zu, um sich dann neben sie ins Gras zu setzen. Gemeinsam starrten sie auf das Geschehen vor sich, dann nahm Selina Kleites Hand. „Es ist meine Schuld. Ich habe Penthesilea überredet, nach Troja zu reiten. Ich bin so einfältig, Kleite."

Ihre Großmutter drückte ihre Hand und sah sie dann mit einem traurigen Lächeln an. „Du wolltest die beschützen, die du liebst. Du bist noch jung, Selina. Woher hättest du wissen sollen, wie es enden wird?"

Selina zog ihre Knie an und legte die Arme darum. „Es gibt keine Entschuldigung. Warum zürnst du mir nicht? Zwei deiner Töchter sind tot, doch du scheinst die Einzige zu sein, die mir ihren Tod und alles, was geschehen ist, nicht verübelt. Wer, wenn nicht du, hätte Grund, mich zu hassen?"

„Ich bin zu alt, um zu hassen, und ich bin zu müde, um zu trauern. Ich bin mit nach Troja geritten, weil ich ahnte, dass viele von uns nicht nach Lykastia zurückkehren würden und ich nicht allein zurückbleiben wollte."

„Ich werde nicht zulassen, dass unser Volk in diesem Krieg abgeschlachtet wird. Es war falsch, nach Troja zu kommen. Kein Überfall in Lykastia hätte so grausam sein können wie dieser sinnlose Krieg."

Kleite wandte ihren Blick wieder auf die Reihe der Gefallenen. „Ob in Lykastia oder in Troja – wenn die Mykener uns überfallen hätten, wären wir zu wenige gewesen, um ihnen Widerstand leisten zu können. Sie hätten die Alten getötet, die Jungen hätten sie verschleppt. Es ist besser, hier zu sterben, als dieses Schicksal zu erleiden."

„Palla wird nicht kommen. Wenn sie es vorgehabt hätte, wäre sie bereits hier. Sie hat mich belogen und ihr eigenes Volk verraten." Selina fühlte Hass in sich aufsteigen. „Ich glaubte, ich könnte sie überzeugen, weil wir einmal wie Schwestern waren. Wie vermessen ich war!"

„Ich habe dir schon vor langer Zeit gesagt, dass Palla dich bekämpfen wird. Sie hat ihren eigenen Weg dafür gewählt."

„Dafür werde ich sie bestrafen. Ich werde sie finden und töten."

„Gib dich nicht dem Hass hin, Selina. Hass macht blind, und er gereicht dir nicht zum Ruhme."

„Ich begehre keinen Ruhm, Kleite. Ich kann Palla nicht verzeihen. Doch ich kann den Rest unseres Volkes aus Troja führen und mit ihm nach Lykastia zurückkehren." Sie sah Kleite eindringlich an. „Ich kann noch versuchen, unser Volk zu retten."

Sie wollte aufspringen, doch Kleite hielt sie zurück. „Sie wollen nicht nach Lykastia zurückkehren, bevor sie den Tod ihrer Königin vergolten haben. Antianeira und ich haben mit einigen von ihnen gesprochen. Sie sind sich einig: Keine von ihnen will fort, ehe Achilles von Thessalien sein Leben gelassen hat."

„Das ist Wahnsinn!", stieß Selina hervor. „Ich kenne diesen Mann, ich habe mit ihm gesprochen, ich habe ihn kämpfen sehen. Er ist im offenen Kampf nicht zu besiegen."

Kleite ließ ihre Hand los und lächelte traurig. „Sie haben sich entschieden: Sein Tod für den Tod ihrer Königin." Sie erhob sich langsam. „Lass uns Abschied von den Toten nehmen."

Sie mischten sich unter die Frauen, und Selina half, die Grube auszuheben. Es war bereits später Abend, als sie den letzten Körper hineingelegt hatten und das Grab zuschaufeln konnten. Penthesileas Leichnam blieb im Zelt, für sie war am nächsten Tag eine Trauerfeier angesetzt worden. Als die Frauen sich müde und schweigsam in ihre Zelte zurückzogen, verließ Selina das Lager. Die Frauen wollten nicht zurückkehren, bevor Achilles mit dem Leben bezahlt hatte. *Ein Leben gegen das von Hunderten*, dachte sie grimmig. *Es ist meine Schuld, also werde auch ich es sein, die diese Schuld begleicht.* Der Mond stand noch immer am Nachthimmel, und es würde noch etwa drei Stunden bis zur Morgendämmerung dauern. Es blieb genügend Zeit, um zu tun, was getan werden musste. Sie schlug den Weg zum Palast ein, wandte sich in der Unterstadt jedoch den Stadttoren zu. Die Wachen blickten sie zuerst müde, dann verständnislos an, als sie verlangte, durchgelassen zu werden. Doch was kümmerte sie die Verrücktheit einer einzelnen Frau?

Selina ging den Weg zum Strand hinunter, und ihre grimmige Entschlossenheit wuchs, als sie sah, dass auch im mykenischen Lager Ruhe eingekehrt war. Die Wachen, die vereinzelt zwischen den Zelten umherstreiften, waren ebenso müde wie die trojanischen. Niemand rechnete mit einem Angriff, nicht nach dem heutigen Tag. Selina achtete zwar darauf, leise zu sein, als sie durch das Lager lief, doch sie hielt sich kaum verborgen. Erst als sie Achilles' Zelt fast erreicht hatte, hörte sie hinter sich ein Schwert aus einer Scheide fahren. Trotz ihrer eigenen Müdigkeit waren ihre Sinne für jedes Geräusch empfänglich; die Macht des Zornes und der Verzweiflung verlieh ihr Kraft. Sie duckte sich und fuhr dabei herum. Als sie den Soldaten vor sich sah, ließ sie sich auf den Rücken fallen, stemmte ihre Beine gegen seinen Brustharnisch und stieß ihn mit aller Kraft von sich. Er fiel mit einem dumpfen Geräusch nach hinten und verlor sein Schwert. Selina zog ihr bronzenes Messer, kam mit einem katzengleichen Sprung auf die Beine und war bei ihm, ehe er sich hätte aufraffen können. Mit einem einzigen Schnitt durchtrennte das Messer seine Kehle, und während ihm das Blut aus Hals und Mund lief und er im Todeskampf gurgelnde Geräusche von sich gab, packte sie auch schon seine Beine und zog ihn hinter das nächstgelegene Zelt. Selina verlor keine Zeit, blickte sich jedoch dieses Mal um, bevor sie den kurzen Weg zu Achilles' Zelt erneut einschlug. Als sie keine weitere Wache sah, lief sie los und stand kurz darauf vor seinem Zeltvorhang.

Sie hielt kurz inne. *Es ist dumm und gefährlich, einfach in dieses Zelt zu gehen. Vielleicht ist er wach, vielleicht ist seine Sklavin bei ihm, oder er hat gehört, wie ich den Wachsoldaten getötet habe und wartet bereits mit dem Schwert in der Hand auf mich.* Sie zögerte. Vielleicht war es besser, ein Loch in die Hinterwand des Zeltes zu schneiden und hindurchzukriechen. Achilles hatte sein Ruhelager auf der linken Seite des Zeltes, erinnerte sie sich. *Er schläft, Selina. Lass dich nicht von deiner Angst beherrschen,* entschied sie schließlich und schob den Vorhang langsam zur Seite, nur so weit, dass sie ohne unnötiges Rascheln hindurchschlüpfen konnte.

Im Zelt war es dunkel. Es brannte keine Fackel, kein Feuerbecken war entzündet. Sie fluchte innerlich, weil sie damit nicht gerechnet hatte. Sie hockte am Zelteingang in der Dunkelheit und bemühte sich, etwas zu sehen, doch es war unmöglich, die Schwärze zu durchdringen. Selina hörte ihren eigenen Atem, sie fühlte ihr Herz vor Anspannung gegen die Rippen schlagen, doch sonst war kein Laut zu vernehmen – kein Schnarchen, kein Atmen. Wenn Achilles schlief, hatte er einen sehr tiefen und ruhigen Schlaf. Ihre Hände tasteten die Umgebung um sie herum ab. Sie fühlte nur die Matten, die den Boden bedeckten. Langsam kroch sie in die Richtung, in der sie das Lager vermutete. Einmal stieß sie an eine Schale, die auf dem Boden lag, und es gab ein dumpfes Geräusch, als ihre Armschienen gegen die Keramik schlugen. Sie hielt inne und biss die Zähne zusammen. Als nichts weiter geschah, kroch sie langsam weiter. Ihre Hände bekamen den hölzernen Rahmen des Lagers zu fassen, sie ertastete die Decken und ein gegerbte Fell. Ohne zu überlegen, nahm sie eine der Decken und roch daran. Eine Mischung aus Myrrhe und Sandelholz, wie sie sie in Hattusa oft bei den männlichen Höflingen wahrgenommen hatte, stieg ihr in die Nase. Selina lächelte spöttisch. Obwohl er ein gerissener und grausamer Mörder war, war er also eitel wie alle Männer. Sie setzte sich auf die Knie. Ihre Hände fuhren weiter über das Lager, doch sie ertastete keinen schlafenden Körper. Sie beugte sich vor, damit sie auch das Ende des Lagers abtasten konnte, fand jedoch nichts außer den Decken. *Er ist nicht hier*, dachte sie erstaunt. Doch dann spürte sie einen harten und schmerzhaften Tritt gegen ihren rechten Oberschenkel, und kurz darauf packten zwei Hände ihre Beine mit festem Griff und rissen sie zur Seite. Selina fiel auf die Schulter und stöhnte kurz auf, als der Schmerz sie durchfuhr. Sie versuchte, mit ihrer linken Hand nach ihrem Messer zu greifen, doch ehe ihr das gelang, spürte sie bereits ein Messer an ihrer Kehle. Sie schloss die Augen und wartete, doch das Messer blieb, wo es war. Dann hörte sie ein leises Kratzen und Schaben. Kurz darauf setzte sich der Angreifer rittlings auf sie und drückte ihre Arme mit seinen Knien zu Boden, sodass sie nun hilflos unter ihm lag. *Er war unter dem Lager, er wusste, dass ich in seinem Zelt bin. Entweder hat er gesehen, wie ich durch den Vorhang geschlüpft bin, oder er hat gehört, wie ich den Soldaten getötet habe,* schoss es ihr durch den Kopf, und sie verfluchte ihre Dummheit.

„Wie fühlt es sich an, ein Messer an der Kehle zu haben und auf den Tod zu warten, Selina vom Thermodon?", hörte sie Achilles' ruhige Stimme. Sie konnte weder sein Gesicht noch sonst etwas erkennen, aber es fiel ihr leicht, sich das kalte Funkeln seiner Augen und die Gleichgültigkeit seiner Züge vorzustellen. Selina versuchte, ihre Arme zu befreien, doch es gelang ihr nicht. Stattdessen spie sie ihm wütend entgegen: „Das wirst du noch früh genug selber herausfinden, Schlächter von Thessalien."

Sie wurde noch wütender, als sie sein leises Lachen vernahm. „Du führst große Worte im Mund für jemanden in deiner Lage. Lass mich dich daran erinnern, dass es deine Kehle ist, um die es in diesem Augenblick geht."

„Dann rede nicht, und tue, was du ohnehin tun wirst. Als du Penthesilea niedergestreckt hast, brauchtest du ebenfalls keine großen Worte."

„Ach, darum bist du gekommen."

„Ja, darum bin ich hier. Ich wünsche nichts sehnlicher als deinen Tod."

Er seufzte gespielt auf. „Beim großen Ares, wer wünscht den nicht? Selbst Agamemnon würde mich am liebsten tot sehen, obwohl er mich braucht, wenn er Troja einnehmen will."

Plötzlich fühlte sie seine Hand über ihren Körper gleiten. Sie wollte sich von ihm befreien, doch er tastete nur nach ihren Waffen, fand das Schwert und nahm es ihr ab. Dann nahm er das Messer von ihrem Hals, und seine Knie gaben ihre Arme frei. Selina kam stolpernd auf die Füße. Ihre Gelenke schmerzten, als das Blut wieder in die Adern zu strömen begann, und sie blinzelte, als das Licht einer Fackel aufflackerte. Ihre Augen suchten nach ihrem Schwert, während er ihr noch den Rücken zugewandt hatte und die Fackel in eine Wandhalterung steckte. „Mach dich nicht lächerlich, Selina vom Thermodon. Du solltest mittlerweile wissen, dass ich nicht so dumm bin." Er drehte sich zu ihr um, und sie starrten sich eine Weile an. Wie sie erwartet hatte, trug er seine Beinkleider und seinen Waffengürtel um die Taille, und seine kühlen Augen musterten sie von oben bis unten. „Wo kommst du nur her, Tochter des Ares? Bist du dem Hades entsprungen?"

Selina sah an sich hinunter und wusste, was er meinte. Überall an ihr klebte Erde von der Grube, die sie ausgehoben hatte, und sowohl ihre Arme als auch ein Teil des Brustharnisches waren mit dem Blut des getöteten Wachsoldaten besudelt. „Ich dachte wohl, es wäre unnütz, ein Bad zu nehmen, bevor ich in deinem Blut gebadet habe."

„Ah, ich verstehe. Du siehst, es kommt nicht immer so, wie man es sich wünscht." Er wies auf einen großen Tonkrug neben der Schale, an die sie vorhin gestoßen war. „Wasch dich, zieh die schmutzigen Kleider und die Rüstung aus, dann werden wir etwas essen."

Sie starrte ihn mit offenem Mund an. „Bist du vollkommen verrückt? Ich würde lieber Gift schlucken, als mit dir zu essen!" Sie musste sich beherrschen, um nicht zu schreien.

„Selina vom Thermodon", begann er in seiner eigentümlichen Sanftheit, „es ist Krieg. Du solltest deine Gefühle zügeln, denn sie machen dich schwach."

„Ich werde sie zügeln, sobald ich dich getötet habe."

Er kam auf sie zu und ergriff ihr Handgelenk, um sie zur Waschschüssel zu schleifen. „Wasch dich! Wenn du es nicht selbst machst, werde ich es tun."

Sie starrte ihn ungläubig an. „Du bist wirklich wahnsinnig, oder?"

Er ging nicht darauf ein. „Dieses Blut, ist es von einem Mykener?"

Selina spürte eine gewisse Genugtuung. „Er liegt hinter einem Zelt."

Sie hatte mit einem Wutausbruch gerechnet, vielleicht mit einem Schlag ins Gesicht, doch er nickte nur. „Das Kätzchen hat also einen Vogel gerissen."

„Es hat sogar einen aus dem Nest des Achilles gestohlen", gab sie herausfordernd zurück. Kurz meinte Selina, in seinen Augen eine Gefühlsregung erkennen zu können, dann zeigte er wieder seine Maske der Undurchdringlichkeit. Achilles' Blick fiel auf ihr Schwert, das er neben sich auf einen Schemel gelegt hatte. „Das Schwert aus Erdmetall! Ich wunderte mich schon, wie Bronze den Brustpanzer eines Myrmidonen durchschlagen konnte. Kein Schwert hat das je vermocht. Ich bin beeindruckt, Selina vom Thermodon."

Sie glaubte ihm nicht, doch es war ihr gleichgültig. Wenn sie ihn nur irgendwie verletzen konnte, irgendwie ihren Hass auf den Mörder ihrer Ziehmutter befriedigen konnte, war ihr jedes Mittel recht. Doch das kurzfristige Gefühl der Überlegenheit machte eine weitere Aufforderung, sich zu waschen, zunichte. Wutentbrannt legte sie ihre Arm- und Beinschienen ab, danach den ledernen Brustpanzer. Er sah sie fragend an. „Was soll das? Zieh deine Beinkleider und das Hemd aus, und wasche dich richtig."

Als sie schließlich nackt vor der Schale kniete und sich wusch, empfand sie zwar keine Scham, aber das Gefühl der tiefsten Demütigung. Er hatte sich auf sein Lager gesetzt, doch sie spürte, wie seine Augen ihren Rücken durchbohrten. Als sie fertig war, zwang er sie dazu, auch die Haare zu waschen, dann endlich warf er ihr eine Decke zu, in die sie sich einwickeln konnte. Achilles winkte Selina zu sich. „Du bist schön, Selina vom Thermodon. Deine Augen gleichen den meinen, und dein Gesicht trägt mykenische Züge. Auch deine Mutter war schön, doch obwohl sie wie du helles Haar hatte, ähnelst du ihr nicht."

„Sie hat mich nicht geboren. Sie nahm mich als Tochter an, als meine Großmutter mich ihr brachte. Die Frau, die mich geboren hat, starb durch einen verirrten Pfeil bei einem Überfall auf der assyrischen Handelsstraße, als ich noch ein Säugling war. Sie war wohl Mykenerin." Sie wusste nicht, weshalb sie ihm das erzählte, doch ihr Hass auf ihn wurde durch ihre Müdigkeit gedämpft und durch das Gefühl der Trauer unterdrückt.

„Dann kämpfst du in diesem Krieg auf der falschen Seite. Deine Ziehmutter suchte den Tod. Sie wusste, dass sie nicht gegen mich bestehen konnte, obwohl sie eine gute Kämpferin war."

Selina schüttelte den Kopf. „Verschone mich mit deinem dummen Geschwätz. Es wird nichts an dem Hass ändern, den ich für dich empfinde, und es wird auch nichts an meinem Wunsch ändern, dich zu töten!"

„Natürlich wird es das nicht. Ich habe Hektor getötet, weil er meinen Freund Patroklos erschlagen hat. Patroklos trug meine Rüstung, sodass Hektor dachte, er würde gegen mich kämpfen. So ist es im Krieg: Wir töten und sterben! Doch es ist wahr, dass Penthesilea sich tief im Innern nach dem Tod sehnte." Seine Stimme wurde ausdruckslos. „Ich habe viele Menschen getötet, viele Menschen, die eigentlich leben wollten. Mit der Zeit bekam ich einen Blick dafür." Er wies mit einer knappen Geste auf seine Augen. „Es liegt in den Augen eines Menschen, Selina vom Thermodon. In seinen Augen spiegelt sich der Lebenswille, und die Augen deiner Mutter waren leer."

Ein ungutes Gefühl durchdrang sie. Sie erinnerte sich an das letzte Gespräch mit Penthesilea, an ihr versteinertes Gesicht, als sie Hippolytas Verbrennung angeordnet hatte, an ihre nüchterne Ankündigung, dass sie gegen Achilles kämpfen wollte. Selina ahnte, dass Achilles die Wahrheit sprach, doch es entschuldigte nichts. „Du hast sie wie ein Tier erschlagen, Achilles von Thessalien. Du hast mit ihr gespielt und sie getötet, als ich ihr helfen wollte."

„Dein Ehrgefühl ist groß, Kriegerin. Doch es ist nicht angebracht, wenn du Schlachten gewinnen willst. Aber eben wegen deiner großen Gefühle, deiner Fähigkeit, Leid und Schuld zu fühlen, gefällst du mir. Vielleicht hätte ich deine Königin nicht getötet, wenn du nicht gekommen wärst, sondern sie als Kriegsbeute mit nach Thessalien genommen."

Seine Worte brannten sich schmerzvoll in ihre Seele. Ihr Hass flammte erneut auf. „Du hast viel mehr als den Tod verdient", flüsterte sie.

„Oh, verurteile mich nur. Vielleicht hast du recht, wenn du sagst, dass ich grausam bin." Er beugte sich vor, und seine Stimme wurde eindringlich. „Sieh mich an, Selina vom Thermodon, denn in kurzer Zeit wirst du sein wie ich."

Sie zuckte zusammen. „Niemals!"

„Du tötest, Frau! Wie viel Überwindung hat es dich gekostet, dein Schwert in den ersten Körper zu schlagen? Ich spreche nicht von der Schlacht, in der du nicht denkst, sondern dich verteidigst. Ich spreche vom *bewussten* Töten. Was hast du empfunden, als du die Wache vor meinem Zelt erschlagen hast?"

Selina fühlte, wie dieser Mann, dieser seltsame Mann, sie irritierte, wie er sie aus der Fassung brachte und ihre Überzeugungen ins Wanken gerieten. „Ich habe nichts empfunden."

Achilles lächelte, und Selina wurde bewusst, dass sie ihn noch nie vorher hatte lächeln sehen. „In diesem Moment warst du bereits wie ich. Glaubst du denn, ich war immer so? Je mehr du tötest, je mehr Kriege du führst, desto schneller wirst du wie ich."

Sie sprang auf und fuhr ihn an: „Ich werde vielleicht nur noch ein einziges Mal töten – dich!"

Er lehnte sich wieder zurück und nickte in Richtung ihres Schwertes. „Dort drüben liegt dein Schwert. Nimm es und erschlage mich!"

Sie überlegte nicht, ging hinüber zu ihrem Schwert und trat nah an ihn heran. Er blieb auf seinem Lager, machte keinerlei Anstalten, sein Schwert zu ziehen. „Worauf wartest du? Stoß es mir in die Brust und sieh mir dabei in die Augen."

Sie erinnerte sich daran, wie Pairy damals in Hattusa vor ihr gestanden hatte, den Dolch zwischen ihnen, und etwas Ähnliches zu ihr gesagt hatte. Wütend ließ sie ihr Schwert sinken. „Ich sollte es tun. Dann könnte ich mein Volk nach Hause führen, denn die Kriegerinnen wollen nicht gehen, ehe dein Herz aufhört zu schlagen."

„So wirst du also eine Königin ohne Volk sein, Selina vom Thermodon – eine Königin ohne Heimat und Familie."

„Warum schweigst du nicht? Warum kannst du nicht einfach still sein?"

Er erhob sich langsam und stand dann vor ihr. Sie hätte abgestoßen sein sollen, als seine Hand sanft über ihr Gesicht fuhr, doch sie rührte sich nicht. „Weil ich will, dass du mich nach Thessalien begleitest. Du bist Mykenerin, also ist es nur recht, wenn du in deine Heimat zurückkehrst." Seine Hände auf ihren Schultern schienen sie zu verbrennen. „Ich biete dir an, mich zu begleiten, nicht als Sklavin, ich führe dich als ehrbare Frau in mein Haus."

Sie kämpfte mit sich. „Ich habe bereits einen Gemahl, und ich habe einen Sohn."

Er ließ sich nicht beeindrucken und löste ihre Finger von der Decke, in die sie sich eingewickelt hatte. Ihre Hände gaben nach, ohne dass sie etwas dagegen hätte tun können.

„Ist dein Gemahl auch in Troja?" Seine Augen betrachteten ihren Körper.

„Er ist in Ägypten, mit unserem Sohn Alexandros." Sie sprach den Namen ihres Kindes aus, als hätte er sie von dieser ungewollten Leidenschaft befreien können.

„Ägypten ..." Achilles fuhr mit der Hand ihren Hals entlang. „Kennst du dieses Land? Es ist weit entfernt, und die Menschen denken und handeln anders als wir. Dein Sohn wird als Ägypter aufwachsen, und er wird dir fremd sein." Seine Hand berührte die Spitzen ihrer Brüste. „Du kannst andere Söhne haben." Er kam ihr noch näher und wies dann auf sein Lager. „Ich zeuge Söhne mit dir, wenn du möchtest. Aber vielleicht willst du auch viel lieber frei sein, Waffen führen und auf einem Pferd sitzen. Ich würde es dir erlauben; wird dein ägyptischer Gemahl es tun?"

Sie schluckte und versuchte zurückzuweichen. Achilles hielt sie fest und senkte seinen Kopf, um sie zu küssen. Ihr Herz raste. *Große Mutter, es ist falsch!* Sein Kuss war sanft, zu sanft für einen Mann wie ihn, der so gnadenlos töten konnte. „Wo ist Brisëis?", bemühte sie sich, ihn abzulenken.

„Sie ist nicht wichtig, nur eine Sklavin." Er zog sie zum Ruhebett, drückte sie sanft hinunter und setzte sich dann zu ihr. Mit Bedacht löste er das Zugband seiner Beinkleider. Was tat sie hier? Sie hatte einen Gemahl, den sie liebte. Sie spürte, wie er sich erneut zu ihr herabbeugte und ihre Schenkel öffnen wollte. „Wir ähneln uns sehr, Selina vom Thermodon. Und wir werden gleichwertig sein. Du kennst das Geheimnis des Erdmetalls, und ich weiß, wie man es bearbeiten muss, damit es stark wird."

Sie spürte seine Erregung, und sie schien selbst aufzuflammen, als er von dem Metall sprach. Er versuchte, sich zwischen sie zu drängen, doch sie wehrte ihn ab. „Was hast du über das Metall gesagt?"

Er berührte spielerisch ihre Brüste. „Ein Schmied kam zu Agamemnon. Ich weiß nicht, ob er aus Hatti kam – er tat sehr geheimnisvoll, benahm sich fast wie ein Priester. Er verkaufte Agamemnon einige Spitzbarren für unverschämt viel Gold, aber es war nicht das schwarze Kupfer des Himmels, denn es konnte nicht in kaltem Zustand gehämmert werden, wie wir es mit dem Himmelsmetall tun. Er wollte sein Geheimnis hüten, doch ich überredete ihn, mich zusehen zu lassen, wie er das Metall formt. Er bearbeitete es glühend, anstatt es einfach kalt zu hämmern, und formte ein Schwert daraus. Er verriet mir, dass das Metall immer wieder mit dem Hammer bearbeitet werden muss, damit es hart wird. Aber das Wichtigste, so sagte er, ist, das Schwert noch im glühenden Zustand in Wasser zu tauchen. Ich habe gesehen, wie er es tat, und danach war es ein gutes Schwert, das nicht mehr brach und die Schärfe seiner Klinge behielt. Die Bronzeschwerter bogen sich unter seinem Hieb. Aber der Schmied wusste nicht zu sagen, wie sie das Metall den Steinen abringen. Vielleicht weißt du es, Selina vom Thermodon! Ich wäre unbesiegbar."

Seine Augen funkelten, und Selina wusste auf einmal, was sie an diesem Mann so sehr abgestoßen hatte. Sie stieß ihn von sich und sprang vom Lager. „Du begehrst nicht mich und auch keine andere Frau. Du liebst nur dich selbst: dich, Ruhm und Ehre."

Er erhob sich langsam. „Du ähnelst mir, Selina! Ich könnte dich begehren und achten. Vielleicht könnte ich dich sogar eines Tages verehren."

Sie schüttelte den Kopf und suchte nach der Decke, um sich darin einzuwickeln. „Ich will dich nicht, Achilles. Ich fühle mich meinem Gemahl verbunden. Ich liebe ihn."

Er verschränkte in verletztem Stolz die Arme vor der Brust. „Du weist mich zurück?"

Sie nickte stumm.

„Ich habe dir gerade ein kostbares Geheimnis enthüllt, und du willst mir deines verschweigen? Ich werde dich besitzen, so oder so! Ich habe dir angeboten, ehrbar nach Thessalien zu kommen, doch wenn du das ablehnst, werde ich dich holen, wenn Troja fällt. Überlege es dir gut: Wenn du jetzt mit mir das Lager teilst und bei mir bleibst, werde ich deine Worte vergessen. Entscheidest du dich jedoch gegen mich, werde ich dich nach dem Fall der Stadt als Kriegsbeute auf mein Schiff bringen. In drei Tagen werden wir Troja angreifen und es vernichten."

„Ich möchte gehen", sagte sie leise.

Er wies auf ihre schmutzige Kleidung, die noch immer am Boden lag. „Es steht dir frei."

Sie zog sich an, und dieses Mal war ihr egal, dass er sie beobachtete. Als Achilles ihr aus dem Zelt folgte, war es noch immer dunkel. Er führte sie zu einem kleinen Gatter, in dem die Pferde standen, welche sie am Tag zuvor von den gegnerischen Truppen erbeutet hatten. „Nimm dir eines! Sie sind noch gesattelt. Niemand hatte Zeit, sich um sie zu kümmern."

Selina wollte bereits eine junge Stute wählen, da fiel ihr Blick auf den braunen Hengst. „Arkos!" Das Pferd spitzte aufmerksam die Ohren und lief zu ihr, als es sie erkannte.

„Ein schöner Hengst", bemerkte Achilles und ließ ihn aus dem Gatter. „Und nun solltest du gehen, denn es grenzt an ein Wunder, dass die Wachen uns noch nicht entdeckt oder ihren toten Kameraden hinter dem Zelt gefunden haben."

Sie saß auf, und Achilles reichte Selina ihr Schwert.

„In drei Tagen, werden wir uns wiedersehen", sagte sie, dann ritt sie davon.

Achilles sah ihr eine Weile hinterher, bevor er zu seinem Zelt zurückging. Er hätte sie gerne auf seinem Lager gehabt, diese Frau, diese Kriegerin. Er hätte sie bei sich behalten und als Eheweib mit nach Thessalien genommen, und vielleicht hätte sie mehr als seine Sklavinnen für ihn sein können. Er hatte die Hoffnung gehegt, dass es so war, und gefühlt, dass auch sie Leidenschaft für ihn empfunden hatte. Er zwang sich, die letzten Gefühle in sich zu bezwingen. Er glaubte, dass sie das Geheimnis des Metalls kannte, und sie war eine Kriegerin. Brisëis und die anderen Frauen taugten für sein Lager, doch wenn die Lust vorüber war, konnten sie ihn, der den Kampf und die Schlacht liebte, kaum noch fesseln. Sie hätte es vielleicht vermocht. Er ging zurück zu seinem Zelt, und während er noch mit seinem verletzten Stolz kämpfte, vernahm er Schritte hinter sich. Achilles fuhr herum und zog sein Schwert.

„Für dich ist jeder Ort ein Schlachtfeld, nicht wahr Achilles? Sogar das eigene Lager."

Achilles ließ sein Schwert sinken, als er Agamemnon erkannte. Der Großkönig trug noch sein Nachtgewand, einen hellen Chiton. „Was willst du von mir, Agamemnon? Gefällt dir deine neue Sklavin nicht mehr, dass es dich bereits so früh am Morgen aus dem Zelt treibt?"

Agamemnon lächelte spöttisch. „Du kannst Brisëis zurückhaben. Ich bin ihrer überdrüssig. Ich frage mich, weshalb du derart geizig bist, Achilles. Zumal dir anscheinend schon wieder eine andere Frau ins Auge gefallen ist. Hat sie deine Lenden beglückt, diese Kriegerin? Warum gönnst du mir, deinem König, nicht ein wenig Entspannung und teilst deine Sklavin?"

„Ich will keine Frau, die du benutzt hast. Du kannst Brisëis behalten; die Kriegerin aber werde ich als Kriegsbeute auf mein Schiff bringen lassen, wenn Troja gefallen ist."

Agamemnon verschränkte die Hände auf dem Rücken. „So hast du deinen Groll besiegt und wirst in der großen Schlacht kämpfen? Das ist gut! Meinetwegen nimm diese Frau mit. Ich will sie nicht. Sie wäre mir zu widerspenstig. Einen Mann wie dich mag sie reizen, ich mag sanftmütige Frauen, die keine mykenischen Wachen töten! Sieh es als Freundlichkeit, dass ich sie nicht aus deinem Zelt habe schleifen lassen." Er wandte sich zum Gehen. „Ich schicke Briseïs zurück in dein Zelt. Wenn du sie nicht mehr willst, kannst du sie den Soldaten schenken. Aber vielleicht überlegst du es dir noch einmal. Sie ist sehr hübsch."

Er lachte, und Achilles hätte ihn gerne mit seinem Schwert erschlagen. Er und Agamemnon hatten sich noch nie gemocht. Briseïs hatte Agamemnon nur genommen, um ihn zu demütigen. Achilles wandte sich ab und ging zurück in sein Zelt. Sein König hatte ja keine Ahnung, welch ein Schatz ihm in Selina verloren ging, und er würde es auch nie erfahren.

Benti sah, wie Selina mit schleppenden Schritten und in verschmutzter Rüstung langsam die Rampe zum Palastvorhof heraufkam. Sie wirkte älter, als er sie in Erinnerung hatte; ihre Schritte hatten die unbedachte Leichtigkeit verloren. Ihre Mutter war tot, ihr Volk in den eigenen Reihen zerrissen, und alles lastete nun auf den Schultern dieser jungen Frau, die höchstens in ihrem achtzehnten Sommer stehen konnte. Panik ergriff Benti, am liebsten wäre er fortgelaufen, hätte sich vor ihr versteckt, da er meinte, sie müsse die Schuld erkennen, die ihm anhaftete wie ein schwerer Stein, den man ihm auf die Brust gebunden hatte. Doch er entschied sich, auf sie zu warten. Er spürte, dass es zu spät war. Seit sie in Troja angekommen waren, trieben sie immer näher und näher auf einen Abgrund zu, und der zu erwartende Zorn Tudhalijas interessierte ihn kaum noch. Er wollte nicht für ihn sterben, und er war niemals sein Freund gewesen, sondern nur ein Spielzeug, das es dem Prinzen leicht gemacht hatte, es zu benutzen, wie und wann immer es ihn beliebte.

Benti wartete, bis Selina den Palastvorhof erreicht hatte. Ihre Augen zeigten selbst jetzt noch ein müdes Lächeln, als sie ihn sah. „Mir scheint, wir alle nutzen diesen Ort, um unseren düsteren Gedanken nachzuhängen, Benti", begrüßte sie ihn.

„Woher kommst du, Selina? Hast du Totenwache bei Penthesilea gehalten?"

Sie schüttelte den Kopf. „Verrate es niemandem, Benti, doch ich brauche jemanden, dem ich es sagen kann: In drei Tagen werden die Mykener Troja wieder angreifen, und dann wollen sie es brennen sehen."

Benti erbleichte, und Selina klopfte ihm auf die Schulter. „Ich habe mich in das Lager der Mykener geschlichen und bin in Achilles' Zelt gekrochen. Ich wollte ihn töten, um Penthesilea zu rächen, doch ich konnte es nicht. Er hingegen hätte mich töten können, aber er ließ mich am Leben. Achilles forderte mich sogar auf, ihn zu töten, doch ich brachte es nicht fertig."

Benti sah sie ungläubig an. „Selina! Warum hast du es nicht getan? Es hätte diesen Krieg beenden können."

Sie hob in einer Geste der Ratlosigkeit die Schultern. Auf keinen Fall konnte sie ihm erzählen, dass sie beinahe mit Achilles das Lager geteilt hätte. Sie hatte ihm nichts über das Metall der Erde gesagt. Sie wusste selbst nicht sehr viel darüber, doch vielleicht hätte Achilles durch ihre Worte das Geheimnis entschlüsseln können. Selina verunsicherte die Gier der Menschen nach dem Erdmetall. Sie zwang sich zu einer gleichmütigen Antwort. „Vielleicht habe ich nicht soviel Mut, wie ich geglaubt habe. Vielleicht habe ich mich überschätzt."

Er schloss die Augen und öffnete sie dann wieder. „Sprich nicht von Mut zu einem wie mir. Du beschämst mich damit und breitest Schande über mich."

„Was redest du nur, Benti? Du warst niemals ein Mann des Krieges, und ich verurteile dich nicht dafür."

„Darum geht es nicht", sagte er mit finsterer Miene. „Ich habe dich belogen seit dem Tag, als ich dir Tudhalijas Schreiben übergab. Er hat mich gezwungen, es dir zu geben, obwohl er niemals vorhatte, Truppen zu schicken. Es war von Anfang an sein Plan, seine Verträge mit Troja durch dich zu erfüllen. Nun – die List ist geglückt."

„Was sagst du da?" Ihre müden Augen weiteten sich in verständnislosem Staunen.

Er senkte den Kopf. „Ich bin der Feigling, Selina; nicht du."

Als sie endlich verstand, was er meinte, ergriff sie sein Handgelenk. Sie hob ihre Faust, um ihn zu schlagen, um ihrer Verzweiflung über das Gehörte ein Ziel zu geben.

Benti versuchte, mit der freien Hand sein Gesicht zu schützen. Sie ließ ihre Hand sinken, ohne ihn geschlagen zu haben. „Manchmal können die Mutlosen mit ihrem Tun mehr Schaden anrichten als die Grausamen. Doch ich bin eine Närrin, weil ich Tudhalija vertraut habe, ebenso wie ich mich von Palla täuschen ließ. Auch mich trifft große Schuld."

Benti wagte kaum zu sprechen, denn er befürchtete, ihr Zorn auf ihn könnte erneut entflammen. „In drei Tagen wollen die Mykener angreifen. Es ist noch genug Zeit, Troja zu verlassen!" Seine Stimme war nun flehend geworden.

„Ich werde es den Frauen sagen, und sie sollen entscheiden, ob sie gehen oder bleiben wollen."

„Das ist Wahnsinn, Selina. Sie werden Penthesileas Tod rächen wollen und dabei alle sterben. Du bist jetzt ihre Königin. Du kannst sie zwingen, Troja zu verlassen."

Sie funkelte ihn an. „Ich werde mich wie die Königin verhalten, die sie brauchen, und mich ihrem Wunsch beugen. Wenn sie bleiben, bleibe ich auch. Dir steht es frei zu gehen. Ich verlange nicht, dass du bleibst."

„Wohin sollte ich gehen? Ich kann kaum zurück nach Hattusa. Ich würde ja noch nicht einmal den Weg dorthin überleben." Seine Stimme klang jämmerlich.

Sie legte ihre Hände auf seine schmalen Schultern. „Dann hast du deine Entscheidung bereits getroffen. Vielleicht können die Soldaten Troja halten, Benti. Ansonsten mach dir klar, dass du an diesem Tage auf dich gestellt bist. Ich werde mit meinem Volk kämpfen. Du musst selbst versuchen, dein Leben zu retten, falls die Mykener die Stadt stürmen."

Er spürte, dass sie es ernst meinte, und nickte schicksalsergeben. Selina legte noch einmal die Hand auf seine Schulter, dann ging sie davon. Benti trat an die kleine Mauer und sah auf das Meer und die darauf dümpelnden Schiffe. *Drei Tage, drei Tage werde ich die Sonne noch aufgehen sehen, bevor ich vielleicht sterbe und nie wieder einen Sonnenaufgang erleben werde.* Er blieb, bis die ersten Strahlen der Sonne den Palastvorhof in ein rötliches Licht tauchten.

Als sie um die Ecke des Ganges lief, der zu ihren Gemächern führte, wäre Selina beinahe mit einer jungen Frau zusammengestoßen. Diese erschrak sichtlich und starrte Selina in ihrer schmutzigen und noch immer vom Blut des mykenischen Soldaten besudelten Rüstung von oben bis unten an. Selina entschuldigte sich und wollte schon weitergehen, als ihr auffiel, wie schön die Frau war: Ihr Gesicht bildete ein weiches Oval, umrahmt von langen, ja fast unnatürlich hellen glatten Haaren, ihre Augen waren groß und rund, von einer wasserblau leuchtenden Farbe, ihre Nase kurz und gerade, ihre Lippen geschwungen und voll. Sie hätte eine Göttin sein können, so makellos wirkte sie.

„Helena von Sparta?", fragte sie leise.

Das Mädchen nickte, fügte dann jedoch mit sanfter melodiöser Stimme hinzu „Von Troja".

„Was tust du hier? Hat Paris dir endlich erlaubt, deine Gemächer zu verlassen?"

Selina konnte sehen, dass Helena verlegen war. Sie überlegte eine Weile, bis sie zu sprechen begann. „Ich streife oft morgens durch die Gänge, bevor der Hof erwacht. Ich genieße die Ruhe. Wer bist du? Weshalb trägst du eine Rüstung und siehst so ... nun ja, schmutzig aus."

Selina konnte es nicht fassen. „Helena von Sparta, ist dir entgangen, dass um deinetwillen Krieg geführt wird?"

Helena schürzte gekränkt die Lippen. Ihr weißes, über den Schultern gerafftes Gewand ließ sie sehr jung wirken. „Der Krieg wird nicht um meinetwillen geführt. Ich bin nur der

Vorwand für diese Kämpfe. Außerdem hast du mir noch immer deinen Namen nicht verraten."

Selina war überrascht, als sie die unterschwellige Schärfe in der sanften Stimme vernahm. „Selina vom Thermodon", antwortete sie knapp.

„Selina ...", wiederholte Helena den Namen, „ich weiß nicht, warum du mir Vorwürfe machst. Ich habe diesen Krieg nicht begonnen, und ich wollte ihn auch nicht."

„Ich kann dich zu den Mykenern bringen, Helena. Noch bevor Paris dein Verschwinden bemerkt, bist du bei deinem Volk."

Helena wich erschrocken und mit einem erschütterten Gesichtsaudruck zurück. „Bist du verrückt? Ich will nicht zurück! Menelaos ist ein alter Mann. Mir konnte nichts Besseres geschehen, als dass Paris mich nach Troja gebracht hat."

Selina trafen Helenas Worte wie ein Faustschlag. „Soll das heißen, er hat dich *nicht* gezwungen, mit ihm zu gehen? Du wurdest *nicht* entführt, du bist *freiwillig* mit ihm gegangen?"

Sie hob bittend die Hände. „Du musst das verstehen. Du weißt nicht, wie sehr ich in Sparta gelitten habe. Menelaos ist ein grober Klotz. Sicher, er liebt mich, doch ich kann seine Gefühle nicht erwidern. Paris gleicht mir; wir gehören zusammen."

„Offensichtlich", gab Selina zurück. „Warum dieses Versteckspiel, Helena? Warum erzählt Paris, dass er dich entführt hat und in deine Gemächer einschließt?"

Sie lächelte verlegen. „Um den Groll des Volkes nicht gegen mich zu wenden. Die Menschen sollen mich nicht mit Argwohn betrachten, indem sie mir die Schuld an diesem Krieg geben. Paris sagt, es wäre besser, wenn sie glaubten, dass er mich Menelaos geraubt hat."

„Du könntest jetzt wie eine Königin handeln und diesen unsinnigen Krieg beenden, indem du zu deinem Gemahl zurückkehrst."

„Nein!", entgegnete Helena bestimmt. „Dieses Opfer kann ich nicht bringen, auch wenn es mich schmerzt, dass dieser Krieg zum Teil um meinetwillen entfacht wurde."

„Opfer", flüsterte Selina. „Was weißt du schon von Opfern?" Sie wandte sich ab, ohne Helena noch einmal anzusehen, doch diese rief ihr hinterher: „Bitte, Selina vom Thermodon – du wirst mich doch nicht verraten, oder?"

„Ich werde den Menschen von Troja nicht noch mehr Unglück und Leid bringen, indem ich ihnen sage, dass der Prinz und seine neue Gemahlin sie belogen und verraten haben. Es gibt schon genügend Verrat und Hoffnungslosigkeit!", rief ihr Selina zu, während sie sich eilig von Helena entfernte.

„Ich werde zu Apollon beten, dass dieser Krieg gut ausgeht", hörte sie Helenas Stimme noch hinter sich, während sie die Tür zu ihren Gemächern aufstieß.

„Hoffe lieber, dass dieser Gott dich nicht für deine Dummheit bestraft, Helena von Sparta!"

Penthesilea war mit all ihrem Silber geschmückt, und ihr Brustharnisch war so makellos, als hätte sie nie darin gekämpft; auch Arm- und Beinschienen waren gesäubert und der toten Königin angelegt worden. Der mondförmige Silberschild und ihr Schwert lagen neben ihr auf der Bahre. Kleite und Antianeira hatten ihr langes helles Haar gewaschen, und Penthesileas blasse Haut wirkte im Tode wie Marmor. Ihr Gesicht war friedlich, ihre Augen geschlossen, als würde sie schlafen. „Wie sehr hätte sie sich selbst gefallen", dachte Selina bitter. „Sie wirkt im Tode noch erhabener als im Leben."

Feiner Nieselregen fiel auf ihr Gesicht und benetzte ihr Haar, während je drei Frauen von rechts und links an die Bahre herantraten. Selina zog den wollenen Umhang fester um ihren Leib. Sie fröstelte. Unmerklich war der Sommer in die kältere Jahreszeit übergegangen. Die Frauen hoben die Bahre gemeinsam an und trugen sie zu dem bereits ausgehobenen Erdloch, das nur einige Schritte entfernt darauf wartete, Penthesileas Körper aufzunehmen. Selina verfolgte mit den Augen, wie die Bahre hinabsank und Kleite den Körper ihrer Tochter in Seitenlange brachte. Die Frauen des Volkes sollten genau so zur Göttin zurückkehren, wie sie geboren worden waren. Sodann begannen die Frauen, das Grab mit Erde zu füllen. Aus den Augenwinkeln beobachtete Selina, wie Kleite ein kleines verschlossenes Tongefäß mit in das Grab legte und schließlich einige Schritte zurücktrat. Kleite hatte darauf bestanden, Penthesilea in Troja zu bestatten, obwohl diese es wahrscheinlich nicht gewollt hätte. „Der Körper muss zur großen Mutter zurückkehren", hatte sie bestimmt.

Selina ahnte, dass in dem Tongefäß Hippolytas Asche war. Die Frauen hatten sich um das Geschehen im Lager verteilt, einige standen dicht beim Grab und sahen stumm denjenigen zu, die es nun mit Erde füllten. Andere saßen vor ihren Zelten und betrachteten das Geschehen aus einiger Entfernung. Vor der Grablegung hatte es eine Trauerzeremonie gegeben, während der Antianeira Gebete zur großen Mutter gesprochen und Penthesileas Hände mit Öl gesalbt hatte, damit sie sie der Göttin rein und unbefleckt entgegenstrecken könnte. Jetzt, da alles vorüber war, Penthesilea in ihrem Grab ruhte, hatte sich eine tiefe Resignation über die

Frauen gelegt. Selina fuhr sich mit der Hand über das regennasse Gesicht und trat entschlossen an das Grab ihrer Ziehmutter. Die Frauen beobachteten sie aufmerksam, als sie sich ihnen zuwandte.

„Kriegerinnen von Lykastia und Chadesia", begann sie und fuhr erst fort, als sie sicher war, dass sie die volle Aufmerksamkeit aller besaß, „wir sind nach Troja gekommen, um für unser Land zu kämpfen und die Mykener daran zu hindern, wie die Fliegen über unsere Städte und unser Volk herzufallen. Doch dieser Krieg forderte große Opfer von uns. Ich war es, die sich für den Krieg aussprach und Penthesilea dazu überredete, nach Troja zu ziehen. Palla hat ihr Volk verraten, indem sie nicht gekommen ist, um zu kämpfen. Auch die Truppen Hattis sind nicht erschienen." Selina stockte. „Die Mykener wollen Troja brennen sehen. Wenn es ihnen gelingt, die Tore der Stadt zu stürmen, werden sie niemanden verschonen. Ich weiß, dass euer Vertrauen in mich nicht groß ist, dass keine von euch mir als Königin folgen will. Ich sage auch heute noch einmal, dass wir Troja verlassen und nach Lykastia zurückkehren sollten, bevor es zu spät ist."

Wieder hielt sie inne, dann ballte sie entschlossen die Faust. „Doch wenn wir bleiben, dann werden wir kämpfen, und bis die letzte von uns fällt, werden die Mykener wie Bäume unter unseren Schwertern und Äxten fallen. Wenn wir hier in Troja sterben, dann werden viele von ihnen mit uns gehen."

Selina ließ die Faust sinken. Sie schloss die Augen und streckte ihr Gesicht dem kalten Regen entgegen, während ihr Herz vor Aufregung raste. Dann hörte sie, wie die Frauen begannen, ihre Schwerter gegen die Schilde zu schlagen. Zuerst war es nur ein zurückhaltendes leises Klopfen, dann schwoll es langsam an, bis es so laut wurde, dass Selina meinte, der Boden unter ihren Stiefeln würde erbeben. Sie öffnete die Augen und sah in grimmige, entschlossene Gesichter, die ihre Entscheidung getroffen hatten: Sie wollten kämpfen.

Kassandra kniete vor dem Abbild Apollons und blickte düster auf das goldene Gesicht der Statue. In der Gestalt eines Jünglings, seine Lyra im Arm haltend, wirkte der Gott sanft und entrückt. Doch seit Kassandra denken konnte, hatte Apollon, der Gott der Weissagungen, sie mit düsteren Visionen überhäuft, ihr all das Schreckliche gezeigt, das die Zukunft bringen würde. Sie senkte den Kopf und schlug ihn wütend mehrmals auf den Steinboden. Ohne auf den Schmerz zu achten, hob sie ihrem Gott flehend die Hände entgegen. „Apollon! Warum schickst du mir all diese grausamen Bilder, machst mich zu deiner Prophetin des Verderbens, wenn ja doch niemand auf meine Warnungen hört?" Sie ballte die Hände zu Fäusten. „Wie sollte ich dich lieben, wie es dir gemäß ist, wenn du mir nichts als Qualen schenkst?"

Die Hände ihres Bruders legten sich sanft auf ihre Schultern, als er vor sie trat und Kassandra auf die Beine zog. Sie lehnte ihren Kopf an Helenos' Schulter und schmiegte sich an ihn.

„Kassandra, du hast dir in der Inbrunst deiner Gebete den Kopf aufgeschlagen. Du musst lernen, dich zu beherrschen, Schwester. Du weißt doch, dass Blut den Tempel verunreinigt."

„Ich hatte wieder eine Vision, Helenos. Ich sage dir, Troja wird fallen. Ein Pferd erschien mir im Traum, und es spie Hunderte mykenische Krieger aus."

Helenos führte seine Schwester aus dem Tempel. Die Zwillinge hatte immer ein Gefühl der Zusammengehörigkeit verbunden, doch während Helenos Glück verheißende Dinge prophezeite, sah Kassandra die düsteren, Unglück verheißenden Weissagungen und wurde deshalb von den Menschen gemieden. Allein Helenos schien ihre Nähe nicht zu fürchten.

An einem steinernen Wasserbecken tauchte er den weiten Ärmel seines Gewandes in das klare Wasser, um Kassandras Stirn zu säubern.

„Helenos, ich weiß, dass Troja fallen wird. Es ist verloren! Unsere Stadt wird brennen, und wir alle werden sterben!" Sie sah ihn mit flehenden Augen an. „Ich weiß es, doch niemand will hören, was ich zu sagen habe. Wir alle müssen Troja verlassen!"

Helenos küsste seine Schwester auf die Wange und sah sie ernst an. „Troja hat hohe Mauern. Wenn es den Mykenern bis jetzt nicht gelungen ist, sie einzureißen, so wird es kaum noch geschehen."

„Nicht einmal du glaubst mir." Sie befreite sich aus seiner Umarmung und rannte davon. Helenos sah ihr skeptisch nach. Kassandra plagte ihr zweites Gesicht, seit er denken konnte. Wie hätte er es ihr verübeln können? Diese Bilder des Schreckens hätten ihn ebenso gequält. Und obwohl er vorgab, ihre Worte ebenso wenig ernst zu nehmen wie alle anderen, wusste er, dass sie die Wahrheit sprach. Doch selbst wenn er zu Priamos ginge und ihm von Kassandras schrecklichen Visionen erzählte – was hätte es genutzt? Priamos würde Troja nicht aufgeben, er würde seine Stadt nicht kampflos den Mykenern überlassen. Helenos dachte an Andromache, die er immer heimlich begehrt hatte und um die er Priamos endlich zu bitten gewagt hatte, als Hektor gefallen war. Doch der König hatte ihm Andromache verweigert und ihr stattdessen eine lange Trauerzeit gewährt. Helenos hatte das Handeln seines Vaters schwer getroffen, denn es gab keinen Grund für eine junge Frau, lange um den Gemahl zu trauern. Er hatte nicht erwartet, Andromaches Liebe sofort zu gewinnen, so vermessen und heißblütig war er nicht. Doch er hatte sich ihre Zuneigung erhofft, hatte geglaubt, dass sie in seinen Armen ihren Schmerz vergessen könnte.

Helenos tauchte seine Hand in das Wasserbecken und verfolgte, wie die nach außen strebenden Ringe die Spiegelung seines Gesichts zu verzerren begannen. Er war ein junger Mann, doch kein Jüngling mehr, und er hätte Andromache gewiss sein Leben lang aus unerreichbarer Ferne bewundert. Helenos wäre damit zufrieden gewesen, wenn sein Bruder noch leben würde. Doch es war dumm und ungerecht, dass Priamos sie Hektor auch im Tode noch überließ.

Selina betrat als Letzte den großen Empfangssaal. Sie war erst jetzt aus dem Lager der Frauen zurückgekehrt, und so saßen bereits alle auf ihren Stühlen und debattierten. Die Fackeln an den Wänden und die wärmenden Feuerbecken in den Ecken und der Mitte des großen Raumes flackerten kurz auf, als die Tür sich öffnete und wieder schloss. Die Köpfe der Männer flogen herum und beobachteten sie, als sie langsam den Saal entlangschritt. Priamos hatte auf seinem Thronpodest Platz genommen, er trug ein hellgelbes Faltengewand mit schwarzen Borten an Ärmeln und Saum. Mit seinen grauen Haaren vermittelte er den Anschein von Klugheit und Güte. Neben ihm hatte seine Gattin Hekabe auf einem kleineren Sessel Platz genommen. Sie lächelte Selina freundlich an, als diese nun vortrat und sich knapp verbeugte.

„Ich möchte am Kriegsrat teilnehmen, großer König."

„Du bist willkommen, Selina vom Thermodon, Königin deines Volkes. Wir haben vom Tod deiner Mutter und den Verlusten gehört, die dein Volk beim letzten Kampf erlitten hat. Auch auf unserer Seite sind viele tapfere Soldaten gefallen." Er wies ihr den freien Platz zu seiner Rechten zu, doch ehe Selina sich hätte setzen können, sprang Paris auf. „Das ist Hektors Platz, mein Vater! Er war leer, seit Hektor tot ist, und nun willst du *ihr* erlauben, dort zu sitzen?" Paris Stimme überschlug sich fast vor Zorn.

Selina sah Priamos fragend an, doch er bedeutete ihr ein weiteres Mal, sich zu setzen, bevor er sich seinem aufgebrachten Sohn zuwandte. „Paris, Hektor ist tot. Ich habe ihn geliebt, wie ein Vater seinen Sohn lieben kann, doch seine Seele ist nun in der Unterwelt. Wir durchleben schwere Zeiten. Ein jeder, der zu uns kommt, um uns beizustehen, wird mit dem größtmöglichen Respekt behandelt."

Paris ließ sich missmutig auf seinen Stuhl fallen, nicht ohne Selina noch einen verächtlichen Blick zuzuwerfen. Sodann wandte er sich an die Fürsten der Lukka- und Arzawaländer und erkundigte sich nach ihren Verlusten. Wie schon erwartet, waren auch ihre

Soldaten zahlreich gefallen. Selina erschrak, als sie während der Berichte der Kommandanten vernahm, dass die Reitertruppen so starke Verluste erlitten hatten, dass sie in neue Divisionen aufgeteilt werden mussten. Auch die Streitwagentruppen mussten sich neu ordnen, da es nicht mehr genügend Pferdegespanne gab, um alle Streitwagen einsetzen zu können.

Priamos von Troja ließ sich seine Bestürzung nicht anmerken, sondern zwang sich zu einem aufmunternden Lächeln. „Nun, die Streitwagen sind ohnehin nur auf offenem Feld zu gebrauchen. Wenn die Mykener uns dieses Mal zu einem Kampf bewegen wollen, müssen sie erst unsere Mauern einreißen."

Aus den Reihen der Versammelten erklang schwaches und pflichtbewusstes Lachen. Priamos ließ sich nicht beirren. „Wir setzen die Bogenschützen oben an den Mauerkronen ein und lassen die Zinnen mit Speeren verteidigen. Unsere Soldaten werden die Mykener niederstrecken, ehe sie auch nur einen einzigen Stein unserer Stadt mit den Händen berühren können." Sein Blick fiel auf Selina. „Außerdem erwarten wir jeden Tag das Eintreffen der Truppen aus Hattusa."

Selina wurde das Herz schwer. Obwohl sie gekommen war, um Priamos davon zu unterrichten, dass keine hethitischen Truppen Troja zu Hilfe eilen würden und dass die Mykener bereits in drei Tagen versuchen würden, Troja erneut anzugreifen, brachte sie es nun nicht fertig, die Unglück verheißenden Worte zu sprechen. Einen Moment lang konnte sie nachvollziehen, wie Kassandra sich fühlen musste. Moral und Kampfesstärke des Heeres hätten nicht schlechter sein können, und wenn es überhaupt noch eine Möglichkeit gab, diesen Krieg zu gewinnen, dann mussten die Trojaner Kraft aus der Hoffnung schöpfen können. Daher nickte Selina. „Sie werden kommen, großer König."

Achilles drückte seinen Fuß kraftvoll in den Nacken des zitternden Mannes, der heftig mit den Armen zu rudern begann, als sein Gesicht im weichen Sand versank. Er wartete eine Weile, bevor er seinen Fuß fortnahm und der andere tief Luft holen konnte. Dann sprach Achilles den Wachsoldaten an, der den Fremden gefunden hatte. „War er allein?"

Der Soldat nickte. „Dieser Verblendete lief zwischen den Zelten umher und schien nicht recht zu wissen, wonach er eigentlich suchte. Doch als ich ihn mit einem Tritt in den Hintern überraschte, stammelte er immer wieder, dass er den großen Achilles sprechen müsse."

Achilles zog den Fremden am Kragen hoch, bis dieser taumelnd vor ihm stand. „Du scheinst ein Priester zu sein, wenn ich mir dein Gewand anschaue; und ein lebensmüder

Priester noch dazu. Was hast du hier zu suchen? Du solltest vor deinem Gott Apollon knien und ihn um Hilfe für Troja anflehen."

Der Mann wischte sich die letzten Reste Sand aus dem Gesicht, ehe er antwortete. „Mein Name ist Helenos. Ich bin Priester und Seher des Apollon in Troja. Mein Vater ist der König Priamos, doch ich komme als Freund der Mykener, da Apollon Troja verheißen hat, dass es fallen wird."

Achilles verschränkte die Arme vor der Brust und blickte den jungen Mann abschätzig an. „Und du, Sohn des Priamos, hast nichts Besseres zu tun, als vor lauter Angst in das Lager des Feindes zu laufen und um dein Leben zu flehen."

„So ist es nicht", beteuerte Helenos.

Achilles packte ihn erneut am Kragen und zog ihn hinter sich her, fort von den Wachsoldaten. Als sie außer Hörweite waren, ließ er Helenos los.

„Was ist es dann, Helenos von Troja? Deine große Liebe zu Mykene?"

„Die große Liebe zu meiner Familie", entgegnete er mit leiser Stimme. „Ich bringe dir eine Weissagung des Apollon, wie Troja zu besiegen ist, und verlange dafür, dass meine Familie verschont bleibt."

Achilles verzog spöttisch den Mund. „Mir scheint, du bist nicht in der Lage, Forderungen zu stellen, Helenos von Troja. Warum sollte ich dir glauben?"

Helenos hob flehend die Hände. „Ich sage die Wahrheit, Achilles von Thessalien. Meine Schwester Kassandra warnte meinen Bruder Paris bereits davor, eine Mykenerin nach Troja zu bringen, doch er beachtete ihre Worte nicht. Nun verkündete sie, dass Troja fällt, doch niemand hört ihr zu."

„Niemand außer dir", stellte Achilles fest, und Helenos nickte.

„Sag mir, was du willst, Seher. Doch ich warne dich: Sei nicht zu gierig."

„Schenke meiner Familie das Leben."

„Dem König? Dem Prinzen? Niemals! Sie müssen ebenso fallen wie Troja."

Helenos überlegte eine Weile. „Dann lasse die Frauen am Leben, großer Achilles. Verschone meine Mutter, gib mir Andromache, die Witwe meines Bruders, zur Gemahlin, und lasse uns irgendwo in Ruhe und Frieden leben. Verschone auch das Leben meiner Schwester Kassandra, denn sie war es, die den Fall Trojas verkündete."

Helenos hatte das Gefühl, Achilles' kalte Augen würden ihn durchbohren. „Also gut", sagte er schließlich. „Du sollst die Witwe deines Bruders bekommen, deine Schwester und deine Mutter werden nicht sterben, doch mehr verspreche ich dir nicht."

Helenos gab sich geschlagen. „Was Kassandra sah, war ein Pferd. Troja wird durch ein Pferd fallen. Aus seinem Maul spie es mykenische Krieger."

Achilles packte Helenos an der Gurgel und drückte zu. „Für diese dumme Prophezeiung soll ich dein Leben schonen?" Dann ließ er ihn plötzlich los. „Diese Prophezeiung ist wertlos." Er blickte Helenos an, während dieser noch immer nach Luft rang. „Es sei denn, wir sorgen selber dafür, dass sie wahr wird."

Er packte den verstörten Seher am Arm und zog ihn hinter sich her. „Komm mit, Helenos von Troja. Vielleicht weiß ich eine Möglichkeit, wie die Prophezeiung deiner Schwester sich erfüllen kann."

Selina fuhr aus dem Schlaf hoch, als sie das Klopfen an ihrer Tür vernahm. Sie setzte sich auf und blickte zu der sich öffnenden Tür. Erstaunt musterte sie das Gesicht der Frau, welche die Tür leise hinter sich schloss und sich dann auf dem Rand ihres Ruhebettes niederließ, als wären sie einander vertraut. „Hekabe, Gemahlin des Priamos, ich bin überrascht, dass du mich aufsuchst."

Hekabe strich gedankenverloren über die Falten ihres Gewandes. „Die Männer reden und debattieren viel, wenn sie zusammensitzen. Sie hören die Worte der anderen, doch sie bemühen sich nicht, die stummen Worte in den Augen der Menschen zu lesen."

„Vielleicht wollen sie das auch gar nicht."

Hekabe nickte. „Vielleicht könnten sie nicht mehr so mutig in die Schlacht ziehen, die Frauen zu Witwen und die Kinder zu Waisen machen, wenn sie mit den Augen einer Frau zu sehen bereit wären."

Selina stieg vom Ruhelager, um Hekabe und sich selbst Wein in zwei goldene Becher zu füllen. Sie gab Hekabe einen der Becher, und diese umschloss ihn mit den Händen, trank aber nicht davon. Stattdessen schien sie in Selinas Augen nach etwas zu suchen. „Sage mir die Wahrheit, Selina vom Thermodon. Hattis Truppen werden nicht eintreffen, nicht wahr?"

Selina erschrak über die Scharfsichtigkeit dieser Frau. „So konnte ich zwar mit der Zunge, jedoch nicht mit den Augen lügen. Nein, Hekabe von Troja, sie werden nicht kommen, und sie hatten niemals vor zu kommen."

Benti trat in die kühle Morgendämmerung des Palastvorhofes und sah in den wolkenverhangenen Himmel. Er seufzte. Ganz Troja schien noch zu schlafen, es herrschte herrliche Stille. Lediglich die Rufe einiger Seevögel und das Rauschen der Wellen drangen vom Meer zu ihm herauf. Er trat an die kleine Umfassungsmauer und blickte auf das Meer hinunter. Ohne die Kraft der Sonne zeigte es nicht die wundervolle blaue Farbe, die er, der er aus dem kargen Innenland Hattis kam, so sehr bewunderte. Das Meer war grau und trostlos an diesem Morgen, doch seine Weite, der Blick bis zum Horizont, beeindruckte ihn immer wieder aufs Neue. Wie ein glatter Spiegel aus schwarzem Obsidian erstreckte sich die Oberfläche des Wassers vor ihm, und Benti meinte, es noch nie so vollkommen erlebt zu haben wie an diesem Morgen. Er schloss wehmütig die Augen, nur um sie sofort wieder aufzureißen und erneut auf das Wasser zu starren. Das Meer wirkte makelloser als an jedem anderen Tag, und selbst die Sonne hätte diesen Anblick nicht schöner gestalten können. Vor ihm erstreckte sich die freie Fläche des Wassers – frei, vollkommen frei und unberührt. Die Schiffe waren fort! Benti beugte sich weit über die Mauer, drehte seinen Kopf nach rechts und links, doch nirgendwo entdeckte er noch ein einziges Schiff. Sein Herz machte einen Freudensprung, dann fiel sein Blick auf den Strand. Er war menschenleer! Benti konnte noch die Plätze erkennen, an denen die Zelte gestanden hatten, kreisrund malten sie sich in kurzen Abständen zueinander im Sand ab. *Nichts! Nichts außer Sand!*, schrie sein Verstand aufgebracht.

Er ging an der Mauer entlang zuerst nach rechts und richtete dabei seine Augen weiter auf den Strand. Dann wandte er sich nach links, wo er ebenfalls nur weißen Sand fand. Als er das Ende der Umfassungsmauer erreichte, stutzte er. Die Mykener schienen ein seltsames Ding zurückgelassen zu haben. Es stand am Strand und bewegte sich nicht, schien jedoch recht groß zu sein. Benti bemühte sich zu erkennen, was es war, doch seine Augen waren nicht gut genug, um es von hier oben zu erkennen. Er stand eine Weile zweifelnd da, dann löste sich seine Starre allmählich. Sie waren fort! Die Mykener waren mitsamt ihren Zelten, ihren Schiffen, ihren Truppen einfach verschwunden, befanden sich längst auf dem offenen Meer und kehrten nach Mykene zurück. Benti stieß einen Freudenschrei aus, dann lief er zurück in den Palast und rief aus voller Kehle, während er durch die Gänge und Flure rannte: „Die Mykener sind fort! Ihre Schiffe sind nicht mehr da, sie sind fort!"

Zuerst öffneten sich nur vereinzelt die Türen der Gemächer. Verschlafene und verquollene Gesichter blickten ihn missmutig an, dann erschienen immer mehr irritierte Höflinge, bis ein Mann ihn endlich am Arm packte. „Bist du verrückt geworden, Mann? Was redest du für einen Unsinn?"

Benti ließ sich nicht beirren, sondern schüttelte die Hand des Mannes einfach ab. „Schau es dir selber an. Geh auf den Palastvorhof, dann kannst du es mit deinen eigenen Augen sehen!"

Er lief weiter und ließ den verwirrten Mann ratlos zurück.

Es dauerte nicht lange, bis der gesamte Palast auf den Beinen war und die Menschen auf den Palastvorhof drängten. Innerhalb kürzester Zeit war er so überfüllt, dass die Höflinge sich gegenseitig zur Seite schoben, um einen Blick auf das Wunder zu erhaschen. Freudenschreie wurden ausgestoßen, es wurde gelacht und gejubelt.

„Was ist das für ein Ding, da unten am Strand?", riefen einige aufgeregt und wiesen auf das Gebilde am Wasser.

„Wir werden Priamos holen", sagte schließlich ein älterer Mann, denn niemand wusste zu sagen, was die Mykener dort unten zurückgelassen hatten.

„Es ist ein Wunder", schrien die Frauen aufgeregt. Vor allem die Handwerker und Händler der Unterstadt bestaunten das riesige Pferd und umkreisten es ehrfurchtsvoll. Die Männer des Palastes beäugten es eher skeptisch und waren doch insgeheim von seiner Größe beeindruckt. Vier ausgewachsene Männer hätten sich übereinander stellen müssen, um seinen Bauch berühren zu können, es hätte mindestens die Größe von zehn gebraucht, um die Spitze seiner hölzernen Ohren zu erreichen.

„Wie schön es ist", piepste ein junges, in edle Gewänder gekleidetes Mädchen, das sich an den Arm seines Vaters geklammert hatte. „Vielleicht ist es ein Geschenk der Götter." Sein Vater bedeutete ihm, still zu sein. „Das ist das Werk von Menschenhand, Tochter. Die Mykener haben es gebaut, damit ihnen Apollon nicht zürnt und ihnen Stürme hinterherschickt, wenn sie auf dem offenen Meer sind." Er wies mit einer ausladenden Geste auf das Pferd. „Siehst du die Planken und Streben, aus denen sie es gefertigt haben? Sie haben dafür eines ihrer Schiffe genommen. Sie müssen das Schiff in eine Bucht gebracht und dort zerlegt haben, und schließlich haben sie es über den Strand zurück ins Lager gezogen und sind eilig geflohen – diese Narren!"

„Sprich nicht so, Timon!", fuhr ihn ein jüngerer Mann von der Seite an. „Was immer es ist – wir sollten es mit Respekt behandeln, zumindest bis Priamos und die Priester darüber entschieden haben. Vielleicht ist es ein Zeichen, das wir nicht deuten können."

„Unsinn", gab der ältere zurück, sagte jedoch nichts mehr.

Priamos kam kurze Zeit später in Begleitung von Paris sowie einer Gruppe Priester, die von Helenos angeführt wurde. Auch er verharrte staunend vor dem hölzernen Pferd, umrundete es sogar zweimal, blickte dann jedoch ratlos zu den Priestern hinüber. „Was ist das? Sagt es mir, ist es eine Gabe für Apollon?"

Paris war als Erster bei seinem Vater und trat mit seinem Stiefel gegen ein hölzernes Bein. Es gab ein dumpfes Geräusch, und alle hielten ängstlich den Atem an. Als nichts geschah, entspannte sich die Menge wieder.

„Es ist ein Haufen altes Holz, ein lächerlicher Scherz der Mykener", erklärte Paris hochmütig. „Wir könnten es zerlegen und die Feuerbecken des Palastes damit beheizen."

Ein älterer Priester eilte herbei. „Wir dürfen es nicht einfach verbrennen, mein König. Vielleicht schickt Apollon ein Zeichen und wäre erzürnt, wenn wir nicht auf seine Weisung warten."

Priamos war unschlüssig. „Helenos!", rief er laut, und sein Sohn trat neben ihn. „Helenos, du bist Seher des Apollon. Was sagst du zu diesem ... diesem Pferdeding?"

Helenos umrundete nun ebenfalls das Pferd, legte seine Hand auf das Holz, hielt sein Ohr an eines der Beine und schloss die Augen. Die Menge beobachtete ihn hoffnungsvoll und neugierig zugleich. Schließlich wandte er sich an seinen Vater. „Ich bin nicht ganz sicher und muss erst ein Steinorakel, vielleicht auch ein Wasserorakel befragen, doch auf jeden Fall sollten wir es nicht zerstören. Ich glaube, dass es ein Geschenk für Apollon ist."

Zustimmendes Gemurmel begleitete seine Worte. Priamos kratzte sich am Kinn, dann hob er fragend die Hände. „Und was sollen wir damit machen, bis das Orakel antwortet?"

Helenos wies auf die Hufe des Pferdes. „Sie haben Räder darunter gebaut. Ich glaube, es ist ein Geschenk, und wir sollten es in die Stadt bringen. Wir könnten es im Tempelbezirk vor Apollons Tempel aufstellen, bevor wir entscheiden, was wir damit tun."

Priamos sah auf die hölzernen Räder und nickte. „Das scheint mir das Klügste zu sein. Lass Soldaten kommen, damit sie es in die Stadt ziehen."

Helenos verbeugte sich knapp, dann gab er den Befehl weiter. Kurz darauf wurde das hölzerne Pferd vor den Augen der staunenden Bewohner durch die Vorstadt und das große Stadttor gezogen; wenig später war es bereits auf dem Weg in die Tempelstadt.

Selina und Kleite standen mit einigen anderen Palastbewohnern auf dem Vorhof und sahen zu, wie die Soldaten sich abmühten, etwas Schweres die Rampe zur Tempelstadt hinaufzuziehen. Ihr Tun wurde von rhythmischen Rufen begleitet.

„Was schleppen sie da hinter sich her?" Kleite zog die Augenbrauen hoch.

„Ich weiß es nicht. Es scheint mir fast, es könnte ein Pferd sein – ein Pferd aus Holz."

„Was wollen sie damit?", fragte Kleite nüchtern, und Selina warf ihrer Großmutter einen überforderten Seitenblick zu. „Sie scheinen es in die Tempelstadt zu ziehen."

„Es ist groß, es ist plump, es ist hässlich. Ich habe selten so etwas Hässliches gesehen, wie dieses Ding."

Fast hätte Selina ihre Trauer vergessen. Kleites Worte wirkten ungewollt komisch, und dass die Mykener so unerwartet verschwunden waren, hatte ihr Gemüt etwas aufgehellt. Benti kam aufgeregt zu ihnen gelaufen und stellte sich neben Selina. „Es ist ein Pferd, Selina! Die Mykener haben es gebaut und am Strand zurückgelassen. Ich konnte es vorhin nicht erkennen, doch es hat etwas eigentümlich Schönes und kraftvoll Ursprüngliches. Es wirkt so unverdorben in seiner Rohheit."

Kleite stieß Selina an. „Was hat er gesagt?"

„Er findet es schön", übersetzte Selina.

Kleite bedachte Benti mit einem verächtlichen Blick.

„Ich werde gehen und es mir aus der Nähe anschauen", sagte Benti aufgeregt, dann war er auch schon verschwunden.

„Ich frage mich immer noch, was sie damit wollen", sinnierte Kleite, doch Selina wusste ihr ebenfalls keine Antwort zu geben.

„Sollen wir es uns anschauen?"

Kleite schüttelte den Kopf. „Holzpferde sind etwas für Kinder." Sie zeigte auf das Pferd, das nun am oberen Rand der Rampe angekommen war, und die es umgebende Menschenmenge. „Sie benehmen sich wie Kinder."

Selina stieß Kleite aufmunternd an. „Sie freuen sich, dass die Mykener endlich fort sind. Da kann man verstehen, dass sie sich so benehmen. Bist du nicht froh, dass der Krieg beendet ist?"

„Ich finde das alles seltsam. Die Mykener verschwinden über Nacht, als hätten sie auf einmal Angst bekommen, und lassen dann dieses alberne Ding zurück. Ich traue dem Frieden nicht."

Selina umarmte ihre Großmutter und drückte sie. „Ach Kleite, du kannst nur noch nicht glauben, dass dieser Krieg doch noch ein gutes Ende gefunden hat. Wir hatten uns schon damit abgefunden, in Troja zu sterben, und es fällt uns schwer anzunehmen, dass wir weiterleben werden, dass wir Troja verlassen können. Lass uns in die Tempelstadt gehen und mit den anderen feiern."

Kleite lächelte ihre Enkelin liebevoll an. „Ich fühle mich nicht wohl unter Menschen, deren Zunge ich nicht verstehe. Aber geh nur, Selina. Du bist jung und solltest feiern. Vergiss für den heutigen Tag die Schwere des Lebens, welche du erfahren musstest."

„Bist du sicher, dass du nicht mitkommen willst?"

„Geh nur, geh", wiederholte Kleite noch einmal und schob Selina sanft von sich.

Selina lächelte ihr zu, dann verschwand sie im allgemeinen Gewirr.

In der von Menschen überfüllten Tempelstadt traf Selina auf Benti, der ihr lachend einen Becher Wein in die Hand drückte. „Komm, Selina. Trink, und lass uns feiern."

Sie wies den Becher zuerst zurück, da ihre Gedanken trotz aller Erleichterung noch immer bei Penthesilea und den gefallenen Frauen waren. Als die Jubelrufe der Menschen um sie herum jedoch zunahmen, als sie begannen zu singen und zu tanzen, die Stimmung immer ausgelassener wurde und die Schwere der Gemüter vom Weinrausch verdrängt wurde, ließ auch sie sich überreden zu trinken, obwohl sie sich an den Freudengesängen und Tänzen nicht beteiligte. Selina setzte sich auf einen steinernen Sockel und sah zufrieden den feiernden Menschen zu, die mittlerweile sogar um das Pferd herum tanzten. Musikanten mit Trommeln, Zimbeln und Flöten waren erschienen, sodass bald nichts mehr daran erinnerte, dass Troja sich noch am Vortag auf einen Krieg vorbereitet hatte. Lediglich als Kassandra hysterisch aus dem Tempel stürzte und mit einer Fackel das hölzerne Pferd in Brand setzen wollte, wurde die ausgelassene Stimmung etwas getrübt. Die Menschen wichen vor ihr zurück, als sie schrie, dass das Pferd vernichtet werden müsse, dass Troja dem Untergang geweiht sei, doch wie immer nahm sie niemand ernst, und als Helenos erschien und seine verwirrte Schwester zurück in den Tempel brachte, feierten die Menschen ausgelassen weiter.

Die Stimmung erreichte ihren Höhepunkt, als Helenos aus dem Tempel trat und verkündete, dass Apollon zu ihm gesprochen und bestimmt habe, dass das Pferd nach einem Tag der Festlichkeiten mit Gold überzogen in seinen Tempel gebracht werden sollte, da es ein Opfer der Mykener für einen Frieden zwischen ihren Völkern sei. Erneut jubelten die Menschen, der Wein floss weiter in Strömen, und erst am späten Abend zog sich der Hof in seine Gemächer zurück, und auch die letzten Betrunkenen torkelten aus der Tempelstadt. Gemeinsam mit Benti, der zwar getrunken, jedoch ebenso wie sie selbst darauf geachtet hatte,

Herr seiner Sinne zu bleiben, ging Selina zum Palast zurück. Als sie sich verabschiedete, wollte er auf dem Tempelvorhof bleiben.

„Bist du nicht müde und freust dich darauf, endlich einmal wieder ohne Sorgen einschlafen zu können?", neckte Selina ihn.

„Ich dachte, nie wieder einen Sonnenaufgang erleben zu dürfen, also werde ich diese Nacht nicht mit Schlaf vergeuden, sondern aus vollem Herzen den neuen Tag begrüßen."

„Dann wüsche ich dir eine erholsame Nachtwache", zwinkerte Selina ihm zu. Obwohl sie eine große Wut auf den jungen Mann empfand, der so mutlos und beeinflussbar war, fiel es ihr schwer, ihn zu hassen. Trotz des Kummers, den er ihr bereitet hatte, war doch er es gewesen, der ihr geholfen hatte, aus Hattusa zu fliehen, als Puduhepas gedingte Mörder sie hatten töten wollen. Selina ließ Benti allein und folgte den Menschen, die ebenso müde wie sie zu den Gemächern strömten. Als sie auf ihrem Ruhebett lag, müde, doch das erste Mal seit Langem voller Hoffnung, dachte sie an Pairy und Alexandros. „Du hättest es sehen sollen, Pairy", flüsterte sie leise. „Kein Fest wird so schön sein und sich so tief in meine Erinnerung graben wie das heutige, denn ein jeder hatte geglaubt, nie wieder eines feiern zu können."

Die erste Holzplanke fiel mit einem lauten Knall auf den Boden, und Achilles versetzte dem Soldaten einen harten Stoß in die Rippen. „Pass auf, du Narr! Willst du die Priester aus dem Tempel locken?"

Der Mann stammelte eine Entschuldigung und brach die nächsten Planken aus dem Bauch des Pferdes, wobei er sich bemühte, so leise wie möglich zu sein. Als das Loch groß genug war, warf er ein Seil hinunter und befestigte es an einer Holzstrebe im Innern des Pferdes. Nacheinander ließen sich die Soldaten an ihm hinabgleiten und blickten sich um.

„Ich kann es noch gar nicht fassen", flüsterte einer von ihnen. „Die Trojaner sind dümmer, als ich geglaubt habe. Betrinken sich und feiern, während wir im Bauch dieses Pferdes hocken. Nur als diese Verrückte mit einer Fackel auf das Pferd zustürmte, war mir mulmig zumute."

„Dieser Helenos ist ein begnadeter Lügner. Wie er diesen einfältigen Tölpeln die Geschichte aufgeschwatzt hat und sie ihm zujubelten!"

Achilles bedeutete ihnen, still zu sein. „Er ist ein Verräter, er ist der erbärmlichste Mensch, der mir jemals im Leben begegnet ist."

„Doch er war uns sehr nützlich", feixte der Soldat.

„Ihr fünf", Achilles wies nacheinander auf einige der Männer, „ihr geht zum Tor und lasst unsere Truppen in die Stadt. Gebt Acht, dass niemand euch sieht."

Die Männer nickten und verschwanden in der Dunkelheit.

Achilles wandte sich an die restlichen Soldaten. „Ihr folgt mir. Ich habe diesem feigen Verräter ein Versprechen gegeben, und ich werde es einhalten." Er reckte sich und streckte seine vom langen Warten steifen Glieder. „Bei Zeus, dieses Pferd ist unbequem, doch der Lohn für diese unwürdige List wird Troja sein."

Die Männer lachten leise, dann folgten sie Achilles, der den direkten Weg zum Palast einschlug.

Selina erschrak, als sie aufwachte und eine Hand auf ihrem Mund spürte. Sie riss die Augen auf und gab ein ersticktes Geräusch von sich, während sie nach dem Messer tastete, das sie immer neben sich auf dem Lager versteckte.

„Bitte sei still, Selina, ich bitte dich! Ich bin es, Benti!"

Sie beruhigte sich und sah den jungen Mann mit großen Augen an. „Was im Namen der großen Mutter suchst du in meinen Gemächern, Benti?"

Hektisch sah er zur Tür, dann sprudelten die Worte gleich einem Wasserfall aus ihm heraus. „Oh, Selina, es ist schrecklich! Es sind Mykener in der Stadt, und sie kommen zum Palast."

Selina fuhr hoch und setzte sich gerade auf. „Was redest du da? Wie kann das sein? Die Wachen am Tor hätten doch Alarm schlagen müssen. Niemand kommt ungesehen in die Stadt."

Er schüttelte heftig den Kopf. „Sie sind aus dem Bauch des Pferdes gekommen. Ich habe es vom Palastvorhof aus gesehen. Ich konnte es kaum glauben, doch einige von ihnen sind auf dem Weg zum Palast. Es sind nicht viele, vielleicht fünfzehn."

„Was wollen fünfzehn Mykener ausrichten?" Sie stutzte. „Du sagtest, einige von ihnen kommen herauf zum Palast. Was ist mit den anderen?"

„Sie sind einen anderen Weg gegangen, in Richtung Unterstadt."

Sie starrten sich einen Augenblick an, weil sie den gleichen Gedanken hatten. „Sie gehen zum Tor", flüsterte Selina. „Die Mykener sind nicht fort, sie haben sich nur versteckt. Sie wollen die Stadttore öffnen, damit ihre Truppen in Troja einfallen können."

Während Benti sich kraftlos auf den Rand ihres Lagers sinken ließ, war Selina schon aufgesprungen und suchte nach ihren Sachen. Sie schlüpfte in ihre Beinkleider, ihr Hemd und ihre Stiefel und zischte Benti dann zu: „Hilf mir mit dem Brustharnisch!"

Er stand auf und schloss den schweren Harnisch an ihrem Rücken, während sie bereits Bein- und Armschienen anlegte.

„Was sollen wir nun tun?", flüsterte Benti weinerlich.

„Du schleichst dich ins Heerlager, solange noch Zeit ist und die Mykener noch nicht in der Stadt sind. Vielleicht kannst du noch rechtzeitig dort sein, um die Männer zu warnen. Danach läufst du sofort zu den Ställen und nimmst dir ein Pferd. Verlasse die Stadt und verstecke dich in den Wäldern."

Bentis Blick spiegelte seine tiefe Verzweiflung. „Was wirst du tun?"

Selina nahm bereits ihr Schwert und ihre Axt, während sie antwortete. „Ich werde Kleite und den Palast warnen. Dann werde ich kämpfen, falls du zu spät kommst, um die Truppen zu warnen."

„Selina ... Bitte komm mit mir."

Sie schüttelte den Kopf und war bereits auf dem Weg nach draußen. „Du musst jetzt selbst um dein Leben kämpfen, Benti. Tue, was ich dir gesagt habe, und tue es schnell!"

Er sah ihr hinterher, dann überfiel ihn Panik, und er stürmte davon.

Selina fand Kleite schlafend in ihren Gemächern und weckte sie mit einem unsanften Rütteln. Sie erzählte ihr in knappen Worten, was Benti gesehen hatte. Kleite verlor keine Zeit, und kurz darauf liefen sie gemeinsam aus den Gemächern zur Empfangshalle.

„Schnell ...", trieb Selina sie zur Eile an, „schnell, sie müssen bald hier sein!"

Vorsichtig schlichen sie durch den nur spärlich beleuchteten Saal, dann nickte Kleite Selina zu. „Ich werde ins Lager der Frauen laufen, damit sie nicht im Schlaf überrascht werden. Geh du zurück in den Palast und wecke so viele, wie du kannst. Aber sei vorsichtig!" Kleite umarmte Selina kurz und fest. „Ich hoffe, dich noch in diesem Leben zu sehen, doch falls das nicht möglich ist, so werden wir uns wiedersehen, wenn wir vor die große Mutter treten."

Selina schluckte ihre Tränen hinunter, dann sah sie Kleite hinterher, welche geduckt über den Palastvorhof lief und schließlich in der Dunkelheit verschwand. Selina machte kehrt und lief zurück. Sie hatte die große Halle bereits halb durchquert, als sie aus Richtung der Gänge Schritte vernahm. Sie blieb stehen und sah sich hektisch um. Sie wollte zurück zur Tür laufen, die zum Palastvorhof führte, als sie auch von dort Schritte vernahm. Ihr Blick fiel auf Priamos' Thronsessel am Kopfende des Raumes. Leise fluchend rannte sie los, und es gelang ihr im letzten Augenblick, sich hinter ihm zu verstecken, während zu beiden Seiten des Raumes die Türen aufgestoßen wurden. Selina kauerte sich zusammen und wagte einen vorsichtigen Blick. Sie erschrak, als sie Helenos sah, der von Kassandra und Andromache sowie deren kleinen Sohn Astyanax begleitet wurde. Ihr Schreck vertiefte sich, als sie gewahr wurde, wer durch die gegenüberliegende Tür in die Empfangshalle trat: Es war Achilles, Achilles von Thessalien, gefolgt von mindestens zehn mykenischen Soldaten. *Was soll ich tun?* In ihrem Kopf überschlugen sich die Gedanken. *Ich allein kann nichts gegen sie ausrichten. Wenn ich kämpfe, sterben vielleicht drei oder vier – falls sie mich nicht töten, bevor es überhaupt dazu kommen kann.*

Andromache schrie auf, als sie die mykenischen Soldaten sah, und sie stellte sich schützend vor Astyanax. „Helenos, was hat das zu bedeuten?", rief sie, während Kassandra entsetzt ihren Bruder ansah. „Du hast uns verraten", sagte sie plötzlich, „du hast Troja verraten."

Achilles und seine Männer waren nun nahe an sie herangetreten. „Ja, Kassandra, er hat euch in seiner Erbärmlichkeit an Mykene verraten. Mykene hat auch dir zu danken. Dein seltsames Orakel, nach dem ein Pferd unsere Krieger ausspie, hat sich erfüllt." Kassandra antwortete nicht, stattdessen starrte sie Helenos fassungslos an. Mit einem freudlosen Lächeln blickte Achilles auf Helenos. „Wo ist der König, wo ist Prinz Paris, Helenos von Troja?"

„Sie müssen noch in ihren Gemächern sein."

Achilles nickte dreien seiner Männer zu. „Bringt sie mir!"

Die Soldaten zogen ihre Schwerter und verließen die Halle, um Priamos und Paris zu suchen.

„Was ist mit deinem Versprechen, Achilles von Thessalien?", fragte Helenos bestimmt. Achilles bedachte ihn mit einem spöttischen Blick. „Wir warten noch auf deinen Vater und auf deinen Bruder, sodann werde ich es einlösen. Es wäre doch schade, wenn sie nicht erführen, wer sie verraten hat, oder?"

„Du bist ein Tier!", fuhr Andromache ihn an, und Achilles betrachtete sie mitleidig. „Ein Tier, Prinzessin, tötet nur, um zu überleben. Es tötet, um zu fressen und um sich zu verteidigen. Dein Schwager verrät seine Familie, um sein erbärmliches Leben zu retten. Wenn du mich also ein Tier nennen willst, fühle ich mich geehrt." Er verbeugte sich in gespielter Hochachtung vor Andromache.

Eine Weile wagte niemand, etwas zu sagen. Andromache hielt Astyanax hinter sich verborgen, Kassandra starrte düster auf den Boden, Achilles und seine Männer sahen sich nervös im Raum um. Dann endlich hörten sie Schritte, und die Tür wurde erneut aufgestoßen. Achilles' Soldaten trieben Priamos vor sich her, der – noch mit wirrem Haar und in seinem Nachtgewand – kaum wusste, wie ihm geschah. Als er Helenos, Andromache und Kassandra sah, lief er zu ihnen. „Beim großen Apollon, was geht hier vor? Haben sie euch ebenfalls aus den Gemächern getrieben?"

„Nein, großer König. Dein Sohn Helenos war uns behilflich, die Tore Trojas zu öffnen."

Priamos' Gesichtsmuskeln erschlafften. Er blickte Helenos an, dann betrachtete er Achilles, und Schicksalsergebenheit legte sich über seine Züge.

„Wo ist Prinz Paris?", fuhr Achilles seine Soldaten an.

„Wir konnten ihn nicht finden, Herr."

Achilles stieß einen leisen Fluch aus. „Wir werden ihn später suchen." Er nickte Helenos zu. „Nimm die Frauen und verlasse Troja. Meine Soldaten werden dich ins mykenische Lager bringen, wo ihr sicher seid."

Helenos griff nach Andromaches und Kassandras Hand und zog sie fort. Andromache wehrte sich, Astyanax klammerte sich an ihr Bein und begann zu schreien.

Achilles Blick fiel auf den kleinen Jungen. „Ist das dein Sohn, Frau? Der Sohn Hektors?"

Sie antwortete nicht, sondern nahm Astyanax auf den Arm und drückte ihn an sich. Harsch befahl Achilles einem der Soldaten, den Jungen zu nehmen. Es gab ein kurzes Gerangel, bis er ihn seiner Mutter entrissen hatte. Andromache begann zu schreien und die Arme nach ihrem Sohn auszustrecken, während Astyanax weinte und mit seinen kleinen Fäusten auf den Lederpanzer des Soldaten einschlug.

„Ihm wird nichts geschehen", sagte Achilles, dann nickte er Helenos erneut zu, welcher Andromache noch fester am Handgelenk packte und gefolgt von einigen Soldaten mit ihr und Kassandra in Richtung des Palastvorhofs lief. Als er fort war, gab Achilles seinem Soldaten ein Zeichen. „Bring den Jungen fort." Der Soldat nickte, dann entfernte auch er sich.

Priamos blieb allein zurück. „Ich weiß, dass du mich nicht am Leben lassen kannst, Achilles von Thessalien. Ich zürne dir nicht. Mein Leben war lang, und es war erfüllt. Doch verschone Troja, verschone mein Volk."

Ernst trat Achilles an Priamos heran, bis sie sich direkt gegenüber standen. „Ich habe Respekt vor dir, König Priamos. Ich gab dir deinen Sohn, als du mich um seinen Leichnam gebeten hast, und ich ließ dich gehen. Ich empfinde keinen Hass auf dich oder auf dein Volk. Doch Agamemnon hat geschworen, Troja dem Erdboden gleichzumachen."

Priamos ließ den Kopf sinken. „So beende es nun, erweise mir diesen letzten Gefallen, Achilles von Thessalien. Lass mich nicht zusehen, wie Troja fällt."

Der Krieger nickte, dann zog er sein Schwert. „Du warst deinem Volk ein guter König, Priamos von Troja."

Selina wusste, dass es nicht klug war, ihr Versteck zu verlassen, doch sie konnte nicht mit ansehen, wie Achilles den wehrlosen Priamos erschlug. Ohne zu überlegen, erhob sie sich und rief Achilles zu, dass er sein Schwert sinken lassen sollte. Achilles und Priamos wandten sich überrascht in ihre Richtung, dann ließ Achilles Priamos stehen und kam auf sie zu.

„Selina vom Thermodon, deine Anwesenheit erspart mir die Mühe, dich zu suchen."

„Lass ihn gehen", forderte Selina kühl, die Hand bereits auf dem Griff ihres Schwertes.

„Du weißt, dass du gegen mich nicht siegen kannst. War dir der Tod deiner Königin keine Lehre?"

Sie gingen aufeinander zu und beobachteten sich wie Raubtiere, die auf den Angriff des anderen warteten. Achilles' Männer grinsten, sie hofften auf einen guten Kampf.

„Überlass sie uns, Achilles", rief einer von ihnen begeistert.

„Sie gehört zu meiner Kriegsbeute", stellte Achilles klar.

Selina ließ Achilles nicht aus den Augen. Sie hatte nicht vor, ihn anzugreifen, denn ihr war klar, dass sie im Nachteil war.

„Wirf dein Schwert fort, Frau", flüsterte er nur für sie hörbar. „Ich will dich nicht verletzen. Troja wird fallen. Mykene hat gesiegt. Ich werde dich gut behandeln."

Selina starrte an ihm vorbei, als sie einen Pfeil durch die Luft sirren hörte. Kurz darauf strauchelte Achilles und knickte ein. Er bückte sich überrascht und griff an seine Ferse, an der ihn der Pfeil getroffen hatte. Die mykenischen Soldaten sahen ihn ungläubig an, dann liefen sie aufgeregt durcheinander, um zu sehen, woher der Pfeil gekommen war. Ein zweiter Pfeil traf Achilles kurz darauf in der Hüfte, ein dritter durchschlug seinen Brustpanzer. Schließlich fiel er und blieb reglos liegen. Endlich deutete einer der Mykener auf die Säule an der Tür zum Palastvorhof. „Dort drüben steht er, hinter der Säule. Holt ihn euch!"

Die Männer liefen los, doch einer von ihnen erinnerte sich an Priamos, machte kehrt, und ehe dieser die Hände zur Abwehr hätte heben können, stieß er dem überraschten König das Schwert in die Brust. „Stirb, König von Troja!", spie er aus, dann lief er seinen Kameraden hinterher.

Selina ließ ihr Schwert sinken und lief zu Priamos, der auf dem Boden lag und sich nicht mehr rührte. Ein Blick in sein Gesicht ließ sie erkennen, dass er tot war. Sie erhob sich und unterdrückte den Wunsch, seine Hand zu nehmen. Dann ging sie langsam zu Achilles zurück, der einige Schritte entfernt auf dem Boden lag. Sie beugte sich über ihn und erschrak, als er sie ansah.

„Selina vom Thermodon", sagte er mit schmerzverzerrtem Gesicht, „ich hatte nicht geglaubt, dass es so enden würde."

Sie bückte sich und untersuchte seine Wunden. „Du stirbst, Achilles."

Er verzog seinen Mund zu einem gequälten Lächeln. „Es fühlt sich bei Weitem nicht so ruhmvoll an, wie es die Sänger verheißen. Ich würde Ruhm und Ehre in diesem Augenblick gerne gegen das Leben tauschen, wenn es mir möglich wäre."

Selina unterdrückte den unsinnigen Schmerz, der sich in ihrem Herzen breitmachte. Ihr Blick fiel auf den Pfeil, der Achilles' Ferse durchschlagen hatte. „Es sind Spitzen aus dem dunklen Metall", flüsterte sie.

„Ich sagte doch, dass nur Erdmetall den Brustpanzer eines Myrmidonen durchdringen kann, Selina vom Thermodon. Die Harnische sind mit Bronze unterlegt." Das Sprechen fiel ihm schwer, und er blinzelte. „Du solltest gehen. Warum rettest du nicht dein Leben? Geh nach Ägypten zu deinem Sohn und zu deinem Gemahl. Lasse dir von einem Sterbenden sagen, dass der Tod nicht erstrebenswert ist."

Er streckte ihr die Hand entgegen, und Selina war versucht, ihm ihre zu verweigern. Schließlich umfasste sie seine Hand und drückte sie sanft. „Warum ist dir so sehr an meinem Leben gelegen?"

Er umklammerte ihre Hand, als könnte sie ihn vor dem Tod bewahren. Seine Augen suchten die ihren. „Weil du der einzige Mensch bist, der es mir wert ist, Selina vom Thermodon. Dein Mut hat mich beeindruckt. Ich hätte dich mitgenommen als meine Kriegsbeute, hätte dich nach Thessalien verschleppt und eifersüchtig über dich gewacht. Aber nun ist es nicht mehr möglich, der Tod zwingt uns, alles loszulassen, was wir begehren. Alles wird unwichtig. Lebe und sei glücklich, Selina vom Thermodon, laufe nicht wie ich einem sinnlosen Ehrgeiz hinterher." Achilles schloss die Augen, und kurz darauf erschlaffte seine Hand. Selina ließ sie langsam los und erhob sich. „Lebe wohl, Achilles von Thessalien", flüsterte sie, dann lief sie hinaus, um Kleite zu suchen.

Benti versteckte sich hinter einem Eselskarren und rang nach Atem. Den ganzen Weg war er gerannt. Einmal hatte er sich vor den mykenischen Soldaten gerade noch rechtzeitig im Schatten einer Häuserwand verbergen können, und so waren sie an ihm vorbeigelaufen, ohne ihn zu sehen. Auf seinem Weg in die Unterstadt hatte er einige tote Palastwachen gesehen. Die Mykener waren gründlich gewesen. Trotz seiner Seitenstiche, zwang sich Benti, sein Versteck wieder zu verlassen und weiterzulaufen.

Als das große Tor in Sichtweite kam, versteckte er sich erneut hinter einer Häuserwand, und seine letzte Hoffnung schwand dahin. Die Mykener waren bereits da. Sie hatten die Wachen überwältigen können und zogen nun mit vereinten Kräften an den schweren Holzbalken, des Stadttores. Er war zu spät! *Nimm dir ein Pferd und fliehe*, hörte er Selinas Worte, dann rannte er weiter in die Richtung des Heerlagers, in der er die Pferdeställe wusste. Seine Beine versagten ihm den Dienst. Alles im Lager war still. Er überlegte, ob er die Truppen warnen sollte, doch dann wurde ihm klar, dass er es zwischen dem Gerangel der Soldaten kaum schaffen würde, sich unbehelligt ein Pferd aus dem Stall zu holen. *Du bist ein Feigling, Benti*, schoss es ihm abermals durch den Kopf, und er schlug den Weg zu den Ställen ein. Er wunderte sich kurz, dass keine Wachen postiert worden waren, erklärte sich diesen Umstand jedoch damit, dass die Soldaten davon ausgingen, die Mykener wären längst fort. Benti schlich in den Stall, wo ihm der warme Geruch der Pferde entgegenströmte. Da er kein guter Reiter war, ging er an den Soldatenpferden vorbei und suchte nach der grauweißen Stute, die Selina ihm für den Ritt nach Troja überlassen hatte. Er fand Targa mit ihrem Fohlen in ihrem Verschlag.

„Wir müssen fort, Targa", wandte er sich beruhigend an die Stute, während er ihr hastig die Trense ins Maul schob. Targa bockte ein wenig, ließ sich dann jedoch das Halfter über den Kopf streifen. Immerhin kannte sie Benti, der sie drei Mondumläufe geritten hatte, und vertraute ihm mittlerweile. Benti verzichtete auf den Sattel. Er wollte nur fort. Behutsam führte er Targa aus dem Stall, während das Fohlen hinter ihr herlief. Er zog sich mühsam auf ihren Rücken, dann trabte die Stute an.

Am Rand des Lagers verfluchte er sich noch einmal für seine Feigheit. Er formte die Hände zu einem Trichter und legte sie an den Mund. Sodann schrie er aus voller Kehle. „Die Mykener sind da! Troja wird angegriffen! Sie sind da! Sie kommen durch das Stadttor!" Benti schrie so lange, bis die ersten Soldaten aus ihren Zelten gerannt kamen und sich umblickten. Noch einmal rief er ihnen laut zu, dass die mykenischen Truppen vor den Toren Trojas standen, dann gab er Targa die Fersen und galoppierte davon, ohne sich noch einmal umzusehen. Erst als er den tiefen Wehrgraben sah, zügelte er die Stute und ritt den Graben entlang. Obwohl er kein Soldat war, ahnte er, dass die Trojaner sich nicht die Mühe gemacht hatten, den Graben bis in den Wald hinein auszuheben. Dieser war zu dicht, als dass Truppen aus ihm gezielt hätten angreifen können. Benti sah sich noch einmal um und vergewisserte sich, dass er nicht verfolgt wurde. Dann verschwand er im Wald.

Selina erreichte das Heerlager kurz nach Benti und fand die Soldaten bereits in hellem Aufruhr. Sie stürmte in die Stallungen, in denen ein wirres Durcheinander herrschte, und kämpfte sich durch die schreienden und rufenden Männer zu Arkos. Der Hengst scheute und trat verängstigt aus. Sie beruhigte ihn, fand seine Trense und den Sattel, und kurz darauf zog sie ihn hinter sich her, hinaus aus der Enge der Stallungen. Selina saß auf und zog den Bogen aus der Satteltasche, um ihn sich über die Schulter zu legen. Den Köcher mit den Pfeilen befestigte sie dicht neben ihrem Bein, um möglichst leicht hineingreifen zu können. Als sie aufsaß, vernahm sie vom Stadttor lautes Geschrei, das zu ohrenbetäubendem Lärm anschwoll. Die Mykener hatten die Tore geöffnet und fielen nun in die Stadt ein. Selina gab Arkos die Fersen, dann machte sie sich auf den Weg in das Lager der Frauen.

Als sie dort ankam, fand sie auch das Frauenlager in Aufruhr. Scheppern von Waffen und Schilden, lautes Rufen sowie der Hufschlag der Pferde erfüllten das gesamte Lager. Selina hatte Arkos in den Stallungen der Truppen untergestellt, da sie im Palast wohnte, die Kriegerinnen des Lagers fühlten sich jedoch nur dann sicher, wenn sie ihre Pferde in der Nähe hatten. Selina war nun froh darüber, dass die Frauen derart umsichtig dachten. Ohne von Arkos' Rücken zu steigen, rief sie einer vorbeieilenden Kriegerin zu: „Wo ist Kleite? Hast du sie gesehen?"

Die Frau schüttelte im Laufen den Kopf, und Selina fragte eine andere, die ihr jedoch auch nicht sagen konnte, wo Kleite war. Sie ritt durch das Lager und reckte ihren Kopf, aber sie konnte ihre Großmutter nirgendwo entdecken. Schließlich fiel ihr Blick auf Antianeiras glattes braunes Haar. Sie hatte ihr Pferd gesattelt und war im Begriff aufzusteigen.

„Antianeira!" Ihre Tante drehte sich zu ihr um, schwang sie sich auf den Rücken ihres Pferdes und ritt zu Selina.

„Antianeira, wo ist Kleite?"

„Sie ist mit einigen Frauen in die Tempelstadt geritten. Sie wollen den Tempel des Apollon verteidigen."

„Ich werde mit ihnen kämpfen, führe du die restlichen Frauen."

Antianeira nickte, dann wendete sie ihr Pferd und ritt davon. Es war keine Zeit für große Worte.

Selina galoppierte zurück in die Unterstadt und wurde sofort ins Kampfgetümmel gezogen. Durch das Tor strömten die Truppen der Mykener in einem nicht enden wollenden Schwall. Sie hatten bereits einige Häuser in Brand gesteckt, und in den Straßen liefen schreiend die Familien der Händler und Handwerker umher, welche aus ihren Häusern getrieben wurden. Die mykenischen Soldaten folgten den Männern und erschlugen sie mit ihren Schwertern, während sie bereits ein Auge auf die jungen Frauen warfen. *So endet dieser Tag also doch in einem Blutbad!*, fuhr es Selina durch den Kopf, dann zog sie ihr Schwert und stieß es einem Mykener in die Brust, der sich ihr in den Weg stellte. Selina verlor keine weitere Zeit, sie trieb Arkos an und ließ ihn Richtung Tempelstadt galoppieren, während sie immer wieder mit ihrem Schwert auf mykenische Soldaten einschlug.

Polyxena von Troja hielt sich hinter dem großen steinernen Altar verborgen und presste von Angst gepeinigt die Lippen fest aufeinander. Vielleicht hätte sie sich doch lieber im Palast verstecken sollen, anstatt in die Tempelstadt zu laufen. *Im Palast werden sie zuerst suchen*, versuchte sie sich zu beruhigen, *danach werden sie den Tempel Apollons niederreißen und die Unterstadt niederbrennen.*

Polyxena war in den Tempel der Aphrodite gelaufen, der recht verborgen im hinteren Bereich der Tempelstadt seinen Platz hatte, da die Göttin in Troja als weniger wichtig als Apollon galt. Am Eingang der Tempelstadt kämpften die Truppen der Frauen, sodass es nicht so leicht wäre, in sie hineinzugelangen. Die Priester und Priesterinnen hatten sich im Apollontempel eingeschlossen und wollten das goldene Abbild ihres Gottes und seine Schätze wenn nötig mit ihrem Leben verteidigen. Niemand war auf den Gedanken gekommen, dass es vielleicht klüger war, sich an einem unauffälligeren Ort zu verstecken. Doch wenn sie hier blieb, konnte Polyxena noch hoffen, dass die eigenen Soldaten sie zuerst fanden. Sie hatte niemanden aus ihrer Familie gesehen, wahrscheinlich waren sie bereits vor dem Kampf versteckt worden. Doch warum hatten die Soldaten ihres Vaters nicht nach ihr gesucht? Nervös knetete sie die Falten ihres Gewandes. Sollte Kassandra vielleicht doch recht behalten? Würde Troja fallen? Sie wischte sich die Tränen mit dem Handrücken aus dem Gesicht und dachte daran, dass ihre Augenschminke bestimmt verwischte. *Bist du verrückt, Polyxena?*, schrie ihr Verstand. *Dies ist jetzt dein geringstes Problem!*

Dann wurde die Tür des kleinen Heiligtums aufgestoßen.

Beinahe wäre ihr ein Schrei entfahren, doch sie biss sich im letzten Augenblick in die Hand. Sie meinte, ihren eigenen Herzschlag zu hören, der rasend gegen ihre Brust hämmerte.

„Hier ist nichts; nur ein unbedeutendes Heiligtum. Kaum etwas Wertvolles für uns."

Polyxena hörte, wie die Männer die goldenen Kelche und die Karaffe, mit der Aphrodite Weinopfer dargebracht wurden, hastig und scheppernd vom Altar rafften.

Sie stehen direkt am Altar, o ihr Götter! Nur ein Stück Stein verbirgt mich vor ihnen!, dachte sie rasend vor Angst. Kurz darauf hörte sie die Stimme eines zweiten Mannes. „Gehen wir lieber zum Tempel des Apollon, ehe die anderen uns die fette Beute vor der Nase wegschnappen."

Polyxena vernahm ein zustimmendes Grunzen und sackte erleichtert zusammen, als die Schritte sich entfernten. Sie schloss die Augen und atmete auf. „Danke, Aphrodite, danke, ihr Götter!" Vorsichtig lugte sie um den Altar herum. Sie waren fort. Mit zitternden Knien erhob sie sich und lief zur Tür, als sie aus den Augenwinkeln heraus etwas aufblitzen sah. Ihr Kopf flog herum, und sie erkannte die goldene Karaffe, welche aus einem Leinenbeutel heraus schaute. *Sie haben den Beutel vergessen, sie werden zurückkommen und ihn holen!* Sie machte kehrt, um sich erneut zu verstecken.

„Was haben wir denn hier?", rief eine männliche Stimme, als sie den Altar beinahe erreicht hatte. Langsam drehte sich Polyxena um und blickte in das grinsende Gesicht eines mykenischen Soldaten.

„Mir scheint, dieser Tempel besitzt doch mehr Reichtümer, als ich vermutet habe."

Sie stand stocksteif, als der Mann auf sie zukam. Seine Hände waren blutbefleckt und grobschlächtig, er gehörte den einfachen Fußtruppen an, hatte wahrscheinlich kaum auf einen Glücksfall wie diesen gehofft.

„Eine Frau aus dem Palast", flüsterte er. Er sah sich schnell um, als hätte er Angst, dass ihm jemand diese besondere Beute streitig machen könnte. Als er nah vor ihr stand, berührte er eine Strähne ihres Haares und fuhr dann mit seinen Fingern ihren Hals herunter, bis sich seine grobe Hand um ihre Brust schloss.

„Ich hatte noch nie eine Palastfrau", sagte er heiser, griff Polyxena grob um die Taille und warf sie auf den Altar. „Lass uns Aphrodite, der Göttin der Liebe, ein Opfer bringen", hörte sie ihn sagen, ehe er hastig ihr Gewand zerriss. Polyxena wandte ihren Kopf zur Seite und starrte aus tränenverschleierten Augen auf das Abbild der lieblichen Aphrodite, während der Soldat sich über sie beugte und sein Atem ihr Gesicht heiß und übel riechend streifte.

Als Selina die Tempelvorstadt erreichte, waren die Mykener dort bereits eingefallen. Überall lagen die Körper toter Kriegerinnen, und auch viele Mykener hatten ihr Leben gelassen. Inmitten des Gemetzels stand verlassen das große Holzpferd, aus dessen Bauch die Mykener gekrochen waren. Selina wandte den Blick ab. Sie rief nach Kleite, ihre Augen suchten sie unter den Gefallenen, doch sie fand sie nirgends. Die Tore des Apollontempels standen weit offen, er war geplündert worden, seine Priester und Priesterinnen lagen tot vor seinen Toren. Kurz überlegte Selina, ob sie in die Tempelstadt hineinreiten sollte, doch die Schätze und Reichtümer hatten sich im Tempel Apollons befunden, und so hatte Kleite die Tempelstadt sicherlich aufgegeben, als sie nicht mehr zu halten gewesen war.

Sie wendete Arkos und trieb ihn die Rampe zum Palast hinauf. Im letzten Augenblick hob Selina ihren Schild, um einen Pfeil abzuwehren; zitternd blieb er darin stecken. Entschlossen trieb sie Arkos an und galoppierte im Schutz ihres Schildes weiter nach oben. Erst dort senkte sie ihren Schild und konnte den Angreifer erkennen, der sich anschickte, einen neuen Pfeil auf sie zu schießen. Um keine Zeit zu verlieren, ließ sie sich von Arkos' Rücken direkt auf den Angreifer fallen, sodass der Pfeil knapp an ihrem Ohr vorbei zischte. Als sie ihr Messer zog, um dem Angreifer die Kehle zu durchtrennen, erkannte sie, dass es Paris war. Sie hielt inne und ließ ihn frei. „Prinz Paris, zielst du nun schon auf diejenigen, die Troja verteidigen?"

Überrascht sah er sie an und rappelte sich auf. „Ach, *du* bist es! Ich glaubte, es sei einer dieser verfluchten Mykener."

Selina steckte ihr Messer weg und blickte sich um. „Wo sind die Truppen? Mir scheint, hier wird noch nicht gekämpft. Die Tempelstadt ist bereits gefallen."

Paris klopfte den Staub von seinen Beinkleidern. „Die Truppen kämpfen in der Unterstadt. Ich wollte gerade gehen, um mich ihnen anzuschließen."

Selina glaubte ihm nicht, nickte jedoch. „Wo ist deine Gemahlin? Du solltest sie fortbringen."

„Sie ist am besten in ihren Gemächern aufgehoben. Der Schauplatz einer Schlacht ist kein Ort für eine Frau."

Großzügig überhörte sie die Spitze in seinen Worten. Es war nicht die Zeit, sich mit diesen lächerlichen Streitereien auseinanderzusetzen. „Hast du die Frauen meines Volkes gesehen?"

Kopfschüttelnd hob er seinen Bogen auf. Selina zog den Pfeil aus ihrem Schild und wollte ihn Paris zurückgeben, als ihr Blick auf seine Spitze fiel. „*Du* hast Achilles von Thessalien getötet. Die Spitzen deiner Pfeile sind aus Erdmetall. Ich glaube nicht, dass Trojas Truppen damit ausgerüstet sind."

Paris sah sie stirnrunzelnd an. „Die Pfeilspitzen sind das Geschenk eines Kaufmanns aus Hatti, ich weiß nicht, was du mit Erdmetall meinst – und ja, ich habe Achilles getötet. Es hat mir Freude bereitet, diesen elenden Mykener fallen zu sehen."

Selina kam noch ein anderer Gedanke. „Du wusstest, dass ich es war, als du deinen Pfeil auf mich gerichtet hast." Sie blickte ihn verständnislos an. „Du wolltest mich umbringen."

Er schüttelte den Kopf, doch Selina hatte das kurze Aufflackern in seinen Augen gesehen, ein deutliches Zeichen dafür, dass sie ihn der Lüge überführt hatte. Sie warf den Pfeil beiseite und ging auf Paris zu. Der Prinz wich zurück, bis er schließlich mit dem Rücken zur Palastmauer stand. Angst spiegelte sich in seinem schönen Jünglingsgesicht.

„Paris, du bist ein elender Feigling." Sie holte mit aller Kraft aus und schmetterte ihm die Faust ins Gesicht. Paris verdrehte kurz die Augen, fing sich jedoch wieder und starrte sie an, während ein dünnes Rinnsal Blut aus seiner gebrochenen Nase lief, die nun etwas schief in seinem Gesicht saß. Seine Schönheit hatte einen sichtbaren Makel erlitten, doch er wagte nicht, etwas zu erwidern.

Selina trat einen Schritt zurück und sah ihn zufrieden an. „Ich lasse dich nur leben, damit die Mykener dich finden und sich für Achilles' Tod an dir rächen." Sie riss ihm den Bogen aus der Hand und zerbrach ihn über dem Knie.

„Bist du vollkommen wahnsinnig, Weib? Sollte ich diesen Schlächter etwa verschonen? Hätte er mich oder irgendjemand anderen verschont?"

„Nein", stellte sie ruhig fest. „Doch er hätte es verdient, durch einen ebenbürtigen Gegner den Tod zu finden, nicht durch einen Feigling wie dich!"

Selina warf die Reste des Bogens von sich und schwang sich auf Arkos' Rücken. Ohne sich noch einmal nach dem Prinzen umzusehen, ritt sie davon.

In der Unterstadt tobte der Kampf. Die Häuser brannten, die Menschen schrieen, viele lagen erschlagen auf dem Boden: Soldaten beider Seiten, Männer der Unterstadt, Frauen, ja sogar Kinder hatten die Mykener nicht verschont. Selina wurde immer wieder in Kampfhandlungen verwickelt, während sie nach Kleite und ihren Kriegerinnen suchte. Rauch stieg ihr in die Nase und brannte in ihren Augen, während sie mit ihrem Schwert auf die Feinde einhieb. Sie überließ Arkos die Führung, da sie vollauf damit beschäftigt war, ihr Leben zu verteidigen, und der Hengst strebte zum Tor, hinaus aus der von Feuer und Lärm erfüllten Stadt.

Als sie das große Tor durchritt, wäre sie beinahe von Arkos' Rücken hinuntergezogen worden, doch sie bekam ihre Axt zu fassen und spaltete dem Angreifer den Schädel. Hustend und mit tränenden Augen merkte sie irgendwann, dass sie bereits am Strand angelangt war. Sie klopfte Arkos den Hals und ließ sich einen Moment Zeit, um Luft zu holen und ihre Augen von den Tränen zu befreien. Der Stoß durchfuhr ihren Oberschenkel überraschend, und sie verspürte zuerst keinen Schmerz. Erstaunt blickte sie an ihrem Bein hinab und sah einen Pfeil tief in ihrem Oberschenkel stecken. Mit einem leisen Fluch auf den Lippen trieb sie Arkos erneut an. Ein pochender Schmerz breitete sich in ihrem Bein aus. Als sie erneut an ihm hinuntersah, quoll das Blut bereits in dünnen Rinnsalen aus der Pfeilwunde. „Ich kann nicht am Strand bleiben, hier gibt es keine Deckung!", rief sie Arkos zu und trieb den unwilligen Hengst wieder zurück in Richtung der Stadtmauer. Da sie nicht wusste, ob noch Bogenschützen auf den Mauerkronen waren, die sie im Tumult mit einem Mykener verwechseln konnten, hielt sie sich jedoch von Tor und Mauern fern. Ihr Bein schmerzte, und es fiel Selina schwer, den Schenkeldruck um Arkos' Leib aufrechtzuerhalten. Erst als sie meinte, weit genug vom Kampfgeschehen entfernt zu sein, zügelte sie erneut den Hengst. Sie hütete sich davor, den Pfeil aus ihrem Bein zu ziehen, um nicht noch mehr Blut zu verlieren, doch sie brach ihn am Schaft ab. Schmerz und Blutverlust bereiteten ihr Schwindel, sodass sie Arkos im Schritt weitergehen ließ.

Ich sollte zurückreiten und kämpfen, schoss es ihr immer wieder durch den Kopf, doch dann fiel ihr Blick auf einen kleinen Körper, der ausgestreckt am Boden lag. Sie beugte sich etwas vom Pferdrücken hinunter, um in die angstvoll geöffneten Augen des Jungen zu schauen, die noch im Tode gen Himmel gerichtet waren. Selina folgte dem Blick des Jungen und starrte die Mauerkrone an, von der er offensichtlich herabgeworfen worden war. Sie konnte nicht verhindern, dass ihre Augen sich mit Tränen füllten, und dieses Mal wurden sie nicht vom Rauch sondern von tiefem Mitleid für das Kind ausgelöst. Es war Astyanax, der kleine Sohn Andromaches und Hektors.

Paris lief fluchend durch die leeren Gänge. Sogar die Palastwachen kämpften in der Unterstadt gegen die Mykener. Paris wusste, dass jede Abwehr ein sinnloses Unterfangen war – Troja würde fallen, daran bestand kein Zweifel. Helenos, der Verräter, hatte sich auf die Seite der Mykener geschlagen; sein Vater lag tot in der Empfangshalle. Nun war es an der Zeit, das eigene Leben zu retten. Seine gebrochene Nase schmerzte; diese Frau hatte einen Faustschlag, der dem eines Mannes gleichkam. Er wünschte, sein Pfeil hätte Selina durchbohrt, doch er tröstete sich mit dem Gedanken, dass er immerhin den berüchtigten Achilles zur Strecke gebracht hatte.

Paris beschleunigte seine Schritte. Er musste Helena aus ihren Gemächern holen und mit ihr fliehen. Allein sie konnte nun sein Leben retten. Paris hatte sich in dem Augenblick in diese schöne Frau verliebt, als er sie das erst Mal in Sparta gesehen hatte. Damals hatte noch Eintracht zwischen Menelaos und ihm geherrscht. Der König hatte sich nichts dabei gedacht, als Paris Helena ein goldenes Geschmeide zum Geschenk gemacht hatte. Für Menelaos war es ein Gastgeschenk an die Königin gewesen, für Paris jedoch ein Eheversprechen. Helena war nicht von Anfang an bereit gewesen, Paris nach Troja zu folgen, obwohl sie ihm deutlich ihre Zuneigung gezeigt hatte. Doch Paris hatte ihr in langen Stunden heimlicher Nachmittage von der Schönheit Trojas erzählt, und Helena war immer mehr für Troja und für ihren heimlichen Verehrer entbrannt, bis sie schließlich eingewilligt hatte, ihm zu folgen. Menelaos' Zorn war ihm egal gewesen, er wollte nur Helena. Paris, der die Liebe stets leicht und spielerisch angegangen war, dessen Feuer kurz und heiß aufflackerte, um schnell wieder zu erlöschen, war in echter und tiefer Liebe zu ihr entbrannt und nicht bereit, sie aufzugeben. Der Gedanke, dass Menelaos oder irgendein anderer sie berührte, war ihm unerträglich. Auch Troja war ihm mittlerweile gleichgültig, wenn er nur Helena behalten konnte. Die Stadt würde ohnehin fallen, und er musste Helena von hier fortzuschaffen. Für ihn allein war es unmöglich, durch das Schlachtgetümmel zu reiten, ohne dass die mykenischen Soldaten sich auf ihn stürzten. Hätte er jedoch Helena bei sich, würden sie zweimal überlegen, bevor sie ihn angriffen. Lieber würde er mit Helena sterben, als sie wieder bei Menelaos zu wissen.

Er blieb vor der schönen, mit geschnitzten Weinranken verzierten Tür stehen und klopfte. Dann rief er leise Helenas Namen. Als er keine Antwort erhielt, rief er lauter. „Helena, ich bin es, Paris!"

Ohne länger zu warten, trat er ein. Helena saß auf ihrem Ruhelager, sprang jedoch auf, als sie ihn erkannte. „Paris!", rief sie erleichtert. „Ich dachte, du wärest tot." Sie umarmte ihn, und er zuckte zurück, als sie seine Nase berührte.

„Was ist geschehen?", fragte sie mitleidsvoll.

„Das ist jetzt nicht wichtig, Helena. Wir müssen fliehen. Troja wird fallen. Priamos ist tot, meine königlichen Geschwister sind geflohen. Es ist höchste Zeit, dass auch wir Troja verlassen."

Sie trat bestürzt einen Schritt zurück. „Heißt das, wir sind die Einzigen, die noch vom Königshaus übrig sind?"

„Ja, und genau aus diesem Grunde müssen wir so schnell wie möglich entkommen."

Helenas große kindliche Augen spiegelten ihr Entsetzen wider. „Aber wie sollen wir unbehelligt nach draußen gelangen? In der Stadt tobt der Kampf. Wir sind eingeschlossen."

Paris nahm ihre Hand und wollte sie mitziehen, doch sie blieb entschlossen stehen und rührte sich nicht. „Ich will nicht durch die kämpfenden Soldaten gehen, Paris."

„Sie werden uns nichts tun. Allein um deinetwillen werden sie uns unbehelligt aus der Stadt lassen."

„Was geschieht dann? Wohin sollen wir gehen? Sie werden uns verfolgen."

Ungeduldig schüttelte er den Kopf. „Darüber werden wir nachdenken, wenn wir aus Troja heraus sind. Apollon wird uns beistehen."

Helena senkte den Blick, um Paris nicht in die Augen sehen zu müssen. „Ich kann so nicht leben, Paris. Bitte, lasse mich hier, versuche dein Leben zu retten."

Ungläubig sah er sie an, diese schöne Frau mit den weichen, fast wie fließendes Silber anmutenden Haaren.

„Helena", versuchte er es erneut, „wir gehören zusammen, hast du das vergessen? Du wirst mit mir kommen!"

Die letzten Worte hatten Schärfe besessen, sodass Helena ihm nun in die Augen sah. Der unschuldige Blick bekam etwas kindlich Trotziges. „Ich wollte mit dir in Troja leben und glücklich sein. Du kannst nicht verlangen, dass ich mit dir gehe, um das Leben einer Marktfrau oder gar einer Bäuerin zu führen."

Paris sah sich zur offenen Tür um. Er meinte, bereits Schritte von den Gängen her zu vernehmen, doch er war nicht gewillt, Helena aufzugeben. „Wir werden den Fürsten irgendeines Königshofes bitten, uns Schutz zu gewähren."

Er lief ihr entgegen, streckte seine Hand aus, doch sie wich weiter vor ihm zurück. Als Paris sie beinahe erreicht hatte, traf ihn der Pfeil in den Rücken. Er wandte sich überrascht um und sah mykenischen Soldaten in das Gemach laufen. Paris fiel auf die Knie und suchte Helena, die sich nun an die Wand drängte, die Hände entsetzt vor das Gesicht gelegt. „Sieh mich an, Helena ...", bat er. Dann starb er.

Erst jetzt zog Helena die Hände von ihrem Gesicht. Ihr bestürzter Gesichtsausdruck erfüllte die Soldaten mit Mitleid. Sanft forderten sie sie auf, mit ihnen zu gehen. „Du brauchst dich nun nicht mehr zu fürchten, Königin Helena. Die Zeit deiner Gefangenschaft ist vorüber. Troja ist so gut wie besiegt, und dein Gatte erwartet dich. Menelaos wird dich nicht verstoßen, obwohl dieser Schwächling dich berührt hat." Er wies mit einer verächtlichen Geste auf den toten Paris.

Langsam breitete sich auf Helenas Gesicht ein zurückhaltendes, doch erleichtertes Lächeln aus. Sie umrundete Paris' Körper, ohne ihn noch einmal anzusehen, und konnte nicht schnell genug die Gemächer verlassen. „Ich bin so froh, dass ich endlich nach Sparta zurückkehren kann. Es war so schrecklich ... so schrecklich."

Kleite fand Selina, die neben dem toten Jungen saß und ins Leere starrte. Arkos stand friedlich grasend neben ihr, während aus der Stadt die allmählich schwächer werdenden Kampfgeräusche zu ihnen herüber drangen. Langsam ließ sich Kleite vom Rücken ihres Pferdes gleiten und kniete sich vor ihre Enkelin, um ihr in die Augen zu schauen. Selina schien sie nicht zu bemerken, starrte durch sie hindurch. Kleite sah den Pfeil in Selinas Oberschenkel und erschrak, als sie die Blutlache erblickte, die sich um das Bein herum ausbreitete. Erst als sie sanft den abgebrochenen Pfeilschaft berührte, zuckte Selina zusammen, und ihr Blick wurde klar. Matt wies sie auf den toten Jungen. „Sie haben ihn von der Mauer geworfen, Kleite – einfach so ..."

Ohne auf Selinas Worte einzugehen, packte Kleite sie und zog sie hoch. Selina verzog das Gesicht und bemühte sich, ihr verletztes Bein nicht zu belasten.

„Kannst du reiten?", fragte Kleite sie, und Selina humpelte zu Arkos. Kleite half ihr aufzusteigen, dann schwang sie sich auf ihr eigenes Pferd. Fest griff Selina nach ihrem Handgelenk, bevor sie losritten. „Kleite! Was ist der Sinn all dessen?"

Während sie sich zu Selina herüberbeugte, antwortete sie ernst. „Weißt du es nicht mehr, Selina? Kannst du dich nicht erinnern, weshalb wir nach Troja gekommen sind?"

Selina schüttelte langsam den Kopf. „Ich glaube, ich habe es vergessen. Irgendwo zwischen den Toten, den Schreien, dem Feuer, dem Rauch, den Tränen der Menschen, habe ich es vergessen."

„Ich muss deine Wunde versorgen, Selina. Du hast viel Blut verloren. Wir müssen fort."

Sie ritten an, und während sie Troja den Rücken kehrten, warf Selina einen letzten Blick zurück auf die hohen Mauern, hinter denen schwarzer Rauch aufstieg.

Hekabe von Troja sank weinend neben ihrem toten Gemahl zu Boden. Die Männer um sie herum betrachteten sie mitleidslos.

„Wir haben sie in ihren Gemächern gefunden, Großkönig", sagte ein dienstbeflissener Truppenführer zu einem großen Mann mit markantem Gesicht. Dieser nickte und winkte einem anderen zu, der trauernden Königin nun auch den Körper des toten Paris' vor die Füße zu werfen. Als Hekabe ihren Sohn erkannte, schluchzte sie auf. Laut weinend nahm sie den Kopf des Toten und bettete ihn in ihren Schoß.

Agamemnon ließ sie eine Weile gewähren, dann verlor er die Geduld. „Ist das dein Sohn, Hekabe von Troja? Ist es der Sohn, den du Paris genannt hast?"

Hekabe sah ihn nicht an, als sie nickte. Agamemnon war zufrieden und fuhr sich durch das gepflegte schulterlange Haar. Seine Rüstung war makellos; weder Schmutz noch Blut hatten sie befleckt, da er selbst nicht an den Kämpfen teilgenommen, sondern den Schutz seines Schiffes vorgezogen hatte, welches den Ausgang der Schlacht in einer versteckten Bucht abgewartet hatte.

„Was sollen wir mit den Toten machen, mein Großkönig?", fragte der Truppenführer eifrig.

„Bestattet sie angemessen, jedoch schnell. Ich habe weder Zeit noch Lust, länger in dieser verfluchten Stadt zu bleiben." Er warf einen Blick auf den toten Achilles. „Ach ja, bringt Achilles von Thessalien zu seinen Leuten. Sie werden ihren Helden sicherlich mit allen Ehren bestatten wollen. Seine Sklavin Briseïs soll ihn waschen und vorbereiten." Er sprach das Wort „Held" nicht ohne Ärger in der Stimme aus. Achilles und er waren sich oft uneins gewesen, und im Grunde genommen schmerzte ihn der Verlust dieses Sturkopfes nicht sonderlich.

Agamemnon sah zu, wie die Soldaten zuerst Achilles wegbrachten und sich dann Priamos und Paris zuwandten. Als Hekabe sich weigerte, den Leichnam ihres Sohnes loszulassen, ging er zu ihr und half ihr fast fürsorglich auf. Hekabe sah ihn, überrascht ob der guten Behandlung, erstaunt an und ließ es schließlich zu, dass die Soldaten die Toten forttrugen. Agamemnon führte sie aus der Empfangshalle hinaus auf den Palastvorhof und trat mit ihr an die kleine Umfassungsmauer. Wo am Tag zuvor nichts als das weite Meer zu sehen gewesen war, dümpelten nun wieder die Schiffe auf dem Wasser, und es herrschte ein reges Treiben am Strand.

„Menschen leben und sterben, Königreiche werden geboren, und sie fallen auch wieder, Hekabe von Troja. Es ist nicht gut, wenn die Lebenden den Toten nachtrauern."

„Ich wünschte, ich wäre ebenfalls tot", flüsterte Hekabe gegen den Wind.

Agamemnon zog die Brauen hoch und tätschelte väterlich ihre Hand, obwohl Hekabe kaum jünger war als er. „Überlasse den Männern das Sterben. Frauen sollten das tun, wofür sie geschaffen wurden: Leben schenken. Deine Töchter leben und befinden sich in unserem Lager. Dein Sohn Helenos ist bei ihnen. Du solltest zu ihnen gehen und vor allem deine jüngste Tochter ein wenig trösten. Meine Männer fanden sie im Tempel der Aphrodite – leider erst, nachdem sie bereits geschändet war." Agamemnon seufzte. „Meine Truppenführer haben sie nicht angerührt, jedoch kann man die einfachen Soldaten im Kampf nicht ständig unter Beobachtung halten. Doch es geht ihr gut. Sie wurde nicht geschlagen und auch nicht verletzt."

Hekabe starrte in den wolkenverhangenen Himmel. Ein bitterer Zug lag um ihren Mund. „Agamemnon, großer König; sprich nicht über Verletzungen. Sprich nicht über den Tod und das Geschenk des Lebens. Sprich nicht von Dingen, über die du nichts weißt." Dann wandte sie sich ab und folgte den Soldaten, die bereits auf sie warteten.

Agamemnon sah ihr nach und schüttelte den Kopf. „Weiber! Sie sind alle gleich und schwätzen nur dummes Zeug, wenn man es zulässt." Er hatte Wichtigeres zu tun, als sich um diese verrückte Königin zu kümmern. Noch bevor die Sonne unterging, würde er die Stadt niederbrennen, wie er es geschworen hatte. Die Frauen würden als Sklavinnen nach Mykene gebracht, Helenos von Troja könnte er vielleicht als Fürst einer unbedeutenden Provinz einsetzen. Ein Seher konnte immer nützlich sein. Auch Helenos' Schwester Kassandra würde er mit nach Mykene nehmen. Sie hatte ihm gefallen, vor allem weil sie wenig sprach.

Agamemnon war zufrieden. Endlich gehörten Troja und damit auch der Zugang zum Schwarzmeer ihm. Zukünftig konnte er von den Handelsschiffen Abgaben dafür einfordern, dass diese ihre Güter in die Häfen bringen durften. Und wenn Hatti die gewohnten Handelswege weiterhin nutzen wollte, so müsste es Mykene gegenüber großzügiger mit dem schwarzen Kupfer sein. Vor allem begehrte Agamemnon das harte, waffentaugliche Metall, das der hethitische Schmied ihm gebracht hatte. Hatti schien zwar sorgfältig bemüht, sein Geheimnis für sich zu behalten, doch Mykene würde auf jeden Fall seinen Anteil einfordern. Er atmete tief durch. Wem Troja gehörte, gehörte ein großer Teil der Welt.

Agamemnon dachte an Kassandra. Mit ihr an seiner Seite könnte er seinen neuen Machtanspruch unterstreichen, sie würde ihm einen Sohn gebären. Agamemnons Mundwinkel umspielte das Lächeln eines Siegers. Große Veränderungen standen bevor, und er würde dafür sorgen, dass sie eintrafen.

Als sie den Wald erreichten, zügelten Selina und Kleite die Pferde und ließen sie im Schritt weitergehen. Im Schutz der Bäume waren sie sicher, denn die Mykener waren vorerst mit

Troja beschäftigt. Es würde noch eine Weile dauern, bis sie beginnen würden, das Umland abzusuchen. Kleite glaubte nicht, dass Agamemnons Truppen sofort weiter ins Landesinnere vordringen würden, wie Selina und viele andere es befürchtet hatten. Doch später würden andere kommen, bald schon; mit ihren Schiffen würden sie Trojas Hafen überschwemmen und von dort aus immer weiter ins Land eindringen. Zerstört, wie es war, bot Troja keinen Widerstand mehr. Wahrscheinlich luden die Mykener bereits seine Schätze auf ihre Schiffe. Doch Kleite fürchtete nicht die Truppen, sondern die Angreifer vom Meer, vielleicht von den Inseln, vielleicht von weiter her. Sie würden das Land durchstreifen und sich nehmen, was immer sie wollten. Sie würden Stämme und Völker des Festlandes dazu zwingen, ihre Häuser zu verlassen und auf der Suche nach einer neuen Heimat wiederum andere zu vertreiben.

Kleite bog ein paar Zweige zur Seite und sah in einiger Entfernung das Flackern einer Fackel. „Ich bin es: Kleite!", rief sie laut, dann ritt sie zu Selina auf, die kraftlos und zusammengesunken auf Arkos' Rücken saß. „Wir sind gleich da", munterte sie ihre Enkelin auf, doch Selina schien sie kaum noch wahrzunehmen. Als sie die kleine Gruppe Frauen erreichten, zogen diese Selina zu dritt vom Pferd und wickelten sie in eine Decke.

„Der Pfeil muss aus der Wunde gezogen werden", erklärte Kleite.

„Wir haben kein Wasser, wir haben keine sauberen Tücher. Wahrscheinlich wird sie an der Wunde sterben", antwortete eine der Frauen erschöpft. Sie zögerte. „Vielleicht ist es der Wille der großen Mutter."

Kleite sah die Frau bestimmt an: „Geh und suche entzündungshemmende Kräuter, Aete."

Aete sah unsicher die anderen Frauen an, weil sie hoffte, sie würden ihr zustimmen. Als jedoch keine etwas sagte, tat sie, was Kleite befohlen hatte.

Das Erste, was Selina sah, als sie wieder zu sich kam, waren die Blätter der Bäume, die sanft in den Baumkronen raschelten. Hin und wieder fand ein heller Sonnenstrahl seinen Weg auf ihr Gesicht, dann wurde er wieder durch das dichte Blattwerk verdeckt. Selina blinzelte und wollte sich aufsetzen. Doch der Schmerz in ihrem Bein erinnerte sie daran, was geschehen war. Ehe sie einen zweiten Versuch wagen konnte, kamen bereits zwei der Frauen und halfen ihr beim Aufstehen. Selina verzog das Gesicht, als sie sich auf den Schultern der Frauen abstützte.

„Es nützt nichts, wenn du liegen bleibst, Selina. Wir müssen bald weiter – egal, wie sehr dein Bein schmerzt. Du wirst es brauchen, während du reitest."

Sie nickte und humpelte mit ihnen zum Lagerfeuer. Seine Wärme tat ihr gut. „Wo sind die anderen?", fragte Selina, während sie ihre Hände nah ans Feuer hielt.

„Es gibt keine anderen. Wir sind die Einzigen, die übrig sind."

Selina ließ den Blick traurig über die kleine Gruppe wandern. Es waren sechzehn Frauen – sechzehn von sechshundert, die mit ihr aus Lykastia fortgeritten waren.

„Kleite ist mit Aete auf der Jagd. Vielleicht bringen sie ein paar Kaninchen."

Selina blickte auf die Wunde, die der Pfeil in ihrem Bein hinterlassen hatte. Sie schien nicht entzündet zu sein. „Wie lange habe ich geschlafen?"

„Nur einige Stunden. Es ist jetzt Mittag, die Sonne steht hoch. Wir wollten bereits in der Nacht aufbrechen, doch Kleite hat entschieden, dass wir erst morgen früh reiten."

„Werden wir nach Lykastia zurückkehren?"

„Vielleicht."

Selina fiel auf, dass Antianeira nicht unter den Frauen war. Sie fragte nach ihr, und die Frauen schüttelten den Kopf. *So hat Kleite all ihre Töchter Troja geschenkt*, dachte sie bitter, während das Feuer laut knisterte und das trockene Holz sich langsam schwarz färbte.

„Ein Hase und ein magerer Vogel für uns alle", sagte Aete grimmig, während sie neben Kleite her ritt. „Wir werden verhungern."

„Das Feuer hat die Tiere vertrieben. Wir werden essen und morgen aufbrechen. Die Jagd wird erfolgreicher sein, je weiter wir ins Landesinnere kommen."

„Kleite ...". Aete war jetzt entschlossen, „Lass uns allein weiterreiten. Deine Enkelin gehört nicht mehr zu uns. Penthesilea ist tot, unser Volk zerschlagen. Selina hat sich verändert, seit sie nach Lykastia zurückgekehrt ist. Sie hat Verderben über uns alle gebracht. Sie muss ihren Weg nun allein gehen."

Kleite mied Aetes Blick. Sie hatte damit gerechnet, dass irgendwann solche Worte fallen würden, jedoch nicht so schnell.

„Selina gehört zum Volk. Sie ist bei uns aufgewachsen. Aus dir sprechen Zorn und Müdigkeit, Aete."

„Das ist nicht wahr. Selbst du kannst nicht übersehen haben, dass Selinas Gedanken und Gefühle sich von unserer Art zu leben entfernt haben. Sie hat uns belogen, sie hat einen Mann gewählt, sie spricht eine Zunge, die keine von uns versteht, und sie vermag es, Worte aus seltsamen Zeichen zu formen."

Kleite wusste, dass Aete die Wahrheit sprach. Trotzdem liebte sie Selina und hätte ihr niemals misstraut. „Ich kann nichts Falsches darin sehen, dass meine Enkelin eine fremde Zunge spricht oder Worte in Zeichen und Linien finden kann."

„Die Worte, welche sie aus Hatti brachte, bedeuteten unserem Volk den Untergang." Aete wurde nun sehr ruhig. „Kleite! Wir haben entschieden: Wir wollen nicht, dass Selina weiter unter uns lebt. Du gehörst zu uns, wir brauchen und respektieren dich. Du warst vor Penthesilea unsere Königin und hast uns geführt. Führe uns nun wieder, doch lasse Selina ihren eigenen Weg finden."

Kleite schüttelte den Kopf. „Selina ist verletzt. Alleine ist sie verloren."

Aete nickte. „Solange Selinas Bein verletzt ist, kann sie bei uns bleiben. Wenn das Bein verheilt ist, muss sie jedoch alleine weiterreiten."

Kleite wurde das Herz schwer. Sie wusste nicht, wie sie Selina die Entscheidung der Frauen erklären sollte, doch sie ahnte, dass in Aetes Worten viel Wahrheit lag. Kleite dachte an Pairy und Alexandros, den kleinen Sohn, den Selina ihm schweren Herzens mitgegeben hatte. Selina hatte neben dem toten Jungen aus Troja gesessen, als hätte sie ihr eigenes Kind verloren. Vielleicht hatte die große Mutter Selina tatsächlich einen anderen Weg beschieden.

„Dort drüben! Am Ende der Lichtung. Ein Pferd!"

Kleite schrak aus ihren Gedanken, als Aete auf das friedlich grasende Pferd wies. Der Schimmel ähnelte Selinas Stute Targa, doch ihr wäre jedes Pferd recht gewesen, da nicht jede der Frauen noch ein Pferd besaß. Sie und Aete gaben ihren Pferden die Fersen und galoppierten zum Ende der Lichtung. Das andere Pferd hob den Kopf und spitzte die Ohren, lief jedoch nicht davon. Kurz darauf konnte Kleite auch das Fohlen an der Seite des Schimmels erkennen.

„Es ist Targa, Selinas Stute!"

Selina traute kaum ihren Augen, als sie sah, dass Aete Targa am Zügel führte. Ohne an ihr Bein zu denken, sprang sie auf, und sie wäre fast wieder hingefallen, hätte sie sich nicht im letzten Moment an einem Baumstamm abgestützt. „Targa!", rief sie aufgeregt, und die Stute hob den Kopf und schnaubte. Aete ließ sich vom Rücken ihres Pferdes gleiten. „Wir haben sie auf einer Lichtung gefunden."

Selina wunderte sich über den missmutigen Ausdruck auf Aetes Gesicht. „Wir haben noch etwas anderes dort gefunden." Sie trat einen Schritt zur Seite, sodass sie den Blick auf Kleite freigab, die einen verschreckten Mann vor sich hertrieb. „Benti!", entfuhr es Selina abermals überrascht, und sie wusste nicht, ob sie froh oder entsetzt sein sollte, den jungen Mann zu sehen. Benti allerdings war mehr als erleichtert, als er Selina erkannte. Er lief schneller, als er sie sah, und versteckte sich hinter ihrem Rücken, von wo aus er vor allem Kleite ängstlich im Auge behielt.

„Er lag in der Sonne und schlief", sagte Kleite knapp, als sie vom Pferd stieg. „Dieser Mann übertrifft alles, was ich je einem Mann an Dummheit zugetraut hätte."

Aete funkelte Selina herausfordernd an. „Ich wollte ihn töten, doch Kleite erlaubte es nicht."

„Ich danke dir, Kleite", sagte Selina, ohne Aete anzusehen.

Kleite seufzte. „Es wäre besser gewesen, ihn zu töten."

Benti hatte den Wortwechsel zwar nicht verstanden, ahnte jedoch, dass es um ihn ging. „Sie werden mich doch nicht umbringen?"

Bestimmt schüttelte sie den Kopf.

Aete bedachte Benti mit einem düsteren Blick, dann wandte sie sich ab und setzte sich zu den anderen Frauen ans Feuer.

„Was willst du mit ihm, Selina? Er kann nicht mit uns reiten. Die anderen Frauen werden es nicht erlauben."

„Wir können ihn nicht einfach hier zurücklassen. Er würde keinen Mondumlauf überleben."

„Vielleicht wäre es das Beste", antworte Kleite knapp, doch Selina nahm ihre Hand und sah ihr tief in die Augen. „Und doch hast du es nicht zugelassen, dass Aete ihn tötet."

Kleite blickte mit dem tadelnden Ausdruck einer Mutter auf den verschreckten jungen Mann. Sie überragte ihn um Haupteslänge. „Ich werde alt und sentimental. Er ist zu nichts zu gebrauchen, findet hässliche große Holzpferde schön, aus denen Soldaten kriechen, und schläft in der Sonne wie ein einfältiges Kind, während wahrscheinlich bereits Mykener die Wälder durchstreifen. Doch ich habe mich im Laufe der Zeit an ihn gewöhnt wie an ein gutes Pferd." Sie überlegte kurz, dann schüttelte sie den Kopf. „Trotzdem können wir ihn nicht mitnehmen, Selina. Ich fürchte, selbst als Knecht ist er nicht zu gebrauchen."

„Ich kann ihn nicht zurücklassen, Kleite."

Kleite nickte, dann legte sie ihrer Enkelin eine Hand auf die Schulter. Sie wusste, dass Selina ihn nicht zurücklassen konnte; die große Mutter hatte ihr ein Zeichen geschickt, welches eindeutiger nicht hätte sein können. „Wir reiten im Morgengrauen. Bis dahin hast du Zeit, eine Entscheidung zu treffen."

Selina sah ihr nach, als sie zu den anderen Frauen ans Feuer ging. Einsamkeit überfiel sie. Benti trat hinter ihrem Rücken hervor und lächelte schwach. „Beim Wettergott, Selina, ich habe nicht geglaubt, dich noch einmal wiederzusehen."

Sie lächelte Benti gequält an, der, ohne es zu wissen, eine neue Katastrophe über sie gebracht hatte. Dann spürte sie ihr schmerzendes Bein und ließ sich den Baumstamm hinabsinken. „Benti, du kannst nicht mit uns reiten."

Im Gesicht des jungen Hethiters zeichnete sich erneut Angst ab. „Aber du wirst mich doch nicht allein zurücklassen, oder? Ich meine, du könntest mich auch gleich töten, wenn du das vorhättest."

Zorn überfiel sie. Was hatte er für ein Recht, ihr diese Frage zu stellen! Wie konnte er es wagen, ihr diese Entscheidung abzuverlangen! Doch sie erinnerte sich daran, wie er ihr Essen und Wasser gebracht hatte, als sie von Tudhalija nach Hattusa verschleppt worden war, und wie er ihr schließlich trotz seiner Angst zur Flucht verholfen hatte. „Bei der großen Mutter, Benti! Wo immer du auftauchst, bringst du Schwierigkeiten in mein Leben. Aber ich habe einfach ein zu weiches Herz, um dich hier deinem Schicksal zu überlassen."

Er nahm ihre Hand. „Danke, Selina! Ich werde es wieder gutmachen – alles!"

Die silberne Scheibe des Mondes stand noch am Himmel, und die Nacht hatte noch nicht ihre klammen und kalten Finger von den Gliedern der Frauen gelöst, als diese ihre Pferde sattelten, das Wenige zusammenrafften, das sie noch besaßen, und sich auf den Weg machten. Selina sah ihnen nach, wie sie langsam das Lager verließen, der Hufschlag ihrer Pferde sich immer mehr entfernte. Ein tiefes Gefühl der Trauer legte sich auf ihr Herz, als sie die wenigen Frauen ihres Volkes, die den Krieg überlebt hatten, in der Dunkelheit verschwinden sah. Benti hatte sich vom leisen Aufbruch der Frauen nicht stören lassen; er schlief in seine Decke gehüllt friedlich und ruhig neben dem langsam verlöschenden Feuer. Selina hingegen war die ganze Nacht hindurch wach gewesen, als seien die letzten Stunden mit den Frauen die kostbarsten ihres Lebens. Kleite war zu ihr gekommen, als die anderen Frauen ihre Sachen packten, und hatte sich neben sie gesetzt. Sie fragte nicht nach Selinas Entscheidung, da sie beide wussten, dass die Zeit gekommen war, Abschied zu nehmen.

„Wirst du nach Lykastia zurückkehren, Kleite?", hatte Selina gefragt.

„Wir werden diejenigen holen, die mit uns kommen wollen, doch dann werden wir die Städte aufgeben. Wir müssen die Knechte fortschicken, falls sie nicht ohnehin geflohen sind.

Vielleicht verlassen wir das Festland und suchen eine neue Heimat. Die große Mutter wird uns führen."

„Dann werden wir uns nicht wiedersehen, nicht wahr, Kleite?"

Ihre Großmutter hatte gelächelt und hinauf zum Himmel gewiesen. „Es ist der gleiche Mond, welcher über jedem Land Abend für Abend aufgeht, ebenso wie wir jeden Tag die gleiche Sonne sehen werden. Es ist die gleiche Erde, in die wir zurückkehren, und die gleiche Mutter, vor die wir eines Tages treten. Wir werden uns wiedersehen, Selina. Irgendwann, wenn wir dieses Leben hinter uns lassen. Wenn ich reite, werde ich meinen Blick zum Himmel richten und an dich denken, egal, ob Mond oder Sonne gerade ihre Bahnen ziehen; und wenn du reitest, der Wind dein Gesicht streift, wirst du es genauso machen, und wir werden niemals weiter als ein Leben voneinander entfernt sein."

Selina waren die Tränen gekommen, doch sie hatte genickt. „So werden wir es halten, Kleite. Es tut mir leid, dass ich meinem Volk so viel Kummer und Leid bereitet habe."

„Nichts in unserem Leben geschieht, ohne von der großen Mutter gewollt und bestimmt zu sein. Also sieh nicht zurück, sondern blicke nach vorn! Du besitzt meine Liebe, wie sie alle meine Töchter besessen haben."

„Ich habe viel Schuld auf mich geladen. Ich weiß nun einiges über das Erdmetall, ich kann dir sagen, wie du Steine und Erde im Feuer schmelzen kannst, und wie du das Metall dann bearbeiten musst, damit es hart wird. Sicherlich könnte es dir und den Frauen helfen."

Kleite hatte abgelehnt. „Das Erdmetall verdirbt das Herz der Frauen. Penthesilea hat es richtig erkannt. Wenn die große Mutter gewollt hätte, dass wir es finden, hätte sie es nicht vor uns in den Steinen und in der Erde versteckt. Wir brauchen dieses Metall nicht. Es ist keine Gabe, welche die Göttin uns zu schenken gedachte."

Selina hatte genickt, dann hatten sie sich umarmt, und Kleite war zu ihrem Pferd gegangen.

„Willst du nicht wissen, wohin ich gehen werde?", hatte Selina ihr noch zugerufen, doch Kleite hatte nur gelächelt. „Ich weiß, wohin dein Weg dich führen wird. Dieses Land soll viele große Wunder besitzen, Selina. Ich werde sie niemals mit eigenen Augen sehen, doch ich habe von der Schönheit der Tempel und den freundlich lächelnden Göttern gehört, die dort angebetet werden. Gehe mit dem Segen der großen Mutter, Selina."

Dann war Kleite mit den anderen fortgeritten.

Selina wartete, bis sie die Frauen in der Dunkelheit nicht mehr sehen konnte, dann ging sie zurück zu ihrem Lager und wickelte sich fest in ihre Decke. Sie ließ ihren Tränen freien

Lauf und fühlte, wie die Einsamkeit mit voller Kraft an ihrem Herzen nagte. Als sie sich etwas beruhigt hatte, schloss sie die Augen und versuchte, sich die Göttin Isis mit dem sanften Lächeln auf dem Gesicht vorzustellen, von der sie in Hattusa eine Statue in Amenirdis' Gemächern gesehen hatte. In ihrer Vorstellung verbeugte sich ein kleiner Junge vor der Göttin und brachte ihr ein Weihrauchopfer dar. Sein Vater hatte ihn in den Tempel begleitet, damit er zur Göttin beten konnte.

Benti tat alles, um sich als nützlich zu erweisen. Er packte ihre Sachen zusammen, half ihr auf Arkos' Rücken und zog sich dann selbst unbeholfen auf Targa. Selina fühlte ihren Waffengürtel schwer und beruhigend an ihrer Hüfte. Die Axt hatte sie verloren, das Schwert war jedoch noch da, ebenso wie ihr Bogen und ein paar Pfeile, die sie für die Jagd nutzen wollte. Benti bemühte sich, sie aufzumuntern, während sie aus dem Wald ritten, doch Selina war nicht nach Gesprächen zumute, sodass er irgendwann verstummte und still neben ihr herritt. Das Fohlen lief ein paar Schritte voraus, als wollte es so schnell wie möglich das Dämmerlicht des Waldes verlassen. Sie brauchten eine Weile, bis sie den Waldrand erreichten, doch dann schien ihnen die Sonne warm ins Gesicht, und sie fühlten, wie ihre steifen Glieder geschmeidig wurden. Als sie die Lichtung des Waldrandes verließen, wies Benti mit dem Finger auf einige kleine Gruppen von Menschen, die mit Eselskarren und Ochsen aus Troja geflohen waren, während andere nichts als das nackte Leben hatten retten können. „Vielleicht können wir uns ihnen anschließen."

Selina nickte, dann ritten sie zu einem Mann, der einen Ochsenkarren mit einigen Tonkrügen, Webteppichen und einer großen Truhe aus grob bearbeitetem Holz gerettet hatte.

„Sei gegrüßt", wandte sich Selina an ihn. „Wohin geht ihr?"

Der Mann sah sich stirnrunzelnd um. Als er jedoch Selinas Beinwunde und den harmlos aussehenden Mann an ihrer Seite erblickte, antwortete er leichthin. „Die meisten fliehen ins Landesinnere. Agamemnon, dieser Hund, wird Troja in Asche verwandeln, bevor er nach Mykene zurückkehrt. Einige seiner Soldaten machen sich einen Spaß daraus, uns zu verfolgen, doch sie haben bereits alles Wertvolle aus der Stadt geholt, deshalb sind sie nicht besonders hartnäckig. Sie haben meine Töchter mitgenommen, diese Hunde." Er spie aus.

„Wirst du nach Zalpa gehen?", fragte Benti offenherzig.

Der Mann sah Benti an, als wäre er verrückt. „Was soll ich in Zalpa? Die Stadt ist ebenso am Ende wie Troja. Es ist nur eine Frage der Zeit, bis das gesamte Land von Mykenern überschwemmt wird, die vom anderen Festland herüberkommen, um sich hier niederzulassen.

Bis dahin werden die plündernden Horden von Priamos' Soldaten dafür sorgen, dass hier niemand mehr in Ruhe leben kann." Er sah Benti kopfschüttelnd an. „Nein! Ich war mein Leben lang Händler, und wenn ich auf dem Festland bleibe, werde ich verhungern wie alle anderen. Es wird lange dauern, bis wieder Ordnung und Ruhe herrschen. Ich gehe nach Lykien, solange dort noch Schiffe im Hafen liegen. Die Lukkaländer haben sich als einzige noch nicht unterworfen, und ihre Häfen sind noch nicht besetzt. Ich kaufe mir eine Überfahrt nach Ägypten und versuche, mir dort ein neues Leben aufzubauen."

Benti sah Selina hoffnungsvoll an. „Wir könnten mit ihm gehen", sagte er leise.

„Wir haben nichts, womit wir uns einen Platz auf einem der Schiffe erkaufen könnten."

Der Händler hatte ihr Gespräch mitbekommen. „Ihr könntet natürlich auch über den Landweg nach Ägypten gehen. Die Handelsstraße führt euch direkt nach Hattusa, weiter durch Kanaan und von dort aus ins Delta. Es ist natürlich ein weiter und nicht ungefährlicher Weg."

Benti sah, dass Selina überlegte, und rüttelte sie am Arm. „Selina, bitte nicht! Was sollen wir tun, wenn Tudhalijas Männer uns aufgreifen?"

Ihre Augen verdüsterten sich, als sie an Tudhalijas Verrat dachte. Augenblicklich wurde sie auch an Palla erinnert. Sie spürte, wie Wut und Zorn sich in ihr ausbreiteten. „Ich wünschte, ich könnte sie beide mit dem Schwert erschlagen", zischte sie.

Der Mann sah auf ihr verletztes Bein. „Du siehst aus, als könntest du kämpfen und Waffen führen, doch dein Bein ist verletzt."

Benti antwortete, bevor Selina es hätte tun können. „Oh, sie kann es trotzdem. Sie hat viele Mykener in der Schlacht erschlagen."

Der Mann kratzte sich am bärtigen Kinn, dann nickte er. „Wenn ihr mich nach Lykien begleitet und auch auf dem Schiff darauf achtet, dass ich nicht überfallen und beraubt werde, bezahle ich eure Überfahrt."

„Mir scheint, dass du kaum etwas hast, um dir deine eigene Überfahrt zu erkaufen", wandte Selina etwas geringschätzig ein, sodass der Fremde seinen Ochsenkarren zum Halten brachte und sie nun unentschlossen musterte.

„Wäret ihr einverstanden, wenn ich euch die Überfahrt bezahlen könnte?"

„Ja!", rief Benti sofort begeistert, während Selina ihn frostig von der Seite anblickte.

Der Mann lief zu seiner Karre und öffnete einen Krug, der unter einer Decke versteckt gewesen war. Selina und Benti bestaunten überrascht den Goldschmuck, den er darin versteckte. „Er gehörte meinen Töchtern. Ich war kein armer Mann."

Benti blickte Selina flehend an. „Denk nach, Selina. Es ist das Beste. In Ägypten hast du Pairy, und ich könnte Saus..." Er verschluckte das letzte Wort.

„Denke nicht mal daran, Sauskanu wiederzusehen, Benti. Wir haben schon genug Ärger."

Er senkte den Kopf, nickte aber.

„Also gut", befand Selina und wandte sich dem Fremden zu. „Wir haben eine Abmachung."

Er grinste zufrieden. „Mein Name ist Themos, Themos von Troja – hoffentlich bald von Piramses."

„Benti aus Hattusa", gab der junge Hethiter überschwänglich zurück, „und Selina vom Thermodon."

Sie nickten einander zu, dann setzten sie sich in Bewegung. Selina hing ihren Gedanken nach. Sie wäre nur zu gerne nach Hattusa geritten und hätte Tudhalija vor den Augen seiner Getreuen aus dem Palast geschleift. Und sie wäre auch liebend gerne nach Themiskyra geritten, um Palla den Verrat an ihrem Volk büßen zu lassen. Selina blickte zur Sonne hinauf und dachte an Kleite, die mit dem kläglichen Rest ihres einst so stolzen Volkes irgendwo auf der Suche nach einer neuen Heimat war. *Große Mutter*, betete sie inbrünstig, *du bestimmst mein Schicksal, doch ich bitte dich mich zu erhören. Zeige mir einen Weg, wie ich Tudhalija und Palla vergelten kann, was sie deinem Volk angetan haben. Ich werde dich nie wieder um etwas bitten, ich werde mein Schwert ablegen und dem Kampf entsagen, denn ich habe mehr Kummer und Leid gesehen, als ich mir vorzustellen gewagt hätte. Doch zuerst lass mich die zur Strecke bringen, die dieses Leid über uns alle gebracht haben.*

Hattusa

Tudhalija wanderte zwischen den Reihen der Gefangenen umher und betrachtete ihre zerschlagenen Gesichter. Er hatte sie aus den Kerkern holen lassen, und nun standen sie in der Kälte vor den Toren Hattusas und warteten auf ihre Hinrichtung. Der Schnee wirbelte umher, und der Wind peitschte scharf, während die nackten Füße der zum Tode Verurteilten bereits blau anliefen. Tudhalija ging langsam von einem zum anderen und musterte sie interessiert. Bisher hatte er sie nur auf ihren Pferden gesehen, wenn sie Hattusa angriffen, Jahr für Jahr Vieh, Frauen und Getreide raubten und dann schnell in den Schutz der Wälder verschwanden. Ein paar Mal hatte er sie auch in den Bergen gejagt, wo sie ihre erbärmlichen Lehmhütten und Ziegen hüteten. Nie war ihm jedoch ein so großer Erfolg beschieden gewesen wie in diesem

Jahr, als sie sich nicht wie sonst auf die Häuser der Kaufleute und die niederen Tempel beschränkt hatten, sondern dreist und unverschämt bis vor die Stadttore gekommen waren. Hattusili hatte sie händereibend eingelassen, um ihren Angriff dann in einem kurzen, gezielten Schlag niederringen zu lassen. Die meisten Angreifer waren gefallen, die Überlebenden in die Kerker geworfen worden. Tudhalija hatte sich gewundert, dass Frauen mit ihnen ritten und kämpften, doch er hatte seine Soldaten auf alles einschlagen lassen, was sich ihnen in den Weg stellte.

Tudhalija blieb vor einem großen tätowierten Mann stehen, der ihm offen und feindselig ins Gesicht starrte. Er winkte seinen Kommandanten herbei. „Warum ist er so unverschämt? Weiß er nicht, dass ihn der Tod erwartet?"

„Er ist so etwas wie ein Anführer, mein Prinz. Wir verstehen ihre Zunge nicht, doch die Männer nennen ihn Pinjahu."

„Ah, Pinjahu", sinnierte Tudhalija, und der Mann blickte ihn beim Klang seines Namens noch feindseliger an. „Nun, einem Anführer gebührt natürlich eine besondere Behandlung. Er wird also nicht wie die anderen durch das Schwert sterben, sondern an Armen und Beinen zwischen unsere Pferde gebunden. Lasst ihn vierteilen!"

Der Kommandant gab den Soldaten ein Zeichen, woraufhin diese Pinjahu aus der Reihe zogen und ihn fortbrachten. Kurz darauf erreichte Tudhalija die Reihen der Frauen. Er betrachtete im Vorübergehen ihre Kleidung, vor allem die spitzen Lederkappen, aus denen das Haar herausschaute. Die Trachten der Frauen erinnerten ihn an die Kleidung, die Selina getragen hatte, und er war fast sicher, dass diese Frauen zu ihrem Volk gehörten. Er hatte Selina unter den Toten suchen lassen, danach unter den Gefangenen, aber sie war nicht unter ihnen gewesen. Vielleicht war sie entkommen. Vielleicht hatte Benti, dieser elende Feigling, ihn verraten, und Selina war voller Rachegedanken und Zorn nach Hattusa geritten, um ihn anzugreifen. Wie dumm war diese Frau? Hatte sie nicht lange genug in Hattusa gelebt, um zu wissen, dass sie scheitern musste? Ihre Kriegerinnen würden mit den Kaskäern hingerichtet werden; so hatte er zwei Völker in einer einzigen Schlacht besiegt. Er zog seinen wollenen Umhang fester um die Schultern und wandte sich in Richtung des Palastes. Als er fast am Ende der Reihe angelangt war, stockte er. Er blieb stehen und starrte in das tätowierte Gesicht einer dunkelhaarigen Frau.

„Assja", entfuhr es ihm leise, und die Frau sah ihn aufmerksam an. Nein, natürlich war sie nicht Assja – diese Frau hatte zwar ihre Körpergröße und ihre Haarfarbe, doch die Augen waren dunkler, und das Kinn wirkte härter. Er betrachtete die Tätowierungen, die Linien, die sich über ihr Kinn zogen, über die breite Stirn. Sogar unter den Augen trug sie seltsame Striche, die ihr die Aura einer Raubkatze verliehen.

„Wie ist dein Name?", fragte er, doch sie verstand ihn nicht. Stattdessen musterte sie ihn weiter mit ihren funkelnden Augen, von denen eine seltsame Anziehungskraft ausging. Tudhalija stellte sich vor, wie sich ihr schlanker Körper böge und sich ihre Beine um seine Taille schlingen würden, wenn er sie nähme. Heiß schoss das Blut in seine Lenden. Die Frau besaß etwas Wildes und Leidenschaftliches, das sie wie ein unsichtbarer Schatten umgab. Wieder winkte Tudhalija seinen Kommandanten herbei.

„Diese", sagte er laut und wies dabei auf die Frau. „In mein Frauenhaus mit ihr. Ich will sie haben."

Der Soldat sah ihn zweifelnd an. Er verstand nicht, was der Prinz an dieser harten, reizlosen Frau fand. Ihre Hüften waren zu schmal, und ihre Augen versprühten ein kaltes Feuer, das ihn sich unbehaglich fühlen ließ. „Mit Verlaub, mein Prinz. Bist du sicher, dass du sie willst? Ich meine, sie ist eine Wilde, die noch nicht einmal unsere Zunge beherrscht. Es gibt schönere unter ihnen, die du in dein Frauenhaus nehmen kannst."

Tudhalija fuhr herum und schnauzte ihn an. „Was erlaubst du dir, Soldat? Zweifelst du an meinem guten Auge?"

„Na..., natürlich nicht, mein Prinz." Er winkte zweien seiner Männer. „Die hier! Ins Frauenhaus des Prinzen!"

Tudhalija war noch immer wütend auf seinen Truppenführer, der so offen und unverschämt seine bedeutungslose Meinung geäußert hatte. Er wandte sich ihm zu und grinste herablassend. „Seine Sonne wird nicht mehr lange leben, und dann werde ich Großkönig von Hatti sein. Du solltest vorsichtig mit deinen Äußerungen sein, Soldat. Vielleicht mache ich diese Frau zur nächsten Tawananna."

Er lachte laut auf und wandte sich ab, um in den Palast zurückzukehren. Es ging ihm besser als je zuvor: Sein Vater würde bald sterben, er selbst Großkönig von Hatti sein; das Volk Selinas, die ihm so viel Ärger bereitet hatte, war vernichtet, und er hatte seine Truppen nicht in einem unsinnigen Krieg geopfert. Troja war gefallen, doch für die Verhandlungen mit Agamemnon und die neuen Handelsabkommen blieb genügend Zeit, und auch das Hungerproblem in Hattusa würde sich lösen lassen. Er hatte sich richtig entschieden: Es war besser, mit Agamemnon zu verhandeln, als mit Troja unterzugehen. An diesem Abend jedoch würde er zuerst einmal die neueste Errungenschaft seines Frauenhauses besuchen und seinen Sieg genießen. Und was immer sein Truppenführer auch sagte – ihm gefiel es außerordentlich gut, dass diese Frau keine verständliche Zunge sprach. Vielleicht hätte Puduhepa sie verstanden – er war sich sogar ziemlich sicher, dass dem so war –, doch er hatte nicht vor, es herauszufinden. Je weniger die Frauen wussten, desto angenehmer war es mit ihnen. Es widerstrebte ihm ohnehin, seine Zeit mit Gesprächen zu vergeuden. Der Reiz einer Frau lag in ihrem Schoß, und je nach Fähigkeit wie sie ihren Körper beherrschte, konnte sie in seiner Gunst fallen oder sinken. Er war gespannt, ob diese Wilde die Freuden des Lagers beherrschte. Vielleicht war sie ja eine angemessene Nachfolgerin für Assja, deren Leidenschaft er noch immer schmerzlich vermisste.

„Hinrichten!", rief er seinen Soldaten zu und wies auf die Männer und Frauen, die frierend im Schnee standen, dann stieg er auf seinen Streitwagen und gab dem Wagenlenker den Befehl, ihn zurück in den Palast zu bringen.

Palla sah sich mit offenem Mund in den Gemächern um, in die sie der fette watschelnde Mann geführt hatte. Sie hatte so etwas Seltsames wie ihn noch nie gesehen. War er überhaupt ein Mann? Die Gänge des Hauses, durch das er sie geführt hatte, schienen von Gold und Überfluss zu bersten, und die Räume, in denen sie sich nun staunend umsah, waren kaum weniger beeindruckend. Ihre Füße begannen zu jucken und zu brennen, da die Wärme der Feuerbecken die Erfrierungen spürbar machte, die sie während ihrer Gefangenschaft erlitten hatte. Sie sah auf ihre geschundenen Füße und fragte sich, warum sie hierher gebracht worden war. Gerade noch hatte sie mit Pinjahu und den anderen frierend im Schnee gestanden, und es war nicht schwer zu erraten, dass sie alle der Tod erwartete. Die Soldaten von Hatti hatten Pinjahu fortgebracht. War auch er nun in einem warmen behaglichen Gemach wie diesem? Palla wagte es zu bezweifeln. Der Blick, den der Fremde in den kostbaren Kleidern ihr geschenkt hatte, war ihr nicht unbekannt. Auch Pinjahu hatte sie oft mit diesem Blick bedacht.

Palla erschrak, als die Tür hinter ihr geöffnet wurde und eine Frau eintrat. Als diese sich mit kleinen Schritten näherte und ängstlich auf den Frisiertisch wies, sah Palla die Frau mit den edelsteinbesetzten Gewändern misstrauisch an. Irritiert bemerkte sie, dass die Frau Angst vor ihr hatte, obwohl doch eigentlich sie die Gefangene war. Palla setzte sich an den Tisch und ließ die Fremde gewähren, als diese begann, ihre aufgerissenen Hände mit zarten Fingern zu betasten. Sie runzelte dabei sorgenvoll die Stirn und ließ Pallas Hände schließlich los. Ärger befiel Palla, als ihr klar wurde, dass die andere sich vor ihr ekelte. Sie ballte die Hände zu Fäusten und funkelte die Fremde wütend an. Dann hörte sie durch die offene Fensteröffnung einen Tumult. Ohne die Frau weiter zu beachten, sprang sie auf, um zu sehen, was vor sich ging. Mittlerweile fiel der Schnee wieder in großen Flocken vom Himmel, jedoch war das Treiben nicht so dicht, dass es die kleine Gruppe Soldaten in einem etwas tiefer gelegenen Hof verborgen hätte.

Sie hielt den Atem an, als sie Pinjahu erkannte, der an Armen und Beinen zwischen vier Pferde gefesselt war und wie ein Wahnsinniger schrie und zappelte. Seine Augen waren weit geöffnet, er zerrte an den gespannten Seilen und rief den Männern in Todesangst zu, sie sollten ihn freilassen. Abgestoßen und doch erregt, konnte Palla den Blick nicht abwenden. Die Männer lachten ihn aus und ergötzten sich an seiner Angst, doch als das Spiel sie zu langweilen begann, versetzten sie allen vier Pferden gleichzeitig einen harten Schlag auf die Flanken, woraufhin diese erschraken und in vier verschiedene Richtungen auseinanderstoben.

Palla zwang sich, die Augen geöffnet zu halten, als jedes der Pferde einen Teil von Pinjahu hinter sich herzog und sein Blut den weißen Schnee besudelte. Sie atmete tief durch, dann wandte sie sich erneut der Frau zu, die noch immer klaglos wartend im Raum stand. *Ich bin diesem Mann ins Auge gefallen, nur deshalb lebe ich noch*, erkannte sie nüchtern und betrachtete mit neuem Interesse die gepflegte Erscheinung der Fremden. Palla ging zurück zum Frisiertisch und nahm den kleinen Spiegel aus Bronze, um ihr Gesicht darin zu betrachten. Die tätowierten Linien zeichneten sich hart und deutlich in ihrem schmutzigen Gesicht ab. Sie nickte der anderen entschlossen zu, auf deren Gesicht sich ein Ausdruck der Erleichterung abzeichnete.

Wenig später hatte Palla ein Bad in der Kupferwanne über sich ergehen lassen; ihr langes dunkles Haar war gewaschen, gekämmt und mit süß duftenden Ölen eingerieben worden. Auch wenn sie es als Erniedrigung empfand, hatte Palla zugelassen, dass ihr das Körperhaar entfernt worden war, und als ihr die Frau schließlich einen schimmernden dunkelgrünen Chiton brachte, schlüpfte sie bereitwillig hinein.

Zufrieden betrachtete Palla sich kurz darauf erneut im Kupferspiegel. Sie öffnete die verschiedenen Töpfchen und Tiegel und fand die unterschiedlichsten Farbpulver und Mixturen darin: ein blasses Rosa, ein leuchtendes Orange und mehrere Abstufungen von Blau und Grün. Die Dienerin begann beflissen, die Farben zu mischen, und machte sich daran, ein zartes Grün für die Augen zu wählen. Palla schüttelte den Kopf und wies auf ein schimmerndes Dunkelgrün. Die Frau runzelte die Stirn, wagte jedoch nicht zu widersprechen. Auch das helle Orange für die Lippen wies Palla zurück und ersetzte es durch ein tiefes Rot. Die zarten schwarzen Striche um die Augen, welche die Dienerin ihr mit leichter Hand schminkte, zog sie selber nach, bis sie düster und geheimnisvoll wirkten. Palla ahnte, dass die

Dienerin nicht zufrieden war, doch es war ihr gleichgültig. Sie band sich das Haar streng aus dem Gesicht zurück, sodass ihre hohen Wangenknochen und ihr schlanker Hals besser hervorstachen.

Endlich war sie zufrieden: Die Tätowierungen ihres Gesichts, die dunkle Schminke und die strenge Haartracht mussten sie von den anderen Frauen unterscheiden, denn sie ging davon aus, dass diese in Aufmachung und Haartracht der Dienerin ähnelten. Während sie noch immer ihr Spiegelbild betrachtete, wies sie auf einen Kamm. Die Frau blickte sie fragend an, und Palla öffnete den Mund, als wolle sie sprechen.

„Kamm", antwortete die Dienerin schüchtern, und Palla versuchte, das Wort zu wiederholen. So wies Palla nach und nach auf mehrere Gegenstände und prägte sich die Wörter und deren Bedeutung ein. Als sie auf das schwere goldene Halsgehänge mit den fein gearbeiteten Goldplättchen am Hals der jungen Frau wies, antwortete diese pflichteifrig „Geschmeide".

Palla zog eine Braue hoch, dann sprang sie auf. Ihre Hände ergriffen rücksichtslos den Hals der Dienerin und rissen ihr den Halsschmuck herunter. Erschrocken wich die Frau zurück, während Palla sich zufrieden das Geschmeide anlegte. Sie gab der jungen Frau mit einer harschen Handbewegung zu verstehen, dass sie gehen sollte, und diese rannte schnell aus den Gemächern. Als sie endlich allein war, betrachtete Palla sich erneut. Sie begann, laut zu lachen. Sollte er nur kommen, dieser Mann mit seinen begehrlichen Blicken! Sie würde seine Lenden schon zum Glühen bringen, denn sie wusste, dass jeder Mann es bisher genossen hatte, das Lager mit ihr zu teilen. Ein Mann war ein Mann, egal ob er ein Klotz wie Pinjahu oder ein Edler war.

Sie ging hinüber zum Ruhebett und ließ ihre Hände über die kostbaren Decken und Kissen gleiten. Ihre unzähmbare Gier und der Ehrgeiz – Gefühle, die für Palla so gewohnt waren, dass sie sie kaum bewusst wahrnahm –, hatten ihre Angst längst vertrieben. Wie recht hatte sie gehabt, als sie Pinjahu vorgeworfen hatte, dass es viel mehr gab, als sein dummer Bauernverstand je zu begreifen imstande gewesen wäre! Sie nahm eines der weichen Kissen und schmiegte es an ihre Wange. Palla wusste, dass sie alles dafür tun würde, um noch mehr, noch viel mehr zu erreichen, und sie wünschte sich, alle diese wundervollen Dinge zu besitzen, welche sie hier umgaben.

Sie richtete sich auf und ging zum Fenster. Draußen wurde es bereits dunkel, doch sie konnte Pinjahus Blut noch deutlich im Schnee erkennen. „Was für ein Pech für dich Pinjahu ...", sagte sie leise. „Was für ein Pech für dich, und welch unverhoffte Gelegenheit für mich. Aber ich schwöre dir, mein dummer, treuloser Gefährte: Noch bevor die Jahreszeiten zweimal gewechselt haben, werde ich die Herrscherin dieser Stadt sein – und dafür brauche ich weder dich noch eine große Streitmacht oder Selina, die mich belogen hat, als sie behauptete, die Truppen Hattis würden in Troja kämpfen. Ich hoffe, sie findet dort den Tod!"

Palla warf den Kopf in den Nacken und lachte erneut, dieses Mal selbstbewusster und aus voller Kehle. Wer hätte gedacht, dass der Zufall es ihr schließlich doch so einfach machen würde, Hattusa zu erobern!

III.
Die Kriegerin vom Thermodon

Lykien

Benti wies aufgeregt mit dem Finger auf die Menschenmenge, die sich am Landungssteg versammelt hatte. „Beim Wettergott! Wir werden niemals auf dieses Schiff gelangen. Seht nur, wie viele Flüchtende sich bereits auf Deck drängen! Selbst wenn wir auf das Schiff kommen, werden wir auf dem offenen Meer bei dem kleinsten Windhauch Schiffbruch erleiden!"

Selina blickte ebenfalls besorgt auf das bauchige Schiff, auf dessen Deck sich die Menschen dicht gedrängt hatten. Es gab nur einen kleinen rechteckigen Aufbau, der dem Schiffsführer vorbehalten sein musste. Selina klopfte, mehr um sich selbst zu beruhigen, Arkos' Hals und blickte fragend zu Themos, der auf seinem Wagen saß und gedankenverloren an einem Apfel nagte. Themos hatte sich auf der Reise von Troja nach Lykien als gewiefter Kaufmann erwiesen. Während sie durch bewaldete Gebiete und öde Landstriche ritten, hatte Selina Wegelagerer und Diebe von ihnen ferngehalten und Kleinwild gejagt, damit sie genügend zu essen hatten. Sobald sie jedoch in ein Dorf oder eine Stadt gekommen waren, hatte Themos seinen Wagen in Selinas und Bentis Obhut gelassen und war in einer Schenke verschwunden, aus der er meist erst mitten in der Nacht, angetrunken, aber mit einem Krug Bier, einem Laib Brot und manchmal sogar einer Schüssel Fleisch zu ihnen zurückkehrte. Selina musste sich beherrschen, um nicht zu grinsen, wenn Themos mit einem anderen Kaufmann zu handeln begann. Händeringend verwies er dann auf seine Armut, erfand eine rührende Geschichte und redete so lange, bis der andere ihm die Ware zu einem recht geringen Preis überließ. Der große Tonkrug mit dem Geschmeide ruhte währenddessen zwischen den anderen Krügen versteckt auf dem Wagen. Selina hatte den willensstarken Themos schätzen gelernt. Obwohl er fast alles in Troja verloren hatte, folgte er konsequent seinem Ziel, sich in Ägypten niederzulassen und dort neu anzufangen.

„Themos, Benti hat recht", wandte Selina ein und kratzte dabei ihre gut verheilende Pfeilwunde.

„Wir müssen auf dieses Schiff. Die meisten anderen sind bereits fort, und ich glaube nicht, dass in der nächsten Zeit noch viele einlaufen werden. Die Schiffsführer werden warten, bis sich das Festland beruhigt hat und wieder Frieden herrscht. Wohl dem, der jetzt das Festland verlässt! Ohne Schiffe gibt es keinen Handel, ohne Handel nicht genügend zu essen, ohne Nahrung Gewalt, Diebstahl und Mord. In diesem Durcheinander wird jeder um sein eigenes Überleben kämpfen müssen." Themos warf den abgenagten Apfel fort und wischte sich die

Hände an seinem Chiton ab. „Komm mit mir, Selina. Benti soll so lange beim Wagen bleiben."

„Und was soll ich tun, wenn jemand mich bestehlen oder überfallen will?" Benti war aufgeregt.

Themos zog einen kleinen Bronzedolch aus dem Gürtel um seinen Chiton. „Dann tötest du ihn. In Zeiten wie diesen haben Gesetze nur noch wenig Bedeutung. Aber keine Angst: Es ist helllichter Tag, und wir sind bald wieder zurück."

Benti warf Selina einen gequälten Blick zu, nahm dann aber den Dolch und verbarg ihn in seinem Ärmel. Selina stieg von Arkos' Rücken, und sie bahnten sich durch den Strom der drängelnden, ängstlichen Menschen ihren Weg. Es dauerte eine Weile, bis sie den Steg erreichten und an der Reihe waren. An einem behelfsmäßigen Klapptisch saß ein schwitzender ungepflegter Alter, der mit einem Stück Kohle Namen auf eine Tontafel schrieb. Als er Themos und Selina barsch zu sich heranwinkte, hustete er und spie braunen Schleim aus. Selina verlor immer mehr das Vertrauen in das schwer beladene Schiff.

„Beeilt euch, kommt schon! Seht ihr nicht, dass noch andere warten? Wollt ihr nach Ägypten? Dieses ist eines der letzten Schiffe. Ihr habt Glück, noch rechtzeitig eingetroffen zu sein."

Themos ließ sich nicht beeindrucken. „Wir sind zu dritt! Was verlangst du für drei Plätze auf dem Schiff?"

Der Alte klatschte eine Mücke an seinem Hals fort und antwortete: „Nun, womit willst du zahlen – Gold oder Handelsware?"

„Ich überlasse dir einen Karren mit zwei gut genährten Ochsen und drei Pferde."

Selina starrte Themos erschrocken an. „Arkos, Targa und das Fohlen müssen mit."

Ehe Themos antworten konnte, fuhr der Alte sie an. „Bist du verrückt, Weib? Es gibt kaum genug Platz für die Menschen, und du willst deine Pferde auf das Schiff bringen?"

Selina verschränkte trotzig die Arme vor der Brust. „Ohne sie verlasse ich dieses Land nicht! Sie haben uns auf ihrem Rücken durch die Gefahr getragen."

Der Alte wandte sich an Themos. „Ist sie etwa dein Weib? Ich beneide dich nicht. Sie ist verrückt. Auf jeden Fall gibt es keinen Platz für die Pferde auf meinem Schiff."

Themos wollte etwas erwidern, doch Selina hatte der Zorn erfasst. „Ich will ohnehin nicht auf dein Schiff. Es erleidet bereits Schiffbruch, wenn ich es nur anschaue. Es ist überladen, und du bist ein Halsabschneider, der mit der Not der Menschen Geschäfte macht."

Der Alte sprang auf und fuchtelte wütend mit den Armen. „Verschwindet, ihr Gesindel. Seht doch zu, ob ihr ein anderes Schiff findet, das euch und eure Gäule aufnimmt." Er winkte bereits die nächsten zu sich heran.

„Das haben wir nun davon!", schimpfte Themos. „Ich habe nie gesagt, dass ich für die Pferde zahlen werde. Wie kommst du überhaupt auf einen solchen Gedanken? Wir werden kein Schiff finden, das sie mitnimmt."

„Bei meinem Volk lernt eine Frau als Erstes, dass ihr Pferd ihr wichtigster und treuester Freund ist. Ohne Arkos und Targa gehe ich auf kein Schiff."

Themos schnaubte verächtlich. „Dein Volk hat Dich also einen solchen Unsinn gelehrt! Und wo ist es jetzt? Eure Pferde haben euch nichts genutzt. Sieh der Wahrheit ins Auge, Selina. Dein Volk ist vernichtet worden!"

Selina funkelte ihn an. „Rede nie wieder davon, Themos!"

Themos erkannte, dass er Selina verletzt hatte. Begütigend legte er ihr eine Hand auf die Schulter. „Es tut mir leid. Ich wollte dich nicht beleidigen. Doch es ist unmöglich, die Pferde nach Ägypten zu bringen. Ich weiß, dass sie so etwas wie eine Erinnerung für dich sind. Doch die Zeiten sind schlecht, und wir können nicht wählerisch sein."

Selina warf einen Blick auf das Schiff, auf das sich immer mehr Menschen drängten. „Ich glaube nicht, dass wir mit diesem Schiff eine gute Wahl getroffen hätten, Themos. Wie viele Menschen will dieser alte Gauner noch auf sein Schiff lassen? Wenn sie nicht untergehen, werden sie sich gegenseitig tottrampeln."

„Ich würde mich lieber dieser Gefahr aussetzen, als auf die Mykener zu warten."

Als Benti in ihre düsteren Gesichter blickte, verflog die Erleichterung über ihre Rückkehr schnell. „Hattet ihr Erfolg?"

Themos schüttelte den Kopf. „Selina will nicht ohne die Pferde reisen."

Bentis Augen weiteten sich vor Entsetzen. „Aber wir müssen doch auf irgendein Schiff!"

Themos stieg auf seinen Karren. „Vielleicht haben wir Glück, und es kommt noch eins. Aber wenn Selina kein Einsehen hat, was die Pferde angeht, werde ich alleine reisen."

Benti war die Angst anzusehen. Seine Hände zitterten, und er warf Selina einen flehenden Blick zu. Sie schwiegen, bis Benti nach einer Weile aufgeregt aufsprang. „Seht doch! Dort kommt ein Schiff. Vielleicht nimmt das uns mit."

Themos folgte seinem Blick und schüttelte dann den Kopf. „Nein! Das ist ein ägyptisches Schiff. Ich erkenne es am schmalen Rumpf. Es hat nicht genug Platz, um Menschen aufzunehmen. Es ist kein Handelsschiff, und wahrscheinlich würde es diesen Hafen nicht anlaufen, wenn ihm nicht Vorräte oder Trinkwasser ausgegangen wären."

Selina fasste Mut. War ihr eigener Gemahl nicht ein Edler Ägyptens? „Wir könnten es versuchen."

Themos sah sie an, als hätte die Sonne ihren Kopf verbrannt. „Die Ägypter sind eitel und hochnäsig. Sie sind nur freundlich, wenn du mit Gold und Geschmeide behangen bist." Er sah an seinem dreckigen Chiton herab. „Wir sehen nicht gerade wie reiche Leute aus. Sie werden die Nase rümpfen und mit ihren Fliegenwedeln nach uns schlagen." Er machte eine überzogene Handbewegung, als hätte er einen Fliegenwedel in der Hand.

Selina musste lächeln, als sie an ihren ersten Eindruck von Pairy dachte. Auch sie hatte ihn für selbstgefällig und eitel gehalten. „Ich kenne die Ägypter" sagte sie entschlossen. „Ich werde versuchen, mit ihnen zu reden."

„Das ist zwar Zeitverschwendung, aber wir haben ja genug davon, solange kein Schiff hier einläuft, das uns mitnimmt."

Sie suchten sich einen Platz im Schutz eines großen Baumes und beobachteten die Menschen, die weiterhin auf das Schiff drängten. Je voller dieses wurde, desto mehr versuchten, noch einen Platz für sich zu erkaufen. Irgendwann entstand ein Gerangel, das in eine wüste Schlägerei ausartete, bis gedungene Schläger dazwischengingen und rücksichtslos auf die Menschen einhieben, bis wieder Ruhe einkehrte. Der schmierige Schiffsbesitzer ließ schließlich die Planke einziehen, und die Zurückgebliebenen wandten sich mutlos zum Gehen. Einige hatten Kopfwunden oder Verletzungen, da sie bis zum Schluss verzweifelt versucht hatten, auf das Schiff zu gelangen, und dabei viele Hiebe hatten in Kauf nehmen müssen. Als die verzweifelten Menschen den Ochsenkarren und die Pferde erblickten, warfen sie Selina, Themos und Benti neidische und interessierte Blicke zu.

„Wir müssen so schnell wie möglich von hier fort", erkannte Themos. „Sonst sind wir der Mittelpunkt der nächsten Schlägerei."

Selina war um einen entschlossenen Gang bemüht, als sie sich dem schlanken und gepflegt anmutenden Schiff näherte. Sie hatten gewartet und beobachtet, wie der ägyptische Segler immer näher gekommen war. Mittlerweile war es Abend geworden, und die Dunkelheit senkte sich über das Land. Das Flüchtlingsschiff hatte den Hafen schwerfällig verlassen und war inzwischen am Horizont verschwunden. Nun lag nur noch das Schiff der Ägypter im Hafen, bewacht von gut bewaffneten Soldaten in ledernen Harnischen. Auf seinem Segel erstreckte sich in den Farben Blau und Weiß eine Lotospflanze, was Selinas Hoffnung auf eine Überfahrt verringerte: Dieses war ein königliches Schiff. Doch sie hatte gar nicht erst versucht, an den Soldaten vorbeizukommen und den Befehlshaber des Schiffes zu suchen. Sie ahnte, dass man sie sofort abgewiesen oder verjagt hätte. Stattdessen hatte sie das Schiff beobachtet, jede Bewegung an Deck, und darauf gehofft, dass irgendjemand von der Besatzung an Land ging. Die Menschen wagten nicht, sich dem Schiff zu nähern; anscheinend hielten sie ebenso wenig von den Ägyptern wie Themos. Als schließlich Bewegung an Deck aufkam und ein Ägypter in gestärktem Schurz die Planken zum Steg hinunterging, hatte Selina Arkos am Zügel genommen und war ihm gefolgt.

Selina hätte sich am liebsten selbst verwunschen, als sie den Ägypter in einer nicht gerade Glück verheißenden Position, im Dunkeln hockend, hinter einem Baum, überraschte. Er war kaum älter als sie, sah sich hektisch nach seinen Wachsoldaten um und versuchte, sein Schwert zu ziehen, wobei er fast in seine eigene Notdurft gefallen wäre.

„Gesundheit, Leben und Wohlergehen! Es tut mir leid, ich wusste nicht, dass dieser Baum bereits besetzt ist, Edler Ägyptens", sagte Selina schnell auf Assyrisch.

Der junge Mann sprang auf und starrte Selina wütend an. „Wie kannst du es wagen, Weib? Verschwinde, sonst rufe ich die Wachen!"

Selina hob flehend die Hände. „Oh bitte, edler Herr. Es war ganz bestimmt nicht meine Absicht, dich zu beleidigen. Lass mich meinen Fehler wiedergutmachen und dich zu einem Krug Wein einladen." Selina wusste, dass ihr Angebot plump war, und entsprechend wurde es ihr auch gedankt. „Trinke deinen billigen Wein allein, und lass mich in Ruhe, Weib. Du hast keine Ahnung, wen du vor dir hast, sonst würdest du machen, dass du davon kommst." Er wandte Selina den Rücken zu und ging raschen Schrittes davon, sodass sie fieberhaft überlegte, wie sie ihn aufhalten und das Gespräch in eine für sie günstige Richtung lenken konnte. „Edler Herr, obwohl du mich auspeitschen lassen könntest, muss ich eine Frage zu stellen wagen: Kannst du dem edlen Herrn Pairy, dem *Hati-a* von Piramses, eine Botschaft überbringen?"

Selina war nichts Besseres eingefallen, als Pairys Namen zu erwähnen, in der Hoffnung, dass dieser Mann aus Piramses kam und ihren Gemahl kannte. Sie hatte richtig gehandelt: Der Ägypter blieb stehen, wandte sich um und musterte sie von oben bis unten. Dann kam er zurück und blickte sie mit neu gewonnener misstrauischer Neugierde an. „Woher kennt eine wie du den *Hati-a* von Piramses?"

Sie bemühte sich um ein entschuldigendes Lächeln. „Edler Herr, wie du sicherlich weißt, gab es hier einen Krieg. Dieser Krieg hat meine Familie ihr Hab und Gut gekostet. Vor diesem Krieg jedoch verkehrten wir an vielen Königshöfen. Als wir am Hof von Hattusa weilten, kamen mein Vater und der *Hati-a* ins Gespräch, da ihm Vaters Pferde gefielen. Du musst wissen, dass mein Vater gute Pferde herangezogen hat, die sich ausgezeichnet vor den hethitischen Streitwagen bewährt haben. Der edle Herr Pairy sah die Pferde und wollte einige von ihnen zur Zucht nach Ägypten bringen lassen – auch in die Ställe des Pharaos. Er gab meinem Vater, dem edlen Themos, den Auftrag, Pferde nach Ägypten zu bringen. Doch dann kam der Krieg, und wir verloren fast alles. Nun gibt es noch diesen einen Hengst, eine Stute und ein Fohlen. Es scheint der Wille der Götter zu sein, dass die Pferde nun doch noch ihren Weg nach Ägypten finden."

Selina hatte gelogen, ohne rot zu werden. Sie bezweifelte, dass ihre Geschichte den Ägypter überzeugte, doch er trat näher an Arkos heran und begutachtete ihn. Selina wusste, dass die Ägypter Pferde liebten und mit Begeisterung Arten kreuzten. Arkos war zwar etwas staubig, doch immerhin war seinem Körperbau und seinem Kopf seine Herkunft aus dem königlichen Stall Hattusas anzusehen. Auch der Ägypter schien das zu erkennen. „Deine Geschichte hört sich seltsam an, doch du scheinst den edlen Herrn Pairy wirklich zu kennen, denn es ist wahr, dass er gerne mit Pferden umgeht. Aber was willst du von mir?"

Selina senkte den Kopf, eine Geste der Unterordnung, die dem Ägypter zu gefallen schien. „Wir haben außer diesen drei Pferden alles verloren. Am heutigen Mittag versuchten wir, eine Überfahrt nach Ägypten zu erkaufen, doch der dumme Alte, dem das Schiff gehörte, wollte die Pferde nicht mitnehmen, obwohl mein Vater ihm sagte, dass sie für den edlen *Hati-a* des Pharaos sind." Selina bemühte sich um einen verächtlichen Tonfall. „Er behauptete, keinen *Hati-a* zu kennen, und dass der Pharao ihm gleichgültig sei. Deshalb sitzen wir hier mit den Pferden fest."

Die Stimme des Mannes wurde etwas versöhnlicher. „Dieser Sohn eines Schweins und einer Hure wagt es, den Pharao zu schmähen? Möge Sachmet ihm die Pestilenz auf den Hals schicken! Ich will mir die anderen Pferde ansehen. Bringe sie zum Steg, ich werde dann entscheiden."

Benti rieb kräftig mit einem Tuch über Targas Fell, woraufhin die Stute zurückwich.

„Benti, du sollst nur den Staub abreiben, lass ihr das Fell."

Er nickte entschuldigend in Selinas Richtung und behandelte Targa etwas sanfter.

Themos schüttelte den Kopf. „Das kann nicht gutgehen. Die Ägypter brauchen unsere Pferde nicht, und uns brauchen sie schon gar nicht. Diese Geschichte, dass ihr meine Kinder wärt ... Ich habe keine Ahnung, wie du es geschafft hast, die Aufmerksamkeit dieses Mannes zu erwecken, aber sie werden uns fortjagen."

Sie schüttelte den Kopf. „Merkt euch nur, was ich euch gesagt habe. Dann kommen wir vielleicht endlich hier weg." Sie klopfte auf den Krug mit dem Geschmeide. „Es wäre gut, wenn wir beweisen könnten, dass wir einmal wohlhabend waren. Ein Gastgeschenk kann kaum schaden."

Themos öffnete den Krug und stopfte das Geschmeide in einen derben Leinenbeutel. „Damit wollte ich in Ägypten ein Haus erwerben und Waren."

„Um das zu können, musst du erst einmal nach Ägypten kommen, Themos."

Er schien überzeugt, hatte jedoch noch Bedenken. „Was ist, wenn sie mich nach den Pferden fragen? Ich kenne mich mit Pferden nicht aus."

„Aber ich", entgegnete Selina, „und du sprichst kein Assyrisch, deshalb muss ich für dich übersetzen."

„Ein Kaufmann, der die übliche Handelssprache nicht beherrscht. Das glaubt mir niemand."

Selina stemmte ungeduldig die Hände in die Hüften. Benti hatte es geschafft, Targa vom Staub zu befreien. Obwohl sie kleiner und gedrungener war als Arkos, besaß sie einen schönen, fast zart anmutenden Kopf, ähnlich den kleinen ägyptischen Streitwagenpferden.

„Sie sieht gut aus", stellte Benti zufrieden fest.

Selina nickte. „Dann lasst uns versuchen, endlich von hier fortzukommen."

„Was wird aus meinem Ochsenkarren?"

Selina überlegte kurz. „Lass ihn hier zurück. Bald werden die Menschen sich für einen Ochsenkarren gegenseitig die Kehle aufschlitzen."

„Hauptsache, du hast deine Pferde", gab Themos bissig zurück.

„Eine Kriegerin ohne Pferd ist keine Kriegerin. Ein Händler ohne Ochsenkarren ist jedoch immer noch ein Händler."

„Kriegerin", murmelte Themos, „du glaubst doch nicht wirklich, dass Ägypten oder der Pharao einer Kriegerin bedarf." Er gab sich jedoch geschlagen und ließ die Karre zurück. Das Gold war ohnehin wichtiger.

Der Ägypter umrundete zuerst Targa, dann das Fohlen. „Also, der Hengst ist bemerkenswert, aber diese Stute ... Ich bin mir nicht sicher." Er blickte Themos und Selina abschätzend an, wobei Selina ein kalter Schauer über den Rücken lief. Irgendetwas stimmte nicht mit diesem Mann, es war nur ein Gefühl, doch sie vermochte nicht, es abzuschütteln.

„Du verstehst viel von Pferden, edler Herr", überspielte sie ihre aufkommende Unsicherheit, „diese Stuten sind das Geheimnis unserer Zucht. Sie sind robust, wir haben sie von den Bergvölkern erworben. Einem edlen Pferd fehlt es oft an Ausdauer und Kraft. Diese Stuten aber sind gewöhnt, im härtesten Winter unter freiem Himmel zu leben. Sie sind kaum anfällig für Krankheiten, ihre Knochen sind stark. Wir nehmen die Schnelligkeit der Hengste und verbinden sie mit der Stärke der Stuten." Selina fuhr über Targas kräftigen Flanken und gab Themos ein unmerkliches Zeichen, den Leinenbeutel zu öffnen. Er zog ein Geschmeide heraus und reichte es dem Ägypter. Selina ließ diesem keine Zeit, etwas zu sagen. „Wir besitzen nicht mehr viel, doch die gute Sitte gebietet es, dir ein Gastgeschenk zu überbringen."

Der Mann nahm das Geschmeide, schenkte ihm aber kaum einen Blick. Stattdessen fragte er: „Weshalb spricht dein Vater nicht selber zu mir?"

„Er beherrscht kein Assyrisch. Seine Kinder sind stets seine Zunge gewesen."

Der Ägypter winkte zwei der Soldaten heran. „Unser Schiff ist eigentlich nicht geeignet, die Pferde müssen an Deck untergebracht werden; und ihr müsst ebenfalls an Deck schlafen."

Selina konnte kaum fassen, was sie gehört hatte. Es war so einfach gewesen, dass sie nicht einmal hatte fragen müssen.

„Wie ist dein Name?"

„Se..., Seka", log sie. „Darf ich nach deinem Namen fragen, edler Herr?"

Er wandte sich zu ihr um, bevor er die Planken zum Schiff hinaufging. „Ich bin Siptah, Oberster Schreiber im Palast, Sohn von Pharao Ramses und der Nebenfrau Ahmes. Der edle Herr Pairy ist mir wie ein Bruder."

Selina zuckte zusammen. Dieser Mann war ein königlicher Prinz. Er kannte Pairy besser, als sie vermutet hatte; er kannte den Pharao, und er verkehrte bei Hofe. Wie sollte sie heil aus dieser Lügengeschichte herauskommen?

Selina beobachtete, wie das Festland sich entfernte und hinter einer milchigen Nebelwand zu verschwinden schien. Doch dann stellte sie fest, dass sie nicht auf das offene Meer hinaus fuhren, sondern in Nähe der Küste blieben. Wie aus dem Nichts erschienen Männer, die sich zu beiden Seiten des Schiffes postierten. Erst jetzt bemerkte sie die Ruderbänke. Die großen Ruder hatten der Länge nach auf dem Schiff gelegen und wurden nun in Position gebracht. Ein Nubier begann, auf einer Trommel einen langsamen Takt zu schlagen.

Selina ging zum Bug des Schiffes, wo Themos und Benti es sich unter einem behelfsmäßigen Sonnenschutz bequem gemacht hatten. Targa, Arkos und das Fohlen hatte man in einen Verschlag gestellt, der eigentlich dazu diente, Seile und Werkzeuge aufzubewahren. Die Pferde fühlten sich unwohl auf dem schwankenden Schiff und tänzelten nervös.

Selina suchte sich einen Platz zwischen den beiden Männern und schloss die Augen. „Ich kann es noch gar nicht glauben, dass wir auf diesem Schiff sind. Aber wir fahren nicht auf das offene Meer hinaus."

Themos schüttelte schläfrig den Kopf. Jeder von ihnen fühlte die Anstrengungen der letzten Mondumläufe in den Knochen. „Die ägyptischen Schiffe sind nicht für die Fahrt auf dem offenen Meer geeignet. Der Schiffsführer wird an der Küste entlang fahren, bis wir auf einen Nebenarm des Nils stoßen. Über ihn gelangen wir nach Piramses."

„Ich war trotzdem noch nie so weit draußen auf dem Meer." Selina empfand die Seeluft als angenehm und würzig, doch Bentis Gesicht war blass geworden. Er stand langsam auf, dann beugte er sich über die Reling und erbrach sich.

Themos lachte gutmütig. „Er hat die Seedämonen im Leib."

Selina blickte besorgt zu Benti hinüber, der noch immer würgend über der Reling hing. „Sind diese Dämonen gefährlich?"

„Nein, doch sie werden ihn plagen, bis er wieder festen Boden unter den Füßen hat."

Wehmut kam in ihr auf, und sie dachte an Kleite. Wo mochte ihre Großmutter nun sein? Mit jedem Ruderschlag entfernten sie sich weiter voneinander, und einen kurzen Augenblick wäre Selina am liebsten ins Wasser gesprungen und zurück an Land geschwommen, obwohl sie wusste, dass sie viel zu weit entfernt war, als dass sie es hätte schaffen können. Stattdessen versuchte sie, sich an Lykastia zu erinnern. Ihre Stadt, ihre Heimat, würde es bald nicht mehr geben. Mit Selinas Volk war auch ihre Vergangenheit wie ausgelöscht.

Benti kam zurück und ließ sich unter das Segel fallen. Er hielt sich den Bauch und stöhnte kurz auf, doch Selina schenkte ihm keine Beachtung. Sie blickte hinauf in den Himmel. „Es wird die gleiche Sonne sein, unter der wir reiten."

„Was hast du gesagt?" Themos war bereits fast eingeschlafen, wurde jedoch von Selinas Worten geweckt.

„Ich denke an mein Volk, an meine Familie."

„Das ist nicht gut, Selina. Ich bemühe mich, so wenig wie möglich an meine Töchter zu denken. Sie werden Mykener heiraten, ihre Kinder werden Mykener sein, und irgendwann haben sie ihre Heimat vergessen. Ich zürne ihnen deswegen nicht. Es ist das Beste für sie. Ich werde sie nie wiedersehen. Wir müssen nun unseren eigenen Weg gehen."

Selina nickte. „Ich habe einen Gatten in Piramses. Er lebt dort mit unserem Sohn."

Themos sah sie überrascht an. „Beim großen Apollon! Ich hätte nicht gedacht, dass du einen Gemahl hast."

Ihre Miene verdüsterte sich. „Nach dem Gesetz meines Volkes hätte ich mich keinem Mann verbinden dürfen." Da sie das Bedürfnis zu reden überkam, erzählte sie Themos die Geschichte von ihrer Entführung nach Hattusa und ihrer Rückkehr nach Lykastia. Auch den Kampf in Troja, den Tudhalijas Hinterhalt und Pallas Verrat ließ sie nicht aus. Themos hörte ihr aufmerksam zu.

„Besser hätte es uns nicht treffen können. Dein Gemahl ist ein Großer in Ägypten. Das wird alles einfacher machen."

„Kannst du an nichts anderes als an deine Geschäfte denken, Themos?"

Er zuckte mit den Schultern. „Warum bist du wütend? Die List, mit deren Hilfe du uns auf dieses Schiff brachtest, war auch nicht gerade ehrenvoll. Du könntest eine gute Händlerin werden." Er seufzte. „Aber ich fürchte, dass niemand mit einer Frau verhandeln würde."

Selina war zu müde, um das Gespräch fortzusetzen.

Selina wurde von lauten Rufen der Männer geweckt, die auf Deck hin und her liefen. Als sie sich verwirrt umsah, erblickte sie Themos, der sich über die Reling gebeugt hatte und auf das Meer hinaus blickte. Sie erhob sich und trat neben den Händler.

„Die Götter haben die Hand über uns gehalten, als du mit deiner Sturheit verhindert hast, dass wir auf dieses verfluchte Handelsschiff gehen." Themos wies auf die Toten und die verstreuten Dinge, die auf dem Meer trieben. „Das Schiff ist untergegangen. Du hattest recht: Es war überladen."

Entsetzt starrte Selina auf die bereits aufgedunsenen Körper auf dem Wasser. „Woher willst du wissen, dass es *unser* Schiff war?"

„Es ist kein anderes Schiff ausgelaufen. Außerdem brauchst du dir nur die Toten und ihre Kleidung anzusehen. Es sind Flüchtlinge vom Festland."

Sie schluckte, dann entdeckte sie in einiger Entfernung eine Bewegung. Selina schirmte ihre Augen gegen die Sonne ab. „Dort hinten bewegt sich etwas – Überlebende, Themos."

Er folgte ihrem Blick. „Wirklich! Die armen Menschen. Als hätten sie nicht bereits genug Leid erlebt."

„Wir müssen sie retten."

Er schüttelte den Kopf. „Es ist nicht an uns, ihnen zu helfen. Wir konnten kaum unser Leben retten."

Selina beachtete ihn nicht. Sie stieß einen der dunkelhäutigen Ruderer an und wies in Richtung der Überlebenden. „Ihr müsst sie aufs Schiff holen."

Verständnislos blickte er sie an. „Warum? Das Große Grün, das Meer, hat sie gefordert. Wir ziehen nur den Zorn der Götter auf uns, wenn wir ihr Urteil vereiteln. Greifen wir in göttliche Fügungen ein, handeln wir gegen die Maat."

Selina sah sich um, doch in den Gesichtern der Männer lag Gleichmut. Kurzentschlossen lief sie zum Kabinenaufbau des Prinzen und schlug mit der Faust gegen die Tür. Erst als sie einige Male lautstark gegen das Holz geschlagen hatte, erschien Siptah träge und missmutig. Als er Selina entdeckte, verzogen sich seine Augen zu zornigen Schlitzen. „Ich habe geschlafen, Frau. Bist du deines Lebens müde, dass du wie eine Verrückte an diese Tür hämmerst?"

„Dort draußen sind Schiffbrüchige, edler Prinz. Du musst sie an Deck holen lassen!"

„Das wäre ja noch schöner", gab er knurrig zurück. „Das hier ist kein Frachtschiff für verlauste Fremdländer."

„Aber sie werden dort draußen qualvoll sterben!"

Siptah betrachtete Selina von oben bis unten. „Lass mich in Ruhe, wenn nicht auch du sterben willst, *hat tahut*." Er zog die Tür unsanft vor ihren Augen zu und ließ sie stehen. Langsam ging sie zurück zu ihrem Sonnensegel und hielt sich die Ohren zu, da sie die von Todesangst zeugenden Schreie der Menschen quälten, die das ägyptische Schiff inzwischen entdeckt hatten. Sie nahm die Hände erst wieder von ihren Ohren, als sie sicher war, dass sie außer Hörweite waren.

Themos und Benti saßen neben ihr, auch sie schwiegen. Selina ahnte, dass Themos von Anfang an gewusst hatte, dass die Ägypter die Ertrinkenden nicht retten würden. Er war klüger gewesen und hatte sich dem Zorn des Prinzen nicht aussetzen wollen. Trotzdem erkannte sie in seinen Augen Traurigkeit.

„Ich verstehe die Ägypter nicht, Themos. Wie konnten sie einfach zusehen, wie diese Menschen sterben?"

Themos nahm ihre Hand. „Das Leben ist nicht immer gerecht. Doch wir leben noch, und anscheinend wollen die Götter, dass wir weiterleben. Bitte erzürne Prinz Siptah nicht noch einmal. Wir sind auf sein Wohlwollen angewiesen."

„Ich hoffe, dass nicht alle Ägypter so sind wie dieser Prinz. Ich hoffe, dass der Sohn nicht wie der Vater ist."

Themos seufzte schicksalsergeben auf. „Die Ägypter sind seltsam. Ihre Bräuche sind mir fremd. Doch ich denke, dass du dem Pharao ohnehin niemals begegnen wirst. Er lebt wie ein Gott in seinem Palast, ist umgeben von Sklaven und Dienern. Du hast einen Ägypter geheiratet – wenn du sie nicht verstehst und nicht magst, wie konntest du dann einen von ihnen zum Gemahl nehmen?"

„Er ist anders. Pairy ist nicht wie der Prinz – oder ist er es vielleicht doch, und ich habe es nicht bemerkt? Vielleicht hat er mir nie sein wahres Gesicht offenbart, Themos."

Kopfschüttelnd lehnte Themos sich zurück. „Ihr Frauen seid furchtbar wechselhaft und unentschlossen. Nie wisst ihr, was ihr wollt."

Selina wandte sich Hilfe suchend an Benti, der mit blassem Gesicht in eine Decke gehüllt neben ihr lag. Es war glühend heiß, doch Benti fror, da er kaum etwas im Magen behalten konnte. „Was meinst du, Benti? Habe ich mich in Pairy so täuschen können?"

„Bist du jemals schlecht von ihm behandelt worden, Selina? Verurteile ihn nicht, bevor er sich verteidigen kann. Pairy ist nicht der Prinz. Und jetzt lass mich bitte schlafen. Jedes Wort bringt erneut Übelkeit in meinen Bauch."

Selina überlegte fieberhaft. Als hätte sie nicht bereits genug Probleme! Nach einer qualvollen Ewigkeit entschloss sie sich, auf Benti zu hören. Obwohl dieser Prinz behauptete, Pairy sei ihm wie ein Bruder, musste das nicht heißen, dass Pairy genauso war wie er. Nein, Pairy war anders, sonst hätte sie sich niemals in ihn verlieben können.

Die langen Tage ihrer Reise wurden nur dadurch erträglicher, dass sie einige Male das Festland ansteuerten, um frisches Wasser, Früchte, Getreide und andere Nahrungsmittel zu kaufen. Der Weg an der Küste entlang war länger als der über das offene Meer, doch bot er immerhin eine gewisse Abwechslung. Vor allem Benti genoss die Landgänge, da es ihm besser ging, sobald er Land unter den Füßen hatte.

Selina versorgte die Pferde, die auch an Deck bewegt und herumgeführt werden mussten. Nur widerwillig gab Themos Selina einige Schmuckstücke, damit sie diese gegen Futter und Nahrung eintauschen konnte. Der Prinz erschien tagsüber kaum auf Deck, lediglich nachts verließ er seine Kabine in Begleitung eines stillen Dieners, um die Kühle zu genießen. Und je näher sie Ägypten kamen, desto heißer wurden die Tage. Selina verfiel in Trägheit. Es war besser, am Tage zu schlafen und nachts wach zu sein. Pairy hatte ihr erzählt, dass es in Ägypten keinen Winter oder Schnee gab, doch sie hoffte inständig, dass nicht das ganze Jahr über eine solche Hitze herrschte.

Da nur Prinz Siptah an Deck über Wasser zum Waschen verfügte und alle anderen warten mussten, bis sie an Land gingen, fühlte Selina sich schmutzig, zumal es ihre Aufgabe war, den Pferdedung aus dem Verschlag zu entfernen. So erbettelte sie von Themos einen neuen Chiton für sich und einen für Benti, als sie im Hafen von Amurru einen Landgang hatten. So konnte sie zumindest ihre Kleidung auswaschen, ohne nackt an Deck herumlaufen zu müssen und damit die Blicke der Männer auf sich zu ziehen. Selina war Schlimmeres gewohnt, aber Benti nörgelte, bis Selina ihn schließlich anfuhr, er solle sich zusammenreißen. Seitdem jammerte Benti nur noch wenn sie nicht in der Nähe war, und hielt sich an Themos, der nach besten Möglichkeiten das Weite suchte, wenn es ihm zu viel wurde.

Eines Tages wachte Selina auf und musste sich kratzen. Mit Erschrecken stellte sie fest, dass ihr Kopf voller Läuse war. Sie erwarb beim nächsten Landgang in Kanaan nahe der Festung Megiddo, einem äußeren Grenzposten der unter ägyptischer Oberherrschaft stehenden Länder, Kräuter von einer runzeligen Alten. Diese halfen zwar gegen die Läuse, machten ihr Haar aber strohig und widerspenstig.

Als sie das Land Kanaan endlich hinter sich ließen, erklärte Themos, dass es nun nicht mehr lange dauern würde, bis sie den Nebenarm des Nil erreichten. Trotzdem wurde Selina die Zeit lang. Als sie sich beinahe wie ein gefangenes Tier vorkam und es kaum noch auszuhalten meinte, erreichten sie schließlich den Nebenarm des Nil und verließen das Große Grün. Fortan wurde die Reise angenehmer, denn zu beiden Seiten des Ufers erstreckte sich ein schmaler Grünstreifen. Selina bewunderte die Lotosblumen am Ufer und sah zum ersten Mal Krokodile. Themos erklärte ihr, dass diese Tiere gefährlich waren und ihr Hautpanzer so hart, dass kein Bronzeschwert ihn durchbohren konnte. Sofort dachte sie an ihr Schwert, das sie in Arkos' Satteltaschen versteckt hatte. Beim Anblick eines geöffneten Krokodilrachens verlor sie trotzdem schnell die Lust, sich mit einem dieser seltsamen Tiere zu messen. Es musste einen Grund dafür geben, dass die große Mutter diese Kreaturen geschaffen hatte, schließlich hatte sie jedes Leben hervorgebracht.

Sie wandte ihre Aufmerksamkeit den Frauen und Männern zu, die mit ihren Körben an den Ufern entlanggingen. Sie waren meist zierlich und schlank, hatten eine bronzefarbene Haut und schwarzes Haar, das die Männer wie Pairy unter einem Tuch verborgen hielten. Themos erklärte ihr, dass diese Menschen Fellachen waren, Bauern, die ihre Felder bestellten. Sie bemerkte, dass die Menschen sie anstarrten und bei ihrem Anblick wegwerfende Handbewegungen ausführten.

„Was tun sie da?"

„Es ist wohl ein Zeichen gegen den bösen Blick. Helles Haar wie deines ist ungewöhnlich in Ägypten, vor allem für das einfache Volk, das nichts anderes kennt als die Felder und die jährlichen Nilüberschwemmungen."

Selina befühlte ihr Haar. Auch in Hattusa war es ungewöhnlich gewesen, jedoch waren die Ägypter noch dunkler als die Hethiter. Hier schien es weder helles Haar noch helle Augen zu geben – die Augenpaare, die sie betrachteten, waren allesamt dunkel. Sie erinnerte sich daran, wie Pairy sie angestarrt hatte, als er sie das erste Mal sah. Nun kannte sie den Grund, und Selina ahnte, dass sie noch sehr oft angestarrt werden würde.

Wie um ihre Besorgnis zu bekräftigen, erhielt Selina an diesem Abend eine Aufforderung, bei Prinz Siptah zu erscheinen. Der junge Diener, den sie bereits einige Male mit dem Prinzen an Deck gesehen hatte, führte sie in Sipthas Unterkunft.

Als Selina eintrat, lag der Prinz auf einer bequemen Liege und bedeutete ihr matt, Platz zu nehmen. Obwohl er ein junger Mann war, wirkte sein Gesicht müde. Selina stellte jedoch überrascht fest, dass es dennoch durchaus ansprechend war. Sie hatte sich bisher kaum die Mühe gemacht, sich über Siptah Gedanken zu machen, vor allem nicht, nachdem er die Schiffbrüchigen hatte ertrinken lassen. Schweißperlen lagen auf seiner Stirn, denn in dem engen Raum war es stickig und heiß, weshalb er lediglich den knielangen Schurz trug.

„Nun ...", begann er, „wie gefällt dir Ägypten?"

„Ich habe noch nicht viel von deinem Land gesehen, Prinz. Aber an die Hitze muss ich mich wohl noch gewöhnen", erwiderte sie, ohne zu zögern.

Er verzog die Lippen zu einem gequälten Lächeln. „Ich muss mich jedes Mal aufs Neue an die Hitze gewöhnen, wenn ich auf Reisen war. Möchtest du Wein?"

Ohne auf ihre Antwort zu warten, winkte er dem Diener, der still in einer Ecke auf seine Anweisungen wartete. Dieser trat leise vor und schenkte zwei Becher ein.

Selina schloss die Augen, als sie den süßen Wein schmeckte. Es war so lange her, dass sie Wein getrunken hatte.

„Wie ich sehe, mundet dir der Wein meines göttlichen Vaters."

Sie meinte einen spöttischen Unterton in der Stimme des Prinzen zu vernehmen, doch er sprach bereits weiter. „Wir werden morgen, wenn Re hoch am Himmel steht, Piramses erreichen. Was wirst du dann tun?"

„Mein Vater wird den edlen Herrn Pairy aufsuchen. Dann sehen wir weiter."

Siptah nahm einen großen Schluck aus seinem Becher. „Der edle Herr Pairy hat seine Pferde in den Ställen im Palastbezirk untergebracht. Ich kann dafür sorgen, dass die Pferde dort hingebracht werden."

Sie nickte, obwohl ihr der Gedanke nicht gefiel. „Mein Vater wäre dir dankbar, Prinz."

Er fuhr aus seiner bequemen Lage hoch und blickte ihr fest in die Augen. „Lassen wir dieses dumme Spiel! Du denkst doch nicht wirklich, dass ich dir diese Lügengeschichte geglaubt habe?"

Selina zuckte zusammen. „Aber Prinz, ich würde dich niemals anlügen."

Er gebot ihr mit einer harschen Handbewegung Einhalt. „Ich kenne Pairy, ich kenne ihn sehr gut! Vor etwa einer Nilüberschwemmung kam er mit einem Kind zurück nach Ägypten. Sein Ka war betrübt, seit er damals das erste Mal aus Hattusa zurückkehrte. Er bat meinen Vater, den Pharao, noch einmal nach Hattusa gehen zu dürfen, um eine Frau zu suchen – eine Frau mit hellen Haaren und blauen Augen. Jeder bei Hof kennt die Geschichte. Diese Frau brachte er nicht mit zurück, jedoch einen Sohn." Er lächelte belustigt. „Mir ist klar, wer du bist, seit du Pairys Namen und die Tatsache erwähnt hast, dass du ihn in Hattusa getroffen hast."

„Warum hast du nichts gesagt, Prinz?"

Er streckte sich und gähnte. „Es war mir nicht wichtig genug. Aber denke daran: Ich habe dir einen Gefallen getan – dir, Pairy und eurem Sohn."

Ehe sie etwas erwidern konnte, bedeutete er ihr zu gehen. „Ich bin jetzt müde. Ich wünsche dir eine gute Nacht, Selina."

Beim Klang ihres Namens erhob sich Selina langsam vom Stuhl. „Ich wünsche dir auch eine gute Nacht, Prinz Siptah."

Der Diener öffnete ihr die Tür, und sie hatte das unbestimmte Gefühl, einem Käfig entkommen zu sein. Prinz Siptah hatte ihr Lügenspiel hingenommen. Wenigstens kam sie nun nicht in die Verlegenheit, ihre Lüge aufdecken zu müssen. Doch sie glaubte kaum, dass der Prinz uneigennützig gehandelt hatte. Für seine Hilfe würde er wahrscheinlich eine Gegenleistung erwarten.

Piramses

Benti konnte es kaum erwarten, das Schiff zu verlassen. Seit sie das Große Grün hinter sich gelassen hatten, schien er sich von Tag zu Tag besser zu fühlen. Nun stand er aufgeregt neben Selina und Themos und bestaunte den gewaltigen Palastbezirk, der sich vor ihnen erhob. Selina musste zugeben, dass die großen, weiß gekalkten Gebäude sie beeindruckten. Allerdings fühlte sie sich von der Farbgewalt der zahlreichen Malereien ebenso erschlagen wie von den Haremsgemächern in Hattusa. Bereits an der königlichen Anlegestelle standen zwei große Steinnadeln, die in Blau, Rot, Grün und Gelb die Kartusche des Pharaos trugen.

Benti hingegen war tief beeindruckt. „Sicherlich hat der edle Herr Pairy Bedarf für einen guten Schreiber, nicht wahr Selina? Was meinst du? Und wenn nicht der edle Herr Pairy, dann vielleicht Prinz Siptah oder sogar der Pharao?" Er stieß sie unsanft an und sprach sofort weiter. „Ich beherrsche die meisten Sprachen fließend. Außerdem verstehe ich mich auf diplomatisches Geschick an Königshöfen. Ich bin vertraut mit den Gepflogenheiten Hattusas, und den trojanischen Hof habe ich auch kennengelernt."

Sie funkelte ihn wütend an. „Benti! Vielleicht sollten wir erst einmal Pairys Haus finden, bevor wir uns Gedanken über deine hervorragenden diplomatischen Fähigkeiten machen."

Themos lachte, Benti hob beleidigt eine Augenbraue. „Wirklich Selina! Kannst du nicht *einmal* etwas Nettes zu mir sagen? Man könnte fast meinen, du setzt kein Vertrauen in mich und meine Fähigkeiten."

„Nun, Benti, überlegen wir einmal: Wo wären wir, wenn du mir nicht die falsche Botschaft von Prinz Tudhalija überbracht hättest? Wahrscheinlich würde es mein Volk noch geben, ich hätte meinen Sohn Alexandros an meiner Seite, ja wahrscheinlich sogar Pairy."

„Schon verstanden", murmelte Benti gekränkt. „Aber wo wärest du, wenn ich dir nicht zur Flucht aus Hattusa verholfen hätte?"

„Hört endlich auf, euch zu streiten", mischte sich Themos ein. „Wir alle drei sind Fremde in diesem Land. Wir sollten zusammenhalten."

Nacheinander verließen sie das Schiff. Selina sah den Soldaten nach, die ihre Pferde in den Palastbezirk führten. Sie wollte den gleichen Weg einschlagen, doch Prinz Siptahs Stimme hielt sie zurück. „Selina! Pairys Haus befindet sich nicht im Palastbezirk. Du musst in den Stadtteil gehen, in dem der höhere Adel wohnt." Er wies auf einen schmalen Weg, der von der Anlegestelle fortführte. „Nimm diesen Weg und halte dich unten an der großen Straße links. Es ist nicht weit. Pairys Anwesen hat zwei große Thot-Statuen vor der Eingangspforte. Du kannst es nicht verfehlen. Mögen deine Füße festen Tritt finden. Ich bin sicher, wir werden uns wiedersehen."

Selina wandte sich um und warf dem Prinzen, der lässig an der Reling lehnte, ein gezwungenes Lächeln zu. „Ich danke dir Prinz Siptah."

Als sie den kleinen Weg einschlugen, fragte Themos sie: „Woher kennt der Prinz deinen Namen?"

„Er weiß alles", gab Selina zurück. „Er wusste von Anfang an, wer ich bin."

Selina verfluchte Siptah. Er hatte gesagt, der Weg wäre nicht weit, doch nun irrten sie bereits eine ganze Weile über die lange sandige Straße. Immer erbarmungsloser brannte die Sonne, ihnen allen lief der Schweiß in Rinnsalen über den Rücken. Anscheinend hatte Siptah in seiner Boshaftigkeit genau das gewollt. Benti blickte sehnsüchtig die Händlerstände und Schenken an, von denen Gerüche der unterschiedlichsten Art herströmten.

„Ich habe solchen Hunger", nörgelte Benti.

„Es kann nicht mehr weit sein. Dort drüben beginnt die Straße mit den großen Anwesen. Hier scheinen nur sehr reiche Menschen zu leben."

Diese Aussicht ließ Benti einstweilen seinen Hunger vergessen. Endlich wurde das Getümmel auf den Straßen weniger. Die Menschen gingen langsam und bedächtig, die meisten ließen sich jedoch in Tragstühlen durch die Straßen tragen. Selina erkannte verwundert, dass die in weißes Leinen gekleideten Frauen mit den Krügen und Körben Dienerinnen waren. „Die Diener der Ägypter sind ebenso gut gekleidet, wie ihre Herrschaft."

„Ägypten ist reich", erwiderte Themos. „Was hast du erwartet?"

Sie sah verzagt auf ihren schmutzigen Chiton. Die Seitenblicke der Menschen versuchte sie zu ignorieren.

„Woher weißt du so viel über Ägypten, Themos?"

„Ich bin Händler. Vor Jahren habe ich einmal viele Ballen feinsten Tuches und Perlen an den großen Amun- Tempel in Theben überbringen müssen. Ich war damals noch jung und habe meine Karawanen auf ihrem gefährlichen Weg begleiten müssen. Die Perlen und das Tuch waren von erlesenster Güte. Ich dachte, sie sollten für die Gewänder des Pharaos oder seiner großen Königsgemahlin genutzt werden, doch weit gefehlt: Amun selbst sollte ein neues Gewand erhalten. Man stelle sich vor: ein über und über mit Perlen besticktes Gewand für eine steinerne Statue! Selbst Apollon hat nie ein solches Gewand besessen."

Selina schüttelte den Kopf. „Die große Mutter braucht kein Gewand. Ein Hirsch, ihr zu Ehren geopfert, stellt sie zufrieden."

„Seine Sonne Hattusili hat einmal einen goldenen Schild und einen Speer für die Sonnengöttin fertigen lassen. Er war sehr stolz auf die kostbare Arbeit und ließ zwei Festtage ausrufen, während derer die Göttin gefeiert wurde. Die Ernte in jenem Jahr war besser als je zuvor", mischte Benti sich ein.

In diesem Moment erblickte Selina die großen steinernen Statuen des Gottes mit dem Ibiskopf. Im Stillen dankte sie Amenirdis dafür, dass sie ihr so viel über Ägypten erzählt hatte. „Ich glaube, das ist der Gott Thot."

Das Anwesen wurde von einer hohen Mauer umschlossen, welche ebenso bunt bemalt war wie die Steinnadeln am königlichen Landungssteg. Unsicher blieben Selina, Benti und Themos im Eingangsbereich stehen, denn es verschlug ihnen den Atem, als sie den Garten des Anwesens betrachteten. Überall gab es Schatten spendende Bäume und in der Mitte einen rechteckigen Teich. Die Größe des Gartens und des mehrstöckigen Hauses, auf das sie blickten, war beeindruckend.

„Oh Selina, Pairy ist furchtbar reich!" Bentis Stimme war fast ehrfürchtig.

Themos schob sie bereits auf den mit glatten Steinplatten gepflasterten Weg. „Vielleicht ist es besser, wenn du erst einmal alleine gehst. Ich meine, immerhin bist du sozusagen ... ähm ... die Herrin des Hauses."

Selina runzelte die Stirn. „Kann es sein, dass ihr Angst habt?"

Empört verschränkte Benti die Arme vor der Brust. „Wir wollen nur nicht aufdringlich sein. Du kannst uns ja rufen lassen, wenn du mit Pairy gesprochen hast."

„Natürlich", gab Selina frostig zurück. Das war wieder einmal typisch. Zuerst prahlten die Männer, und dann schickten sie Selina vor.

Sie ging langsam den gepflasterten Weg entlang. Es war früher Mittag, die Zeit der größten Hitze. Sie wischte sich über das staubige verschwitzte Gesicht und ging die wenigen Stufen zur Tür des Haupthauses hinauf. Auf der zweiflügeligen Tür waren in goldenen Einlegearbeiten Pairys Name und sein Titel angebracht worden. Sie hatten das richtige Haus gefunden. Hier also wohnte Pairy, ihr Gemahl. Sie entsann sich, wie entsetzt er in Lykastia über ihr Haus gewesen war. Nun verstand sie, weshalb. Sie trat zur Tür und klopfte fest dagegen. Wer war sie denn, dass sie sich von diesem Prunk verunsichern ließ? Pairy hatte sie auch ohne das alles geliebt, er hatte sie geheiratet und war sogar nach Lykastia gekommen, um sie zu holen. Doch was war, wenn er mittlerweile eine andere Gemahlin gefunden hatte? Es war das erste Mal, dass Selina der Gedanke kam, Pairy könnte sich in eine andere Frau verlieben. Ehe sie sich jedoch weitere Gedanken machen konnte, wurde die Tür geöffnet. Ein kahlköpfiger junger Mann in makellos weißem Schurz musterte sie von oben bis unten. Seine ägyptischen Worte verstand Selina nicht, jedoch sprachen seine Augen Bände - er hielt sie für Gesinde.

„Ich suche den edlen Herrn Pairy", versuchte Selina es auf Assyrisch.

„Der edle Herr Pairy weilt um diese Zeit im Palast. Bist du ein neues Dienstmädchen? Mir ist nicht bekannt, dass neue Mägde eingestellt wurden. Ich müsste es wissen, ich bin der Hausverwalter des *Hati-a*."

„Der edle Herr Pairy ist mein Gemahl, mein Name ist Selina. Du solltest von mir gehört haben", versuchte Selina, sich zu verteidigen.

Ein Zeichen des Erkennens huschte über das Gesicht des überheblichen Hausverwalters. „Ich habe von dir gehört. Allerdings wurde mir deine Ankunft nicht mitgeteilt." Er überlegte kurz. „Die edle Herrin Hentmira ist jedoch hier. Ich bringe dich erst einmal zu ihr. Sie ist ohnehin diejenige, welche den Haushalt führt."

Er ließ Selina eintreten, und sie blickte sich in der Eingangshalle um. Sie war ebenso bunt bemalt wie die Außenmauer. Ihr lief ein leichter Schauer über den Rücken.

„Warte hier", sagte der Mann, dann ließ er sie einfach stehen.

Der Raum war zwar spärlich eingerichtet, doch dafür umso erlesener. Sie betrachtete die zierlichen Stühle und Tische. Die Hölzer und Einlegearbeiten wirkten kostspieliger als alles, was sie bisher gesehen hatte. Sie stutzte. Wer, im Namen der großen Mutter, war Hentmira? Pairy hatte nie von einer Hentmira gesprochen. Sie bekämpfte die aufkommende Unruhe. Vielleicht brauchte ein so großes Haus eine Haushälterin. Selina ließ sich vorsichtig auf einem der Stühle nieder. Er war so zierlich gearbeitet, dass sie meinte, er müsse zusammenbrechen, wenn sie darauf Platz nahm, doch er war erstaunlich stabil.

Kurze Zeit später hörte sie Schritte, und eine schlanke Frau betrat die Eingangshalle. Wortlos musterten sie sich eine Weile. Selina spürte, dass eine unangenehme Kühle von der anderen ausging. Ihr Gesicht war schmal und glatt, sie war einige Jahre älter als Selina und in sauberes Leinen und eine verschwenderische Auswahl von Schmuck gehüllt. Das dunkle Haar fiel Hentmira hüftlang bis zur Taille, zwei juwelenbesetzte Spangen in Form von Lotosblüten hielten es ihr aus dem Gesicht. Die Augen waren nach ägyptischer Art schwarz umrundet, die etwas zu vollen Lippen in einem dezenten Orangeton bemalt. Diese Frau war schön, fast zu schön für eine Haushälterin, stellte Selina eifersüchtig fest.

„Du bist also Selina. Wir haben dich nicht erwartet. Doch sei's drum. Die Zeit drängt. Pairy wird erst am Abend nach Hause kommen. Wir haben genug Zeit, dafür zu sorgen, dass dein Anblick sein Auge nicht beleidigt."

Selina erhob sich vom Stuhl. Wie redete diese Frau mit ihr? Sie war die Gemahlin des Hausherrn und musste sich ihrem derzeitigen Aussehen zum Trotz von dieser Frau nicht beleidigen lassen.

„Ich glaube du vergisst, wer ich bin. Mein Anblick wird meinen Gemahl wohl kaum beleidigen, sondern erfreuen. Wer bist du überhaupt, dass du mich so unhöflich behandelst?"

Hentmira fuhr sich genüsslich mit der beringten Hand durch das glänzende Haar. „Nun, Selina! Ich weiß, es ist schwer für eine Barbarin wie dich, die Feinheiten unserer Kultur zu verstehen. Doch obwohl Pairy dich zur Gemahlin genommen hat, bin immer noch ich seine erste Gemahlin. Das macht mich zu seiner Hauptgemahlin, dich zu seiner Nebenfrau. Der Hauptgemahlin untersteht der gesamte Haushalt sowie der Haushalt aller Nebenfrauen. Deine Zuteilungen erhältst du durch mich; wenn du Anliegen oder Wünsche hast, richtest du dich nicht an deinen Gemahl, sondern an mich. Kein ägyptischer Mann gibt sich mit den Angelegenheiten seiner Frauen ab."

„Was soll das heißen? Ich wusste nichts von einer anderen Gemahlin."

Hentmira zeigte sich kaum überrascht. „So? Nun, es ist aber so, wie ich es dir gesagt habe, ob du willst oder nicht. Mein Gemahl wird sicherlich Gründe gehabt haben, es dir zu verschweigen. Vielleicht hielt er es auch für nicht wichtig genug, es zu erwähnen, denn natürlich hast du durch eine Ehe mit dem *Hati-a* nur Vorteile, sogar als Nebenfrau."

Selina stieg die Zornesröte ins Gesicht. „Wo ist mein Sohn? Ich will sofort zu Alexandros!"

Hentmira überlegte eine Weile, bevor sie antwortete: „Pentawer ist bei seiner Amme. Er schläft um diese Zeit. Sicherlich kannst du heute Abend zu ihm. Ich habe mich seiner Erziehung angenommen, als Pairy ihn in dieses Haus brachte." Sie bedachte Selina mit einem geringschätzenden Blick. „Und ich denke, das wird auch so bleiben. Er wird weiter von mir erzogen, zumindest bis du so viel von unserer Kultur gelernt hast, dass du keine Peinlichkeit mehr für dieses Haus und für deinen Gemahl darstellst."

Selina trat drohend ein paar Schritte auf Hentmira zu, doch diese dachte gar nicht daran zurückzuweichen. „Ich will sofort zu Alexandros. Was soll überhaupt dieser fremde Name?"

„Ein Ägypter sollte einen ägyptischen Namen haben, deshalb haben wir ihn Pentawer genannt."

„Gib mir meinen Sohn!", sagte Selina noch einmal.

„Nein!"

Ohne weitere Vorwarnung holte Selina aus und schlug Hentmira die Faust ins Gesicht. Diese taumelte und stolperte rückwärts. Dann begann sie zu jammern und hielt sich das getroffene Auge. Hysterisch schrie sie im Wechsel nach ihren Dienern und verfluchte Selina. „Du Barbarin, du *necht*, mögen die *sesu* dich holen! Amenhet, hilf mir, dieses *hat tahut* hat mich geschlagen!"

In ihrer Aufregung warf Hentmira ägyptische und assyrische Wörter durcheinander, sodass Selina nur die Hälfte verstand. *Hat tahut* – hatte sie Prinz Siptah nicht bereits einmal so genannt? Auf jeden Fall wusste sie nun, dass es nichts Gutes bedeuten konnte. Selina hatte jedoch nicht vor, auf das Eintreffen dieses Amenhet oder anderer Diener zu warten. Sie ließ Hentmira stehen und verließ das Haus. Während sie den gepflasterten Weg zurücklief, konnte sie die Tränen nicht mehr zurückhalten. Pairy hatte sie belogen. Wie konnte er ihr verschweigen, dass er bereits verheiratet war? Eine Nebenfrau sollte sie sein, ein unbedeutendes Schmuckstück für den großen *Hati-a*! Ihre größten Befürchtungen hatten sich als wahr erwiesen und hinterließen in ihr ein ohnmächtiges Gefühl der Enttäuschung. Noch nicht einmal seinen Namen hatte Pairy ihrem gemeinsamen Sohn gelassen, und sie – seine eigene Mutter – durfte ihn nicht sehen! Was konnte nun noch geschehen?

Sie hätte den ahnungslosen Benti fast umgerannt, als sie an ihm vorbeistürmte.

Die beiden Männer sahen Selina ratlos hinterher. „Waren das Tränen in ihren Augen?", fragte Benti ungläubig. „Ich habe Selina noch nie weinen sehen! Es muss etwas Furchtbares passiert sein. Was machen wir nun?"

Themos kratzte sich das bärtige Kinn. „Ich glaube, es ist das Beste, wenn wir hier warten. Vielleicht kommt sie ja zurück, oder der edle Herr Pairy lässt uns rufen. Immerhin kennst du ihn ja auch."

Benti seufzte. „Warum kann nicht ein Mal etwas ohne Schwierigkeiten gelingen? Ich habe Hunger, ich möchte baden und meinen Körper mit Salbölen parfümieren. Stattdessen stehen wir vor diesem großen Anwesen und schielen wie die Hunde hinein."

Sie ließen sich ratlos an der Mauer nieder. „Bei Apollon! Dies ist wirklich die dunkelste Stunde meines Lebens."

Selina war eine Weile einfach den Weg zurückgelaufen, den sie gekommen war. Irgendwann versiegten ihre Tränen, und ihre Enttäuschung wich einer unbändigen Wut. Zielstrebig machte sie sich auf den Weg zum Palastbezirk. Pairy konnte ihr gestohlen bleiben, doch ihren Sohn würde sie sich nicht nehmen lassen, selbst wenn sie den Pharao persönlich darum bitten musste, dass Pairy ihr Alexandros überließ! Einen Weg, in den Palast zu kommen, hatte Selina bereits ersonnen, und als sie nun vor dem großen Eingangstor des Palastbezirks stand und die Wachen sie nicht einlassen wollten, hatte sie einen großen Teil ihres Selbstbewusstseins zurückerlangt.

„Ich möchte zur großen königlichen Gemahlin Sauskanu!"

„Es gibt keine große königliche Gemahlin mit diesem Namen! Einen dümmeren Versuch, in den Palast zu gelangen, habe ich noch nie erlebt", wandte sich die angesprochene Wache an ihren Kameraden. „Geh zum Tempel der Isis – dort werden Bettlerinnen wie du durchgefüttert."

Selina straffte die Schultern. „Ihr kennt die Königin wahrscheinlich unter dem Namen Maathorneferure. Sie ist eine gute Freundin von mir, wir waren in Hattusa wie Schwestern. Ich habe eine furchtbare Schiffsreise hinter mir, man hat mir mein Kind gestohlen, und meine gesamte Familie wurde ermordet! Und wenn ihr nicht sofort eine Nachricht an die Königin schickt, wird sie wahrscheinlich sehr wütend werden, falls sie erfährt, dass ihr die Ankunft ihrer Freundin Selina nicht gemeldet wurde, denn mein Gatte ist Pairy, der *Hati-a* von Piramses!"

Selinas wütendes Schreien schien die Wachen zumindest zu verunsichern. „Glaubst du ihr, Nacht? Sie sieht nicht aus, als wäre sie die, die sie zu sein behauptet. Außerdem ist sie eine Fremdländerin."

Der andere überlegte. „Das ist die große königliche Gemahlin auch. Woher kennt eine Fremdländerin den Namen des großen *Hati-a*? Vielleicht sollten wir zumindest eine Nachricht an die Königin schicken lassen und fragen, ob sie diese Frau kennt."

Selina konnte es nicht fassen. Die beiden unterhielten sich in ihrem Beisein, als wäre sie überhaupt nicht anwesend.

Endlich wandten sie sich ihr wieder zu. „Also gut, du kannst hier warten, während wir eine Nachricht an die Königin schicken. Doch ich warne dich: Solltest du uns eine Lügengeschichte erzählt haben, wird es dich deine Nase und vielleicht sogar deine Ohren kosten!"

Es dauerte nicht lange, bis Sauskanu ihr entgegenlief. Ihr enges und hauchdünnes ägyptisches Leinengewand verbot ihr allzu ausladende Schritte, doch das Strahlen in ihrem Gesicht verriet ihre Aufregung. Als sie Selina erreichte, umarmte sie ihre Freundin trotz des Schmutzes und der nicht allzu angenehmen Gerüche, die sie verbreiten musste. Das erste Mal seit Langem fühlte sich Selina einmal nicht wie eine ungeliebte Fremde.

„Oh Selina! Ich kann noch gar nicht fassen, dass du in Ägypten bist. Es ist so wundervoll! Du musst mir erzählen, was du erlebt hast. Wie ist es dir ergangen? Wie bist du hierher gekommen? Wie lange bist du bereits in Piramses? Ich habe gehört, dass du einen Sohn hast – ich habe eine Tochter. Ihr Name ist Nofrure. Du musst sie dir ansehen. Sie ist so ein wundervolles Kind! Ach, Selina! Wie schön, dass du hier bist. Du wirst doch nicht wieder fortgehen? Ist dein Gemahl auch hier? Ich habe gehört, dass du dich geweigert hast, ihn zu begleiten, als er dich holen wollte. Weißt du etwas über meine Familie? Wie geht es meinem Vater? Hast du deinen Sohn mitgebracht? Ich komme kaum aus dem Palast heraus. Mein Gemahl, der Pharao, wünscht es nicht, dass seine Gemahlinnen den Palast zu oft verlassen. Vielleicht können unsere Kinder zusammen spielen."

Selina kam nicht zu Wort, während Sauskanu sie durch den Palast führte. Erst als sie ihre großräumigen, wunderschönen Gemächer erreichten, hielt Sauskanu in ihrem Redeschwall inne und holte Luft. Sie wies Selina einen bequemen Sessel zu und klatschte in die Hände. Geräuschlos näherten sich von beiden Seiten nubische Mädchen und trugen Gebäck und Wein auf. „Bediene dich, Selina. Du siehst hungrig aus."

Geistesabwesend griff Selina nach dem Gebäck. Sie war wirklich hungrig. Sauskanu ließ Selina drei Gebäckstücke verzehren, dann hielt sie es nicht mehr aus. „Bitte erzähl mir alles, Selina."

Selina wusste, dass sie hier und jetzt nicht darum herumkam, auch Sauskanu ihre Geschichte zu erzählen, also begann sie mit ihrer Flucht aus Hattusa und endete mit ihrem

Erlebnis in Pairys Haus. Sauskanu riss abwechselnd die Augen auf, legte sich erschrocken die Hand auf die Brust und schüttelte dann mitleidig den Kopf.

„Also, ich hätte meinem Bruder viel zugetraut, doch dieser Verrat ist wirklich schamlos. Es tut mir sehr leid um dein Volk, Selina. Ich wusste zwar, dass Pairy bereits eine Gemahlin hat, jedoch nicht, dass er es dir verschwiegen hat." Sie nahm ein Stück Gebäck und biss ein winziges Stück ab. „Du hast Themos und Benti doch nicht vor Pairys Haus zurückgelassen? Sind sie ebenfalls im Palast?"

Sauskanus Augen blickten unschuldig, doch Selina wusste, dass das nichts bedeutete.

„Sauskanu, du hast einen Gemahl: den Pharao von Ägypten!"

Sie lächelte verlegen. „Ich wollte mich ja nur vergewissern, dass es ihnen gut geht." Verlegen biss sie noch einmal von ihrem Gebäck ab. „Wie geht es Benti? Auch wenn er dich in Schwierigkeiten gebracht hat – er ist ein guter Mensch. Er hat nur Angst vor Tudhalija."

Selina antwortete nicht. Der Ausdruck in Sauskanus Augen verhieß nichts Gutes. Sie durfte auf keinen Fall mit Benti zusammentreffen! Sauskanu und Benti hatten ein gutes Herz, davon war Selina überzeugt, doch sie besaßen auch beide einen kindlichen unbedarften Egoismus und dachten kaum an die Folgen ihrer Taten. Reumütig dachte sie an ihre kurze, jedoch nicht harmlose Leidenschaft für Achilles. Doch der Mykener war tot; ihre Leidenschaft war nicht so weit gegangen, dass sie ein schlechtes Gewissen haben musste, und außerdem – wer sagte ihr denn, dass Pairy nicht noch das Lager mit Hentmira teilte? Immerhin war sie sehr schön.

Eine junge Frau betrat den Raum, und Sauskanus Gesicht strahlte erneut, als sie das kleine Mädchen sah, welches sie an der Hand führte. „Nofrure! Mein Augenstern! Ist sie nicht wundervoll, Selina?"

Selina lächelte das kleine pummelige Mädchen an, das mit unsicheren Schritten zu Sauskanu lief und sich sofort hinter ihrem Bein versteckte, von wo es Selina neugierig ansah.

„Du kannst gehen, Mehira", gab Sauskanu der jungen Frau zu verstehen, die einen kurzen Moment zögerte, einen scheuen Blick auf Selina warf, sich dann jedoch pflichtgemäß verbeugte und den Raum verließ.

„Mehira ist Nofrures Amme. Sie ist etwas stur und eigentlich nur den beiden großen Königsgemahlinnen Bentanta und Meritamun ergeben, doch für Nofrure sorgt sie gut."

Sauskanu wurde ernst. „Selina, wenn du deinen Sohn wiedersehen willst, musst du dich Hentmira unterordnen. So ist das leider. Auch ich unterstehe den beiden großen königlichen Gemahlinnen – vor allem, seitdem Nefertari, die Lieblingsgemahlin des Pharao, gestorben ist.

Dein Glück ist in Ägypten nicht davon abhängig, wie sehr dich dein Gemahl liebt, sondern davon, wie hoch du in der Gunst der ersten Gemahlin stehst."

„Das werde ich niemals tun, und du kennst mich gut genug, um das zu wissen, Sauskanu."

Sauskanu seufzte. „Ich fürchte, das stimmt. Doch wir wollen ..." Sauskanu hielt inne. Von den Gängen her waren Schritte zu hören. Sie sprang auf und blickte sich hektisch im Raum um.

„Was ist?"

„Mehira, diese Gans, hat die beiden großen Königsgemahlinnen davon unterrichtet, dass du hier bist. Sie dürften dich hier nicht finden."

Sie zog Selina auf die Beine und schob sie in Richtung ihrer Sonnenterrasse. „Versteck dich irgendwo in den Gärten, und komm nachher wieder. Ich werde ihnen erzählen, dass du bereits fort bist."

„Weshalb sollen sie nicht wissen, dass ich hier bin?", fragte Selina missmutig.

„Du kennst die beiden noch nicht! Du wirst verstehen, was ich meine, wenn du sie kennenlernst. Ich hätte sie unterrichten sollen, dass du hier bist. Es wird mir eine Rüge einbringen, doch es ist besser, wenn sie dich hier nicht sehen."

Sauskanus flehender Blick überzeugte Selina. Sie lief in die Gärten und verlangsamte ihren Schritt erst, als sie meinte, weit genug von Sauskanus Gemächern entfernt zu sein. Wieder einmal war sie auf der Flucht, und jetzt musste sie auch noch feststellen, dass sie sich in den riesigen Gärten des Palastes verlaufen hatte. Nie würde sie den Weg zu Sauskanus Gemächern zurückfinden.

Die Jahreszeit des Schemu war selbst im Delta unerträglich. Daher zog sich jeder wohlhabende Ägypter vom frühen Mittag bis zum frühen Abend in sein Haus zurück und verschlief den Tag. Auch Pairy hätte es so halten sollen, doch ihn trieb nichts in sein geräumiges Haus, dessen Haushalt Hentmira wie der oberste Truppenführer des Pharao führte. Ihr Verhältnis hatte sich verschlechtert, seit Pairy seinen Sohn nach Ägypten gebracht hatte. Hentmira hatte Alexandros vom ersten Tage an gehasst und darauf bestanden, ihm einen ägyptischen Namen zu geben. Um wenigstens einen Anschein von Frieden zu wahren, hatte er es zugelassen. Wenn er mit seinem Sohn allein war, nannte er ihn jedoch nach wie vor bei dem Namen, den Selina für ihn gewählt hatte. Alles hätte gut sein können, wenn Selina mit ihm gekommen wäre und nicht darauf beharrt hätte, für Troja zu kämpfen. Pairy war ohne sie nach Ägypten zurückgekehrt und hatte sich damit dem gutmütigen Spott des Pharaos ausgesetzt. Die Geschichte des großen und mächtigen *Hati-a*, der es nicht vermocht hatte, seine Gemahlin in sein Haus zu führen, dafür jedoch einen Sohn mitgebracht hatte, war innerhalb der Palastmauern schnell von Ohr zu Ohr gewandert. Hentmira war sicherlich entzückt, dass die Rivalin ihrem Haus- und Herrschaftsbereich fernblieb, doch die frühere kalte und stille Übereinkunft war einer gegenseitigen offenen Verachtung gewichen.

Aus diesem Grunde verbrachte Pairy den gesamten Tag im Palast, überprüfte die in Piramses eintreffenden Warenlieferungen und veranlasste die Zuteilungen an den Palastbezirk und die vielen Tempel der Stadt. Gerade war Prinz Siptah eingetroffen. Auch wenn ein königliches Schiff keine Waren führte, so musste doch alles, was es mitgeführt hatte, in Listen eingetragen werden – angefangen bei den Seilen und dem Flickzeug für das Segel.

Als Pairy den Landungssteg erreichte, wartete bereits der Aufseher auf ihn. Pairy sandte ihm einen kurzen Gruß und ließ sich dann die Liste überreichen. Schnell überflog er den Papyrus. „Hier sind drei Pferde vermerkt. Dieses Schiff ist wohl kaum für den Transport von Pferden geeignet."

Der Mann hob die fleischigen Schultern. „Ich habe gesehen, wie sie die Pferde in die königlichen Ställe gebracht haben. Prinz Siptah selbst hat es veranlasst."

Pairy schüttelte verständnislos den Kopf. Alle anderen Posten auf der Liste waren nicht ungewöhnlich: einige Krüge Wein, Decken, Früchte, Brot, Getreide und eingelegtes Fleisch.

„Was ist das?" Pairy hielt erneut inne. „Hier steht, dass die Pferde in meine Stallungen gebracht wurden, nicht in die des Prinzen."

Wieder zuckte der Mann mit den Schultern. „Ich weiß wirklich nichts, Herr."

Pairy gab dem Aufseher die Liste zurück und machte sich auf den Weg zu den Ställen. Hier musste ein Irrtum vorliegen, und Pairy war nicht an einem erneuten Streit mit Siptah gelegen. Sie waren einmal Freunde gewesen, wie Brüder, hatten gemeinsam das Kap besucht, doch als Siptah sich veränderte, ihm schließlich sogar ein betrügerisches Angebot unterbreitet hatte, waren sie im Streit auseinandergegangen. Pairy wollte nichts von Siptah – auch keine Pferde als Geschenk für seine Stallungen.

Er durchmaß die dunklen, angenehm kühlen Stallungen mit schnellen Schritten. Seine Pferde befanden sich im hintersten Gebäude, direkt neben denen des Pharaos. Er ging die Reihen seiner Pferde durch, gute Wagenpferde mit schlanken Fesseln und zierlichen hübschen Köpfen, an denen das Halfter mit dem Straußenfederbusch gut zur Geltung kam. Schließlich blieb er vor dem Verschlag mit der kleinen weißen Stute und dem Fohlen stehen. Ungläubig blickte er die Tiere an.

„Targa?"

Die Stute spitzte die Ohren und kam zu ihm. Pairy streichelte ihr weiches Maul. Dann sah er auch Arkos. Das konnte nur eines bedeuten: Selina war hier, sie war in Ägypten, in Piramses.

„Schöne Pferde, nicht wahr, edler Herr Pairy?"

Er fuhr herum. „Prinz Siptah! Was hat das zu bedeuten?"

Siptah lächelte und blieb dann mit verschränkten Händen vor ihm stehen. „Ich habe auf dich gewartet, Pairy. Ich war neugierig, ob du die Pferde erkennst."

„Wo ist Selina?", fuhr Pairy ihn an und vergaß dabei, dass der Prinz ranghöher war.

„Ich habe sie zu deinem Haus geschickt, wie es sich gehört. Was hast du denn gedacht?"

Pairy fühlte sich, als habe Siptah ihn mit der Faust in den Magen geschlagen. Der Prinz war eine boshafte Schlange: Er wusste sehr genau, dass Selina dort auf Hentmira treffen würde, während er, Pairy, im Palast weilte.

„Warum hast du mich nicht unterrichtet, Prinz? Meine Gemahlin ist fremd in Piramses."

Siptah lehnte sich an die Tür eines Verschlages und ließ sich mit der Antwort Zeit. „Frauenangelegenheiten, Pairy! Ich bin sicher, Hentmira hat für alles Nötige gesorgt, wenn du heute Abend in dein Haus gehst."

Er machte einen Schritt auf Siptah zu und ballte die Faust, besann sich dann jedoch eines Besseren. Für den Übergriff auf einen Prinzen konnte sein Kopf schneller fallen, als ihm lieb war. „Du hast ein verdorbenes Ka, Prinz. In deinem Herzen bist du *mehi* – schlangengestaltig."

Siptah lachte. „Sieh dich vor, Pairy! Der große Gott, mein Vater, liebt dich zwar wie einen Sohn, doch du hast nicht sein Blut. Im Zweifelsfall muss er sich für mich entscheiden, ob er will oder nicht. Also beleidige mich nicht, sonst bringe ich eine Anklage gegen dich vor."

Pairy verschluckte die nächste Beleidigung und ließ Siptah stehen. Er musste so schnell wie möglich zu seinem Haus, bevor Hentmira alles zerstörte.

Mittlerweile war es später Nachmittag, und die Sonne verlor langsam an Kraft. *Re ...*, erinnerte sich Selina, *in Ägypten heißt die Sonne Re und ist gleichzeitig ein Gott.* Sie hatte die Badeteiche gemieden, um die sich die Palastfrauen tummelten und war in die weiter abgelegenen Teile der Gärten gegangen, da sie, schmutzig wie sie war, mit Sicherheit aus dem Palast gejagt worden wäre. Hier würde sie niemand so schnell finden, und sie konnte überlegen, was sie nun tun sollte.

Beinahe wäre sie über das Bein des am Boden liegenden Mannes gestolpert, fing sich jedoch und hielt sich im letzten Augenblick am Ast eines Baumes fest. Ungläubig blickte sie auf den Schlafenden, der sich nun murrend aufsetzte. Neben ihm lagen ein leerer Becher und zwei Krüge. Sie sah ihn verwundert an. Sein weißer Schurz war weinbefleckt, seine Augenschminke verwischt. Eine weiße Sandale hing noch an seinem Fuß, die andere lag achtlos neben ihm im Gras. Als er sie sah, vollführte er das Zeichen gegen den bösen Blick, dann fiel er zurück ins Gras und schlief wieder ein. *Er ist betrunken*, dachte Selina belustigt, *wohl ein Diener, der sich unbeobachtet mit einem Krug Wein zu einer Ruhepause in den Gärten versteckt hat.* Sie kniete sich neben ihn und rüttelte an seiner Schulter. „Ai, alter Vater, steh auf. Du kannst hier nicht liegenbleiben, bestimmt werden sie dich bestrafen, wenn sie dich finden."

Er wachte auf und blickte Selina in die Augen. „Oh, es war also doch kein Traum. Bist du eine von den *chemit*, von den Dämoninnen aus meinen Träumen?"

„Ich bin keine Dämonin. Mein Name ist Selina, und ich werde dir helfen, damit du nicht gefunden und bestraft wirst, wenn die Wachen des Pharaos dich suchen."

Er lachte meckernd und hielt sich dann schmerzverzerrt die Wange. „Diese Zahnschmerzen quälen mich bei Tag und bei Nacht. Ich brauche etwas Mohnsaft. Wo ist mein Nemes-Tuch?"

Selina sah sich um. Sie fand das Tuch mit dem Stirnreif und reichte es ihm. Dann zog sie ihn hoch. Der Mann war schwerer und größer, als sie erwartet hatte. Er war nicht mehr jung und hatte bereits einen Bauchansatz, doch er musste in seiner Jugend einmal eine ausdrucksstarke Erscheinung gewesen sein. Seine stark ausgeprägte Nase erinnerte an den gebogenen Schnabel eines Raubvogels und verlieh seinem mittlerweile erschlafften Gesicht eine gewisse Einzigartigkeit. Er taumelte und wäre beinahe gefallen, hätte sie ihn nicht gehalten.

„Wohin bringe ich dich nur? Ich kenne mich so gut wie gar nicht im Palast aus."

„Das ist nicht schwierig", antwortete er mit schwerer Zunge. „Immer nur weiter geradeaus, dann kommen wir zu meinen Räumen."

Sehr gut, dachte Selina. Vielleicht würde sie bei den Dienstboten Unterschlupf finden und nach dem Weg zu Sauskanus Gemächern fragen können. Je weiter sie kamen, desto sicherer wurde sein Gang. „Dort drüben", sagte er plötzlich und wies auf eine Terrasse, „dort müssen wir hin."

Ehe Selina begriffen hatte, was geschah, waren sie von Wachen umringt, die ihr Speere an den Hals hielten und sie anschrieen. Selina verstand kein Wort, doch sie zogen den Alten von ihr fort und beschimpften sie weiter.

„Was soll das?", rief Selina verzweifelt. „Was habe ich Unrechtes getan?"

Endlich verstummten die Stimmen um sie herum. Ein ausgemergelter Kahlköpfiger mit lederner Haut und einem Gesicht, das einer Dörrfrucht nicht unähnlich war, eilte herbei und blickte sie hasserfüllt an. „Bist du von allen Göttern verflucht, *hat tahut*? Wie kannst du es wagen, deine unsauberen Hände an den Einzig Einen, den *Netjer nefer*, den Gott der Millionen Jahre zu legen? Es wird Tage dauern, bis die Reinigungsriten in Amuns Tempel vollzogen sind und der Gott wieder vor seinen Vater treten kann!"

„Ich verstehe dich nicht" Selina war verwirrt. „Er lag berauscht vom Wein in den Gärten. Hätte ich ihn dort einfach liegenlassen sollen?"

Plötzlich schien Leben in den Körper ihres Mündels zu kommen. Der alte Mann riss sich von den helfenden Händen der Diener los und straffte die Schultern. „Useramun, mein oberster Priester, sei nicht immer so verbissen wie ein altes Weib! Diese Dämonin hat mich gerettet! Schenkt ihr einen Landsitz oder was immer angemessen ist."

Er setzte sich das Nemes-Tuch auf den Kopf, und erst jetzt erkannte Selina die goldene Schlange am Stirnreif, die ihn als Angehörigen des Königshauses kennzeichnete. Zufrieden fügte er hinzu: „Ich bin der Pharao! Das Abbild des lebenden Horus! Aber ich fürchte, ich muss jetzt erst einmal schlafen."

Wie um seine Aussage zu bekräftigen, brach er zusammen und streckte sich im Gras aus. Sofort eilten seine Diener herbei und trugen ihn fort. Selina konnte nicht glauben, was sie gesehen hatte. „Das ist der Pharao? Der mächtige Ramses Meriamun, der den Friedensvertrag mit Hattusa geschlossen hat, der Herr Ägyptens?"

Useramun ergriff unsanft ihr Handgelenk. „Du wirst niemandem sagen, was du gesehen hast, Weib. Vielleicht denkt der Gott anders über dich, sobald er eine Weile geschlafen hat, und lässt dir deine vorlaute Zunge herausschneiden. Ich würde es begrüßen. Bis dahin werde ich dich den großen Königsgemahlinnen unterstellen."

Pairy hatte Themos und Benti in der Sonne schlafend vorgefunden. Vor allem Benti war mehr als erfreut gewesen, Pairy zu sehen. Gefolgt von ihnen betrat er sein Haus. Dort erwartete ihn Hentmira, deren Auge sich bereits blau verfärbte.

„Was hast du dir nur dabei gedacht, dieses Weib in meinen Haushalt zu holen? Sie ist eine Barbarin, eine ungehobelte, grobklotzige Fellachin! Und wer sind diese stinkenden Schakale, die sich hinter deinem Rücken verstecken?" Sie wies mit spitzem Finger auf Benti und Themos.

Pairy verschränkte die Hände vor der Brust. „Das sind Benti und Themos, und sie sind Gäste in meinem Haus."

Hentmira sprang auf und stieß ihren Diener Amenhet unsanft zur Seite. „Niemals! Ich dulde dieses Gesinde hier nicht! Sie können bei den Dienstboten schlafen, wenn du dich unbedingt mit diesem Pack abgeben willst."

Er sah sie kalt an. „Sie sind meine Gäste! Und du solltest nicht vergessen, dass du in meinem Haus lebst, Frau. Entweder du wirst für ihre Unterkunft und Bewirtung Sorge tragen und das Gastrecht achten, oder wir werden unsere Verbindung auf der Stelle lösen."

Hentmiras Lippen zitterten. „Das wagst du nicht, Pairy! Mich, eine Ägypterin von höchstem Adel, für diese Barbarin zu verstoßen! Der Pharao würde dir das niemals verzeihen."

Pairy hielt ihrem Blick stand. „Vielleicht ... vielleicht, Hentmira! Doch wenn du deine Pflichten als meine Gemahlin verletzt, würde er es sicherlich verstehen."

Hentmira gewann von einem Augenblick auf den anderen ihre Fassung zurück. Sie winkte Amenhet ungeduldig zu sich heran. „Du hast gehört, was mein Gemahl befohlen hat. Lass Zimmer herrichten und ein gutes Essen zubereiten. Wir haben Gäste."

Sie wandte sich mit falschem Lächeln wieder an ihren Gemahl. „Ich hoffe, du bist zufrieden, mein Herr und Gemahl."

„Fürs Erste", brachte Pairy gerade noch hervor. „Wo ist Selina?"

Hentmira zuckte gleichgültig mit den Schultern. „Sie ist fortgelaufen, nachdem sie mich geschlagen hat. In Anbetracht der Umstände habe ich natürlich nicht nach ihr suchen lassen."

Pairy wandte sich an Benti, doch der zuckte ebenfalls nur mit den Schultern. „Sie ist die Straße zurückgelaufen. Sie war aufgelöst und weinte."

Pairy wandte sich wieder Hentmira zu. „Was hast du ihr gesagt?"

„Ihr reichte bereits zu wissen, dass sie nicht deine erste Gemahlin ist", log Hentmira. „Als sie das erfuhr, schlug sie mich und lief davon."

Er blickte sie prüfend an, doch Hentmira verzog keine Miene.

„Wir werden sehen, ob das wahr ist, wenn ich Selina erst einmal gefunden habe."

„Soll sie doch der Duat verschlingen, diese hellhaarige Barbarin." Sie reckte stolz das Kinn, dann wandte sie sich zum Gehen.

Die beiden Frauen, die Selina gegenüber saßen, ließen sie kaum aus den Augen. Sie schienen jedes Haar, jede Bewegung von ihr abzuschätzen. Selina betrachtete sie ebenfalls ausgiebig. Sie waren schön in ihren zarten Leinengewändern, den breiten, edelsteinbesetzten Halskragen und den üppigen Zöpfchenperücken. Ihre Hände, Handgelenke und Oberarme waren mit goldenen Reifen, Ringen und glitzernden Steinen geschmückt, die Hände mit verschwenderischen Hennamustern bemalt. An ihren Ohrläppchen hingen gleich aussehende Ohrgehänge in Form von Schlangen. Das Bemerkenswerteste war jedoch ihr Kopfschmuck, der in Form einer vogelgestaltigen Goldhaube ihre Häupter bedeckte. Die Schwingen lagen anmutig zu beiden Seiten des Gesichts, der Kopf mit dem Schnabel bäumte sich über ihren Stirnen auf. Am Hinterkopf befand sich eine Art goldener Bürzel, der wie eine kleine Krone anmutete. Selina hatte einen solchen Kopfschmuck noch nie gesehen, und sie überlegte angestrengt, ob sie ihn schön oder seltsam finden sollte.

„Wir sind die großen königlichen Gemahlinnen Bentanta und Meritamun", begann nun die eine, deren Gesicht etwas ausdrucksstärker wirkte als das der anderen, zu sprechen. „Bist du dir darüber bewusst, welch einen Frevel du begangen hast?"

Selina bemühte sich um Freundlichkeit. „Ich wollte nur helfen."

„Gewiss", antwortete Bentanta, „doch auch deine Unwissenheit kann es nicht entschuldigen, dass du den mächtigen Gott auf Erden berührt und damit verunreinigt hast."

Selina konnte kaum glauben, was sie hörte. „Hätte ich ihn denn einfach dort liegen lassen sollen ... vollkommen betrunken und hilflos?"

„Schweig!", fuhr Bentanta sie an. „Es steht einfachen Menschen nicht zu, ein Urteil über den Gott zu fällen. Unser Vatergemahl ist der lebende Horus auf Erden, er wurde von Amun selbst gezeugt. Wie kannst du dich erdreisten, seinen göttlichen Zustand mit dem eines hilflosen Menschen gleichzusetzen?"

Selina blickte von Bentanta zu Meritamun und wieder zurück. Sie fragte sich, ob die beiden wirklich daran glaubten, was sie ihr klarzumachen versuchten. „Ich war nur hier, um Saus..., Maathorneferure zu besuchen. Ich bin erst heute in Piramses eingetroffen. Hätte ich gewusst, welche Schwierigkeiten auf mich zukommen, hätte ich den Palast wohl kaum betreten."

„Du hast ein unverschämtes Mundwerk", mischte sich nun Meritamun mit leiser, sanft klingender Stimme ein. „In Ehrfurcht solltest du erstarren, da du dem Gott so nah warst."

Selina konnte sich kaum noch beherrschen. „Was soll ich denn nun tun: bereuen oder in Ehrfurcht erstarren?"

Bentanta funkelte sie wütend an. „Wir wissen sehr wohl, wer du bist, Selina: die Fremdländerin, die der *Hati-a* Pairy sich zur Gemahlin genommen hat. Wie konntest du die Unverschämtheit besitzen, dich aus den Gemächern der Königin Maathorneferure zu schleichen, obwohl du wusstest, dass wir auf dem Weg dorthin waren? Das war mehr als unhöflich – auch gegenüber Königin Maathorneferure, welche dir die Freundlichkeit eines Besuches zugestanden hat."

Selina konnte es nicht fassen. Sauskanu war ebenso feige wie Benti.

„Wir werden deinen Gemahl verständigen, sobald der große Horus erwacht ist und entschieden hat, was mit dir geschehen soll." Meritamun wurde nun bestimmt. „Es mag sein, dass der Pharao seit dem Tod meiner Mutter, der großen Gottesgemahlin Nefertari meri en Mut, ein wenig die Maat aus dem Gleichgewicht gebracht hat. Doch er ist noch immer der mächtige Stier Ägyptens."

Bentanta bedachte ihre Schwester mit einem scharfen Seitenblick. „Ich glaube nicht, dass die Fremdländerin das versteht, Meritamun."

Meritamun errötete, als ihr bewusst wurde, dass sie zuviel gesagt hatte. Selina erkannte, dass es wahrscheinlich Bentanta war, vor der Sauskanu sich fürchtete.

Ein Diener erschien im Raum und verbeugte sich tief mit vorgestreckten Armen vor den großen Königsgemahlinnen. „Eure Majestäten, der gute Gott ist soeben erwacht. Er wünscht, die Fremdländerin Selina zu sehen."

Bentanta gab ein kurzes Handzeichen, und der Diener verschwand unter Verbeugungen.

„Wenn du die Gemächer des Pharaos betrittst, wirst du dich ebenso tief vor ihm verbeugen, wie der Diener gerade vor uns. Du wirst nicht sprechen, wenn der Pharao nicht das Wort an dich richtet und dir eine Frage stellt." Sie und Meritamun erhoben sich. „Wir werden dich begleiten."

Ramses saß nüchtern und ausgeschlafen mit einem sauberen Schurz und neu aufgetragener Augenschminke an einem runden Tisch und aß gebratene Ente. Statt des Weines trank er jetzt Wasser. Er schien erfrischt und ausgeruht, als Selina gefolgt von den beiden großen Königsgemahlinnen die geräumigen Gemächer betrat. Als er sie sah, huschte ein Lächeln über sein vom Leben gezeichnetes Gesicht. „Ah, die Dämonin mit den hellen Haaren!" Er winkte sie näher. „Und meine Tochtergemahlinnen." Die beiden deuteten eine leichte Verbeugung an, dann stieß Bentanta Selina an, und sie verbeugte sich tief, wie sie es bei dem Diener gesehen hatte.

„Wie außergewöhnlich", gab der Pharao zurück, dann wandte er sich an seine Gemahlinnen. „Wie schön, dass ihr euch ihrer angenommen und sie in meine Gemächer begleitet habt. Ihr dürft nun gehen. Wie ich hörte, liegt eine meiner Nebenfrauen in den Wehen. Bringt ihr ein schönes Schmuckstück und die besten Wünsche des großen Pharaos, sobald der Prinz oder die Prinzessin geboren ist."

Meritamun wollte etwas sagen, doch Bentanta gebot ihr mit festem Seitenblick Einhalt. Die Königinnen deuteten erneut eine Verbeugung an und verließen dann die Gemächer. Erst als sich die Tür hinter ihnen geschlossen hatte, zeigte Ramses ein großzügiges Lächeln. Selina fühlte sich von einem Augenblick auf den anderen besser. „Setze dich zu mir. Ich hoffe, Bentanta hat dich nicht zu sehr erschreckt. Sie ist recht anstrengend, aber sie verwaltet meine Frauengemächer hervorragend. Meritamun ist anders. Aber sie haben ja nun auch einmal andere Mütter. Meritamun gleicht Nefertari sehr." Sein Gesicht bekam einen traurigen Ausdruck, dann schien er sich wieder zu fangen. „Ich weiß, wer du bist. Pairy ist mir wie ein Sohn, und er hat viel von dir erzählt."

Selina wartete auf eine Frage, damit sie antworten konnte, doch der Pharao blickte sie nur erwartend an. „Was ist mit dir geschehen? Hast du auf deine Zunge verloren?"

„Deine Gemahlinnen rieten mir, nur zu sprechen, wenn du eine Frage an mich richtest, großer Pharao."

Er runzelte die Stirn. „Ich bin dieser kriecherischen Speichellecker überdrüssig. Früher nahm ich sie kaum wahr. Nefertari umgab mich stets mit ihrer Liebe und ihren Ratschlägen. Seit sie ihre Barke gen Westen bestiegen hat, ist das anders. Ich hatte gehofft, du würdest dich nicht so schnell zu einem stummen Geschöpf entwickeln. Aus Pairys Erzählungen habe ich dich anders eingeschätzt."

„Ich weiß nicht, was ich tun soll. Ständig werden mir Dinge als Fehler vorgeworfen, die ich nicht verstehe. Dein Volk ist mir vollkommen fremd, großer Pharao. Deine Töchter und dieser verstockte Priester wollen, dass ich schweige. Wenn ich jedoch schweige, sagst du mir, dass ich reden soll. Das ist zu viel für mich. Ich habe heute erfahren müssen, dass mein Gemahl bereits eine andere Frau hat, ich darf meinen Sohn nicht sehen und gerate von einer Peinlichkeit in die nächste."

Er sah sie interessiert an. „So, du hast also Hentmira kennengelernt. Du solltest sie nicht überbewerten. Sie und Pairy hassen sich. Ich gebe zu, dass ich nicht unschuldig daran bin. Schließlich war es damals mein Wunsch, dass sie sich verbinden. Hentmira ist Pairys Cousine, und nachdem Pairys und Amenirdis' Eltern bei einem Feuer im Palast starben, fühlte ich mich für die Kinder verantwortlich. Ich dachte, für Pairy wäre eine gute Gemahlin das Beste. Wer konnte ahnen, dass Hentmira Pairy die Kinder ihrer zahlreichen Liebhaber ins Haus bringt! Doch, wie gesagt: Du kannst vollkommen beruhigt sein. Auch ich habe viele Gemahlinnen, aber meine Zuneigung hat immer einer einzigen gehört. Immerhin ist Pairy dir bis in deine Heimat gefolgt, um dich nach Ägypten zu holen."

„Ich kann und will mit dieser Frau nicht in einem Haus leben. Sie ist ein schlechter Mensch, und wir mögen uns nicht. Ich werde mich nicht von ihr bevormunden lassen."

Der Pharao lächelte erfreut. „Genau so hat Pairy dich beschrieben. Ich glaube, du bist gut für ihn, die bessere Gemahlin, obwohl du keine Ägypterin bist. Pairy ist manchmal zu ernst für sein Alter. Du erfrischst jedes Ka, wie es ein kleiner Welpe tun würde."

Selina wollte ihren Zorn verbergen, doch es gelang ihr nicht. „Das ist es also, was die Ägypter in mir sehen?"

Er wunderte sich. „Ai, Selina! Ich weiß, dass du mutig bist, aber du solltest den Pharao nicht verärgern und sein Wohlwollen dir gegenüber schmälern. Ich gebe heute Abend ein Fest, und ich wünsche, dass du zu meiner Unterhaltung anwesend bist. Die Gespräche mit dir gefallen mir, obwohl du eine gewisse Respektlosigkeit besitzt. Ich lasse deinem Gemahl eine Nachricht zukommen, damit er erfährt, dass du wohlbehalten im Palast weilst. Morgen mag er kommen, und du kannst mit ihm in sein Haus gehen, um deinen Sohn zu sehen. Bis dahin magst du bei meiner Gemahlin, der Königin Maathorneferure, bleiben. Ich denke, sie ist erfreut über ein wenig Unterhaltung."

Ohne dass der Pharao ein Zeichen gab, trat ein Diener neben Selina. Das Gespräch war beendet, und Selina erhob sich steif.

Sauskanu entschuldigte sich mit gesenktem Blick für ihre Notlüge. Sie fürchtete sich zu sehr vor Bentanta, um ihr die Wahrheit zu sagen. Sie half Selina hingebungsvoll, sich für das Fest anzukleiden, und überließ ihr einen goldenen Stirnreif, der mit Saphiren besetzt war, zwei schlicht gearbeitete Oberarmspangen und ein hauchdünnes Leinenkleid. Selina war froh, endlich ein Bad nehmen und ihre Haare waschen zu können. Nachdem Sauskanus Dienerin sie nach ägyptischer Art geschminkt hatte, meinte sie, in ein fremdes Gesicht zu blicken.

„Möchtest du eine Perücke?"

Selina schüttelte den Kopf. „Es würde mich nicht zu einer von ihnen machen, und ich glaube auch nicht, dass ich eine von ihnen sein will."

Sauskanu seufzte. „Du machst es dir selbst schwer, Selina. Der Pharao scheint dich zu mögen. Mich hatte er bereits nach den ersten Nächten vergessen. Nicht, dass ich mich in ihn verliebt hätte, doch ich bin oft einsam. Solange Ramses in meine Gemächer kam, hatte ich wenigstens etwas Abwechslung. Einmal nahm er mich sogar mit zur Entenjagd. Du solltest mit Pairy reden, und das so schnell wie möglich."

„Ich betrete sein Haus nicht, solange Hentmira dort lebt."

Sauskanu drang nicht weiter in sie ein. „Genieße das Fest am heutigen Abend. Ich habe noch nie ein Fest des Palastes besucht. Keine der Frauen lädt mich ein, wenn sie ein Bankett veranstaltet. Ich habe keine Freundinnen hier, nur meine Dienerinnen, die mir zwar jeden Wunsch erfüllen, aber sonst wie Schatten um mich herum wandeln."

Selina erhob sich und umarmte Sauskanu. „Ich würde jetzt gerne mit dir tauschen und dich auf dieses Fest gehen lassen."

Das Fest übertraf alles, was Selina jemals gesehen hatte. Auf kleine Tische wurden die Köstlichkeiten des Palastes aufgetragen, zuerst fruchtiger Wein, Granatapfelhälften, zu denen goldene Löffel gereicht wurden, klebrigsüße Datteln und schließlich helle und dunkle Trauben. Bereits nach diesem ersten Gang schmerzten Selina die Zähne von der Süße der Früchte. Sie aß, obwohl sie keinen großen Hunger verspürte. In Hattusa und Troja hatte man gemeinsam an großen Tafeln gespeist, in Ägypten saß jeder Höfling an seinem eigenen kleinen Tisch mit einer Anzahl weicher Kissen direkt auf dem Boden. Auch schien es keine Trennung von Männern und Frauen zu geben. Sie mischten sich untereinander und gingen überraschend unbefangen miteinander um. Die Gäste riefen sich Scherze zu, sie lachten und unterhielten sich über die Köpfe der anderen hinweg. Selina verstand kein einziges Wort. Natürlich wurde sie angestarrt. Sie meinte auch zu erkennen, dass man über sie redete. Der Pharao saß weit von ihr entfernt auf einem Podest, die großen königlichen Gemahlinnen Bentanta und Meritamun an seiner Seite. Etwas im Hintergrund meinte Selina sogar seine Schwestergemahlin Henutmire zu erkennen, welche Sauskanus Brautzug aus Hattusa begleitet hatte.

Bevor der zweite Gang aufgetragen wurde, reichte ein hübscher Diener Selina schließlich eine Fingerschale. Nachdem sie einige Happen des gedünsteten Fisches gekostet und lustlos in den roten Linsen gestochert hatte, ließ sie die mit Lauch und Zwiebeln gefüllte Gans zurückgehen und verweigerte auch das in Teig und Knoblauch gebackene Lamm. Wieder erntete sie missfällige Blicke, doch sie konnte nicht verstehen, wie die ägyptischen Frauen es schafften, ihre Teller leer zu essen. Bereits nach dem zweiten Gang fühlte Selina sich, als hätte man sie gestopft wie eine Gans.

Nach dem Diener mit der Fingerschale kam ein junges Mädchen und überreichte ihr lächelnd einen weißen Kegel. Selina drehte das Gebilde in den Händen. Es duftete nach Blüten und Früchten, schien aber aus irgendeiner fetthaltigen Masse zu bestehen. Ihr drehte sich der Magen um, und sie dachte an die Brotsuppe, die in Hattusa so beliebt gewesen war. Doch als sie aus Höflichkeit in das fettglänzende Gebilde hineinbeißen wollte, riss das Mädchen überrascht die Augen auf, und nahm ihr den Kegel aus der Hand. Mit flinken Händen setzte sie Selina den Fettklumpen auf den Kopf und befestigte ihn mit zwei Bronzenadeln. Freundlich, doch etwas irritiert lächelnd, verbeugte die Kleine sich und ging dann an den nächsten Tisch. Selina lief rot an, denn ihr Tun war nicht unbemerkt geblieben. Die Höflinge um sie herum kicherten und flüsterten.

Schließlich klatschte Ramses in die Hände, und eine Gruppe junger Männer und Frauen in engen weißen Kleidern und Gewändern stellte sich ein, um zu einer tragenden Flötenmusik einen ruhigen Tanz zu beginnen. Plötzlich jedoch wurde die Musik sehr schnell und herausfordernd. Selina staunte, als sowohl Männer als auch Frauen mit einer einzigen ruckartigen Bewegung ihre Gewänder zerrissen und nackt einen wilden Tanz zwischen den Tischen der Gäste vollführten. Die Höflinge lachten und kreischten, die Frauen versuchten, zwischen die Beine der Männer zu greifen. Einer der Tänzer erschien breit lächelnd vor Selina und ließ sein Gemächt mit obszönen Beckenbewegungen nahe vor ihrem Gesicht kreisen. Erst als Selina ihren Kopf zur Seite drehte, wandte er sich beleidigt ab.

Die nächsten Tänze waren kaum züchtiger, die Aufführungen schienen sich eher noch zu steigern. Der Fettkegel auf Selinas Kopf begann zu schmelzen, und das Öl durchtränkte ihr Haar und lief ihr dann über Schultern, Rücken und Gesicht. Sie war unaufhörlich damit beschäftigt, sich möglichst unbemerkt zu kratzen oder das Öl daran zu hindern, in ihre Augen zu laufen. Die Ägypter schienen sich an dem Fett in ihren Kleidern und ihrem Gesicht nicht zu stören, Selina hingegen wäre am liebsten in die Gärten gelaufen, um sich in einem Badeteich zu waschen. Als ihre Haut sich endlich etwas beruhigte, kam Bewegung in die kleine Gruppe auf dem Thronpodest. Die großen königlichen Gemahlinnen zogen sich zurück, und die Höflinge erhoben sich unter Verbeugungen, als die Königinnen den Saal verließen.

Sie waren kaum verschwunden, als Selina durch einen Diener aufgefordert wurde, dem Pharao Gesellschaft zu leisten.

Er lachte, als sie die Stufen zum Podest heraufkam. Dann klopfte er gutmütig auf ein Kissen an seiner Seite, und sie ließ sich neben ihm nieder.

„Es war überaus belustigend, als du versucht hast, den Salbkegel zu essen." Der Pharao hatte wieder zu viel getrunken. „Aber musstest du denn wirklich den Tänzer beleidigen? Er hat dir eine große Ehre erwiesen. Bestimmt war er beeindruckt von der Farbe deiner Augen und deinem hellen Haar." Er schüttelte missbilligend den Kopf.

„In meinem Volk hat eine Frau selbst das Recht zu bestimmen, wann ein Mann sich ihr nähern darf", gab Selina frostig zurück.

Er blinzelte aus weinschwangeren Augen. „Das ist vollkommen unmöglich. Es ist gegen die Maat. Was tun eure Männer, wenn sie euch nicht umwerben?"

„Sie arbeiten als Knechte und dienen den Frauen."

Sein Blick verfinsterte sich. „Was für ein Unsinn! Wie sollen Knechte euch schützen? Wer führt die Kriege, wer bewacht das Land? Sag nicht, ihr zieht selbst in den Krieg." Er hielt seine Antwort für einen gelungenen Scherz, doch Selina sah ihn fest an und nickte. „Genau so ist es."

Er kniff die Augen zusammen. „Belüge mich nicht! Du verdirbst meine Laune." Doch kurz darauf umspielte seine Augen wieder ein freundlicher Zug. „Wenn das so ist, wirst du dich auf meiner morgigen Entenjagd einfinden müssen. Das verspricht, unterhaltend zu werden."

„Es ist mir eine Ehre, großer Pharao."

Es war seinem Lächeln anzusehen, dass Ramses sich eine ebensolche Belustigung bei der Entenjagd durch Selina erhoffte, wie sie ihm schon während des Festes geboten hatte. Doch Selina war entschlossen, ihn dieses Mal eines Besseren zu belehren. Er hatte sie zu einer Schlacht herausgefordert, die sie gewinnen konnte.

„Und nenn mich nicht immer großer Pharao, wenn wir allein sind. Pharao reicht vollkommen."

Selina deutete eine Verbeugung an, und schon war seine Aufmerksamkeit wieder dahin. Ein Mädchen trat mit einer großen flachen Kupferschüssel unter dem Arm vor das Podest und verbeugte sich. Sie war bis auf eine schmale Goldkette um ihre Hüften nackt. Ein begehrlicher Glanz trat in die Augen des Pharaos. „Ihr Name ist Miut! Man hat mir versprochen, dass ihre Darbietung ganz außergewöhnlich sein soll", flüsterte er Selina zu, ohne das Mädchen aus den Augen zu lassen.

Miut stellte sich mit gespreizten Beinen über die Schale und begann, mit den Hüften zu kreisen. Ein Trommler schlug einen langsamen Rhythmus an. Immer, wenn ein erneuter Schlag ertönte, ließ Miut einen Strahl Wasser in die Schüssel, wobei sie weiterhin in anzüglicher Art ihr schmales Becken kreisen ließ. Ramses klatschte begeistert, während Selina ungläubig die Darbietung verfolgte. Als Miut sich schließlich verbeugte, zog der Pharao einen Ring vom Finger und warf ihn ihr zu. Er rief nach seinem Diener, der sich an Miut wandte und sie hinausbegleitete. „Ich werde ihr die Ehre des ersten Lagers erweisen. Ihre Darstellung war wirklich außergewöhnlich. Sie wird dadurch unter vielen Angeboten zur Ehe auswählen können."

Selina hatte es die Sprache verschlagen, doch der Pharao schien das kaum zu bemerken. „Ich frage mich, wie du Pairy seinen Kopf verdreht hast." Er zwinkerte mit dem Auge. „Hast du für ihn getanzt?"

Verzweiflung machte sich in ihr breit. Was hatte Pairy dem Pharao erzählt? „Soweit ich mich erinnern kann, habe ich ihn mit Tongefäßen beworfen, und er musste zu einer List greifen, um mich zu gewinnen."

Ramses ließ sich von ihr kaum beirren. „Du erfrischst mein Ka immer aufs Neue. Wenn du es mir nicht verraten willst, werde ich Pairy selbst fragen."

Pairy stieß Benti leicht in die Rippen. „Nun geh schon, Benti. Wie lange sollen wir hier noch herumstehen und die Gemächer beobachten?"

„Ich weiß nicht, ob dies ein guter Plan ist, edler Herr Pairy. Was ist, wenn ich entdeckt werde?"

Sie standen hinter einem großen Baum verborgen, in den dunklen Palastgärten vor Sauskanus Gemächern.

„Wenn du leise bist, wird nichts geschehen. Du warst doch anwesend, als der Palastbote das Schreiben überbrachte. Selina ist in Sauskanus Gemächern. Du brauchst nur auf die Terrasse zu gehen und die Binsenmatte beiseite zu schieben. Es ist bereits spät. Die Dienerinnen werden in den Gängen vor Sauskanus Türen schlafen. Die Gärten sind nicht bewacht, da überall vor den Mauern Wachen stehen, und die haben uns bereits eingelassen, da sie mich kennen."

„Warum gehst du dann nicht selbst oder wartest bis zum morgigen Tag?", flüsterte Benti aufgebracht.

Pairy trat verlegen von einem Bein auf das andere. Der mächtige und redegewandte *Hati-a* wirkte verunsichert wie ein Jüngling. „Selina ist wahrscheinlich sehr wütend auf mich. Aber du kannst sie beruhigen – dir zürnt sie ja nicht. Du kannst ihr sagen, dass ich hier auf sie warte und mit ihr reden muss. Außerdem...", Pairy wusste genau, womit er Benti überreden konnte, „außerdem kannst du Sauskanu endlich wiedersehen."

Benti rang noch einen Moment mit sich, dann schlich er langsam durch den Garten zu Sauskanus Terrasse. Sein Herz raste vor Angst und Aufregung, als er die Binsenmatte beiseite schob und in den dunklen Raum spähte. „Sauskanu!" Er horchte in die Stille, doch sie schien ihn nicht gehört zu haben. „Sauskanu!", rief er etwas lauter.

Benti war bereits entschlossen, einfach in die Gemächer zu gehen, als eine Frauenstimme hinter seinem Rücken einen erschreckten Schrei ausstieß. „Ergreift ihn! Wachen, ergreift ihn sofort!"

Benti fuhr erschrocken herum und blickte in die grimmigen Gesichter zweier Palastwachen, die ihm ihre Speere an die Brust hielten. Zitternd hob er seine Arme, im selben Moment trat Sauskanu schlaftrunken auf ihre Terrasse. „Benti!", rief sie mit hoher Stimme, erstarrte jedoch, als sie Bentanta und Meritamun die Stufen hinaufkommen sah.

„Königin Maathorneferure", sagte Bentanta verächtlich, „du weißt, welche Strafe auf Untreue steht. Wärest du eine normale Frau, würde dir lediglich die Nase abgeschnitten werden, doch den Einzig Einen, den Gott zu betrügen, wird dich und auch deinen Liebhaber das Leben kosten."

Maathorneferure stieß einen spitzen Schrei aus, Benti schien seine Zunge verloren zu haben. Doch ehe Bentanta weitere Drohungen aussprechen konnte, kam Pairy herbeigelaufen und verbeugte sich tief vor den überraschten Königinnen. „Große Königin, bitte verzeih, doch das alles ist ein Irrtum. Es ist allein meine Schuld. Ich habe meinen Freund gebeten, in die Gemächer zu gehen, da ich am heutigen Tage eine Nachricht erhielt, dass sich meine Gemahlin bei Königin Maathorneferure aufhält. Sie ist wütend auf mich, und da der edle Herr Benti ein Vertrauter meiner Gemahlin ist, und auch die Königin Maathorneferure seit ihrer gemeinsamen Kindheit in Hattusa kennt, hielt ich es für unverfänglich, ihn zu schicken."

Bentanta sah Pairy erbost an. „Edler Herr Pairy, ich erkenne dich in deinem Handeln nicht wieder. Bist du nicht der *Hati-a* von Piramses, den mein Vatergemahl über alles schätzt und dessen Entscheidungen stets von Besonnenheit zeugen? Hat diese Fremdländerin dich ebenso geblendet wie den guten Gott?" Sie schürzte die Lippen, und Meritamun tat es ihr fast augenblicklich gleich. „Deine Gemahlin ist nicht hier! Sie weilt auf Anweisungen des Pharaos auf seinem Fest."

Er senkte betreten den Kopf. „Ich bitte um Entschuldigung für mein unbedachtes Verhalten, große Königinnen."

Bentanta gab ihren Wachen ein Zeichen, und sie ließen ihre Speere sinken. Pairy winkte Benti zu sich heran, der sich hingebungsvoll vor den Königinnen verbeugte. Bentanta beachtete den Hethiter nicht. „Nimm deinen Freund, Pairy, und geh zurück in dein Haus. Du wirst deine Gemahlin sehen, sobald der Pharao das wünscht." Dann wandte sie sich an Sauskanu. „Königin Maathorneferure, geh zurück in deine Gemächer. Ich werde Ramses von dem heuten Vorfall unterrichten müssen, doch dich trifft keine Schuld."

Benti und Sauskanu warfen sich einen verstohlenen Blick zu, dann verschwand sie in ihren Räumen. Bentanta nickte Pairy zu, und die Männer verließen den Palastgarten wie geprügelte Hunde. Sie sprachen kein Wort, bis Pairy herausplatzte. „Die große königliche Gemahlin Bentanta sagte, dass Selina auf Wunsch des Pharaos auf seinem Fest weilt. Warum hat er mich nicht unterrichtet, dass Selina dort ist? Gefällt sie ihm so gut, dass er sie mir fortnehmen will?"

Benti blieb stehen, und das erste Mal, seit sie sich kannten, vernahm Pairy Zorn in seiner Stimme. „Wirklich Pairy, bist du dir darüber im Klaren, in welche Gefahr du uns gebracht hast, vor allem Sauskanu? Es ist mir vollkommen egal, ob Selina und du euch gestritten habt. Du hast mich mit der Aussicht, Sauskanu wiederzusehen, dazu überredet, mich auf diese Dummheit einzulassen. Und nun habe ich sie gesehen, und sie scheint mir weiter entfernt als je zuvor. Sieh selbst zu, wie du deine Gemahlin zurückgewinnst!"

Pairy sah den aufgebrachten jungen Mann verwundert an. War das wirklich Benti? Sie standen sich auf der dunklen Straße gegenüber wie kampfwütige Hunde. Schließlich ließ Pairy die Schultern hängen und klopfte Benti kameradschaftlich auf die Schulter. „Es tut mir leid. Du hast recht. Ich weiß nicht, was über mich gekommen ist. Selina verdreht mir mein Ka, und ich kann nichts dagegen tun."

Benti nickte, und sein Zorn verschwand so schnell, wie er aufgeflackert war. „Hast du Sauskanu gesehen, Pairy? Sie ist noch schöner, als ich sie in Erinnerung hatte."

Pairy seufzte. „Lass uns gemeinsam einen Krug Wein leeren – oder vielleicht besser zwei."

Das Prunkboot des Pharaos glitt lautlos durch das Wasser. Die Hofdamen lagen träge unter ihren Sonnensegeln und ließen sich von ihren Sklavinnen und Dienerinnen gekühlte Melonenstücke und mit Wasser verdünnten Wein reichen. Wenn einer der Männer mit seinem Wurfholz eine Ente erlegte, klatschten sie in die Hände und riefen ihnen ein anerkennendes Lob zu. Erlegte der Pharao eine Ente, war das Klatschen lauter und die Hochrufe leidenschaftlicher. Selina stand neben Ramses und beobachtete seine geschickte Handhabung des Wurfholzes. Fünf Enten, die sein Wurfholz erlegt hatte, lagen bereits an Deck, die sechste wurde gerade von einer abgerichteten Falbkatze herbeigebracht.

Der Pharao lächelte Selina stolz an. „Nun, du musst zugeben, dass mein Wurfholz selten sein Ziel verfehlt."

Sie schenkte ihm ein anerkennendes Nicken. „Das ist wahr, großer Horus, doch wie geschickt bist du mit dem Bogen? In meinem Land misst sich die Stärke eines Kriegers an seinem Umgang mit Waffen. Dieses Wurfholz ist zwar eine gute Jagdwaffe, doch für einen wirklichen Kampf ungeeignet."

Er sah sie beleidigt an. „Als ich jung war, habe ich die Hethiter vor Kadesch besiegt. Willst du etwa behaupten, ich könne nicht kämpfen?"

Selina erinnerte sich daran, dass die Hethiter den Ausgang dieses Kampfes etwas anders dargestellt hatten – ihnen zufolge hatte der Pharao die Belagerung Kadeschs gegen Hattusilis Bruder Muwatalli beenden müssen, weil die Festung in Kanaan sich als uneinnehmbar erwiesen hatte. In Wahrheit hatte wohl keines der beiden Länder einen wirklichen Sieg davongetragen. Sie hütete sich jedoch, diese Einschätzung zu erwähnen. Stattdessen lächelte sie freundlich. „Aber gewiss nicht, großer Pharao. Doch du hast mir bereits so viel Ehre erwiesen, dass ich hoffte, du würdest mir auch diese erweisen."

Ramses lächelte geschmeichelt. „Meinen Bogen und meine Pfeile!", rief er seinem Diener herrisch zu, und kurz darauf kam der Mann mit einem Köcher voller Pfeile und dem Bogen des Pharaos herbeigeeilt. Ramses legte einen Pfeil auf die Sehne und wartete, bis er eine Ente entdeckte, die sich im dichten Papyrus versteckte. Als sein Pfeil das Ziel traf, flatterte die Ente kurz auf, dann brachte die zahme Katze sie herbei.

„Großartig, Majestät!", riefen die Frauen und applaudierten.

Selina blickte ihn scheinbar bewundernd an. „Du verstehst dich ausgezeichnet auf Pfeil und Bogen. Ich habe selbst ein wenig Übung darin. Natürlich kann ich kaum so treffsicher sein wie du, doch würdest du mir gestatten, es auch zu versuchen?"

Er runzelte die Stirn, doch dann besann er sich. Warum sollte er sich nicht etwas Zerstreuung gönnen. „Bringt einen zweiten Bogen!"

Kurz darauf überprüfte Selina Bogen und Sehne. Es war ein einfacher Kurzbogen der Art, wie Selinas Volk ihn für den Nahkampf benutzt hatte. Sie legte einen Pfeil auf die Sehne, und es entstand eine gespannte Stille. Kurz darauf traf der Pfeil eine Ente im Aufstieg. Dieses Mal klatschten die Frauen nicht. Der Pharao zog die Brauen zusammen. „Ein Glückstreffer!"

„Zweifellos", erwiderte Selina, legte den nächsten Pfeil auf die Sehne und traf damit eine Wildgans, die in einiger Entfernung am Ufer saß.

Der Herr allen Lebens schwieg und spannte einen neuen Pfeil auf seine Sehne. Selina tat es ihm gleich.

„Dort hinten, im Gras!", rief er Selina zu und richtete kurz darauf seinen Pfeil auf das ausgesuchte Ziel. Als sein Pfeil den Körper der Ente durchschlug, hatte Selinas bereits getroffen. Ramses warf seinen Bogen fort und fuhr sie erzürnt an. „Das kann nicht sein, du hast einfach Glück! Doch wie sieht es aus, wenn du aus der Bewegung heraus ein Ziel treffen sollst?"

Selina genoss seine Wut, obwohl es vielleicht klüger gewesen wäre, ihn zu fürchten. „Sicherlich kann ich dich in diesem Falle kaum übertreffen, lebender Horus."

Ramses' Gesicht lief zornesrot an. „Das ist wahr!", schnauzte er ungehalten. „Daher wirst du mich am Nachmittag zur Straußenjagd in die Wüste begleiten. Dort werde ich dir beweisen, dass ich besser mit dem Bogen bin."

Er ließ sie stehen und verschwand unter seinem Sonnenschutz. Die Höflinge bedachten Selina mit düsteren Blicken, doch diesmal machte ihr das kaum etwas aus. *Der große Gott*, dachte sie befriedigt, *der große Gott ist eben doch nur ein überheblicher und in seiner Eitelkeit gefangener Mann. Und wenn seine Götter mich verdammen und verfluchen, und die Ägypter mich auf ewig hassen: Ich werde ihn wie einen kleinen Jungen vorführen!*

Ramses hatte Selina die Erlaubnis erteilt, Pferde aus seinem Stall zu wählen. Der wachhabende Soldat hatte sie fragend angesehen, als sie Targa aus ihrem Verschlag geholt und ihr das Halfter sowie den ledernen Sattel angelegt hatte. Zugleich hatte sie die Gunst der Stunde genutzt, um Arkos' Satteltaschen zu durchsuchen. Ihr Schwert war noch dort, und sie beglückwünschte sich selbst für das sichere Versteck. Immerhin hatte sie Pairy versprochen, ohne ihr Schwert nach Ägypten zu kommen.

Sie ließ ihr Schwert, wo es war; sie würde es heute nicht brauchen. Stattdessen riss sie vor den Augen des entsetzten Soldaten in ihr eng anliegendes Leinenkleid Schlitze bis zu den Oberschenkeln. Denn ihre Beinkleider und Hemden waren auf Sipthas Schiff geblieben, und sie war sich sicher, dass sie sie nie wiedersehen würde.

Selina schwang sich auf Targas Rücken und ritt hinaus in das Sonnenlicht. Das Fohlen war nun alt genug, um eine Weile ohne die Mutter auszukommen. Selina griff sanft nach Targas weichem Ohr und beugte sich vor, um der Stute etwas zuzuflüstern. „Es ist viel zu lange her, dass wir zu einer Einheit verschmolzen sind, Targa. Lass uns dem Volk der großen Mutter und der Göttin selbst heute Ehre erweisen!"

Als der Pharao sie durch das Seitentor der Stadt reiten sah, blickte er ungläubig seinen Wagenlenker an. „Was soll das sein, Ptahnacht? Will sie sich lächerlich machen?"

Sein Wagenlenker blickte der Reiterin auf der gedrungenen kleinen Schimmelstute genauso erstaunt entgegen. „Ich weiß es nicht, großer Horus. Aber die Höflinge halten sie für verrückt, und ich finde, sie haben recht."

Sie warteten, bis Selina zu ihnen aufgeschlossen hatte. Ramses' goldbeschlagener Streitwagen glänzte in der Sonne, und seine schlanken Pferde mit den bauschigen Straußenfederbüschen auf dem Halfter tänzelten unruhig in ihren Geschirren. Tadelnd, jedoch nicht abgestoßen, fuhr Ramses' Blick über Selinas schlankes Bein, das bis zum Oberschenkel unbedeckt war. „Und was soll das?"

„Leider habe ich meine Beinkleider nicht mehr, und in den engen Gewändern kann ich nicht reiten."

Selina erkannte unter den Höflingen aus den Augenwinkeln die großen Königsgemahlinnen Bentanta und Meritamun. Sie würden der Jagdtruppe in ihren mit Tüchern überspannten Tragstühlen folgen. Sogar Prinz Siptah war erschienen und lenkte seinen Streitwagen hinter dem seines Vaters. Eine große Anzahl von Höflingen hatte sich der heißen Nachmittagssonne ausgesetzt, um den Aufbruch der Streitwagen zu verfolgen. Überall schlugen Fliegenwedel aus Rosshaar nach den Mücken.

Ramses wies auf die vor ihnen liegende Wüste. „Wir fahren ein Stück in die Wüste hinein; die Treiber jagen die Strauße auf uns zu."

Selina nickte, als hätte sie verstanden. In Wahrheit wusste sie nicht einmal, wer oder was Strauße waren. Tiere mussten es sein, sonst hätte der Pharao sie kaum gejagt, doch was für Tiere? Raubtiere, Hunde oder Wild? Welche Tiere lebten in der Wüste außer Schlangen und

Skorpionen? Es gab Schakale und auch Löwen, entsann sie sich. Ptahnacht lächelte sie abfällig an, als er Selina den Köcher mit den Pfeilen und den Bogen übergab. Sie würde sich nicht die Blöße geben und ihn fragen, was ein Strauß war. Spätestens wenn sie diese Tiere sah, würde sie wissen, was zu tun wäre.

Der Pharao ließ seinen Wagen in Position bringen, und Selina lenkte Targa an seine Seite. Prinz Siptah bildete die Nachhut hinter den großen königlichen Gemahlinnen. Als das Zeichen zum Aufbruch gegeben wurde, ließ Ptahnacht seine Peitsche auf die Rücken der Pferde knallen, und der Streitwagen setzte sich in Bewegung. Selina brauchte nur einen leichten Fersendruck bei Targa. Sie ritt eine Weile schweigend neben Ramses her. Die Sonne brannte vom Himmel. Targa schüttelte unmutig den Kopf, sie mochte diese Hitze nicht.

„Ich höre die Treiber", sagte der Pharao schließlich leise und gab seinem Wagenlenker den Befehl zum Halten. Vor ihnen erstreckte sich eine weiße Düne aus feinem Sand. Tatsächlich vernahm auch Selina ein leises Rufen und Scheppern. Offensichtlich schlugen die Treiber mit Steinen auf Bronzeschalen ein, um die Strauße in ihre Richtung zu lenken.

„Der Wesir des Südens hat mir die Strauße vor einem Mondumlauf geschickt. Früher gab es viele von ihnen in der Wüste in der Nähe der Oasen, doch jetzt findet man sie fast nur noch in der südlichen Wüste oder in Nubien." Ramses blickte Selina nicht ohne Stolz an. „Es ist ein prachtvoller Hahn darunter. Du wirst beeindruckt sein!"

Selina lächelte ihn arglos an. Sie hatte gehört, was sie wissen musste: Es handelte sich um Vögel. Ihr Herz machte einen Sprung. Vögel vom Himmel zu holen, war eine ihrer leichtesten Übungen. Sie konnte ohne Zügel reiten, Targa nur mit den Schenkeln lenken und dabei den Bogen spannen. Es würde einfach sein. Ramses mit seinem schwerfälligen Streitwagen hatte bereits jetzt verloren. „Worauf warten wir noch, großer Pharao? Warum reiten wir ihnen nicht entgegen?"

Er sah sie an, als hätte sie einen schlechten Scherz gemacht. „Wir warten, bis sie über die Düne auf uns zukommen. Dann spannen wir den Bogen. Wir wollen sie nicht vorab erschrecken."

„Was ist denn das für eine Jagd?", gab sie enttäuscht zurück. „Hier zu warten, bis die wehrlose Beute zu uns kommt. Es ist eine Beleidigung der großen Mutter, das Jagdwild nicht mit Ehre zu behandeln und sich bequem zurückzulehnen, bis es einem fast in den Mund fliegt!"

Ihre Beschwerde bereitete ihm Verdruss. „Nun, wenn du meinst, dann reite doch über die Düne und hol dir die wehrlose Beute!" Er schüttelte den Kopf.

Selina ließ sich nicht zweimal bitten, gab Targa die Fersen und galoppierte an. Pharao sah ihr verdutzt hinterher. Ungläubig zupfte er Ptahnacht am plissierten Ärmel seines Gewandes. „Bei Amun und allen Göttern! Was tut sie da? Das war ein Scherz!"

Sein Wagenlenker schüttelte ungläubig den Kopf. „Ich sagte es dir ja, Einzig Einer: Sie ist verrückt!"

Selina spannte ihren Bogen und legte einen Pfeil auf, als sie die Düne hinaufritt. Targa hatte es nicht leicht, im weichen Sand voranzukommen. Sie fragte sich, wie Ramses so ein Aufheben um ein paar Vögel machen konnte. Es war beschämend. Sie würde ein paar dieser Vögel erlegen und sie dann zum Pharao bringen. Eigentlich hatte sie sich etwas Aufregenderes von dieser Jagd versprochen. Targa erreichte laut schnaubend den oberen Teil der Düne. Selina blickte sich um. Wo waren die Vögel? Und wer sagte, dass die Treiber sie nicht längst vertrieben hatten? Immerhin konnten sie sich in die Lüfte erheben und einfach in jede beliebige Richtung verschwinden.

Da die Sonne sie blendete, legte Selina eine Hand über die Stirn. Aus dem Augenwinkel sah sie eine Bewegung. Sie zwinkerte, als sie das große Wesen erkannte, das seinen kleinen Kopf aufmerksam in ihre Richtung wandte. Unschlüssig ließ sie den Bogen sinken, um das Tier genauer zu betrachten. Es hatte einen langen Hals und einen winzigen Kopf, dazu einen massigen Körper mit schwarzweißem Gefieder. Das seltsamste waren jedoch seine Beine: Sie waren lang und kräftig, und es scharrte damit im Sand. Es besaß seltsame Füße, die sich in zwei Zehen mit jeweils zwei scharfen Klauen aufteilten. Während Selina es noch anstarrte, schob es seinen Kopf nach vorne und breitete die Flügel aus, mit denen es kaum fortfliegen konnte, denn sie waren viel zu klein für den massigen Leib. Dieses Tier war riesig, aber war es ein Vogel?

Wieder breitete das Tier die kümmerlichen Flügel aus und ließ dann einen lauten Ruf hören. Targa wurde nervös, und Selina hatte Mühe, sie zu beruhigen. Langsam hob sie ihren Bogen, doch dann machte der Strauß unvermittelt einen Satz nach vorne und kam auf sie zugelaufen. Targa stieg wiehernd, und Selina wäre fast aus dem Sattel gefallen. Sie wollte ihren Bogen spannen, doch dann bemerkte sie, wie schnell der Vogel auf sie zukam.

„Bei der großen Mutter, Targa, lauf!", rief sie der Stute zu und schaffte es, sie zu wenden. Targa stob die Düne hinunter, während Selina die trampelnden Schritte des Vogels dicht hinter sich vernahm. Ihr Herz raste: Das war kein Vogel, das war ein Dämon, ein böser Geist! Vor sich sah sie die Streitwagenpferde steigen. Ptahnacht konnte sie nicht beruhigen, und die

Tragstühle der königlichen Gemahlinnen kamen ins Schwanken, weil die Sänftenträger sie am liebsten fallen gelassen hätten und davongelaufen wären. Selina stob an ihnen vorbei, dann wandte sie sich um. Der Strauß verfolgte sie nicht mehr, stattdessen stand er jetzt vor Ramses' Wagen und trat mit den Füßen nach den wild scheuenden Pferden. Ptahnacht warf sich in einer Geste der Verzweiflung über Ramses und stürzte sich mit ihm in den heißen Sand, wo er den Leib des Einzig Einen mit seinem eigenen Körper abschirmte.

Selina zügelte Targa und ließ sie umkehren. Mit zitternden Fingern spannte sie ihren Bogen und ließ den ersten Pfeil von der Sehne, als sie das wütende Tier schon fast erreicht hatte. Noch immer trat es nach den Pferden, die im Begriff waren zurückzuweichen und somit Ptahnaht und den Pharao zu zertrampeln. Ihr erster Pfeil traf den Strauß seitlich in den Leib, doch er wurde nur wütender und trat noch wilder um sich. Selina legte einen zweiten Pfeil auf die Sehne und trieb ihn in die Brust des rasenden Tieres. Der Strauß taumelte, dann brach er zusammen und blieb reglos liegen.

Langsam ritt sie an die Seite des Pharaos, der sich von Ptahnacht aufhelfen ließ und den Sand aus seinem Schurz klopfte. Sein Nemes-Tuch war verrutscht, und er fuhr sie wütend an. „Ist Sachmet in dich gefahren? Bist du vollkommen wahnsinnig geworden?"

„Nun ja, ich habe ihn erlegt", gab Selina vorsichtig zurück.

Ptahnacht wollte sie vom Pferd ziehen, doch Ramses gebot ihm Einhalt. Er wandte sich um und blickte in Richtung von Siptahs Streitwagen. „Und du, Prinz Siptah? Was hast du getan? Wolltest du zusehen, wie der Strauß mich zertrampelt?"

Siptah lenkte seinen Streitwagen zu ihm und lächelte entschuldigend. Er hatte sich die ganze Zeit nicht gerührt. „Verzeih, mein Pharao, doch ich musste die großen königlichen Gemahlinnen schützen. Du hattest Ptahnacht an deiner Seite, doch sie hatten keinen Schutz."

Der Pharao brummte und blickte auf die Tragstühle, von denen Meritamun nun sehr blass und Bentanta sehr zornig herabblickte. „Das ist wahr! Entschuldige, Prinz. Für einen Moment glaubte ich, du hättest mit Absicht nicht eingegriffen."

Siptah verbeugte sich tief. „Mein Vater! Wie kannst du an mir zweifeln?"

Ramses wandte sich wieder Selina zu. Wütend fuhr er sie erneut an. „Du! Du bist eine Katastrophe, ein Dämon, eine Wilde! Soll dein Gemahl Pairy sich mit dir herumschlagen, ich bin deiner Gesellschaft überdrüssig!"

Selina verschränkte die Arme. Woher hatte sie wissen sollen, was hinter der Düne war? Er hatte ihr doch gesagt, sie solle den Strauß erlegen, und das hatte sie getan. Es war nichts geschehen – etwas Sand schadete auch einem überheblichen Gott nicht. Trotzig sah sie zu, wie Siptah den toten Vogel mit seinem Wagenlenker auf den Streitwagen hob, dann machten sie sich auf den Weg zurück. Ramses war die Lust an der Straußenjagd vergangen.

Pairy betrat die Palastflure mit einer Mischung aus Aufregung und Besorgnis. Einerseits hoffte er, Selina endlich wiederzusehen, andererseits wusste er, wie stur und unnachgiebig seine Gemahlin sein konnte. Manchmal fragte er sich, weshalb er nicht einfach weiter die hübschen Priesterinnen der Bastet besucht hatte, anstatt sich Gemahlinnen in sein Haus zu holen. Nun musste er sich mit der zwar schönen, doch verdorbenen Hentmira herumplagen, deren Ansprüchen er weder genügen konnte noch wollte; seine zweite Gemahlin besaß zwar die Wärme, die er sich von einer Frau erhofft hatte, war jedoch eigensinnig und bockig wie ihre geliebten Pferde. Wo Selina auftauchte, entstanden unweigerlich Chaos und Ärger. Es war nicht so, dass sie diese Probleme bewusst heraufbeschwor, das wusste Pairy, es schien eher, als haftete ihr dieses Schicksal an, und es zog diejenigen mit sich, die sich für Selina begeisterten. Selina wurde gehasst oder geliebt, sie blieb jedoch niemals unbeachtet.

Er seufzte leidvoll, als er die großen Flügeltüren zu Ramses' Empfangshalle erreichte. Pairy war zu einem Gespräch geladen worden, und es bedeutete nichts Gutes, dass dieses Gespräch nicht in den Räumen des Horus, sondern in der Empfangshalle stattfinden sollte.

Die Palastwachen gaben ihm den Weg frei, ohne dass er etwas hätte sagen müssen. Anscheinend wusste bereits jeder, was geschehen war. Es war dumm gewesen, sich durch die Gärten zu schleichen. Die Flügeltüren schwangen auf und gaben den Blick auf das erhöhte Thronpodest frei, auf dem der Pharao flankiert von seinen Tochtergemahlinnen saß. Die Höflinge hatten sich zu beiden Seiten des großen Saales zwischen die bunt bemalten Papyrussäulen gedrängt. Ihre Augen waren auf Pairy gerichtet, als dieser über den blank polierten Steinboden zum Thronpodest ging, um eine angemessen tiefe Verbeugung zu vollziehen.

„Edler Herr Pairy", hallte Ramses' Stimme durch den Saal, als Pairy sich aufgerichtet hatte, „ich bin verwundert über die Dinge, die sich am gestrigen Abend in meinen Frauengemächern zugetragen haben." Der Pharao winkte seinem Schreiber, der Pairy eine Papyrusrolle überreichte. „In diesem Schreiben übereigne ich deiner Gemahlin Hentmira ein angemessenes Stadthaus in Piramses. Es ist mein Wunsch, dass die Verbindung zwischen dir und deiner Gemahlin aufgelöst wird." Er wies auf das Schreiben in Pairys Hand. „Dieser Papyrus ist die Urkunde für das Grundstück und das Haus. Übergebe es der edlen Dame Hentmira, wenn du in dein Haus zurückkehrst. Das Anwesen steht bereit, die Räume sind eingerichtet. Sie mag sie noch am heutigen Tage beziehen. Ich habe ihr durch einen Palastboten meinen Wunsch überbringen lassen, sodass sie bereits damit beschäftigt sein sollte, ihre Gemächer in deinem Haus zu räumen."

Pairy musste sich beherrschen, den Pharao nicht mit offenem Mund anzustarren.

„Du kannst nun gehen", fuhr Ramses leidenschaftslos fort, „und nimm deine Gemahlin Selina mit. Sie soll dem Palast bis auf Weiteres fernbleiben."

Pairy verbeugte sich erneut.

„Und noch etwas Pairy – du magst natürlich Anspruch auf die Kinder erheben, welche der Verbindung Hentmiras und dir entsprungen sind. Doch diese Entscheidung liegt allein bei dir. Gesundheit, Leben und Wohlergehen, mein Günstling. Du wirst es brauchen!"

Ein leises Kichern ging durch die Reihen der Höflinge. Pairy lief rot an. Einerseits hatte der Pharao ihn gedemütigt, ihm anderseits aber einen großen Gefallen erwiesen. Er selbst hätte nie gewagt, die Verbindung mit Hentmira zu lösen, da er sie auf Wunsch des Pharaos eingegangen war. Doch weshalb sollte Selina dem Palast fernbleiben? Was hatte sie nun schon wieder getan?

Selina empfing ihren Gatten schweigend in Sauskanus Gemächern, bereit, sich gegen jede Anschuldigung zu verteidigen, die er vorzubringen gedachte. Pairy hütete sich jedoch, Selina mit Vorwürfen zu überhäufen, hatte er doch selbst ein Geheimnis zu wahren, von dem er hoffte, dass es Selina nicht bereits zugetragen worden war.

„Ich bin gekommen, um dich zu holen", sagte er steif, doch Selina schüttelte den Kopf.

„Du hast bereits eine Gemahlin."

Er zeigte ihr etwas unbeholfen Ramses' Papyrus, als hätte sie die ägyptischen Hieroglyphen darauf lesen können. „Die Verbindung zwischen Hentmira und mir ist aufgelöst. Sie wird mein Haus verlassen."

Selina erhob sich. Sie bemühte sich zwar, ablehnend zu wirken, insgeheim konnte sie es jedoch kaum erwarten, dem Palast zu entkommen. Mittlerweile fürchtete sie, vielleicht doch etwas zu weit gegangen zu sein. Sie hatte sich verletzt und angegriffen gefühlt, doch immerhin schien der Pharao sie nicht bestrafen lassen zu wollen. Vielleicht, so gestand sie sich ein, war sie etwas zu empfindlich. Wenigstens war Ramses bei der Straußenjagd nicht verletzt worden. Sie hoffte, Pairy hatte noch nichts von ihrer Dummheit erfahren.

„Wo ist Sauskanu?", fragte Pairy vorsichtig.

Selina zuckte mit den Schultern. „Ich habe sie das letzte Mal nach dem Fest gesehen. Sie schien etwas verwirrt. Ich frage mich, warum."

Pairy blickte beschämt zur Seite, und verfluchte sich, Sauskanus Namen erwähnt zu haben. Anscheinend wusste Selina jedoch nichts von dem peinlichen Vorfall im Garten.

„Können wir gehen?", fragte er stattdessen.

Sie nickte. Ohne dass der andere es wusste, waren beide erleichtert, als sie den Palast hinter sich gelassen hatten. Selina ließ sich sogar ohne bissige Bemerkung dazu überreden, auf dem bereitgestellten Tragstuhl Platz zu nehmen. Pairy hatte sich entschlossen, den Weg zu Fuß zurückzulegen. Ein Diener mit einem Sonnensegel lief hinter ihm.

„Hast du mit Ramses gesprochen?", fragte sie beiläufig.

„Ich sah ihn nur kurz."

Selina war erleichtert. Anscheinend wusste Pairy nichts von der Straußenjagd.

Als sie die großen Thotstatuen vor Pairys Anwesen erreichten, bemerkte Selina, dass die Dienerschar damit beschäftigt war, Kisten und Truhen aus dem Haus zu tragen. „Pairy, was bedeutet *hat tahut*?"

Er blickte sie erstaunt an. „Woher kennst du dieses Wort? Selina, ich bin ebenso wie du der Meinung, dass du Ägyptisch lernen solltest. Aber warum musst du mit Schimpfwörtern beginnen?"

„Was bedeutet dieses Wort?", beharrte Selina.

„Es bedeutet ›schamloses Weibsbild‹."

Sie unterdrückte die erneut aufkeimende Wut und ließ sich von Pairy aus dem Tragstuhl helfen. Als sie den gepflasterten Weg zum Haus entlangschritten, liefen Themos und Benti auf sie zu. Selinas Laune besserte sich.

„Selina, wie wundervoll, dass du endlich hier bist. Wie geht es dir?" Benti und Themos begleiteten Selina und Pairy zum Haus. Als Selina durch die Tür treten wollte, stieß sie fast mit Hentmira zusammen. In Hentmiras Augen lag Hass, und mit Genugtuung stellte Selina fest, dass die Stelle, an der ihre Faust Hentmiras Auge getroffen hatte, grünlichblau schimmerte.

Pairy überreichte Hentmira die Papyrusrolle. „Ich erlaube dir, deine Kinder mitzunehmen. Alexandros aber bleibt hier."

Hentmira zuckte zusammen, ließ Selina aber nicht aus den Augen. „Jetzt hast du deinen Willen, elende Barbarenhure", fauchte sie.

„Erspare mir deine Beleidigungen, *hat tahut*!"

Hentmira sog scharf die Luft ein, ihre Hände ballten sich zu Fäusten, doch sie lächelte kalt. „Das wird dir noch leidtun!" Sie drängte Selina zur Seite und lief den gepflasterten Weg entlang.

Benti und Themos wagten nicht, sich einzumischen, doch Pairy begehrte auf. „War das nötig, Selina?"

„Ich habe ihr lediglich zurückgegeben, was sie mir zugedacht hatte. Und jetzt will ich endlich Alexandros sehen!"

Alexandros tat zögerlich ein paar Schritte und bestaunte die große hellhaarige Frau, die ihn immer wieder aufforderte, zu ihr zu kommen. Er hatte erst vor Kurzem seine ersten Schritte getan, und so dauerte es eine Weile, bis er bei Selina angelangt war und sie ihn hochnehmen konnte. Sie wunderte sich, wie groß er geworden war. Alexandros hatte die schwarzen Haare von Pairy, seine Augen jedoch waren grau wie der stürmische Himmel über Troja. Noch war sein Haar zu fein für die Jugendlocke der ägyptischen Kinder, doch Selina beschloss, dass Alexandros als Ägypter aufwachsen sollte. Sie betrachtete das Schutzamulett um seinen Hals, das sie Pairy für Alexandros gegeben hatte und das das Einzige an ihrem Sohn war, das von seiner halb fremdländischen Herkunft zeugte. Alexandros würde im Geist der ägyptischen Kultur aufwachsen und sich leicht in dieses Land einfügen. Bei sich selbst war sich Selina weniger sicher. Sie glaubte nicht, dass sie sich hier je wohlfühlen würde.

Selina blieb eine ganze Weile bei ihrem Sohn, sprach mit ihm und war entzückt von den glucksenden und unverständlichen Lauten, die aus seinem Mund kamen. Sie wäre am liebsten für immer in den Kindergemächern geblieben und damit der unvermeidlichen Aussprache mit Pairy aus dem Wege gegangen. Wie viele Trennungen und Enttäuschungen hielt Liebe aus? Hatten Pairy und sie das Maß vielleicht längst überschritten? Schon während sie in Troja kämpfte, hatte Selina erste Anzeichen für die aufziehenden Wolken ihrer Gefühlswelt verspürt. Achilles war ein greifbares Omen für das gewesen, was Selina im Augenblick empfand. Er war zu echter Liebe nicht fähig gewesen, zerstört durch die vielen Schlachten und die Toten, welche er hinter sich gelassen hatte. Sie fragte sich, ob es vielleicht auch für sie bereits zu spät war. Auf dem Weg nach Piramses hatte sie sich das Wiedersehen mit Pairy in den atemberaubendsten Bildern ausgemalt. Doch alles war anders gekommen, und sie musste einsehen, dass sie nicht nach Ägypten gehörte. Was zwischen Pairy und ihr entstanden war, hatte nur in der kleinen Lügenwelt Hattusas bestehen können, fernab von Pairys und ihrer Heimat. Jetzt schien es außer Alexandros nichts mehr zu geben, was sie verband.

Selina seufzte und übergab ihren Sohn der Dienerin, die geduldig vor den Gemächern gewartet hatte. Dann ging sie die Treppe hinunter und durch den Empfangsraum hinaus in den Garten. Sie hatte das Gefühl zu ersticken. Hentmira war fort, und sie schämte sich nicht dafür, die Nebenbuhlerin vertrieben zu haben. Ramses selbst hatte ihr erzählt, dass Hentmira eine schlechte Gemahlin gewesen war. Sie ging zu dem Teich in der Mitte des Gartens und suchte sich einen Schattenplatz. Konnte sie von sich behaupten, eine gute Gemahlin zu sein? Sie konnte kämpfen, reiten und sogar töten, wenn es sein musste. Doch diese Tugenden waren in Ägypten bei einer Frau offensichtlich nicht gern gesehen. Was wollte Pairy mit ihr anfangen, und was sollte sie mit sich selbst anfangen? Sie liebte ihren Sohn, doch allein Mutter zu sein, würde sie kaum zufriedenstellen können.

Pairy ging wütend vor dem Tisch auf und ab, an dem Selina, Themos und Benti saßen. Es schien ihn überhaupt nicht zu stören, dass Themos und Benti anwesend waren, während er Selina einem ausgiebigen Verhör unterzog.

„Es hat sich herumgesprochen, Selina! Ich brauche nur kurz mein Anwesen zu verlassen und Antef auf einen Krug Wein in seinem Haus zu besuchen, schon wird mir eine Geschichte erzählt, die so haarsträubend ist, dass ich sie kaum glauben kann." Er blieb vor ihr stehen und hob in einer ausladenden Geste die Hände. „Doch ich kenne dich. Es wäre zu schön, wenn ich an Verleumdung glauben könnte. Sag mir nur eines: Ist es wahr, dass du den Pharao auf der Straußenjagd in unverzeihlicher Weise beleidigt hast?"

Selina biss sich auf die Lippen. Antef, den Hofarzt, kannte sie noch aus Hattusa. Er war mit Pairy befreundet. Wie hatte sie nur so einfältig sein können zu glauben, dass Pairy nicht von der Straußenjagd erfuhr! Selbst wenn Ramses ihm nichts gesagt hatte, gab es genügend andere. Ein Palast war der beste Ort, um Gerüchte und Tatsachen auf schnellstem Wege zu verbreiten, und sie konnte sich gut vorstellen, dass Siptah und die königlichen Gemahlinnen ihren Teil dazu beigetragen hatten.

„Nun, beleidigt habe ich ihn nicht. Im Gegenteil! Ich habe ihm sogar das Leben gerettet", versuchte sie, sich zu verteidigen.

„Natürlich hast du das – nachdem der Strauß ihn wegen deines Übermutes fast totgetrampelt hätte!"

„Bei der großen Mutter, Pairy!" Selina wurde wütend. „Er hat sich bei seinem Fest köstlich über meine Unkenntnis der ägyptischen Gepflogenheiten amüsieren können. Aber auf dem Pferd mit Bogen, Axt oder Schwert bin ich fähiger, als er es je sein könnte. Er war nie wirklich in Gefahr!"

„Niemand ist größer und besser als der gute Gott, der Herr allen Lebens, der goldene Horus! Und selbst, wenn er besser ist, so weiß jeder Fellache, dass er gegen den Pharao verlieren muss. Verstehst du das, Selina? Aber was rede ich! Allein diese Jagd stellt eine allzu große Peinlichkeit dar. Nun ist mir klar, weshalb Ramses dich nicht mehr im Palast sehen will. Ist dir bewusst, dass du vom Palastleben ausgeschlossen wurdest? Das ist eine hohe Strafe und eine unglaubliche Demütigung. Auch für mich!"

Selina sprang auf und schlug die Fäuste auf den Tisch. „Du wusstest, wer ich bin! Ich fühle mich wie ein Vogel im Käfig, seit ich in Piramses bin. Die Menschen starren mich an. Es ist vollkommen egal, was ich tue, und der Pharao hat mich sogar mit einem tollpatschigen jungen Hund verglichen."

Benti schüttelte gedankenverloren den Kopf. „Das ist wirklich kein Vergleich. Manchmal bist du wie der wütende Stier des Wettergottes, der die neue Saat zertrampelt, aber doch nicht wie ein Hund."

Pairys und Selinas Köpfe flogen fast gleichzeitig zu Benti herum, der seinen Fehler erkannte und schuldbewusst den Blick senkte.

„Wie dem auch sei", Pairy verschränkte die Arme, „als dein Gemahl wünsche ich nicht, dass du dich noch einmal in irgendeinem Waffenhandwerk betätigst."

„Ich lasse mir von dir nichts verbieten, Pairy!"

Pairy wollte zu einem Gegenschlag ausholen, doch in diesem Moment betrat sein neuer Hausverwalter den Raum und verbeugte sich. „Edler Herr Pairy, der *Iri medjat* des Palastes hat ein Schreiben für dich überbracht."

Pairy nahm den Papyrus entgegen, und der Mann zog sich zurück. „Der Palastbote hat ein Schreiben gebracht." Er entrollte den Papyrus und überflog die Zeilen. „Es scheint, dass zumindest Selinas Stute Eindruck bei Ramses hinterlassen hat. Er möchte einen Hengst aus direkter Linie seines ruhmreichen Gespannes von Kadesch Targa decken lassen und bittet darum, dass ich ihm die Stute verkaufe." Er überlegte. „Das ist eine hervorragende Möglichkeit, einige Fehler wieder gutzumachen, Selina. Vielleicht könnten wir Targa als Geschenk ..."

„Niemals!"

„Dann vielleicht das Fohlen ..."

Selina schüttelte den Kopf, doch nun horchte Themos auf. „Wir könnten Targa von seinem Hengst zu einem angemessenen Lohn decken lassen." Er sah Selina an. „Auf dem

Festland herrscht Krieg. Es wird schwer sein, Pferde von dort kommen zu lassen. Wenn er interessiert ist, wird er sich darauf einlassen."

„Wie stellst du dir das vor, Themos?" Pairy klang keineswegs begeistert.

„Das ist sehr einfach." Themos wirkte vollkommen selbstsicher. „Ich bin Kaufmann. Ich verstehe etwas vom Handel, Selina versteht etwas von Pferden, und Benti ist Schreiber. Wir könnten sicherlich erfolgreich sein."

„Du willst mit Pferden handeln? Der Pharao hat genügend gute Pferde."

„Und doch scheint er an Targa interessiert zu sein", wandte Selina ein. „Ich habe die ägyptischen Pferde gesehen. Sie sind schnell, doch sie besitzen nicht Targas oder Arkos' Ausdauer. Ich könnte mir vorstellen, dass eine Mischung aus Targa und einem ägyptischen Pferd gute Anlagen hervorbringen würde."

Themos gefiel sein Plan immer besser. „Pairy, wir leben hier in deinem Haus. Wir haben alles verloren, wir sind Flüchtlinge. Dies wäre sowohl für mich als auch für Benti eine gute Gelegenheit, wieder zu Amt und Würden zu gelangen. Selina liebt die Pferde. Was kann es Besseres geben? Außerdem war ich oft genug in Ägypten, um zu wissen, dass es den ägyptischen Frauen durchaus erlaubt ist, Handel zu treiben."

„Das stimmt", räumte Pairy ein, „aber doch nicht mit Pferden!"

Themos, Selina und Benti tauschten bedeutungsvolle Blicke, und Pairy erkannte, dass er verloren hatte. „Also gut! Ich erkläre mich unter einer Bedingung einverstanden." Er blickte Selina aus unergründlichen Augen an. „Du wirst nie wieder eine Waffe führen."

Sie wollte aufbegehren, doch Bentis und Themos' flehende Blicke hielten sie davon ab. Wenn sie weiter mit Pairy feilschte, ließe er sich vielleicht nicht mehr erweichen. „Also gut, ich rühre keine Waffe mehr an."

Siptah ließ sich von Hentmiras Dienerin Wein nachschenken und seinen Blick durch den Raum wandern. „Mein Vater, der Pharao, war großzügig! Dieses Haus ist durchaus angemessen, und die Möbel sind kostbar. Warum bist du so missmutig? Du hast deinen Gemahl verabscheut."

Hentmira scheuchte die Dienerin fort und fuhr sich dann durch das lange Haar. Trotz ihres blau unterlaufenen Auges war sie schön, wie Siptah zufrieden feststellte. „Der Pharao hat mich vor dem Hof gedemütigt. Jeder wird über mich lachen, vor allem weil Pairy meine drei Söhne nicht als seine anerkennt. Hätte er es getan, wären sie in seinem Haus geblieben."

Siptah entblößte seine weißen Zähne und zeigte ein strahlendes Lächeln. „Aber Hentmira – jeder im Palast weiß, dass es nicht Pairys Kinder sind." Er spielte versonnen mit seinem schweren Brustschmuck „Ist einer der Knaben von mir?"

„Woher soll ich das wissen, Siptah?"

Er lachte laut auf. „Du bist wirklich verdorben, Hentmira! Aber du bist schön! Ich wette, wenn ich der Kronprinz wäre, könntest du mir sofort den Namen des Knaben nennen, dessen Vater ich bin."

Sie verzog spöttisch die vollen Lippen. „Du bist aber nur der unbedeutende Sohn einer Nebenfrau, Prinz Siptah."

Er tat beleidigt. „Vielleicht ändert sich das einmal. Ich könnte dich als meine Gemahlin an den Hof holen und deinen guten Ruf wiederherstellen."

Hentmira erhob sich, und Siptah betrachtete ihre Beine, die sich unter dem dünnen Stoff abzeichneten.

„Warum hast du diese Frau nur nach Ägypten gebracht? Wie konntest du sie in Pairys Haus schicken?"

Er stand auf, ging zu ihr und legte seine Hände auf ihre Schultern. Sie entwand sich geschickt und trat einen Schritt zurück. „Du hast mir geschadet, Siptah. Warum sollte ich dich noch auf meinem Lager haben wollen?"

„Ich habe mich nur ein wenig verschätzt. Hättest du sie nicht direkt aus dem Haus gejagt und wäre sie dem Pharao nicht in die Arme gelaufen wäre, wäre alles gut gewesen. Du hättest mit ein wenig Geschick dafür sorgen können, dass sie Pairys Ruf ruiniert. Wer konnte schon ahnen, dass Ramses sie erfrischend findet? Doch sie hat sich ja nun selbst in Ungnade gebracht, und ich habe dafür gesorgt, dass der ganze Hof von dieser peinlichen Straußenjagd erfährt. Es ist nur eine Frage der Zeit, bis Pairy mit ihr fällt."

Wieder versuchte er, Hentmira zu berühren, doch sie schlug ihm auf die Finger. „Pairy, Pairy! Ständig redest du von ihm. Ihr wart einmal Freunde – gute Freunde! Was hat dich derart gegen ihn aufgebracht?"

„Diese Geschichte ist nichts für deinen überaus hübschen Kopf, meine verzogene Geliebte. Doch ich verspreche dir: Ich werde dafür sorgen, dass Pairy fällt, und mit ihm diese hellhaarige Barbarin. Du solltest mir vertrauen."

Als Siptah sie an sich zog, war sein Griff zu hart, als dass sie hätte Widerstand leisten können. Er küsste ihren Hals und zog dann hastig an den Trägern ihres Kleides.

„Ich hasse Pairy! Und diese fremdländische Hure hasse ich noch viel mehr", hauchte sie leise in sein Ohr.

Siptah löste ihr Kleid und drängte sie zu Boden. „Alles wird gut, du wirst sehen!"

Selina betrachtete ihre Gemächer ausgiebig. Wie überall im Haus waren die Wände mit bunten Malereien überzogen. Sie konnte die Hieroglyphen nicht entziffern, doch in dem fortschreitenden Mann mit dem Wurfholz meinte sie Pairy wiederzuerkennen. Zu seinen Füßen saß eine Frau, kleiner dargestellt als Pairy, ihre Hand auf seinem Bein. Sie musste die Zeichen an den Wänden nicht kennen, um zu erraten, dass es sich dabei um Hentmira handelte.

Selina öffnete einige der kostbaren Salbtiegel, roch daran und erkannte Myrrhe, Zimt und Rose. Sie verschloss die Tiegel und schlang die Arme um ihren Körper, als wäre es kalt. Ihr Blick fiel auf das hochbeinige vergoldete Bett mit der halbrunden Kopfstütze. Wie sollte sie jemals in einer solch unbequemen Haltung schlafen können, mit dem Kopf auf der hölzernen Stütze? Ohne es zu wollen, stellte sie sich vor, wie Pairy den Raum betrat, während Hentmira schlief. Sie fühlte, dass Hentmira jeden Augenblick die Tür öffnen und das Schlafgemach betreten müsste. Was sollte dieser Aufwand? In Hattusa hatten Pairy und sie sich Schlafgemach und Bett geteilt, in Lykastia hatten sie sogar auf Selinas schmalem Lager geschlafen. Hier in Ägypten sollte sie ihre eigenen Gemächer haben und Pairy die seinen. Nie schienen sie weiter voneinander entfernt gewesen zu sein als hier, in Pairys eigenem Haus. Was immer sie auch tat, es schürte nur weiteren Streit zwischen ihnen. Sie setzte sich auf das Ruhebett und konnte sich nicht dazu überwinden, sich hineinzulegen.

Selina blickte auf, als Pairy die Tür öffnete und an der Türschwelle stehen blieb. Sie sahen sich eine Weile wortlos an, und in Selina flammte eine Erinnerung auf. Ohne sein Nemes-Tuch, mit seinen schwarzen Haaren und dem weißen Schurz, erinnerte Pairy sie an den Mann, den sie in Hattusa kennen- und lieben gelernt hatte. Damals hatte sie geglaubt, dass alles zwischen ihnen sehr kompliziert sei, doch mittlerweile wusste sie, dass es sehr einfach gewesen war. Pairy schien ihre Gedanken zu erahnen. Er wollte etwas sagen, besann sich jedoch und wünschte ihr nur eine gute Nacht.

„Pairy", sagte sie leise, und er sah sie erwartungsvoll an, „die Gemächer sind sehr schön, doch ich hätte lieber eine andere Einrichtung. Und ich würde auch gerne die Wände neu bemalen lassen. Mir fehlt der Thermodon und vielleicht könnte ich, nun ja ..."

Er blickte auf die Wände und schien zu verstehen. „Natürlich, Selina. Ich werde morgen die Maler und auch den Schreiner bestellen. Ich lasse auch nach einer Schneiderin schicken, damit du dir neue Gewänder fertigen lassen kannst. Natürlich sollst du auch Schmuck haben und ...", er stockte. „Lass dir nur alles bringen, was du willst. Du brauchst mich nicht um Erlaubnis zu fragen."

Sie nickte, brachte jedoch kein Wort hervor. Pairy wartete eine Weile, doch als sie nichts mehr sagte, wünschte er ihr schließlich noch einmal eine gute Nacht und verschwand.

Themos' Bemühungen trugen recht schnell Früchte. Er handelte einen guten Preis aus und ließ Targa von Ramses' ägyptischem Hengst decken. Schnell sprach sich unter den Höflingen herum, dass der Pharao an den fremdländischen Pferden interessiert war. Nach nicht einmal einem Mondumlauf hatte Themos alle Hände voll zu tun, mit hohen Würdenträgern und Truppenkommandanten zu verhandeln. Da Targa bereits wieder ein Fohlen trug, nahm Themos den Rest seines Schmucks, um auf einem Handelsschiff, welches trotz der Kriegswirren noch immer das Große Grün befuhr, Frachtplatz zu kaufen. Mit Bentis Hilfe verpflichtete er einen Zwischenhändler, Pferde nach Ägypten zu bringen. Benti setzte Verträge und Schreiben auf, die den Händlern des Festlandes übergeben werden mussten. Themos kannte die meisten von ihnen, war sich aber nicht sicher, wie viele von ihnen noch ihrer Arbeit nachgingen. Benti und Themos waren jedoch ehrgeizig; ihr Fleiß sprach sich schnell herum und brachte ihnen Einladungen der Adligen und ein gutes Ansehen.

Selina verbrachte viel Zeit mit Alexandros. Pairy hatte sein Versprechen gehalten, und die Handwerker fanden sich schnell in Selinas Gemächern ein. Sie ließ die Wände kalken und wies die Maler an, den Thermodon mit seinen fruchtbaren Flussauen nach ihren Beschreibungen an die Wände zu malen. Sie ließ sich neue Kleider nach ägyptischer Art fertigen, und der Schreiner entwarf ihr schlichte, jedoch geschmackvolle Truhen, Stühle und ein neues Ruhebett.

Als Selinas Gemächer fertig waren, bat sie Pairy darum, Amenirdis' Haus der Ewigkeit besuchen zu dürfen. Er schlug ihr diesen Wunsch nicht ab, und sie unternahmen eine mehrtägige Reise zu Amenirdis' Grab. Sie mussten den Nil ein Stück hinauf fahren und dann ans Westufer übersetzen, wo die Toten bestattet wurden. Amenirdis' Grab hatte eine kleine Vorkammer, in welcher Selina Speise- und Trankopfer nach ägyptischer Art darbrachte.

Pairy und sie sprachen miteinander, doch wenn Selina gehofft hatte, die Reise zum Grab würde sie einander näherbringen, hatte sie sich geirrt. Weder sie noch Pairy konnten die Kluft überwinden, die sich zwischen ihnen gebildet hatte. Selina spürte, dass ihre Gefühle für Pairy nicht verloschen waren. Sie erkannte jedoch erstmals wirklich, wie sehr er zu seinem Volk gehörte. Pairy bemühte sich, ihr möglichst viel zu erklären, sie für die Geschichten und Erzählungen, für die Götter seines Landes zu begeistern. Doch die Vielfalt der ägyptischen Götter verwirrte Selina. Für sie gab es nur eine Göttin: die große Mutter, welche die Erde wie auch die Frauen mit ihrer Fruchtbarkeit beschenkte; und für sie war es selbstverständlich, dass nur eine Göttin Vollkommenheit erreichen konnte, da es den Frauen vorbehalten war, Leben zu schenken. Selbst die Hethiter hatten eine Göttin verehrt, während die Ägypter Amun-Re als höchste Gottheit verehrten, der jedoch seinerseits wieder aus zwei Göttern bestand: dem Sonnengott Re und dem Windgott Amun.

Einzig die großen Pyramiden, die Pairy ihr zeigte, ließen Selina einen kurzen Moment verstummen – nie hatte sie etwas Beeindruckenderes gesehen. Pairy erklärte ihr stolz, dass die Pyramiden bereits Tausende von Jahren alt seien und dass die ersten Pharaonen des Landes in ihnen ruhten. Sie war fasziniert, und tatsächlich mischte sich ein Anflug von Neugierde in ihr von Erinnerungen geplagtes Herz.

Sie bat Pairy, einen Tempelschüler ins Haus kommen zu lassen, damit sie die ägyptische Sprache lernen konnte. Pairy stimmte ihrem Wunsch begeistert zu, und schon bald fand sich ein junger Priester ein, der Selina beibrachte, die ersten ungelenken Zeichen in Tonscherben zu ritzen. Weitaus leichter als die komplizierte Schrift fiel Selina die gesprochene Sprache; schon nach zwei Mondumläufen beherrschte sie einfache Wörter und Sätze. Pairy und sie mussten oft unwillkürlich lächeln, wenn sie mit ihren ägyptischen Wörtern und vollkommen falscher Satzstellung versuchte, sich verständlich zu machen. Sie blieb hartnäckig und gab nicht auf, und genau das schätzte Pairy an ihr.

Dennoch schlief Selina weiterhin alleine in ihren neu eingerichteten Gemächern, und auch Pairy machte keine Anstalten, sie abends aufzusuchen. Es war nicht so, dass sie zornig aufeinander waren, sie kümmerten sich sogar hingebungsvoll gemeinsam um Alexandros, doch sie lebten in Pairys Haus wie Bruder und Schwester.

Während Selina über ihren Schreibtafeln saß und übte, die heiligen Zeichen in Ton zu ritzen, häuften sich ihre Sorgen über ihr Zusammenleben mit Pairy mehr und mehr an. Da ihre Gedanken bereits den gesamten Tag abschweiften, hatte Selina den Tempelschüler schon am Vormittag fortgeschickt. Sie hatte sich Alexandros bringen lassen, doch auch ihr Sohn schien ihren Gemütszustand zu bemerken, sodass er unruhig und quengelig geworden war, weshalb sie ihn recht schnell seiner Kinderfrau zurückgegeben hatte. Pairy weilte noch bis zum Abend im Palast; Themos und Benti waren inzwischen ebenfalls ständig beschäftigt und schienen ihren Platz gefunden zu haben. Einzig sie selbst wusste kaum etwas mit sich und ihrem Leben anzufangen.

Eigentlich hätte Selina glücklich sein müssen, als der *Iri medjat* des Palastes ihr ein Schreiben von Sauskanu überbrachte, die von Ramses die Erlaubnis erhalten hatte, Selina und Pairy in ihrem Haus zu besuchen. Doch Selina ahnte Schlimmes, denn Sauskanu war bereits auf dem Weg zu ihr und hatte den Boten lediglich vorgeschickt, um ihre Ankunft ankündigen zu lassen. Sicherlich galt Sauskanus Besuch nicht allein ihr und Pairy.

Selina verließ ihren schattigen Platz im Garten und wies die Diener an, frisches Gebäck und Wein aufzutragen, sobald die Königin Pairys Anwesen betrat. Sie überlegte, ob sie eine Nachricht an Pairy schicken sollte, doch entschied sich schließlich dagegen. Wahrscheinlich würden Benti und Themos bis zum späten Abend unterwegs, danach im Haus eines hohen Palastbeamten oder Adligen zu Gast sein. So war es in der letzten Zeit öfter, und sie hoffte darauf, dass es auch an diesem Tag so sein würde.

Sauskanu kam mit kleinen, wohlbedachten Schritten den gepflasterten Weg zum Haus hinauf. Ihr folgten zwei Fächerträgerinnen, vier kräftige Diener, die ihr Haupt mit einem Sonnensegel beschatteten, ihre persönliche Leibdienerin und zwei junge Sklavinnen mit Gastgeschenken für Pairy und Selina. Sauskanus Haare wurden von einem goldenen Stirnreif gehalten, und ihre zierlichen Füße steckten in goldenen Sandalen. Hätte Selina es nicht besser gewusst, hätte sie Sauskanu für eine Ägypterin gehalten. Flink wies ihre Freundin die Dienerschaft an, die Geschenke zu überreichen – goldene Ohrgehänge mit passendem Halsschmuck für Selina, ein Hund- und Schakalspiel, dessen Regeln Selina bisher nicht verstanden hatte, und eine kurze, mit Türkisen und Mondsteinen verzierte Reitpeitsche für Pairy.

Selina hatte die Diener angewiesen, einen Sonnenschatten im Garten zu errichten, doch Sauskanu bestand darauf, zuerst das Haus und Selinas Gemächer zu besichtigen. So führte Selina Sauskanu und ihre Dienerschar, die der Königin kaum von der Seite wich, durch das ganze Haus. Sauskanu war aufgeregt wie ein Kind, ihr gefielen vor allem Selinas Gemächer mit den Malereien ihrer Heimat. Als Sauskanu endlich zufrieden war, ließen Selina und sie sich unter dem Sonnenschatten im Garten nieder. Wie bei Selinas Besuch im Palast knabberte Sauskanu auch jetzt nur winzige Stücke von ihrem Gebäckstück und nippte lediglich an ihrem Wein. Ihren geröteten Wangen war jedoch anzusehen, dass sie zufrieden war.

„Wo ist dein Sohn? Ich würde ihn so gerne sehen. Ich hätte auch gerne Nofrure mitgebracht, doch der Pharao hat mir nicht die Erlaubnis erteilt, sie mitzubringen."

„Alexandros schläft um diese Zeit. Aber bestimmt wird die Kinderfrau ihn bald bringen."

Sauskanu legte ihr angeknabbertes Gebäckstück auf ihren Teller und sah sich im Garten um. „Wie schön dein Haus ist. Ich wünschte, ich könnte auch außerhalb der Palastmauern leben und gehen, wohin ich will. Bist du glücklich mit Pairy? Hast du dich gut einleben können?"

Schulterzuckend wich Selina Sauskanus Blick aus. „Unser Leben verläuft nach den ersten Auseinandersetzungen friedlich. Hentmira ist fort, und somit darf ich mich wohl nicht beschweren."

„In deinen Worten liegt keine große Überzeugungskraft", bemerkte Sauskanu verwundert.

„Ich glaube, die Gefühle meines Gatten für mich sind erkaltet."

Jetzt hob Sauskanu die sorgfältig geschminkten Brauen. „Nach allem, was er getan hat, um dich wiederzusehen? Immerhin hat er nicht nur seinen, sondern auch Bentis und meinen Kopf riskiert, als er wie ein verliebter Jüngling um meine Gemächer herumschlich, in der Hoffnung, dich zu sehen. Die große königliche Gemahlin Bentanta war wirklich sehr erzürnt."

Selina blickte Sauskanu verständnislos an. „Was hat er getan?"

Die Königin verschluckte sich an einem Gebäckkrümel, und sofort waren ihre Dienerinnen bei ihr, um ihr auf den Rücken zu klopfen und ihr den Becher mit Wein an den Mund zu setzen. Als Sauskanu sich endlich beruhigt hatte, versuchte sie, Selinas Blick auszuweichen. „Oh, ich dachte ... Ich glaubte, du wüsstest davon."

Selina schüttelte den Kopf, ließ Sauskanu jedoch keine Gelegenheit, das Thema zu wechseln. „Erzähle mir diese Geschichte, Sauskanu."

Sie wand sich. „Also, vielleicht solltest du in diesem Falle lieber deinen Gemahl fragen."

„Sauskanu, sei nicht immer so ängstlich! Außerdem hast du es bereits erwähnt, also kannst du auch den Rest erzählen."

Sauskanu kaute einen Augenblick auf ihrer Unterlippe, dann gab sie sich geschlagen und erzählte ihr vom Vorfall in den Palastgärten. Währenddessen breitete sich ein zufriedenes Lächeln auf Selinas Gesicht aus. So war das also. Die gesamte Zeit hatte sie sich von Pairy Vorwürfe wegen ihres ungebührlichen Verhaltens im Palast machen lassen müssen, dabei hatte er ihr sein unrühmliches Erlebnis verschwiegen.

Sauskanu seufzte, als sie ihre Geschichte beendet hatte. „In Anbetracht dieser Dinge kann ich kaum glauben, dass die Gefühle deines Gemahls erkaltet sind." Im nächsten Augenblick glänzten Sauskanus Augen. „Oh, wären doch an diesem Abend nicht die großen königlichen Gemahlinnen auf ihrem Weg von Ramses' Fest an meinen Gemächern vorbeigekommen. Ich hätte so gerne ein paar Worte mit Benti gewechselt." Sie wurde unruhig und begann, die letzten Krümel ihres Gebäckstücks zu zerdrücken. „Wo ist Benti eigentlich? Wohnt er noch in Pairys Haus?"

„Sauskanu!", mahnte Selina sie streng.

Sauskanu zuckte zusammen und ließ von ihren mittlerweile platt gedrückten Gebäckkrümeln ab. „Ach Selina, habe ich dir nicht gerade auch einen Gefallen erwiesen?"

Selina verdrehte in einem Anflug von Verzweiflung die Augen. „Er wohnt noch hier, aber er und Themos kehren meist erst am späten Abend zurück."

„Ich habe die Erlaubnis, so lange eure Gastfreundschaft zu genießen, wie ich möchte, wenn ich nur vor der Morgendämmerung zurück im Palast bin und meine Dienerinnen bezeugen können, dass ich die gesamte Zeit in deiner Gesellschaft war."

„Sauskanu, du weißt, dass das nicht geht. Ich bitte dich, wie stellst du dir das vor? Ich verstehe dich ja, doch du hast dich dafür entschieden, Ramses' Gemahlin zu werden."

Die Königin lächelte unschuldig. „Aber ich führe doch nichts Schlimmes im Sinn. Und meine Diener habe ich für den heutigen Tag sehr genau ausgewählt und aus meiner eigenen Schatulle bezahlt."

Selina staunte. „Bei der großen Göttin, Sauskanu! Du kannst wirklich hintertrieben sein. Du hast deinen Plan genau ersonnen, um Benti wiederzusehen."

„So ist es nicht!", protestierte Sauskanu. „Ich habe mich wirklich sehr darauf gefreut, dich zu treffen ... Nun ja, ich gebe zu, dass ich vielleicht ein wenig vorausgedacht habe. Aber immerhin darfst du an der Seite des Mannes leben, den du liebst. Ich würde dich und Pairy doch niemals in Gefahr bringen, wie es Pairy mit Benti und mir getan hat."

„Du versuchst, mir ein schlechtes Gewissen einzureden. Ich kann mich noch gut daran erinnern, wie ich in Hattusa meinen Kopf riskiert habe, um deine und Bentis Briefe zu übermitteln."

Sauskanu war nicht bereit, so schnell aufzugeben. Mit der Beharrlichkeit eines Kindes redete sie weiter auf Selina ein. „Aber es wäre doch nur dieser eine Abend. Außerdem habe ich ein Gespräch zwischen den großen königlichen Gemahlinnen Bentanta und Meritamun belauscht, das dich sicherlich sehr interessieren wird."

„Das glaube ich kaum."

„Aber es betrifft den Besuch meines Bruders Tudhalija in Piramses", lockte Sauskanu.

Ihre Versuche trugen Früchte. Selinas Augen weiteten sich. „Tudhalija kommt nach Piramses? Wann wird er eintreffen? Weshalb kommt er?"

„Wirst du mir helfen, Benti zu sehen?"

„Das wird Pairy nicht zulassen."

„Dann werde ich dir nichts erzählen!"

Selina schnappte nach Luft. „Das nennst du also Freundschaft, Sauskanu?"

Die Königin schob trotzig wie ein Kleinkind ihre Unterlippe vor. „Das könnte ich dich ebenso fragen!"

Sie schwiegen eine Weile und blickten angestrengt auf den Teich. Dann hielt es Selina nicht mehr aus. „Also gut, ich werde dir helfen."

Sauskanus beleidigter Gesichtsausdruck wich Zufriedenheit. „Ich wusste, dass wir echte Freundinnen sind. Ich habe am Badeteich ein Gespräch der Königinnen belauscht. Sie glaubten wohl, ich würde schlafen, doch natürlich hörte ich jedes Wort. Mein Bruder wird innerhalb eines Mondumlaufs in Piramses eintreffen. Sein Besuch wird als höfliche Aufwartung des hethitischen Thronfolgers bei Ramses angekündigt, doch Königin Bentanta behauptete, dass Tudhalijas Schatzkammern die Handelsabgaben für den mykenischen König Agamemnon nicht aufbringen können, da diese nun um ein Vierfaches höher sind als unter Priamos. Die Königin ist überzeugt, dass Tudhalija lediglich nach Piramses kommt, um den Pharao um Gold zu bitten. Und er kommt nicht allein. Er bringt seine Gemahlin mit, die künftige Tawananna."

Selinas Augen verdüsterten sich. „Tudhalija trägt einen großen Teil der Schuld daran, dass meine Familie und mein Volk ausgelöscht wurden."

Sauskanu nickte. „Ich mag ihn auch nicht besonders, doch was willst du tun? Du kannst nicht einfach einen hethitischen Prinzen töten. Wahrscheinlich wirst du ihn überhaupt nicht zu Gesicht bekommen, da es dir verboten ist, den Palast zu betreten."

„Ich kann ihn zwar nicht töten", überlegte Selina laut, „doch es muss irgendeine andere Möglichkeit geben, ihn für sein Tun bezahlen zu lassen. Selbst die Ägypter glauben an Gerechtigkeit und den Ausgleich von Schuld. Sie nennen es Maat, ich nenne es Rache."

„Mein Vater wird vielleicht bald sterben, schreibt meine Mutter Puduhepa in ihren seltenen Briefen. Ich weiß, dass die Zeit in Hattusa schlimm für dich war und dass meine Mutter dir Böses wollte. Ich vermisse Hattusa nicht allzu sehr. Obwohl ich in Ägypten recht einsam bin, sehne ich mich nicht nach dem kalten Winter und den beengenden Regeln meiner Heimat zurück – vor allem nicht, seit ich weiß, dass Benti nicht mehr dort ist. Aber du darfst dich nicht wegen Tudhalija grämen, Selina. Es würde das Geschehene nicht rückgängig machen."

„Ich will nur Gerechtigkeit – und wenn das nur bedeutet, dass Tudhalijas Schatzkammern nicht mit Ramses' Gold gefüllt werden. Möge Tudhalijas Thron einstürzen und ihn unter seiner Last begraben! Tudhalija zerstörte mein Volk. Ich werde dazu beitragen, dass seine Träume nun ebenfalls zerfallen!"

Pairy verbeugte sich tief vor Ramses, dessen Blick selbstzufrieden dem Flug seines Pfeils folgte. Erst als dieser die Mitte der Zielscheibe traf, übergab er seinen Bogen dem wartenden Diener und schenkte Pairy seine Aufmerksamkeit. „Wie führt deine neue Gemahlin deinen Haushalt, Pairy? Hat sie sich mittlerweile eingelebt und ist dir eine gute Gemahlin?"

„Ich bin zufrieden, Herr allen Lebens."

Der Pharao bemerkte, dass Pairy seinem Blick auswich. „So? Ich meine, alt genug zu sein, um Zufriedenheit im Gesicht eines Mannes erkennen zu können – in deinem sehe ich keine. Außerdem frage ich mich, weshalb du diesen übertrieben salbvollen Ton anschlägst. Dies ist kein Empfang bei Hofe. Wir befinden uns auf dem Truppenübungsplatz. Die Schakale des Palastes ruhen um diese Zeit in ihren Gemächern und warten darauf, dass Re von Nut verschlungen wird. Sie sind allesamt verweichlicht! Ich sehne mich nach der Zeit zurück, als mein Arm jung und stark war und gegen Kadesch gezogen ist."

Nur mit Mühe unterdrückte Pairy ein erleichtertes Lächeln. „Verzeih mir, Pharao. Ich wusste nicht, mit welcher Gesinnung du mir gegenübertreten würdest. Du hättest Grund genug, mir mit Zorn zu begegnen."

Auf Ramses' Gesicht zeigte sich der altbekannte spöttische Ausdruck. „Ah, worauf willst du hinaus, mein Günstling? Auf den kleinen Zwischenfall in den Palastgärten oder den Übermut deiner Gemahlin? Sie ist ein stures, bockiges Ding. In einem Augenblick bemitleide ich dich, im nächsten beneide ich dich. Sag mir, Pairy, ist sie glücklich in Piramses? Mir ist zu Ohren gekommen, dass sie ihre Schatullen bald mit gutem Ertrag füllen kann. Ihre Pferde sind begehrt, und ihre Freunde handeln gute Preise aus. So wird sie nicht ständig von dir fordern müssen, wie Hentmira es tat."

„Das ist wahr, Pharao. Selina war niemals gierig oder anmaßend. Ich glaube fast, ich hätte ebenso gut ein einfacher Soldat sein können, es hätte ihre Zuneigung für mich kaum geschmälert. Doch es ist schwer, zu ihrem Herzen vorzudringen. Wir scheinen uns gefunden und doch wieder verloren zu haben." Er blickte nachdenklich gen Himmel. „Vielleicht braucht es einfach ein wenig Zeit."

Freundlich legte Pharao seine Hand auf Pairys Schulter. „Wenn es wirklich die süße Hathor war, die eure Kas füreinander bestimmte, wird sich alles finden. Ich will nicht nachtragend sein. Ich mag deine Gemahlin, obgleich sie eine Plage sein kann. Sie ist fremd in Ägypten. Ich habe mich dazu hinreißen lassen, ihren Taten zu viel Bedeutung beizumessen, doch da ich Horus bin, darf ich großmütig sein. Ich hebe ihre Verbannung aus dem Palast auf. Bringe deine Gemahlin mit zu den Festen, damit die Höflinge euch zusammen sehen und ihre Augen sich nach und nach an sie gewöhnen können. Irgendwann werden auch die bösesten Zungen schweigen."

Pairy deutete eine leichte Verbeugung an. „Ich danke dir, Pharao."

Ramses winkte ab. „Dies ist nicht der eigentliche Grund, weshalb ich dich hergebeten habe. Er mag wichtig für dich sein, doch mich beschäftigt die baldige Ankunft des hethitischen Thronfolgers."

„Ich habe davon gehört, dass Tudhalija nach Piramses kommt. Ich frage mich nur, weshalb er es jetzt tut, nachdem er den Brautzug seiner Schwester seinerzeit nicht begleitet hat."

Der Pharaos nickt ernst. „Das genau ist es, was mein Ka beschäftigt. Sag mir Pairy, du kennst den Prinzen: Was für ein Mensch ist er?"

Pairy überlegte kurz, doch es fiel ihm nicht schwer, Tudhalija einzuschätzen. „Er ist durchtrieben, und er will unbedingt den Thron besteigen. Der Prinz wartet nur darauf, dass sein Vater stirbt. Er erwies mir stets Höflichkeit, doch wir mögen uns nicht. Prinz Tudhalija ist leicht zu durchschauen, da er ungestüm ist und wenig Geduld besitzt."

„Ich erinnere mich noch gut an die Gewalttat gegen die Palastdame Ipu, welche fast die Hochzeit mit Königin Maathorneferure verhindert hätte."

„Diese Schuld traf nicht den Prinzen. Ich denke jedoch, dass auch er zu einer solchen Tat fähig wäre, sollte es ihm zum Vorteil gereichen. Meine Gemahlin hätte er nur allzu gern gen Westen geschickt, und seine List, durch die ihr Volk ausgelöscht wurde, spricht ebenfalls für sich."

Aufmerksam hob Ramses eine Braue. „Du hast so etwas schon einmal erwähnt. Es ist also wahr?"

„Das ist es", gestand Pairy, „doch Selina hätte ihm nicht trauen dürfen. Sie kannte den Prinzen, und ich habe sie gewarnt. Meine Gemahlin ist mit einem Herzen gesegnet, das darum bemüht ist, in allem und jedem zuerst das Gute sehen zu wollen."

Ramses lächelte wissend. „Sie ist unbedarft und jung. Sie besitzt einen wachen Verstand, der jedoch von ihren Gefühlen getrübt und irregeleitet wird. In diesem Falle wurde ihr diese Gabe zum Fluch, wenn ich es richtig verstehe. Meiner Tochtergemahlin Bentanta scheinen diese Gefühle zu fehlen, was mich ihren Verstand schätzen, ihr Ruhebett jedoch meiden lässt. Sie ist der festen Überzeugung, Prinz Tudhalija käme, um Gold für seine leeren Schatzkammern zu erbitten."

„Das wäre durchaus möglich, mein Pharao."

„Ich will offen zu dir sprechen, Pairy, weil ich dir mehr vertraue, als meinen eigenen Söhnen, denen mehr an der Doppelkrone liegt, als an ihrem Vater. Ich habe gegen Hatti und seinen König Muwatalli gekämpft und mit Hattusili schließlich einen Friedensvertrag geschlossen. Ich habe diesen Vertrag nicht bereut. Die Korrespondenz zwischen Seiner Sonne und mir war freundlich und aufrichtig, auch wenn natürlich jeder für sein Land die größtmöglichen Vorteile durchsetzen wollte. Dies ist die Pflicht eines Königs, und kein König nimmt es dem anderen übel. Doch Prinz Tudhalija scheint mir kein besonders loyaler Verbündeter zu sein. Hat er nicht auch die Verträge mit Troja missachtet? Troja ist gefallen, ohne dass ein einziger hethitischer Soldat dort gekämpft hätte, um Priamos zu unterstützen. Jetzt will der Prinz Ägypten um Hilfe bitten, da er die hohen Abgaben, die Agamemnon von Mykene fordert, nicht aufbringen will oder kann. Nun, das Erdmetall ist begehrt, und sicherlich will auch Agamemnon seinen Anteil daran. Auch ich warte noch immer auf die versprochenen Waffen und muss mich vom Prinzen vertrösten lassen. Weshalb sollte Ägypten seine Verträge mit Hatti einhalten, nachdem Hatti die seinen gebrochen hat?"

Sie hatten sich einige Schritte von dem Diener entfernt, sodass sie offen sprechen konnten. Pairy fuhr sich mit der Hand über die Stirn. Was sollte er dem Pharao raten? Eine Entscheidung gegen Hatti würde nicht gegen den Friedensvertrag verstoßen, Hatti und Ägypten jedoch entzweien, sobald Tudhalija auf dem Thron säße. Dann wäre der Vertrag nicht mehr wert als sie silberne Tafel, in die er eingeritzt worden war.

„Das ist eine schwierige Entscheidung", gab Pairy zu. „Prinz Tudhalija ist kaum zu trauen, aber immerhin sitzt Hattusili noch auf dem Thron, wenn auch Tudhalija bereits der eigentliche Regent ist. Eine deiner großen königlichen Gemahlinnen ist Prinz Tudhalijas

Schwester. Vielleicht macht ihn das Ägypten gegenüber loyaler als er es Troja gegenüber war."

„Vielleicht", sagte Ramses zweifelnd, „vielleicht aber auch nicht. Ich werde warten, bis der Prinz eintrifft, und ihn sehr genau beobachten. Auch du wirst während seines Besuches viel Zeit im Palast verbringen müssen, mein lieber Pairy. Ich lege großen Wert auf deinen Rat. Besuche Feste, sprich mit dem Prinzen, und sorge dafür, dass er sich wohlfühlt. Wenn er dich verabscheut, wird er es umso mehr genießen, dass du für sein Wohlbehagen in Piramses sorgst und die Erfüllung seiner Wünsche überwachst. Es wird ihm schmeicheln und ihn vielleicht redseliger machen. Bringe auch deine Gemahlin mit in den Palast. So wird der Prinz wissen, dass wir über seinen Verrat an Troja unterrichtet sind."

„Mein Pharao, der Prinz hasst meine Gemahlin, und ihr Hass auf ihn dürfte nicht geringer sein."

Ramses verzog den Mund zu einem wissenden Lächeln. „Das habe ich bedacht; und wir haben festgestellt, dass Gefühle dazu verleiten, das Innerste preiszugeben. Dabei ist es nicht wichtig, ob diese Gefühle guter oder schlechter Natur sind. Ich will wissen, wer dieser Prinz ist und ob er es wert ist, den Friedensvertrag mit Hatti nach dem Tod seines Vaters aufrecht zu erhalten."

„Wie du wünschst", antwortete Pairy besorgt. Wenn der Pharao eine Entscheidung getroffen hatte, blieb ihm nichts anderes übrig als einzuwilligen. Es war ihm nicht recht, dass Selina und Prinz Tudhalija noch einmal aufeinandertreffen würden, und er fragte sich, wann Selina und er endlich ihren Frieden mit der Vergangenheit würden schließen können.

Als Pairy die Thotstatuen seines Eingangs passierte, fiel sein Blick auf den Tragstuhl, der in seinem Garten abgestellt worden war. Obwohl Nut bereits Re verschlungen hatte, saßen die Träger und einige fremde Dienerinnen schwatzend an seinem Teich und kühlten sich in ihm die Beine. Pairy wollte bereits zu ihnen gehen und sie zur Rede stellen, als er die achtlos im Gras liegende Standarte der großen königlichen Gemahlin Maathorneferure erkannte. Er beschleunigte seine Schritte. Sein neuer Hausverwalter öffnete ihm die Tür und verbeugte sich.

„Warum wurde ich nicht darüber unterrichtet, dass die große königliche Gemahlin in meinem Haus weilt?"

Er wartete gar nicht erst auf eine Antwort, sondern durchquerte die Empfangshalle und ging schnellen Schrittes in den Speiseraum. Es war ungewöhnlich ruhig. Hätte er nicht

Stimmen vernehmen müssen, hätten nicht seine Diener geschäftig mit dampfenden Schüsseln und Krügen an ihm vorbeieilen sollen? Er wurde immer unruhiger. Der Speiseraum war leer und lag im Dunkeln. Nirgendwo im Haus duftete es einladend nach Speisen. Ratlos blieb er einen Augenblick stehen, dann kam ihm der Gedanke, dass die Königin vielleicht mit seiner Gemahlin in ihren Gemächern weilte. Immerhin verband die Frauen seit ihrer gemeinsamen Zeit in Hattusa ein freundschaftliches Band.

Eilig lief Pairy die Stufen zum oberen Stockwerk hinauf. Er klopfte an der Zedernholztür mit Selinas Namen und wartete. Als er keine Antwort erhielt, trat er ein und fand einen leeren Raum vor. Selinas Ruhebett war unberührt, der warme Abendwind ließ die Binsenmatten vor den Fensteröffnungen rascheln. Ihre Dienerin war nicht anwesend.

Pairy hatte das unbestimmte Gefühl, dass sich seine Gemahlin und seine Dienerschaft vor ihm versteckt hielten. Stirnrunzelnd schüttelte er den Kopf. Das war lächerlich! Er schob die Binsenmatte vor dem Fenster zur Seite und blickte hinunter in den Garten. Die Dienerschaft der Königin saß noch immer um den Teich herum. Dann vernahm er das leise Klingen einer Harfe und die hohe Stimme einer Frau, die ein altes ägyptisches Lied sang. Pairy atmete erleichtert auf. Selina hatte das abendliche Mahl auf dem großen Flachdach auftragen lassen, das viele Ägypter während der Hitzemonate den Räumlichkeiten vorzogen. Er verließ Selinas Gemächer und folgte dem schmalen Gang bis zu den Stufen, die zum Dach führten. Die Harfe und die Stimme der Sängerin wurden lauter. Auf dem Dach fand er jedoch lediglich ein paar Schalen mit Früchten und einige Krüge mit Wein und süßem Bier auf einer Decke ausgebreitet. Neben der Decke kniete die junge Ägypterin mit der Harfe. Selina und Themos hatten es sich auf Kissen bequem gemacht und lauschten dem Gesang in scheinbar andächtigem Schweigen.

Als Selina und Themos ihn erblickten, lächelten sie ihn freundlich an und füllten einen weiteren Kelch für ihn. Pairy ging langsam zu ihnen hinüber. Irgendetwas war seltsam an diesem Abend, und ihm war nach wie vor unbehaglich zu Mute.

„Wo ist die große königliche Gemahlin Maathorneferure?", fragte er, ohne ein Wort des Grußes.

„Oh, sie fühlte sich etwas matt und hat sich in meinen Gemächern zur Ruhe gelegt."

Er ging sich in die Hocke und nahm Selina den Becher aus der Hand. Das Lächeln auf ihrem Gesicht wirkte verkrampft; seine Gemahlin hatte offensichtlich ein schlechtes Gewissen. Themos hielt den Blick stur auf die Sängerin gerichtet.

„Ich war soeben in deinen Gemächern. Sie sind leer."

„Oh ...", gab sie leise zurück. „Vielleicht konnte Sauskanu nicht schlafen und hat sich im Haus verirrt."

Seltsamerweise benahm sich Selina wie eine verschreckte Gazelle, und dieses Verhalten war für seine Gemahlin so abwegig wie Schneefall in Piramses.

„Was geht hier vor?", fragte Pairy deshalb. „Wo sind die Diener?"

„Ich habe ihnen jeweils zwei Kupferringe gegeben, damit sie eine Schenke in der Stadt besuchen können. Wir sollten ihnen öfter einen freien Abend gewähren. Sie sind fleißig, und es ist ohnehin zu heiß, um etwas anderes als ein paar Früchte zu essen."

Pairy ließ Selina kaum aus den Augen, was sie nervös zu machen schien. „Willst du nicht einen Becher Wein, Pairy?"

Endlich erkannte er, was an dieser seltsamen Zusammenkunft nicht stimmte. „Themos ist hier. Wo ist Benti?"

„Er musste noch einen Vertrag für den Verwalter des ..., des ... Wer war es noch einmal, Themos?", versuchte Selina, sich verzweifelt herauszureden, während Themos zusammenschrak.

Pairy hatte genug gehört. Er erhob sich und zog Selina mit auf die Beine, wobei sie überrascht ihren Becher fallen ließ. Das Mädchen beendete das Harfespiel, und Themos platzte heraus: „Ich habe ihr gesagt, dass sie es nicht tun soll, edler Herr Pairy. Ich habe mit dieser Sache nichts zu tun."

Pairy beachtete ihn nicht weiter, sondern zog Selina hinter sich her, die Stufen zum Dach hinunter, den schmalen Gang, bis in die Eingangshalle. Sie wehrte sich nicht, da sie erkannte, dass Pairys Zorn groß war.

„Wo sind Benti und die Königin?", fragte er schroff.

Selina begann, mit klammen Händen den Stoff ihres Gewandes zu kneten. „Ich weiß es nicht. Sie wollten nur ein paar Schritte im Dunkel der Straße tun. Sie versprachen, vorsichtig zu sein und bald zurückzukehren. Du musst das verstehen, Pairy ... Ich war es Sauskanu schuldig."

Pairys Gesichtsaudruck blieb unerbittlich, und Selina spürte, dass sie zu weit gegangen war. Verzweifelt griff sie nach seiner Hand, doch er entzog sie ihr. „Das kann nicht so weitergehen, Selina. Du hast den Pharao bereits einmal enttäuscht, und er hat dir verziehen. Wenn er davon erfährt, wird er es nicht noch einmal tun – und ich werde es auch nicht!"

Er ließ sie stehen und eilte aus dem Haus, um Benti und Sauskanu zu suchen. Zitternd blieb Selina zurück. Nie hatte sie eine solche Kälte an Pairy gespürt wie an diesem Abend.

Benti und Sauskanu lehnten an der rückseitigen Umfassungsmauer von Pairys Haus. Sie waren kaum weiter als ein paar Schritte gegangen, als die Worte zwischen ihnen bereits überflüssig geworden waren. Ihre Blicke hatten sich gesucht, ihre Hände hatten sich berührt, und dann waren sich ihre Lippen immer näher gekommen. Der erste Kuss war noch zurückhaltend und ängstlich gewesen, der zweite etwas fordernder, und nach kurzer Zeit vergaßen sie alles um sich herum. Die Trennung hatte ihre Gefühle füreinander nicht erkalten lassen, ihr Wiedersehen ließ sie vielmehr die Zurückhaltung der Jugend vergessen, die sie in Hattusa noch umgeben hatte. Bentis Hände fuhren über Sauskanus schmale Schultern, während sie die ihren um seine Taille gelegt hatte. Sie brauchten eine Weile, um sich voneinander zu lösen, und ihre Worte wiederzufinden.

„Sauskanu, ich muss dich wiedersehen. Ich will nicht länger ohne dich sein. Wir müssen einen Weg finden, damit der Pharao dich freigibt."

Sie blickte ihn an, und ihre Augen füllten sich mit Tränen. „Das ist unmöglich, Benti. Der Pharao ist ein Gott. Niemand kann die eingegangene Verbindung lösen. Er hat mich längst vergessen, wie es das Schicksal vieler seiner Gemahlinnen ist. Aber deswegen wurde noch nie eine seiner Frauen von ihrer Pflicht entbunden. Eine Frau, die den Pharao betrügt, wird mit dem Tode bestraft. Niemals werde ich frei sein."

„Es muss einen Weg geben. Wir könnten aus Ägypten fliehen."

„Und wohin sollen wir gehen? Was sollen wir tun, wenn wir Ägypten den Rücken kehren? Wir können nicht nach Hattusa zurück oder an irgendeinen anderen Hof. Er würde uns überall finden, und kein Land würde den Zorn des mächtigen Falken von Ägypten auf sich ziehen wollen, indem es uns Unterschlupf gewährt. Es ist unmöglich, Benti."

Bentis Hoffnungen schwanden so schnell dahin, wie sie ihn beflügelt hatten. Er öffnete den Mund, um etwas zu sagen, doch er blieb stumm. Sie hatte recht. Es gab keinen Ausweg für sie. Sie war die große königliche Gemahlin des Pharaos, und dieser hatte Sauskanu und Hatti eine große Ehre erwiesen, indem er sie über den Rang einer Nebenfrau hinaus zur Königin erhob, denn dieser Titel war eigentlich den ägyptischen Gemahlinnen vorbehalten.

Selina beobachtete Bentis und Sauskanus Rückkehr durch die Fensteröffnung ihrer Gemächer. Kurz nach Benti und Sauskanu kam auch Pairy zurück, der sich sofort Benti zur Seite nahm und wütend auf ihn einredete. Benti nickte stumm zu allem, dann ging er wie ein geprügelter Hund langsam zurück ins Haus. Gegen Sauskanu konnte Pairy seine Wut natürlich kaum richten, da sie eine Königin war, doch auch für sie fand er einige, wenngleich freundlichere Worte.

Selina schob die Binsenmatte zurück vor ihre Fensteröffnung, als Pairy ins Haus trat. Sie setzte sich auf ihr Ruhebett und wickelte sich unruhig immer wieder eine Strähne ihres langen Haares um ihren Finger. Wie sollte sie Pairy nun begegnen? Seine Kälte verunsicherte sie, und Selina verspürte das erste Mal große Angst, ihn wirklich zu verlieren. Sie lauschte seinen Schritten, als er die Stufen der Treppe emporkam. Kurz kam ihr der Gedanke, sich schlafend zu stellen, doch sie wusste, dass er sie ohnehin wecken würde, falls er ihrer plötzlichen Müdigkeit überhaupt Glauben schenkte. Dieses Mal betrat er ihre Gemächer, ohne an ihre Tür zu klopfen. Sie hatte gehofft, dass seine Wut etwas abgeklungen wäre, doch seine Augen verrieten, dass er noch immer zornig war.

Pairy trat ohne Aufforderung ein und schloss die Tür hinter sich. Dann nahm er sich einen der neuen Stühle und ließ sich darauf nieder. Widersinnige Gedanken gingen Selina durch den Kopf. Er sah gut aus, sie hatte seine glatte braune Haut und das markante Gesicht mit den hohen Wangenknochen immer bewundert. Irrsinnigerweise verspürte sie in diesem Moment den brennenden Wunsch, mit ihm das Lager zu teilen. Sie lief rot an, da sie fürchtete, Pairy könne ihre Gedanken erraten, was ihr im nächsten Augenblick unsagbar peinlich und dumm vorkam.

„Ich habe mit Benti und Sauskanu gesprochen. Ein solcher Vorfall wird sich nicht wiederholen. Du kannst die Götter oder meinetwegen auch die große Göttin anflehen, dass die Dienerschaft der Königin so verschwiegen ist, wie Maathorneferure glaubt. Ramses hat mir heute mitgeteilt, dass er dir verziehen hat und du den Palast wieder betreten darfst, doch dir fällt nichts anderes ein, als ihn erneut zu beleidigen!"

Sie wollte antworten, doch er gab ihr gebieterisch zu verstehen, dass sie schweigen sollte. „Wir werden uns in den nächsten Mondumläufen sehr oft gemeinsam in den Palast begeben. Was immer auch geschieht, Selina: Du wirst lernen, dich zu beherrschen! Piramses ist nicht Lykastia, und mein Volk lebt anders als das deine. Du hast dich entschieden, nach Piramses zu kommen, und ich habe dich ohne Vorwürfe oder ein belastetes Ka empfangen. Ich habe dir vertraut und mich bemüht, meine Heimat zu der deinen zu machen. Doch du verschließt die Augen und lebst in der Vergangenheit." Er schüttelte verständnislos den Kopf. „Sieh es endlich ein, Selina! Dein Volk wurde ausgelöscht. Ich kann nur erahnen, was deine Augen in Troja gesehen haben, welchen Schmerz du fühlen musst, und ich bin bereit, dir zu helfen, die Wunden deiner Vergangenheit zu heilen. Wach endlich auf aus deinem grausamen Traum voller Blut und Tod! Du hast das Schlachtfeld verlassen, es gibt keinen Grund mehr zu kämpfen."

Ihre Augen füllten sich mit Tränen. Pairys Worte öffneten die Schleusen zu den Verletzungen ihres Herzens und ließen sie ihre Einsamkeit spüren. „Tudhalija kommt nach Piramses, um von Ramses Gold für Hattis Schatzkammern zu fordern", schluchzte sie. „Die große Mutter weiß, wie sehr ich ihn hasse! Ihr Ägypter redet ständig von der Maat, von der Göttin der Waagschale, und dass es nur Ordnung und Harmonie geben kann, wenn beide Schalen im Gleichgewicht sind. Die Waagschale neigt sich jedoch tief zu einer Seite, wenn dieser Verräter Gold aus den ägyptischen Schatzkammern erhält, und das weißt du auch, Pairy."

Er sah die Verzweiflung in ihren Augen und erinnerte sich an das Gespräch mit Ramses. Wie klug war der Herr allen Lebens doch gewesen, als er mit ihm über Selina gesprochen hatte. Ihre Gefühle schienen sie von innen heraus zu zerstören. Selina hatte recht mit dem, was sie sagte, doch sie wusste auch, dass der Prinz unantastbar war. Er zwang sich aufzustehen, bevor ihre Verzweiflung ihm alle Kraft rauben konnte und seinen Zorn verrauchen ließ. Dieses Mal musste er hart bleiben. „Also hat die Königin dir bereits von Tudhalijas Eintreffen berichtet. Ich wünschte, ich könnte es dir ersparen, doch der Pharao hat beschlossen, dass ich für das Wohlbefinden des Prinzen und seiner Gesandtschaft die Verantwortung trage. Ich muss mich dem Wunsch des *Netjer nefer* beugen, und du als meine Gemahlin wirst es ebenfalls tun müssen."

Ihre blauen Augen weiteten sich vor Entsetzen. „Das kannst du nicht von mir verlangen!"

„Doch, Selina, das kann ich! Ich bin dir bis nach Lykastia gefolgt, nachdem du aus Hattusa geflohen bist. Ich habe Alexandros nach Ägypten gebracht, als du darauf bestanden hast, in diesen sinnlosen Krieg zu ziehen. Ich habe dir immer wieder verziehen, was immer auch geschah; nun verlange ich von dir, dass du deine Belange zurückstellst und die meinen, vor allem aber Ramses' und Ägyptens Wünsche achtest. Ägypten ist das Land, in dem du nun lebst. Es ist deine Heimat, Selina – denn du hast keine andere mehr!"

Er verließ ihre Gemächer, bevor sie etwas erwidern konnte. Als er die Tür hinter sich geschlossen hatte, hörte er keinen Laut zu ihm herausdringen. Sie hatte aufgehört zu weinen. Er hätte dieses grausame Gerangel zwischen ihnen lieber sofort beendet, doch Selina hatte die Grenzen überschritten. Mit ihrem Tun gefährdete sie alle, die sie umgaben, sogar Alexandros. Es gab Regeln, und sie musste lernen, diese zu achten!

Pallas Augen betrachteten ihre Umgebung aufmerksam, als sie neben Tudhalija unter dem Sonnensegel der Barke saß und den Landungssteg des Palastes ansteuerte. Sie sah die Türkise, Smaragde und Saphire in den Armlehnen ihres Sessels, ihre Blicke verharrten eine Weile auf dem stilisierten goldenen Lotuskelch, der das Bug des Schiffes bildete. Sogar die Ruderblätter der Barke waren mit Gold überzogen und leuchteten in der Sonne. Eine solche Verschwendung wie hier in Ägypten hatte sie noch nie zuvor gesehen. Auch Tudhalija starrte begehrlich auf die Schätze, die scheinbar in sorgloser Verspieltheit die Barke zierten, doch er war kaum wie Palla in der Lage, seine Gedanken hinter einem Zug des Gleichmutes zu verbergen. Sie stieß ihn unauffällig an. „Verschließe deine Gedanken vor den Augen der Menschen, Prinz."

Er fühlte sich ertappt und erschrak. „Habe ich dir nicht von den Reichtümern Ägyptens berichtet, Palla? Ich selbst kannte sie nur aus Erzählungen, doch das alles hier ist mehr, als ich erwartet hatte."

Sie nickte, ohne zu lächeln. Die tätowierten Zeichnungen ihres Gesichts und das mit einer goldenen Spange zu einem Knoten zurückgesteckte dunkle Haar verliehen ihr den Ausdruck einer reglosen Statue. „Du musst dein Begehren vor dem Pharao verbergen. Ein sichtbares Begehren vermittelt den Anschein von Schwäche, und der König von Ägypten soll glauben, dass wir sein Gold nicht nötig haben."

Tudhalija lächelte spöttisch. „Du hast viel gelernt, seit ich dich in mein Frauenhaus bringen ließ. Damals warst du ein schmutziges Tier, das den Tod erwartete. Nun beherrschst du eine verständliche Zunge und kannst sogar einige Schriftzeichen in Akkadisch kritzeln. Ich habe dich zur Gemahlin genommen, und ich habe es bisher nicht bereut. Du wirst die nächste Tawananna sein, doch sieh dich vor, und beschäftige dich nicht zu sehr mit Dingen, die mein Begehren dir gegenüber vielleicht schmälern könnten. Ich weiß, was ich zu tun habe, und ich bin mir sicher, dass Ramses mir das Gold nicht ausschlagen wird. Er und mein Vater haben lange um den Friedensvertrag verhandelt. Er würde ihn nicht wegen Gold aufs Spiel setzen, zumal Ägypten reichlich davon besitzt. Allein die nubischen Goldminen scheinen unerschöpflich zu sein."

Palla widersprach nicht. Es war besser, wenn Tudhalija glaubte, sie ließe ihn gewähren, wie es ihm beliebte. Sie wusste, wie sie ihren Willen durchsetzen konnte. So hatte sie Stufe um Stufe genommen und sich an seine Seite gedrängt. Tudhalija hatte es nicht einmal bemerkt, da er glaubte, vollkommen unbeeinflusst zu handeln. Doch immerhin hatte sie ihn auf den Gedanken gebracht, nach Ägypten zu reisen und den Pharao um Gold zu bitten –

einige von ihr reichlich entlohnte Geschichtenerzähler, die zu Tudhalijas Unterhaltung in den Palast gerufen worden waren, um von ihren Reisen nach Ägypten zu erzählen, hatten gereicht. Und dann hatte auch der General des Panku den Prinzen immer und immer wieder auf Ägyptens Reichtum hingewiesen; sie hatte nur zwei Nächte mit ihm verbringen müssen, um ihn dazu zu bringen, Tudhalija von dieser Reise zu überzeugen. Danach war der General leider einem Unglück erlegen: Seine Giftschlange hatte sich nachts aus ihrem Korb befreit und war auf sein Lager gekrochen. Er war sofort tot gewesen – welch ein Unglücksfall. Palla hatte ihr Ziel erreicht: Sie waren in Ägypten, um Ramses' Schätze nach Hatti zu bringen.

Sie richtete ihren Blick auf den Landungssteg, während die ägyptischen Bootsführer die Seile auswarfen und das Boot am Steg vertäut wurde. Die Männer und Frauen am Ufer blickten das hethitische Prinzenpaar neugierig an. Palla empfand ihre schlichten weißen Gewänder als langweilig, doch die breiten Schmuckkragen auf den Schultern der Männer und die Prunkgürtel ihrer Schurze, die funkelnden Armreifen der Frauen, ihre Ohrgehänge, die schweren Halsketten und die edelsteinbesetzten Stirnreifen gefielen ihr außerordentlich gut. Ramses und seine zwei Tochtergemahlinnen saßen unter einem Sonnensegel und wurden von Fächerträgern und einem großen Aufgebot von Dienern flankiert. Palla ahnte, dass die Menschen sie anstarrten, doch sie hielt ihren Blick ausdruckslos auf den Pharao gerichtet, als sie an Tudhalijas Seite voranschritt. Sie näherten sich dem Thronpodest, und Palla wollte zu einer tiefen Verbeugung ansetzen, als sie irritiert innehielt. Ihr ausdrucksloses Gesicht verlor für einen Augenblick den Gleichmut: Es konnte nicht sein! Die Frau in der ägyptischen Kleidung mit den hellen Haaren wies nur eine seltene Ähnlichkeit mit derjenigen auf, von deren Tod sie überzeugt war. Im nächsten Moment erkannte die andere sie jedoch ebenfalls, und sie starrten sich an. Tatsächlich, sie war es! Auch Tudhalija hatte Selina erkannt und blieb stehen.

„Ich hätte nicht geglaubt, dich noch einmal wiederzusehen, Selina", sprach Palla ruhig, wobei sie in die Zunge ihres Volkes fiel.

„Ich hingegen habe darum gebetet", entgegnete Selina leise und schneidend.

Palla lächelte nicht. Sie besann sich darauf, dass die Augen der Menschen noch immer auf sie und Tudhalija gerichtet waren, und wandte sich schnell ab. Tudhalija beherrschte sich ebenfalls mühsam. Sie gingen weiter bis zum Thronpodest und verbeugten sich vor Ramses. Hier und jetzt war nicht der passende Augenblick für einen Kampf. Doch Palla wusste, dass er unausweichlich war, und ihr war ebenso bewusst, dass sie ihn als Siegerin beenden musste. Die große Mutter hatte es so entschieden, sie hatte den Frauen Schwerter und Waffen in die

Hände gelegt. Und in diesem Sinne musste die leidige Fehde zwischen Selina und ihr in Pallas Sieg endlich ein ruhmvolles Ende finden.

Ramses' Empfang für das hethitische Thronfolgerpaar war kostspielig und aufwändig. Zehn Ochsen waren geschlachtet worden, Lämmer, Tauben, Krüge mit Wein aus Buto, süßes Bier, Früchte und Honiggebäck wurden den Gästen auf goldenen Tellern gereicht. Die besten und schönsten Tänzerinnen Ägyptens vollführten ihre Darbietungen kunstvoll auf dem mit Goldstaub bestreuten Marmorboden. Der Pharao hatte die Reichsschatulle weit geöffnet, um dem Prinzenpaar einen Empfang zu bereiten, den es nicht vergessen würde.

Pairy wies die Diener und Sklaven an, die Becher der Gesandtschaft stets gefüllt zu halten, er ließ die vielen Truhen in die bereitgestellten Gastgemächer bringen, während die Gesandtschaft sich auf dem Fest vergnügte. Tudhalija und seine Gemahlin wurden von über zweihundert Dienern, Hofdamen und sogar eigenen Vorkostern, Schreibern und Adligen des Panku begleitet. Pairy hatte alle Hände voll zu tun, sich um die anfallenden Wünsche zu kümmern, während Ramses mit dem Prinzen scheinbar ausgelassen die Lustbarkeiten des Festes genoss.

Pairy sorgte sich um Selina. Er hatte bemerkt, wie die Gemahlin des Prinzen sie am Landungssteg angesehen hatte, und ihm war auch der Wortwechsel nicht entgangen. Die beiden Frauen schienen sich zu kennen, Pairy war jedoch zu beschäftigt, um Selina danach zu fragen. Er würde es tun, wenn das Fest vorüber und er bis zum nächsten Tag von seinen Pflichten befreit war. Immer wieder waren ihm die Blicke aufgefallen, welche die Gemahlin des Prinzen und sie sich von Weitem zugeworfen hatten. Es waren ausdruckslose, jedoch lange Blicke gewesen, die sogar Ramses und seine Königinnen wahrgenommen hatten. Schließlich war Selina zu ihm gekommen und hatte darum gebeten, das Fest verlassen zu dürfen. Pairy hatte zu viel zu tun, als dass er sie hätte davon abhalten können. Der Pharao würde ihn sicherlich auf das seltsame Verhalten seiner Gemahlin ansprechen, doch bis auf Weiteres musste die Festgesellschaft bedient und unterhalten werden. Tudhalija hatte Ramses Geschenke seines Landes überbracht – lächerliche Geschenke, wie Pairy fand: Krüge mit Salbölen und Schmuck aus minderwertigem Glasfluss. Die Schatzkammern Hattis mussten wirklich leer sein, denn bemerkenswert waren nur die Stoffe für die großen königlichen Gemahlinnen gewesen. Die Waffen aus Erdmetall, die der Pharao begehrte und um die er den Prinzen immer wieder gebeten hatte, waren nicht unter den Geschenken. Pairy empfand dies als unhöflich, wenn nicht gar beleidigend.

„Edler Herr Pairy, der Herr allen Lebens wünscht, dass du ihm und seinen Gästen Gesellschaft leistest."

Pairy fuhr aus seinen Gedanken hoch und erkannte Ramses' Leibdiener. Wenn der Pharao ihn von seinen Pflichten fortrief, musste er einen guten Grund dafür haben. Pairy meinte, diesen Grund zu kennen. Der Pharao gab zwar vor, freundschaftlich und offen gegenüber dem Prinzen zu sein, doch in Wahrheit misstraute er ihm. Sicherlich würde er Pairy nach dem Fest zu sich rufen, um mit ihm über Tudhalija zu sprechen.

Pairy verbeugte sich vor Ramses und seinen Gemahlinnen, erst danach wandte er sich mit der gleichen Geste an den Prinzen und seine Gemahlin. Auch Sauskanu war am heutigen Tage auf der Empore, was ihr sichtlich gefiel. Da ihr Bruder Gast im Land ihres Gemahls war, saß sie sogar an Ramses' linker Seite und hatte damit Bentanas Platz eingenommen, die nun neben ihrer Schwester Meritamun zur Rechten des Pharaos saß.

„Ich freue mich sehr, in Piramses für dein Wohlbefinden sorgen zu dürfen und damit die Freundlichkeit ein wenig zu vergelten, die ich in Hattusa erfahren durfte", sagte Pairy gewandt. Tudhalija lachte, wie es seiner Natur entsprach, viel zu laut und bat Pairy, sich zu setzen. „Wo ist deine Gemahlin, Pairy? Ich meinte, ihr helles Haar unter den Gästen erkannt zu haben."

Obwohl Pairy fand, dass sich Tudhalijas Taktlosigkeit kaum gebessert hatte, blieb er freundlich. „Meine Gemahlin fühlte ein leichtes Unwohlsein und hat sich für eine Weile zurückgezogen." Er erkannte einen boshaften Zug um die Mundwinkel der Gemahlin des Prinzen.

„So hast du sie also doch noch gefunden, edler Herr Pairy. Ich hoffe, die Suche nach ihr hat sich gelohnt."

Ramses schien gedankenverloren die Tänze und Gesänge zu verfolgen, doch Pairy wusste, dass ihm kein Wort entging.

„Wie ich sehe, hast auch du nun eine außergewöhnlich schöne Gemahlin an deiner Seite, Prinz Tudhalija." Pairy schenkte Palla ein höfliches Lächeln, obwohl ihn die Zeichnungen ihres Gesichts und ihre unterkühlte Zurückhaltung abstießen. Doch Pairy konnte sich sehr gut vorstellen, dass sie dem Prinzen gefiel.

„Ein großes Reich wie Hatti braucht eine Tawananna. Meine Gemahlin Palla ist ein außerordentlicher Glücksfall."

Pairy zuckte zusammen. Selina hatte Pallas Namen so oft in ihrer Wut und Verachtung ausgespieen, dass er ihn kaum hätte vergessen können. Mit einem Mal verstand er, weshalb

Selina gegangen war. Wie konnte es sein, dass diese Frau nun an der Seite des Prinzen war? Pairy war klug genug, um sein Wissen zumindest auf dem Fest vor Ramses zu verbergen, doch die Situation war für ihn fast unerträglich. Er führte eine gezwungene Unterhaltung mit Tudhalija, bis der Pharao sich endlich erbarmte und ihn seinen Pflichten überließ. Kaum konnte er es erwarten, das Fest zu verlassen. Selina musste aufgebracht sein wie ein gequältes Tier, musste sie nun nicht nur ihren Zorn auf Tudhalija verbergen, sondern auch noch die Frau ertragen, die ihr Volk verraten hatte. Wie hatten sich Selinas schlimmste Gegner einander verbinden können? Warum mussten sie nun in Piramses aufeinandertreffen?

Selina lief schnellen Schrittes den Gang der königlichen Pferdeställe entlang. In ihrer Aufregung hatte sie nicht gewusst, wohin sie gehen sollte; sie hatte nur fort gewollt. Palla und Tudhalija gemeinsam auf Ramses' Fest zu sehen, war mehr, als sie ertragen konnte. Erst als sie die Verschläge von Arkos und Targa erreicht hatte, beruhigte sie sich ein wenig. Sie tätschelte der mittlerweile wieder trächtigen Stute den Hals, bis Arkos den Kopf über das Gatter seines Verschlages hängte und die gleiche Zuwendung forderte. Als sie Schritte vernahm, wandte sie sich von den Pferden ab. Sie wunderte sich, als sie Prinz Siptah erblickte, der ihr gefolgt sein musste. Er war für den Ehrenempfang des Prinzenpaares herausgeputzt, und über seiner Stirn wölbte sich die königliche Kobra.

„Ich hoffe, es geht dir gut, Gemahlin des *Hati-a*", sagte er freundlich, als er zu ihr trat. „Ich war besorgt, als du das Fest so früh verlassen hast."

Selina hätte ihn am liebsten gleich wieder fortgeschickt, da sie allein sein wollte und den Prinzen nicht mochte. „Ich fühlte mich unwohl, Prinz. Es geht mir bereits besser. Du hättest mir nicht folgen müssen."

Er verschränkte die Arme vor der Brust. „Ich versprach dir, dass wir uns wiedersehen werden. Warum bist du so unhöflich? Ist die Gemahlin des hethitischen Prinzen daran schuld? Ich sah die Blicke, die ihr gewechselt habt."

„Du musst dich geirrt haben, Prinz. Meine Blicke galten der Königin Maathorneferure, welche ich meine Freundin nenne."

Er fuhr scheinbar gedankenverloren mit einem Finger über das raue Holz von Targas Gatter. „Belüge mich nicht. Du bist mir einen Gefallen schuldig. Du und die hethitische Prinzessin, ihr kennt euch, ihr hasst euch. Sage mir, warum das so ist."

„Ich werde nun gehen, Prinz Siptah. Ich fühle mich nicht wohl."

Als sie gehen wollte, hielt Siptah sie am Arm fest. Er war erstaunt über die Kraft, mit der Selina ihren Arm aus seinem Griff befreite.

„Ich werde die Hethiterin selbst fragen, wenn du es mir nicht sagen willst, Selina", sagte er lächelnd.

„Sie ist keine Hethiterin."

Siptah ging ihr nicht nach. Er hatte erfahren, was er hatte wissen wollen. Es stimmte also: Die beiden kannten sich. Er wusste noch nicht, welchen Vorteil er daraus würde ziehen können, doch er konnte warten.

Pairy war nicht begeistert, dass er die Nacht im Palast verbringen musste. Ramses' Fest hatte bis in die Morgenstunden gedauert, und nun lohnte es sich kaum noch, in sein Haus zurückzukehren. Wenigstens war Selina wieder auf dem Fest erschienen. Sie hatte sich dort nicht wohlgefühlt, doch geschafft, sich ein Lächeln abzuringen. Die Gemahlin seines Freundes Antef hatte sich schließlich ihrer angenommen, sodass sie etwas abgelenkt war. Endlich waren auch die letzten Gäste gegangen oder einfach an ihren Plätzen eingeschlafen. Da Prinz Tudhalijas große Gesandtschaft viele Räume belegte, würden sich Pairy und Selina Gemächer teilen müssen, doch er war nicht traurig darüber. So hatte er wenigstens die Gelegenheit, mit ihr einige Worte zu wechseln.

Als sie gemeinsam den Flur hinuntergingen, legte Pairy den Arm um ihre Schultern. Ein Gutes hatte das Fest: Selinas Abwehrhaltung gegen ihn schien sich gelegt zu haben. Pairy spürte ihre Verzweiflung, und das machte es ihm leichter, sich ihr zu nähern. Ihre Gemächer waren nicht groß, doch das Ruhebett war ebenso bequem wie sein eigenes. Er schloss die Tür und seufzte erleichtert auf. Sein Nemes-Tuch war schweißgebadet. Achtlos zog er es vom Kopf und warf es auf das Lager. Eine Dienerin trat aus dem Schatten der Tür, räusperte sich und fragte, ob der edle Herr oder seine Gemahlin noch einen Wunsch hätten, doch Pairy schickte sie hinaus. Als sie fort war, ging er hinüber zum Ruhebett und streckte sich seufzend darauf aus. Ohne dass er etwas hätte sagen müssen, kam Selina zu ihm herüber und tat es ihm gleich. Sie starrte die bemalte Decke der Gemächer an, und Pairy wusste, dass es nun Zeit war zu reden.

„Die Gemahlin Tudhalijas – ich erfuhr heute, dass ihr Name Palla ist."

Sie antwortete, ohne ihn anzusehen. „Also weißt du es bereits. Es ist, wie du denkst. Sie ist es, Pairy. Wir sind zusammen aufgewachsen und waren einst wie Schwestern. Wir waren dazu bestimmt, unser Volk gemeinsam zu führen, doch Palla wählte den Weg des Verrats!"

„Und jetzt ist sie hier, an der Seite Tudhalijas. Wie kann das sein?"

Endlich sah sie ihn an. „Ich weiß es nicht. Ich verstehe es nicht. Das letzte Mal als ich sie sah, versprach sie mir, nach Troja zu ziehen und uns im Kampf gegen die Mykener zu unterstützen. Nun, wo sie hier ist, weiß ich, dass es nichts Gutes bedeuten kann. Ich traf heute Prinz Siptah –"

„Siptah?", unterbrach er sie scharf. „Halte dich fern von ihm, Selina. Dieser Sohn des Pharaos hat ein schlechtes Ka."

„Es ist ihm nicht entgangen, dass Palla und ich uns kennen. Er wollte wissen, woher. Er wollte viel wissen, und er war sehr neugierig."

Pairy nahm eine Strähne ihres Haars und wickelte sie um seinen Finger, wie er es in Hattusa oft getan hatte. „Du darfst ihm nicht trauen. Wir waren einmal Freunde. Doch das ist vorbei. Siptahs Herz ist gierig und machthungrig, und leider ist er klug."

„Dann ist er wie Palla. Du solltest ihn beobachten. Er schien daran interessiert, möglichst viel über sie zu erfahren."

Er runzelte die Stirn. „Ich werde sehr genau beobachten, was Siptah tut. Er hat bereits einmal ..." Pairy schwieg.

„Was hat er getan?"

Er zog sie zu sich heran. „Es ist nicht wichtig."

Selina wollte eine Antwort, doch sie spürte die Wärme seiner Haut und den Schlag seines Herzens. Jetzt war nicht der richtige Zeitpunkt, ihn zu drängen, denn sie fürchtete, dass es ihre Nähe zerstören könnte, die sie bereits verloren geglaubt hatte und die sich hier und jetzt auf wunderbare Weise wieder einzustellen schien. Sie genoss seine Küsse auf ihrem Hals und das Streicheln seiner Hände, die ihr das leichte Gewand von den Schultern streiften. Mit einem Seufzen dankte sie der großen Mutter und der kuhgestaltigen Hathor dafür, dass sie sie und Pairy ein weiteres Mal zusammengeführt hatten. Sie schmiegte sich an ihn und wurde von einem wohligen Schauer erfasst, als ihre nackte Haut die seine berührte.

Seine Berührungen waren von fast quälender Langsamkeit, nicht annähernd so leidenschaftlich wie in Lykastia, wo sie sich das letzte Mal geliebt hatten. Ihre Hand fuhr langsam seine Brust entlang und schließlich tiefer zu seinen Lenden. Er stöhnte auf und ließ es zu, dass ihre Lippen seinen Hals entlangfuhren, immer tiefer, über die Schultern glitten, über die leichten Wölbungen seiner Beckenknochen. Sie spielte mit ihm, reizte seine Lust bis an seine Grenzen, sodass er sie schließlich unter sich brachte. Selina schlang ihre Beine um ihn, und sie verharrten eine Weile, sahen sich mit neu entdeckter Liebe in die Augen. „Du verzehrst mich, Selina", flüsterte er. „Bei der mächtigen Hathor, ich war eifersüchtig, als du damals in den Palast gelaufen bist. Ich dachte, der Pharao würde dich für sich begehren."

Wie um seinem aufgestauten Zorn und seiner Verzweiflung Ausdruck zu verleihen, zog er sie fest an sich. Sie warf ihren Kopf zurück und wollte ihre Arme um ihn legen, doch er drückte sie zurück aufs Lager. Er bewegte sich langsam, jedoch besitzergreifend in ihr. „Sieh mich an!", flüsterte er. Selina öffnete die Augen und wollte etwas sagen, doch die Worte kamen ihr nicht über die Lippen. Sie fühlte, wie sie immer kraftloser wurde, wie ihr Leib zu brennen schien. „Bitte!", flüsterte sie schließlich, und er zog sie mit einem grimmigen Ausdruck wieder an sich und trieb sie ihrer Lust entgegen, bis sie schließlich, seinen Namen schluchzend und von ihren Gefühlen überwältigt, fortgetragen wurde.

Sie erwachten, als die Sonne bereits kräftige heiße Strahlen in die Gemächer sandte. Selina war noch immer in Pairys Armbeuge geschmiegt. Sie wünschte, sie könnten sich diesen Tag stehlen und den Palast mit all seinen Umtrieben und Ränken einfach vergessen, doch schon kurze Zeit später betrat die Dienerin die Gemächer, um ein morgendliches Mal aufzutragen. Pairy und sie verschlangen ihre Beine unter dem dünnen Laken ineinander, während sie langsam aßen, dann zwang er sich mit einem Seufzer aufzustehen und rief die Dienerin, um sie nach einem frischen Schurz für sich und ein Gewand für Selina zu schicken.

„Ich muss eine Gelegenheit finden, mit dem Pharao zu reden", erklärte er besorgt, während sie auf die Dienerin warteten.

Selina beobachtete, wie er gedankenverloren auf seiner Unterlippe kaute. Immerhin schien Pairy mittlerweile eine ähnliche Gefahr zu spüren wie sie. Er fürchtete Prinz Siptah, und sie wusste noch immer nicht, weshalb.

Tudhalija genoss das üppige Morgenmahl an der Seite des Pharaos. Er hatte wunderbar geschlafen, die ägyptischen Ruhebetten waren weich und angenehm. Er überlegte, den Pharao auch um einige dieser Betten anzuhalten, wenn er nach Hattusa zurückkehrte. Tudhalija dachte an den Grund seines Kommens. Es war vielleicht noch zu früh, Ramses um Gold zu bitten, doch andererseits eignete sich dieser Morgen ausgezeichnet. Die Frauen nahmen nicht an dem Mahl teil, lediglich der Pharao und Prinz Siptah saßen ihm gegenüber. Und obwohl Tudhalija Ägyptens Reichtum genoss, drängten ihn doch die Sorgen; Agamemnon, der Halsabschneider, wartete auf Antwort; der Handel in Hatti kam nur kriechend langsam voran, und wenn dies noch einige Jahre der Fall wäre, würde Tudhalija über ein verarmtes Land herrschen. Erdmetall! Alle wollten sie Erdmetall! Das Himmelsmetall war längst nicht mehr so beliebt und brachte kaum noch so gute Preise wie früher. Einige der Schmiede, die er in Arinna in die Geheimnisse des Erdmetalls hatte einweihen lassen, hatten sich auf und davon gemacht, als sie genug gelernt hatten, und verdingten sich nun als Tagelöhner. Wenn es gut entlohnt wurde, verkauften sie ihr Wissen sogar. Mittlerweile verpflichtete er die Männer, die in Arinna das dunkle Metall bearbeiteten, auf Lebenszeit. Doch die anderen verbreiteten ihr geheimes Wissen in der Zwischenzeit geflissentlich weiter. Selbst Agamemnon war es wohl schon zu Ohren gekommen. Ein Geheimnis, das auf lange Sicht die Überlegenheit Hattis gesichert hätte, war im Begriff, sich in allen Ländern zu offenbaren. Wie lange würde es dauern, bis Agamemnon beschloss, gegen Hatti zu ziehen?

Tudhalija brauchte Ramses' Gold dringend, um seine Truppen zu verstärken und Agamemnon einstweilen zufriedenzustellen. Der Pharao wollte ebenfalls das Metall, doch Tudhalija traute niemandem mehr. Auch Ägypten könnte schließlich gierig auf Hattis Metallvorkommen schielen, wenn es erst zu mächtig würde. Es war also besser, durch den bestehenden Friedensvertrag Druck auszuüben. Der Pharao würde nicht noch einmal nach dem Metall fragen, viel zu oft schon hatte Tudhalija ihn unter einem fadenscheinigen Grund vertröstet.

„Sicherlich weißt du von den unverschämten Bedingungen, die dieser Hund Agamemnon Hatti stellt, damit wir die Seehandelswege am Hellespont nutzen können", begann er vorsichtig. „Ich frage dich, großer Pharao: Wie lange wird es dauern, bis Agamemnon auch Ägypten ein solch beleidigendes Angebot unterbreitet?"

Ramses nahm sich ein Stück kalte Gans und verzehrte es genüsslich, bevor er Tudhalija antwortete. „Ich glaube kaum, dass Agamemnon es wagen wird, solche Forderungen zu stellen. Er schätzt die Waren unseres Landes, vor allem das rötlich schimmernde Gold aus Nubien." Er blickte ihn tadelnd an. „Im Gegensatz zu Hatti behält Ägypten seine Schätze nicht für sich, sondern schickt sie gegen gute Bezahlung oder Tauschware in andere Länder. Agamemnon hat keinen Grund, Ägypten zu zürnen. Du hättest deine Verträge mit Priamos achten und erfüllen sollen, Prinz Tudhalija. Es wäre besser für Hatti gewesen."

Tudhalija ballte unmerklich die Hand zur Faust. Ägypten zeigte wieder einmal seine Überheblichkeit! Er war jedoch nicht bereit, sich von diesem trinkfreudigen alternden Mann, der sich einen Gott nannte, einschüchtern zu lassen. „Gilt deine Treue dem elenden Feind deines Bruders Hattusili, großer Pharao? Ich hatte gehofft, der Friedensvertrag zwischen Hatti und Ägypten wäre ein festes Bündnis zwischen Seiner Sonne und dir."

„Oh, aber natürlich ist er das, Prinz Tudhalija. Ägypten hat deinem Land jede Unterstützung zugesagt, sollte ein anderes Land die Waffen gegen Hatti erheben. Doch soweit ich weiß, hat Agamemnon von Mykene Troja besiegt, und es ist das Recht des Siegers, die Abgaben zu fordern, welche ihm belieben. Sag mir Prinz Tudhalija: Droht der König von Mykene Seiner Sonne, die Waffen gegen das Land zu erheben?"

„Es gibt andere Waffen, als den Krieg."

Ramses zeigte ein freundliches, jedoch überhebliches Lächeln. „Wer könnte das besser wissen als du, Prinz. Doch warum reden wir an einem solchen Tag vom Krieg? Du bist erst gestern in Piramses eingetroffen, und Re ist gerade erst von Nut geboren worden. Wir werden dieses Gespräch an einem anderen Tag fortsetzen. Ich möchte dir und deiner Gemahlin heute eine große Ehre erweisen, die noch keinem Fremdländer zuteil wurde. In Memphis, der uralten Regierungshauptstadt meiner Vorfahren, wird der heilige Apis-Stier in seinem Heiligtum verehrt. Khamwese, mein Sohn und Thronfolger, ist der oberste Priester des heiligen Stieres. Es ist mein Wunsch, dass du das Heiligtum besuchst, Prinz. Du und der Falke im Nest, ihr werdet das fortführen, was Seine Sonne Hattusili und meine göttliche Majestät begonnen haben, als wir den Friedensvertrag unserer Länder unterzeichneten. Du sollst mehr von Ägypten sehen als den Palast, Prinz Tudhalija. Ich werde Pairy bitten, dich zu begleiten."

„Mein Pharao und Vater ..." Bislang hatte Siptah dem Gespräch nur stumm gelauscht. „Wenn es dem Prinzen genehm ist, werde ich ihn begleiten. Die Aufgaben des *Hati-a* füllen bereits seine Zeit."

Pharao blickte seinen Sohn überrascht, jedoch nicht misstrauisch an. Siptah hielt es nie lange in Piramses aus. Dieser Prinz, einer seiner vielen namenlosen Söhne, gehörte zu den wenigen, die es geschafft hatten, ihrem Vater aufzufallen. Siptah hatte sich als kluger Gesandter erwiesen. Eigentlich hatte Ramses vorgehabt, Pairy zu schicken, damit dieser ihm über das Betragen des Prinzen Bericht erstatten konnte. Doch der plumpe Versuch Tudhalijas, bereits jetzt über die Lage seines Landes zu sprechen, überzeugte Ramses von dessen Durchschaubarkeit. Dieser Prinz war zu offenherzig, als dass er ihn fürchten musste. „Sehr gut, Prinz Siptah, ich bin einverstanden."

Tudhalija zwang sich zu einem freundlichen Lächeln. Der Pharao schickte ihn fort aus Piramses – wie eine lästige Fliege.

Pairy musste lange warten, bis Ramses ihn empfing. Re stand bereits hoch am Himmel, und die Mittagszeit war längst vorüber. Selina hatte den Palast verlassen. Sie wollte zurück in ihr

Haus, zurück zu Alexandros. Er wäre gern mit ihr gegangen, doch die ägyptische Gesandtschaft, deren Betreuung zu seinen täglichen Pflichten hinzugekommen war, ließ sich kaum zufriedenstellen. Die Damen verlangten ständig nach irgendwelchen Dingen und schickten ihre Dienerschaft zu ihm, damit er sich um ihre Wünsche kümmerte. Als eine Dienerin schließlich mit dem Auftrag zu ihm kam, die große Statue des krokodilgestaltigen Gottes Sobek aus ihren Gemächern entfernen zu lassen, da sich ihre Herrin vor ihr fürchte und deshalb keinen Schlaf fände, hatte Pairy seinen Gehilfen beauftragt, sich um derart lächerliche Ansinnen zu kümmern. Er fragte sich, wo Benti war. Er hatte ihn auf Ramses' Fest nicht gesehen, und obwohl er ahnte, dass Benti einer Begegnung mit Prinz Tudhalija kaum freudig entgegensah, empfand er sein Fehlen als unangebracht. Er war Hethiter, und Pairy hätte Hilfe bei der Besänftigung furchtsamer hethitischer Palastdamen gut gebrauchen können.

Ramses empfing Pairy in seinen Gemächern. Er hatte im Laufe des Tages bereits einen Krug Wein geleert, und so war sein Blick etwas verschleiert, als er Pairy bat, sich zu ihm zu setzen. „Sieh dir die Schönheit Res an, mein Günstling. Nur für sie hat er geglänzt: Nefertari, für die Re erstrahlt."

Pairy lächelte freundlich und ließ sich Ramses gegenüber nieder. Er kannte die weinseligen Reden des Horus. Immer wenn der Pharao zu viel trank, versank er in Schwermut. Die Gottesgemahlin Nefertari meri en Mut hatte ihren Gemahl mit ihrer sanften und rücksichtsvollen Art meist vom Trinken abhalten können. Doch seit die Gottesgemahlin ihre Barke bestiegen hatte, verlor sich Ramses zu oft in Erinnerungen und süßem Oasenwein.

„Mein Pharao, ich bin etwas besorgt wegen der Anwesenheit des hethitischen Prinzenpaares."

„Ach", winkte Ramses ab, „dazu besteht kaum ein Grund. Deine Aussagen über den Prinzen waren vortrefflich: Dieser Tudhalija ist auf eine recht einfache Art durchschaubar. Bereits heute Morgen wies er mich auf die Abgaben hin, die Agamemnon von Mykene ihm für die Benutzung der Handelswege abverlangt. Er ist der Thronfolger Seiner Sonne. Der Großkönig hätte ihm eine bessere Erziehung zukommen lassen sollen; dann hätte er gewusst, dass man staatliche Verhandlungen nicht am Tag nach seiner Ankunft beginnt."

Ramses schenkte sich Wein nach und bedachte auch Pairy mit einem gefüllten Becher. „Aber, Pairy, mein Günstling, ich habe diese lästige hethitische Plage einstweilen vertröstet. Der Prinz und seine Gemahlin werden in den nächsten Tage beschäftigt sein. Ich habe sie mit Prinz Siptah nach Memphis geschickt. Soll sich mein Sohn und Thronfolger, der nächste Horus, mit ihnen befassen. Immerhin wird er es sein, der mit Seiner Einfältigen Sonne", der

Pharao lachte erheitert ob seines Scherzes, „dem zukünftigen Großkönig Tudhalija verhandeln muss, wenn ich meine Barke bestiegen habe und zu meiner geliebten Gottesgemahlin übersetze."

Pairy starrte auf den Wein in seinem Becher. Es war ein Fehler gewesen, Prinz Siptah mit dem Prinzen nach Memphis zu schicken. Er kannte Siptah. Er würde den Prinzen umschmeicheln, wie er es einst auch bei ihm versucht hatte, und Tudhalija wäre sicherlich empfänglich für das, was Pairy abgelehnt hatte. Er wusste, dass es ein Fehler gewesen war, Stillschweigen über Sipthas Pläne zu bewahren. Doch Pairy hatte gefürchtet, dass der Pharao ihm nicht glauben würde, dass er zornig auf ihn wäre und ihn der gemeinen Lüge bezichtigte. Nun war es zu spät, Ramses die Wahrheit zu sagen. Es war zu lange her, und Siptah hatte sich nie eines Vergehens gegenüber seinem Vater schuldig gemacht oder auch nur sein Missfallen auf sich gezogen.

„Die Gemahlin des Prinzen ist meiner Gemahlin nicht unbekannt", erklärte Pairy stattdessen.

Ehe der Pharao auf Pairys Worte eingehen konnte, betrat ein Palastdiener die Gemächer und lief eilig zu Ramses, um sich tief zu verbeugen. Dann reichte er ihm eine Schriftrolle und zog sich zurück.

„Sendschreiben, Anfragen – immer die gleichen Wünsche, Bitten und Beschwerden. Dies ist ein Schreiben meiner Tochtergemahlin Bentanta. Es kann sich folglich nur um eine Angelegenheit meines Frauenhauses handeln." Ramses seufzte gelangweilt. „Sei zufrieden, dass du nur eine Gemahlin hast, mein Günstling. Eine einzige Frau kann genügen, das Ka eines Mannes zu erfreuen oder zu zerstören – je nachdem, wie es ihr gerade beliebt." Er entrollte den Papyrusbogen und überflog die Zeilen. Zuerst wanderten seine Augen unaufmerksam zwischen den Reihen umher, während er las verdüsterte sich seine Miene jedoch. Schließlich rollte er das Schreiben zusammen und blickte Pairy ernst an. Sein Weinrausch schien etwas verflogen zu sein. „Wo befindet sich dieser Hethiter, der mit deiner Gemahlin nach Piramses kam?"

Pairy antwortete arglos. „Nun, wo du es selber ansprichst, muss ich zugeben, dass ich ihn bereits gestern auf dem Fest vermisste. Nun ja, ich glaube, Benti fürchtet sich davor, Prinz Tudhalija zu begegnen."

„In diesem Fall kann er unbesorgt sein, doch fortan muss er den Zorn des Horus fürchten. Er wurde erneut in den Morgenstunden gesehen, wie er um die Gemächer der Königin Maathorneferure herumschlich. Leider ist es ihm geglückt, meinen Wachen zu entkommen.

Die Königin weilte noch auf dem Fest." Der Pharao hob eine Braue und blickte Pairy misstrauisch an. „Diesmal befand sich deine Gemahlin kaum in den Gemächern der Königin. Sag mir, Pairy: Verschweigst du mir etwas?"

„Mein Pharao! Niemals würde ich dir etwas verschweigen. Ich weiß nicht, was dieser Dummkopf sich dabei gedacht hat. Benti weilt kaum noch in meinem Haus, sondern geht den vielen Einladungen nach, welche die Edlen des Palastes ihm und Themos zukommen lassen." Er bemühte sich, sicher zu klingen. Insgeheim jedoch verfluchte er Benti und hoffte, dass er klug genug war, seinem Anwesen fernzubleiben.

Ramses nickte, und sein Gesicht wurde freundlicher. „Ich habe dir immer vertraut, Pairy, und ich hatte nie einen Grund, das nicht zu tun. Bentanta hat bereits die Palastwachen in dein Haus geschickt, doch der Hethiter war nicht dort. Wenn er klug genug ist, hält er sich versteckt, doch wenn er dumm ist – und das scheint er zu sein –, wird er bald zurückkehren und dich um Hilfe bitten. Wenn er dies tut, wirst du ihn sofort meinen Wachen übergeben. Ich vertraue dir wie einem leiblichen Sohn, Pairy."

Pairy legte die Faust auf seine Brust. „Natürlich werde ich das tun, mein Pharao."

Ramses nickte und nahm einen großen Schluck Wein. „Die Königin weilte vor einiger Zeit in eurem Haus. Ich hoffe, dass ihr Gewissen rein ist. Wenn sie mich, ihren göttlichen Gemahl, betrogen haben sollte, wird sie kaum mit meinem weiteren Wohlwollen rechnen können."

„Meine Gemahlin war stets in ihrer Nähe, wie du es gewünscht hast, Pharao."

„Gut, ich habe deine Gemahlin gestern zwischen den Gästen gesehen. Sie soll recht bald wieder in den Palast kommen und mir Gesellschaft leisten. Ich vermisse ihr respektloses, jedoch ehrliches Wesen." Er gab Pairy ein Zeichen, dass er nun allein sein wollte, und Pairy erhob sich. Leise verließ er die Gemächer und beschleunigte seinen Schritt, sobald sich die Türen hinter ihm geschlossen hatte. Er musste sofort zurück zu seinem Anwesen. Was hatte sich dieser einfältige Hethiter nur dabei gedacht! Er hatte Benti gewarnt, doch nun hatte sich dieser in Schwierigkeiten gebracht, die selbst Pairy nicht mehr ungeschehen machen konnte.

Selina erwartete Pairy bereits aufgeregt und berichtete ihm, dass Wachen des Palastes im Haus gewesen waren und Benti gesucht hatten. Pairy erzählte ihr von seinem Gespräch mit Ramses und davon, was Benti getan hatte. Selina blickte ihn zuerst ungläubig, dann ein wenig schuldbewusst an.

„Der Pharao darf niemals erfahren, dass Sauskanu und Benti aufeinandergetroffen sind, als sie dich besuchte. Ich hoffe, dass die Diener der Königin verschwiegen sind und Sauskanus Schatullen genügend Gold enthalten, um ihre Zungen zu versiegeln. Wir haben wahrlich bereits genug Schwierigkeiten!" Er berichtete Selina von der Reise des Prinzenpaares nach Memphis.

Selina hob verzweifelt die Hände. „Hast du dem Pharao von Palla erzählt?"

„Wir wurden unterbrochen, als der Diener die Nachricht brachte, dass Benti gesucht wird."

„Hast du ihm wenigstens gesagt, dass du Prinz Siptah misstraust?"

Pairy wich ihrem Blick aus. „Wie hätte ich das tun können? Ich habe es damals nicht gewagt, und ich kann es heute nicht tun. Der Prinz hat niemals den Groll seines Vaters auf sich gezogen."

Selina konnte nicht länger warten, Pairy musste ihr endlich erzählen, was die Freundschaft zwischen Siptah und ihm zerstört hatte. „Pairy, was ist damals geschehen?"

Nervös ging Pairy in den Räumen seiner Gemahlin auf und ab. Schließlich blieb er stehen und stieß einen ägyptischen Fluch aus, den Selina nicht verstand. „Du darfst es niemals Ramses gegenüber erwähnen."

Sie versprach es, und Pairy begann zu erzählen. „Wir waren bereits als Knaben Freunde. Wir besuchten gemeinsam das Kap und warfen heimlich mit Steinen nach den Lehrern. Wir waren Knaben wie alle anderen. Doch als Siptah älter wurde, begann er, unzufrieden mit dem zu sein, was die Götter als sein Schicksal ausersehen hatten. Er ist der Sohn des Pharaos, jedoch ist seine Mutter nur eine der vielen Nebenfrauen gewesen, die Ramses nach ein paar Nächten vergaß. Siptah entwickelte einen großen Ehrgeiz, und eine Weile bewunderte ich ihn dafür. Er ist einer der wenigen Prinzen, die der Pharao schätzt oder überhaupt wahrnimmt, obwohl er nicht von einer seiner großen königlichen Gemahlinnen geboren wurde. Aber Siptah war das nicht genug. Als der erste Kronprinz, Amunherunemef, starb, beschloss er, dass er ebenso ein Anrecht auf die Krone habe, wie Khamwese. Khamwese ist ein ruhiger Mann – vielleicht ist er besser für das Priesteramt geeignet, als dafür, als Herr der beiden Länder einst den Thron zu besteigen. Doch diese Entscheidung treffen die Götter; und die Götter haben nun einmal entschieden, dass nur die Söhne der großen Königsgemahlinnen den Horusthron besteigen dürfen. Siptah hat mich damals gebeten, ihn zu unterstützten, wenn er nach der Doppelkrone greift, und mir dafür den Posten des Wesirs des Nordens angeboten. Er bot mir an, nach dem Pharao der mächtigste Mann in Ägypten zu werden, wenn ich mich hinter ihn stellte, doch ich lachte ihn aus. Ich glaubte, seine Gedanken wären die eines heranwachsenden störrischen Knaben. Er belehrte mich jedoch bald eines Besseren. Siptah bereiste als Gesandter Ägypten und viele andere Länder. Schon bald hatte er glühende Anhänger bei den Truppen, Adlige und auch einige ausländische Fürsten, die er mit salbvollen und überzeugenden Worten an sich gebunden hatte. Der Pharao interessiert sich wenig für die Dinge außerhalb des Palastes – zumindest ist er stets darauf angewiesen, dass seine Berater ehrlich sind und ihn über alle wichtigen Geschehnisse unterrichten. Ich war jedoch einer der wenigen, die sich nicht bestechen ließen. Aber anstatt Ramses von den Umtrieben seines Sohnes in Kenntnis zu setzen, drohte ich heimlich Siptahs Anhängern. Ich war jung, und heute weiß ich, dass sie leicht einen Mordanschlag auf mich hätten verüben können. Sie wussten jedoch, wie nah ich dem Pharao stand, dass ich das Ohr des Einzig Einen besaß, und vielleicht war es mein Glück, dass Siptah ebenfalls jung und noch unerfahren war. So schnell wie sie Siptah gefolgt waren, so schnell ließen ihn die Mächtigen Ägyptens auch wieder fallen und wandten sich erneut Ramses zu."

Er seufzte und hob die Hände. „Siptah kam eines Abends in mein Haus, und ich glaubte, er würde mich seine Wut spüren lassen. Doch er blieb ruhig, und anstatt mich zu beschimpfen, schwor er mir kalt lächelnd, dass mein Tun seine Pläne lediglich verzögert hätte. Dann ging er, und ich wusste, dass ich einen Fehler gemacht hatte, indem ich nicht zu Ramses gegangen war. Prinz Siptah ist kein kopfloser Heißsporn wie Tudhalija. Er plant sein Tun sehr genau, und deshalb weiß ich, dass er Tudhalija nicht aus Uneigennützigkeit nach Memphis begleitet."

Selina hatte Pairys Erzählung mit wachsender Unruhe gelauscht. Sie erhob sich von ihrem Stuhl, auf dem sie die ganze Zeit gesessen hatte, und ging zu Pairy, der sie an sich zog.

„Und nun sind Tudhalija, Palla und der Prinz auf dem Weg nach Memphis und haben genügend Zeit, einander kennen und schätzen zu lernen", sinnierte Selina, während er seinen Kopf in der Fülle ihres Haars verbarg. Er murmelte etwas, was sie nicht verstand, dann zuckte er zusammen und löste sich abrupt aus ihrer Umarmung. Fluchend rieb er sich den Ellbogen, und Selina blickte ihn verwundert an. Im nächsten Moment flog ein Stein durch die Fensteröffnung ihrer Gemächer, und Pairy musste mit einem Sprung zurückweichen, um nicht am Kopf getroffen zu werden. Der Stein traf einen Salbtiegel auf Selinas Frisiertisch und zerschlug eine Alabasterlampe, die vom Tisch fiel und in kleine Scherben zerbrach. Sie sahen sich erschrocken an, dann lief Pairy zur Fensteröffnung, durch die er Benti im Garten stehen sah, den nächsten Stein bereits in Wurfhaltung.

„Unglückseliger Dummkopf!", zischte Pairy. „Benti, hör auf mit dem Unsinn. Du hast mich getroffen!"

Selina drängte sich neben ihn, um zu sehen was vor sich ging, und Benti ließ erleichtert den Stein fallen. „Edler Herr Pairy, Selina! Ich bin so froh, euch zu sehen. Ich hatte Angst, dass die Diener mich entdecken, doch ich konnte den Feuerschein der Lampen in den Gemächern erkennen."

„Sei nicht so laut, und komm herein", rief Selina ihm leise zu, und kurz darauf lief sie schon hinter Pairy her, der mit schnellen entschlossen Schritten in die Empfangshalle ging.

„Dieser elende Unglücksbote!", ärgerte sich Pairy. „Warum kann er meinem Haus nicht fernbleiben? Seth soll ihn holen, und die Götter mögen seinen Namen auslöschen."

Sie hatten die Tür erreicht. Pairy öffnete sie und zog kurz darauf Benti am Ärmel seines Gewandes hinein. Obwohl er mittlerweile in den Haushalten des ägyptischen Hochadels verkehrte, hatte er sich Gewänder nach hethitischer Art anfertigen lassen und verweigerte das Tragen der üblichen ägyptischen Schurze. Benti stolperte über die Türschwelle, und Selina schloss die Tür hinter ihm. Dann folgte sie Pairy, der Benti die Treppe hinauf, zurück in Selinas Gemächer zog. Erst als Selina auch diese Tür hinter ihnen geschlossen hatte, ließ Pairy Benti los.

„Du Wahnsinniger! Du Träumer. Der *maut* – der Rohrstock – sollte auf deinem Rücken tanzen, um dir deinen Leichtsinn auszutreiben!" Pairy war so aufgeregt, dass er ins Ägyptische verfiel. Selina hatte fast Mitleid mit Benti, der in Anbetracht von Pairys Zorn zu zittern begann.

„Pairy, es tut mir leid, ich wollte sie nur noch einmal sehen."

„Der Pharao lässt dich überall suchen! Du hast einer seiner Königinnen nachgestellt. Darauf steht die Todesstrafe. Ich muss dich seinen Wachen übergeben."

Bentis Augen weiteten sich vor Entsetzen. Er fiel vor Pairy auf die Knie. „Oh nein! Bitte nicht! Ich habe doch nichts Schlimmes getan. Sauskanu war noch nicht einmal in ihren Gemächern."

„Darüber solltest du froh sein, du Narr, denn wenn sie es gewesen wäre, würde ihr ebenfalls eine Strafe drohen. Ramses beginnt bereits, auch ihr zu misstrauen."

Benti ließ den Kopf sinken, doch Selina konnte nicht mit ansehen, wie Pairy ihn einschüchterte. „Pairy! Hör auf, ihm Angst zu machen. Er fürchtet sich bereits genug."

„Das sollte er auch. Ich muss dem Pharao eine Nachricht schicken."

„Nein!", widersprach Selina ihm heftig. „Benti ist unser Freund, und du weißt, dass er nichts Übles im Sinn führte."

Er fuhr zu ihr herum. „Darum geht es nicht! Er bringt uns alle in Gefahr. Ich habe dem Pharao mein Versprechen geben müssen, Benti dem Palast zu übergeben, sollte er in mein Haus zurückkehren. Er war dumm genug, es zu tun. Ramses vertraut mir, und ich werde ihm niemals einen Grund liefern, das nicht zu tun. Ich habe einmal meine Augen verschlossen, und nun siehst du, wohin das führte. Du hättest nicht zulassen dürfen, dass Benti und Sauskanu sich in diesem Haus begegnen."

„Aber es kam dir sehr gelegen, Benti vorzuschicken, als ich vor Hentmira in den Palast zu Sauskanu floh! Weise nicht jegliche Schuld am Geschehenen zurück, Pairy. Bereits damals sahen sich Sauskanu und Benti in die Augen, und du hast dazu beigetragen, dass ihre Gefühle füreinander neue Nahrung fanden."

„Das ist wahr", wagte Benti, leise einzuwenden, und kam langsam wieder auf die Beine.

Pairy verschränkte die Arme vor der Brust, nur um sie sofort wieder fallen zu lassen. Es war ihm sichtlich unangenehm, dass Selina sein Geheimnis kannte. „Woher weißt du davon?"

„Sauskanu hat es mir erzählt, als sie mich besuchte. Aber das ist nicht wichtig. Bei der großen Mutter: Wir müssen Benti helfen."

„Nur die Götter können ihm noch helfen."

„Wir verstecken ihn bei den Dienstboten in der Küche. Sobald Ramses' Wachen nicht mehr die Stadt nach ihm durchsuchen, musst du ihn auf eines deiner entfernten Landgüter bringen lassen, bis uns etwas anderes einfällt."

Selina wusste, dass jeder Günstling des Pharaos eigene Felder bewirtschaften ließ und mehrere Häuser besaß. Ihr Gemahl war einer der wohlhabendsten Männer des höheren Adels, und sicherlich hatte Ramses ihn mit Gunstbeweisen überhäuft.

„Wenn der Pharao davon erfährt, verlieren wir alles, was wir besitzen. Er würde uns diesen Verrat niemals verzeihen. Denk an unseren Sohn." Pairy klang jedoch kaum noch überzeugt.

„Ich wiege das Leben eines Freundes nicht mit Gold auf; und ich glaube auch nicht, dass du das kannst, mein Gemahl."

Sie sahen Benti an, dessen Augen nun einen kleinen Hoffnungsschimmer verrieten. „Ich werde mich still verhalten und mich nicht im Haus sehen lassen."

Pairy stieß noch einen ägyptischen Fluch aus, dann nickte er. „Bei den Göttern, Benti! Du bist ein wandelndes Unglück, und du kannst froh sein, dass meine Gemahlin dich so sehr schätzt. Das Schweigen meiner Diener wird mich ein Vermögen kosten!"

Selina beeilte sich, Benti aus den Gemächern zu schaffen, bevor Pairy es sich anders überlegen konnte. Sie wies die Diener an, Stillschweigen zu bewahren, und versprach ihnen reichliche Belohnung. Sie nickten bereitwillig und sahen zu, wie Benti seine Gewänder gegen die Kleidung der Dienstboten tauschte. Sodann überließ sie den jungen Hethiter seinem Schicksal als Küchenhelfer und ging zurück in ihre Gemächer. Pairy hatte sich auf ihrem Ruhelager ausgestreckt und starrte missmutig an die Decke. Sie ging zu ihm und legte sich neben ihn. „Es ist richtig, so zu handeln."

„Es ist gefährlich", entgegnete er gereizt.

Sie schmiegte sich an ihn und nahm seine Hand. Langsam schien er sich zu beruhigen, denn er wandte sich ihr zu und fuhr mit der Hand über ihr Haar. „Als du nach Piramses kamst, habe ich mir gewünscht, dass wir endlich die Zeit für uns finden, die wir nie hatten. Wir sollten Feste besuchen, das Leben genießen und unseren Sohn aufwachsen sehen. Stattdessen sind wir wieder einmal in die Machtkämpfe und Schwierigkeiten anderer verstrickt. Wann wird das endlich ein Ende haben, Selina? Alexandros sollte nicht allein aufwachsen. Ich habe jahrelang die Söhne von Hentmiras Liebhabern in meinem Haushalt geduldet, weil der Pharao unsere Verbindung wünschte. Jetzt endlich habe ich eine Gemahlin, die mein Ka glücklich macht, und ich habe einen Sohn. Jeder ägyptische Mann will sein Haus mit Kindern füllen, die seinen Namen in Ehren halten und die Speise- und Trankopfer für ihn darbringen, wenn er dereinst seine Barke besteigt."

Selina schmiegte sich an ihn und atmete den Duft seiner Haut. „Die große Mutter bestimmt die Zeit, wann eine ihrer Töchter ein Kind haben soll, Pairy. Wenn sie es für richtig hält, werden wir wieder ein Kind haben."

Er strich mit seiner Hand sanft über ihr Bein und schob ihr Gewand hoch. „Du wirst nichts dagegen unternehmen, nicht wahr, Selina?"

Sie schloss die Augen und genoss seine Berührungen. Jede Frau des Volkes wusste, wie man eine Schwangerschaft verhinderte, doch nur in Kriegszeiten war es den Frauen erlaubt, das Geschenk der Muttergöttin zurückzuweisen. Selina konnte sich allerdings gut vorstellen, dass in Ägypten die Frauen für sich selbst entschieden und ihre Männer darüber im Unklaren ließen. „Ich werde es nicht verhindern, Pairy. Ich weiß, dass die Göttin für mich das Richtige entscheiden wird."

Er gab sich mit ihrer Antwort zufrieden, und als ob er die große Mutter überlisten wollte, liebte er sie in dieser Nacht mehrere Male.

Palla verließ leise den kleinen Ruheraum, den sie sich mit Tudhalija auf Ramses' Barke teilte. Tudhalija schlief noch, und Palla dachte mit grimmiger Zufriedenheit an die letzte Nacht. Selbst hier auf der Barke wollte er nicht auf ihren Körper verzichten. Palla störte dieser Umstand nicht; solange Tudhalija sie begehrte, besaß sie eine gewisse Macht. Dass er es tat, hatte er in dieser Nacht wieder bewiesen.

Sie wischte sich den Schweiß von der Stirn und trat an die Reling. Die Ruder schlugen gleichmäßig in das grüne Wasser, die langsamen Schläge der Trommel, die den Takt der Ruderschläge angaben, beschworen die Trägheit und feuchte Schwüle dieses Morgens. Pallas Blicke schweiften über das von Papyrus und Schilfgras bewachsene Ufer, doch die Eintönigkeit der Natur erschien ihr bald langweilig, und sie rief harsch nach ihrer Dienerin, die auf der Binsenmatte neben den behelfsmäßigen Gemächern schlief. Das Mädchen erhob sich und kam lustlos auf die Beine. Palla ärgerte sich über sie. Dieses Land verleitete selbst die Diener zum Müßiggang. Als das Mädchen endlich bei ihr war, gab sie ihm eine schallende Ohrfeige. Die Dienerin taumelte und hielt sich die Wange. Pallas Schläge waren hart, doch man tat gut daran, keinen Laut von sich zu geben, wenn man den Zorn der zukünftigen Tawananna auf sich gezogen hatte.

„Geh und lasse mir ein Mahl bereiten! Sorge dafür, dass ein Sonnensegel errichtet wird! Diese Hitze ist unerträglich."

Das Mädchen beeilte sich, den Wünschen seiner Herrin zu entsprechen, und Palla lehnte sich wieder an die Reling. Sie ärgerte sich darüber, dass der Pharao Tudhalija nach Memphis geschickt hatte und ihr Gemahl nicht klug genug gewesen war, dies zu verhindern. Längst war ihr klar, dass Ramses seine Schatzkammern nicht bereitwillig öffnen würde, denn Tudhalija unterrichtete sie stets über die Gespräche, die er in ihrer Abwesenheit führte. Nicht, dass sie ihn danach hätte fragen müssen. Hätte sie es getan, hätte Tudhalija die Augen zusammengekniffen und misstrauisch geschwiegen. Palla war klug genug zu warten, bis der Prinz selber zu ihr kam.

Ihre Dienerin kehrte mit einer Schüssel Trauben und einem Krug Bier zurück. „Herrin Palla, Prinz Siptah lässt fragen, ob du vielleicht geneigt wärst, das morgendliche Mahl mit ihm unter seinem Sonnensegel einzunehmen."

Sie ließ sich zu keiner Antwort herab, sondern wies das Mädchen mit matter Handbewegung an, ihr den Weg zu weisen. Tudhalija schlief noch; sie langweilte sich, also konnte sie ebenso gut dem Prinzen Gesellschaft leisten, der zudem noch ein recht gefälliges Aussehen besaß.

Als Palla zu ihm trat, lächelte Siptah freundlich und wies auf einen Platz neben sich. „Herrin Palla, ich freue mich, dass du dein Morgenmahl in meiner Gesellschaft einnehmen möchtest."

Sie ließ sich auf die bereitgelegten Kissen sinken. „Mit dir oder mit jedem anderen, Prinz Siptah, der mich ein wenig unterhalten kann", entgegnete sie ohne großes Interesse.

Siptah wies einen bereitstehenden Diener an, Pallas Becher mit dem süßen klebrigen Bier zu füllen, das dieser vorher durch ein Tuch seihen musste, damit es nicht zu körnig war. Sie verzog angewidert den Mund, als sie den ersten Schluck trank. Siptah übersah ihre Unfreundlichkeit und erklärte ihr stattdessen, dass sie Memphis gegen Mittag erreichen würden. Er erzählte Palla, dass der heiligen Apis- Stier besondere Merkmale aufweisen musste, um als Verkörperung des Gottes Ptah anerkannt zu werden, dessen Hohepriester der Falke im Nest, Prinz Khamwese, war. Sie hörte gelangweilt zu; erst als der Name des Kronprinzen fiel, ließ sie ein gewisses Interesse erkennen. „Der Herr der beiden Länder muss viele Söhne haben. Ich freue mich darauf, demjenigen zu begegnen, der ihm auf den Thron folgen wird."

Ihr entging nicht, dass die Laune des Prinzen umschlug. „Mein Bruder, Prinz Khamwese, ist ein leidenschaftlicher Verehrer des Gottes Ptah, der in Memphis sein Heiligtum hat. Er täte jedoch gut daran, mehr Zeit am Hof in Piramses zu verbringen und sich mit den Geschicken des Landes vertraut zu machen."

Palla lächelte, ohne den Prinzen anzusehen. „So, wie du es hältst, Prinz Siptah?"

Seine Freundlichkeit wich misstrauischer Zurückhaltung. „Ich bin nicht der Sohn einer großen königlichen Gemahlin, meine Bestimmung ist eine andere als die Thronfolge, Herrin Palla."

„Um die Geschicke eines Landes zu lenken bedarf es weitaus mehr als einer göttlichen Fügung, Prinz." Mit dem ihr eigenen Raubtierinstinkt hatte Palla die Schwachstelle des Prinzen erkannt.

Siptah fühlte sich durchschaut. „Du bist klug, Herrin Palla. Vor allem bedarf es einer gefüllten Schatzkammer."

Endlich sahen sie sich an. Eine tiefe Erkenntnis zeigte sich auf ihren Gesichtern. „Welch ein Verlust für den Thron Ägyptens, dass er auf einen Mann wie dich verzichten muss, Prinz. Mir scheint, der Pharao hat die falsche Wahl für seine Nachfolge getroffen."

Er schenkte ihr ein höfliches Lächeln. „Und wie bedauerlich, dass mein göttlicher Vater nicht erkennt, wie außerordentlich wichtig und notwendig es ist, Hatti eine gewisse Großzügigkeit zu erweisen."

Palla nickte. „Leider hat Ramses genügend Söhne, die bereit wären, die Thronfolge anzutreten, sollte Prinz Khamwese aus dieser ausscheiden."

„Leider sind viele dieser Söhne zu jung oder besitzen kaum genügend Anerkennung unter den Würdenträgern", entgegnete Siptah glatt.

Palla überlegte eine Weile. „Immerhin zählt noch immer der Wunsch des Pharaos, was die Thronfolge anbetrifft."

„Das ist wahr, doch auch er ist nicht unantastbar. Ein schneller Schlag der Truppen, der ihn der Doppelkrone beraubt, und die Unterstützung Hattis mit guten Erdmetallwaffen könnten schnell einen Machtwechsel herbeiführen."

„Die Unterhaltung von Truppen ist kostspielig, Prinz Siptah. Hethitische Truppen nach Ägypten zu holen, brächte einen immensen Aufwand mit sich."

„Welchen Ägyptens Schatzkammern mit Leichtigkeit tragen können", wandte Siptah freundlich ein.

Palla nahm sich eine Traube und genoss die angenehm frische Süße, die sich in ihrem Mund ausbreitete. Die Verlockung war groß, jedoch gefährlich, und sie musste darüber nachdenken. „Uns scheinen ähnliche Anliegen zu verbinden, Prinz. Doch verschließe deine Gedanken vorerst vor Prinz Tudhalija. Wende dich an mich, wenn wir den Besuch in Memphis beendet haben. Ich könnte eine Möglichkeit finden, unsere Interessen in Einklang zu bringen."

Memphis

Tudhalija betrachtete gelangweilt die Malereien an den Wänden des Heiligtums, die verschiedene Szenen aus dem Leben des heiligen Apis-Stieres abbildeten. An einer Wand wurde der Stier gesalbt, auf der anderen wurden ihm Speiseopfer dargebracht, die nächste zeigte ihn in Begleitung von Prinz Khamwese und dem Gott Ptah, als dessen Verkörperung er galt. Khamwese, ein großer Mann, mit dem Kahlkopf der ägyptischen Priester und dem nicht sehr kräftigen Körperbau eines Gelehrten, erzählte in glühender Verehrung von den Merkmalen, die der Apis aufweisen musste, um als Verkörperung von Ptah, dem Weltenschöpfer, erkannt zu werden. Da gab es zuerst einmal den weißen Fleck auf der Stirn und das makellos glänzende Fell, das keine Narbe aufweisen durfte. Zudem musste das Tier an einem ganz bestimmten Tag geboren worden sein. Tudhalijas Aufmerksamkeit für Khamweses Bericht war bereits nach kurzer Zeit erlahmt. Palla und Prinz Siptah verbargen ihre Gedanken hinter einem Lächeln, doch Tudhalija konnte kaum verstehen, weshalb diesem Stier eine solche Verehrung zuteil wurde. Der Stier war zwar auch das heilige Tier des Wettergottes von Hatti, doch wäre kein hethitischer Großkönig je auf den Gedanken gekommen, ihn deshalb wie einen Gott zu verehren oder gar als irdische Verkörperung des Wettergottes zu sehen. Tudhalija trat ungeduldig von einem Bein auf das andere.

„Wir werden nun den heiligen Stier besuchen, der um diese Zeit gesalbt und von den Priestern mit Speiseopfern geehrt wird", schloss Khamwese endlich seine ausladende Rede. Sie folgten ihm in einen Anbau. Tudhalija konnte kaum fassen, welche Verschwendung selbst hier betrieben worden war. Der Raum konnte mit nicht weniger als hundert Schritten in der Länge und etwa sechzig Schritten in der Breite durchmessen werden, wie der Prinz stolz verkündete. Die hohe Decke trugen bunt bemalte Säulen, die an Lotus- oder Papyrusstängel erinnerten. Überall standen steinerne Altäre, auf denen sich Körbe mit Früchten und Getreide türmten. Der Boden war aus feinstem Rosengranit, und die Wände schmückten die viel zu bunten Malereien, die Tudhalija bereits im Tempel gesehen hatte. Junge Mädchen, die jungfräulich in den Dienst des Apis traten, hielten große Straußenwedel als Fächer in den Händen und standen zu beiden Seiten des Stieres, der unruhig schnaubte und mit dem Huf aufstampfte, da ihn die goldene Kette störte, die durch den juwelenbesetzten Ring seiner Nase gezogen worden war und ihn zwischen zwei Säulen gebunden hielt.

„Der Apis ist bereits eingetroffen, um seine Opfer entgegenzunehmen", stellte Khamwese freundlich fest und verbeugte sich vor dem Stier.

Er klatschte in die Hände, und sofort kamen Tänzerinnen herbei, welche mit anmutigen Bewegungen vor dem Apis tanzten und eine Lobeshymne sangen. Tudhalija empfand die Jungfräulichkeit der äußerst hübschen Tempeldienerinnen als Verschwendung, doch noch mehr erzürnten ihn die vergoldeten Hufe und Hörner des Apis sowie die armbreiten Goldketten um seinen Hals. Der Pharao war so unendlich reich, dass er sogar Tiere mit Gold überhäufte und ihnen Ställe errichtete, die eines reichen Mannes als Haus würdig wären, wollte aber für Tudhalija und Hatti seine Schatzkammern nicht öffnen. Tudhalija beobachtete missmutig, wie die Tänzerinnen sich zurückzogen und die Priesterinnen des Apis den Stier von seiner Kette befreiten. Glücklich über seine Freiheit schüttelte dieser den massigen Kopf und trottete zu den Altären, um hier und dort von den Früchten oder dem Getreide zu fressen. Der Stier war fett und träge und ließ deshalb bald von seinem Tun ab. Lustlos stand er mit hängendem Kopf in der Mitte seines Wohnhauses.

„Der Apis verlangt nach Unterhaltung und Zerstreuung", erklärte Khamwese beflissen. „Lasst die Musikantinnen spielen und bringt die edle Tubi!" rief er dann den Mädchen zu, die rasch hinauseilten.

Harfen, Flöten und Zimbeln spielten wie aus dem Nichts auf; die Musikantinnen mussten irgendwo hinter den Säulen verborgen sein. Tudhalija empfand das ganze Geschehen als vollkommen absurd. Hatte Khamwese gerade nach einer Frau für den Stier verlangt? Ihm drehte sich der Magen um, doch was war schon von einem Volk zu erwarten, bei dem Väter die eigenen Töchter und Brüder ihre Schwestern zu Gemahlinnen nahmen und mit ihnen das Lager teilten!

Kurz darauf wurde eine hellbraune, mit Blütenkränzen geschmückte Kuh in den Raum geführt, an deren kurzen Hörnern goldene Anchzeichen baumelten. „Die edle Tubi ist derzeit die Favoritin des Apis. Sein Harem umfasst mehr als hundert Gefährtinnen, und es ist nicht immer einfach, die Bedürfnisse des Apis zufriedenzustellen. In der letzten Woche schenkte er noch der edlen Hathnofret seine Gunst, doch die Launen des Apis sind wechselhaft."

Tudhalija nickte und zwang sich zu einem verständnisvollen Lächeln. Er beobachtete, wie der Stier den Kopf hob und einen lauten Ruf ausstieß. Dann trabte er zu der Kuh hinüber und bestieg sie, wobei sich seine Augen vor Anstrengung weit öffneten. Die Kuh ließ sich von dem Geschehen um sie herum kaum stören; wiederkäuend ließ sie die Lust ihres göttlichen Stiergemahls über sich ergehen.

Sie warteten, bis der Apis sein Werk beendete, dann nickte Khamwese zufrieden. „Wir sollten uns nun zurückziehen, damit der Apis und seine Gefährtin den Nachmittag genießen können."

Tudhalija lächelte gequält und warf einen letzten Blick auf den Stier, der nun wieder träge herumstand, und die edle Tubi, die soeben einen großen dampfenden Fladen auf den Rosengranit fallen ließ. Er bedachte Palla mit einem Seitenblick, doch ihr Gesicht blieb verschlossen und ausdruckslos wie immer. Diese Reise war eine unglaubliche Demütigung, eine Beleidigung Hattis. Sein Land brauchte Gold, und hier wurde es an einen fettleibigen Stier verschwendet, der es kaum schätzen konnte.

„Das ist die unverzeihlichste Demütigung, die der Pharao mir hätte zukommen lassen können!", schrie Tudhalija, als sich die Türen der Gemächer hinter ihm und Palla geschlossen hatten. Bis jetzt hatte er seinen Unmut verbergen können, doch sobald sie allein waren, hielt er es nicht mehr aus. Khamwese hatte das hethitische Prinzenpaar im alten Palast in Malkatta untergebracht, von dem aus bereits Ramses' Vorfahren die Geschicke Ägyptens gelenkt hatten. Der Palast war geschmackvoll, doch es war nicht zu übersehen, dass er seit Langem nicht mehr das Herz Ägyptens bildete. Die Gemächer waren etwas beengt, und die Möbel entsprachen nicht mehr der neuesten Mode.

Palla hatte sich auf dem etwas ungelenk und grob anmutenden Ruhebett niedergelassen und wartete darauf, dass Tudhalijas Wut abklang. „Du solltest lernen, deine Zunge zu beherrschen, Tudhalija. Sicherlich hat dieser Palast Ohren wie jeder andere, und die Diener belauschen unsere Gespräche."

„Sage mir nicht, was ich tun soll, Frau!", fuhr er sie an. „Hast du gesehen, in welcher Verschwendung dieser Stier lebt? Ramses' Schatzkammern sind so voll, dass es ihm ein Leichtes wäre, die Straßen von ganz Piramses mit Gold zu bedecken, doch mir will er seine Hilfe verweigern." Seine Augen funkelten zornig. „Sicherlich hat Selina ihm von der List berichtet, mit der ich Troja die Hilfe verweigert habe. Sie scheint der Fluch meines Lebens zu sein, diese Frau aus deinem Volk! Ich dachte, sie hätte in Troja den Tod gefunden, und nun lebt sie in Ägypten mit ihrem feinen ägyptischen Gemahl und träufelt dem Pharao Gift ins Ohr."

„Es wird der richtige Zeitpunkt kommen, und der Pharao wird dir das Gold für Hatti geben", versuchte Palla erneut, ihn zu besänftigen, doch er stieß einen Fluch aus und schüttelte den Kopf. „Wir werden Ägypten verlassen, sobald wir nach Piramses zurückgekehrt sind. Und wenn ich endlich Großkönig von Hatti bin, werde ich den Friedensvertrag für nichtig erklären. Das Metall der Erde wird der Pharao von Hatti niemals bekommen – er nicht, und auch nicht der elende Agamemnon!"

Palla verbarg ihren Zorn. Sie hatte andere Pläne, und Tudhalija, dieser heißblütige Dummkopf, war gerade dabei, diese zu zerstören. Und wenn Tudhalija derart aufgebracht war, gab es nur eine Möglichkeit, ihn zu besänftigen. Obwohl Palla kaum Lust dazu hatte, streifte sie ihr Gewand von den Schultern und legte sich in aufreizender Pose auf das Ruhebett. „Mir scheint, du benötigst etwas Zerstreuung, Tudhalija – wie dieser Stier."

Sie lachte über ihren derben Scherz, und Tudhalija, der eigentlich zu wütend gewesen war, um körperliches Begehren zu empfinden, spürte wie seine Begierde sich regte. Anders als Assja gelang es Palla stets mit wenigen Worten, seine Lust aufflammen zu lassen; ihn erregte bereits Pallas freimütige Art, mit der sie sich ihm anbot. Er trat zu ihr und umfasste mit einer Hand ihre kleinen festen Brüste, und sie öffnete ihm bereitwillig ihre Schenkel. Tudhalija machte sich nicht die Mühe, seinen Chiton abzustreifen. Er beugte sich über sie und überließ sich seiner Lust, während er fluchend über Prinz Khamwese und dessen Vater, den Pharao, herzog.

Palla erwachte vom lauten Rufen von den Gängen. Sie schob den neben ihr schlafenden Tudhalija beiseite und wickelte sich das dünne Laken um den Leib. Als sie die Tür öffnete, sah sie die Diener aufgeregt durch die Flure laufen. Einige von ihnen hatten sich die Kleider zerrissen und kalte Asche in ihr Gesicht gerieben. Ihre Haare standen zerzaust vom Kopf ab, und sie schlugen sich auf die Brust und stießen klagende Laute aus. Palla hielt eines der Mädchen am Arm fest und fuhr sie an. „Was ist geschehen? Was soll dieses Geschrei?"

Das Mädchen sah sie aus tränenüberströmten Augen an. „Der Apis ist tot! Er hat uns verlassen und ist heimgekehrt zu den Göttern. Ganz Ägypten trauert um ihn."

Palla ließ das Mädchen los und ging zurück in die Gemächer. Inzwischen war Tudhalija ebenfalls erwacht und fuhr sich müde mit der Hand über die Augen. „Was im Namen des Wettergottes geht da draußen vor sich?"

„Ihr Stier ist tot", antwortete Palla gelangweilt. „Sie trauern um ihn."

Der Apis lag auf dem Rosengranitboden seines wunderschönen Hauses und regte sich nicht mehr. Seine Augen waren im Tode weit geöffnet, und die Zunge hing ihm aus dem Maul. Prinz Khamwese umrundete ihn mehrere Male und kam dann mit trauriger Miene zu Palla, Tudhalija und Siptah herüber, die stumm auf den Kadaver blickten. „Welch ein Unglück, welch schlechtes Omen für Ägypten", sagte er leise. „Solange kein neuer Apis gefunden ist, ist die Maat nicht im Gleichgewicht. Es kann lange dauern, bis ein neuer Stier in das Heiligtum Einzug hält."

„Was geschieht mit dem heiligen Stier?", fragte Tudhalija mehr der Form halber als wirklich interessiert.

„Er wird im Serapeum unter dem Tempel bestattet. In den Gewölben wurden bereits seine Vorgänger seit Jahrhunderten beigesetzt. Es wird eine siebzigtägige Trauerzeit geben, die jeder Ägypter einhalten muss – vom Adligen bis zum einfachen Fellachen."

Der Prinz blickte wieder auf den Stier, den nun seine Dienerinnen umringten. Sie hatten bereits damit begonnen, ihn zu waschen, damit er rein war, wenn die Totenpriester kamen, um ihn ins Haus der Einbalsamierung zu bringen.

„Um die Mittagszeit war er noch wohlauf; und nun dies. Es ist wahrlich ein schlechtes Zeichen, vor allem, da er während eurer Anwesenheit starb." Prinz Khamwese seufzte und fuhr sich über den kahlrasierten Kopf. „Du solltest ihm ein Opfer bei der Grablegung darbringen, Prinz Tudhalija, um sicherzugehen, dass er dir nicht zürnt und sein Groll dich nicht bis nach Hatti begleitet."

Tudhalija bemühte sich, nicht unfreundlich zu sein. „Ich glaube nicht, dass wir bis zur Grablegung des Apis in Piramses bleiben werden, Prinz Khamwese. Doch ich werde ein angemessenes Geschenk zu seiner Grablegung bereitstellen, um ihn zu ehren."

Khamwese war sichtlich überrascht. „Prinz Tudhalija, der Tod eines Apis ist ein schwerwiegendes Ereignis. Du kannst Ägypten nicht verlassen, bevor der Apis das Haus der Ewigkeit bezogen hat. Es wäre eine Respektlosigkeit dem Apis und auch dem Gott Ptah gegenüber."

Tudhalija lächelte. „Nun, das konnte ich natürlich nicht wissen. Selbstverständlich werde ich bleiben und dem Apis ein Opfer darbringen."

Khamwese nickte besänftigt. „Das ist gut, Prinz Tudhalija. Bitte entschuldige mich jetzt, ich muss dafür Sorge tragen, dass die Gebete und Tänze für den zu Osiris gegangenen Gott vorbereitet werden."

Nachdem Prinz Siptah seinem Bruder gefolgt war, um ihn bei seinen Pflichten zu unterstützen, ließ Tudhalija seine freundliche Maske fallen. „Das ist einfach unglaublich", flüsterte er Palla zu, „es soll ein schlechtes Omen sein, dass der Stier in unserer Anwesenheit starb. Sicherlich ist er an Fettleibigkeit und der Anstrengung verendet, die seine edle Tubi ihm bereitet hat. Es ist doch offensichtlich, dass sie ihren heiligen Stier zu Tode gemästet haben!"

Palla nickte stumm, um Tudhalija beizupflichten. Ihr kam der Tod des Stieres gerade recht, denn nun hatten sie gar keine andere Wahl, als noch länger in Ägypten zu verweilen – Zeit genug, um den Plan in die Tat umsetzen, der bereits in ihrem Kopf Gestalt annahm.

Piramses

Pairy und Selina eilten gemeinsam die Palastflure entlang. Pairy war der Ansicht, dass es ein sehr gutes Zeichen war, dass die Einladung des Pharaos ihnen beiden gegolten hatte. Der

Netjer nefer Ramses Meriamun hatte Selina verziehen, und Pairy wollte sich auf keinen Fall verspäten. Selina störte der schwere Schmuck, den sie zu diesem Zweck hatte anlegen müssen. Sie hatte die letzten Tage genossen, die sie gemeinsam mit Alexandros und Pairy in ihrem Haus verbracht hatte. Nun hatte Ramses ihnen eine Nachricht geschickt, im Palast zu erscheinen. Pairy grüßte hier und dort einen Adligen, lächelte freundlich einer Hofdame zu, und Selina tat es ihm gleich, obwohl sie noch immer von einigen Höflingen mit zurückhaltender Freundlichkeit bedacht wurde. Sie hatte sich jedoch entschlossen, nicht aufzugeben. Irgendwann musste sich auch der Abergläubischste unter den Höflingen an ihr fremdländisches Aussehen gewöhnt und den Vorfall bei der Straußenjagd vergessen haben.

Der Pharao hatte seinen Hof wegen des Todes des Apis-Stiers in den großen Empfangssaal rufen lassen. Entsprechend trug Selina nicht die angenehmen weißen Leinengewänder, an die sie sich mittlerweile gewöhnt hatte, sondern das gröbere blaue Leinengewand der Trauernden. Anders als bei ihrem Volk, bei dem die Farbe Blau den Königinnen vorbehalten gewesen war, waren die königlichen Farben des Pharaos Blau und Weiß. Trotzdem trug jeder Ägypter Blau, wenn ein geliebter Mensch oder ein Gott, als welcher der Apis-Stier verehrt wurde, starb. Selina war froh, dass Palla und Tudhalija noch nicht aus Memphis zurückgekehrt waren. Der Anblick der beiden hätte ihr Innerstes aufgewühlt und sie zornig gemacht.

Pairy nahm Selinas Hand, und sie drängten sich zwischen den Höflingen hindurch, bis sie die vorderste Reihe erreichten. Ramses saß auf seinem Thronsessel, mit einem langen blauen Trauergewand angetan, das neben dem vielen Schmuck seltsam unpassend anmutete. Als der Zeremonienmeister mit dem Stock auf den Boden schlug, verstummte das allgemeine Gemurmel und Getuschel, und alle verbeugten sich tief.

„Der Apis, der geliebte Stier des Weltenschöpfers Ptah, ist in Memphis gestorben und muss seine Barke gen Westen besteigen. Der Tod des Apis ist ein schlechtes Zeichen für Ägypten, und bis der Apis bestattet und ein Nachfolger gefunden ist, der die Merkmale der Reinheit aufweist, ist die Maat in Gefahr. Da der Apis starb, als das hethitische Prinzenpaar in Memphis weilte, ist zu befürchten, dass die Götter erzürnt sind. Aus diesem Grunde werde ich, der ich der lebende Gott der Millionen Jahre bin, das Begräbnis des Apis mit ungewohnt hohem Aufwand begehen und den gesamten Hof nach der siebzigtägigen Trauerzeit zur Grablegung des Apis nach Memphis verlegen lassen."

Ein zustimmendes Gemurmel ging durch die Menge, was Selina verwunderte. Anscheinend waren die Ägypter sehr abergläubisch. Sie selbst hatte kaum Lust, für die

Grablegung eines Stieres ihren gesamten Haushalt nach Memphis zu verlegen, doch Pairy war der *Hati-a*, und die Aufforderung galt seinem Haushalt ebenso wie denen der anderen Adligen.

„Ist dieser Stier wirklich so wichtig, dass alle seinen Zorn fürchten?", flüsterte sie Pairy leise zu, der sie verständnislos anblickte und ein überzeugtes „Selbstverständlich ist er das" zurückflüsterte.

Erst als sich der Empfangssaal langsam leerte, winkte der Pharao Pairy und Selina zu sich heran. Nach ihrer Verbeugung erhob sich Ramses von seinem Thronsessel und trat zu ihnen. „Pairy, mein Günstling, ich glaube, es ist das erste Mal, dass ich deine Gemahlin an deiner Seite sehe." Er lächelte Selina aufmunternd an. „Es war ein Fehler, Prinz Tudhalija nach Memphis zu schicken. Das Haus des Apis wurde noch nie für einen Fremdländer geöffnet. Jetzt haben die Götter ihren Zorn darüber kundgetan. Prinz Khamwese hat jedoch bereits veranlasst, dass die Hethiter dem Apis ein Opfer bringen, um ihn zu besänftigen." Ramses' Miene verriet seine Sorgen, doch dann besann er sich und wandte sich freundlich an Selina. „Wie geht es eurem Sohn, Herrin Selina? Ich hoffe, er ist wohlauf?"

Selina erkannte, dass der Pharao kaum ein vertrauliches Gespräch mit ihr führen würde, solange sie in Pairys Begleitung war. Sie wusste auch, dass Pairy ihr im nächsten Moment am liebsten einen Knoten in die Zunge gedreht hätte, doch sie konnte nicht länger warten. „Unser Sohn ist wohlauf, Pharao. Dennoch belasten mich die Sorgen, welche mit dem Besuch des Prinzenpaares aus Hatti begannen. Ich kenne seine Gemahlin nur zu gut. Wir wuchsen gemeinsam auf. Ich bitte dich, ihr mit Wachsamkeit zu begegnen."

„Herrin Selina, die Gemahlin des Prinzen ist im Augenblick meine geringste Sorge." Ramses' Laune verschlechterte sich schlagartig. „Pairy, hast du deine Gemahlin noch immer kein angemessenes Verhalten lehren können?"

Pairy lief rot an, doch der Pharao sprach bereits weiter. „Mein Tag ist mir ohnehin verdorben. Ich werde auf eure Gesellschaft verzichten und mein abendliches Mahl alleine einnehmen." Er wandte sich zum Gehen, hielt jedoch noch einmal inne. „Ist dieser junge Hethiter in dein Haus zurückgekehrt, Pairy?"

Selina konnte die Qualen ihres Gemahls fast körperlich spüren, als er antwortete. „Es tut mir leid, mein Pharao, doch ich habe Benti nicht mehr gesehen."

Ramses nickte. „Ich hätte ihn für dumm genug gehalten, dass er dich um Hilfe bittet. Nun ja, vielleicht habe ich ihn unterschätzt. Die Soldaten werden weiter nach ihm suchen. Ich glaube nicht, dass er Piramses verlassen hat. Er versteckt sich irgendwo wie ein Skorpion unter einem Stein." Leise vor sich hin murmelnd verließ der Pharao seine Empfangshalle.

Selina und Pairy blieben allein zurück, und sobald Pairy sich unbeobachtet wusste, musste Selina seine Rüge über sich ergehen lassen. „Was hast du nun schon wieder angerichtet? Musstest du unbedingt heute über Palla sprechen? Du hast den Pharao verärgert, und ich musste ihn anlügen, was Benti angeht. Mein Herz wird eine schwere Last zu tragen haben, wenn ich dereinst vor dem Totengericht stehe."

„Ich habe ein ungutes Gefühl. Ich kann es nicht erklären, doch mir wäre wohler, wenn Palla und Tudhalija nicht in Ägypten weilten."

Pairy wollte davon nichts wissen. „Es sind deine eigenen *sesu*, deine Dämonen, die deine Gedanken belasten."

Benti fegte die letzten Reste der Getreidekörner mit dem Besen auf und ließ sich dann müde auf der harten Holzbank der Speisekammer nieder. Er ärgerte sich, dass er zwei linke Hände zu besitzen schien. Seit er sich bei der Dienerschaft in Pairys Haus versteckte, war er bemüht, sich nützlich zu machen. Der Krug mit den Getreidekörnern stand mitten im Raum, als er gegen ihn gelaufen war und ihn umgestoßen hatte. Er war Schreiber, kein Küchendiener. Als die Tür zur Speisekammer geöffnet wurde, erschrak Benti, da er ständig in der Angst lebte, von Ramses' Wachen aufgegriffen und in den Palast gebracht zu werden. Er atmete tief durch, als er Themos erkannte, der ihn mitleidig ansah.

„Komm herein und schließe die Tür hinter dir, Themos."

Themos tat, wie ihm geheißen, und bemerkte dann die Scherben des zerbrochenen Kruges auf dem Boden. „Warum überlässt du die Speisekammer nicht den Dienern? Nur weil du dich unter den Dienern versteckst, musst du doch nicht ihre Arbeiten verrichten."

Der junge Hethiter zuckte mit den Schultern. „Ich kann ja sonst nichts tun. Das Herumsitzen zermürbt mich. Gelingen wenigstens deine Geschäfte, Themos?"

„Ich kann mich nicht beklagen", gab Themos bereitwillig zu. „Bald wird das Schiff mit den Pferden eintreffen. Die ägyptischen Truppenführer sind eine ertragreiche Kundschaft. Allerdings habe ich in der letzten Zeit Gespräche in den Häusern einiger Kommandanten mitanhören müssen, die besser nicht an mein Ohr gedrungen wären."

„Worum ging es?"

Themos kratzte sich bedächtig am Kinn. „Ich glaube, dass es unter den Truppen des Pharaos und den Kommandanten einige gibt, die einen Machtwechsel herbeiführen wollen."

Benti sah Themos ungläubig an. „Das wäre Verrat am Pharao!"

„Ja", überlegte Themos. „Es kam zwar nicht eindeutig zur Sprache, doch der Name Prinz Siptahs fiel einige Male."

„Was willst du nun tun?"

Themos zuckte mit den Schultern. „Ich werde nichts tun. Ich möchte nicht das Missfallen der Mächtigen auf mich ziehen. Wenn es einen neuen Pharao gibt, werde ich ihm genauso dienen wie seinem Vorgänger. Und vielleicht wäre es auch das Beste für dich, denn Ramses wird dir kaum verzeihen, dass du seiner Königin nachgestellt hast." Er erhob sich und klopfte Benti freundschaftlich auf die Schulter. „Vielleicht gibt es doch einen Ausweg aus deinem Unglück."

Memphis

Die ersten Tage der Trauer um den Apis zogen sich nur so dahin. Da der Hof sich anschickte, bald zum Begräbnis des Stieres nach Memphis zu reisen, sah der Pharao kein Notwendigkeit, das hethitische Prinzenpaar nach Piramses zurückrufen zu lassen. Palla hatte jedoch ihren Plan nicht aufgegeben und suchte nach einem Weg, Prinz Siptah vor seiner Abreise nach Piramses zu treffen. Anders als er war Prinz Khamwese mit der Vorbereitung der Grablegung beschäftigt, sodass sie zwar von der Dienerschaft umsorgt wurden, jedoch von Seiten des Königshauses kaum Aufmerksamkeit erfuhren. Palla scherte sich kaum darum, dass man insgeheim Tudhalija und ihr die Schuld am Tod des heiligen Stieres gab. Als sie an diesem Abend die Flure des alten Palastes entlangschritt, schnarchte Tudhalija auf ihrem Ruhebett, und so war es nicht schwer, die Gemächer heimlich zu verlassen. Sie wusste, in welchen Räumen Prinz Siptah wohnte.

„Hast du unser Gespräch vergessen, Prinz Siptah?", fragte Palla geradeheraus, als sie den Prinzen ruhend auf seinem Lager antraf.

Der Prinz öffnete die Augen und blickte sie verwundert an. „Warum hat meine Dienerin dich vorgelassen, Herrin Palla? Du solltest nie ohne deinen Gemahl in meinen Räumlichkeiten erscheinen. Es könnte einen falschen Eindruck hinterlassen."

„Deine Dienerin war durch eine leichte Ohrfeige zu überzeugen, und was meinen Gemahl angeht: Er schert mich wenig, und er wird vorerst nichts von unseren Gesprächen erfahren."

Siptah setzte sich auf und grinste. „Nun endlich kann ich das Ka erkennen, welches sich hinter deinem gleichmütigen Gesicht verbirgt, Herrin."

Sie ließ sich nicht beirren. „Sieh es als Ehre, Prinz. Ich frage dich noch einmal: Hast du vergessen, worüber wir auf der Barke sprachen?"

„Es ist kaum der richtige Zeitpunkt, dieses Gespräch fortzuführen. Der Apis ist tot."

Palla verzog verächtlich die Mundwinkel. „Der Stier ist mir vollkommen egal. Hast du die nötige Gewalt, um einen Machtwechsel herbeizuführen?"

Er sah sie forschend an. „Und wenn ich sie hätte?"

Sie setzte sich unaufgefordert auf einen Stuhl und schenkte sich Wein aus einer Karaffe in einen bereitstehenden Becher. „Prinz Khamwese muss sterben. Bald wird der Pharao in Memphis eintreffen, um das Begräbnis des Apis zu begehen. Es wäre leicht für dich, während dieser Zeit in Piramses den Thron zu nehmen – vorausgesetzt, du findest genügend Unterstützung, um Piramses so lange zu halten, bis hethitische Truppen eintreffen."

Siptahs Augen verrieten seine Überraschung. „Viele Adelige und Truppenführer in Piramses unterstützen mich und würden auf ein Zeichen von mir die Stadt in ihre Gewalt bringen. Die anderen können leicht überwältigt werden. Ich habe jahrelang auf diesen Tag hingearbeitet. Jedoch liegt der Hauptstützpunkt unserer Truppen hier in Memphis. Und die hiesigen Truppen sind Ramses ergeben."

„Wichtig ist nur, dass du Piramses, und somit den Einzugsweg der hethitischen Truppen, lange genug halten kannst, Prinz. Sobald wir die Grenzfestung von Megiddo passiert haben, ist Vorsicht geboten. Ramses' Truppen haben nur Bronzeschwerter und vielleicht einige Pfeil- und Speerspitzen aus Himmelsmetall, und beide sind unseren Waffen aus gutem Erdmetall unterlegen. Das verschafft uns einen gewissen Vorteil."

Palla konnte ihren Stolz kaum verbergen, auch wenn Tudhalija ihr untersagt hatte, Arinna zu besuchen. Er hütete das Geheimnis der Erdmetallgewinnung eifersüchtiger als seinen Harem. Seine Truppen ließ er jedoch geflissentlich mit dem Metall der Erde rüsten. Palla, die stets eine Klinge aus dem dunklen Metall für sich begehrt hatte, schätzte längst die Vorzüge einer großen Truppe, die man auf das Schlachtfeld führen konnte, ohne selbst kämpfen zu müssen. Irgendwann, so hatte sie sich geschworen, würden Hattis Truppen ihr folgen anstatt Tudhalija. „Zuerst werden wir den Thronfolger beseitigen, dann den Pharao. Sobald du auf dem Thron Ägyptens sitzt, erwartet Hatti deine Großzügigkeit. Bedenke, dass dies der Preis für Hattis Unterstützung ist. Du wirst nach der gewaltsamen Übernahme des Thrones unsere Hilfe benötigen, damit Ramses' Anhänger dir folgen."

Siptah nickte. „Den Thronfolger zu töten, würde die Truppen seines göttlichen Vaters verunsichern. Es muss geschehen, bevor Ramses gewarnt ist." Seine Augen leuchteten. „Es muss beim Begräbnis des Apis geschehen. Khamwese ist Oberpriester des Ptah und damit auch des Apis. Er wird nach der Begräbniszeremonie im Serapeum verweilen, um die Versiegelung der Grabkammer zu überwachen, während der Hof das Trauerbankett begeht." Er überlegte. „Er wird Arbeiter an seiner Seite haben, und am Eingang des Serapeums stehen Wachsoldaten. Es muss ein Mörder sein, der sich auf sein Handwerk versteht und gleichzeitig unauffällig unter den Trauergästen umherwandelt, sodass er sich im Serapeum verstecken kann, bis die Gäste dieses verlassen. Es werden nur wenige Trauergäste den Apis bis in sein ewiges Haus begleiten dürfen; die meisten müssen im Tempelvorhof warten, und das einfache Volk hat keine Erlaubnis, ihn zu betreten.

"Palla lächelte kühl. „Darum solltest du dich nicht sorgen, Prinz. Ich werde deinen königlichen Bruder selbst töten und mich danach wieder unter die Trauernden begeben. Ich bin geladener Gast der Trauerzeremonie."

Siptah sah sie ungläubig an. „*Du* willst die Wachen überwältigen und den Prinzen töten?" Dann erinnerte er sich an die Gemahlin des *Hati-a*. „Bist du ebenso geschickt im Waffenhandwerk wie diese hellhaarige Frau?"

Palla horchte auf. „Sprichst du von Selina, Prinz? Wir entstammen dem gleichen Volk, und ich bin stärker als sie. Sobald du Pharao von Ägypten bist, werde ich auch sie töten. Du wirst sie mir großmütig überlassen."

Siptah wunderte sich kaum noch über die Entschlossenheit dieser Frau. „Und wie überzeugst du deinen Gemahl? Immerhin muss er die Truppen aus Hatti kommen lassen."

„Sobald Prinz Tudhalija die neue Lage erkennt, wird er ihre Vorteile für sich nutzen wollen. Der Prinz hält schon lange die Befehlsgewalt über die hethitischen Truppen. Seine Sonne Hattusili ist ein hinfälliger Greis, der auf seinen Tod wartet. Biete Tudhalija das Gold für Hatti, das er verlangt, und er wird dir seine Unterstützung zusichern. Er darf jedoch nie erfahren, dass wir diesen Plan gemeinsam ersonnen haben."

„Ich verstehe", sagte Siptah nicht unbeeindruckt. „Mir scheint fast, dass man gut damit beraten ist, sich an die zukünftige Tawananna von Hatti zu halten, wenn es um Staatsgeschäfte geht."

„Du bist klug, Prinz." Palla wandte sich zum Gehen. „So wird es also geschehen. Halte deine Getreuen in Piramses bereit, denn sie müssen schnell zuschlagen, sobald der Kronprinz tot ist."

„Das werde ich, Herrin Palla. Aber sage mir doch, weshalb hasst du die Gemahlin des *Hati-a* so sehr?"

Palla machte sich nicht die Mühe, ihn anzusehen. „Ich hasse sie nicht, Prinz, ich verachte sie. Sie ist der lästige Schatten einer Vergangenheit, die ich abgestreift habe und die ich für immer auszulöschen gedenke."

Piramses

Prinz Siptah verließ die Barke, sobald diese den Landungssteg des Palastes erreicht hatte. Anstatt in den Palast zu gehen und seinen Vater zu begrüßen, ließ er sich seinen Streitwagen bringen, und er verlor keine Zeit, seine Pferde durch die Straßen von Piramses zu treiben. Es war unvorsichtig, Ramses zu verärgern, doch die Zeit des Wartens war vorüber. Wenn er seine kühnen Pläne in die Tat umsetzen wollte, musste er handeln und die ihm treu Ergebenen unterrichten. Siptah lenkte sein Pferdegespann zwischen den zur Seite springenden Menschen hindurch. Eine innere Unruhe hatte ihn gepackt – er war seinem Ziel so nah wie nie zuvor.

Vor Hentmiras Anwesen zügelte Siptah sein Gespann. Es war gut, dass er den Streitwagen und nicht einen Tragstuhl gewählt hatte. Er konnte keine Mitwisser gebrauchen. Seiner Geliebten gegenüber hatte er keine Bedenken; sie würde ihn unterstützen, vor allem, nachdem Ramses sie bloßgestellt hatte. Siptah warf einen kurzen Blick auf die drei Knaben, die in Hentmiras Badeteich rauften und sich gegenseitig unterzutauchen versuchten. Siptah hatte sie oft beobachtet und sich gefragt, ob nicht doch einer der Jungen seinen Lenden entsprungen war. Bisher war diese Frage für ihn ein müßiges Rätsel gewesen, doch wenn er erst auf dem Horusthron säße, wäre ein Haus voller Söhne sicher nützlich. Siptah überlegte, welche seiner Halbschwestern er zur großen königlichen Gemahlin nehmen würde – Bentanta war zwar schön, aber zu klug und damit zu gefährlich; ihre Schwester Meritamun übertraf die Schönheit ihrer Schwester bei Weitem, sprach nicht viel und folgte Bentanta wie ein Schatten. Sie wäre zweifelsohne die bessere Wahl. Hentmira könnte er ebenfalls heiraten. Sie hatte ihm bereits gefallen, als Pairy sie in sein Haus geholt hatte, und sie war recht schnell seine Geliebte geworden. Er lächelte bei dem Gedanken daran, dass er bald das Gewicht der Doppelkrone auf seinem Haupt spüren würde, und lief an Amenhet vorbei, der die Tür öffnete und ihm mitteilte, dass die Herrin Hentmira ihn bereits erwartete.

Siptah wunderte sich, denn Hentmira hatte nicht wissen können, dass er auf dem Weg zu ihr war. Immerhin war er gerade erst aus Memphis zurückgekehrt. Er fand Hentmira auf einer Liege ruhend, den Kopf auf der elfenbeinernen Kopfstütze, mit einem feuchten Tuch über den Augen. Als sie seine Schritte vernahm, zog sie sich das Tuch vom Gesicht und blinzelte.

Siptah stellte zufrieden fest, dass ihr Anblick makellos war und Selinas Schlag keine bleibenden Schäden hinterlassen hatte.

„Die Knaben rauben mir den Schlaf. Sie laufen herum und schreien. Ich habe sie hinaus in den Garten geschickt. Könnten sie doch das Kap besuchen und in Memphis leben ... Ach, hätte mich doch nur die Mischung aus Krokodilsdung und Honig vor diesen Schwangerschaften bewahrt!" Sie streckte matt eine hennabemalte Hand nach ihm aus, und Siptah ergriff sie, während er sich zu ihr setzte. „Vielleicht werden sie bald das Kap besuchen, Hentmira. Ich komme mit guten Nachrichten."

„Das hoffe ich doch, Prinz Siptah", gab sie gequält zurück. „Ich habe auch interessante Neuigkeiten für dich. Doch berichte mir zuerst die deinen."

Einem Wasserfall gleich sprudelten die Worte aus Siptah. Er erzählte von seinem Plan, beim Begräbnis des Apis endlich nach der Doppelkrone zu greifen, und dass er diesen Schritt nun wagen konnte, da Hatti ihm seine Unterstützung bot. Hentmira lauschte seinen Worten ruhig und mit Bedacht. Schließlich seufzte sie und setzte sich auf. „Dein Plan ist kühn, Siptah. Bist du sicher, dass er gelingen wird?"

Er küsste leidenschaftlich ihre Hand. „Ich bin sicher, Hentmira. Und wenn ich die Doppelkrone trage, werde ich dich als meine Gemahlin in den Palast holen und Pairy in den tiefsten Süden verbannen."

Sie lächelte gewinnend. „Nun, vielleicht musst du nicht mehr warten, bis du die Doppelkrone trägst, um Pairy in die Verbannung zu schicken. Ich habe deine Rückkehr aus Memphis sehnsüchtig erwartet, Siptah." Sie rief mit fordernder Stimme nach Amenhet, und ihr Verwalter kam herbeigeeilt. „Amenhet, berichte Prinz Siptah, was du mir erzählt hast!"

„Ich habe vor einigen Tagen in einer Schenke in Piramses Wein getrunken", begann Amenhet eifrig. „Eine der ersten Lehren, in welchen mich die Herrin Hentmira unterwies, seit ich in ihren Dienst trat, war die, wohin ich auch gehe, meine Augen und Ohren zu öffnen."

Siptah mochte den hündischen Diener nicht besonders. „Mir reicht das Wesentliche, Amenhet, und wenn dieses mich befriedigt, soll es dein Schaden nicht sein. Also rede!"

Amenhet riss sich zusammen. „Ich traf den neuen Verwalter des Herrn Pairy und fragte ihn, ob ihm die Arbeit im Haus seines Herrn zusage. Wir tranken zwei Krüge Wein zusammen, und als seine Zunge schwer wurde, erzählte er mir, dass sich der Hethiter, den der Pharao sucht, unter der Dienerschaft versteckt hält. Er war bekümmert wegen dieses Umstandes, denn er befürchtete, dass sein Herr dadurch in Ungnade fallen könnte, sollte Ramses es erfahren."

Siptah lachte laut auf, dann zog er großzügig eine Goldkette über den Kopf und warf sie Amenhet zu, der sie auffing und sich auf ein Zeichen seiner Herrin zurückzog.

„Und ob Pairy durch diesen Umstand in Ungnade fallen wird!" Siptah war guter Laune.

„Und mit ihm seine fremdländische Barbarenhure", erinnerte Hentmira ihn.

Er küsste erneut ihre Hand und schenkte ihr ein anerkennendes Lächeln. „Ich werde dich mit Juwelen und Gold aus den Schatzkammern Ägyptens schmücken, Hentmira. Du hast mir einen überaus großen Gefallen erwiesen; und ich kann dir versichern, dass du nicht die Einzige bist, die Selinas Fall glücklich machen wird."

Selina sah die Wachen bereits von Weitem. Es war später Nachmittag, und Selina hatte in den Gärten mit Alexandros gespielt, wie sie es oft tat. Sie erkannte die Tracht des Palastes, die goldverzierten Brustharnische über den Schurzen der Männer, die eng anliegende weiße Kappe und die Schilde mit Ramses' Namenskartusche. Dies war kein Höflichkeitsbesuch. Selina wusste, wie sich ein Mann verhielt, der bereit war zu kämpfen.

Sie übergab Alexandros der Kinderfrau. „Sorge für ihn, was immer auch geschieht", bat sie mit flehenden Augen. Dann schickte sie die junge Frau zurück ins Haus, damit Alexandros nicht in die Hände der Soldaten fiel. Pairy weilte wie jeden Tag im Palast, doch Benti hielt sich ahnungslos in den Räumen der Dienerschaft auf. Da die Wachen sie bereits gesehen hatten, wäre es zu auffällig gewesen, wenn sie ins Haus gelaufen wäre, um ihn zu warnen. Selina konnte nur hoffen, dass die Soldaten Benti nicht fanden. Ihre Hände zitterten, doch sie rührte sich nicht von der Stelle.

Der oberste Wachhabende kam ihr entgegen und blieb mit gezogenem Kurzschwert vor ihr stehen. „Herrin Selina, wir haben Nachricht erhalten, dass der flüchtige Hethiter, der beschuldigt wird, die Gemahlin des *Netjer nefer*, Königin Maathorneferure, belästigt zu haben, sich im Haus deines Gemahls, des *Hati-a* von Piramses, versteckt hält."

Sie bemühte sich um ein gewinnendes Lächeln. „Ich weiß nicht, wer so etwas behauptet hat, Kommandant. Wenn es so wäre, wüsste der *Hati-a* davon und hätte es dem Palast gemeldet."

Der Mann lächelte spöttisch. „Dann wird es dir sicherlich nicht unangenehm sein, wenn wir dein Haus durchsuchen, Herrin."

Selina zwang sich zur Ruhe. „Durchaus nicht; doch vorher wüsste ich gerne, wer dieses Gerücht verbreitet hat."

Der Kommandant beachtete sie nicht weiter. Stattdessen winkte er seine Männer heran, die an ihnen vorbei ins Haus liefen und nach kurzer Zeit mit Benti zurückkehrten. Er leistete keine Gegenwehr.

„Herrin Selina", sagte der Kommandant nun mit fester Stimme, „du wirst ebenfalls in den Palast gebracht werden und dich vor dem Pharao für deinen Verrat verantworten müssen."

Sie ersparte sich eine Antwort. Als der Kommandant sie jedoch am Arm greifen wollte, löste sie mit einer Bewegung seinen Griff, was ihn derart zu überraschen schien, dass er sein Schwert hob. Sie schob auch dieses mit furchtloser Handbewegung zur Seite. „Fürchtest du dich vor einer Frau, Kommandant? Ich werde dich begleiten, auch ohne dass du Hand an mich legst."

Er nickte und gab ihr zu verstehen, dass sie vor ihm hergehen sollte. Als sie das Anwesen verließen, wartete Benti bereits schicksalsergeben zwischen zwei Wachen.

„Du bist die Gemahlin eines Edlen, Herrin Selina. Ich kann einen Tragstuhl vom Palast anfordern."

Sie blickte den dienstbeflissenen Offizier trotzig an. „Meine Füße haben mich bereits ganz andere Wege getragen, Soldat. Ich brauche keinen Tragstuhl."

Er gab sich zufrieden, und sie setzen sich in Bewegung. Selina setzte jeden ihrer Schritte mit Bedacht. Es waren immerhin die letzten, welche sie in Freiheit tat.

Der wachhabende Soldat brachte sie bis an die Türen des großen Empfangssaales. Erinnerungen blitzten in ihrem Kopf auf. Sie entsann sich, wie sie in Hattusa vor den Adeligenrat gebracht worden war. Damals hatte Pairy das Schlimmste verhindern können, Amenirdis war an ihrer Seite gewesen, und Benti hatte ihr schließlich zur Flucht aus Hattusa verholfen. Nun war Amenirdis tot, Benti ebenfalls ein Gefangener, und Pairy kaum in der Lage, ihr hilfreich zur Seite zu stehen. Der Pharao würde auch ihm zürnen, und wahrscheinlich war ihr Gemahl bereits ebenso in Ungnade gefallen wie sie selbst.

Die Türen des Empfangssaales öffneten sich, und wie in Hattusa erschien ihr der Weg bis vor das Thronpodest unendlich lang. Selina erkannte die blaue Helmkrone, den Chepresch, auf Ramses' Kopf. In den Händen hielt er die Zepter der beiden Länder, Krummstab und Geißel. Er trug seine höchsten Amtsinsignien, und zu allem Überfluss sah sie auch die Goldhauben der Tochtergemahlinnen Bentanta und Meritamun, die an seiner Seite Platz genommen hatten. Obwohl sie Bentanta nicht fürchtete, erinnerte sie sich gut an das Gespräch mit der Königin, und sie konnte sich vorstellen, welche Genugtuung diese nun empfinden musste. Selina verbeugte sich vor dem Thron und wartete.

„Nun, Herrin Selina! Ich habe den *Hati-a* bereits danach gefragt, doch er konnte mir keine Antwort auf meine Frage geben. Gibt es irgendetwas, das du als Entschuldigung für diesen Verrat vorzubringen gedenkst?" Ramses' Stimme war laut und entbehrte jeglicher Freundlichkeit. Trotzdem wagte Selina, den Kopf zu heben und ihn anzuschauen. „Jedwede Entschuldigung, welche ich vorbringen könnte, würde dich nicht zufriedenstellen, großer Pharao. Das Einzige, was ich zu sagen habe, ist, dass Benti ein guter Mensch ist, und dass er nach seinem Verständnis nichts Unrechtes getan hat. Er wollte lediglich die Frau sehen, welche er seit Langem liebte, die zu heiraten ihm aber verwehrt bleiben musste."

„Deine Zunge hat noch immer keinen Respekt gelernt, Herrin, und du hast recht, wenn du sagst, dass deine Entschuldigungen mich nicht rühren. Der Hethiter verdient den Tod, und ich werde seine Hinrichtung anordnen lassen, sobald der Apis sein ewiges Haus bezogen hat. Was mit dir und deinem Gemahl geschieht, welcher mein Günstling war und dem ich vertraut habe wie einem Sohn, werde ich ebenfalls entscheiden, wenn ich aus Memphis zurückkehre. Welch ein Glück, dass Prinz Siptah meine Augen öffnete und den Verrat aufdeckte!"

Selina horchte auf. „Prinz Siptah hat die Wachen in unser Haus geschickt? Du darfst ihm nicht vertrauen! Dieser Mann will den Thron Ägyptens. Ich weiß es! Er ist der Verräter, nicht Benti oder Pairy. Mein Gemahl ist dir und Ägypten treu, Pharao. Der Verrat lauert in deiner eigenen Familie!"

„Schweig!", fuhr Ramses sie zornig an. „Wie kannst du es wagen, solche Anschuldigungen gegen einen königlichen Prinzen vorzubringen, der mir immer wieder seine Treue und Zuneigung bewiesen hat? Ich sollte dir die Zunge herausschneiden lassen, damit sie keine Lügen mehr verbreiten kann! Du bist die Gemahlin meines einstigen *Hati-a* und damit eine Edle. Ich kann dich kaum wie eine Gemeine einsperren lassen, auch wenn ich es liebend gerne täte. Das entspräche nicht der Maat. Du beziehst Räume im Palast, die streng bewacht werden. Es ist dir untersagt, sie zu verlassen. Lediglich eine Dienerin wird dir zur Seite gestellt, um die nötigsten Handgriffe zu tun."

Selina beeindruckte das Fehlen von Dienerschaft kaum. Der Pharao mochte vielleicht eine verwöhnte Palastdame damit bestrafen, sie sorgte sich um andere Dinge. „Was wird mit meinem Sohn geschehen?"

„Du darfst ihn nicht sehen. Er soll vergessen, wer seine Eltern waren, da es ihn beschämen würde. Es wird sich eine Handwerkerfamilie finden, die ihn großzieht, fernab von Piramses."

Sie bekämpfte die aufkommenden Tränen, sagte jedoch nichts. Alexandros würde leben, was immer sie und Pairy auch erwartete. Mehr konnte sie kaum verlangen.

„Und nun aus meinen Augen!", rief Ramses laut, während sie von Palastwachen flankiert aus dem Saal gebracht wurde.

Selina wusste, dass dies nicht ihre eigentliche Strafe war. Was sie und Pairy erwartete, mochte sie sich kaum vorstellen. Benti erwartete der Tod, das hatte Ramses bereits beschlossen. Nur weil sich der Palast darauf vorbereitete, nach Memphis zu reisen, waren ihre Verurteilung und deren Vollstreckung aufgeschoben.

Als sie zur Untätigkeit verdammt in ihre Gemächern eingesperrt wurde, legte sich Verzweiflung über ihr Gemüt. Sie war in Freiheit aufgewachsen – in einer Freiheit, die ihr niemals vorgeschrieben hatte, keine Waffen zu tragen, den Rücken eines Pferdes zu meiden oder sich Männern unterzuordnen. Selina empfand die Welt, die sie kennengelernt hatte, nachdem Tudhalija sie nach Hattusa verschleppt hatte, als verkehrt. Wer gab den Männern das Recht, sich über die Frauen zu erheben? Sie erinnerte sich an die Männer, die in Lykastia unter ihnen gelebt hatten. Penthesilea hatte ihnen die Sehnen ihrer Fersen durchtrennen lassen, und obwohl Selina vor allem nach Alexandros' Geburt bezweifelt hatte, dass dies richtig war, meinte sie nun zu verstehen, weshalb die Königinnen ihres Volkes so gehandelt hatten. Immer wieder hatte Selina sich gefragt, wie es Kleite und den überlebenden Frauen wohl ging, doch mittlerweile konnte sie sich gut vorstellen, dass auch ihr Leben sich geändert hatte. Lebten sie nun auch in den Häusern der Männer? Selina hatte gelernt, mit einem Mann zu leben, doch sie wusste, dass es nicht dem Willen der großen Mutter entsprach, unter vielen von ihnen zu leben.

Das Leben in Gefangenschaft war demütigend – voller Regeln, Pflichten und Zwängen. Ihr Lebenswille schwand von Tag zu Tag mehr dahin. Warum sollte es ihr bestimmt sein, die Einzige zu sein, in der noch der Geist der großen Mutter fortlebte? Es wäre besser gewesen, wenn sie in Troja gestorben wäre, mit dem Schwert in der Hand, auf dem Rücken ihres Pferdes, so wie es Penthesilea für sich entschieden hatte!

Selina starrte mit müden Augen zur Sonne, die im Begriff war, von Nut verschlungen zu werden. Ihre Dienerin hatte sie fortgeschickt, nachdem diese ihr das Abendmahl aufgetragen hatte. Da Selina ihre Gemächer nicht verlassen durfte, hatte sie es sich zur Gewohnheit gemacht, den Tag über zur Terrassentür hinauszusehen. In den ersten Tagen galten ihre düsteren Gedanken noch Benti und Pairy, und vor allem Alexandros. Doch als die Trauerzeit für den Apis halb vorüber war, verfiel Selina in einen schicksalsergebenen Gleichmut. Sie hatte keine Kraft mehr, um zu kämpfen. Was immer sie tat und sagte, niemand würde ihr mit wirklichem Verständnis begegnen. Sogar ihr Sohn würde im Geiste eines ihr fremden Volkes aufwachsen. Es war besser zu sterben, als dies mitansehen zu müssen.

Selina hatte sich so sehr an die Eintönigkeit ihrer Tage gewöhnt, dass sie erschrak, als die Tür ihrer Gemächer geöffnet wurde. Ihre Dienerin erschien nur auf ihr Rufen, und sie hatte nicht nach ihr geschickt. Umso überraschter war sie nun, als sie in das leicht hochmütige Antlitz der großen königlichen Gemahlin Bentanta blickte.

„Wie überraschend, dich zu sehen, Königin. Solltest du nicht bereits deine Barke nach Memphis bestiegen haben? Die Dienerin teilte mir mit, dass die Barken Piramses bereits am Nachmittag verlassen haben." Selina gab sich keine Mühe, besonders höflich zu sein. Dies war in Anbetracht der Umstände kaum noch nötig.

Bentanta nahm sich einen Stuhl und ließ sich darauf nieder. „Glaube nicht, dass ich dich bemitleide, Herrin Selina", antwortete sie kühl.

„Ich bemitleide *dich*, Königin Bentanta, dich und jede Frau in Ägypten."

„Das ist vollkommen unnötig! Ägypten ist ein gesegnetes Land, in dem Frauen ihre eigenen Landgüter bewirtschaften lassen, ihren Gemahl verlassen, wenn er sie schlägt oder ihnen Schaden zufügt, und sich einen neuen Gatten wählen, wenn es ihnen beliebt."

Selina gab ein verächtliches Geräusch von sich. „Gilt das auch für eine große königliche Gemahlin?"

Bentanas Goldhaube blitzte auf, als sie ihren Kopf neigte, um Selinas Blick aufzufangen. „Der Pharao ist ein Gott. Keine Frau würde ihre Verbindung zum lebenden Horus lösen wollen."

„Ich glaube, du irrst dich Königin, aber dieses Gespräch ist müßig. Weshalb bist du hier?"

Bentanta fuhr langsam mit der Hand über die Falten ihres durchscheinenden Kleides, als überlege sie, ob es gut war, weiterzusprechen. „Weil du die Einzige bist, die mir helfen kann."

Selina wies mit einer ausladenden Geste auf ihre Räumlichkeiten. „Ich glaube kaum, dass dies möglich ist. Ich könnte noch nicht einmal mir selbst helfen, wenn es mein Wunsch wäre."

„Du musst mit mir nach Memphis reisen", beharrte Bentanta, als wäre ihr Anliegen selbstverständlich.

„Fürchtest du nicht den Zorn deines göttlichen Gemahls, Königin?"

„Ich fürchte viel mehr seinen Tod als seinen Zorn. Mein Vatergemahl hat Ägypten Wohlstand gebracht, doch derjenige, der nun nach der Doppelkrone greifen will, wird Schande über das Land bringen."

In Selina regte sich ein Hoffnungsfunken. Hatte Pairy sich der Königin anvertraut und ihr von Siptahs Plänen berichtet? Hatte er endlich gewagt zu sprechen, wenn auch nicht gegenüber Ramses?

„Du hast den Namen Prinz Siptahs in Gegenwart des Pharaos in anklagender Weise erwähnt. Ich kenne meinen Halbbruder, und ich kenne seine Träume und Wünsche. Ich glaubte nicht, dass er wirklich wagen würde, sie in die Tat umzusetzen, doch kurz darauf wurde er nochmals beschuldigt. Es war nicht schwer, meine Spitzel unter die Höflinge zu schicken. Es ist wahr: Prinz Siptah will während der Beisetzung des Apis zunächst den Thronfolger ermorden lassen und dann Piramses einnehmen, während der Pharao noch in Memphis weilt. Ich weiß nicht, wie viele Verschwörer hinter meinem verräterischen Halbbruder stehen, doch es müssen einige sein. Und der Tod meines Bruders Khamwese, des Thronfolgers, soll ihr Zeichen sein, zuzuschlagen."

Selina dachte daran, wie zornig der Pharao gewesen war, als sie gewagt hatte, ihre Anschuldigungen gegen Siptah vorzubringen. „Erzähle deinem Vatergemahl von Siptahs verräterischen Plänen."

„Er würde mir nicht glauben."

„Natürlich nicht!", gab Selina spöttisch zurück. „Die Augen des Gottes sind blind für die Wahrheit."

„Er ist der *Netjer nefer*, der gute Gott, das Herz Ägyptens, er ist Maat – Gerechtigkeit! Der Pharao darf nicht vom Thron gestoßen werden!", beharrte Bentanta.

„Und was verlangst du von mir, Königin Bentanta?"

„Komme mit mir nach Memphis, und bleibe bei der Begräbniszeremonie an Khamweses Seite. Ich weiß nicht, wie mein Bruder sterben soll und wer der gedungene Mörder ist, ich weiß jedoch, dass es bei der Grablegung geschehen soll. Wenn der Thronfolger überlebt, werden Siptahs Gefolgsleute keinen Schlag gegen Ramses wagen, und ich gewinne Zeit, genügend Beweise zu erbringen, um den Pharao vom Verrat meines Halbbruders zu überzeugen."

„Warum sollte ich das tun? Ich habe genügend Blut für ein ganzes Leben gesehen. Ich habe genug von den Kämpfen der Mächtigen!"

Bentanta erhob sich und reichte Selina die beringte Hand. „Du würdest unschuldige Leben retten und beweisen, dass du nicht gelogen hast, als du gegen Prinz Siptah gesprochen hast. Du kannst Waffen führen und verstehst dich auf den Kampf, wie es die Männer tun. Ich kann niemand anderem von dem erzählen, was ich weiß. Soll ich einen Soldaten des Pharaos bitten, meinen Bruder zu schützen? Woher soll ich wissen, dass er nicht Prinz Siptah ergeben ist? Außerdem besitze ich keine Befehlsgewalt über die Truppen. Diese unterliegen Ramses, und so kann ich niemanden um Hilfe bitten außer dir, einer Frau, die sich auf das Waffenhandwerk versteht."

Selina erhob sich langsam, ohne jedoch die ihr angebotene Hand zu ergreifen. „Wenn ich es tue, Königin, gib meinen Gemahl und den Hethiter Benti frei."

Bentanta schüttelte entschlossen den Kopf. „Das ist mir nicht möglich, Herrin. Dein Gemahl und der Hethiter werden von Ramses' Wachen festgehalten. Ich kann nichts für sie tun. Vielleicht kannst du es jedoch, indem du den Kronprinzen rettest. Ich bin sicher, es würde den Pharao milde stimmen, wenn er erst einmal die Wahrheit kennt."

Selina wusste nicht, weshalb sie dieser Königin Vertrauen schenken sollte, doch sie folgte Bentanta, die mit eiligen Schritten zur Tür ging. Als sie hinter der Königin auf den Flur trat, der verwaist im Fackelschein lag, sah sie die zwei wachhabenden Soldaten, die vor ihren Räumen postiert worden waren, reglos auf dem Boden liegen.

„Ich ließ ihnen einen starken Mohnsaft in ihr Bier mischen."

Selina war überrascht, als Bentanta sich bückte und die Waden des Ersten ergriff. „Hilf mir!", wies sie Selina an. Mit einer seltsamen Entschlossenheit bemühte sich die Königin, den bewusstlosen Mann in die Gemächer zu ziehen. Sie besaß kaum genügend Kraft, und so nahm Selina das zweite Bein. Gemeinsam zogen sie so die Wachen in die Gemächer und schlossen die Tür. Die Königin verlor keine weitere Zeit. „Wir müssen uns beeilen, ehe der Trunk seine Wirkung verliert oder die Wachablösung erfolgt. Wenn wir gesehen werden, war alles umsonst." Sie bedachte Selina mit einem herausfordernden Blick. „Du siehst, Herrin: Ich riskiere ebensoviel wie du."

Bentanta erklärte ihr, dass sie nur wenig Zeit hätten, zum Landungssteg zu gelangen. Sie mussten sich ein paar Mal verbergen, als Diener ihren Weg kreuzten, doch der Palast war ungewohnt ruhig, da der Hof bereits auf dem Weg nach Memphis war. Als sie den Landungssteg erreichten, verlangsamte Selina ihren Schritt. Zur Rechten und Linken der Planke, die auf die Barke führte, standen Wachen. Wie hatte die Königin das nur vergessen können?

„Was willst du nun tun, Königin? Sie werden mich nicht unbehelligt auf die Barke lassen."

Bentanta nickte. „Warte hier, bis ich dich rufe."

Sie beobachtete die Königin, die gemessenen Schrittes zum Landungssteg hinunterging. Die Wachen sahen sie kommen und verbeugten sich. Bentanta sprach ein paar Worte mit ihnen, dann setzten sie sich in Bewegung und liefen in Selinas Richtung. Ihr zog sich der Magen zusammen. Was hatte die Königin ihnen gesagt? Sie würden sie sehen, wenn sie näher kamen, so viel war sicher. Selinas Herz hämmerte gegen die Brust. Wenn die Wachen des Pharaos sie entdeckten, wäre alles umsonst gewesen. Sie wartete unschlüssig, bis sie nahe genug waren und ging in die Knie. Gerade als der erste Wachmann sie entdeckte, trat sie ihm kräftig gegen das Bein, und er ging mit einem überraschten Schrei zu Boden. Der andere hatte sein Schwert gezogen und war bereit, sich auf sie zu stürzen, doch sie wich zur Seite aus und trat ihm mit Wucht das Schwert aus der Hand. Der Soldat stolperte vorwärts, während sein Kamerad humpelnd auf die Beine kam.

Selina blieb nicht viel Zeit. Sie zwang sich, ebenfalls aufzustehen, und griff mit aller Kraft nach dem Haarschopf des Humpelnden. Er ruderte fluchend mit den Armen, doch sie stieß ihn kräftig mit dem Kopf gegen die Wand, sodass er die Besinnung verlor und zu Boden ging. Dann umklammerten die Hände des Verbliebenen ihren Hals, und Selina meinte, ersticken zu müssen. Er hatte sie von hinten angegriffen, weshalb sie die Gefahr nicht rechtzeitig hatte erkennen können. Selina wusste, er würde ihren Hals nicht freigeben, bevor sie bewusstlos oder sogar tot wäre. Sie zwang sich, nicht in hilflose Angst zu verfallen, obwohl sie spürte, wie das Blut durch ihren Kopf rauschte. Stattdessen hob sie ihre Arme und griff hinter sich. Im letzten Moment fanden ihre Hände seinen Kopf. Sie stieß ihm zwei Finger in die Augen, und der harte Griff um ihren Hals lockerte sich. Sie hatte nicht so hart zugestoßen, dass er sein Augenlicht verlor, doch der Schmerz lenkte ihn ab. Schnell umfasste sie seinen Kopf, nahm mit letzter Kraft Anlauf und schlug ihn gegen die Wand, die bereits seinem Kameraden zum Verhängnis geworden war. Einen Augenblick ließ sie sich noch Zeit, um Luft zu holen, dann lief sie schnell zum Landungssteg.

Bentanta erwartete sie bereits, und Selina fuhr sie zornig an: „War das ein schlechter Scherz, Königin?"

Die große königliche Gemahlin blieb gelassen. „Es gab keine andere Möglichkeit. Außerdem scheint alles gut gegangen zu sein, und nun weiß ich, dass es dir gelingen kann, das Leben des Thronfolgers zu schützen." Sie schob Selina vor sich her die Planke zur Barke hinauf und gab den Ruderern das Zeichen abzulegen.

„Was ist mit den Männern auf dem Schiff?"

„Sie werden rudern und schweigen, Herrin. Zumindest bete ich zu den Göttern, dass ich sie gut ausgewählt habe. Und nun komm! Wir werden dafür sorgen müssen, dass in Memphis nicht eine auffällig hellhaarige Frau die Barke verlässt."

Memphis

Prinz Tudhalijas Finger strichen immer wieder an dem großen Türkis entlang, der den Knauf des Fliegenwedels bildete. Kurz darauf schlug er nach einem lästigen Insekt, das sich auf den Falten seines Chitons zur Ruhe setzen wollte. Die Sonne schien gleißend hell auf das Grün des Wassers.

„Möchtest du eine Erfrischung, Prinz Tudhalija?"

Tudhalija ließ von dem Insekt ab und schlug dafür mit dem Fliegenwedel nach einer großen Heuschrecke, die sich auf dem Rand des Kelches niedergelassen hatte, den der junge ägyptische Diener ihm zu reichen gedachte. Der Kelch glitt dem Jungen aus der Hand, und er gab einen erschrockenen Laut von sich.

„Bring mir einen Becher Wein!"

Der Diener verbarg seine Empörung und machte sich auf den Weg, einen neuen Becher zu holen. Es war Schemu, die heißeste Jahreszeit in Ägypten, und es lag an der Hitze, dass sich die Insekten in der Nähe des Flussufers tummelten, wo Tefnut, die Göttin des Morgentaus und der Feuchtigkeit, ihren Atem länger spendete, als in den Häusern der Menschen. Doch was verstand dieser hethitische Prinz schon davon?

Tudhalija fuhr sich mit der Hand über die Stirn. Der Schweiß trat ihm bereits um die frühe Mittagszeit aus allen Poren. Auch sein stets sorgsam geölter Bart schien ihn zu jucken. „Es wundert mich nicht, dass die Männer dieses Volkes haarlos wie die Knaben sind. Die Sonnengöttin scheint dieses Land nicht zu schätzen. Warum sollte sie es sonst mit ihren glühenden Strahlen versengen wollen?"

Palla, die neben Tudhalija unter dem Sonnenschutz saß, beachtete seine Flüche und die nicht enden wollenden Beschwerden kaum noch. Was hätte Tudhalija wohl getan, wenn er in Lykastia oder Themiskyra hätte leben müssen? Palla stellte sich Tudhalija in den Behausungen der Knechte am Ufer des Thermodon vor. Ein seltenes Lächeln breitete sich über ihr Gesicht.

„Warum lachst du, Frau? Gefällt dir vielleicht der Anblick meines Leidens?"

Tudhalija fühlte sich in Gegenwart seiner Favoritin immer häufiger unwohl. Sie beschwerte sich nie, ihr schien die Hitze wenig auszumachen, und sie hielt ihre Gedanken vor ihm verborgen. Seit sie in Memphis waren, reizte ihn ihre bloße Anwesenheit. Wie um seine Überlegenheit kundzutun, schlug er erneut mit dem Fliegenwedel nach einem Insekt. „Wir werden Ägypten verlassen, sobald dieser Stier in seinem Grab liegt. Hatti wird kein Gold von Ramses erhalten, und ich will endlich fort aus diesem unglückseligen Land. Es wird Zeit, dass ich nach Hattusa zurückkehre und die Syrer und Babylonier daran erinnere, dass sie gut beraten sind, sich von unseren Grenzen fernzuhalten. Außerdem muss ich mit Agamemnon von Mykene neue Verhandlungen beginnen, damit er auch ohne Ramses' Gold unsere Schiffe den Hellespont passieren lässt." Er legte besitzergreifend eine Hand auf die ihre. „Auch dich erwarten neue Pflichten, Palla. Ich brauche einen Thronfolger." Tudhalija lächelte scheinbar freundlich, doch er musste sich eingestehen, dass seine Geliebte ihn kaum noch erfreute. Er hatte sie in heißblütiger Leidenschaft zur Gemahlin genommen, und nun, da seine Leidenschaft abgeklungen war, erinnerte er sich der praktischen Pflichten, die eine Gemahlin ihrem Gatten gegenüber hatte.

Palla spürte, dass sie ihren Einfluss bald verlieren würde. Bisher hatten die Kräuter und Zauberamulette der großen Mutter ihren Leib vor einem Kind geschützt, und Tudhalija hatte es zugelassen – zumindest hatte er nie gefragt, weshalb sich ihr Bauch nicht zu runden begann, obwohl er täglich ihr Lager aufsuchte. Es war ihm recht gewesen, da er auf ihren Körper nicht verzichten wollte. Nun aber war sein Begehren im Begriff abzuklingen. Sie hatte gehofft, dass die Gefühle des Prinzen beständiger waren, doch Palla war nicht überrascht, dass dem nicht so war. Sie blickte in sein erwartungsvolles Gesicht, das nicht mehr von blindem Vertrauen und Nachsichtigkeit gezeichnet war. „Natürlich", zwang sie sich, freundlich zurückzugeben, und er wandte seine Aufmerksamkeit wieder der spiegelnden Wasseroberfläche zu, auf der jetzt die ersten Barken die Flussbiegung erreichten und den Landungssteg ansteuerten.

Palla folgte seinem Blick und lauschte den Trommelschlägen der Schiffe. Sonnengebräunte Kinder mit Körben voller Lotusblüten liefen hinunter zum Wasser und winkten Ramses' Barke, die den Landungssteg als erste erreichen würde. Sie warfen den Lotus ins Wasser, sodass es bald aussah wie ein bunter Webteppich mit Blütenmuster. Ihre Kinderlocken wippten auf und ab, während sie hin- und herliefen und lachten. Palla verzog unmerklich die Mundwinkel, als sie an die Kuh dachte, die der Stier bestiegen hatte, als sie sein Haus besuchten. Tudhalija würde bald merken, dass sie keine zufriedene Hure seines

Harems war, die er auf sein Lager holte und verstieß, wenn sich seine Laune einer anderen zuwandte. Sie gedachte nicht, sein schreiendes Balg zu gebären und dafür in Vergessenheit zu geraten. Palla würde Tudhalija zu dem Gold verhelfen, das er begehrte. Dass er von ihrem Plan nichts wusste, entledigte ihn kaum der Verantwortung für sein Gelingen. Mochte er sie auch zeitlebens dafür hassen – sie würde ihn an sich binden, ob es ihm gefiel oder nicht!

„Wo ist Prinz Siptah?" Ramses ging mit so schnellen Schritten die Planke zum Steg hinunter, dass seine Fächerträgerinnen Mühe hatten, ihm zu folgen.

„Seine Barke fuhr als die vierte hinter der deinen, großer Pharao", antwortete sein Standartenträger beflissen.

Ramses wandte sich um und sah, dass Siptahs Barke die Flussbiegung passierte. „Ich werde ihn bei der Begräbniszeremonie sehen", sagte er mehr zu sich selbst als zu seinem Diener. Dann fiel sein Blick auf das hethitische Prinzenpaar, das in apathischer Bewegungslosigkeit unter dem aufgestellten Sonnenschutz wartete. „Prinz Tudhalija scheinen Res Strahlen nicht gut zu bekommen. Vielleicht wird er bald abreisen und nach Hattusa zurückkehren. Sollte er es nicht tun, werde ich ihn auf eine Reise in den Süden des Landes schicken, vielleicht sogar bis nach Nubien, wo er meine Tempelheiligtümer besuchen kann. Wenn Re ihn nicht in Memphis zur Abreise zwingt, wird er es in Nubien sicherlich tun. Seht ihn euch an, wie er dort sitzt in seinen dunklen schweren Gewändern ... Tausend Jahre Durchfall sollen ihn plagen!"

Ramses' Fächerträgerinnen und Diener kicherten. Der Pharao hatte gute Laune, obwohl diese Reise eine ernste Angelegenheit war. Doch wenn er, das Herz Ägyptens, zuversichtlich war, gab es keinen Grund zur Sorge.

Ramses schritt mit breitem, aufgesetztem Lachen auf das Prinzenpaar zu, das sich erhob und seine Verbeugung vor dem Herrn der beiden Länder vollführte. „Dieser Tag ist angenehm kühl für die Hitzemonate, Prinz Tudhalija. Ich hoffe, deine Gemächer im Palast sagen dir zu?"

Tudhalija war klug genug, um zu erkennen, dass Ramses sich über ihn lustig machte. Trotzdem antwortete er betont freundlich. „Sie sind äußerst zufriedenstellend, großer Pharao."

„Nun, das freut mich. Ich hoffe, dich auf dem abendlichen Festbankett zu sehen, das wir zu Ehren des Apis begehen werden, Prinz. Doch vorab müssen wir den heiligen Stier in sein ewiges Haus begleiten. Hast du eine Opfergabe für den Liebling des Ptah ausgewählt?"

Tudhalija winkte einen Diener herbei, der in einer Schatulle eine aus Gold gehämmerte Figur herbeitrug und sie dem Pharao zeigte. „Es ist eine Abbildung der edlen Tubi, jener Favoritin, die dem Apis in seinen letzten Stunden Gesellschaft geleistet hat."

Pharao blickte auf das goldene Kuhfigürchen, ließ sich sein Missfallen jedoch nicht anmerken. Der Prinz besaß weder Geschmack noch Feingefühl.

Tudhalija hingegen empfand das Geschenk als durchaus angemessen. Immerhin – so hatte er sich nicht ohne Schadenfreude gedacht, als er das Figürchen in Auftrag gegeben hatte –, sollte es den Pharao daran erinnern, dass der Tod des Apis nicht Schuld der Hethiter war, sondern die der goldgeschmückten Kuh.

Khamwese trat zu ihnen und verbeugte sich vor seinem Vater. Er trug wie alle, die an der Zeremonie teilnahmen, grobe blaue Trauergewänder. „Der Apis wartet bereits darauf, in sein ewiges Haus begleitet zu werden, Vater."

„Sehr gut." Ramses war zufrieden. „Dann werden wir warten, bis alle Schiffe angelegt haben. Lasst die Asche und die Tonerde herbeitragen, damit die Frauen sich vorbereiten können!"

Selina konnte ihre Augen nicht von dem kleinen Bronzespiegel lösen, den ihr eine der Hofdamen vor das Gesicht hielt. Sie verzog ihre Mundwinkel, da die mit Asche vermischte und mittlerweile getrocknete Tonerde in ihrem Gesicht spannte. Ihr Haar war mit der feuchten Masse zu unkenntlichen grauen Strähnen gefärbt worden, und auch Hände, Arme und Hals waren mit rußiger Asche bedeckt, sodass sie sich kaum von den Hofdamen der Königin unterschied, welche die gleiche Prozedur über sich hatten ergehen lassen müssen. Unter ihrem weiten Gewand fühlte sie jedoch das kühle Metall ihres Schwertes. Die Königin hatte sich zuerst geweigert, es aus den Satteltaschen in den königlichen Ställen holen zu lassen, doch schließlich trotz ihrer Bedenken eine ihrer Hofdamen geschickt. Das seltene Metall erschien ihr nach einem kurzen Blick als glanzlos und uninteressant. „Es eignet sich nicht zum Schmücken, aber hervorragend zum Töten", hatte Selina sie aufgeklärt. Bentanta hatte sich mit dieser Antwort zufrieden gegeben.

Selina fuhr aus ihren Gedanken hoch.

„So wirst du nicht erkannt werden", bemerkte Königin Bentanta zufrieden. „Bleibe nur in der Mitte meiner Frauen, und sieh niemandem direkt in die Augen! Die blaue Farbe deiner Augen könnte dich immer noch verraten." Sie schnalzte mit der Zunge. „Das Blau deiner Augen ist wirklich frevlerisch. Es sollte den Göttern vorbehalten sein." Meritamun, die neben

Bentana zwischen den Hofdamen saß, bekräftigte die Aussage ihrer Schwester durch ein überzeugtes Nicken.

Selina verzichtete darauf, der Königin zu erklären, dass in ihrem Land viele Menschen blaue Augen besaßen. Stattdessen fragte sie, warum es nötig war, sich zur Grablegung des Apis-Stieres das Gesicht mit Tonerde und Asche einzureiben.

„Der Apis ist das Ka des Gottes Ptah, der wiederum der Weltenschöpfer ist. Er hat die Erde und die Pflanzen geschaffen, und deshalb ehren die ägyptischen Frauen die gute Erde, wenn der heilige Stier des Weltenschöpfers sein irdisches Leben beendet hat."

Bentanta hatte ihre Rede derart überzeugend vorgetragen, dass Selina keine Lust verspürte, weiterzufragen. Die Tonerde in ihrem Gesicht juckte. „Wird Prinz Siptah ebenfalls an der Zeremonie teilnehmen?"

„Seine Barke hat mit den anderen Piramses verlassen. Ich bezweifle jedoch, dass er auf der Barke war. Mein Bruder wird in seinen Gemächern in Piramses auf Nachricht warten, dass er die Stadt einnehmen kann."

„Mein Gemahl und mein Sohn sind in Piramses", gab Selina besorgt zurück.

„Meine Tochter ist ebenfalls im Palast, Herrin. Es wäre aufgefallen, wenn ich sie mit nach Memphis genommen hätte."

Selina konnte ihre Überraschung kaum verbergen. „Du hast eine Tochter, Königin? Das wusste ich nicht. Ist sie die Tochter deines ...", Selina überlegte, da ihr der Gedankengang so fremd war, „deines Vaters?"

Meritamun nutzte die seltene Gelegenheit, ihrer Schwester zuvorzukommen. „Sie ist die Tochter des Gottes Amun, der in Gestalt des Pharaos zu ihr kam, um einen göttlichen Nachfahren zu zeugen."

Es war nicht zu übersehen, dass Bentanta es nicht mochte, wenn Meritamun für sie antwortete. Sie wandte ihr den Kopf zu. „Es ist so, wie meine Schwester gesagt hat. Und da Meritamun noch kein Kind hat, ist es nicht schwer zu erraten, wen Prinz Siptah als seine große königliche Gemahlin bestimmen wird, sollte sein Plan gelingen."

Der Sarkophag des Apis war mit Gold überzogen und wurde von zehn weißen Kühen seines Harems auf einem Schlitten gezogen. Über dem goldenen Sarkophag spannte sich ein Sonnensegel, und Priesterinnen mit Standarten und Straußenwedelfächern gingen neben dem Schlitten einher. Ihnen schlossen sich die Priester und Priesterinnen Ptahs an; die Männer trugen blaue Trauergewänder, die Frauen hatten Haare und Gesicht mit Tonerde bedeckt und stießen laute Klagerufe aus. Erst hinter der Priesterschaft folgte Ramses auf einem prunkvollen Tragstuhl, auf dem Haupt die weiße kegelförmige Krone Oberägyptens. Seiner Sänfte folgten die Höflinge, und erst hinter den Höflingen liefen der niedere Adel, die reichen Kaufleute mit ihren Familien, und schließlich das einfache Volk, das sich dem Trauerzug angeschlossen hatte. Khamwese führte den langen Trauerzug als Oberpriester des Ptah an.

Ramses' gute Laune war mittlerweile getrübt, denn weder Prinz Siptah noch seine Tochtergemahlinnen Bentanta und Meritamun waren auffindbar gewesen. Er hatte nicht auf das Eintreffen ihrer Barken gewartet, sondern die Diener angewiesen, dafür Sorge zu tragen, dass seine Gemahlinnen an seine Seite gerufen wurden, sobald sie Memphis erreicht hätten. Ramses hielt seinen Blick auf den Schlitten gerichtet, der den Sand der Straße aufwirbelte. Er konnte bereits die Pylone am Eingang des Heiligtums erkennen. Der Zug hatte sein Ziel fast erreicht, und der Pharao würde nun bald die Mundöffnung an der Mumie des Apis vollziehen müssen, damit dieser in der jenseitigen Welt wieder essen, laufen und leben und somit alle Vorzüge genießen konnte, die sein irdisches Leben ihm gewährt hatte. Es war die Aufgabe der Königinnen, die Göttinnen Isis und Nephtis zu vertreten, damit der Stier seine Reise durch die Unterwelt antreten konnte.

Ramses senkte Krummstab und Geißel und nickte unauffällig einem Diener neben dem Tragstuhl zu. „Wo sind meine Tochtergemahlinnen? Wir haben fast den Ptahtempel erreicht."

Der Pharao war gereizt, und der Diener wollte auf keinen Fall seinen Zorn zu spüren bekommen. Gleich einem gehetzten Tier blickte sich um, und sein Gesicht erhellte sich. „Ich sehe die Königinnen, großer Pharao. Die Sänftenträger bemühen sich, zu dir aufzuschließen."

Ramses atmete auf. Es wäre nicht gut, den Apis noch einmal zu verärgern, denn nach der Mundöffnung würde dessen Macht größer sein, als sie es im diesseitigen Leben gewesen war. Als der Zug endlich zum Stehen kam, setzten die Sänftenträger der Königinnen ihre Tragstühle neben dem des Pharaos ab. Während er mit seinen Gemahlinnen dem Sarg entgegenschritt, flüsterte er Bentanta leise zu: „Wo seid ihr gewesen? Fast hätte ich ohne euch vor den Apis treten müssen."

Bentanta bemühte sich, ihn zu besänftigen. „Wir sind hier, mein Vatergemahl. Der Apis wird sein ewiges Haus beziehen, wie es ihm gemäß ist."

Ramses gab sich vorerst mit der Antwort zufrieden, denn Prinz Khamwese reichte ihm bereits den gebogenen Stab, mit dem die Mumie des Apis belebt werden würde. Die Priester stimmten dumpfe Gesänge an, die Frauen traten in einem Kreis um den Sarkophag und wiegten sich zu den Gesängen der Priester, wobei sie mit ihren durch die Tonerde erstarrt wirkenden Gesichtern wie Uschebtis aussahen, wie die kleinen Tonfigürchen, die man Verstorbenen ins Grab legte, damit sie in der jenseitigen Welt die Dienste für ihre Herrschaft verrichteten und die Jenseitsfelder für sie pflügten.

Ramses trat in den Kreis der Priesterinnen und legte den Mundöffner an die Stelle, an der unter den vielen Leinenbinden das Maul des Stieres zu vermuten war. Khamwese hob die Arme. „Heil dir Anubis, Hüter der Jenseitspforte, Heil dir Osiris, Herr des Totenreiches, Heil dir Ptah, Schöpfer der Welt in ihrer Gestalt! Vor euch tritt heute der Apis, um seine Reise durch die Unterwelt anzutreten. Sagt nicht, er habe keinen Namen, sagt nicht, sein Ka habe den Körper verlassen, sagt nicht, sein Herz wiege schwerer als die Feder der Maat, denn er ist *ma cheru* – gerechtfertigt!"

Während Khamwese die Gebete der Zeremonie rezitierte, trat Ramses von der Mumie zurück und ließ seine Gemahlinnen vortreten. Bentanta und Meritamun hielten goldene Anchzeichen an die Augen der Mumie, an die Ohren, dann an die Nasenlöcher und das Maul, und Khamwese begleitete jeder ihrer Bewegungen mit einem Gebet. „Siehe, Isis öffnet deine Ohren und Augen, damit du hören und sehen kannst. Siehe, Nephtis öffnet deine Nase und deinen Mund, damit die Wohlgerüche dich erfreuen und deine Zunge die Speiseopfer kosten kann."

Schließlich traten auch Bentanta und Meritamun von der Mumie zurück, und die Priester hievten den schweren Sarkophagdeckel wieder auf das Unterteil. Der Apis war bereit für den Einzug in sein neues Haus, und der Schlitten setzte sich in Bewegung. Während das einfache Volk, der niedere Adel und sogar die Höflinge im Vorhof des Tempels warten mussten, begleiteten allein die königliche Familie und die klagenden Hofdamen der Königinnen den Apis. Der Pharao ließ nach dem hethitischen Prinzenpaar schicken. Obwohl es nicht üblich war, dass sie den heiligen Stier in sein Grab begleiteten, hielt er es in diesem Fall für wichtig, war doch der Apis gestorben, als Tudhalija und seine Gemahlin sein irdisches Haus besucht hatten. Also mussten sie ihn auch in sein ewiges Haus begleiten, um die Maat wieder herzustellen.

Ein langer, nur vom Fackelschein beleuchteter Weg führte unter die Tempelanlage, hinab in die Gewölbe, das ewige Haus der Apis-Stiere. Khamwese führte den Trauerzug mit dem auf den Steinen schleifendem Sarkophag bis in die große Vorhalle, in der die Priesterinnen zurückblieben. Nur der Pharao, die großen königlichen Gemahlinnen, Khamwese und das hethitische Prinzenpaar gingen weiter in die lange schmale Halle, welche die großen Sarkophage der Apisstiere beherbergte.

Selina fühlte sich unwohl. Bisher war sie nicht erkannt worden, da im langen Trauerzug niemand auf eine mit Schlamm und Asche bedeckte Frau geachtet hatte. Doch in das Serapeum waren kaum mehr als zwanzig Priesterinnen und Hofdamen hinabgestiegen. Vor allem hatte sie keinen Mann entdeckt, der sich als Mörder des Prinzen hätte verdächtig machen können. Vielleicht hatte die große königliche Gemahlin Bentanta sich geirrt. Es schien unmöglich, hier einen Mordversuch gegen den Prinzen zu unternehmen. Selina hielt ihren Blick auf den Boden gesenkt. Was würde geschehen, wenn alles nur ein Irrtum war und der Pharao herausbekam, dass sie unter den Trauergästen war, anstatt eingesperrt in ihren Gemächern in Piramses auf ihre Verurteilung zu warten? Mit Mühe zwang sie sich zur Ruhe. Sie hatte ohnehin nichts mehr zu verlieren.

Aus dem Innern des Sargraumes drang leise die Stimme Khamweses, der die letzten rituellen Handlungen an der Mumie vollzog. Sie mussten noch eine ganze Weile in der nur spärlich beleuchteten Gewölbehalle ausharren, bevor die Tür zur Grabkammer sich öffnete und Ramses, gefolgt von seinen Gemahlinnen und dem Prinzenpaar heraustrat. Selina hatte die Zeit genutzt, um sich in der Vorhalle umzusehen. Es gab Nischen und einige kleine Öffnungen in den Wänden, in denen ein Kind Platz gefunden hätte, jedoch niemals ein erwachsener Mann. Sie befühlte vorsichtig das kurze Schwert unter ihren weiten Trauergewändern. Es war wenig, um das Leben des Prinzen zu schützen, doch wo hätte sie einen Bogen mit Pfeilen, eine Axt oder einen Speer verstecken sollen? Würde sie entdeckt, so müssten Kronprinz und Pharao glauben, sie selbst hätte einen Mordanschlag geplant. Ihr wurde übel.

Ramses wandte sich an den Prinzen und sprach leise zu ihm, während er sich dem Gang zuwandte, der hinaus führte. Bentanta und Meritamun folgten ihm, hinter ihnen ging Palla, der sich nun die Frauen anschlossen, die im Vorraum gewartet hatten. Mühsam unterdrückte Selina ihren Hass. Wenigstens schenkte ihr Palla keine Beachtung, schließlich hatte sie keine Ahnung, dass sich unter der Maske aus Erde und Asche ihre einstige Freundin verbarg.

Selina blickte sich zweifelnd um. Was sollte sie nun tun? Sollte sie einfach hinter den anderen hergehen und das Serapeum verlassen? Der Kronprinz war in der Grabkammer geblieben. Sie musste mit den anderen gehen und in der Menge verschwinden, bevor man sie entdeckte. Als Selina bereit war, den anderen zu folgen, fing sie den kurzen, jedoch eindeutigen Blick Bentantas auf, die sich zu ihr umgewandt hatte. Obwohl es nur einen Augenblick gedauert hatte, war das Zeichen der Königin deutlich: Sie sollte zurückbleiben.

Selina blieb stehen und sah sich um. Alle Blicke waren ihr abgewandt. Ungesehen trat sie in eine Nische und lauschte den immer leiser werdenden Schritten. Mit der eintretenden Stille überkam sie neben der Angst der Entdeckung noch eine weitere: Sie fühlte sich lebendig begraben. Selina drückte sich so weit an die Wand, wie es eben ging. Sie würde eine Weile warten und dann versuchen, ungesehen zu verschwinden.

Palla setzte sich ab, bevor sie den Ausgang erreichte. Das Schicksal hätte es kaum besser mit ihr meinen können: Tudhalija war so sehr in das Gespräch mit Ramses vertieft, dass er sie vergessen hatte, die großen königlichen Gemahlinnen folgten dem Pharao auf dem Fuße, und die Hofdamen mischten sich unter die vielen Wartenden im Vorhof des Tempels. Natürlich würde Tudhalija bald bemerken, dass sie fehlte. Im Tumult des Hofes konnte sie jedoch überallhin verschwunden sein und sich später mit ahnungsloser Miene unter die Trauernden mischen. Der Tempelbezirk war so groß, dass es ein Leichtes war, sich zu verlaufen, wenn man von den vielen versammelten Menschen abgedrängt und mitgerissen wurde.

Palla achtete darauf, keinen Laut von sich zu geben. Der Prinz war allein in der Sargkammer zurückgeblieben; lediglich zwei Arbeiter waren bei ihm. Es waren stumpfsinnige einfache Männer, die dafür sorgen mussten, dass der Eingang zur Grabnische des Apis-Stiers zugemauert wurde. Einer von ihnen würde die Schuld am Tod des Kronprinzen auf sich nehmen müssen und Pallas Dolch noch im Tode in der Hand halten, wenn ihn später die Diener finden würden, die die Grabbeigaben des Stieres brachten. Es würde so aussehen, als habe der Prinz sich gewehrt und den Angreifer dabei zum Stolpern gebracht, sodass dieser sich den Kopf am Boden aufgeschlagen hatte. Sie überlegte. Einer der Arbeiter dürfte später keine Dolchwunde aufweisen; sie würde ihn also bewusstlos schlagen und schließlich seinen Kopf an den Steinen zertrümmern müssen. Sie hatte den Vorteil der Überraschung auf ihrer Seite. Ihr erstes Opfer würde am leichtesten zu bezwingen sein!

Palla schlich durch die Vorhalle und lauschte auf Geräusche aus der Grabkammer. Sie hörte das leise Kratzen von Steinen, die aufeinandergelegt wurden. Langsam zog sie den Dolch unter ihrem Chiton hervor und verbarg ihn im Aufschlag ihres Ärmels.

Selina zog überrascht die Brauen zusammen, als sie Palla auf die Grabkammer zueilen sah. Hatte sie eines ihrer Schmuckstücke verloren und war zurückgekehrt, um es zu suchen? Selina war unschlüssig, was sie tun sollte. Pallas unvermutetes Erscheinen bot eine einzigartige Gelegenheit, ihr gegenüberzutreten und sie endlich für den Verrat an ihrem Volk zur Rechnung zu ziehen. Trotzdem blieb sie in ihrer Nische und verhielt sich ruhig. Gäbe sie sich jetzt zu erkennen, würde Palla vielleicht die Wachen rufen, oder der Prinz könnte sie bemerken. In diesem Fall konnte sie kaum hoffen, das Serapeum doch noch unbemerkt zu verlassen. Wenn sie sich still verhielt, könnte sie vielleicht sogar der großen königlichen Gemahlin Bentanta entkommen und nach Piramses zurückkehren, bevor Ramses und der Hof es taten. Sie würde in den Palast gehen und Pairy suchen. Vielleicht gelänge es ihnen, gemeinsam zu fliehen.

Selina hielt inne; ihre Gedanken waren allzu träumerisch. Selbst wenn ihr die Flucht gelänge und sie vor dem Pharao Piramses erreichte – spätestens im Palast würde sie von den Wachen aufgegriffen werden. Sie hatte noch nicht einmal eine Ahnung, wo Pairy gefangen gehalten wurde, und sie hätte Alexandros zurücklassen müssen. Sie beobachtete, wie Palla die schwere Tür zur Grabkammer mit einer Leichtigkeit öffnete, die ihre zierliche, drahtige Gestalt nicht vermuten ließ. Dann vernahm sie Pallas und kurz darauf die Stimme des Kronprinzen. Vermutlich war er nicht erfreut, Palla zu sehen, schließlich nahmen die Ägypter den Kult um ihren heiligen Stier sehr ernst, und Palla unterbrach sicherlich gerade wichtige rituelle Handlungen.

Plötzlich ertönte ein gellender Schrei. Selina zuckte zusammen, und kurz darauf bewegten sich ihre Beine wie von selbst. Dann stand sie auch schon in der Grabkammer und erblickte auf dem Boden den toten Arbeiter. Palla ergriff gerade den zweiten, der sich in seiner Überraschung nur unbeholfen wehrte. Ungerührt nahm sie seinen Kopf und schmetterte ihn gegen die halb zugemauerte Wand, hinter der sich der Sarkophag des Apis befand. Der Mann ging geräuschlos zu Boden, das Blut strömte ihm über das Gesicht.

Wie ein grauenerregendes, alles verzehrendes Feuer breitete sich in Selina die Erkenntnis aus. Wie hatte sie nur so dumm sein können? Unter den Trauernden im Serapeum hätte sich kein Mann verstecken können, ohne aufzufallen. Kein Mann – aber eine Frau!

Palla ließ sich nicht beirren. Sie nahm den bereits vom Blut des Arbeiters besudelten Dolch und sah sich nach dem Prinzen um, der an das Ende der Grabkammer geflohen war und sich mit dem Rücken an die Wand drückte. Doch ehe Palla den ersten Schritt auf Khamwese zugehen konnte, löste sich endlich die Starre in Selinas Gliedern. Sie rief Pallas Namen. Diese fuhr herum. Die schwarzen tätowierten Linien in Pallas Gesicht verzogen sich nur kurz, dann ging sie langsam auf Selina zu. Ihr Opfer, der Kronprinz, konnte nicht entkommen, denn es gab nur diesen einen Ausgang.

„Selina", drohte Palla leise, „ich hatte nicht geglaubt, dass wir uns noch einmal gegenüberstehen würden. Solltest du nicht eingesperrt im Palast von Piramses auf deinen Tod warten? Aber es ist eine weitere Fügung des Schicksals, dass du hier bist, denn nachdem du in Ungnade gefallen bist, wird man dich des Mordes am Prinzen verdächtigen."

„Dazu wird es nicht kommen", zischte Selina zornig. „Siptahs und dein Plan ist entdeckt worden, sonst wäre ich nicht hier. Gib auf, Palla!" Sie löste ihr Schwert unter dem Gewand und zog es hervor. „Du hast nur einen Dolch!"

Palla schien ihre Möglichkeiten abzuwägen, ließ jedoch den Dolch nicht sinken. „Du willst mich wirklich töten, Selina? Ich bin die Letzte aus unserem Volk! Tudhalija hat die anderen hinrichten lassen, als ich sie gegen Hattusa führte, und wie ich hörte, hast du Penthesilea mit ihren Frauen in den sicheren Tod geführt, als du nach Troja gezogen bist." Sie lachte boshaft. „Es ist lange her, dass ich die Zunge unseres Volkes gesprochen habe. Bestimmt geht es dir nicht anders."

Selina wusste, dass Palla sie einzuschüchtern versuchte. Und obwohl sie die große Mutter um die Möglichkeit der Rache angefleht hatte, erdrückte sie nun die Last, einer Frau aus ihrem Volk das Schwert in den Leib zu stoßen. Palla war eine Verräterin, eine gefühllose Mörderin, doch Selina erinnerte sich an ihre Freundschaft. Palla würde der Rache der großen Mutter nicht entgehen, egal, ob Selina sie tötete. Prinz Khamwese lebte, und er wusste, dass Palla ihn hatte töten wollen. Selina senkte das Schwert. „Im Namen der großen Mutter, Palla! Ich werde mich nicht an deinem Tod schuldig machen. Ich gebe dein Schicksal in die Hände des Pharaos und entbinde mich von der Schuld an deinem Tod."

Palla blickte Selina ungläubig an, dann sah sie sich nach dem Prinzen um, der noch immer still am Ende der Grabkammer stand und das Geschehen beobachtete. Er hatte kein Wort ihrer Unterhaltung verstanden, doch das war auch nicht nötig. Palla ließ den Dolch sinken, ohne ihn fallen zu lassen, und wägte ab, ob sich nicht doch eine Möglichkeit bot, ihren Plan zu vollenden. Selina verfolgte jedoch jede ihrer Bewegungen angespannt. Der Plan war misslungen, doch wie hätte Palla damit rechnen sollen, dass ausgerechnet Selina im Serapeum erscheinen würde? Ihre Lage war denkbar schlecht. Vielleicht besaß der heilige Stier der Ägypter doch eine Macht, die sie unterschätzt hatte. Wie sonst hätte jemand von ihrem und Siptahs Plan erfahren können? Schließlich gab sie auf, und der Dolch fiel mit einem leisen Scheppern auf den Steinboden.

Selina erinnerte sich an den Prinzen, der noch immer stumm an die Wand der Grabkammer gedrängt das Geschehen verfolgte. „Sei unbesorgt, Prinz. Die Gefahr ist vorüber. Deine Schwester, die große königliche Gemahlin, hatte Grund zur Vermutung, dass Prinz Siptah einen Mordanschlag gegen dich geplant hat. Sie besaß keine Beweise und kannte nicht den Namen des gedungenen Mörders, deshalb versteckte ich mich in der Vorhalle wartete."

Bei ihren Worten kam Prinz Khamwese langsam näher. Er schien noch nicht wirklich zu begreifen, dass er beinahe neben seinem heiligen Stier den Tod gefunden hätte. Khamwese zog in einer Geste der Hilflosigkeit das Leopardenfell über seine Schulter, das verrutscht war, als er vor Palla geflohen war. „Wer bist du? Und weshalb hast du die Mörderin nicht mit deinem Schwert erschlagen?"

„Es ist eine lange Geschichte, Prinz, und ich werde sie dir erzählen, sobald wir die Gemahlin des hethitischen Prinzen Ramses' Wachen übergeben haben. Ich bitte dich, dass du bei Ramses für mich sprichst."

Der Pharao blickte gelangweilt zwischen den Trauergästen umher. Das Bankett hatte erst vor Kurzem begonnen, und er wusste, dass es noch bis in die Nacht hinein andauern würde, aber es war nötig gewesen, um den Apis zu besänftigen. Er würde dem Ptah ein Opfer bringen und einen Ausbau seines Heiligtums veranlassen, bevor er nach Piramses zurückkehrte, damit bald ein Nachfolger für den Apis gefunden werden würde. Der leicht ätzende Geruch von verbranntem Fleisch drang von jenseits der Palastgärten in den Bankettsaal. Der Harem des Apis wurde im Heiligtum geopfert und auf großen steinernen Altären verbrannt. Nur die Kühe, die der Stier kurz vor seinem Tode bevorzugt hatte, erhielten das Privileg einer Mumifizierung, damit sie den heiligen Stier in die jenseitige Welt würden begleiten können. Das heilige Haus des Stieres würde so leer und verwaist bleiben, bis eine neue Verkörperung des Ptahs dort Einzug hielt.

Ramses warf einen säuerlichen Blick auf den hethitischen Prinzen. Die Götter mochten ihn nicht, ebenso wenig wie er ihn mochte. Seit Tudhalija nach Ägypten gekommen war, geriet die Maat aus dem Gleichgewicht. Der Tod des Apis war ein sicheres Zeichen dafür – und nun war auch noch die Gemahlin des Prinzen verschwunden.

Ramses erinnerte sich an den Vorfall in Hattusa, bei dem die ägyptische Hofdame ermordet worden war. Bereits damals hätte er seine Priester mit der Deutung des Omens beauftragen sollen, doch es war ihm nicht in den Sinn gekommen. Hattusa war zu weit entfernt, als dass er die Bedrohlichkeit der Lage erkannt hätte. Anscheinend fochten die hethitischen und ägyptischen Götter einen Kampf gegeneinander aus. Ramses ließ bereits in ganz Memphis nach Palla suchen und hoffte inständig, dass sie bald gefunden würde. Für eine Frau, noch dazu eine Fremdländerin, war es nicht ungefährlich, in Memphis umherzuirren. Vor allem die Viertel der Armen stellten eine Gefahr dar. Hin und wieder kam es vor, dass Wohlhabende überfallen wurden, verirrten sie sich aus irgendeinem Grund dorthin.

Er lehnte sich in den Kissen zurück und wies mit einem matten Fingerzeig auf seinen leeren Weinkelch. Der Diener erschien mit einer großen Karaffe und füllte den Becher nach. Lustlos beobachtete Ramses die speisenden und trinkenden Höflinge. Sie wussten nichts von den Sorgen ihres *Netjer nefer* und begingen das Trauermahl unbekümmert. Alle Hoffnungen lagen auf ihm, dem guten Gott, Herrn allen Lebens, Bezwinger der Feinde und Herr des roten und schwarzen Landes. Er war ein Gott, ausgesandt, um die Maat in Ägypten zu gewährleisten. Die Doppelkrone wog schwer auf seinem Haupt. Früher, als Nefertari noch lebte, hätte sie ihn mit einem einzigen Lächeln das Herz leichter machen können; doch seine Lieblingsfrau wohnte nun in ihrem ewigen Haus, und keine hätte die Stelle in seinem Herz ausfüllen können, die Nefertari gehört hatte.

Bentanta und Meritamun waren stets an seiner Seite. Auch jetzt saßen sie mit geraden Rücken zu seiner Rechten und Linken. Meritamun sah ihrer Mutter Nefertari ähnlich, doch ihr Ka war ruhiger und schlichter. Bentanta, die Tochter der Istnofret, war klug und erhaben. Sie strahlte eine Kühle aus, die sein Herz frieren ließ. Seine Schwestergemahlin Henutmire bevorzugte hingegen ein Leben inmitten ihrer Hofdamen. Er und sie waren einander freundlich gesonnen, waren bereits in ihrer Jugend einander verbunden worden und hatten damals gerne das Lager geteilt. Sie waren zusammen aufgewachsen, und eine Zeit lang hatte er seine Zuneigung für sie mit Liebe verwechselt. Maathorneferure war schließlich eine notwendige Verbindung für den Friedensvertrag gewesen. Er hatte einige Male mit ihr das Lager geteilt, und sie hatte ihm eine Tochter geboren. Doch die Kluft zwischen ihnen war nie verschwunden. Sie waren sich fremd, und zu der Fremdheit ihrer Herzen gesellte sich die unterschiedliche Herkunft.

Erneut beobachtete Ramses Prinz Tudhalija – wie konnte ein Mann einen solch wüsten Bartwuchs zulassen? Hätten die Götter dies gewollt, so hätte Chnum die Menschen nach dem Bild der behaarten Tiere geschaffen. Missmutig stellte der Pharao fest, dass sich im langen geölten Bart des Prinzen Brotkrumen verfangen hatten. Welch eine Beleidigung für das Auge! Er zwang sich, seinen Blick abzuwenden. Dann endlich erhellte ein kaum merkliches Lächeln sein Gesicht. Khamwese, sein Sohn und Thronfolger, war erschienen. Ramses musterte die noch immer lehmverkrustete Priesterin an seiner Seite. Wie konnte sie es wagen, hier zu erscheinen, ohne vorher ein Bad genommen zu haben? Er wollte schon seine Diener beauftragen, sie aus dem Saal zu bringen, doch dann hielt er inne. Ihr Gesicht kam ihm bekannt vor. Er hatte es oft gesehen, und wenn er nicht vollkommen mit der göttlichen Krankheit des Wahnsinns befallen war, hätte sie in Piramses von seinen Soldaten bewacht in ihren Gemächern sein sollen.

„Wachen!", rief er aufgebracht, doch als diese Selina ergreifen wollten, gebot Khamwese ihnen Einhalt. Da der Hof bereits interessiert in die Richtung des Geschehens blickte, entschied Ramses, Khamwese und Selina heranzuwinken.

Selina verbeugte sich tief vor dem Thron, wartete jedoch nicht auf Ramses' Aufforderung, sich aufzurichten. Immerhin hatte sie gerade ganz Ägypten vor einer Katastrophe gerettet.

„Prinz Khamwese, was hat das zu bedeuten?" Ramses' Stimme verriet seinen Zorn.

„Mein Vater, Ägypten ist der Herrin Selina zum großen Dank verpflichtet. Wäre sie nicht gewesen, wäre ich einem feigen Mordanschlag des Prinzen Siptah zum Opfer gefallen."

Der Pharao winkte unwirsch ab. „Warum verdächtigen alle den Prinzen? Selbst du, mein Thronfolger, scheinst ihm zu misstrauen."

Khamwese ließ sich nicht beirren. „Ich misstraue ihm mit Recht, ebenso wie die Herrin Selina ihm misstraut hat, und auch deine großen königlichen Gemahlinnen, welche das Komplott gegen dich aufgedeckt haben. Hast du den Prinzen unter den Trauergästen gesehen, mein Vater? Wohl kaum, denn er befindet sich in Piramses und wartet auf die Nachricht von meinem Tod, damit er die Stadt gewaltsam einnehmen kann."

Der Pharao wandte sich ruckartig zu Bentanta um. „Stimmt das, Tochter? Könnt ihr eure Anschuldigungen beweisen?"

Bentanta nickte. „Es war ein gedungener Mörder im Serapeum."

„Unsinn!", polterte Ramses los. „Ein Fremder wäre aufgefallen. Es waren nur einige Hofdamen und die engsten Angehörigen der Königsfamilie dort. Kein Mann hätte sich dort verstecken können, die Wachen hätten ihn bemerkt."

„Kein Mann", pflichtete Khamwese ihm bei, „aber eine Frau." Er wies auf Tudhalija. „Die Gemahlin des Prinzen ist an dem Verrat beteiligt. Sie hat zwei Arbeiter getötet, und wäre die Herrin Selina nicht erschienen, steckte ihr Dolch nun in meiner Brust."

Tudhalija sprang auf, ehe der Pharao etwas erwidern konnte. „Das sind gemeine Lügen, Verleumdungen! Seit ich in Ägypten weile, begegnet man mir mit Unfreundlichkeit! Das ist die größte Beleidigung, die ich je erfahren habe!"

Khamwese blieb ruhig. „Nun, Prinz! Deine Gemahlin ist in der Obhut der Wachen. Es besteht kein Zweifel an ihrer Schuld. Es wird sich herausstellen, ob du von ihren Umtrieben wusstest."

Tudhalijas Gesicht lief vor Zorn rot an. „Wie kannst du es wagen, Prinz Khamwese?"

Ramses gebot ihm Einhalt. „Prinz Tudhalija! Wir werden die Wahrheit herausfinden. Vorerst stehst du unter Arrest. Ich werde Seiner Sonne Hattusili ein Sendschreiben schicken und ihm von den Ereignissen berichten." Er wandte sich an Selina. „Wenn wahr ist, was gerade gesagt wurde, steht Ägypten in deiner Schuld, Herrin. Doch ich zweifle kaum daran, und es schmerzt mein Ka. Ich werde die Medjai nach Piramses schicken und Siptah verhaften lassen." Er nickte ihr zu und wandte sich dann an Bentanta. „Hast du die Namen derjenigen, die sich Siptah angeschlossen haben?"

Bentanta lächelte. „Kurz nachdem die Trauerzeremonie beendet war, erreichte mich ein eiliges Sendschreiben aus Piramses. Ich habe einen vertrauensvollen Spitzel unter den Adeligen. Die Verschwörung gegen dich sollte ein kaum zu übertreffendes Ausmaß annehmen. Ich werde dir das Sendschreiben aushändigen, mein Gemahl."

Der Pharao nickte steif, dann reichte er Bentanta die Hand. „Wir sollten keine Zeit verlieren."

Als Selina in ihre Gemächer trat, erblickte sie zuerst das hochbeinige Ruhebett und den offenen Eingang zur Gartenterrasse. Der Wind blies eine angenehm laue Abendbrise in die Gemächer, und Selina empfand ein Gefühl von Freiheit, auf das sie kaum noch zu hoffen gewagt hatte. Zwei Dienerinnen in sauberen, eng anliegenden Leinenkleidern betraten hinter ihr mit leisen Schritten die Gemächer. Eifrig öffneten sie die Tür zum Badehaus und legten dort saubere Gewänder und Leinentücher ab. Kurz darauf füllten Sklaven das kleine Becken aus großen Wasserkrügen. Als sie fort waren, schlüpfte Selina aus ihren blauen Trauergewändern und setzte sich auf einen Schemel, den man im Badehaus für sie bereitgestellt hatte, und die beiden Mädchen begannen damit, Wasser über ihren Kopf laufen zu lassen. Langsam löste sich die verkrustete Erde von Selinas Gesicht und aus ihrem Haar, die sonnengelben Strähnen kamen zum Vorschein, die Asche rann in dunklen Rinnsalen an ihrem Körper hinab.

Erst als der gröbste Schmutz beseitigt war, stieg Selina in das saubere Wasser des Beckens und ließ sich von den Dienerinnen das Natron reichen, mit dem sie ihren Körper schrubbte. Sie hatte sich nicht daran gewöhnen können, sich von den Dienerinnen waschen zu lassen, wie es die Damen des Palastes taten. Sie konnte zwar die überraschend kräftigen Hände der Mädchen genießen, die nach dem Bad ihre Muskeln kneteten, doch sich waschen zu lassen wie ein hilfloses kleines Kind, widersprach Selinas Schamgefühl.

Als sie aus dem Wasser stieg und sich auf der Marmorbank ausstreckte, um ihren Körper mit duftenden Ölen massieren zu lassen, dachte sie an den Pharao. Er hatte nicht glauben wollen, was der Kronprinz ihm erzählte, doch Bentanta hatte ihr Schweigen gebrochen und Selina verteidigt. Dabei war vor allem Tudhalija in arge Bedrängnis geraten. Zwar beteuerte er, nichts von dem heimlichen Tun seiner Gemahlin gewusst zu haben, doch Ramses' Misstrauen hätte nicht größer sein können. Selina beruhigte der Gedanke, dass Tudhalija unter Arrest stand und keinen Schritt mehr ohne Beobachtung tun konnte. Vorerst durfte jedoch ohnehin niemand Memphis verlassen. Der Pharao ließ die Stadtgrenzen bewachen, sogar die Landungsstege wurden von den Soldaten kontrolliert. Die Medjai, eine harte und kampferfahrene Truppe nubischer Söldner, die Ramses gerne auch als Leibwache einsetzte, waren auf dem Weg nach Piramses, um den ahnungslosen Siptah in Gewahrsam zu nehmen. Sie betete stumm zur großen Mutter, dass der Prinz vorher nicht gewarnt würde.

Nach der Massage halfen ihr die Dienerinnen in ein neues Gewand. Die Trauerzeit hatte mit dem Begräbnis des Apis geendet, sodass sie nun wieder weißes Leinen tragen durfte. Selina strich sich das noch nasse Haar aus dem Gesicht und dachte an Pairy und Alexandros, die sie bald wiedersehen durfte.

Als Selina das Badehaus verließ, zogen sich die Dienerinnen unter Verbeugungen zurück. Der Himmel war bereits dunkel und von unzähligen Sternen übersät. Langsam breitete sich Müdigkeit in ihr aus. Es war noch nicht allzu spät, doch die Anspannung der letzten Mondumläufe machte sich nun bemerkbar. Wie viele Leben hatte sie bereits gelebt, und wie unterschiedlich waren sie gewesen – die glückliche Kindheit am Thermodon, die Gefangenschaft in Hattusa, der grausame Krieg in Troja, und schließlich ihr Leben in diesem seltsamen reichen Land, in dem das Leben der Wohlhabenden aus einer Aneinanderreihung von Festen, Müßiggang und Langeweile bestand, wenn man sich nicht, wie Selina es stets tat, in Dinge einmischte, aus denen man sich besser herausgehalten hätte. Sie trat auf die Terrasse ihrer Gemächer und blickte in den Himmel. Unwillkürlich dachte sie an Kleite. *Es ist der gleiche Himmel, unter dem wir leben* – mit diesen Worte hatte sich Kleite von ihr verabschiedet. Selina vermisste sie, und trotzdem hätte sie sich ihre Großmutter kaum in Ramses' reichen, nach Myrrhe und Blüten duftenden Palästen vorstellen können. Kleite hätte nur erstaunt den Kopf geschüttelt und sich in den Gemächern beengt gefühlt.

Sie seufzte und schlang die Arme um ihren Körper. So viele Leben, so viele Eindrücke, so viele Dinge in ihrem Herzen, und sie wusste noch immer nicht, wohin sie gehörte. Was hatte die große Mutter sich nur dabei gedacht, sie an so viele Orte zu schicken und ihr so viele ungewöhnliche Dinge zu zeigen? Selina entsann sich, dass sie noch nicht einmal in das Volk der großen Mutter hineingeboren worden war – ihre Wiege hatte irgendwo auf dem fremden Festland gestanden, wahrscheinlich in Mykene. Sie wusste nichts über das Volk, dem sie eigentlich hätte angehören sollen. Es schien, als hätte die große Mutter ihr das Geschenk machen wollen, sich für ein Volk entscheiden zu können. Doch Selina empfand dies keineswegs als Glück. Jedes ihrer Leben hatte sie geprägt, doch die selbstbestimmte Freiheit ihrer Kindheit erschien ihr als die stärkste Kraft. Sie schätzte durchaus die sauberen Badehäuser der Paläste, aber ebenso verlangte es sie nach den Flussauen des Thermodon und Targas Hufschlag. Wenn Pairy nicht bei ihr war, vermisste sie ihn, lebte sie jedoch mit ihm, musste sie das Feuer in sich im Zaume halten, das sie ständig nach Freiheit dürsten ließ.

Selina ging die Terrassenstufen hinunter, hinaus in den Garten. Es war zu früh, um zu schlafen. Die Gärten des alten Palastes in Malkata waren ungewöhnlich ruhig. In Piramses herrschte stets ein reges Treiben; Diener, Priester, Ärzte, und vor allem die Frauen des Hofes füllten die Gärten mit Leben. Während sie gedankenverloren dahinschlenderte, strichen ihre nackten Füße durch das Gras. Sie hielt inne, als sie sah, dass sich der Pharao und Prinz Tudhalija mit vier Palastwachen und zwei Wedelträgerinnen näherten. Obwohl sie gerne einer Begegnung mit dem gereizten Gott ausgewichen wäre, ging sie auf die Knie.

Ramses hatte sie bereits bemerkt. Er ließ sie lange mit zu Boden gesenktem Blick knien, bevor er sie endlich dazu aufforderte, sich zu erheben. Seine Raubvogelnase wirkte im Fackelschein schärfer als sonst, und seine Augen musterten sie mit unergründlichem Ausdruck. Er hatte ausnahmsweise nicht dem Wein zugesprochen, und es war ungewohnt, ihn derart gefasst und ohne schwere Zunge anzutreffen. Selina musste sich eingestehen, dass dieser Mann nichts mit dem rührseligen Alten zu tun hatte, den sie in Piramses in den Gärten gefunden hatte.

„Herrin Selina", seine Stimme klang klar und schneidend, „ich bin überrascht, dich zu sehen." Der Uräus seines Nemes-Tuches schien sie forschend anzustarren. Der Pharao wandte sich von ihr ab, um seinen Weg fortzusetzen, dann hielt er inne. „Vielleicht solltest du uns begleiten." Er winkte mit einer harschen Bewegung, damit sie ihm folgte.

Selina bemühte sich nicht um eine Antwort. Der Pharao war kaum an einem Gespräch mit ihr interessiert. Stattdessen lief sie hinter seinen Wedelträgerinnen her und folgte Ramses' ausladenden Schritten. Prinz Tudhalija ließ sich nicht anmerken, ob er über ihre Anwesenheit erzürnt war, doch Selina war sich sicher, dass der Prinz sie hasste.

Sie ließen die Gärten hinter sich, und Selina hatte wegen ihrer nackten Füße Mühe, der kleinen Gruppe über die schlecht gepflasterte Straße zu folgen, die sich an einem Seitenausgang des Palastbezirks in die Dunkelheit erstreckte. Es war keine Prachtstraße, gesäumt mit Sträuchern und Statuen des großen Gottes, sondern ein überwucherter kleiner Weg, und Selina trat so oft auf spitze Steine, dass sie bisweilen versucht war, aufzuschreien. Sie biss sich jedoch auf die Lippen und schwieg. Der Pharao wirkte zu streng und entschlossen, als dass sie gewagt hätte, ihn zu verärgern.

An einem kleinen verschlagartigen Haus aus Lehmziegeln kam die verschworene Gemeinschaft schließlich zum Stehen. Ein einfacher Soldat trat zu Ramses und verbeugte sich ehrfurchtsvoll. Selinas Ägyptisch war kaum gut genug, dass sie den Wortwechsel zwischen ihm und dem Pharao hätte verstehen können. Kurz darauf betraten sie jedoch einen kleinen Innenhof, dessen sandiger Boden zwischen Selinas Zehen drang. Er wurde von hohen, schlichten Mauern umgeben, und war auch sonst leer und schmucklos.

Ramses nahm einem Soldaten eine Fackel ab und winkte Tudhalija und Selina zu sich.

„Was ist das für ein Ort, großer Pharao? Was tun wir hier?", wagte sie endlich zu fragen.

Seine Augen funkelten hart im Fackelschein. „Wir nennen ihn >Ort des Vergessens<."

Sie gingen in einen Anbau, der nur einen kleinen Raum mit einer steilen Treppe in ein Kellergewölbe aufwies. Ein scharfer Geruch stieg Selina in die Nase und erinnerte sie an den Käfig des Löwen in Arinna. Sie hielt die Luft an, doch es nutzte nichts. Je näher sie dem Treppenabgang kamen, desto strenger wurde der Gestank. Der gestampfte Lehmboden war feucht unter ihren Füßen, und Selina überkam Ekel. Wie gerne hätte sie jetzt Sandalen gehabt! Sie starrte auf Ramses' breiten, unbedeckten Rücken. Als er zur Seite trat, um die Fackel in eine Wandhalterung zu stecken, sah Selina, weshalb sie hier waren: An der hinteren Wand des kargen Raumes saß Palla auf dem nackten feuchten Boden. Man hatte sie nicht gefesselt, doch sie blinzelte, da sie anscheinend viel Zeit in vollkommener Dunkelheit verbracht hatte. Ihr Blick zeigte denselben Gleichmut wie immer; wenn sie überrascht war, Tudhalija und Selina zu sehen, so verbarg sie ihre Gefühle gut.

Selina kämpfte gegen ihre Abneigung und Wut, gleichzeitig fühlte sie, dass eine Frau ihres Volkes nicht wie ein Tier in einem Verschlag gehalten werden durfte. „Was hast du mit ihr vor, großer Pharao? Wirst du sie hinrichten lassen?" Selina fühlte sich genötigt zu fragen, da weder Tudhalija noch Palla Anstalten machten, etwas zu sagen.

Ein abfälliger Zug legte sich um Ramses' Mundwinkel. „Sie wird sterben! Dieser Ort ist die schlimmste Strafe, welche die Götter über einen Menschen verhängen können: die Strafe des Vergessens! Sie wird ohne Gerichtsverhandlung eingesperrt bleiben, bis sie krepiert. Sie bekommt weder Wasser noch Nahrung. Wenn die Götter ihr gnädig sind, stirbt sie, wenn Re das fünfte Mal wiedergeboren wird. Doch es gab schon Fälle, in denen es länger dauerte. Die Unglückseligen verlängern manchmal ihre Qual, indem sie ihr eigenes Wasser trinken. Die Familien wissen nicht, was mit ihnen geschieht. Sie erhalten kein Begräbnis, ihre Namen werden in keinerlei Listen aufgenommen – sie werden einfach vergessen, als hätte es sie nie gegeben. Das jenseitige Reich bleibt ihnen verschlossen, denn ihre Körper werden den Krokodilen vorgeworfen." Er wandte sich an Tudhalija. „Wie es scheint, bist du vom Vorwurf der Verschwörung entlastet worden, Prinz. Ich habe dich dies hier sehen lassen, um mir dein Einverständnis für die Strafe zu sichern. Ich denke, es wäre besser für unseren Friedensvertrag, wenn er nicht noch einmal strapaziert wird – immerhin gab es in Hattusa schon einmal einen Vorfall, an dem eine deiner Frauen beteiligt war. Es wäre besser, wenn deine Gemahlin sowohl in Ägypten als auch in Hatti als verschwunden gilt. Ich werde Seiner Sonne gegenüber schweigen, und du solltest es auch!"

Tudhalija nickte steif. Er würdigte Palla keines Blickes.

Der Gleichmut verschwand aus Pallas Gesicht. Ihr Blick suchte Selina, da ihr klar war, dass sie von Tudhalija keine Hilfe zu erwarten hatte. Sie verfiel in die alte Zunge ihres Volkes. „So nicht! Keine Frau des Volkes darf so sterben. Lieber entleibe ich mich selbst!"

Ramses runzelte die Stirn. „Was sagt sie? Sie soll Assyrisch sprechen!"

„Lass Gnade walten und gib ihr ein Schwert oder einen Dolch, Pharao, damit sie sich selbst töten kann", bat Selina.

Er scharrte mit seiner Sandale im feuchten Lehmboden. „Khamwese hat mir erzählt, dass sie eine aus deinem Volk ist! Du empfindest Mitleid, obwohl sie den Kronprinzen töten und den Pharao betrügen wollte. Würde diese Frau das für dich tun, Herrin? Wenn schon ihr Gemahl keine Einwände gegen die Strafe erhebt, solltest du erst recht zufrieden sein. Ich verstehe nichts von deinem Volk, es interessiert mich auch nicht! Die Ehre von Barbarenvölkern, über denen Re nicht erstrahlt, ist unwichtig. Die meisten von ihnen zahlen Tribut an Ägypten und den Thron. Ich bin Ägypten! Und ich werde meinen eigenen Sohn kaum milder behandeln. Ich habe dich dies hier sehen lassen, damit auch du vergessen kannst! Ich bin dir zu Dank verpflichtet, denn du hast den Kronprinz gerettet, obwohl du in Ungnade standest."

Er wandte sich um und ließ sie allein. Tudhalija beeilte sich, ihm zu folgen. Selina sah ihnen nach, als sie die Treppe hinaufgingen. Ihr Blick fiel erneut auf Palla, die mit angezogenen Knien zu ihr aufblickte. „So sehr schätzt dich also der Prinz von Hatti, Palla ... Sag mir: Waren er und Hatti es wert, dass du dein Volk verraten und geopfert hast? Was wolltest du mit dem Mord am ägyptischen Kronprinz erreichen? Was hat dir Prinz Siptah dafür versprochen? War deine Macht, die du über Tudhalija zu haben meintest, bereits im Begriff zu versiegen? Du hättest ihn besser kennen sollen, denn ihr ähnelt euch – wie du opfert auch er gerne diejenigen, die seinen Plänen im Weg stehen!"

Palla ging auf ihre Fragen nicht ein. „Gib mir einen Dolch, Selina! Die große Mutter verlangt, dass eine Frau einer anderen hilft, ehrenvoll zu sterben."

„Ich habe keinen Dolch, Palla. Und du hast dem Volk den Rücken gekehrt und dich Tudhalija angeschlossen. Du hast diesen Weg gewählt." Sie wandte sich um, da sie Pallas Anblick nicht mehr ertragen konnte. Ein Klumpen Lehm traf sie hart im Rücken, doch Selina ging weiter.

„Ich wusste es schon immer, Selina! Du bist schwach! Du warst nie eine Frau des Volkes, schon damals nicht, auf der heiligen Insel!"

Pallas hitzige und wütende Rufe verfolgen Selina noch, als sie endlich auf den kleinen Innenhof trat, wo Ramses' Gesandtschaft sie erwartete. Ihre Stimme klang sogar noch in ihrem Kopf nach, als sie schon längst wieder in ihren Gemächern war und sich unter den Laken ihres Lagers zusammenrollte.

Prinz Tudhalija beobachtete die Wachen, die vor seiner Terrassentür auf und ab gingen. Er konnte noch immer kaum fassen, was geschehen war. Trotzdem war er sich fast sicher, dass die Anschuldigungen gegen Palla zutrafen. Er hatte nicht gewusst, was sich hinter dem beherrschten Gesicht seiner Favoritin verbarg, und ihr trotzdem misstraut. Schließlich vertraute Tudhalija keiner Frau: Seine Mutter hatte ihm den Thron missgönnt, seine Lieblingsfrau Assja hatte Ränke geschmiedet, und nun betrog ihn auch die Frau, der er die Krone der Tawananna hatte geben wollen. Er war der Prinz von Hatti, der Sohn Seiner Sonne, des Großkönigs Hattusili, der einen bindenden Friedensvertrag mit Ägypten geschlossen hatte! Vermutlich würde er in Piramses die Erlaubnis oder vielmehr die herrische Aufforderung des Pharaos erhalten, Ägypten unverzüglich zu verlassen – natürlich ohne das erhoffte Gold!

Tudhalija verbarg seinen Zorn und zwirbelte die geölten Spitzen seines Bartes um seinen beringten Finger. Es war dumm gewesen, auf das Gold Ägyptens zu schielen. Er würde eine Möglichkeit finden müssen, sich auf anderem Wege mit Agamemnon zu einigen. Er klopfte mit dem Finger auf die polierte Tischplatte, auf der Pharao Ramses Meriamun dargestellt wurde, wie er auf seinem Streitwagen die Festung von Kadesch angriff. Unter den Rädern des Wagens befanden sich die Leichen von Hethitern, während die ägyptischen Soldaten als voranstürmende kriegerische Macht abgebildet waren. Welch überhebliche Lüge! Es war dem Pharao nie gelungen, Kadesch einzunehmen, stattdessen war er mit dem Rest seiner Divisionen zerknirscht nach Ägypten zurückgekehrt!

Tudhalija erhob sich und trat hinaus auf die Terrasse. Sofort standen die beiden Palastwachen an seiner Seite. Er durfte zwar in den Garten gehen und war vom Vorwurf des Verrats entlastet, doch seine Bewacher begleiteten ihn überallhin. „Ich will den Pharao sehen, und zwar sofort!", bellte er sie an.

„Wenn Ramses dich zu sehen wünscht, wird er nach dir schicken, Prinz", antwortete einer der Soldaten nicht unfreundlich, jedoch bestimmt.

Tudhalija verschluckte eine zornige Erwiderung und wandte sich um, um zurück in seine Gemächer zu gehen.

„Der große Gott wünscht, ihn zu sehen."

Überrascht fuhr er herum und blickte in die dunklen Augen der großen königlichen Gemahlin Bentanta.

„Wir haben keine Nachricht erhalten, große Königin", gaben ihr die Wachen ehrfurchtsvoll zu verstehen.

„Auch wenn ihr keinen Dienst in Piramses tut, solltet ihr wissen, dass ich die Stimme meines Vatergemahls bin."

Tudhalija gab sich erfreut über die Zurechtweisung, obwohl er die herrische Königin nicht sonderlich mochte. Er trat zu ihr und deutete eine Verbeugung an, die sie jedoch kaum zu interessieren schien. Die Wachen blickten sich unschlüssig an, dann nickten sie. „Selbstverständlich, Tochter des Gottes, bitte verzeih."

Bentanta gab ihnen mit einer Handbewegung zu verstehen, dass sie ihre Posten vor der Terrassentür wieder einnehmen sollten, dann nickte sie Tudhalija zu. „Folge mir, Prinz."

Er zwang sich zu einem Lächeln. Sie besaß für seinen Geschmack zu viel Macht für eine Frau, doch immerhin kam ihm diese Macht jetzt zugute. Er würde Ramses davon überzeugen, dass Hatti Unrecht getan wurde.

Die Königin führte ihn jedoch nicht in die Gemächer des Pharaos, sondern ging tiefer in die Gärten hinein, dorthin, wo das Unterholz wild und unüberschaubar wuchs, und blieb mit einem Male stehen, um nach irgendetwas Ausschau zu halten.

„Dies ist ein seltsamer Ort. Weshalb will Ramses mich hier sehen?" Er blickte sich misstrauisch um. Vielleicht versteckten sich hinter den Stämmen der Feigenbäume oder hinter den großen Büschen Soldaten, um ihn zu meucheln, und er besaß noch nicht einmal einen Dolch, mit dem er sich hätte verteidigen können. Er folgte dem Blick der Königin, die etwas entdeckt zu haben schien. Sein Magen zog sich zusammen, als er die hellhaarige Frau sah. Selina!

Bentanta wandte sich zum Gehen. „Ich war dir diesen Gefallen schuldig, Herrin, und du hast mich nur zu deutlich daran erinnert." Die Königin zeigte unverhohlen ihren Missmut.

„Es tut mir leid, Königin, doch es musste sein."

Bentanta hob die Hand und gebot ihr zu schweigen. „Keine weiteren Worte mehr. Ich will es nicht wissen." Sie ging davon, ohne sich noch einmal umzudrehen.

„Selina, die Barbarin", zischte Tudhalija hasserfüllt. „Diese Mühe war den Aufwand nicht wert. Ich werde nicht mit dir sprechen."

Sie trat näher an ihn heran, und er wich unwillkürlich einen Schritt zurück. Der stolze Blick ihrer blauen Augen war ihm noch gut in Erinnerung.

„Interessiert dich nicht, was mit deiner Gemahlin geschieht?"

Er fuhr sich nervös über die zu strengen Locken gedrehten Haare. Die Gemahlin eines hethitischen Prinzen unterstand der Gerichtsbarkeit des Panku. Dass Ramses ihm das Urteil über Palla abgenommen hatte, war ihm jedoch recht, denn es wäre mehr als peinlich, wenn der Panku von den Ränken erführe, die seine Gemahlin hinter seinem Rücken geschmiedet hatte. Tudhalija würde sich daher hüten, eine Beschwerde anzubringen. Nach allem, was Palla getan hatte, wäre es außerdem unverschämt und gefährlich gewesen, sie nicht der ägyptischen Gerichtsbarkeit zu überlassen. Der Pharao hatte zwar ein Sendschreiben an Seine Sonne geschickt, jedoch in diesem behauptet, dass Palla geflohen war. Tudhalijas Lage war denkbar schlecht, und er wünschte nichts anderes, als dieses Land endlich verlassen zu können. Er sah der verhassten Frau fest in die Augen. „Nein, das Urteil gegen Palla ist gerecht! Der Pharao mag mit ihr tun und lassen, was er will. In Hatti gibt es keine Todesstrafe. Ich habe schon genügend damit zu tun, meine Mutter bewachen zu lassen. Eine zukünftige Tawananna zu beseitigen ist nicht so einfach." Er grinste bösartig.

„Du würdest jeden verraten, nicht wahr, Prinz? Selbst Benti, den du einen Freund deiner Kindheit nanntest, hast du für deine selbstsüchtigen Pläne missbraucht."

„Benti war ein Diener, mehr nicht", gab Tudhalija gleichgültig zurück. „Er ist ein Feigling, und ich habe gehört, dass er ebenfalls in Ägypten ist. Ich habe ihn hier kein einziges Mal gesehen, doch ich weiß, dass er meiner Schwester nachstellte und ihn dafür die Todesstrafe erwartet." Tudhalija lachte laut auf. „Wie schade, dass du ihr entronnen bist! Du scheinst unvernichtbar zu sein, doch es soll mich nicht weiter stören! Ramses' Gold werde ich wohl kaum noch erhalten, doch werde ich Ägypten unbehelligt verlassen, auch wenn es dich nicht besonders froh stimmen wird."

Selina gab auf. Er hätte Palla sicherlich diese Art von Tod ersparen können, doch die beiden hatten sich verdient – wie Palla war auch Tudhalija selbstsüchtig und gefühlskalt. Sie ließ ihn gehen, ohne noch ein Wort an ihn zu richten.

Der schmale überwucherte Weg lag im Dunkeln, als Selina sich dem kleinen Haus des Wachhabenden näherte. Sie bückte sich nach einem Stein und warf ihn gegen die Binsenmatte, die zum Schutz gegen Insekten vor der Tür hing. Der wachhabende Soldat kam heraus und sah sich um. Nach ein paar Schritten blieb er stehen, er musste sich geirrt haben. Niemand verirrte sich an diesen Ort, von dem ohnehin kaum jemand wusste. Als eine Ratte zwei Schritte vor ihm durch den Sand huschte, atmete er erleichtert auf. Gähnend streckte er sich – seine Wache würde noch bis zum Morgen andauern. Seine Gefangene war hartnäckig, schien an ihrem dahinsiechenden Leben zu hängen. Fast fünf Tage wurde sie bereits hier festgehalten.

Der Wachhabende schüttelte sich. Was für ein grauenvoller Gedanke, erst einen solchen Tod zu erleiden und danach vergessen zu werden! Das Ka würde vergeblich den Körper suchen, und Anubis, der Wächter der Jenseitspforte, würde die Tür zur Unterwelt verschlossen halten. Er hoffte, dass die Gefangene bald starb und er somit den Dienst am Ort des Vergessens einstellen konnte. Der Herr allen Lebens verhängte nicht oft eine solch harte Strafe über einen Verbrecher. Er hatte keine Ahnung, was die unglückselige Frau mit den seltsamen Zeichnungen im Gesicht getan hatte, doch es war nicht ungewöhnlich, dass nicht über die Vergehen derjenigen gesprochen wurde, welche hierhingebracht wurden. Er trat einen Schritt zurück und wollte in das Wachhaus zurückkehren, doch ein Arm legte sich wie ein Schraubstock um seinen Hals. Er ruderte mit den Armen und stieß einen empörten Schrei aus, aber es gelang ihm nicht, sich zu befreien. Ein harter Schlag traf auf seinen Hinterkopf, dann brach er zusammen und blieb bewusstlos liegen.

Im Innern des Hauses hatte der Gestank noch zugenommen. Palla lag auf dem Rücken und starrte gegen die Decke. Ihren Mund hatte sie halb geöffnet, ihre Zunge war angeschwollen. Das dunkle Haar klebte ihr strähnig und wirr im Gesicht, ihr Chiton war von Lehm verkrustet. Wie von ferne drangen die leisen Schritte auf der Treppe an ihr Ohr, und sie bemühte sich, die Augen zu öffnen. Verschwommen tanzte der Lichtkegel der Fackel vor ihren Augen – Licht! Seit fünf Tagen lag sie in vollkommener Dunkelheit. Ihre zitternden Hände stützten sich mit letzter Kraft auf den Lehmboden, und sie setzte sich auf. Jede Bewegung bereitete ihr Schmerzen, ihr Hals brannte, ihr Magen hatte bereits vor zwei Tagen aufgehört, sie zu quälen.

„Wasser", presste sie mit schwacher Stimme hervor, doch etwas anderes legte sich kühl und scharf an ihre Wange. Palla bemühte sich, die Gestalt vor sich zu erkennen, doch sie sah nur das Aufblitzen des blanken Metalls. Sie berührte es mit zitternden Fingern und krallte sich mit letzter Kraft an die Klinge. Niemand würde ihr Wasser geben, man ließ sie hier verenden wie ein Tier. Sie hörte, dass die Schritte sich entfernen.

„Tudhalija?"

„Er hat dich vergessen, ebenso wie ich dich nun vergessen werde, Palla. Rechtfertige dich vor der großen Mutter für deine Taten. Vielleicht ist sie dir gnädig."

„Selina!", krächzte Palla verächtlich. „Immer warst du mir einen Schritt voraus, immer hattest du das, was ich für mich begehrte: das Schwert aus Erdmetall, die Schrift, und schon in Lykastia richteten sich die Frauen lieber nach Penthesilea als nach Lampedo. Und nun bist du deiner Verurteilung entkommen, und ich muss sie auf mich nehmen ... Ich verabscheue dich, ich *hasse* dich!"

Pallas Hände fuhren über die scharfe Schneide, dann setzte sie das Schwert unter ihre Brust und ließ sich fallen. Ihre Finger gruben sich in den feuchten Lehmboden, der Schmerz, der durch ihren Körper fuhr, ließ sie für kurze Zeit den Durst vergessen. Sie ließ ihren Kopf auf den Boden sinken und spürte die Nässe auf ihrem Mund. Ihre angeschwollene Zunge fuhr durstig über die aufgeplatzten Lippen. Es schmeckte, als führe sie mit der Zunge über Metall. Sie hustete und spie einen Schwall Blut aus, dann entkrampfte sich ihr Körper, und es war vorbei.

Memphis

Siptah lief schnellen Schrittes über die Laufplanke und sprang auf die Barke. Einen Augenblick meinte er, bereits die Medjai auf dem Landungssteg zu sehen, doch er hatte sich getäuscht. Sie waren vor drei Tagen in Piramses eingetroffen, und er hatte geahnt, weshalb sie gekommen waren. Keine Nachricht vom Tod des Kronprinzen war ihm nach Piramses gesandt worden, doch als die Medjai eintrafen, wusste er, dass sein Plan misslungen und er wahrscheinlich entdeckt worden war. Er verfluchte sich, auf die Frau des Hethiters gehört zu haben. Hatte sie ihn verraten? Ihm blieb keine Zeit, nach einer Antwort zu suchen. Er musste fort.

Es war ihm gelungen, sich bei Hentmira zu verstecken, als die Medjai in den Palast gekommen waren. Niemand wusste, dass sie ebenfalls in die Ränke verstrickt gewesen war. Erst als die Medjai den Palast unverrichteter Dinge verlassen hatten und Piramses auf der Suche nach ihm durchstreiften, hatte sich Siptah im Schurz eines Bauern auf den Weg zurück zum Palast gemacht.

Die Medjai waren Landtruppen, sie verstanden sich nicht darauf, ein Schiff zu führen; nur so konnte er also noch entkommen. Der Weg zurück zum Palast und zu seinem Schiff war gefährlich gewesen, doch er war geglückt. Anscheinend rechnete niemand damit, dass Siptah so leichtsinnig war, in den Palast zurückzukehren. Von hier war es nur ein vergleichsweise kurzer Weg, bis zum Meer; wenn er erst einmal die ägyptischen Grenzposten hinter sich gelassen hätte, konnte er irgendwo Schutz suchen. Vielleicht würde er nach Kreta reisen, wo sein Gesicht nicht bekannt war. Siptah war klug genug, um sich schnell am Hofe eines fremden Königs zurechtzufinden und sich ein hohes Amt zu verschaffen; nur in Ägypten war es ihm nicht vergönnt. Hier haftete ihm der Makel an, dass seine Mutter kein königliches Blut an ihn hatte weitergeben können.

Die Palastwachen hatte er umgehen können, die Ruderer seines Schiffes hatte er aus den Unterkünften gejagt. Wie es sich für ungebildete Arbeiter gehörte, stellten sie keine Fragen. Als nun die Barke ablegte, atmete Siptah erleichtert auf. Er hätte einen guten Vorsprung, wenn der Pharao in Piramses eintraf. Dass Hentmira zurückbleiben würde, war schade, aber nicht zu ändern. Auf sie fiel kein Verdacht, und sie hatte sich entschlossen, lieber ihr angenehmes Leben weiterzuführen, als mit ihm zu fliehen. Siptah hatte nichts anderes erwartet. In der Angst, die Medjai könnten auftauchen und seine Flucht im letzten Moment vereiteln, beobachtete Siptah das Ufer. Inzwischen hatte die Barke die Mitte des Flusses erreicht und glitt in die Strömung. Die Männer hievten die schweren Ruder hoch und zogen sie ein.

„Rudert weiter!", rief Siptah ungehalten. „Die Strömung ist nicht stark genug, als dass die Barke schnell genug vorankäme."

Er betrachtete verächtlich die dumpfen Gesichter der Männer – Sklaven, Bauern, einfache Arbeiter, die er für den Dienst auf seinen Schiffen eigenhändig ausgesucht hatte. Sie wussten, dass er es hasste, wenn sie nicht gehorchten. Wie oft waren sie schon mit ihm über den Nil und sogar an den Küsten des Großen Grüns entlanggefahren, und wie oft hatte seine Peitsche auf ihren Rücken getanzt! Trotzdem schienen sie diesmal seine Befehle zu missachten. Siptah wandte sich zum Erstbesten und zog die Peitsche mit den gegerbten Lederriemen von seinem Gürtel, die er auch zur Züchtigung seiner Pferde benutzte. Er holte aus, doch der Mann hielt seinen Arm fest und richtete sich auf. Die anderen taten es ihm gleich, und kurz darauf war er umzingelt.

„Was fällt euch ein, dreckiges Bauernpack? Ich werde euch die Haut vom Rücken ziehen lassen und euch danach in die Steinbrüche schicken!"

Einige Männer wichen zurück, doch derjenige, der ihm die Peitsche entwunden hatte, verzog seine buschigen Augenbrauen. Er kam Siptah so nah, dass dieser den Geruch von Schweiß, Knoblauch und Zwiebeln wahrnahm. Unwillkürlich trat der Prinz ein Stück zurück und hielt die Luft an. Außer den sauberen Palastdienern war ihm noch nie ein Diener so nah gekommen.

„Die Medjai sind in Piramses und suchen nach dir! Sie gehen von Schenke zu Schenke, und auch zu den Händlern. Wir wollen nicht den Zorn des Guten Gottes auf uns ziehen." Der Ruderer blickte sich nach seinen Kameraden um, die zustimmend nickten.

„Ihr seid dumme Bauern und habt nicht zu denken, nur zu gehorchen! Das ist Maat! Geht zurück an eure Plätze und rudert!" Siptah war wütend, doch er spürte, dass Angst sich in ihm breitmachte.

„Der Pharao ist die Maat, und er hat die Medjai geschickt, um dich zu finden. Es ist besser, wenn wir dich ihnen übergeben."

„Ihr Kreaturen des Seth!", fauchte Siptah, doch dann traten bereits zwei der Männer heran und hielten ihn fest.

„Solange wir auf der Barke sind, können uns die Palastwachen nichts tun!" Der Wortführer der Ruderer wies auf zwei sonnengebräunte Männer. „Ihr beiden! Geht in die

Stadt und sucht die Medjai. Wir legen erst wieder an, wenn sie hier sind. Es könnte sein, dass die Wachen uns zürnen, aber das Wort des Pharaos steht über allem!"

Während die Ruderer auf die Rückkehr ihrer Kameraden warteten, ließen sie Siptah nicht aus den Augen. Schließlich kehrten die zwei Männer gefolgt von sechs hochgewachsenen nubischen Kriegern zurück, welche die Männer anwiesen, zurück ans Ufer zu rudern. Siptah schloss die Augen und stöhnte auf. Beim stinkenden Atem des Seth: Alles hatte er bedacht, doch nicht, dass sich ein paar tumbe Fellachen gegen ihn stellen würden!

Hentmira hielt sich verzweifelt die Hände vor die Ohren. Der Lärm war ohrenbetäubend. „Amenhet!", rief sie mit hoher Stimme, „Amenhet, geh in den Garten und sorge dafür, dass die Knaben nicht so herumschreien. Schicke nach der Kinderfrau, damit sie mit ihnen Senet oder Hund und Schakal spielt und sie endlich Ruhe geben."

Nachdem Amenhet ihren Befehl entgegengenommen hatte, winkte Hentmira die Dienerin heran, die mit zwei Perücken darauf wartete, dass sie ihre Auswahl traf. „Diese dort", entschied Hentmira und wies auf ein schulterlanges Haarteil mit einem dicken Seitenzopf. „Bring mir dazu das Isis-Amulett mit den türkisbesetzten Flügeln, und such eine passende Spange aus." Sie überlegte. „Den kretischen Schmuck mit den Muscheln und Perlen werde ich für die Handgelenke wählen, die neuen Sandalen mit Jaspis und den Silbertropfen passen auch sehr gut ... Und bring mir die Ohrgehänge mit den Löwenköpfen. Ich habe gehört, dass dieser Schmuck gerade sehr beliebt bei Hofe ist."

Zufrieden lehnte sie sich zurück und sah dem herauseilenden Mädchen nach. Heute würde der Pharao in Piramses eintreffen. Obwohl sie noch immer ungehalten war, dass er sie durch die Auflösung ihrer Ehe mit Pairy bloßgestellt hatte, würde sie am Begrüßungsbankett teilnehmen. Der Traum, als Siptahs Gemahlin im Palast Einzug zu halten, hatte sich mit dessen Flucht leider aufgelöst. Es wäre wundervoll gewesen, wenn Siptahs Plan aufgegangen wäre, doch leider ... Sie verscheuchte den Gedanken. Siptah war fort, sie musste sich vorerst mit dem zufriedengeben, was sie besaß. Das Fest war eine ausgezeichnete Möglichkeit, sich einen neuen Liebhaber zu suchen – einen hohen Palastbeamten, einen Befehlshaber der Truppen oder vielleicht sogar einen hochrangigen Amunpriester. Hentmira wusste, dass sie den Männern gefiel, und hatte bei der Auswahl ihrer Liebhaber noch nie Schwierigkeiten gehabt.

Die Kinder begannen erneut zu schreien. Hentmira stöhnte auf und sprang von ihrem Stuhl. War ihr nicht wenigstens eine Weile Ruhe vergönnt? „Amenhet!", rief sie scharf,

„Amenhet!" Wo war dieser kriecherische Tölpel? Sie stieß wütend die Tür ihres Hauses auf und blinzelte in die Sonne. Noch immer schrieen die Kinder, als ob sie gefoltert würden. Hentmira öffnete den Mund zu einer Schimpftirade, doch sie brachte keinen Ton heraus: Drei hochgewachsene Medjai standen in den Schlafräumen und hielten ihre Söhne fest. Sie wehrten sich und versuchten, die Männer zu treten, doch diese hielten sie ungerührt fest. Die Kinderfrau stand untätig dabei, und Amenhet redete auf die Männer ein, die ihn bei Hentmiras Anblick jedoch beiseiteschoben. Hentmira wich unwillkürlich einen Schritt zurück. Was wollten die Medjai von ihr? Hatte jemand gesehen, dass Siptah bei ihr gewesen war? Hatte ihre Dienerschaft sie verraten?

Ein hochgewachsener Nubier sprach sie mit dem charakteristischen, breiten Akzent der Männer aus dem Goldland an. Der kurze weiße Soldatenschurz stach von seiner dunklen Haut ab; die Goldringe in den Ohren und der fremdländische Halsschmuck aus Federn und Löwenkrallen verunsicherten sie. Das einzig Ägyptische an ihm war der Oberarmreif, der ihn als Leibwache des Einzig Einen auswies. Er musterte sie kurz. „Herrin Hentmira, dein Hausverwalter hat behauptet, du wärest außer Haus, doch er hat gelogen. Im Namen des Großen Hauses, des *Netjer nefer*, unseres geliebten Gottes, Pharao Ramses Meriamun – er möge ewig Leben! – habe ich Anweisung, dich in den Palast zu bringen. Du bist beschuldigt, gemeinsam mit Prinz Siptah Ränke gegen das Große Haus und den Guten Gott geschmiedet zu haben."

Hentmira erbleichte. Wie konnten die Medjai davon wissen? Selbst ihre Dienerschaft hatte keine Ahnung gehabt, was Siptah und sie miteinander besprochen hatten. Es konnte nur eines bedeuten: Siptah, der Feigling, hatte sie verraten.

Pairy streckte sich auf seiner Liege aus und starrte die Tür seiner Gemächer an. Jeden Edelstein, jede Linie der holzgemaserten Tür kannte er inzwischen besser als die in seinem eigenen Haus. Seit Wochen wurde er hier festgehalten, und die Türen öffneten sich nur, wenn eine Dienerin die Mahlzeiten brachte oder er nach einem Bad oder einer Rasur verlangte. Er war ein Gefangener, doch er hatte nicht vor, sich gehen zu lassen. Die Götter allein wussten, was Selina, Benti und ihm bevorstand. Die Geschäftigkeit der Diener auf den Gängen vor den Gemächern konnte nur bedeuten, dass Ramses im Begriff war, nach Piramses zurückzukehren. Pairy seufzte. Wenigstens hatte das zermürbende Warten dann endlich ein Ende. Obwohl er Selina hätte zürnen sollen, tat er es nicht. Irgendeiner seiner Diener musste geredet haben, musste erzählt haben, was an jenem Abend geschehen war, als Sauskanu in seinem Haus Gast gewesen war.

Als er auf dem Gang Schritte hörte, die sich der Tür näherten, setzte sich Pairy auf und schwang die Beine über die Liege. Es musste die Dienerin sein, die ihm jeden Tag ein leichtes Mittagsmahl brachte. Trotz seiner Gefangenschaft wurde er weiterhin mit allen Annehmlichkeiten bedacht, die einem Adeligen qua Geburt zustanden. Immerhin entstammte er einer alten thebanischen Adelsfamilie. Pairy verzog bekümmert die Mundwinkel, war er doch derjenige, der den Namen seiner Familie in Ungnade hatte fallen lassen – die Kas seiner Ahnen würden ihn dafür verfolgen, bis er eines Tages vor dem Totengericht von Ammit verschlungen würde.

Die Tür schwang auf, doch statt der erwarteten Dienerin stürmte eine aufgebrachte Frau hinein. Pairy konnte sich ein Grinsen nicht verkneifen. Es war Selina, die auf einmal vor ihm stand. Ihre hellen Locken rahmten wie immer etwas wirr ihr Gesicht, ihre Hände kneteten ihr Gewand. Sie schien nach den richtigen Worten zu suchen, doch anstatt zu sprechen, warf sie sich in seine Arme. Ein Gefühl der Wärme durchflutete ihn. Er hatte nicht gehofft, sie noch einmal wiederzusehen. Ihr Haar duftete nach Kräutern und dem eigentümlichen Geruch des Nils. Wie konnte das sein? Er hielt inne und sah sie fragend an, sie jedoch schüttelte den Kopf. Endlich fand sie Worte. „Pairy, wir sollen sofort in Ramses' Empfangssaal erscheinen!"

Ehe er antworten konnte, zog sie ihn hoch und aus den Gemächern hinaus. Er warf einen verwirrten Blick auf die Wachen, die ihnen nicht folgten.

„Wir müssen uns beeilen, der Pharao hat den Hof einberufen, und der Empfangssaal hat sich bereits gefüllt."

Sie liefen über die weihrauchgeschwängerten Gänge, die mit frischem geschnittenen Lotus und Passionsblumen geschmückt worden waren. Es war nicht zu übersehen: Der Gute Gott war nach Piramses zurückgekehrt. Selina und er suchten sich ihren Weg durch die Menge der Höflinge. Die Menschen standen dicht gedrängt beieinander, sodass sie eine Weile brauchten, um das Thronpodest zu erreichen.

Ramses thronte erhaben, mit Krummstab und Geißel, die Doppelkrone auf seinem Haupt, in einem mit Goldfäden durchwirkten Schurz zwischen seinen beiden Tochtergemahlinnen, die in ihren hauchdünnen Gewändern und den Geierhauben wie die Göttinnen Isis und Nechbet anmuteten. Pairy wunderte sich, dass auch der Kronprinz Khamwese anwesend war. Das Leopardenfell lag über seinem Priestergewand, den kahlen Kopf zierte ein Stirnreif mit dem Uräus des Königshauses. Er stand hinter dem Pharao, und in einer Hand hielt er den langen Stab des obersten Priesters des Ptah.

Pairy und Selina verbeugten sich, doch Ramses ließ nicht erkennen, ob er sie wahrgenommen hatte. Er wies mit dem Krummstab auf zwei Palastwachen, die zu einer Seitentür liefen und zwei Unglückliche vor das Thronpodest führten. Pairy hielt die Luft an, als er Siptah und Hentmira erkannte. Er verstand nicht, was hier vor sich ging, doch dann ergriff Ramses' Schreiber das Wort. „Der Gute Gott, der *nefer netjer*, Herr beider Länder, von den Göttern geliebt, von Amun gezeugt, Pharao Ramses Meriamun – er möge ewig leben! – verkündet am vierzehnten Tag der Ernte im Monat Epihi, dem sechsunddreißigsten Jahr seiner göttlichen Regierung, die Anklage gegen den Prinzen Siptah, Sohn seiner Lenden und der Nebenfrau Ahmes." Er räusperte sich. „Prinz Siptah hat in schwerstem Maße gegen den Thron gefehlt! Getrieben von Gier und einem verdorbenen Herzen schmiedete er Ränke, den Kronprinzen Khamwese durch einen feigen Mordanschlag töten zu lassen und den Thron in Piramses an sich zu reißen, während der Pharao der Grablegung des Apis in Memphis beiwohnte. Ihm wird des Weiteren vorgeworfen, zu diesem Zweck bereits seit langer Zeit die Herzen derjenigen vergiftet zu haben, welche den Pharao umgeben." Der Schreiber ließ den Papyrus, von dem er abgelesen hatte, zusammenrollen. „Hast du dem etwas hinzuzufügen, Prinz Siptah?"

Der Prinz starrte auf den Boden, blieb jedoch eine Antwort schuldig. Er wusste, dass nichts, was er sagte, ihn retten konnte.

Der Schreiber nickte und entrollte den nächsten Papyrus. „So spricht der Gott, der Herr beider Länder, der *nefer netjer*...", Ramses gab ihm ein unwirsches Zeichen, sich die Aufzählung seiner Titulaturen zu ersparen, „so spricht er also: Mein Ka ist betrübt, denn diesen, der die Maat nicht achtete, liebte mein Herz. Umso schwerer wiegt die Last, welche er auf sich geladen hat. Sein Fuß soll den Boden von Piramses nicht mehr betreten, weder im diesseitigen Leben, noch im jenseitigen. Den Rest seines irdischen Daseins soll er in Nub verbringen und den niedersten Tempeldienst eines Priesters des Web verrichten. Niemals soll er den Tempel verlassen. Nach seinem Tode soll er in der Wüste verscharrt werden, ohne dass sein Körper die heiligen Salbungen und Gebete erfahren hat. Suchend soll sein Ka durch das rote Land irren, ohne Hoffnung auf eine ewige Heimstatt."

Siptah blickte entsetzt auf.

Der Schreiber entrollte bereits die nächste Schriftrolle. „So spricht der Gott, der Herr beider ...", er hielt inne und übersprang die nächsten Zeilen, „So spricht er also: Die Herrin

Hentmira hat sich schuldig gemacht, indem sie von den Ränken des Prinzen wusste und ihn in seinem Frevel gegen die Maat unterstützte. Sie ließ ihr Ka von dem des Prinzen vergiften, in der Hoffnung, zu Ehren zu gelangen, welche ihr nicht zustehen." Wieder ließ der Schreiber die Schriftrolle zusammenfahren. „Hast du etwas dazu zu sagen, Herrin?"

Hentmira blickte auf. Sie war nicht bereit, sich kampflos zu ergeben. „Das ist eine Lüge! Prinz Siptah lügt, wenn er mich beschuldigt. Er kam in mein Haus und bat mich darum, dass ich mich ihm anschließe. Ich habe dies jedoch abgelehnt."

Der Schreiber runzelte die Stirn und langte nach einem weiteren Papyrus. Bevor er las, blickte er zu Ramses auf, der ihm zunickte. „Herrin Hentmira, so gibst du also zu, dass der Prinz dein Haus aufsuchte und du von seinen Plänen wusstest. Das bestätigt die Anschuldigungen, die gegen dich vorgebracht wurden. Es war jedoch nicht der Prinz, der sie gegen dich erhob."

Hentmira blickte verständnislos zu Siptah, der sie schadenfroh anlächelte.

Der Schreiber erhob erneut die Stimme. „So spricht der Gott: Die Herrin Hentmira hat sich von irdischer Gier verführen lassen, die ihr Ka vergiftete. All ihr Besitz soll zurückfallen ans Große Haus und den Guten Gott. Um der Maat genüge zu tun, soll sie fortan bis ans Ende ihres irdischen Lebens als Dienerin in der Faijum-Oase den Frauen des zu den Göttern gegangenen Osiris Sethos dienen."

Hentmira sah empört auf. In die Faijum-Oase wurden die Frauen des verstorbenen Pharaos abgeschoben, die sein Nachfolger nicht für seinen eigenen Harem beanspruchte. Pharao Osiris Sethos hatte schon vor vielen Jahren seine Barke bestiegen, und so lebten nur noch ein paar alte Frauen im Harem, die ihre Zeit damit verbrachten, sich mit Naschwerk vollzustopfen, Salben und Zauber gegen ihre Altersgebrechen auszutauschen und den gesamten Tag zu verschlafen. Sie feierten keine große Feste, sie empfingen kaum Besuch und interessierten sich nicht für die Dinge außerhalb ihrer Gärten und Gemächer. Sie würde den Rest ihres Lebens in Langeweile zwischen alten Weibern verbringen.

„Ich will wissen, wer mich dessen beschuldigt, was ich getan haben soll. Es ist eine Lüge!"

Ramses kreuzte Krummstab und Geißel als Zeichen dafür, dass die Urteilsverkündung abgeschlossen war. Die Wachen nahmen die wütend keifende Hentmira und den schicksalsergebenen Siptah zwischen sich und führten sie aus dem Raum.

Pairy konnte noch immer kaum glauben, was er gehört hatte. Als Pairy und Selina hinaus auf den Flur traten, leerte sich der Empfangssaal bereits und Ramses hatte sich mit seinen Gemahlinnen zurückgezogen.

„Er hat kein einziges Wort über uns verloren, Selina. Was geschieht mit Benti?"

Selina legte ihren Kopf an seine Schulter. „Benti wird wahrscheinlich schon auf uns warten, wenn wir endlich nach Hause gehen, ebenso wie Alexandros. Es war klug von dir, dich mit deiner Vermutung an die große königliche Gemahlin Bentanta zu wenden."

Er sah sie verwundert an. „Ai, Selina, das habe ich nicht ... Ich wünschte, ich hätte es getan, aber ich war es nicht."

„Ja, aber wer war es dann?"

Pairy zuckte mit den Schultern. „Wenn du es auch nicht weißt, so will es der Einzig Eine sicherlich für sich behalten. Aber warum hat man uns gehen lassen? Was wird aus der Anklage wegen Benti und Sauskanu?"

Sie kaute verunsichert auf ihrer Unterlippe. „Nun ja, ich gebe zu, da ist noch etwas, das ich dir sagen muss. Ich weiß, dass ich dir versprochen habe, keine Waffe mehr anzurühren, aber ..."

Er sog scharf die Luft ein. „Bei den Göttern, ich weiß nicht, ob ich es hören will, Selina."

Sie konnte sich ein Grinsen nicht verkneifen. Pairys Gesicht sprach Bände, und manchmal fand sie es komisch, dass sie ihren ordnungsliebenden Gemahl, der so fest in seiner ägyptischen Erziehung verankert war, immer wieder erschrecken konnte.

„Nun, dieses Mal hat es wirklich zu etwas Gutem geführt, Pairy."

Da es sich geziemte, dass man einem so hochrangigen Gast wie Seiner Sonne Hattusili auf halbem Wege entgegenkam, schritt Tudhalija an der Seite von Ramses' Tragstuhl die Prachtstraße hinunter. Zu beiden Seiten hatten sich die Höflinge versammelt und streuten Lotusblüten. Tudhalija verzog unmerklich die Mundwinkel. Sein Vater würde keinen erhabenen Eindruck auf sie machen – im Gegenteil. Es war schon verwunderlich, dass er überhaupt beschlossen hatte, die beschwerliche Reise nach Ägypten anzutreten, um seinen Sohn nach Hatti zurückzubegleiten. Hattusili hatte schon lange seine Gemächer in Hattusa kaum noch verlassen und war körperlich mehr und mehr verfallen.

Tudhalija bemühte sich, seine schlechte Laune zu verdrängen. Immerhin musste Ägypten nun begreifen, dass längst er es war, mit dem es zu verhandeln galt, sollte der Friedensvertrag bestehen bleiben.

Die Diener setzten die Tragstühle von Ramses und Hattusili in einiger Entfernung voneinander ab. Die Könige gingen aufeinander zu, und Tudhalija war überrascht, wie mühelos die Schritte seines Vaters anmuteten. Das Gesicht des Tabarna hatte eine gesunde Farbe, sein Körper war kräftiger geworden. Irritiert blickte Tudhalija Seiner Sonne in die aufmerksam und interessiert umherwandernden Augen, und er hätte beinahe vergessen, sich zu verbeugen.

Ramses und der Tabarna blickten sich einen Augenblick abschätzend an, dann zeigte Hattusili ein erfreutes Lächeln, und auch Ramses schien keine Abneigung zu empfinden.

„Ah, mein Bruder," sagte Hattusili freundlich, „wie sehr es mich freut, dass wir uns endlich begegnen."

Der Pharao nickte. „Auch ich freue mich. Ich hoffe, in Hatti steht alles zum Besten, und es gibt keinen Grund zu klagen."

Ehe Tudhalija sich's versah, gingen sein Vater und Pharao wie zwei alte Freunde nebeneinander her und vergaßen ihn und die Höflinge um sich herum.

„Ich danke dir für deine Freundlichkeit und hoffe, dass auch in Ägypten alles zum Besten steht. Ich habe dir Schwerter aus Erdmetall als Geschenk mitgebracht. Leider sind es nicht sehr viele."

Ramses war sichtlich erfreut. „Ich bin sehr glücklich, mein Bruder. Stimmt es, dass dieses Metall aus Steinen geschmolzen wird?"

„Oh ja, es ist wahr. Sie schmelzen den Stein in einem Rennofen – eine sehr nützliche Erfindung, die den Keramiköfen nachempfunden wurde. Das Feuer muss jedoch sehr viel heißer sein als zum Bronzeguss, und danach muss das Metall im glühenden Zustand gehämmert werden. Das Wichtigste ist jedoch das Abkühlen. Dadurch erhält das Metall seine unvergleichliche Härte, die es als Waffe nutzbar macht. Leider gelingen nicht alle Schwerter, es gibt gute und schlechte Metallklumpen."

Tudhalija lauschte ihrer Unterhaltung und musste sich beherrschen, um nicht wütend aufzuschreien. Sein Vater verriet alle Geheimnisse, die er so sorgsam zu verbergen bemüht gewesen war.

„Ich werde dir noch mehr Schwerter aus gutem Metall schicken, mein Bruder. Unsere Truppen sind zwar nicht vollständig gerüstet, doch da Agamemnon von Mykene tot ist, besteht im Moment keine ernstzunehmende Gefahr eines Angriffs."

„Ja ...", erinnerte sich Ramses, „ich habe gehört, dass seine Gemahlin ihn ermorden ließ, als er sein Land betrat.

Nun ja, die Frauen! Brauchst du Gold? Ägypten öffnet bereitwillig seine Schatzkammern, um Hatti zu unterstützen."

Tudhalija konnte es kaum fassen. Er hatte vergeblich versucht, an Ramses' Gold zu kommen, und Hattusili musste nicht einmal danach fragen, und der Pharao warf es ihm fast hinterher.

„Ah, lass uns nicht am Tag meiner Ankunft über Geschäfte reden, mein Bruder. Ich würde jedoch gerne einige deiner Ärzte um Rat fragen. Mich quält seit langer Zeit ein Fußleiden."

Sie blieben stehen, und endlich wandten sie sich wieder Tudhalija zu.

„Mein Sohn, ich habe Schändliches über deine Gemahlin gehört. Wurde sie bereits aufgefunden?"

Tudhalija schüttelte den Kopf. Er war vor Zorn kaum in der Lage zu sprechen.

Hattusili zuckte mit den Schultern. „Nun ja, mein Sohn scheint kein Glück mit seinen Frauen zu haben. Ich danke der Sonnengöttin, dass dies bei mir anders ist." Er winkte jemandem zu, und Tudhalija wandte sich um. Im nächsten Moment erbleichte er. Das konnte nicht sein, das war ein böser Traum!

Freundlich lächelnd trat Puduhepa vor den Pharao und verbeugte sich. Ramses nickte ihr huldvoll zu, obwohl er von Pairy wusste, dass die Tawananna eigentlich bei ihrem Gemahl in Ungnade gefallen war. Sein diplomatisches Geschick ließ ihn seine Überraschung verbergen. „Ah, Puduhepa, deine Tawananna. Ich hoffe, du hattest eine angenehme Reise. Wie sehr hätte sich meine Gottesgemahlin Nefertari en mut gefreut, dich kennenzulernen. Wie ich hörte, habt ihr Sendschreiben ausgetauscht, als sie noch lebte."

„Das ist wahr, großer Pharao, und ich bin betrübt, dass ich sie nicht kennenlernen kann."

Nach dem höflichen Wortwechsel wandte sich Ramses wieder Hattusili zu, und sie betraten gemeinsam den Palast.

Puduhepa ging neben Tudhalija und bedachte ihn keines Blickes.

„Ich kann nicht glauben, dass du hier bist, Mutter", presste er steif hervor.

„Seiner Sonne geht es hervorragend, seit ich wieder an seiner Seite bin. Er kam zu mir, kurz nachdem du Hatti verlassen hast. Wir haben uns versöhnt. Du solltest glücklich über seine Genesung sein, Tudhalija."

Er schenkte ihr einen hasserfüllten Blick. „Bist du nun zufrieden, Puduhepa? Hast du endlich erreicht, was du wolltest?"

Sie lächelte kühl. „Bist du es, Prinz? Uns unterscheidet eines: Bei allem, was ich getan habe, empfand ich immer aufrichtige Liebe zu deinem Vater, und das weiß er. Du aber wirst niemals eine Frau finden, die dich nicht betrügt, denn du kannst nur dich selbst lieben. Vergiss nicht, dass *ich* die Tawananna sein werde, auch wenn dein Vater einst stirbt."

„Auf keinen Fall werde ich das vergessen, und ich werde dafür sorgen, dass du es nicht lange bist."

Puduhepa fuhr sich unbeeindruckt über das glatte Haar. „Nun, wir werden unseren Zwist wohl weiterführen, wenn dein Vater nicht mehr ist – daran besteht kein Zweifel. Aber bis dahin, Prinz, wird die Sonnengöttin wohl noch einige Male ihren Sohn vertreiben." Sie lächelte.

Tudhalija stieg Galle in den Mund. Alles war greifbar nah gewesen, und nun würde er wieder nur der Prinz sein! Zwei Geliebte hatten ihn betrogen, seine eigene Mutter, und alles hatte mit dieser Frau angefangen, mit dieser hellhaarigen Frau. Sie musste ihn verflucht haben!

Die Zeit der Hitze war vorüber. Isis hatte ihre Tränen vergossen, und der Nil war angestiegen. Die Fellachen verteilten den fruchtbaren braunen Nilschlamm auf ihren Feldern und säten Emmer, Weizen und Gerste aus. Die Damen des Palastes ließen ihre Barken herrichten und veranstalteten Feste und Lustbarkeiten, während sie den Nil hinauf- und hinabfuhren, und die Männer gingen der Entenjagd nach. Die Tage waren angenehm, die Trägheit war von den Menschen abgefallen wie ein altes Gewand nach dem Neujahrsfest.

Selina sog den Geruch der Pferdeställe ein, den sie so sehr liebte. Targa knabberte ihrem braunen Fohlen sanft den Rücken.

„Der Pharao wird zufrieden sein." Themos verstand immer noch mehr von Geschäften als von Pferden.

„Ihr könnt nun langsam damit beginnen, ihm getrocknetes Gras und Getreide zu geben." Die Pferdeknechte nickten Selina zu. Sie wandte sich zu Arkos und tätschelte seinen Hals. „Es wird Zeit, dass ich wieder auf deinem Rücken sitze." Sie seufzte und strich sich über den runden Bauch. „Nun ja, zwei Mondumläufe werde ich wohl noch warten müssen."

Sie musterte prüfend die neuen Pferde, die Themos mit dem Schiff hatte vom Festland kommen lassen. Es waren zehn Stuten und zehn Hengste, allesamt mit Targas kräftigem Körperbau. „Wie ich hörte, laufen die Geschäfte besser denn je. Jeden Abend verkehrst du im Haushalt eines anderen Höflings."

Themos fuhr sich über das saubere weiße Leinen, das er neuerdings zu tragen pflegte. Selbst einen Fliegenwedel aus Rosshaar führte er ständig mit sich. Sein Bauch war weich geworden wie der eines Schreibers, weil er sich einen Tragstuhl und Fächerträger zugelegt hatte. Bis auf seine hellere Hautfarbe war er kaum noch von den ägyptischen Adeligen zu unterscheiden, selbst die schwarze ägyptische Augenschminke ließ er sich jeden Morgen auftragen. Er lächelte zufrieden. „Das ist wahr, Selina. Mir gefällt mein neues Leben in Ägypten außerordentlich gut. Der diesjährige Pferdehandel wird mir einen guten Ertrag bringen, und ich habe mir bereits ein schönes Haus im Adeligenviertel ausgesucht." Er runzelte die Stirn. „Natürlich werden die Geschäfte auch deine Schatulle beträchtlich füllen."

Selina grinste. „Ich wundere mich über deinen offensichtlich neu erblühten Reichtum, Themos. Ich hätte nicht gedacht, dass der Handel mit Pferden derart einträglich ist."

Sie hatte ihn necken wollen, doch er strich sich fahrig über den Nacken, als hätte sie etwas Unangenehmes gesagt. „Nun ja, die Pferde sind außergewöhnlich, sie bringen viel Gold."

Sie gab sich mit seiner Antwort zufrieden, zumal sie es ohnehin nicht ernst gemeint hatte. Themos war eben durch und durch Händler. Gold war ihr kaum so wichtig wie ihm, doch es konnte auch nicht schaden, es zu besitzen. Sich um die Pferde zu kümmern, bereitete ihr Freude. Mittlerweile verirrten sich sogar einige der Wagenlenker zu ihr und baten sie um Rat, wenn ihr Pferd ein geschwollenes Bein hatte oder das Futter verweigerte. Natürlich kamen sie nur, wenn sie sich unbeobachtet glaubten, doch Selinas Kräutermischungen waren beliebt, da sie meist halfen.

Targa legte die Ohren an und begann, unruhig zu tänzeln. Selina und Themos wandten sich fast gleichzeitig um und erkannten im letzten Moment, dass Ramses, gefolgt von zwei Fächerträgern und dem Hohepriester des Amun, die Ställe betrat. Sie gingen auf die Knie und warteten, bis der Pharao vor ihnen stand.

„Erhebt euch", sagte er gut gelaunt, dann trat er näher an Targa. „Ich bin gekommen, um mir die kleine Schimmelstute mit dem starken Knochenbau anzuschauen." Er befühlte Targas Hals und strich ihr über die Flanken. „Sie ist wirklich nicht so schön wie meine Pferde. Ich besaß ein Gespann, welches ich besonders liebte. Aber *Sieg in Theben* und *Mut ist zufrieden* sind vor ein paar Nilüberschwemmungen in die jenseitige Welt gegangen. Ich will wieder ein Gespann ausbilden. Vielleicht sollte ich mir endlich auch zwei dieser angeblich unverwüstlichen Rösser zulegen – ich schickte vor einer Weile bereits ein Sendschreiben in dieser Angelegenheit. Ist dies das Fohlen meines Hengstes?" Er betrachtete interessiert Targas Fohlen und tätschelte ihm die Flanken. „Ein gutes Pferd! Ich möchte ein weiteres, damit ich bald wieder ein Gespann habe. Was meinst du dazu, Useramun, mein Oberpriester?"

Der ausgemergelte Alte mit dem mürrischen Gesichtsaudruck würdigte Targa und ihr Fohlen keines Blickes und musterte Selina mit unverhohlener Abneigung. „Wenn es dir beliebt, Einzig Einer, wird es sicherlich nicht schaden, auch wenn diese plumpen Pferde deine Göttlichkeit beleidigen."

Ramses überhörte die Spitze wohlwollend. „Dann wirst du mir sicherlich gute Pferde übergeben, Herrin Selina!"

Selina verbarg ihr Lächeln. Wie sehr musste Useramun diese Bitte treffen. „Themos und ich wären glücklich, dir zwei Pferde für dein Gespann zum Geschenk zu machen."

Der Pharao zeigte sich zufrieden; natürlich hatte er genau das erwartet. „Das ist wundervoll." Er bedachte auch Themos mit einem zufriedenen Blick. „Ich komme geradewegs vom Tempel des Amun, wo ich die Morgenriten für meinen göttlichen Vater zelebriert habe. Begleite mich zurück zum Palast, Herrin."

„Aber Göttlicher", wandte Useramun ein, „die Opfergaben sind noch nicht gesegnet worden, und deine Reinigung ist noch nicht vollzogen."

Ramses winkte gleichmütig ab. „Ich habe es dir schon so oft gesagt, Useramun: Du bist viel zu verbissen. Mein Vater wird es mir nachsehen, dass ich diesen Nachmittag für mich beanspruche."

Mit diesen Worten gab er Selina ein Zeichen, dass sie ihm folgen sollte. Themos konnte sich ein schadenfrohes Lächeln nicht verkneifen. Auch er mochte den obersten Priester nicht.

Als sie hinaus in die Sonne traten, wies Ramses seine Wedelträger an, außer Hörweite hinter ihnen zu gehen. Selina fand, dass er erfrischt wie selten wirkte. Sie gingen über den Truppenübungsplatz und schlugen den Weg in die Gärten ein. Selina atmete den Duft der üppigen Blüten, welche die Sträucher zierten. Um sie herum liefen die Frauen und Kinder, in nachmittäglichen Müßiggang vertieft, lachend und schwatzend. Sie verbeugten sich vor Ramses, einige junge Frauen bemühten sich, dem Gott ins Auge zu fallen, indem sie ihn mit hennaroten Lippen anlächelten oder ihre goldenen Arm- und Fußreifen klimpern ließen. Der Pharao schenkte ihnen ein freundliches Lächeln, zeigte sich jedoch nicht interessiert.

„Diese Frauen bemühen sich sehr, dir zu gefallen, Pharao. Vielleicht solltest du einige von ihnen auf deinen Festen tanzen lassen."

Ramses schenkte ihr ein nachsichtiges Lächeln. „Deine Zunge ist noch immer respektlos, Herrin. Aber es wundert mich, diese Worte aus deinem Munde zu vernehmen. Kannst du ein solches Ansinnen mit den Werten deines Volkes in Einklang bringen? Und bist du nicht selbst aus dem Haus deines Gemahls geflohen, als du erfahren hast, dass es eine weitere Gemahlin in seinem Haushalt gab?" Seine Raubvogelnase wandte sich ihr zu, als wollte sie nach ihr hacken, doch Selina kannte seinen gutmütigen Spott mittlerweile. „Ich glaube, Pairy hat alle Hände voll mit nur einer Frau zu tun."

Er lachte laut auf. „Das ist wahr, bei den Göttern! Ich beneide ihn nicht um dich, und doch werden es sicherlich einige meiner Kommandanten und Truppenführer tun. Eine Gemahlin, die sich auf Waffenführung besser versteht als ich, möge mir Amun ersparen!"

Leichte Traurigkeit legte sich über ihre Züge. „Ich denke, darum musst du dich nicht sorgen, Pharao. Mein Volk wurde ausgelöscht."

Er blickte sie ernst an. „Du genießt eine unübliche Freiheit in Ägypten. Oft hast du mich verärgert, aber du hast auch viel Gutes getan. Vielleicht nehme ich mir eine neue Gemahlin. Immerhin ist ein Platz an der Seite des Pharaos frei geworden. Sie wird sicherlich nicht den Platz Nefertaris ausfüllen können, doch es wäre töricht, darauf zu hoffen, dass es eine Frau gibt, die das kann." Er seufzte. „Du, Herrin, und mein Günstling Pairy, ihr solltet euer irdisches Leben genießen und in Einigkeit verbringen. Es ist ein Segen der Götter, wenn sie dich mit dem Gegenstück zusammenführen, das Chnum auf seiner Töpferscheibe für dich erschaffen hat."

Selina horchte auf. „Ich ahne, dass Pairy dich gesandt hat, mit mir zu reden."

Ramses tat unschuldig. „Ich mische mich nie in die Angelegenheiten der Frauen ein, das solltest du mittlerweile wissen. Bentanta obliegt die Herrschaft über meinen Harem, aber Pairy ist mir fast wie ein Sohn, und es ist absolut notwendig, dass du die Gartenlaube annimmst, die er für dich hat errichten lassen. Immerhin ist sie ein großes Geschenk, ein Zuneigungsbeweis eines Gemahls an seine Gemahlin. Du willst doch euren neuen Sohn nicht auf zwei Backsteinen im Freien zur Welt bringen wie eine Fellachin."

Selina fuhr über ihren runden Bauch und schüttelte den Kopf. „Nein, großer Pharao, ich werde unsere neue Tochter in unserem Haus zur Welt bringen."

Ramses sah sie kopfschüttelnd an. „Wahrlich, Pairy hat es schwer mit dir! Das Blut einer Frau ist unrein, es sollte nicht im Haus fließen. Das könnte die Götter erzürnen, sodass sie euch keine weiteren Kinder schenken. Außerdem solltest du um einen Sohn bitten, der euer Andenken bewahrt und Speiseopfer vor eurem Grab darbringt, wenn ihr die diesseitige Welt verlassen habt."

„Aber das kann eine Tochter ebenso gut. Außerdem kann nichts unrein sein, was die große Mutter schenkt."

Sie hatten die Terrasse von Ramses' Gemächern erreicht. Seine Diener standen mit einem sauberen Gewand und einer Schüssel Feigen bereit. „Ach, ich sehe schon, es ist nicht mit dir zu reden, und es ist ja nicht mein Haushalt. Ich habe Pairy von Hentmira befreit, und immerhin hat er jetzt eine Gemahlin, die sein Haus mit den Kindern seiner Lenden füllt. Ich war sehr milde bei Hentmiras Verurteilung, da ich sie nicht des Ehebruches angeklagt habe – sonst hätte sie ihre hübsche Nase verloren."

Selina rang sich zu einem Friedensangebot durch. „Nun ja, es kann vielleicht nicht schaden, die ägyptischen Götter einzuschließen. Ich habe gehört, es gibt eine Göttin, die Frauen bei der Geburt beisteht, wenn man ihre Statuen aufstellt. Ich vergaß ihren Namen ... Teros ... Nein, wie war er noch gleich?"

Ramses rollte in gespielter Fassungslosigkeit die Augen. „Bei der Liebe Amuns! Du solltest wirklich etwas mehr über Ägypten lernen, immerhin ist es das von den Göttern gesegnete Land. Ihr Name ist Toeris. Ich werde die Steinhauer des Palastes damit beauftragen, dir besonders erlesene Statuen zukommen zu lassen." Er hielt inne. „Soweit ist es mit mir gekommen – ich beschäftige mich mit Frauenangelegenheiten!"

Selina lächelte. „Ich werde sie ganz besonders in Ehren halten, Einzig Einer."

„Nenn mich nicht so, Herrin. Es passt nicht zu deinem unbeugsamen Ka."

Er ging bereits die Stufen zu seiner Terrasse hinauf, als Selina noch etwas einfiel. „Pharao!" Er wandte sich um. „Weshalb sagst du, dass bald ein Platz an deiner Seite frei wird und du eine neue Königin brauchst?"

Er verschränkte die Arme vor der Brust. „Ich habe Königin Maathorneferure die Erlaubnis gegeben, sich auf eines ihrer Landgüter zurückzuziehen. Ihr Ka erfreut mich nicht mehr." Er bemühte sich, betont gleichgültig zu wirken. „Ich denke sie wird einen guten Verwalter brauchen können. Wie ich hörte, soll dieser junge Hethiter Benti sich ganz ausgezeichnet auf die Schreibstube und Verwaltung verstehen."

Selina sah ihn ungläubig an. „Du bist wirklich groß im Herzen, Pharao."

„Beleidige mich nicht, Herrin! Ein solches Urteil steht dir nicht zu. Ich bin ein Gott und stehe über den Wertungen der Menschen."

Selina verbeugte sich und wollte sich zurückziehen, doch wandte sich Ramses noch einmal an sie. „Ai, Herrin Selina! Ich glaube, ich habe noch etwas, das dir gehört."

Er wies einen Diener an, etwas aus seinen Gemächern zu holen, und der junge Mann kam mit Selinas Schwert zurück. Ihre Augen weiteten sich, als der Diener es ihr überreichte. „Pharao, woher wusstest du ...?"

„Herrin, du hast mich bereits einige Male in Weinlaune angetroffen, und vielleicht hat dich dieser Umstand zu Leichtsinn verleitet. Niemand außer dir hat ein so großes dummes Herz, dass er sogar dieser Frau noch geholfen hätte, ihr Leben zu beenden. Allerdings hätte auch niemand außer dir den Mut besessen, dem Kronprinzen das Leben zu retten. Es entspricht der Maat, dass ich deine Tat auf sich beruhen lasse – außerdem", er zuckte mit den Schultern, „außerdem erhalte ich bald viele gute Schwerter aus Erdmetall von Seiner Sonne. Ich bin sehr erfreut darüber, zumal die Schiffe und Karawanen in den vergangenen Mondumläufen nicht genug Zinn für die Bronzeherstellung nach Ägypten gebracht haben. Mir gefällt der hethitische König viel besser als sein Sohn! Ich denke, er wird mir eine höchst ansehnliche Anzahl Schwerter zukommen lassen. Immerhin geht es seinen Füßen viel besser, seit meine Leibärzte ihn behandelt haben. Hatti mag ja ein Großreich sein, aber seine Ärzte sind Stümper!"

Selina lächelte verlegen. „Ich muss zugeben, dass ich den Prinzen nicht bemitleide. Die Tawananna habe ich zwar auch in überaus schlechter Erinnerung, doch solange sie in Hatti lebt, sind wir weit genug voneinander entfernt. Tudhalija hat diese Mutter verdient. Immerhin trägt er einen Teil der Schuld daran, dass mein Volk nicht mehr ist – er und Palla, und ich selbst. Doch Königin Bentanta vermochte das Schlimmste in Ägypten zu verhindern."

„Mit deiner Hilfe, Herrin! Und ich denke, dass der beflissene Themos uns noch weitere gute Dienste erweisen wird, indem er bei meinen anscheinend treu ergebenen Untertanen ein- und ausgeht. Wäre er nicht zu meiner Tochtergemahlin gegangen und hätte berichtet, was er in den Haushalten der Adeligen gehört hat, würden Siptah, die Gemahlin des hethitischen Prinzen und auch Hentmira noch immer ihre Ränke schmieden! Er scheint euch ein guter Freund zu sein, dieser Themos. Sicherlich hätte er nichts gesagt, wenn es nicht um eurer Leben gegangen wäre."

Selinas Augen weiteten sich vor Überraschung. Wer sonst hätte so viel erfahren können, wenn nicht ein anscheinend harmloser Fremdländer, der mit Pferden handelte und sich um Ägypten nicht scherte! Sie hatte geglaubt, Pairy hätte sein Schweigen gebrochen; nicht ein einziges Mal hatte sie an Themos gedacht! Nun war ihr klar, woher der neue Wohlstand ihres Freundes rührte.

Ramses schüttelte den Kopf. „Lass die Vergangenheit ruhen, Herrin. Ein Stück meiner Vergangenheit ruht im *Sat neferu*, in ihrem Haus der Ewigkeit; ein Teil deiner Vergangenheit ruht in deinem Herzen und in deinen Erinnerungen. Die Toten kehren nicht aus der jenseitigen

Welt zurück, und wir gehen nicht dorthin, ehe die Götter es uns bestimmen. Du hast viel für Ägypten getan, und es ist an der Zeit, eine neue Heimat zu finden."

Selina blickte auf das Schwert in ihrer Hand. „Ich werde über deine Worte nachdenken, Pharao", sagte sie leise, während er gefolgt von seiner Dienerschar in seinen Gemächern verschwand.

Der Tragstuhl schaukelte durch die Straßen von Piramses. Selina atmete tief durch. Würde sie auch bald eine der verwöhnten Palastfrauen sein, die sich träge von ihrer Dienerschaft umsorgen ließen? Ihre Blicke verharrten auf den Ständen der Händler und auf den Frauen der Arbeiter und Fellachen, die ihre Kinder klaglos auf der Hüfte trugen. Früher hätte sie es sicherlich ähnlich wie diese Frauen gehalten. Doch nun war sie die Gemahlin des ehrenwerten *Hati-a*. Das Kind trat gegen ihre Bauchdecke, und sie wusste, dass es bald geboren werden würde. Unwille und Missmut überkamen sie bei dem Gedanken an ein Leben voller Zwänge und Einschränkungen. Sie schloss die Augen und sah die grünen Flussauen des Thermodon an sich vorüberziehen, sie meinte, Targas Hufschlag zu spüren, und sie sah ein junges schlankes Mädchen, das ihren Körper dem Gang des Pferdes anpassen konnte. Ihr Herz schlug schneller. Konnte sie irgendwann so sein, wie Pairy es sich erhoffte? Würde sie in Ägypten eine Heimat sehen können? Selinas Blick fiel auf das Schwert in ihrer Hand. Es hatte sie auf ihrem langen Weg von Hattusa nach Ägypten begleitet. Es war ein gutes Schwert, es hatte sich im Kampf bewährt.

Ein Fächerträger trat an ihre Seite, da er meinte, die Sonne würde sie quälen. Woher sollte er wissen, dass es nur ihre Gedanken waren, die sie peinigten. Selina blickte die Menschen an, die an ihr vorübergingen. Immer noch wurde sie mit Erstaunen oder Abneigung betrachtet. Sie war nicht nur innerlich eine Fremdländerin, es war ihr zu allem Überfluss auch noch anzusehen.

Als sie das Viertel der Adeligen erreichten, erkannte sie die großen Thotstatuen am Eingang des Anwesens. Die Träger ließen die Sänfte zu Boden, und sie machte sich daran, den gepflasterten Weg zum Haus einzuschlagen. Kurz blieb sie stehen, und ihr Blick verharrte auf der Geburtslaube, die Pairy neben dem Teich hatte errichten lassen. Sie schüttelte den Kopf. Sie würde es ihm sagen müssen. Sie würde ihm sagen müssen, dass sie zweifelte, obwohl sie ihn liebte. Würden ihre Gefühle für Pairy ausreichen, um in Ägypten glücklich zu werden? Selina wusste, dass Pairy an diesem Tag früher den Palast verlassen hatte. Sie würde in sein Arbeitszimmer gehen, wo er in ein paar Sendschreiben vertieft an seinem

Tamariskenholztisch saß, und ihm sagen, wie sehr sie zweifelte. Sie wusste nicht, wohin sie gehen sollte, auch nicht, wohin sie gehörte. Vielleicht würde sie Kleite suchen. Sie seufzte. Wo sollte sie anfangen zu suchen – in Lykastia? War dies der richtige Weg?

„Große Mutter", sagte sie leise. „Wenn ich doch nur wüsste, was ich tun soll und was richtig ist!"

Ihr wurde bewusst, dass sie noch das Schwert in der Hand hielt. Sie konnte unmöglich so zu Pairy gehen. Der Hausverwalter öffnete ihr die Tür und teilte ihr mit, dass Pairy sie bereits erwartete. Selina nickte ihm zu, dann nahm sie eine Binsenmatte vom Boden und wickelte das Schwert darin ein, um es in der Empfangshalle in einer Truhe zu verstecken. Sie hielt sich den geschwollenen Leib, als sie die Treppe hinaufging. Dann klopfte sie an Pairys Tür.

Wie Selina erwartet hatte, saß Pairy über zahlreichen Papyrusrollen und bemerkte sie erst, als sie vor ihn trat. Geistesabwesend fuhr er sich über das kurze schwarze Haar, dann erhob er sich und kam zu ihr. „Vielleicht sollten wir nach der Geburt eine Weile auf unserem Landgut im Faijum verbringen."

Selina nickte und biss sich auf die Unterlippe. Sie fürchtete, an ihren Zweifeln zu ersticken. „Ja, ich glaube, es wäre schön, Piramses eine Weile den Rücken zu kehren. Wird der Pharao dich entbehren können?"

„Ich habe bereits mit ihm gesprochen." Er schien mit seinen Gedanken beschäftigt. „Hast du schon davon erfahren, dass der Pharao Sauskanu erlaubt hat, sich auf ein Landgut zurückzuziehen?"

Pairy schüttelte den Kopf. „Nun, wenn Ramses meint, es entspräche der Maat."

„Pairy ..."

Er sah sie an. „Im Faijum ist es angenehm, es wird dir gefallen. Wir können Enten jagen, und du kannst Arkos oder Targa in der Wüste reiten."

Sie begriff, wie schwer ihm dieses Zugeständnis fiel, und nahm seine Hand. Als sie zu einer Antwort ansetzte, kam Pairy ihr zuvor. „Selina ... bitte! Ich weiß, dass es nicht einfach ist – für mich ist es das auch nicht. Aber ist es nicht einen Versuch wert? Du kannst doch kämpfen, besser als jede andere Frau das könnte." Seine Augen blickten hoffnungsvoll, und sie musste die Tränen zurückhalten.

„Warte einen Augenblick", sagte sie, dann lief sie aus seinen Räumen, die Treppe hinunter in die Eingangshalle. Sie nahm die Binsenmatte mit dem Schwert aus der Truhe und öffnete die Eingangstür, um einen Wachtposten heranzuwinken, der vor dem Haus seinen Dienst tat. Der Mann blickte sich um, ob vielleicht jemand anders gemeint wäre, kam dann jedoch langsam näher und verbeugte sich vor ihr. „Herrin, habe ich dir Grund zur Beschwerde gegeben?"

Sie schüttelte den Kopf und zog das Schwert aus dem Binsengeflecht. Ehe er etwas sagen konnte, reichte sie es ihm. Der Mann starrte ungläubig auf die Waffe.

„Es ist ein gutes Schwert, gefertigt aus dem Metall der Erde. Ich schenke es dir."

„Herrin, dieses Schwert ist zu kostbar, ich bin nur ein einfacher Soldat."

„Das war ich auch", sagte sie mehr zu sich als zu ihm, doch wurde ihre Stimme bestimmt. „Es ist zu kostbar dafür, in einer Truhe vergessen zu werden. Es gehört auch nicht an den Prunkgürtel eines Truppenführers, sondern in die Hand eines Kriegers. Ich bin sicher, dass du es ehren wirst."

Die Augen des Wachhabenden leuchteten. „Bei Amun, Herrin, ich gelobe dir, dass ich es ehren werde! Ich werde dein Leben und das deiner Familie damit verteidigen, wenn es sein muss."

Sie lächelte ihm zu und nickte.

„Gesundheit, Leben und Wohlergehen!" Er verbeugte sich noch einmal vor ihr und lief dann stolz mit seinem neuen Schwert zurück auf seinen Posten. Selina sah ihm hinterher und schlang die Arme um ihren Leib.

Sie zuckte zusammen, als Pairys Hände sich auf ihre Schultern legten. „Wirst du in Ägypten leben können? Ich meine: Wirst du glücklich sein?"

Sie blinzelte gegen die Sonne und lehnte sich an ihn. „Ich habe noch nie einen Kampf gescheut, Pairy."

Seine Arme legten sich um ihren Leib, und er vergrub das Gesicht in ihrem Haar. Selina schloss die Augen und prüfte ihr Herz. Ja, sie wollte diesen Kampf. Und sie war fest entschlossen, ihn zu gewinnen.

Nachwort

Die unten angegebenen Rubriken richten sich an jene Leser, welche Interesse daran haben, sich etwas tiefer mit den historischen Hintergründen des Romans zu beschäftigen. Ich bitte zu bedenken, dass ich in diesem Buch Historie mit Fiktion stark verwoben habe, da ich mit den Amazonen auch Handlungsstränge der *Ilias* aufgreife. Für die Dramaturgie habe ich bewusst einige Tatsachen verändert oder großzügig interpretiert; das Buch erhebt somit nicht den Anspruch historischer Fachliteratur.

Hethiter, Ägypter und Amazonen

Wer sich bei Selinas Volk an die Amazonen erinnert fühlt, irrt sich nicht. Das „Volk der großen Mutter" soll tatsächlich die Amazonenkultur im Buch vertreten.

Amazonen gelten immer noch als unbestätigter Mythos. Ihre Blütezeit soll laut Aussage antiker griechischer Gelehrter im 13. Jh. v. Ch. gelegen haben. Demnach stimmt sie in etwa mit dem Trojanischen Krieg (im Übrigen gab es davon mehrere) und auch dem hethitischen Reich des Großkönigs Hattusili III. sowie der Regierungszeit Ramses' II. überein. Ein seltsamer Zufall, könnte man denken.

Allerdings sind der Trojanische Krieg und die vielschichtigen Ereignisse der bronzezeitlichen Geschichte im 13. Jh. v. Ch. meines Erachtens eher mit einem anderen Phänomen verbunden: dem einer großen Völkerwanderung. In deren Zuge geriet die gesamte Ägäis in Bewegung. Ägyptische Quellen berichten beispielsweise von Seevölkern, die auf das Festland strömten; auch gibt es altägyptische Darstellungen hellhaariger Menschen. Ob es sich bei den Seevölkern um Griechen vom Festland und den Inseln gehandelt hat oder einfach um Menschen, die mit Schiffen über das Meer kamen, ist umstritten. Neuere Forschungen wollen sich nicht mehr auf die Griechen festlegen, sondern gehen davon aus, dass die Völkerwanderung in anderen Ländern ihren Ursprung hatte und in ihren Verdrängungswellen, die durch die Suche nach Nahrung und einen neuen Lebensraum Plünderungen und Überfälle mit sich brachten, mehrere Völker vor sich herschob. Auf jeden Fall müssen es Menschenmassen gewesen sein, sodass die Kulturen sich zu vermischen begannen und wahrscheinlich einer Neustrukturierung bedurften.

Hattusa war strategisch gesehen ein schlechter Ort, um eine Stadt zu bauen. Die karge Landschaft konnte kaum eine so riesige Stadt ernähren, sodass Handelsbeziehungen von großer Bedeutung waren. Auch war Hatti meist damit beschäftigt, seine Grenzen zu verteidigen bzw. Länder zurückzuerobern.

Bereits wenige Jahre nach der Völkerwanderung scheint Hattusa einfach von seinen Bewohnern verlassen bzw. aufgegeben worden zu sein – ohne gewaltsame Plünderung oder einen Angriff. Es ist anzunehmen, dass die so genannten Seevölker auch wichtige Handelsknotenpunkte wie Troja eroberten, das wiederum die Dardanellen (den früher „Hellespont" genannten Zugang zum Schwarzen Meer) und damit einen äußerst wichtigen Handelsknotenpunkt unter Kontrolle hatte. Vielleicht zerfiel das hethitische Großreich im Zuge dieser Wirren.

Ägypten konnte sich aufgrund seiner günstigen, durch Wüste abgeschotteten Lage noch einige Jahrhunderte relativ ungestört halten. Bereits unter Merenptah, dem Nachfolger Ramses' II., und auch unter Ramses III. Werden jedoch die Seevölker erwähnt, und Ägypten hatte einige Scharmützel gegen sie zu bestehen. Das Volk der Philister soll diesen Seevölkern entsprungen sein.

Während die Amazonen aufgrund fehlender Beweise noch immer keinen Einzug in die Geschichtsbücher halten konnten, ist der Friedensvertrag zwischen Hattusili III. Und Ramses II. ebenso wie die Hochzeit der Hethiterprinzessin mit dem Pharao Ägyptens durch Schriftstücke belegt. Die beiden Länder pflegten einen regen diplomatischen Kontakt.

Zu den Thermodon-Amazonen, wie sie oft genannt werden, gibt es eine interessante Theorie – eine von mehreren Interpretationsmöglichkeiten, welche ich im Buch aufgegriffen habe. Sie basiert auf einem Erlass Hattusilis I., mit dem dieser die „Alten Frauen", die Priesterinnen der Hattier, verbannte, weil er sie fürchtete. In diesem Sinne ist es denkbar, dass die Thermodon- Amazonen Nachfahren jener verjagten Priesterinnen gewesen sein könnten. Die alte Sprache der Hattier war zu Zeiten Hattusilis III. bereits vergessen, lediglich in ein paar religiösen Inschriften wurde sie noch verwendet.

Es wird angenommen, dass die Hattier im Gegensatz zu den Hethitern matriarchalisch orientiert waren, deren Kultur wiederum als Patriarchat bezeichnet wird. In diesem Sinne war die Tawananna wahrscheinlich in den alten Zeiten eine Priesterin, die unabhängig vom Tabarna ihre Macht ausüben konnte und keine eheliche Bindung mit ihm einging.

Was nun das Matriarchat und die Amazonen selber betrifft: Fest steht, dass in der Ägäis vorbronzezeitliche Spuren von matriarchalisch orientierten Völkern gefunden wurden. Fetische mit Brüsten, Muttergottheiten, und auch vulvaförmige Höhleneingänge am Fluss

Thermodon (heutiger Name: Therme Cay) sind belegt. Auf der heiligen Amazoneninsel Aretias sollen die Amazonen einen Tempel gehabt haben, in dem Pferde geopfert wurden.

Das rituelle Auspeitschen der Männer ist ebenfalls keine Erfindung, sondern wurde in matriarchalischen Kulturen zu Ehren der Göttin praktiziert. Überlieferungen solcher Praktiken gibt es etwa für die griechische Göttin Artemis. Inwiefern die Griechen in Bezug auf das Frauenvolk nun dramatisiert haben, mag dahingestellt sein. Es wird gerne gesagt, dass die Griechen ihre Frauen derart domestiziert hatten, dass sie sich zum Ausgleich Geschichten über ein kämpferisches Frauenvolk ausdachten. Einige Dinge scheinen jedoch zu passen. So wird behauptet, dass die Amazonen sich einmal im Jahr mit den Kaskäern trafen, um Kinder zu zeugen. Die Kaskäer werden auch in den Aufzeichnungen der Hethiter erwähnt, nämlich in Zusammenhang mit jenen unorganisierten Angriffen, mit denen sie Hattusa jahraus, jahrein belästigten.

Das Land am Fluss Thermodon liegt in einer strategisch günstigen Lage zwischen pontischem Gebirge und der Küste des Schwarzen Meeres. Wie in Ägypten hätte sich hier über längere Zeit eine Kultur ungestört entwickeln können. Da die Amazonenkultur keine Schrift kannte, sind jedoch keinerlei Quellen überliefert.

Eingehen möchte ich abschließend noch kurz auf die Zahl der Königinnen: Es gibt Ausgrabungsstellen von Ortschaften, die wahrscheinlich matrilinear strukturiert waren. In ihnen wurden Grundmauern von zwei Versammlungshäusern gefunden. Dieser Umstand lässt das Vorhandensein von zwei regierenden Königinnen vermuten, und ich habe diesen Faden in meinem Buch aufgegriffen, obwohl das meiste, was die Amazonen angeht, immer noch auf vagen Vermutungen beruht. Hier wird man wohl noch einige Zeit rätseln.

Das schwarze Himmelseisen und die Entdeckung des Eisenerzes

Die Hethiter gelten als die Entdecker des Eisens. „Schwarzes Kupfer" oder „Himmelseisen" waren die gängigen Bezeichnungen der Ägypter und anderer Völker für das seit ca. 6000 v. Chr. bekannte Meteoreisen. Es war das erste Eisen, das verarbeitet wurde, und fiel sozusagen in Reinform vom Himmel. Aufgrund seines hohen Nickelgehaltes war es jedoch weich und brüchig, sodass es sich kaum für Hieb- und Stichwaffen wie zum Beispiel Schwerter eignete. Trotzdem war es sehr begehrt, man fand Zierdolche aus Meteoreisen sogar in ägyptischen Pharaonengräbern (unter anderem im Grab Tut-anch-Amuns), und der erste hethitische

König soll bereits Thron und Zepter aus Eisen besessen haben. Das relativ weiche Meteoreisen wurde wahrscheinlich im kalten Zustand mit Werkzeugen bearbeitet.

Erst für ca. 1500 v. Chr. sind die ersten Waffen und Gegenstände aus Eisenerz belegt.

Wie die Hethiter das Eisenerz entdeckten, ist nicht bekannt. Man vermutet den Ursprung entweder in den Töpfereien (so enthält rote Tonerde, Terrakotta, ihre Farbe durch rotes Eisenoxid), oder in der Möglichkeit, dass bei der Bronzeherstellung zufällig erzhaltige Steine mitverarbeitet wurden. Auf jeden Fall dürfte die Entdeckung des Eisenerzes eine Überraschung gewesen sein. Denn das bis dahin verwendete Kupfer oder auch Gold und Silber und natürlich auch das Meteoreisen waren *gediegen*, das heißt als Reinmetall und somit gut erkennbar in der Natur oder im Stein zu finden, während dies bei den Eisenerzen nicht der Fall ist. Diese dürften für die Menschen erst einmal wie ganz normale Steine oder Erde ausgesehen haben.

Während für die Bronzeherstellung eine Temperatur von 800 bis 900 Grad Celsius ausreicht, braucht es zur Erzschmelze mindestens 1200 Grad Celsius. In einigen Keramikbrennereien muss diese Temperatur erreicht worden sein.

Die Erzgewinnung fand dann zuerst in Rennfeuern und später in einfachen Rennöfen statt, welche aus einer flachen, mit hartem Lehm bedeckten Kuhle bestanden, auf die ein hohler Lehmkorpus gebaut wurde, der oben offen blieb und im unteren Teil Löcher aufwies, damit der Ofen von Blasebälgen oder vom Wind angeheizt werden konnte. Man schichtete Holzkohle und Erz abwechselnd übereinander – durch diese Konstellation muss eine chemische Reaktion stattgefunden haben, die zur Reduktion führte – und stach schließlich nach mehreren Stunden ein Loch in die Außenwand, durch das die Schlacke abgelassen werden konnte. Sodann zerschlug man den Ofen und nahm das glühende teigartige Metallstück aus der Glut. Die sogenannte Luppe musste anschließend noch mit einem Hammer von Schlackeresten befreit werden. Dies war zweifelsohne ein sehr aufwendiges Verfahren, denn der Arbeitsaufwand für etwa zwei Kilogramm Eisenerz beträgt sechs bis acht Stunden; dazu fallen noch größere Mengen an Holzkohle und Erzgestein an. Anschließend musste das Eisen noch im Schmiedeverfahren bearbeitet werden, es war jedoch – je nach Kohlenstoffgehalt – bereits bedingt für Waffen nutzbar, da es elastisch und durch das *Härten* – das so genannte Einfrieren in kaltem Wasser – härter als Bronze war.

Natürlich blieb auch nach der Entdeckung des Eisenerzes noch lange Zeit eine Waffe aus Eisen Luxus.

Bronze, das in der Antike gängige Metall für die Waffenherstellung, besteht in der Regel aus neun Teilen Kupfer und einem Teil Zinn. Zwar ist auch Zinn das Produkt eines Reduktionsverfahrens, doch gab es nur wenige Zinnvorkommen im Mittelmeerraum und interessanterweise keine Hieroglyphe für Zinn in Ägypten. Entsprechend dürfte Bronze keine ägyptische Erfindung gewesen sein, und somit kann angenommen werden, dass sie importiert wurde, auch wenn man bereits wusste, welche Reinmetalle zu mischen waren, um bestimmte Ergebnisse zu erzielen. Hatti, das reich an Bodenschätzen und vor allem Erzgestein war, hatte somit wohl gute Chancen, eine Entdeckung wie das Eisenerz hervorzubringen.

Trotzdem sei angemerkt, dass die Geschichte um die Entdeckung des Eisens durch die hethitische Großkönigin Puduhepa Fiktion ist, ebenso wie der daraufhin entbrennende Krieg in Troja (Einige Wissenschaftler sind jedoch der Auffassung, dass der trojanische Krieg – wenn wir davon ausgehen, dass er stattgefunden hat – durchaus der Erschließung der Handelswege diente, um an Bodenschätze und damit natürlich auch an Metall zu gelangen.).

Troja – Dorf oder Großmacht, Krieg oder Frieden, Homer oder Luwier?

Der trojanische Krieg – gab es ihn oder gab es ihn nicht? Und wenn es ihn gab, fand er in der Form statt, wie er in Homers *Ilias* beschrieben ist?

Seit Schliemanns Entdeckung geht man davon aus, dass zumindest die Ruinen Trojas gefunden worden sind, und dass aus verschiedenen Gesteinsablagerungen hervorgeht, dass besagter Krieg, wenn überhaupt, wahrscheinlich um 1200 v. Chr. stattgefunden haben dürfte – eine Periode, die als Troja VIIa bezeichnet wird. Allerdings liegen zwischen homerischer Dichtung und dem echten Troja Jahrhunderte.

Vage Angaben lassen Folgendes vermuten: Der trojanische Krieg dürfte um etwa 1200 v. Chr.

stattgefunden haben; sicher ist, dass um diese Zeit auch eine große Völkerwanderung einsetzte, die vom Meer her das Festland überschwemmte und die gesamte staatliche Ordnung des Festlandes zerstörte. Die Zeit der Amazonen erreichte – ebenfalls nach antiker Dichtung – um 1200 v. Chr. ihren Höhepunkt; auch das mächtige Hethiterreich stand am Höhepunkt seiner Macht und verfiel danach mehr und mehr. Hier treffen also dichterische Indizien auf Tatsachen, die hauptsächlich durch eine Jahreszahl miteinander verbunden zu sein scheinen.

Homerische Dichtung einerseits, Tatsachen andererseits – während sich viele Bücher mit dem trojanischen Krieg nach Homer beschäftigt haben, verknüpft mein Roman die wichtigen

Ereignisse im zeitlichen Kontext der immer wieder aufgeführten Jahreszahl mit den Völkern um 1200 v. Chr.

Der Überzeugung, dass Troja gefunden wurde, schließt sich die Frage an, ob Troja die legendäre Metropole war, die den wichtigen Handelsknotenpunkt der Dardanellen kontrollierte, oder ob es sich vielleicht nur eine kleine Ansammlung von Häusern, ein Dorf, handelte. Manfred Korfmann, der seit 1988 in Troja Ausgrabungen durchgeführt hat, vertrat die Meinung, dass Troja besagte Metropole war, andere Historiker widersprechen und argumentieren, dass die für eine Metropole notwendige Größe nur dann erreicht würde, wenn man die Ausgrabungsschichten aller Epochen zusammen auf einen Plan zeichnet. Bastionen entpuppten sich zudem bei näherem Hinsehen als Wasserkanäle. (Nun könnte man sich jedoch auch fragen, was ein Kanalsystem in einem Dorf verloren hat.)

Ich habe mich dafür entschieden, Troja in meinem Roman als Metropole zu sehen – und ganz ehrlich: Wenn wir die Wahl hätten, würden wir Troja auch als blühende Handelsmetropole sehen wollen.

Anmerken möchte ich noch, dass ich mich im Roman in Grundzügen an die Dichtung der *Ilias* gehalten habe. Zwar geht man davon aus, dass die Bevölkerung Trojas luwisch war, wonach sich nach der Zerstörung von Troja VIIa die Kultur und Bevölkerung geändert zu haben scheint, doch wer will mit Sicherheit ausschließen, dass Homers *Ilias* zumindest ein Fünkchen Wahrheit enthält?

Ägypten – Der Pharao ist Gott!

Die Maat (Weltordnung) hält Ägypten am Leben, und der Pharao ist die Maat! – So in etwa dürfte das Verständnis der Ägypter für das Königtum und ihren göttlichen Herrscher gewesen sein.

Im alten Ägypten herrschte Theokratie – ein Umstand, der sicherlich viele Völker seltsam anmutete. Nichtsdestotrotz stellte Ägypten eine jahrtausendealte und immer noch andauernde Großmacht dar, an deren Errungenschaften und Schätzen man teilhaben wollte.

So haben auch Ägyptens neueste Verbündete, Prinz Tudhalija von Hatti und sein Vater, der Großkönig Hattusili, das reiche Land besucht. Vor allem ärztliches Wissen und Architektur dürften die Herrscher von Hatti interessiert haben. So ist ein Briefwechsel zwischen Hattusili und Ramses II. erhalten, in dem Seine Sonne den Pharao um eine Arznei für seine kinderlose Schwester bittet. Ramses schickte daraufhin ein Schreiben, in dem er

Hattusili mitteilte, dass es unmöglich sei, eine über Fünfzigjährige noch gebären zu lassen. Auch Hattusilis brennende Füße werden in Sendschreiben thematisiert, und von Puduhepa sind Gebete für die Genesung ihres Gemahls überliefert.

Was die medizinische Versorgung betrifft, dürfte Ägypten kopfschüttelnd auf Hatti herabgeschaut haben. Dafür war hethitisches Eisen sehr begehrt – „Himmelsmetall" nannten die Ägypter das Meteoriteisen. Wie überraschend für die Ägypter das Eisenerz war, ist fraglich. Ich habe Quellen gefunden, die aussagen, dass die Ägypter ihr Kupfer nur kalt bearbeiteten und als dünne Bleche zur Weiterverarbeitung auswälzten – Kupfer hat einen relativ geringen Schmelzpunkt. Auch ist die Art der Bronzeherstellung nicht sicher verbürgt. Da es, wie oben erwähnt, Zinnvorkommen in Ägypten nicht gab, musste das Metall importiert werden. Es stellt sich die Frage, ob die Bronze fertig importiert wurde, oder lediglich das Zinn, sodass die Ägypter das Produkt Bronze selbst herstellten konnten. Wahrscheinlich ist Letzteres der Fall, denn die Ägypter kannten verschiedene Bronzearten und beherrschten zur Zeit Ramses' II. bereits den Hohlguss. Ägypten hatte in vielen Dingen ein recht hohes Niveau erreicht, weshalb also nicht in der Bronzeherstellung? Eisenvorkommen gab es in Ägypten jedoch kaum, sodass dieses Metall vor allem aus Hatti importiert wurde.

Dass in diesem Roman die Könige auf recht persönlicher Ebene um das Eisenerz und die Waffen aus dem dunklen Metall buhlen, bitte ich ebenfalls als unterhaltsame Idee zu verstehen, wie es hätte sein können. Verbürgt sind solche Streitigkeiten nicht.

Glossar

Ammit

altägyptische Seelenverschlingerin beim Totengericht

Amun

altägyptischer Gott, im 13. Jh. v. Chr., als Hauptgott in Ägypten verehrt

Amurru

Land auf dem Gebiet Syriens, Pufferstaat zwischen Ägypten und Hatti

Aphrodite

griechische Göttin der Schönheit und der Liebe

Apis

altägyptischer heiliger Stier, der vor allem in Memphis große Verehrung erfuhr. Er galt als Verkörperung des Gottes Ptah

Apollon

griechischer Gott der Künste und der Klarheit. Laut *Ilias* war er der Schutzgott Trojas.

Ares

griechischer Kriegsgott

Arinna

Hauptkultort der Sonnengöttin, der mächtigsten Gottheit der Hethiter

Arzawa

Region in West-Kleinasien, seit ca. 1400 v. Chr. Vasall von Hatti

Chiton

Bezeichnung für ein langes Gewand (griechisch)

Chnum

altägyptischer Schöpfergott mit Widderkopf oder widdergestaltig, schuf Götter und Menschen in ihrer Gestalt

Hades

griechischer Gott der Unterwelt

Hati-a

altägyptische Bezeichnung für den Bürgermeister

Hathor

altägyptische Göttin der Liebe und Sexualität

Hat tahut

altägyptisch für „schamloses Weibsbild"

Heb-sed

das „Fest der Krafterneuerung" für den Pharao, wurde erstmals nach dreißigjähriger Regierungszeit, danach alle fünf Jahre gefeiert

Hellespont

alter Name der Dardanellen, dem Zugang zum Schwarzen Meer

Hemu netjer

altägyptische Bezeichnung für den obersten Priesterarzt

Hemut nisut

altägyptische Bezeichnung für die Königsgemahlin des Pharaos

Horus

altägyptischer Gott, Falke oder mit dem Kopf eines Falken. Der Pharao galt als die Verkörperung des Horus auf Erden.

Iri medjat

altägyptisch für „Briefbote"

Ischtar

babylonische Göttin des Krieges aber auch der Liebe, Mutterschaft und Sexualität

Isis

ägyptische Göttin der Mutterschaft bzw. Familie

Lilitu

assyrisch-babylonische Dämonin, die Männern nachstellte und sie während des Geschlechtsakts „austrocknete"

Lukka

Region in Südwest-Kleinasien, wurde nie unter hethitische Kontrolle gebracht

Lykien

Region an der Südküste Kleinasiens, zugehörig zu den Lukka-Ländern

Maat

altägyptische Göttin der Gerechtigkeit, ausgestattet mit einer Feder. Die Maat stand jedoch auch für den Begriff der Weltordnung und der Harmonie, wobei der Pharao als Bewahrer der Maat galt. Jeder Verstorbene musste während des Totengerichts sein Herz gegen die Feder der Maat wiegen lassen. Wog es schwerer, hatte der Verstorbene gesündigt, und die Seelenverschlingerin Ammit fraß das Herz des Verstorbenen.

Maut

altägyptisch für „Rohrstock"

Medjai

nubische Söldner, als Leibwache des Pharaos eingesetzt, ab dem neuen Reich auch ein Synonym für Polizei

Megiddo

eine Festung an der Handelsstraße von Jerusalem im nördlichen Israel, kontrollierte vor allem die Handelswege zwischen Ägypten und Mesopotamien und war wegen seiner strategisch günstigen Lage oft umkämpft

Mehi

altägyptisch für „schlangengestaltig"

Mykale

Halbinsel oder Landzunge, bei Samos gelegen

Mykene

eine Stadt des antiken Griechenlands am Peloponnes. Zur Vereinfachung steht der Name in meinem Roman stellvertretend für die griechischen Staatenbündnisse des Festlands (eigentlich Achäer), da Agamemnon der Usurpator des trojanischen Kriegs – Herrscher von Mykene war.

Myrmidonen

wörtlich: „Ameisen", die „Elitetruppe" des Achilles

Nephtis

altägyptische Göttin. Dass sie gemeinsam mit Isis um den toten Osiris trauerte, begründete ihre Bedeutung für die Totenklage.

Nergal

assyrisch-babylonischer Gott des Totenreiches

Netjer nefer

wörtlich: „der gute Gott", altägyptische Bezeichnung für den Pharao

Ninurta

assyrisch-babylonischer Gott, Herr der Erde

Osiris

altägyptischer Gott des Totenreiches. Den Verstorbenen wurde der Titel Osiris unter Hinzufügung ihres Namens verliehen.

Panku

hethitischer Beraterstab um den König, bestehend aus den Höflingen und der Familie

Pharao

altägyptische Bezeichnung für den König, wahrscheinlich abgeleitet von „per ao" („großes Haus"). Dieser Titel für den König wurde erst im Neuen Reich gebräuchlich.

Ptah

altägyptischer Gott, Weltenschöpfer, erschuf die Welt in ihrer Gestalt

Re

ägyptischer Sonnengott

Seine Sonne

förmliche Anrede für den hethitischen Herrscher

Sesu

altägyptisch für „Dämonen"

Seth

altägyptischer Gott der Wüste, Schutzgott Ramses' II. Dass er seinen Bruder Osiris ermordete, ließ ihn gleichzeitig auch Furcht einflößend wirken.

Sobek

altägyptischer Gott in Krokodilsgestalt oder mit Krokodilskopf, Fruchtbarkeitsgott

Styx

Unterweltfluss in der griechischen Mythologie, den die Seelen der Verstorbenen überqueren müssen

Tabarna

hethitischer König

Tawananna

hethitische Königin

Thessalien

Region auf dem griechischen Festland, Achilles' Heimat

Troas

Landschaft um Troja

Wettergott

zweithöchste hethitische Gottheit, Sohn der Sonnengöttin

Zeus

griechischer Hauptgott, Göttervater

Printed in Poland
by Amazon Fulfillment
Poland Sp. z o.o., Wrocław